JAMES AITCHESON
Der Pakt der Schwerter

Buch

Januar, 1069. Drei Jahre sind vergangen, seit die Normannen England bei der großen Schlacht von Hastings eroberten. Inmitten der rauen Bedingungen des eisigen Winters führt der junge ehrgeizige Ritter Tancred eine kleine Streitkraft in Richtung des rebellischen Northumberlands. Er ist entschlossen, seine neue Heimat mit dem Schwert zu verteidigen. Doch in Durham geraten seine Männer in einen Hinterhalt der englischen Aufständischen, bei dem Tancreds Lehnsherr Lord Robert vor seinen Augen ermordet wird.
Diese Schlacht ist nur der Auftakt einer weitläufig geplanten englischen Rebellion. Sie wird angeführt vom gestürzten Prinz Eadgar, dem letzten Mitglied der königlichen, anglosächsischen Blutlinie. Während dieser ein Heer um sich sammelt, um die alles entscheidende Schlacht zu schlagen, deckt Tancred einen Komplott des Feindes auf, der das Schicksal Englands besiegeln und alles, was ihm teuer ist, vernichten könnte.

Autor

James Aitcheson wurde 1985 in Wiltshire, England, geboren und studierte Geschichte in Cambridge. *Der Pakt der Schwerter* ist sein erster Roman.

James Aitcheson
Der Pakt
der Schwerter

Historischer Roman

Aus dem Englischen
von Jochen Stremmel

GOLDMANN

Die Originalausgabe erschien 2011
unter dem Titel »Sworn Sword«
bei Preface Publishing, London

Verlagsgruppe Random House FSC-O100
Das FSC®-zertifizierte Papier *München Super* für dieses Buch
liefert Arctic Paper, Mochenwangen GmbH.

1. Auflage
Originalausgabe Mai 2012
Copyright © der Originalausgabe 2011 by James Aitcheson
Copyright © der deutschsprachigen Ausgabe 2012
by Wilhelm Goldmann Verlag, München,
in der Verlagsgruppe Random House GmbH
Umschlaggestaltung: UNO Werbeagentur, München
Umschlagmotiv: © FinePic, München
Redaktion: Frauke Brodd
MR · Herstellung: Str.
Satz: IBV Satz- u. Datentechnik GmbH, Berlin
Druck und Bindung: GGP Media GmbH, Pößneck
Printed in Germany
ISBN: 978-3-442-47713-5

www.goldmann-verlag.de

Meinen Eltern gewidmet

Liste der Ortsnamen

Um den Schauplatz des Romans historisch authentischer zu machen, habe ich mich entschlossen, durchweg zeitgenössische Ortsnamen zu verwenden, wie sie in Urkunden, Chroniken und im Domesday Book (1086) verzeichnet sind. Für britische Ortschaften ist das *Dictionary of British Place-Names*, zusammengestellt von A. D. Mills (Oxford University Press: Oxford 2003), meine wichtigste Quelle gewesen.

Alchebarge	Alkborough, Lincolnshire
Alclit	Bishop Auckland, County Durham
Aldwic	Aldwych, Greater London
Aleth	Saint-Malo, Frankreich
Bebbanburh	Bamburgh, Northumberland
Bisceopgeat	Bishopsgate, Greater London
Cadum	Caen, Frankreich
Ceap	Cheapside, Greater London
Commines	Comines, Frankreich/Belgien
Cosnonis	Couesnon, Frankreich
Dinant	Dinan, Frankreich
Drachs	Drax, North Yorkshire
Dunholm	Durham
Earningastræt	Ermine Street
Eoferwic	York
Execestre	Exeter, Devon
Gand	Ghent, Belgien
Haltland	Shetland

Hæstinges	Hastings, East Sussex
Humbre	Humber Ästuar
Kopparigat	Coppergate, York
Lincolia	Lincoln
Lincoliascir	Lincolnshire
Lundene	London
Orkaneya	Orkney
Ovretune	Overton, Hampshire
Oxeneford	Oxford
Reddinges	Reading, Berkshire
Rudum	Rouen, Frankreich
Searobyrg	Old Sarum, Wiltshire
Silcestre	Silchester, Hampshire
Stanes	Staines, Surrey
Stanford	Stamford, Lincolnshire
Stybbanhythe	Stepney, Greater London
Sudwerca	Southwark, Greater London
Suthferebi	South Ferriby, Lincolnshire
Temes	Themse
Trente	Trent
Use	Ouse
Walebroc	Walbrook, Greater London
Waltham	Waltham Abbey, Essex
Wæclingastræt	Watling Street
Wærwic	Warwick
Westmynstre	Westminster, Greater London
Wiire	Wear
Wiltune	Wilton, Wiltshire
Wincestre	Winchester, Hampshire

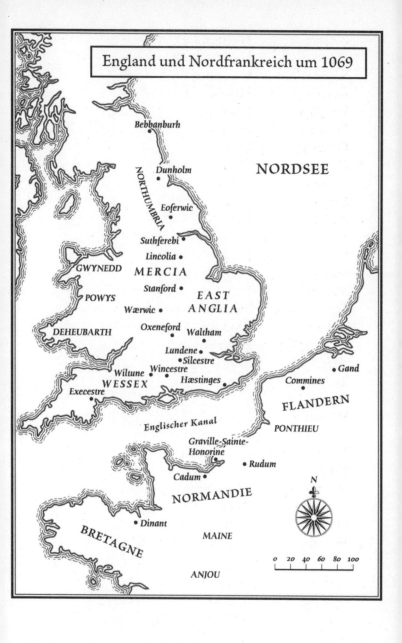

Eins

Die ersten Regentropfen fielen und trafen meine Wangen so hart wie Hammerschläge und so kalt wie Stahl. Mein Kettenpanzer hing mir schwer auf den Schultern, und mein Rücken und mein Hintern taten mir weh. Wir waren bei Tagesanbruch aufgestanden und hatten einen großen Teil des Tages im Sattel verbracht. Jetzt lag die Nacht wieder wie eine Decke über den waldigen Hügeln.

Die Hufe unserer Pferde machten kaum ein Geräusch auf der feuchten Erde, während wir sie den Abhang hochtrieben. Der Weg, dem wir folgten, war schmal, kaum mehr als ein Wildwechsel, und deshalb ritten wir hintereinander, und die Bäume auf beiden Seiten standen nah. Blattlose Zweige streiften mir über die Arme und trafen mich im Gesicht. Über uns bemühte sich die schmale Mondsichel darum, zur Kenntnis genommen zu werden, und warf ihr kaltes Licht auf uns hinab. Wolken wälzten sich heran, und der Regen machte sich heftiger bemerkbar und prasselte auf den Boden. Ich zog mir die Kapuze des Umhangs über den Kopf.

In jener Nacht waren wir zu fünft: alles Männer, die unserem Gebieter seit mehreren Jahren dienten, eingeschworene und ihm treu ergebene Ritter seines Gefolges. Dies waren Männer, die ich gut kannte, an deren Seite ich häufiger gekämpft hatte, als ich mich erinnern wollte. Dies waren Männer, die bei der großen Schlacht von Hæstinges dabei gewesen waren und überlebt hatten.

Und ich war derjenige, der sie führte. Ich, Tancred a Dinant.

Es war der achtundzwanzigste Tag des Monats Januar im eintausendneunundsechzigsten Jahr seit der Fleischwerdung unseres Herrn. Und dies war der dritte Winter, der seit der Invasion vergangen war: seitdem wir uns zum ersten Mal auf der anderen Seite des Englischen Kanals zusammengezogen, Schiffe bestiegen und die Überfahrt auf der herbstlichen Gezeitenströmung gemacht hatten. Der dritte Winter, seitdem Herzog Guillaume unsere Armee zum Sieg über den eidbrüchigen Thronräuber Harold, Sohn des Godwine, bei Hæstinges geführt hatte und in der Westmynstre-Kirche empfangen und zum rechtmäßigen König der Engländer gekrönt worden war.

Und jetzt waren wir in Dunholm und weiter nördlich als jemals zuvor für einen von uns: in Northumbria, die einzige aller Provinzen im Königreich England, die sich nach mehr als zwei Jahren immer noch der Unterwerfung verweigerte.

Ich warf einen Blick zurück über meine Schulter, um mich zu überzeugen, dass niemand zurückblieb, und fasste sie dabei nacheinander ins Auge. In meinen Spuren ritt Fulcher fitz Jean, ein untersetzter Mann mit breiten Schultern. Hinter ihm kam Ivo de Sartilly, der so schnell mit seiner Zunge war wie mit seinem Schwert, gefolgt von Gérard der Tillières, zurückhaltend, jedoch immer zuverlässig. Und die Nachhut bildete – im Schatten der Nacht fast nicht mehr zu sehen – die hochgewachsene, schlanke Gestalt von Eudo de Ryes, den ich von allen Männern im Gefolge Lord Roberts am längsten kannte und dem ich am meisten vertraute.

Die Schultern unter ihren Umhängen waren eingesunken. Sie hielten alle Lanzen in der Hand, aber anstatt in den Himmel zu zeigen, wie sie es hätten tun sollen, bereit, unter dem Arm zum Angriff angelegt zu werden, waren sie zu Boden gerichtet. Ich wusste, dass keiner von ihnen in einer solchen Nacht draußen sein wollte. Jeder hätte lieber drinnen neben dem lodernden Kaminfeuer mit seinem Krug Ale oder Wein gesessen oder wäre mit dem Rest der Armee unten beim Plündern in der Stadt. Genauso wie ich auch.

»Tancred?«, rief Eudo.

Ich drehte mein Pferd langsam in seine Richtung und brachte damit die anderen Ritter zum Stehen. »Was ist?«, fragte ich.

»Wir suchen seit Einbruch der Dunkelheit und haben niemand gesehen. Wie lange sollen wir noch draußen bleiben?«

»Bis wir uns die Glocken abfrieren«, murmelte Fulcher hinter mir.

Ich schenkte ihm keine Beachtung. »Bis Tagesanbruch, falls nötig«, erwiderte ich.

»Sie werden nicht kommen«, sagte Eudo. »Die Northumbrier sind Feiglinge. Sie haben bisher nicht mit uns gekämpft, und das werden sie jetzt auch nicht tun.«

Sie hatten nicht mit uns gekämpft, das zumindest war richtig. Die Nachricht von unserem Vorstoß war uns deutlich vorausgeeilt, denn wir hatten überall im Norden von Eoferwic verlassene Höfe und Dörfer gesehen, Menschen, die mit ihrem Vieh auf der Flucht waren und die Tiere in die Hügel und die Wälder trieben. Als wir schließlich Dunholm erreichten und unmittelbar vor Sonnenuntergang früher an jenem Abend durch die Tore in die Stadt einzogen, hatten wir sie fast leer vorgefunden. Nur der Bischof und seine engsten Vertrauten waren zurückgeblieben, um die Reliquien ihres Heiligen, Cuthbert, zu bewachen, die in der Kirche ruhten. Die Stadtbewohner seien in die Wälder geflohen, berichteten sie.

Und trotzdem schwang in der Leichtigkeit unseres Sieges etwas mit, das Lord Robert beunruhigte, und aus diesem Grund hatte er uns fünf und noch einige andere ausgeschickt, nach irgendwelchen Anzeichen des Feindes in der Nähe zu suchen.

»Wir werden weitersuchen«, sagte ich bestimmt. »Ob wir uns die Hoden abfrieren oder nicht.«

In Wirklichkeit glaubte ich nicht, dass wir heute Nacht

irgendjemanden finden würden, denn es handelte sich um Menschen, die vermutlich noch nie eine normannische Armee gesehen hatten. Natürlich hätten sie bereits von unserem vernichtenden Schlag bei Hæstinges gegen den Thronräuber gehört, aber mit eigenen Augen gesehen haben konnte es keiner von ihnen. Sie hatten nicht die Gewalt des berittenen Angriffs gespürt, mit dem wir in dieser Schlacht und seither in so vielen anderen den Sieg errungen hatten. Doch jetzt waren wir endlich in voller Stärke gekommen: eine Heerschar von zweitausend Mann, um Anspruch darauf zu erheben, was von Rechts wegen dem König gehörte. Diesmal hatten sie unsere Banner gesehen, unsere Pferde, unsere Kettenhemden, die in der niedrig stehenden Wintersonne glänzten, und sie wussten, dass es hoffungslos war, sich gegen uns zur Wehr zu setzen. Und deshalb waren sie geflohen und hatten uns die Stadt überlassen.

Zumindest machte es diesen Eindruck auf mich. Aber was ich dachte, spielte keine Rolle, denn die Entscheidung hing nicht von mir ab. Sie lag vielmehr in der Hand unseres Gebieters Robert de Commines, seines Zeichens durch Erlass des Königs neuer Earl von Northumbria und damit beauftragt, diese streitsüchtige Provinz zu unterdrücken. Natürlich wussten Eudo und die anderen Bescheid, aber in ihrem müden Zustand war alles, was sie wollten, eine Rast. Wir waren schon so lange unterwegs: Vor fast zwei Wochen hatten wir Lundene verlassen. Zwei Wochen, in denen wir durch Regen- und Graupel- und Schneeschauer geritten und marschiert waren, durch unvertrautes Gelände, durch Schwemmland und über Hügel, die kein Ende zu nehmen schienen.

Wir ritten den Abhang weiter hoch, bis wir die Kuppe erreicht hatten und in jede Richtung über das Land hinwegblicken konnten: auf die bewaldeten Hügel im Norden und die offenen Felder im Süden. Der Mond wurde zum Teil von einer Wolke verdeckt, und ich konnte fast nichts sehen außer ansteigendes und abfallendes Gelände. Gewiss gab es keine Anzeichen für den Schein eines Feuers oder Lanzenspitzen oder sonst etwas, das den Feind verraten hätte. Der Wind schlug gegen meine Wangen, und der Regen ließ nicht nach, obwohl ich weit im Norden und im Osten, in der Nähe der Gegend, wo das Land auf das Deutsche Meer traf, Sterne an einem klaren Himmel funkeln sah, und ich hoffte, dass das Unwetter bald abklingen würde.

Ich brachte mein Pferd Rollo zum Stehen, schwang mich vom Sattel hinunter und klopfte ihm den Hals.

»Wir werden uns hier eine Weile ausruhen«, sagte ich. Ich stieß das Ende meiner Lanze in den aufgeweichten Boden, sodass die Spitze in den Himmel zeigte, während das feuchte Fähnchen unter ihr schlaff den Falken präsentierte, der Lord Roberts Sinnbild war. Ich nahm meinen Schild herunter, der an seinem Ledergurt über meinem Rücken hing, und lehnte ihn an einen Baumstamm. Auf ihm befand sich das gleiche Emblem: ein schwarzes Symbol auf einem weißen Feld – der Vogel im Flug mit ausgestreckten Krallen, als ob er auf seine Beute hinabstieße.

Es gab hier im Umkreis nicht viel zu fouragieren, und deshalb holte ich ein paar Möhren aus meiner Satteltasche und gab sie Rollo. Er war den ganzen Tag klaglos vorangeschritten, und ich hätte ihm gern mehr angeboten, aber im Augenblick war das alles, was ich hatte.

Die anderen sagten nichts, während sie ebenfalls abstiegen und umherzugehen begannen, um sich zu vergewissern, ob ihre Beine sie noch trugen. Eudo rieb sich den unteren Bereich des Rückens – zweifellos hatte er sich durch die lange Zeit im Sattel Kreuzschmerzen zugezogen.

Im Osten begann die Wolkendecke aufzureißen, und ich konnte das silbern gefleckte Band des Wiire erspähen, der sich um die Stadt Dunholm schlängelte. Nach Süden sprang eine schmale Landzunge hervor, auf der die Festung stand: eine Palisade, die eine kleine Ansammlung von Gebäuden umgab; Schatten vor den halb erleuchteten Wolken. Der Felsvorsprung war flankiert von steilen Klippen, um die sich der Fluss wand, der die Festung auf drei Seiten umschloss. Dünne Rauchsäulen stiegen wie weiße Fäden, die der Mond anstrahlte, langsam vom Strohdach der Met-Halle dort hoch.

Unter der Festung lag die Stadt. Dort hielt sich der Rest unseres Heers in den Straßen auf, ein halbes Tausend Ritter wie wir selber, Krieger aus dem Hauswesen der Grundherren, die diesen Feldzug anführten, siebenhundert Speerträger und weitere dreihundert Bogenschützen. Und natürlich befanden sich dort auch die vielen, vielen anderen, die zum Tross eines solchen Heers gehören: Waffenmeister, Schwertschmiede, Quacksalber und dergleichen. Beinahe zweitausend Mann, die sich an der Ausbeute des Krieges weideten, an der Einnahme von Dunholm, der Eroberung von Northumbria.

Es lag vielleicht ein gewisses Risiko darin, diesen Männern die Stadt zum Plündern freizugeben, wenn der Feind möglicherweise noch auf der Lauer lag, aber sie hatten nun mal während des gesamten Marschs auf die versprochene Plünderung gewartet. Für Ritter wie uns spielte es keine so große Rolle, weil wir von unserem Herrn gut genug bezahlt wurden, aber die Speerträger kämpften, weil sie dazu verpflichtet waren: abgezogen von den Feldern auf dem Landbesitz ihrer Herren, war dies ihre einzige Aussicht auf Entlohnung. Wenn Robert ihnen jetzt das Plündern untersagt hätte, wäre es zum Aufstand gekommen, und das konnte er sich nicht leisten. Es gab bereits Unzufriedenheit unter den anderen Adligen, von denen einige angeblich den Eindruck hatten (obwohl keiner von ihnen es offen zugab), die Ehre, zum Earl ernannt zu werden, hätte eigentlich ihnen zugestanden, also eher einem Normannen als einem Flamen wie Robert. Aber es gab viele Männer, die in den vergangenen beiden Jahren herübergekommen waren und nur durch ihre Lehnspflicht Normannen waren, nicht durch Geburt. Ich selber stammte aus der Stadt Dinant in der Bretagne, auch wenn es einige Jahre her war, seitdem ich zuletzt dort gewesen war; Fulcher war Burgunde, während andere aus dem Anjou oder sogar aus Aquitanien kamen. Doch in England sollte das keine Rolle spielen, denn dort waren wir alle Franzosen, einander verbunden durch Schwüre und durch eine gemeinsame Sprache.

Außerdem war Lord Robert einer der Männer, die König Guillaume am nächsten standen, weil er ihm seit mehr als zehn Jahren diente, seit der Schlacht bei Varaville. Ich fand es, gelinde gesagt, merkwürdig, dass ein Mann, der seinem Herrscher so lange loyal gedient hatte, derart heftig kritisiert werden sollte. Andererseits waren diese Zeiten nicht so geordnet wie einst, und es gab viele, wie ich wusste, die nur auf ihr eigenes Vorankommen bedacht waren statt auf das, was gut für das Königreich war.

»Dies ist eine Nacht wie damals«, sagte Gérard plötzlich, »als wir vor fünf Jahren Mayenne eingenommen haben. Erinnert ihr euch?«

Ich hatte in so vielen Schlachten gekämpft, dass die meisten in meiner Erinnerung verschwommen waren, aber diesen Feldzug hatte ich noch klar vor Augen, eine langwierige Kampagne, die sich weit in den Herbst zog, vielleicht sogar bis in den frühen Winter. Ich wusste es noch so genau, weil ich mich an die Säcke mit dem frisch geernteten Getreide erinnerte, die wir auf unseren Raubzügen erbeutet hatten, und ich konnte förmlich sehen, wie die Blätter braun wurden und in der ganzen Umgebung von den Bäumen fielen. Trotzdem kamen mir seltsamerweise keine Bilder von dem Kampf um die Stadt selbst in den Sinn.

»Ich erinnere mich«, sagte Eudo. »Es war im November, und es war die letzte Stadt, die bei diesem Feldzug erobert wurde.

Die Rebellen hatten sich zurückgezogen und hielten sich innerhalb ihrer Mauern.«

»Das stimmt«, sagte Gérard. »Sie hatten mit einer langen Belagerung gerechnet, aber Herzog Guillaume wusste, dass sie gut mit Proviant versorgt waren.« Er nahm einen Bissen von seinem Brotlaib und wischte sich mit einem schmierigen Ärmel über den Mund. »Wir hatten andererseits mehr als viertausend Mäuler zu stopfen, aber der Winter stand bevor, und das Land lag unfruchtbar …«

»Und deshalb hatten wir keine andere Wahl als anzugreifen«, sagte Eudo. Ein Lächeln trat auf sein schmales Gesicht. »Ja, ich erinnere mich. Wir haben noch in derselben Nacht angegriffen, und zwar so schnell, dass wir die Stadt überrannt hatten, bevor ihr Grundherr sich zur Schlacht kleiden konnte.« Er lachte und schaute uns andere an.

Ich schüttelte den Kopf. Fünf Jahre waren eine lange Zeit. Damals war ich erst zwanzig Sommer alt gewesen, und wie wahrscheinlich bei allen Jungen war mein Kopf voller Vorstellungen von Ruhm und Beute. Ich hatte nach dem Töten gelechzt; nicht ein einziges Mal hatte ich gezögert, um mir darüber Gedanken zu machen, gegen wen wir kämpften oder warum. Ich dachte nur daran, dass es erledigt werden musste.

Neben mir gähnte Fulcher und zuckte unter seinem Umhang mit den Achseln. »Was würde ich darum geben, jetzt bei meiner Frau zu sein.«

»Ich dachte, du hättest sie in Lundene zurückgelassen«, sagte ich.

»Das meine ich doch«, erwiderte er. Er nahm einen Schluck aus seinem Trinkschlauch. »Ich sage, lass die Northumbrier ihre wertlose Ecke des Landes behalten. Hier gibt es nur Hügel und Bäume und Schafe.« Er lachte auf, aber mir schien, es lag wenig Humor darin. »Und Regen.«

»Das Land gehört von Rechts wegen König Guillaume«,

erinnerte ich ihn. »Und ebenso Lord Robert, seitdem er zum Earl gemacht worden ist.«

»Und das heißt, wir werden uns dieser Gegend hier nie entledigen.«

»Du wirst deine Frau noch früh genug sehen«, sagte ich, weil ich dieser Klagen müde war.

»Das ist leicht gesagt, wenn deine Oswynn in Dunholm auf dich wartet«, schaltete sich Ivo ein.

»Falls sich nicht ein anderer Mann an deiner Stelle ihrer annimmt«, fügte Eudo grinsend hinzu.

In wacherem Zustand hätte ich mir vielleicht eine passende Erwiderung einfallen lassen, aber so warf ich ihm nur einen durchdringenden Blick zu. Ich war nicht jung oder dumm genug zu glauben, dass ich Oswynn liebte oder dass sie mich liebte; sie war Engländerin und kannte kaum ein Wort Französisch oder Bretonisch, und ich war Franzose und verstand fast kein Wort Englisch. Aber sie war trotzdem meine Frau, und ich betete zu Gott, dass sie in Sicherheit war. Vielleicht hatte Eudo im Scherz gesprochen, aber ich wusste, wie übermütig Männer in einer Nacht wie dieser hier werden konnten, sobald Wein und Met grenzenlos flossen, und wie schwer es für sie war, ihre Begierden unter Kontrolle zu halten. Es standen ohnehin wenig genug Frauen zur Verfügung: nur die, die mit dem Heer nach Norden gezogen waren. Die Frauen von Soldaten und Marketenderinnen wie Oswynn.

Es lag eine wilde Schönheit in der Art, wie sie ihre Haare immer offen trug und ihre Augen dunkel und doch einladend erschienen. Ihr Aussehen zog die Blicke der Männer auf sich, wohin wir auch gingen. Mehr als einmal hielten diese Männer nur wegen der Drohung Abstand, ihr Hals könne mit meinem Schwert Bekanntschaft machen. Ich ließ Oswynn nicht gern allein, und deshalb hatte ich Ernost und Mauger, zwei anderen Männern aus meinem Conroi, Geld gegeben, auf dass sie sich von dem Plündern fernhielten und Wache vor dem Haus bezögen, das ich für uns ausgesucht hatte. Beide waren furchterregende Kämpfer, Männer, die an meiner Seite in Hæstinges dabei gewesen waren, und ich war mir sicher, dass es wenige gab, die versuchen würden, sich ihnen zu widersetzen. Aber dennoch freute ich mich auf den Morgen, an dem ich zu ihr zurückkehren konnte.

Ich schluckte meinen letzten Happen Brot, verschnürte meine Satteltasche und zog mir den Schildgurt wieder über den Kopf. »Aufsitzen«, sagte ich zu den anderen, während ich mich auf Rollos Rücken schwang und den Schaft meiner Lanze aus dem Boden zog. »Wir reiten weiter.«

Der Pfad verlief weiter in westlicher Richtung. In letzter Zeit hatte öfter starker Wind geherrscht, und wir hatten uns mehrfach einen Weg um Bäume herum bahnen müssen, die über den Weg gestürzt waren. Mehr als einmal schien der Pfad ganz zu verschwinden, und wir hatten umkehren müssen, bis wir wieder auf ihn trafen. Wagten wir uns im Dunkeln in die Tiefe des Waldes hinein, gingen wir das Risiko ein, uns zu verirren, denn wir kannten dieses Land nicht.

Aber der Feind kannte es. Sie verstanden sich darauf, den Wegen fernzubleiben; sie waren vermutlich eher in kleinen Gruppen unterwegs. Sie könnten weniger als hundert Schritte von uns entfernt sein, und trotzdem würden wir an ihnen vorbeireiten.

Ich spürte, wie heißer Zorn in mir aufstieg. Unsere Anwesenheit hier im Wald war so zweckdienlich wie ein Karren ohne Räder: Robert hatte uns nur deshalb ausgeschickt, damit die anderen Lords sehen konnten, dass er auf der Hut war. Durch eine vorzeitige Rückkehr vor Tagesanbruch, ohne etwas vom Feind gesehen zu haben, hätten wir seine Befehle missachtet und unsere Pflicht ihm gegenüber vernachlässigt.

Ich biss die Zähne zusammen, und wir ritten schweigend

weiter. Seit meinem vierzehnten Lebensjahr stand ich in Roberts Diensten, er war damals wenig älter war als ich jetzt, und in dieser Zeit hatte ich ihn als edelmütigen Herrn kennengelernt, der seine Männer gut behandelte und sie auch großzügig belohnte, oft indem er ihnen Silber, Waffen oder sogar Pferde schenkte. Tatsächlich hatte ich Rollo, mein Schlachtross, von ihm bekommen: ein kräftiges Reittier von gleichmäßiger Gemütsart, das mir während mehrerer Feldzüge und vieler Schlachten beigestanden hatte. Darüber hinaus schenkte Lord Robert seinen altgedienten und treuesten Gefolgsleuten Land, und ich wäre als einer der Männer, die seine Conrois in die Schlacht geführt und ihm bei mehr als einer Gelegenheit das Leben gerettet hatten, bald einer von jenen. Ich war geduldig, das gebot die Pflicht, und dankbar für alles, was er mir gegeben hatte, und ich hatte in all den Jahren selten Grund, mich über ihn zu ärgern. Aber als ich mir nun vorstellte, wie er mit den übrigen Lords in der Festung beim offenen Feuer in der Met-Halle saß, während wir hier im …

Ich wurde vom Geräusch läutender Glocken gen Osten aus meinen Gedanken gerissen.

»Was ist das?«, fragte Eudo.

Das Geläut hatte keine Form, keinen Rhythmus; es war eher ein Zusammenprall verschiedener Töne und kam von der anderen Seite des Flusses aus der Richtung der Stadt. Ich runzelte die Stirn, weil mein erster Gedanke war, dass einige betrunkene Männer Gefallen daran gefunden hatten, die Kirche zu schänden. Und dann hörte es so plötzlich auf, wie es begonnen hatte.

Ich zog die Zügel an, und Rollo blieb langsam stehen. Er wieherte, und sein Atem bildete Wolken in der eisigen Luft. Die Nacht war still, und alles, was ich hören konnte, war das sanfte Klopfen von Regentropfen auf dem Erdboden und das Pfeifen und Knistern der Zweige, als der Wind in Böen zu wehen begann. Aber dann begann das Schlagen der Glocken wieder: ein langes, dumpfes Läuten, das von den Hügeln in der Ferne widerzuhallen schien.

Mein Magen verkrampfte sich vor Übelkeit. Ich hatte solche Glocken schon gehört.

»Wir müssen in die Stadt zurück«, sagte ich. Ich machte eine Kehrtwendung mit meinem Pferd, und dann rief ich, weil ich mir nicht sicher war, ob mich die anderen gehört hatten: »Wir müssen zurück!«

Ich grub meine Fersen in Rollos Weichen. Er bäumte sich auf; ich beugte mich vor, als er mit den Vorderhufen auf der Erde landete, und wir preschten hügelaufwärts den Weg zurück, den wir gekommen waren. Hufe schlugen donnernd auf den Boden. Ich trieb ihn an, damit er schneller wurde, und schaute nicht nach hinten, um zu sehen, ob die anderen folgten. Der Regen peitschte härter nieder, drang durch meinen Kettenpanzer und klatschte mir die Tunika und die Brouche gegen die Haut. Bäume flogen auf beiden Seiten an mir vorbei, und ich schaute immer noch nach Osten in Richtung des Flusses und versuchte, durch sie hindurch die Landzunge und Dunholm zu erblicken, aber durch die Masse der Baustämme und Zweige konnte ich nichts erkennen.

Ein Kriegshorn ertönte über den Hügeln: zwei scharfe Stöße, die die Nachtluft durchdrangen. Ein Signal zum Sammeln.

Plötzlich fiel das Gelände steil ab, und ich raste den Berg hinunter auf den Fluss zu. Ich näherte mich dem Waldrand; die drei steinernen Bögen der Brücke kamen in Sicht. Der Wind, der von Norden her durchs Land fegte, zupfte an meinem Umhang, und ebendieser Wind trug auch einen schwachen Trommelschlag mit sich: das Geräusch, das entsteht, wenn einhundert Lanzenschäfte gegen einhundert Schilde geschlagen werden. Ein Geräusch, das ich nur zu gut kannte. Ich hatte es zum ersten Mal in Hæstinges gehört, als ich am Fuß des Hügels gestanden und zu all den Tausenden Engländern hochgeschaut hatte, die mit ihren Schilden und ihren Waffen oben auf seiner Kuppe aufgereiht standen, jeder von ihnen bereit, unseren Angriff bergauf abzuwehren, jeder von ihnen uns spöttisch herausfordernd, doch zu kommen und den Tod von ihren Schwertern zu empfangen.

Es war das Geräusch des Schlachtendonners, das einschüchtern sollte, und genau das tat es immer noch, auch nach den vielen im Kampf verbrachten Jahren. Mein Herz pochte im Einklang mit dem Trommeln.

Denn Lord Robert hatte recht behalten: Die Northumbrier waren gekommen.

Zwei

◄◦►

Wir galoppierten bergab auf die Brücke zu und ließen den Wald hinter uns. Ich schaute über den Fluss auf die Stadt: eine Ansammlung von Häusern aus Holz und Dachstroh, die von schmalen Straßen durchzogen war und über der sich der Kirchturm von St. Cuthbert erhob. Orangefarbenes Licht flackerte auf seiner steinernen Fassade, und in der Distanz konnte ich Flammen zwischen den Häusern erkennen. Sie leckten am Himmel und schickten große schwarze Rauchwolken mit immer noch glühenden Ascheteilchen nach oben, die die sternenlose Nacht erhellten. Wieder hörte ich Schreie, bei denen es sich allerdings nicht mehr um Freuden-, sondern um Schmerzensschreie handelte, um gellendes Geschrei von einem Gemetzel. Und neben diesen Stimmen dröhnte das Trommeln, das sie fast übertönte, stetig und unaufhörlich.

Eudo fluchte, als er neben mir auftauchte, und ich merkte, dass ich stehen geblieben war.

Meine Stirn unter dem Helm war mit Schweiß bedeckt. Ein Tropfen rann vor meinen Augen hinunter, und ich wischte ihn ab, während ich unter mein Hemd griff und das kleine Silberkreuz hervorzog, das Tag und Nacht um meinen Hals hing.

»Christus sei mein Schild«, sagte ich und küsste es, wie ich es immer vor der Schlacht tat. Was mir auch bevorstehen mochte, ich vertraute darauf, dass Gott mir sicher darüber hinweghalf.

»Achtet auf eure Flanken, eilt nicht voraus und hinkt nicht hinterher«, rief ich den anderen zu. »Bleibt zusammen, bleibt bei mir!« Ich hob mein Visier über meine Kehle und mein Kinn, hakte das Kettenglied ein, steckte den Unterarm durch die Lederschlaufen meines Schilds und ergriff das oberste Kreuz mit der Hand.

Ich ritt wieder los, wobei ich Rollo jetzt nur noch mit den Beinen lenkte. Eisen schlug klappernd gegen Stein, als wir über die Brücke galoppierten, über den schnell fließenden Wiire und weiter auf die holprige Straße, die unterhalb der Klippen und der hohen Palisade der Festung verlief. Schlammklumpen flogen in die Luft, als wir durch eine lange Pfütze platschten, und bespritzten mein Kettenhemd und mein Gesicht, aber das machte mir nichts aus. Häuser flitzten auf beiden Seiten vorbei. Wir hatten den Wind gegen uns, und die Regentropfen schlugen so hart wie Hagelkörner gegen meine Brust und meine Wangen, aber ich konnte an nichts anderes denken als daran, härter und härter immer weiterzureiten.

Und dann sah ich sie, einhundert Schritte vor mir: eine Schar von Schatten, die zu Fuß mit den Rundschilden an ihren Unterarmen durch die dunklen Straßen eilten, während ihre Speerspitzen und Axtklingen im Schein ihrer Fackeln funkelten und ihre langen Haare hinter ihnen in der Luft tanzten. Sie rannten auf eine Reihe Normannen zu, ein knappes Dutzend Männer ohne Kettenhemden oder Helme, die nur mit Speeren bewaffnet waren, während der Feind mehr als vierzig zählte.

»Los!«, schrie ich meinen Begleitern zu, senkte meine Lanze vor mir und packte sie fest mit der rechten Hand. »Für König Guillaume und die Normandie!« Das weiße Lanzenfähnchen flatterte im Gegenwind und wickelte sich um den Schaft.

Wir fielen über den Feind her wie die Falken, die wir auf den Schilden trugen, stießen auf ihre Nachhut hinab, bevor sie überhaupt richtig begriffen hatten, dass wir da waren. Ich trieb meine Lanze in den Rücken eines Engländers und ließ sie los, als er vornüberfiel, dann zog ich mein Schwert, als ein anderer sich zu mir umdrehte. Ich zog ihm die Klinge quer über die

Brust, sodass Blut hervorspritzte, aber ich ritt bereits weiter und schaute nicht zurück, um zu sehen, ob er tot war, denn ich hatte mein nächstes Opfer gesehen. Er schrie, als er von rechts auf mich zukam, sein Gesicht war rot vor Wut, seine Haare flogen unter seinem Helmrand zur Seite, den Speer hielt er auf mich gerichtet. Er stieß damit nach mir, und ich parierte den Stoß mit meinem Schwert. Als er aus dem Gleichgewicht kam, schlug ich ihn mit aller Kraft in den Nacken, die Klinge durchdrang Fleisch und Knochen, und er fiel zu Boden. Von links traf mich eine Axt in die Seite, aber ich fing den Hauptstoß mit meinem Schild ab, und während der Axtträger seinen nächsten Schlag vorbereitete, rammte ich ihm den eisernen Schildbuckel ins Gesicht. Er taumelte mit blutüberströmtem Gesicht nach hinten, als Eudo auftauchte und ihm die Kehle aufschlitzte. Der Engländer hatte nicht mal mehr Zeit, einen Schrei auszustoßen, während seine Augen sich weiteten und er in die Knie sank.

Der Rest von ihnen erkannte die Gefahr, die ihnen von hinten drohte, und sie begannen sich umzudrehen, aber wir waren jetzt mitten unter ihnen, und sie waren in Auflösung begriffen. Die Ruhe der Schlacht war über mich gekommen, und die Zeit selber schien langsamer zu werden, jeder Herzschlag jagte eine Woge frischen Elans durch meine Adern, als wir uns über sie hermachten.

»Tötet sie!«, brüllte ich, und mein Schrei wurde von einigen der normannischen Fußsoldaten aufgenommen.

»Tötet sie!«, riefen sie, so wenige es auch waren, und sie schoben ihren Schildwall vorwärts, während sie auf die sich lichtenden Reihen der Engländer eindrangen.

Wenn eine geschlossene Schlachtreihe aufbricht, geschieht das selten allmählich, sondern eher mit einem Schlag, und diesmal war es nicht anders. Sowohl von vorne wie von hinten bedrängt, gab der Feind nach, und plötzlich flohen Männer auf allen Seiten. Einer stolperte zurück, geriet in die Bahn meines

Schwerts und war tot, bevor er zu Boden fiel. Ein anderer versuchte seinen Speer zu heben, um sich zu verteidigen, aber er war zu langsam, und meine Klinge drang in seine Kehle. Und noch ein anderer stolperte im Wegrennen, fiel mit dem Gesicht in den Matsch, und er bemühte sich, wieder auf die Beine zu kommen, als Ivo ihn niederritt, wobei die Hufe seines Pferdes dem Mann über den Rücken trampelten und ihm den Schädel zertrümmerten.

Die Northumbrier flohen mittlerweile alle. Gérard und Fulcher verfolgten sie, aber wir waren wenige, und ich wollte nicht, dass wir getrennt wurden, falls noch mehr von ihnen unterwegs waren.

»Her zu mir!«, rief ich, steckte mein Schwert in die Scheide und machte mich auf den Weg, meine Lanze wiederzuholen, die immer noch im Rücken des ersten Mannes steckte, den ich getötet hatte. Es kostete etwas Mühe, sie aus seinem Oberkörper herauszuziehen, aber ich drehte die Spitze ein wenig, und schließlich lockerte sie sich und kam frei. Die Spitze und der oberste Teil des Schafts waren mit dem Blut des Engländers bedeckt, und das ehemals weiße Lanzenfähnchen war jetzt rosafarben.

Gérard und Fulcher kamen zurück zu uns geritten, sodass wir wieder zu fünft waren. Vier von dem Dutzend Speerträger lagen tot auf der Straße, aber wir hatten keine Zeit, sie zu bemitleiden. Ich ritt zu denen, die noch übrig waren. Einige stützten sich auf den oberen Rand ihres Schilds, während sie wieder zu Atem kamen; andere taumelten zwischen den Leichen umher und erbrachen sich am Straßenrand, vermutlich aus Trunkenheit. Falls es sich so verhielt, war es ein Wunder, dass sie noch am Leben waren.

»Wo ist Earl Robert?«, fragte ich diejenigen, die den nüchternsten Eindruck machten, aber sie schauten einander verständnislos an.

»Das wissen wir nicht, Mylord«, sagte einer. Seine Augen waren verschlafen, und er roch nach Kuhmist.

Ich war kurz davor, ihn zu korrigieren, denn ich war kein Lord, aber er hatte offensichtlich die an meiner Lanze befestigte Fahne gesehen, also ließ ich ihn in seinem Glauben.

»Geht wieder den Hügel hoch«, befahl ich ihnen. »Zurück in die Festung.« Ich wusste nicht, wo der Earl seine Männer zusammenziehen würde, aber es war unwahrscheinlich, dass acht Fußsoldaten auf sich allein gestellt hier noch etwas erreichen könnten.

Weiter vorn auf der Straße erregte ein silbernes Aufblitzen meine Aufmerksamkeit, und ich sah, wie ein Conroi von Rittern – mindestens ein Dutzend, vielleicht sogar zwanzig – die Straße von der Festung zum Marktplatz hinuntergeprescht kam. Ich konnte keine Fahne sehen, aber ein paar trugen Fackeln.

»Geht«, sagte ich wieder zu den Speerträgern, bevor ich Eudo und den anderen zuwinkte, sie sollten mir folgen.

Die Straße war mit Leichen von Normannen und von Engländern übersät, aber die Normannen waren bei Weitem in der Überzahl; ich konnte es daran sehen, dass ihre Haare hinten nach der französischen Mode kurz geschnitten waren. Es gab Leichen mit Speeren in der Brust, Leichen ohne Arme und manche ohne Kopf. Eine lag ausgestreckt auf dem Bauch, das Gesicht tief im Schlamm, mit einer klaffenden Wunde im Nacken.

Die Straße zweigte nach links ab den Berg hinunter nach Norden, und wir bogen ab, um dem Conroi zu folgen, den ich gesehen hatte; er war uns inzwischen ein Stück voraus und bereits am Kirchturm vorbei und verschwand hinter der Kurve, die hinunter zum Platz führte. Einer der Lords hatte sich ihnen unterwegs angeschlossen, denn ich sah eine Fahne über ihren Köpfen wehen, auch wenn ich die Farben nicht erkannte: zwei schmale grüne Streifen auf rotem Hintergrund.

»Bleibt bei mir«, sagte ich. Ich bemerkte, dass Ivo zurückblieb, und dachte noch bei mir, er dürfte eigentlich nicht so schnell müde werden, aber dann sah ich, dass er sich mit einer Hand in die Seite packte, in Höhe seiner Taille, und ich begriff, dass er getroffen worden war.

»Reitet weiter«, sagte ich zu den anderen drei, während ich Rollo langsamer gehen ließ und zurück zu Ivo trabte.

Er presste die Zähne fest zusammen, und sein Gesicht war schmerzverzerrt. »Ich bin nicht verletzt«, keuchte er. »Geh mit ihnen.«

»Lass mal sehen«, sagte ich und löste seine Finger einzeln aus ihrem Klammergriff. Sein Kettenhemd war tiefrot und feucht, seine Tunika darunter wies ähnliche Flecken auf, und da war eine runde offene Wunde, wo ein Speer seine Haut durchbohrt hatte. Sie sah tief aus, und ich konnte nur hoffen, dass der Stoß nicht bis in seinen Bauch gedrungen war.

»Reite zurück in die Festung«, befahl ich ihm. »Such jemanden, der dir helfen kann.«

»Es ist nicht der Rede wert«, sagte er kopfschüttelnd. »Ich kann noch kämpfen.«

»Sei kein Narr«, erwiderte ich, vielleicht schroffer, als es meine Absicht war, aber es war klar, dass er uns bei dem Kampf, der uns mit Sicherheit bevorstand, nicht viel nützen konnte.

Er senkte kraftlos den Kopf und widersprach nicht mehr, als er sein Pferd in Richtung Festung dirigierte.

»Los«, sagte ich und gab seinem Ross einen Klaps auf das Hinterteil, damit es sich in Bewegung setzte. Ivo ritt langsam den Hügel wieder hoch, aber ich wartete nicht ab, um zu überprüfen, ob er seinen Weg fortsetzte, sondern riss Rollo rasch herum, um den anderen zu folgen, die bereits hinter der Straßenbiegung verschwunden waren. Ich war auf beiden Seiten von Normannen umgeben, die den Hügel hinaufflohen, einige stolpernd, einige schafften es zu laufen, und manche waren sogar beritten, obwohl sie keine Kettenhemden trugen und auch keine Waffen bei sich hatten.

»Zurück zur Festung«, rief ich allen zu. Im Stillen verwünschte ich unseren Leichtsinn, durch den wir uns so unvorbereitet hatten erwischen lassen. Ich holte tief Luft, weil ich an Oswynn denken musste, und flehte Gott an, dass Mauger und Ernost sie in Sicherheit gebracht hatten.

Der Wind rauschte an mir vorbei, und der Boden verschwand unter Rollos Hufen. Auf meiner rechten Seite erhob sich der Kirchturm hoch und dunkel – seine Glocke hatte allerdings aufgehört zu läuten. Die Straße bog scharf nach links ab, und plötzlich lag der Marktplatz vor mir, und ich griff im vollen Galopp den Feind an. Denn der Platz war voller Männer: Normannen und Engländer liefen durcheinander, Schilde krachten gegen Schilde, und es herrschte völlige Unordnung.

Ein Pferd schrie vor Schmerzen auf, und ich sah, wie sein Reiter aus dem Sattel stürzte und sich immer noch verzweifelt an den Zügeln festklammerte, als er auf den Boden traf. Das Tier taumelte auf den Hinterbeinen, und der Ritter, der mit einem Fuß im Steigbügel festhing, strampelte mit den Beinen und versuchte wegzukommen. Er schrie immer noch, als die Hufe auf seinem Gesicht landeten.

Ich hielt nach Eudo und den anderen Ausschau, aber in der Dunkelheit und umgeben von so vielen Männern und Pferden konnte ich sie nicht erkennen. In der Mitte des Getümmels wehte das Falkenbanner hoch über allen Köpfen, und ich suchte nach Lord Robert unter seinen Rittern. Zunächst hatte es den Anschein, als wäre er nicht da, und ich spürte mein Herz schneller schlagen, aber dann hob er den Kopf und rief etwas, während er sein Schwert einem Engländer durch die Brust rammte, und ich sah die roten Tuchstreifen, die an seinem Helm befestigt waren: das Kennzeichen dafür, dass er ein Earl war. Zehn Ritter waren bei ihm und außerdem eine große Zahl Speerträger, aber die Northumbrier mussten erkannt haben, wer er war, denn die meisten von ihnen konzentrierten sich auf diesen Teil der Schlacht, und sie waren schon dabei, ihn zu umzingeln.

»Für Lord Robert und König Guillaume!«, brüllte ich, während ich auf sein Banner losstürmte.

Ein einzelner Northumbrier, der vom Rest seiner Mitstreiter getrennt war, kam von vorne auf mich zu und legte sein volles Körpergewicht hinter seinen Speerstoß. Ich wandte mich nach rechts und fing seinen Stoß mit dem Schild ab, wobei ich die Waffe so hart beiseiteschlug, dass ihm der Schaft aus der Hand glitt. Ich setzte nach, bevor er mir ausweichen konnte, und traf ihn mit dem Schildbuckel auf dem unbedeckten Kopf, sodass er zu Boden ging.

Weitere Feinde hatten mich kommen sehen, und sie wandten sich schnell mir zu, weg von Robert und seinen Männern, und brachten ihre Schilde zusammen, ließen sie sich überlappen, sodass sie eine Mauer bildeten. Sie begannen ihre Speere auszurichten, aber weil sie nur wenige waren, spornte ich Rollo an, im Vertrauen darauf, dass er nicht stocken oder in Panik geraten würde. Ich hob meinen Schild, um damit seine Flanke zu decken, und preschte vorwärts, zog den Kopf ein und kniff die Augen fest zu, und dann hörte ich das Splittern von Schäften aus Eschenholz und das Klappern von Schilden auf den Pflastersteinen und wusste, dass ich durchgebrochen war. Als ich die Augen wieder öffnete, sah ich Splitter fliegen und Engländer um mich herum weglaufen, und dann war ich mitten unter ihnen und schwang meine Klinge: schnitt mit ihr durch Leder, durch Kettenpanzer und durch Fleisch und machte Platz für jeden, der vielleicht nach mir kam.

»Für König Guillaume!«, kam ein Schrei, und ich erkannte die Stimme von Lord Robert. Ich schaute nach rechts, und da war er neben mir und drang entschlossen durch die Reihen der Northumbrier. Er hieb mit seinem Schwert nach unten und zerschmetterte den Rand eines feindlichen Schilds. »Für die Normandie!«, schrie er.

Die Feinde zog sich enger um uns zusammen, aber dann ertönte eine Fanfare, und auf einmal fielen die meisten Engländer zurück, um weiter unten auf dem Marktplatz einen neuen Schildwall zu bilden. Die restlichen Ritter Roberts waren mittlerweile bei uns, und unsere Gegner, die nun an Unterstützung verloren hatten, mussten gemerkt haben, wie ungeschützt sie waren, denn sie ergriffen, von Furcht gepackt, die Flucht.

Ich war im Begriff, ihnen nachzujagen, als Robert rief: »Bleib hier!«

Ich schaute mich um und sah ein, warum, denn es waren kaum zwanzig Ritter unter seinem Banner, und er konnte nicht das Risiko eingehen, jemanden von uns zu verlieren. Weitere Speerträger waren eingetroffen, um unsere Reihen zu verstärken, und auf der Straße, die von der Festung herunterführte, sah ich Banner in allen Formen, Banner in Rot und Weiß, in Grün und Blau, und unter ihnen ritten Männer in Kettenhemden, Männer mit Helmen und Schwertern, die sich uns anschließen wollten. Einen Augenblick lang atmete ich leichter, aber nur einen Augenblick, weil sich zur gleichen Zeit die Engländer sammelten, den Berg von den Stadttoren aus hochmarschierten, und einmal mehr schlugen sie mit ihren Waffen gegen ihre Schilde und brüllten alle mit einer Stimme.

»*Ut*«, skandierten sie, wie Tiere, wie die Höllenhunde. »*Ut, ut, ut!*«

Ein Schaudern durchfuhr mich. Seit Hæstinges hatte ich nicht mehr so viele Waffen tragende Engländer auf einen Haufen gesehen, zum Kampf bereit und nach unserem Blut geifernd. Hunderte von ihnen sammelten sich unter einer purpurrot-gelb gestreiften Fahne, und bei jedem Schlag meines Herzens schlossen sich ihnen Dutzende mehr an.

Ein Ritter stürmte aus unserer Reihe nach vorn, sein Visier war noch nicht festgemacht und schlenkerte im Scharnier. Vielleicht dachte er, wir wären alle hinter ihm, vielleicht hatte ihn auch nur der Zorn übermannt, aber er ritt flugs und ohne Begleitung direkt auf die drohenden Speere des Feindes zu. Er hob seine Lanze hoch über seinen Kopf und schleuderte sie in ihre Reihen, und dann zog er sein Schwert, um damit auf den Schildwall loszugehen, als ein Speer aus dem Himmel geflogen kam und ihn in die Kehle traf. Das Schwert fiel ihm aus der Hand, als er von seinem Pferd stürzte, und ich sah, wie er sich beim Aufprall auf den Boden den Hals brach.

Der Feind brüllte vor Freude, und der Schlachtendonner wurde lauter, schneller. »*Ut! Ut! Ut!*«

Rollo trappelte unruhig mit den Füßen, und ich rieb ihm beruhigend über den Hals. Um mich herum warfen sich die Männer unsichere Blicke zu.

»Bleibt stehen!«, rief Lord Robert, während er vor den Männern auf und ab ritt und den übrigen Lords Zeichen gab, die sich mit ihren Männern und ihren Fahnen zu uns gesellt hatten. »Bleibt zurück!«

Ich bemerkte, dass ich mein Schwert immer noch in der Hand hielt, und steckte es wieder in die Scheide, während ich mich unter den anderen Männern Roberts umschaute, um zu sehen, ob ich irgendwelche Gesichter wiedererkannte. Der Earl hatte fast einhundert Ritter in seinen Diensten, und ich war nicht mit allen vertraut, aber ich sah verschiedene Männer, die normalerweise in meinem Conroi ritten, und die rief ich zu mir. Es waren insgesamt zehn: Rualon, der einzige andere Bretone außer mir, Hedo, der die gebrochene Nase hatte, und mehrere andere, deren Namen mir zu diesem Zeitpunkt nicht einfielen. Alle machten einen müden Eindruck, aber soweit ich sehen konnte, war niemand verwundet.

Zehn, während es eigentlich hätten fast dreißig sein müssen. Ich entdeckte Eudo und die anderen beiden, die das Falkenbanner gesehen hatten und zu uns zurückritten. Mit ihnen drei brachten wir es insgesamt auf vierzehn – mich selber mitgezählt –, aber auch damit war es nur die Hälfte meines Conroi.

»Wo sind die anderen?«, wollte ich wissen.

Die Männer senkten die Köpfe und weigerten sich, mir ins Gesicht zu sehen. Ich wusste, was das bedeutete. Ein Kloß stieg mir in die Kehle, aber ich durfte jetzt nicht an die Toten denken; dafür war später Zeit, wenn wir unseren Sieg sichergestellt hatten.

Einstweilen blieben die Engländer, wo sie waren, sie standen da und verhöhnten uns, aber sie schienen genauso wenig zum Angriff geneigt zu sein wie wir. Sie warteten darauf, dass wir zu ihnen kamen, genauso wie wir darauf warteten, dass sie zu uns kamen, und der Abstand zwischen den beiden Parteien betrug wenig mehr als fünfzig Schritt.

Lord Robert kehrte zu uns zurück, band seinen Kinnriemen los und nahm seinen Helm ab. Sein Gesicht war von den Jahren, die wir in Italien verbracht hatten, wettergegerbt; seine Haare waren zwar nicht so lang und ungebunden, wie die Engländer sie zu tragen pflegten, aber gewiss auch nicht so kurz geschnitten, wie es der französischen Mode entsprach. Und im Gegensatz zu den normannischen Lords, die für gewöhnlich glatt rasiert waren, besaß Robert einen gut gepflegten Vollbart, über den er oft strich, wenn er in Gedanken war. So wie jetzt, während er seine Männer musterte.

Einschließlich derer, die in diesem Moment aus der Festung eingetroffen waren, hatten wir meiner Schätzung nach weniger als vierhundert Mann auf diesem Platz – zu wenig, wenn man bedachte, dass wir mit anderthalbtausend nach Dunholm gekommen waren. Die meisten waren Speerträger und Reiter, aber es gab auch einige Bogenschützen, die eifrig eine Salve nach der anderen in die englischen Reihen abfeuerten, obwohl ich den Eindruck hatte, dass sie nur ihre Pfeile vergeudeten:

Die meisten Feinde hatten Schilde, und wenige der Geschosse kamen durch.

Lord Robert ritt auf mich zu. Sein Kettenpanzer war mit englischem Blut bespritzt, seine Augen waren blutunterlaufen, und auf seiner rechten Wange war eine frische Schnittwunde.

»Tancred«, sagte er.

Er streckte eine Hand aus, und ich umfing sie mit meiner. »Mylord«, erwiderte ich.

»Sie haben auf uns gewartet«, sagte er mit zusammengebissenen Zähnen. »Wie ich es vorhergesagt habe.«

»Das haben sie.« Ich hätte gern gewusst, wie sie es geschafft hatten, in die Stadt einzudringen, und wo so viele Männer hergekommen waren, aber es schien mir sinnlos zu sein, diese Fragen zu einem Zeitpunkt zu stellen, da sie nur fünfzig Schritt von uns entfernt standen. Es sah so aus, als hätte sich ganz Northumbria versammelt, um uns aus Dunholm zu vertreiben. Ich warf einen Blick zurück auf unsere kleine Schar, die in Reih und Glied vor der Kirche stand – ihre Beklommenheit lag fast spürbar in der Luft. Mir sank der Mut, denn ich wusste, dass wir nicht damit rechnen konnten, den Feind abzuwehren.

»Wir müssen zur Festung zurückweichen, solange wir noch können«, sagte ich zu Robert.

Er kam näher und senkte die Stimme, damit die anderen im Umkreis ihn nicht hören konnten. »Wenn wir das tun, überlassen wir ihnen die Stadt«, sagte er. »Wir haben nicht genug Vorräte, um eine Belagerung zu überstehen. Wir müssen jetzt gegen sie kämpfen.«

»Wir haben nicht genug Männer, Mylord«, sagte ich. »Wenn wir uns zurückziehen, können wir an Stärke gewinnen und einen Ausfall machen, wann es uns passt.«

»Nein«, sagte Robert, und seine dunklen Augen bohrten sich in meine. »Sie fürchten uns, Tancred. Schau doch, wie wenig Lust sie haben, uns anzugreifen! Wir werden ihnen heute

Abend eine Niederlage beibringen, und wir werden sie ihnen hier beibringen.«

»Sie haben uns noch nicht angegriffen, weil sie uns nur hier festhalten müssen«, stellte ich klar. »Die anderen werden durch die Seitenstraßen herankommen.« Und ich berichtete ihm, wie wir einer Gruppe von ihnen in der Nähe der Brücke begegnet waren. »Sie werden wiederkommen, und zwar in größerer Zahl als zuvor. Und wir werden hier ohne Hoffnung auf einen Rückzug abgeschnitten sein.«

Er schwieg. Die Engländer schlugen weiterhin gegen ihre Schilde, und einige der normannischen Lords taten es ihnen nach, um ihre Männer anzuspornen.

»Dann nimm dir dreißig Männer«, sagte er schließlich. »Versuch, den Feind abzufangen.« Er begann ungefähr ein Dutzend seiner Männer zu mir abzukommandieren, während er den Kinnstreifen seines Helms wieder befestigte.

Ich schluckte, weil ich wusste, dass wir alle dem Tod geweiht waren, falls wir von der Hauptstreitmacht abgeschnitten würden. Aber der Befehl war erteilt worden, und ich konnte mich nicht weigern.

»Gib mir vierzig«, rief ich ihm nach.

Er erwiderte meinen Blick. Einen Moment lang zögerte er, als wüsste er nicht, was er tun sollte, aber dann nickte er und gab das Signal, dass weitere zehn seiner Männer mir folgen sollten.

»Wenn du sie nicht abfangen kannst, werden wir den Rückzug antreten müssen«, sagte er. Seine Stimme war ernst, und in seinen Augen stand der Ausdruck eines Mannes, der vor sich nur noch Misserfolg zu sehen begann, einen Ausdruck, den ich ihn in den Feldzügen von dreizehn Jahren noch nie hatte tragen sehen. Dies war der Mann, der uns in Varaville und in Hæstinges angeführt, der uns um sich geschart hatte, wenn alles verloren schien, und dessen Mut nie geschwankt hatte, dessen Fertigkeit im Umgang mit Waffen von niemandem in den Schatten gestellt wurde – und dennoch sah ich seine Verzweiflung. Ein plötzliches Frösteln befiel mich.

Er ritt zurück an die Spitze seiner Männer. Ich holte tief Luft, hob meine Lanze und schwenkte das Fähnchen daran, damit mich mein ganzer Conroi sehen konnte: Männer jeden Alters, einige jung und frisch, die erst kürzlich vor Robert ihren Eid abgelegt hatten; andere, die ihm seit der Zeit vor der Invasion dienten und fast so alt waren wie ich.

»Bleibt nahe bei mir«, sagte ich zu ihnen. »Denkt daran, dass die Kraft eines Angriffs immer von der Zahl der Angreifer abhängt. Achtet auf eure Flanke, verliert die Männer neben euch nicht aus dem Blick.«

Ich drehte mich um, weil ich sehen wollte, wer hinter mir war. Erleichtert erkannte ich Eudo und Fulcher und Gérard, auch wenn keiner von ihnen mich ansah – ihre Augen waren entweder geschlossen oder zu Boden gerichtet. Vielleicht dachten sie über die Instruktionen nach, die ich ihnen gerade gegeben hatte, oder stellten sich den Angriff vor, und was sie tun würden, wenn wir auf die Engländer trafen.

Ich warf noch einen Blick auf Robert, der gerade mit einem der anderen Lords sprach – er hatte ein rotes Gesicht und machte wilde Handzeichen zu einigen der Männer, die weiter hinten in unserer Schlachtreihe standen. Ich musste noch einmal schlucken, aber als ich die Falkenfahne hoch über meinen Kopf erhob, fielen alle meine Zweifel von mir ab. Denn mir war klar, dass ich mich in den Kämpfen der vergangenen zwölf Jahre in schlimmeren Situationen befunden hatte als dieser hier, und ich hatte sie überstanden. Solange wir das Vertrauen in unsere Schwertarme nicht verloren, würden wir dennoch siegen.

»Für die Normandie!«, rief ich.

Mein Herz schlug so laut wie Rollos Hufe, während wir zurück Richtung Kirche ritten und die Kurve zum westlichen Teil der Stadt nahmen. Von dort würden die Engländer kommen, wenn sie überhaupt kamen, weil der Weg zur Festung von hier aus weniger steil war als von Osten.

»Mir nach!«, rief ich, als ich nach rechts in eine Straße abbog, die zwischen Häusern auf der einen und einem Flechtwerkzaun auf der anderen Seite so schmal war, dass drei von uns kaum nebeneinander reiten konnten. Ich erhaschte einen Blick auf den Fluss zu unserer Linken, ein Band aus tiefstem Schwarz, das sich unter den Bäumen wand.

Dann hörten die Häuser auf, und wir kamen auf ein Feld gepflügter Erde hinaus, das ungefähr dreißig Schritt breit und vielleicht zwei oder drei Mal so tief war. Und dort, vom gegenüberliegenden Ende aus, flohen Normannen auf uns zu, Dutzende von ihnen zu Pferde und zu Fuß. Hinter ihnen – brüllend, vorwärtsstürmend mit wippenden Fackeln und gezogenen Waffen – kam der Feind.

Drei

Ich senkte meine Lanze und packte sie so fest mit meiner rechten Hand, wie ich mit der linken die Schildschlaufen ergriff.

»Los!«, rief ich meinem Conroi zu. »Für St-Ouen, Lord Robert und König Guillaume!«

»Für König Guillaume!«, erwiderten sie den Ruf, und wir galoppierten über das Feld. Dutzende von Hufen trampelten die Ackerfurchen nieder und schleuderten Matsch und Steine umher. Neben mir ritten Eudo und Fulcher und Gérard Knie an Knie mit drei weiteren Reitern auf jeder Seite, sodass wir zehn Mann in jener ersten Reihe waren, die den Angriff vortrug. Ein paar auf unserer rechten Seite begannen vorzupreschen, und ich rief ihnen zu, dass sie in der Schlachtordnung bleiben sollten, obwohl ich keine Ahnung hatte, wie viele mich bei dem Donnern der Hufe und dem Gegenwind in ihren Gesichtern hören konnten.

Die fliehenden Normannen gaben uns den Weg frei. Der Feind war noch hinter ihnen her, eine Woge von Männern, die uns entgegeneilten, aber wir ließen uns nicht aufhalten, und dann waren wir zwischen ihnen, stießen unsere Lanzen in ihre Schilde und ihre Gesichter und ritten über ihre Leiber, als sie fielen. Der Rest des Conrois war hinter uns, als wir in ihre Reihen einbrachen, mit unseren Schwertern zuschlugen, und die Schreie der Sterbenden füllten die Luft.

»*Godemite*«, rief einer von den Feinden, der seine Speerspitze mit ihrem scharlachroten Fähnchen hoch in die Luft hob. »*Godemite!*«

Im Gegensatz zu den anderen, die ohne Rüstung kämpften oder bestenfalls mit einer Lederjacke bekleidet waren, trug er ein Kettenhemd. Sein Schwertgriff war mit Gold eingelegt, und ich hielt ihn für einen Than – einen der englischen Anführer –, weil er seine Männer zu sich rief, bis sie, anscheinend ohne dass ein Signal gegeben wurde, gegen uns anzurennen begannen, die Speere gerade nach vorne gerichtet. Allerdings waren sie so begierig darauf zu sterben, dass sie nicht alle gleichzeitig mit überlappenden Schilden auf uns zukamen, sondern eher ungeordnet, auf stümperhafte Weise.

Ich griff sie zusammen mit Eudo und Gérard und dem Rest neben mir an, schlug zu, trieb die Feinde auseinander, bis der Than selber vor mir stand. Er hatte die Zähne fest zusammengebissen, sein Gesicht war rot, und er richtete die Spitze seines Speers auf Rollos Hals, aber weil ich nach rechts abschwenkte, prallte sie stattdessen hart gegen meinen Schild, sodass sich der Stoß bis in meine Schulter fortsetzte und ich nach hinten gegen den Zwiesel gedrückt wurde. Ich umklammerte Rollo fest mit den Beinen, um nicht herunterzufallen.

Der Than zog sein vergoldetes Schwert und wollte damit auf mich losgehen, aber bevor er das tun konnte, tauchte Eudo an seiner Seite auf und hieb mit seinem Schwert auf den ungeschützten Unterarm des Mannes ein, durch den Knochen, und trennte seine Hand ab, die immer noch den Schwertgriff festhielt. Der Mann schrie auf, stolperte rückwärts und umklammerte den blutigen Stumpf, doch indem er das tat, veränderte er die Haltung seines Schilds und entblößte seinen Kopf.

Ich erkannte die Gelegenheit und hieb dem Than mit dem Schwert ins Gesicht. Sein Kopf fuhr ruckartig nach hinten, sein langer Schnurrbart war blutüberströmt; der Nasenschutz seines Helms hatte die größte Wucht des Schlags abgefangen, und er war noch am Leben, wenn auch nicht mehr lange. Eudo schlug ihn quer über die Brust und schnitt durch die Glieder seines

Kettenhemds und das Fleisch darunter. Keuchend machte der Mann noch einen Schritt zurück und schaute an seiner Brust hinunter, während er mit seiner verbliebenen Hand fest gegen den Panzer drückte. Blut rann zwischen seinen Fingern hindurch, seine Augen wurden glasig, und seine Lippen bewegten sich, aber kein Ton kam aus seinem Mund, und dann brach er zusammen.

Kaum lag er am Boden, war er auch schon vergessen, denn ich hatte viel zu tun, musste Schläge und Stöße parieren, selber stoßen und stechen und mir einen Weg durch den Feind bahnen, bis ein freier Raum um mich herum entstand. Ich überprüfte, ob der Rest meines Conrois noch bei mir war. Mehrere Pferde lagen tot auf dem Boden und ihre Reiter neben ihnen, und unter denen, die gefallen waren, erkannte ich das Gesicht meines Landsmannes Rualon.

Dann erblickte ich über die Köpfe des Feindes hinweg, zu meiner Linken in der Nähe des Flusses, einen weißen Schild mit einem schwarzen Falken auf der Vorderseite. Sein Inhaber, ein kräftiger Mann mit breiter Brust, kämpfte zu Fuß und schwang mit seiner freien Hand einen langen Speer, einen Speer, der das gleiche Fähnchen trug wie meiner. Er hatte seinen Helm aufgesetzt und seinen Kinnschutz vorgelegt, aber ich konnte die Narbe unter seinem Auge gerade noch sehen, die er seit Hæstinges trug, und ich erkannte ihn sofort.

»Wace!«, rief ich in der Hoffnung, seine Aufmerksamkeit zu erregen, aber bei dem Lärm, den die Schwerter machten, wenn sie auf Schilde und Kettenpanzer einschlugen, konnte er mich nicht hören. Ich hob mein Schwert hoch. »Mit mir«, sagte ich zu den letzten meiner Männer. »Kommt mit mir!«

Außer Lord Robert selber kannte ich wenige Männer, die so geschickt mit einem Schwert umgehen konnten wie Wace. Er stand sogar noch länger in Roberts Diensten als ich, hatte in den gleichen Schlachten gekämpft und war wie ich Anführer eines vollen Conrois mit seinem ritterlichen Gefolge. Abgesehen davon, dass jetzt nur sechs oder sieben Männer bei ihm waren. Drei waren Ritter, denn sie trugen Kettenpanzer und Helme. Einer hatte seinen Schild verloren und kämpfte mit je einem Speer in seinen beiden Händen, ein anderer mit zwei Schwertern. Sie wurden zu einem engen Kreis zusammengepresst, während die Engländer sie von allen Seiten bedrängten.

»Los! Los!«

Northumbrier flohen vor mir, und mein Schwert fühlte sich leicht an in meiner Hand, während ich damit wieder und wieder und wieder zuschlug. Ich wusste nicht mehr, wie viele ihm zum Opfer gefallen waren, weil ich nur die sehen konnte, die vor mir waren, und ich wusste, ich musste zu Wace durchkommen. Er stieß dem Mann vor ihm seinen Speer unter dem Schild hindurch in den Unterleib, aber sobald dieser Mann zu Boden gefallen war, trat der nächste über die Leiche, um die Lücke zu füllen, nach Blut dürstend. Auf der anderen Seite nutzte der Normanne mit den zwei Schwertern seinen Vorteil und verließ den Kreis gegen die Warnungen seiner Gefährten, ließ Schläge auf die Schilde vor ihm herabregnen und traf sie dabei so hart, dass das Leder vom Holz abfiel. Er bahnte sich einen Weg durch ihre Mauer, indem er nach links und rechts Hiebe austeilte, und mehrere von ihnen starben, bis ein Speer seine Brust durchdrang.

Wace schaute auf und sah mich. Er rief etwas, das ich nicht hören konnte, aber das spielte keine Rolle, weil der Feind unter mir war, und meine Klinge sang vor Freude in der Schlacht und funkelte im Schein der Fackeln, während sie traf und wieder traf. Und ich wurde an das Ende des Tages in Hæstinges erinnert, als die letzten Engländer versuchten, uns abzuwehren, obwohl die Schlacht zu diesem Zeitpunkt bereits gewonnen war, und der Mann, den sie König nannten, tot auf dem Schlachtfeld lag. Ich musste daran denken, wie wir sie verfolgt hatten, als sie das Getümmel flohen, und plötzlich war ich wieder dort, ritt die Engländer nieder und verlor mich an den Willen meines Schwerts, folgte mit dem Arm seiner Bahn, ließ es ihnen die Kehle aufschlitzen.

»Für Lord Robert!«, schrie ich. »Für Lord Robert!«

Ich schaute mich nach dem nächsten Feind um, den ich töten konnte, aber sie liefen zurück zu ihren Reihen, wo Hunderte mehr, wie es schien, langsam vorrückten und dabei *»Ut! Ut! Ut!«* riefen.

Wace blieb stehen und atmete schwer, während die drei Männer, die von seiner Gruppe übrig geblieben waren, sich um ihn scharten. Der Schaft seines Speers war gebrochen – die Spitze steckte fest in der Brust eines der vielen toten Northumbrier, die auf dem Boden vor ihm verstreut lagen. Das Fähnchen war blutgetränkt und hing in Fetzen herunter. Er schaute mit einem halb verhängten Auge zu mir hoch. Derselbe Schlag in Hæstinges, dem er seine Narbe verdankte, hatte sein Auge beschädigt, und obwohl er fast genauso gut sehen konnte wie zuvor, hatte er es seitdem nie mehr ganz aufmachen können.

»Du hast dir aber Zeit gelassen«, sagte er, was exakt die Art Bemerkung war, die ich von ihm erwartet hatte. Seine Stimme war wie seine Klinge: schneidend und scharf.

»Wir müssen uns auf den Rückweg machen«, sagte ich zu ihm, ohne darauf einzugehen, wie wenig dankbar er sich zeigte. »Wir müssen zurück zur Festung.«

Ich musterte die Männer meines Conrois – sie starrten den dicht gedrängten Reihen englischer Speere entgegen, die auf sie zuhielten. Einige von ihnen waren schon im Begriff, sich umzudrehen, aufzugeben, auf dem Weg zurückzureiten, den wir gekommen waren.

Ich steckte mein Schwert in die Scheide, zeigte mit der Hand auf den Felsvorsprung und die Palisade, die ihren Kamm umgab. »Rückzug!«

Mehrere Pferde hatten ihre Reiter verloren und hatten sich zum Ufer des Flusses davongemacht. Wace und seine Männer waren schon auf dem Weg zu ihnen, obwohl einige von ihnen keine Lust zu haben schienen, einen anderen Reiter zu akzeptieren, und wieder die Flucht ergriffen, während einige mit den Hinterbeinen ausschlugen, wenn sich ihnen jemand näherte.

Es wurde wieder in ein Horn gestoßen, und es schien mir, als käme der Ton aus der Nähe der Kirche, deren Turm ich auch jetzt noch sehen konnte, weil er sich über die Dächer der Häuser erhob. Der Wind blies Funken vor sich her, und ein paar von ihnen landeten auf dem Dachstroh und begannen es in Brand zu setzen; aus nördlicher Richtung kam eine lange schwarze Rauchwolke, die mir ins Gesicht geblasen wurde, den Weg vor mir verdunkelte und mir den Atem nahm, aber ich konnte die Schreie des Feindes hinter mir hören, und mir war klar, dass ich weiterreiten musste. Die Furchen verliefen längs über das Feld, und ich folgte ihnen, bis der Weg zwischen den Häusern hindurch in Sicht kam. Rollo wurde langsamer, und ich dachte mir, wie müde er sein müsste, aber ich konnte ihn noch nicht ausruhen lassen. Als wir uns dem steilen Hang zur Festung näherten, hörte ich das Klirren von Schwertern vor uns in der Hauptstraße; als wir auf sie herauskamen, wurde gerade zwei Engländern durch die Speere einer Gruppe von Rittern der Garaus gemacht. Und unter diesen Rittern erkannte ich das viereckige Gesicht Maugers: eines der beiden Männer, die ich zum Schutz Oswynns zurückgelassen hatte, und sie war nicht bei ihm …

»Mauger!«, rief ich und versuchte, ihn trotz des Geklirres des Stahls, der Schreie, die vom Marktplatz kamen, und des Getrommels der Hufe auf mich aufmerksam zu machen.

Er schaute hoch und zog an den Zügeln, um mich ansehen zu können. »Tancred …«, begann er.

»Wo ist sie?« Ich schnitt ihm das Wort ab und ließ meine

Blicke umherschweifen, um sicherzugehen, dass ich sie nicht übersehen hatte. Aber meine Augen hatten mich nicht getäuscht. Sie war nicht da. »Wo ist sie?«

»Es tut mir leid«, sagte er mit erstickter Stimme.

»Was?« Ich starrte ihn an, forderte ihn auf fortzufahren, und mir wurde bereits bang ums Herz, als er den Mund aufmachte und ich spürte, was er sagen wollte, auch wenn ich es noch nicht wahrhaben wollte. »Wo ist sie?«

Er schaute zu Boden. »Es tut mir leid«, sagte er wieder. »Der Feind – sie überfielen uns ohne Warnung, als wir auf dem Rückweg zur Festung waren …«

»Nein«, sagte ich. Mir war auf einmal kalt, als ob meine Seele meinen Körper verlassen hätte. Die Worte blieben mir im Hals stecken, ich bekam keine Luft mehr. »Das kann nicht sein.« Ich sah ihr Gesicht vor mir, ihre ungebärdigen schwarzen Haare, während sie mich mit ihren dunklen Augen anfunkelte und mich mit englischen Wörtern beschimpfte.

»Es tut mir leid«, sagte Mauger.

»Nein«, wiederholte ich. »Sie ist nicht tot. Das kann nicht sein.« Ich starrte ihm in die Augen, wollte ihn dazu bringen, dass er es abstritt, aber ich sah nur seine Schuldgefühle. Schuld, weil er mich enttäuscht hatte. Ich wollte ihn deshalb schlagen, wollte ihn von seinem Pferd herunterholen, nur hatte mich meine ganze Kraft verlassen.

Ich hörte Waces Stimme hinter mir, die den Rückzug befahl, und das Horn, dessen Klang aus der Richtung des Marktplatzes an meine Ohren drang, und die Schreie all dieser Männer, die jubelten, brüllten, skandierten und starben. Um mich herum wurde der Rauch dichter und dunkler, er wirbelte in mein Gesicht und stach mir in den Augen. Funken erhoben sich in die Luft wie versprengte Sterne, flackerten kurzfristig auf, bevor sie einer nach dem anderen ausgelöscht wurden und verschwanden, von der Nacht verschluckt.

Männer eilten an mir zu Pferd und zu Fuß vorbei, und ich hörte ihre Rufe, aber ich verstand nicht, was sie sagten, weil ich erstarrt in meinem Sattel saß. Hinter mir war das Trommeln näher gekommen, und ich stellte mir vor, wie all diese Northumbrier auf uns zumarschierten, mit Mord im Herzen …

Und ich wusste, dass Mauger nicht derjenige war, der die Verantwortung trug.

Ich riss fest an den Zügeln, und Rollo bäumte sich auf, aber das war mir egal, weil ich nur noch eine Sache im Sinn hatte.

»Tancred!«, sagte Mauger, aber ich tat so, als hätte ich ihn nicht gehört, während ich den Weg zwischen den Häusern wieder hinunterritt und meine Fersen fester als zuvor in Rollos Weichen drückte, um alles an Geschwindigkeit aus ihm herauszuholen.

Ich zog mein Schwert wieder aus seiner Scheide und schwang es hoch über meinem Kopf, während der Rauch sich lichtete und die Engländer mir unverhofft entgegeneilten. Ich brach durch ihre erste Reihe, bevor sie noch ihren Schildwall bilden konnten: brüllend, sie allesamt zum Teufel wünschend, mit meiner Klinge schlitzend, mähend, spaltend und vor Wut schreiend, schreiend ohne Worte, schreiend, damit meine Stimme das Letzte wäre, was sie hörten, bevor ich sie alle zur Hölle schickte.

Es waren andere bei mir, als ich in den Feind hineinpreschte, aber in Wahrheit kümmerte es mich nicht, ob sie da waren oder nicht, weil mich der Blutrausch gepackt hatte. Es gab nichts, was mich zurückhalten konnte. Ich hob mein Schwert und ließ es auf dem Helm eines Northumbriers niedersausen, und er fiel unter Rollos Hufe. Im gleichen Moment drehte ich mich um, hob es für einen nächsten Schlag und setzte das ganze Gewicht der Waffe ein, um den Schild eines anderen aus dem Weg zu stoßen, bevor ich ihm die Spitze durch die Kehle ziehen konnte.

Neben mir erhob sich ein Pferd auf die Hinterbeine und schlug mit den Vorderhufen in die Luft, und das Weiß seiner

Augen glänzte in der Dunkelheit, bevor einer der Engländer seinen Speer tief in den Bauch des Tiers versenkte. Es drosch wild mit den Hufen um sich, schrie vor Schmerzen, und sein Reiter wurde plötzlich aus dem Sattel geworfen. Mir stockte der Atem in der Brust, als ich erkannte, dass es Fulcher war, aber ich war zu weit entfernt, um irgendwas zu unternehmen. Er war noch dabei, sich wieder aufzurappeln, als derselbe Speerträger ihm die Spitze seiner Waffe durch die Brust ins Herz stieß.

»Fulcher!«, schrie ich und biss die Zähne zusammen, während ich meine ganze Kraft in meinen Schwertarm legte und die Waffe …

Unter mir blitzte Stahl auf, und ein brennender Schmerz fuhr durch meinen Unterschenkel. Ich hielt mich an Rollos Hals fest, während ich die Brust des Mannes, der mich verletzt hatte, mit einem rückhändigen Schlag traf und zu Gott und allen Heiligen schrie, als mich der Schmerz übermannte.

»Reite zurück«, sagte jemand, und ich begriff, dass es Waces Stimme war. Feuer spiegelte sich in seinem Schwert wider, als damit auf den Feind einschlug. »Reite zurück!«

Ich brauchte einen Augenblick, um zu verstehen, dass er mich damit meinte, aber in dem Augenblick verebbte mein Blutrausch, und auf einmal fand ich mich von mehr Speeren umgeben, als ich zählen konnte, und an meiner Seite war niemand außer Wace. Zu meiner Linken sah ich gerade noch, wie Gérard von seinem Pferd gezerrt wurde, und ich saß wie festgewurzelt in meinen Steigbügeln, während die Engländer mit Schwertern, Messern und Speeren auf ihn losgingen. Trotzdem kämpfte er noch und wehrte die Schläge mit seinem Schild ab, bis einer der Engländer, der größer war als die anderen, mit einer langstieligen Axt nach vorne kam und Gérard damit in die Brust traf.

»Los«, rief Wace.

Schweiß triefte von meiner Stirn und vermischte sich mit meinen Tränen. Mir war gleichgültig, ob ich starb oder am

Leben blieb; ich wollte nur noch den Mann erschlagen, der Gérard getötet hatte. Ich stürmte vorwärts, bevor er die Waffe für den nächsten Schlag anheben konnte, und drehte den Griff meines Schwerts so, dass ich es eher wie einen Dolch hielt. Seine Augen weiteten sich, als er mich kommen sah, und er ließ die Axt fallen, während er sich zu einer Seite duckte, aber er war zu langsam und zu groß. Ich stieß meine Waffe so fest in seinen Rücken, dass die Klinge stecken blieb, als ich sie herauszuziehen versuchte. Der Griff war von dem vergossenen Blut meiner Widersacher und meinem eigenen Schweiß glitschig geworden, und ich spürte, wie er mir aus der Hand rutschte. Ich bemühte mich, ihn festzuhalten, aber meine Finger griffen in die Luft, und dann sah ich die Waffe hinter mir zu Boden fallen, sah, wie sie sich überschlug, wie das Licht vieler Fackeln in ihrer Klinge funkelte, bevor sie im Boden stecken blieb und mich die Furcht ergriff.

Speere stießen von der rechten Seite nach mir, und ich lehnte mich im Sattel zurück, weg von ihnen, auch wenn ein Wald aus Stahl sich von links gegen mich presste; ich konnte kein Ende des Feindes absehen. Ich klammerte mich an Rollos Hals und hielt meinen Schild neben seiner Flanke fest und empfing damit jeden Schlag, der ausgeteilt wurde. Die dunklen Schatten der Häuser erhoben sich hoch auf beiden Seiten.

»Los«, sagte Wace neben meiner ungeschützten Flanke. »Schneller; reite schneller!« Sein Schwert blitzte auf, und der Feind vor uns fiel, und ich ritt vorwärts, vorwärts, vorwärts.

Und dann waren wir an ihnen vorbei und wieder einmal auf der Hauptstraße, nur dass der Weg zu der Festung versperrt war und der Feind mit Feuer und Stahl in den Händen durch die Gassen strömte und die wenigen, die noch übrig waren, zu Boden hackte. Überall lagen Leichen herum, und die Erde war von Blut getränkt. Über uns, hinter der Palisade, die den Felsvorsprung krönte, brannte die Met-Halle; große Flammen wanden sich himmelwärts auf die Wolken zu und verflochten sich ineinander und brachen rasch auf dem gesamten Strohdach aus, als der Wind aus dem Norden böig auffrischte.

»Wir müssen Lord Robert finden«, flüsterte ich, während ich mir mit der Hand über das Gesicht fuhr, als könnte das auf irgendeine Weise alles zerstreuen, was ich vor mir sah. Eine frische Schmerzwelle fuhr durch mein Bein, aber ich biss die Zähne zusammen. »Wir müssen Eudo finden.«

»Nicht jetzt«, sagte Wace. Er riss mir die Zügel aus den Händen und zerrte Rollo mit sich in Richtung Fluss und Brücke, denn der Feind hatte uns bemerkt, und sie rannten auf uns zu, weil sie die Aussicht auf noch mehr Blut verlockte. Ich saß wie gebannt in meinem Sattel, und mein ganzer Körper war ohne Empfindung, während ich auf sie starrte und kaum glauben konnte, was da vor sich ging. Ich hatte kein Schwert, der Rand meines Schildes war gesplittert, mein Pferd war fast völlig erschöpft, und ich wusste, dass alles verloren war.

»Reite«, sagte Wace, der sein Pferd bereits den Abhang hinunter auf die Brücke zu antrieb.

Ich warf einen Blick zurück auf die Stadt, auf die Horden der Engländer, die unsere Verfolgung aufnahmen, auf die wenigen Normannen in einiger Entfernung, die immer noch verzweifelt weiterkämpften. Ich hörte die Schreie, die aus der Festung kamen, das Schrammen von Stahl auf Kettenpanzern, das Siegesgeschrei des Feindes und den Schlachtendonner, der lauter war denn je. Eine Rauchwolke tauchte vor mir auf, nahm mir die Sicht, und dann endlich drehte ich mich um und folgte Wace, der auf den Fluss zugaloppierte. Die Hufe machten ein hohles Geräusch auf dem Stein, als wir über die Brücke ritten, über dem kalten schwarzen Wasser.

»Weiter«, befahl ich Rollo.

Die Schreie erfüllten immer noch meine Ohren, aber ich schaute nicht zurück, sondern sah nur hin, wo mein Pferd seine müden Füße hinsetzte, während wir zwischen den Bäumen den Hang erklommen. Regen begann wieder auf uns zu spucken, und während die Tropfen schwerer wurden, begannen die Geräusche aus der Stadt allmählich zu verblassen.

»Weiter«, flüsterte ich zu niemandem außer mir. Das Wasser rann von meinem Nasenschutz hinunter, sickerte in mein Kettenhemd und meine Tunika hinein, und die Dunkelheit umschloss uns, während wir tiefer in den Wald und in die Nacht hineinritten.

Vier

Wir hielten erst im Morgengrauen an. Die Bäume standen dicht beieinander, die Hänge waren steil und die Pfade trügerisch, aber wir ritten trotzdem immer weiter. Je mehr Meilen wir zwischen uns und den Feind legen konnten, umso besser. Ich wusste nicht, ob sie Reiter aussenden würden, um die zur Strecke zu bringen, die geflohen waren, aber ich hatte keine Lust, es herauszufinden.

Der ganze Himmel war mit Wolken bedeckt, man konnte weder Sterne noch Mond sehen. Der Regen fiel immer noch, die Tropfen prallten von meinem Helm ab. Darunter war ich durch und durch nass, meine Tunika, mein Hemd und meine Brouche klebten mir an der Haut, wo sich Wasser mit Schweiß vermischt hatte. Meine Wade fühlte sich an, als stünde sie in Flammen, während jeder Windstoß wie eine Lanze durch meinen Rücken fuhr. Mein Umhang bot keinen Schutz, feucht und schwer hing er an mir herunter, mit dem Blut meiner Feinde und vielleicht auch meinem eigenen befleckt – ich konnte es nicht auseinanderhalten, und offen gestanden war es mir egal. Nichts davon spielte eine Rolle, denn die Schlacht war verloren und Oswynn war tot.

Hätte ich sie doch nur nie verlassen. Ich hätte bleiben oder sie andernfalls mit uns nehmen sollen, denn dann wäre sie in Sicherheit gewesen. Als ich weggeritten war, um die anderen zu treffen, hatte ich mich nicht einmal umgesehen. Aber wie hätte ich ahnen sollen, dass ich sie dort ihrem Tod überließ.

Ich spürte, wie mir die Tränen kamen, versuchte aber, sie

zurückzuhalten. Ich hätte sie im Süden zurücklassen sollen. Stattdessen hatte ich sie im Stich gelassen, indem ich sie zu diesem gottverlassenen Ort brachte, genauso wie ich Fulcher und Gérard im Stich gelassen hatte. Ich kannte die beiden seit vielen Jahren; wir hatten gemeinsam so viel durchgemacht, außerhalb des Schlachtfelds und auch mittendrin.

Ich schloss meine Augen. Gérard, Fulcher, Oswynn: sie waren jetzt alle tot. Und ich war derjenige, der sie durch seine Dummheit getötet hatte.

Ich schluckte, wischte mir mit der Hand über die Augen, streifte die Feuchtigkeit ab, die sich zu bilden begann. Ich fragte mich, was mit Eudo und Mauger, Ivo und Hedo und dem ganzen Rest meines Conrois geschehen war, und betete, dass sie es ebenfalls geschafft hatten zu entkommen: dass sie und Lord Robert in Sicherheit waren.

Rollo unter mir wurde immer müder. Jeder Schritt schien langsamer, jeder Atemzug mühsamer zu sein als der davor. Ich wusste, wie er sich fühlte. Mir selber fielen fast die Augen zu, und meine Glieder wurden schwer, aber mir war klar, dass wir nicht stehen bleiben durften. Mehrere Male hörte ich ein Kriegshorn in der Entfernung einen langen und tiefen Ton ausstoßen, der die Nacht durchschnitt, aber ob es eines der ihren oder der unseren war, vermochte ich nicht zu sagen. Alles was ich tun konnte war weiterreiten, Rollo antreiben, jedes Mal, wenn er langsamer wurde, meine Fersen in seine Weichen graben.

Vor mir wählte Wace seinen Weg durch die Bäume sorgfältig aus. In der Dunkelheit war es schwierig, den Wildwechseln zu folgen, die sich gabelten und dann erneut gabelten und sich oft zurückzuschlängeln schienen. Wir hatten die ausgetretenen Pfade hinter uns gelassen, und das bedeutete, dass die Chance, dass die Engländer uns einholten, falls sie uns denn verfolgten, geringer war. Aber ich war nicht einmal sicher, ob wir in die richtige Richtung ritten – der Wald sah überall gleich aus, egal wohin ich schaute. Alles was wir wussten war, dass der Wind vorher aus Norden gekommen war, und deshalb achteten wir darauf, dass wir ihn so oft wie möglich im Rücken hatten und nach Süden ritten, in Richtung Eoferwic.

Denn falls es noch andere gab, die es geschafft hatten, Dunholm lebend zu verlassen, würden wir sie dort finden. In der Stadt Eoferwic, die im vergangenen Sommer den Engländern weggenommen worden und seitdem Guillaume Malet anvertraut war, einem der mächtigsten Grundherren in der Normandie, der hoch in der Achtung des Königs stand. Aber sie lag mindestens drei Tagesritte entfernt und wahrscheinlich mehr, wenn wir die Hauptstraßen mieden, denn wir kannten die Gegend nicht. Die alte Römerstraße wäre – falls wir sie finden konnten – gefährlich, auch wenn sie mit Sicherheit schneller war. Diese Strecke hatten wir auf unserem Marsch hierher genommen, ein Heer von fast zweitausend Mann unter Lord Robert. Ich fragte mich, was von diesem Heer jetzt noch übrig war.

Kurze Zeit später kamen wir auf eine Lichtung, auf der einmal eine große Eiche gestanden hatte, die jetzt allerdings gefallen war – vielleicht ein Opfer der Stürme in letzter Zeit. An dem einen Ende spreizten sich ihre gesplitterten Äste auf dem Boden. An dem anderen hingen ihre Wurzeln mit Erdklumpen dazwischen über der unebenen Grube, wo sie aus dem Boden gerissen worden waren.

Von irgendwo in einiger Entfernung kam ein Schrei, und ich erstarrte und brachte Rollo zum Stehen. Ich drehte mich um, merkte, wie die Anspannung in mir zunahm, und griff nach meinem Schwert, bis mir klar wurde, dass es nicht mehr da war. Die Stimme war aus der Gegend rechts von uns gekommen, aber von meinem Platz inmitten der Bäume konnte ich nichts sehen. Ich warf einen Blick auf Wace, aber er schien nichts gehört zu haben, denn er ritt weiter vorwärts.

»Wace«, sagte ich mit gedämpfter Stimme.

Er brachte sein Pferd zum Stehen. In seinen Augen stand ein Ausdruck von Ungeduld, aber andererseits war Wace nicht für seine Geduld bekannt. Seine Kiefermuskeln traten hervor, sein Visier war nicht eingehängt und hing von der Seite seiner Bundhaube herab.

»Was ist?«, fragte er.

»Ich habe jemanden gehört«, antwortete ich und zeigte in die Richtung, aus der der Schrei gekommen war.

Sein Gesicht wurde ernst, während er durch die Bäume zu schauen versuchte. Der Regen um uns herum fiel weiter. Sonst war alles ruhig.

»Du irrst dich«, sagte er und trieb sein Pferd wieder vorwärts.

Aber dann waren die gleichen Stimmen wieder zu hören, mindestens zwei, und sie riefen sich Wörter zu, die ich nicht verstand, die aber Englisch klangen. Sie konnten auch nicht weit entfernt sein, höchstens zweihundert Schritte und wahrscheinlich weniger: Der Ton reichte im Wald nicht sehr weit. Waren sie unserer Spur gefolgt?

Wace warf mir einen Blick über die Schulter zu – er dachte zweifellos das Gleiche. »Komm mit«, sagte er, während er sich auf die andere Seite der Lichtung begab. Der Pfad, dem wir gefolgt waren, bog hier nach Osten ab, zurück zum Wiire, aber Wace ritt nach Westen, tiefer in den Wald hinein.

Ich grub meine Fersen in Rollos Flanken, und er ging los und verfiel schnell in einen Trab. Wir ließen die Lichtung hinter uns und drangen durch die Bäume vorwärts. Eine Schicht von Blättern und Fichtennadeln bedeckte den Boden und dämpfte den Hufschlag unserer Pferde. Mehr als einmal streifte ein Ast gegen meine verletzte Wade, und ich zuckte zusammen, weil es so wehtat.

Ich hörte wieder die gleichen Stimmen hinter uns, sie lachten und riefen einander etwas zu. Ich schaute nach hinten und fand es zunächst schwierig, irgendwas zu erkennen, aber dann sah ich die umgestürzte Eiche und daneben schattenhafte Gestalten zu Pferde. Es waren insgesamt drei. Ich hielt den Atem an, während ich sie beobachtete, weil ich kein Geräusch machen wollte, das uns möglicherweise verriet. Sie stiegen von ihren Pferden und taumelten immer noch plaudernd über die Lichtung. Einer von ihnen fing an zu singen, ein anderer schloss sich an, und dann begannen sie in der Art von Betrunkenen zu tanzen.

»*Sige!*«, riefen sie, fast wie ein Mann, aber ich war mir nicht sicher, ob sie wollten, dass wir es hörten, oder nicht. »*God us sige forgeaf!*«

Ich merkte, dass Wace bereits ein ganzes Stück vor mir war, und beeilte mich, wieder etwas aufzuholen. Zweige knackten unter Rollos Hufen, und ich hoffte, dass sie uns nicht gehört hatten, aber es wurde weiterhin gelacht und gesungen, und das hielt ich für ein gutes Zeichen. Als wir uns dem Höhenrücken näherten, begannen die Rufe allmählich leiser zu werden, und als ich mich das nächste Mal umsah, waren die drei Gestalten verschwunden.

In jener Nacht zeigte sich der Feind kein weiteres Mal, und dafür war ich Gott dankbar. Merfach dachte einer von uns, er hätte ein Geräusch gehört, aber es konnte nur ein Tier oder der Wind in den Fichtenzweigen gewesen sein, denn wir sahen nie etwas.

Wir ritten eine ganze Weile weiter nach Westen, bis wir so viel Abstand zwischen uns und die Engländer gelegt hatten, dass wir uns sicher fühlen konnten. Dann wandten wir uns wieder nach Süden oder zumindest dorthin, was wir für Süden hielten. Es wurde schwieriger, die Himmelsrichtung zu bestimmen; der Wind ließ nach, und ohne den Mond oder die Sterne als Anhaltspunkte konnten wir nur einen Weg einschlagen und auf das Beste hoffen.

Es dauerte nicht lange, bis wir wieder an das Ufer eines

Flusses kamen, bei dem es sich um den Wiire handeln musste. Sein Wasser war pechschwarz und floss schnell, stürzte und schäumte über dermaßen gezackte Felsbrocken, dass sie mich an die Zähne einer ungeheuren Bestie erinnerten. Wir hatten keine Möglichkeit, ihn zu durchqueren, und deshalb blieb uns nichts anderes übrig, als ihm stromaufwärts zu folgen und dabei so weit wie möglich im Schutz der Bäume zu bleiben, falls uns jemand vom gegenüberliegenden Ufer beobachtete.

Die erste Brücke, an der wir vorbeikamen, war zerfallen, ihre beiden steinernen Stützpfeiler waren alles, was von ihr übrig geblieben war; die nächste, auf die wir stießen, war in einem besseren Zustand, aber das Land auf der anderen Seite war offen, und wir hielten es für besser, auch in der Dunkelheit den Schutz des Waldes nicht zu verlassen. Es dürfte bestimmt eine Stunde und vielleicht sogar länger gedauert haben, bis wir endlich zu einer Brücke kamen, die wir überqueren konnten. Auf dem anderen Ufer lag ebenfalls Wald, und es hatte den Anschein, als sei er noch dichter als zuvor, falls das möglich war. Das Land stieg hier steil an, die Wege waren matschig und von losen Steinen übersät, und wir mussten absteigen und die Pferde am Zügel führen, wenn wir nicht das Risiko eingehen wollten zu fallen und uns den Hals zu brechen.

Ich stolperte hinter Wace her, und mein Bein tat mir mit jedem Schritt mehr weh. Aber ich wusste, dass ich keine Lust mehr hätte, wieder aufzustehen, wenn ich jetzt eine Pause einlegte, und deshalb zwang ich mich weiterzugehen, und versuchte, mein Gewicht auf mein gutes Bein zu verlagern. Rollo ging sanftmütig mit gesenktem Kopf hinter mir her. Ich schleppte mich vorwärts, konzentrierte mich darauf, einen Fuß vor den anderen zu setzen, und traute mich kaum, einen Blick in Richtung Gipfel zu werfen, aber es dauerte nicht lange, und der Abstand zu Wace vergrößerte sich wieder.

»Bleib nicht stehen«, rief Wace mir von weiter oben aus zu.

Er war vielleicht zwanzig Schritte vor mir und schon ziemlich nahe am Kamm der Anhöhe.

»Es liegt an meinem Bein«, sagte ich und verzog das Gesicht, als ein neuer Stich durch meine Wunde fuhr.

Er ließ sein Pferd los und stieg den Pfad vorsichtig hinunter, weil viele Wurzeln und Steine in seinem Weg lagen.

»Das habe ich nicht bemerkt«, sagte er, als er bei mir ankam. »Ist es schlimm?«

»Ich weiß nicht«, antwortete ich und schüttelte den Kopf. »Ich bin während der Schlacht verwundet worden. Es war nicht so schlimm, während wir geritten sind.«

Er kniete sich hin, um die Wunde zu untersuchen, und ich beobachtete seinen Gesichtsausdruck, der allerdings nichts verriet. »Es ist schwer zu sehen«, sagte er. »Aber wir können hier nicht bleiben. Es ist nicht mehr weit zum Gipfel. Dann können wir wieder aufsitzen.« Er legte mir den Arm um den Rücken und unter meine Schulter und half mir dabei, den Hang hinaufzuhumpeln. Während ich wieder zu Atem kam, ging er wieder hinunter, um Rollo zu holen. Ich wartete und schaute in den Himmel, der allmählich aufzuklaren begann. Der Regen ließ nach und war inzwischen kaum mehr als ein Nieseln.

Wir saßen alsbald wieder im Sattel. Stunde um Stunde ritten wir weiter durch die Dunkelheit. Ich war fast schon bei dem Gedanken angelangt, dass diese Nacht nie ein Ende nähme, als der Himmel schließlich doch begann, heller zu werden. Mit dem Auftauchen der ersten Sonnenstrahlen am Horizont befanden wir uns auf einem Höhenrücken am Rand des Waldes. Im Süden lag offenes Land, weit und flach, so weit ich sehen konnte, bis sich der Horizont selber im Dunst verlor. In der Entfernung stieg eine Rauchsäule von einem Bauerngehöft auf, ein kleiner schwarzer Fleck auf der Ebene: das einzige Lebenszeichen.

»Wir sollten hier Rast machen«, sagte ich. »Es ist geschützt, und wir können jeden sehen, der sich uns nähert.«

»Vielleicht die aus Süden«, erwiderte Wace mit ernstem Gesicht. »Ich mache mir Sorgen um die, die aus Norden kommen.«

Aber es war ja nicht so, als hätten wir eine große Wahl gehabt, denn die Pferde waren vollkommen erschöpft. Und in Waces Augen – sowohl in seinem guten als auch in dem anderen – konnte ich die Müdigkeit genauso sehen, wie ich sie in meinen eigenen spürte.

Nicht weit weg konnte ich das Plätschern eines kleinen Bachs hören, und dorthin führten wir unsere Pferde. Wir nahmen ihnen die Sättel ab und ließen sie trinken, bevor wir ihre Zügel an einer Birke in der Nähe festbanden, in deren Umgebung genug Gras für sie zum Fressen stand. Wenn sie sich allerdings nur ein bisschen so fühlten wie ich, wären sie nicht hungrig.

Ich legte mich auf den weichen Erdboden und gab mir alle Mühe, die Schmerzen zu ignorieren. Ein Windstoß brachte die Zweige zum Rascheln, und ich fröstelte und zog meinen Umhang enger um mich, obwohl er nicht viel Schutz bot. Noch in der vorletzten Nacht hatte ich mein Zelt mit Oswynn geteilt, hatte die Wärme ihrer Umarmung, die Zärtlichkeit ihrer Berührung gespürt, und alles war so gewesen, wie es sein sollte.

Wieder wehte der Wind böig. Ich schloss die Augen und sah ihr Gesicht vor mir aufsteigen, und während ich dort auf dem feuchten Boden lag, begannen die Tränen endlich zu fließen. Mein Atem kam stockend, blieb in meiner Brust hängen, riss an meinem Herz, und mein Kopf war voll mit Gedanken an sie, wobei ich mir immer wieder sagte: Wie nur hätte ich es ahnen sollen?

Aber es half alles nichts. Denn sie war tot, und ich hatte sie umgebracht.

Danach schlief ich ein, aber ich kann nicht lange geschlafen haben, denn als ich wieder wach wurde, hatte die Sonne noch nicht ihren höchsten Stand erreicht und blendete mich fast mit ihrer Helligkeit. Die Vögel zwitscherten in den Bäumen in meinem Umkreis; in der Ferne konnte ich das Blöken von Schafen hören. Der Reif war geschmolzen, und die Ebene war jetzt ein Teppich aus grünen und braunen Flicken. Meine Augen waren entzündet, und in meinem Kopf herrschte ein dumpfer Schmerz. Einen Moment lang lag ich still da und war mir nicht sicher, wo ich mich befand, bis mir plötzlich alles wieder einfiel.

Ich blinzelte und versuchte mich aufzurichten, obwohl ich es sofort bereute, als die Schmerzen mein Bein ergriffen, und ich fluchte laut. Es war niemand da, der mich hören konnte. Wace war nicht zu sehen, obwohl er seinen Schild zurückgelassen hatte. Lord Roberts Falke machte den Eindruck, als hätte er bessere Tage gesehen; er wurde von mehreren langen Schrammen durchzogen, die übermalt werden mussten. Trotzdem war er in besserem Zustand als meiner, der neben mir lag – seine obere Kante war gesplittert, die Lederstreifen um den Rand waren weggehackt und die Holzbretter darunter gerissen. Er würde es nicht mehr lange machen.

Waces Pferd war auch noch hier, was bedeutete, dass er nicht weit weg sein konnte. Ich schaute das Tier an, und es erwiderte meinen Blick; sein rotbraunes Fell glänzte in dem spärlichen Sonnenlicht, das durch die Zweige drang. Rollo lag neben ihm auf der Seite und schlief.

Ich verlagerte mein Gewicht, damit mein Bein nicht mehr so wehtat. Ich trug immer noch mein Kettenhemd und meine Beinlinge, hatte allerdings meinen Helm abgenommen. Rast zu machen, während man seine Rüstung anhatte, war nicht sonderlich bequem, aber ich wollte nicht unvorbereitet sein, falls der Feind zufällig auf uns stieß.

Mein Bein pochte immer noch, und zwar schlimmer als vor ein paar Stunden. Ich bückte mich nach unten und erkannte, was mir zuvor entgangen war: Der Schlag war durch den Panzer meiner Beinlinge gedrungen und hatte die Wadenstreifen und meine Brouche zerrissen, die dunkelrot verfärbt war. Und darunter war der Schnitt selber, der ungefähr eine Handspanne lang war, ein bisschen über meinem Knöchel begann und kurz vor meinem Kniegelenk endete. Ich berührte die Wunde vorsichtig und zuckte angesichts der Schmerzempfindlichkeit leicht zusammen. Meine Finger waren blutbeschmiert. Der Schnitt sah nicht tief aus – von der Waffe, die mich getroffen hatte, konnte nur die Spitze durch die Haut gedrungen sein –, und zumindest dafür war ich dankbar. Aber es war dennoch eine ernst zu nehmende Wunde.

Ich hörte ein Klirren von Metall hinter mir, und als ich mich umdrehte, sah ich Wace mit einem ledernen Weinschlauch in der Hand aus dem Wald kommen.

»Du bist wach«, sagte er.

Er sah nicht so aus, als hätte er sich auch nur ein bisschen ausgeruht; seine Augen waren noch genauso rot, wie sie im Morgengrauen gewesen waren. »Hast du geschlafen?«, fragte ich.

Er schüttelte den Kopf und warf mir den Trinkschlauch zu – er war schwerer, als ich erwartet hatte, und fast hätte ich ihn fallen lassen. »Einer von uns beiden musste Wache halten«, sagte er. »Du hast den Eindruck gemacht, als brauchtest du den Schlaf mehr als ich.«

Ich nahm den Stopfen heraus und hob den Weinschlauch an meine Lippen. Das Wasser war eiskalt, und es nahm mir fast den Atem – das Wasser lief mir das Kinn hinunter, spritzte auf meinen Umhang und mein Kettenhemd, aber das war mir egal. Es war die erste Flüssigkeit, die mir seit Langem über die Lippen kam, und ich trank in tiefen Zügen davon.

Ich hielt ihm den Schlauch hin, aber er schüttelte den Kopf, und deshalb legte ich ihn zur Seite, während ich mich daranmachte, meine Beinlinge abzunehmen. Sie waren mit Lederriemen an meinem Gürtel befestigt, und ich band sie los, bevor ich die nicht durchtrennten Schnüre aufknotete. Als ich damit fertig war, rollte ich das Bein meiner Brouche bis zum Knie hoch und spritzte etwas Wasser aus dem Schlauch über die Wunde und verbiss mir ein Stöhnen wegen des überraschenden Brennens. Als Junge hatte ich einige Jahre in einem Kloster verbracht, wo mir der Siechenmeister beigebracht hatte, wie wichtig es war, eine Wunde sauber zu halten.

Er war ein stiller, uralter Mann gewesen, erinnerte ich mich, mit einem unregelmäßigen Kranz schneeweißer Haare um seine Tonsur herum und traurigen Augen, die offenbar viele unangenehme Dinge hatten mit ansehen müssen. Von allen Mönchen dort war er einer der wenigen, die ich liebgewonnen hatte, und das, was er mich gelehrt hatte, war das Einzige, was mir im Gedächtnis haften geblieben war. Es hatte mir im Lauf der Jahre wahrscheinlich mehr als einmal das Leben gerettet.

Ich wischte das halb getrocknete Blut an den Rändern des Schnitts ab, und es kam eine große klaffende Wunde zum Vorschein, deren Breite ungefähr einem Drittel meines Fingernagels entsprach.

Wace holte hörbar Luft. »Das sieht nicht gut aus.«

»Es sieht schlimmer aus, als es sich anfühlt«, sagte ich, wenn ich mir auch nicht sicher war, ob ich das ernst meinte. Ich schluckte und wechselte das Thema. »Wo sind wir hier, was meinst du?«

»Wir sind kurz vor der Morgendämmerung an einem Dorf vorbeigekommen«, erwiderte er, während er immer noch auf die Wunde starrte. »Wenn das Alclit war, bedeutet das, dass wir nicht weit von der alten Straße entfernt sind.«

Alclit war einer der Orte, an denen wir auf unserem Marsch vorbeigekommen waren; wir hatten den Namen erfahren, nachdem unsere Kundschafter eine der Familien gefangen genommen hatte, die versucht hatten zu fliehen. Sie gehörten zu den Letzten, die das Dorf verließen; die meisten anderen waren da schon weg gewesen, in die Berge und die Wälder verschwunden. Die Tränen der Frau kamen mir jetzt wieder zu Bewusstsein, das Schweigen ihres zu Tode erschrockenen Mannes ebenfalls. Im Besonderen erinnerte ich mich an die weit aufgerissenen, verständnislosen Augen der Kinder, die zu verängstigt waren, um ein Wort zu sagen oder auch nur zu weinen. Aber sobald sie uns die Antworten gegeben hatten, die wir brauchten, ließ Lord Robert sie alle frei und gab ihnen sogar Pferde und Vorräte, damit sie uns vorausreiten und ihren Landsleuten von der Größe und Stärke unseres Heers berichten konnten, weil wir hofften, dass sie sich dann ohne Kampf ergeben würden. Wir hatten nicht damit gerechnet, dass sie bereits auf der Lauer liegen würden und sich wie ein Wolfsrudel darauf vorbereiteten, ihre Beutetiere aus dem Hinterhalt zu überfallen. Wace sah auf und schaute nach Süden über die Felder. »Ich muss allerdings gestehen, dass ich das Land nicht erkenne.«

»Ich auch nicht.« Ich zog mein Messer aus der Scheide und begann einen Streifen aus dem Saum meines Umhangs abzutrennen. Die Wolle war dick, aber meine Klinge war scharf, und ich hatte bald so viel Stoff, dass ich meine Wade damit umwickeln konnte, wobei ich den Streifen festzog, um nach Möglichkeit die Wunde zu schließen. Das war das Wenigste, was ich tun konnte, bis wir wieder in Eoferwic ankamen. Es war gut, dass wir Pferde hatten, denn ich hätte nicht lange laufen können, ohne die Wunde weiter zu öffnen.

»Ich versuche mich etwas auszuruhen, wenn du nichts dagegen hast«, sagte Wace.

»Ich halte Wache«, erwiderte ich, während er auf und ab ging und den Boden mit den Füßen prüfte – er suchte nach einem Platz, der nicht so feucht war. Dann legte er sich mit dem Rücken zur Sonne hin und wickelte seinen Umhang um sich wie eine Decke. Als ich das nächste Mal in seine Richtung sah, schlief er tief und fest.

Während der Vormittag verstrich, setzte ich mich mit dem Rücken an eine der Birken gelehnt hin. Die Müdigkeit hatte mich immer noch im Griff, aber auch wenn ich nicht Wache hätte halten müssen, wäre ich nicht in der Lage gewesen zu schlafen. Der Wind hatte sich gelegt; bewegungslos hingen die Zweige über meinem Kopf. Allmählich bildeten sich Wolken, und das Land wurde ein Flickwerk aus Hell und Dunkel.

Als ich das Klirren eines Pferdegeschirrs aus dem Wald kommen hörte, richtete ich mich auf. Ich schaute Wace an, aber er war immer noch am Schlafen. Ich stupste ihn in die Seite, und er schreckte aus dem Schlaf auf, und seine Hand fuhr direkt nach seiner Schwertscheide und tastete nach dem Griff.

»Es kommt jemand«, sagte ich.

Da sah er mich und hielt inne, die Augen weit aufgerissen und blutunterlaufen, bis er schließlich zu erkennen schien, wer ich und wo er war, und sich aufrappelte. »Wo?«

Ich stand auf, zu schnell: Feuer schoss durch meine Wade, und ich stolperte, schaffte es aber, auf den Beinen zu bleiben, während ich mit der Hand in die Richtung zeigte, aus der wir gekommen waren. Es klang, als wäre es nur ein Reiter, aber ich konnte mir nicht sicher sein. Unsere Pferde waren ungefähr zwanzig Schritte entfernt, ein kurzes Stück innerhalb des Walds, wo man sie von der Ebene aus nicht sehen konnte. Wir könnten es bis zu ihnen schaffen, bevor der Feind bei uns war, aber unser Wegreiten würde mit Sicherheit bemerkt werden.

Ich humpelte mehr, als dass ich lief, und folgte Wace zu den Tieren. Beide Pferde waren inzwischen wach, schienen jedoch noch nicht gewittert zu haben, dass irgendwas nicht stimmte. Wir schafften es gerade noch rechtzeitig, denn plötzlich hörte ich Hufschlag, kurz bevor der Reiter in Sicht kam. Er war allein, und sein Pferd ging im Schritttempo zwischen den Bäumen hindurch.

Ein Erdwall lag zwischen uns und dem Pfad, und hinter dem

versteckten wir uns. Solange der Reiter nicht in unsere Richtung schaute, würde er die Pferde nicht sehen, und wir wären sicher. Aber dann dachte ich: Und wenn schon. Wir waren zwei gegen einen, und falls ihm nicht seine Freunde unmittelbar auf dem Fuß folgten, sollten wir in der Lage sein, ihn zu besiegen, falls es zu einem Kampf kam.

Der Mann war hochgewachsen und hatte lange Arme und Beine, ein brauner Umhang war um seine herabhängenden Schultern gehüllt, und seinen Kopf bedeckte ein Helm. Die Sonne brach gerade durch die Wolken, und Wace kauerte sich tiefer hin, um nicht gesehen zu werden, aber in diesem Moment erkannte ich das Gesicht des Reiters, und wilde Freude überkam mich.

»Es ist Eudo«, sagte ich zu Wace, und dann stand ich wieder auf, winkte mit der Hand und rief: »Eudo!«

Der Reiter brachte sein Pferd zum Stehen. Er sah sich suchend um, und als ich durch die Blätter und Zweige vorwärtsstolperte, erblickte er mich. Er hatte Schlamm in den Haaren, auf seinem schmalen Gesicht waren Schrammen, und seine Augen hatten rote Ränder vor Müdigkeit, aber er war es eindeutig.

»Tancred?«, fragte er, als könne er es noch nicht ganz glauben. Er rutschte lachend aus dem Sattel, warf seine Arme um mich und umarmte mich wie einen Bruder. »Du bist lebend davongekommen.«

»Wir!«, sagte ich und zeigte auf Wace, der nicht weit hinter mir war.

»Wace!«, rief Eudo.

»Es tut gut, dich zu sehen«, sagte Wace lächelnd.

»Und dich erst«, erwiderte Eudo, und ich glaubte, einen feuchten Glanz in seinen Augen entdeckt zu haben, als er zurücktrat. »Ich hätte nie gedacht, dass ich einen von euch beiden wiedersehen würde – nach dem, was da geschehen ist …«

Aber er konnte den Satz nicht zu Ende bringen, weil plötzlich die Tränen zu laufen anfingen.

»Was ist mit den anderen?«, fragte ich, während ich den Weg hinter ihm nach weiteren Mitgliedern unseres Conrois absuchte. »Sind einige von den anderen hinter dir? Mauger, Ivo, Hedo?«

Er schüttelte den Kopf. »Ich weiß nicht«, antwortete er. »Ich weiß nicht.«

»Und Lord Robert?«, fragte Wace. »Was ist mit Lord Robert?«

Eudo starrte erst ihn und dann mich mit offenem Mund an. Dunkle Schatten lagen unter seinen Augen. Eine Wolke trat vor die Sonne; der Wind wehte aus dem Norden, und um uns herum hörte ich die Bäume selber erschauern.

»Lord Robert …«, sagte er. Seine Stimme zitterte und schien auf einmal aus weiter Entfernung zu kommen, als gehörte sie nicht mehr zu ihm. »Lord Robert ist tot.«

Fünf

Ich starrte Eudo an und verstand kaum, was er gesagt hatte. Es konnte nicht wahr sein. Ich war erst vor wenigen Stunden mit Robert zusammen auf dem Marktplatz in Dunholm gewesen. Ich hatte mit ihm gesprochen. Ich hatte seine Hand umklammert.

Die Bilder wirbelten mir durch den Kopf. Es kam mir so vor, als steckte ich in irgendeinem schrecklichen Traum fest und müsse unbedingt aufwachen, aber das ging natürlich nicht.

Zuerst Oswynn und jetzt Lord Robert. Der Mann, dem ich mein halbes Leben lang gedient hatte. Ich erinnerte mich an den Ausdruck unausgesprochener Verzweiflung auf seinem Gesicht, als er mich von dem Marktplatz in Dunholm weggeschickt hatte. Und ich sah diese Augen wieder, hohl und verloren, als hätte er irgendwie gewusst, dass seine Niederlage bevorstand, dass sein Ende nahe war.

Ich hätte gern gesagt, dass mir die Worte in der Kehle stecken blieben, aber das wäre falsch gewesen, denn in Wahrheit gab es für einen Augenblick wie diesen keine Worte. Mein Mund war trocken, in meiner Brust war keine Luft mehr. Ich spürte, wie ich mich auf den Boden setzte, obwohl ich mich nicht entsann, meinem Körper den Befehl gegeben zu haben. Ich rechnete damit, dass mir jetzt die Tränen kämen, aber das taten sie seltsamerweise nicht, und ich konnte sie auch nicht willentlich vergießen. Stattdessen fühlte ich mich nur betäubt. Es war zu viel auf einmal.

Ich hatte mein Leben dem Dienst Lord Roberts verschworen.

Durch einen feierlichen Eid hatte ich sowohl mein Schwert wie meinen Schild seiner Verteidigung versprochen. Ich erinnerte mich immer noch an jenen Frühlingsmorgen vor vielen Jahren in Commines: Klar und warm war er gewesen, die Apfelbäume im Obstgarten hatten in Blüte gestanden, und der Wind hatte den Geruch der Erde mit sich geführt. An jenem Morgen hatte ich mein Gelübde abgelegt, und er hatte mich als einen Ritter seines Gefolges akzeptiert, durch Aufnahme in seinen Conroi, seinen engsten Kreis von Männern, genau wie nicht lange zuvor Eudo und Wace. Und jetzt lag dieses Gelübde in Fetzen da; der Eid, den ich ihm geschworen hatte, war gebrochen. Ich war nicht da gewesen, um ihn zu schützen, und jetzt war er tot.

Wace hatte den Kopf in den Händen vergraben, was ich von seinem Gesicht sehen konnte, war rot, er weinte, und Eudo saß auf einem Felsblock und starrte schweigend auf den Boden. Ich konnte mich nicht erinnern, einen von beiden schon mal so gesehen zu haben.

»Was ist geschehen?«, fragte ich.

»Was spielt das für eine Rolle?«, sagte Wace, und hinter seinen Tränen stand Zorn in seinen Augen.

»Ich will es wissen«, erwiderte ich.

Eudo fuhr sich mit einer Hand über das Gesicht. »Ich hab's nur von Weitem gesehen«, sagte er. »Erinnerst du dich, dass ich von dir getrennt wurde?«

Ich erinnerte mich. Tatsächlich hatte ich ihn zum letzten Mal gesehen, als wir den Than mit dem vergoldeten Schwert niedergehauen hatten. Danach war alles in Unordnung geraten. Ich erinnerte mich nicht mehr, wer mit mir Wace zu Hilfe geeilt war, nur dass das der Moment war, als die Schlacht sich gegen uns wandte.

»Ich wusste nicht, wo du warst«, fuhr Eudo fort, »aber ich hörte die Hörner zum Rückzug vom Platz blasen und sah, wie unsere Banner sich wieder zurück zur Festung bewegten. Die

Engländer drängten den Hügel hoch, in jeder Straße wurde gekämpft. Ich hab mich einem andern Conroi angeschlossen, und wir haben versucht durchzustoßen, um uns mit dem Rest der Armee zu vereinigen, aber es waren einfach zu viele Feinde, und sie zurückzuhalten war alles, was wir tun konnten.«

Er wandte den Kopf zu Boden und schloss die Augen. »Ich schaute nach oben zur Festung und sah, wie das Falkenbanner zurückgedrängt wurde. Die Engländer waren durch die Tore gebrochen. Sie hatten Robert fast völlig umzingelt, und die Met-Halle war in seinem Rücken. Er zog sich in die Halle zurück – es war die einzige Möglichkeit …«

Er bedeckte das Gesicht mit den Händen, und ich sah, wie er zitterte.

»Was?«, fragte ich.

Er warf Wace einen Blick zu und sah dann mich an, seine Augen baten um Verzeihung. »Dann haben sie die Halle in Brand gesteckt. Sie ist so schnell in Flammen aufgegangen, dass er nicht mehr herauskommen konnte.« Er ließ den Kopf wieder sinken. »Danach bin ich geflohen. Überall lagen sterbende Männer herum; die Engländer hatten gewonnen. Es gab nichts mehr, wofür man kämpfen konnte.«

In diesem Moment wurde mir wieder bewusst, dass auch ich die Met-Halle hatte in Flammen stehen, die Glut durch das Strohdach schlagen und den Rauch dick und schwarz hochsteigen sehen. Zu der Zeit hatte ich mir nichts dabei gedacht; dass Lord Robert dort drinnen sein könnte, war mir nicht in den Sinn gekommen. Aber Eudo musste einen besseren Blick auf das Geschehen gehabt haben. Und war trotzdem machtlos gewesen, es zu verhindern.

Wie lange saßen wir einfach da, jeder von uns mit gesenktem Kopf und versunken in seinen eigenen Schmerz? Über uns wurde der Himmel grau und dunkel. Es sah nach noch mehr Regen aus.

»Los, kommt«, sagte Wace schließlich und erhob sich. »Machen wir, dass wir von dem Weg wegkommen.«

Wir führten Eudo mit seinem Pferd zurück zu der Stelle, wo wir unsere festgebunden hatten. Ich gab ihm zu verstehen, er solle vorgehen, und humpelte hinterdrein. Mein Bein bereitete mir Höllenqualen: Es schien bereits schlimmer zu sein als zum Zeitpunkt meines Aufwachens.

»Du bist verwundet«, sagte Eudo, als er sah, dass ich hinkte. Er schaute nach unten auf meine Wade, meine blutbefleckte Brouche und den primitiven Verband, den ich angelegt hatte.

»Es ist nicht so schlimm«, sagte ich und verzog unwillkürlich das Gesicht. »Ich werd's überstehen, wenn wir es bis nach Eoferwic schaffen.«

Ich sah die Zweifel in seinem Blick, aber er sagte nichts. Wir ließen uns hinter der Erdanhäufung neben unseren Pferden nieder. Eudo fand ein paar Nüsse und feuchtes Brot in der Tasche seines Umhangs, und wir teilten sie unter uns auf. Es war die einzige Nahrung, die einer von uns hatte.

»Wir sollten uns tagsüber einen Unterschlupf suchen und nachts weiterreiten«, sagte Wace, als wir alle fertig waren. »Wenn der Feind immer noch marschiert, werden wir auf diese Weise weniger leicht entdeckt.«

Ich nickte zustimmend. Mit etwas Glück wären wir innerhalb zweier Nächte in Eoferwic. Ich hoffte nur, dass meine Wunde in der Zeit nicht schlimmer würde.

Danach hielt jeder von uns abwechselnd Wache, während die anderen beiden schliefen. Da ich bereits am Morgen ein wenig geruht hatte, bot ich mich als Erster an, und weder Eudo noch Wace erhob Einspruch. Meine Augen schmerzten vor Müdigkeit, aber ich wusste, ich würde nicht schlafen können, aus Angst vor meinen Träumen.

Ich dachte zurück an den Tag, an dem ich Lord Robert kennengelernt hatte, als er so alt war wie ich jetzt und ich erst ein

Junge in meinem vierzehnten Sommer. Es war noch gar nicht so lange her gewesen, dass ich das Kloster verlassen hatte – höchstens ein paar Tage –, und ich war unterwegs, ohne zu wissen wohin, frei, aber hungrig, ganz allein. Ich wusste nur, dass ich nie wieder zurückwollte.

Es war bereits ein heißer Sommer gewesen, erinnerte ich mich, obwohl der Juni noch nicht vorbei war. Ich hatte seit mehr als einem Tag keine Quelle mehr gefunden, und alle Bäche waren trocken bis aufs Bett. Wo ich konnte, war ich im Wald geblieben, weil ich dort vor der Hitze der Sonne geschützt war, aber als der Abend sich näherte, stieß ich plötzlich auf einen windungsreichen Fluss: ein Fluss, von dem ich später erfuhr, dass es der Cosnonis war, der die Grenze zwischen der Bretagne und der Normandie bildete. Zwischen seinem Ufer und dem Waldrand waren eine Reihe von Zelten um ein Lagerfeuer herum errichtet worden, neben dem ein halbes Dutzend Männer mit Schwertern und Schilden übten, die geschickt im Einklang mit jedem Streich einen Schritt vorwärts und rückwärts machten, sich duckten und drehten, bevor sie wieder zuschlugen.

Ihre Klingen funkelten hell in der tief stehenden Sonne; das Kratzen von Stahl gegen Stahl erklang bei ihren Schlägen. Ich kauerte mich hinter einen Busch, und eine Weile schaute ich ihnen bloß zu und vergaß beinahe meinen Durst und meinen leeren Magen. So etwas hatte ich noch nie gesehen. Es war wie ein Tanz: jede Bewegung, jeder Schwung, jedes Parieren sorgfältig bedacht, und trotzdem schien es zur gleichen Zeit instinktiv zu sein.

Irgendwann hatte mich jedoch mein Hunger übermannt, und mir wurde klar, dass diese Männer etwas zu essen haben mussten, wenn sie die Nacht hier verbringen wollten. Ich zog mich unter die Bäume zurück, um die Rückseite ihres Lagers herum. Es gab noch mehr Männer, die neben dem Feuer saßen, Brot herumgehen ließen und sich in etwas unterhielten, das wie

Französisch klang, einer Sprache, die ich zu der Zeit nur zur Hälfte kannte. Alle hatten Bärte und trugen ihre Haare lang, was mich ein bisschen überraschte, nachdem ich so viel Zeit in der Gesellschaft von Mönchen mit ihren Tonsuren und ihren glatt rasierten Kinnen verbracht hatte. Einer von ihnen hatte ein poliertes und glänzendes Kettenhemd an und silberne Ringe an den Fingern. Er musste ihr Herr sein, dachte ich. Seinen Schild hatte er auf den Knien liegen, und er benutzte ihn wie einen Tisch, um davon zu essen; auf seiner weißen Vorderfläche war ein schwarzer Falke gemalt.

Ich hätte wissen müssen, dass dies Kämpfer waren – Männer, denen ich besser nicht in die Quere käme. Aber in diesem Moment, als der Geruch des bratenden Fleischs mit der Brise zu mir getragen wurde, war mir mein Magen wichtiger als alles andere. Und deshalb ging ich weiter, sorgfältig darauf achtend, dass ich nicht stolperte oder auf einen Zweig trat. Ein Zelt auf der anderen Seite des Lagers stand etwas weiter von den anderen entfernt, und das wählte ich mir zum Ziel.

Näher am Fluss rannten einige Jungen mit hölzernen Schwertern und geflochtenen Schilden gegeneinander an. Sie sahen so aus, als wären sie in meinem Alter oder vielleicht ein bisschen älter – aus dieser Entfernung war das schwer zu sagen. Einer, der größer war als die anderen, schien zwei auf einmal abzuwehren. Ich schenkte ihnen keine Beachtung; sie schienen zu sehr in das vertieft zu sein, was sie da machten, um mich zu bemerken. Indem ich geduckt blieb und Ausschau hielt, um sicherzugehen, dass keiner der Männer am Feuer mich gesehen hatte, schlich ich mich aus der Deckung der Bäume auf das Zelt zu. Es bestand aus mehreren Fellen, die man zusammengenäht und über Holzpfähle gespannt hatte, und war vermutlich groß genug, um zwei Männern bequem Platz zu bieten. Lederbänder hingen von der Klappe, die die Öffnung bildete, aber sie waren nicht festgebunden, und deshalb schlüpfte ich hinein.

Die Wärme war das Erste, was mir auffiel; das Zweite war die Dunkelheit. Ich tastete umher, während sich meine Augen daran gewöhnten, auf der Suche nach etwas, das ich essen oder trinken könnte. Leinendecken waren über das Gras gebreitet worden; eine zusammengerollte Tunika diente als Kissen an einem Ende. Neben der Tunika lag ein Beutel mit einigen Silbermünzen darin. Ich steckte mir ein paar ein, weil ich dachte, dass sie mir später von Nutzen sein könnten, bevor ich in der Ecke eine Lederflasche erspähte. Ohne nachzudenken, nahm ich den Stopfen heraus und begann daraus zu trinken, musste aber sofort husten und prusten, sodass scharlachrote Tropfen in alle Richtungen flogen. Statt Wasser hatte ich Wein gefunden, und weit stärkeren Wein, als ich je zuvor probiert hatte.

Ich verschloss die Flasche wieder und legte sie schnell wieder dorthin, wo ich sie gefunden hatte. Ich hoffte, ich hatte nicht zu viel Lärm gemacht. Es gab hier in jedem Fall nichts mehr, was ich gebrauchen konnte; ich würde es in einem anderen Zelt probieren müssen. Ich wandte mich dem Ausgang zu, aber in diesem Moment wurde die Klappe beiseitegezogen, und das Abendlicht strömte herein. Eine dunkle Gestalt stand vor mir. Die Sonne stand hinter ihm und blendete mich mit ihrem Glanz, sodass ich meine Augen abschirmen musste. Es war der große Junge, den ich am Fluss gesehen hatte.

»Wer bist du?«, fragte er auf Französisch, und seine Augen wurden schmal. Seine Haare waren dunkel, oben kurz geschnitten und hinten rasiert wie meine. Er hatte dünne Lippen und einen wachen Blick.

Ich war immer noch auf Händen und Knien. Ich schaute zu ihm hoch, hatte aber zu viel Angst, um etwas zu sagen. Meine Gedanken wirbelten durcheinander: Was würden diese Männer jetzt mit mir machen, nachdem sie mich gefangen hatten?

»Folcard!«, rief der Junge in die Richtung der Männer am Lagerfeuer, wie ich annahm. »Da ist ein Dieb in deinem …«

Er hatte keine Zeit, den Satz zu beenden, denn ich rappelte mich hoch und senkte den Kopf wie ein Stier, als ich in seinen Unterleib hineinpreschte. Er ging zu Boden, und ich rannte halb, halb stolperte ich an ihm vorbei und sah die sichere Zuflucht des Waldes vor mir, als ich auf einmal fühlte, wie er zuerst meinen Kittel und dann mein Bein packte. Ich hörte Stoff reißen und merkte, dass ich selber hinfiel. Ich bekam keine Luft mehr, als ich auf den Boden aufschlug. Ich versuchte loszukommen, strampelte mit dem Bein, trat nach ihm, aber er hielt mich fest, und dann war er irgendwie auf mir drauf, drückte mit einer Hand auf mein Schlüsselbein und holte mit der anderen aus.

Ich sah den Schlag kommen und drehte den Kopf zu einer Seite. Seine Faust traf die Seite meines Gesichts, und ich spürte die Erschütterung im ganzen Kopf. Er lehnte sich zurück und holte aus, um mir noch einen Schlag zu verpassen, aber ich erhob mich, packte ihn um die Taille und riss ihn von mir los. Er schlug um sich, verfehlte meinen Kopf, und ich rammte ihm die Faust gegen die Nase. Er fuhr zurück und schrie auf, während er sich mit einer Hand ins Gesicht fasste. Dickes, dunkles Blut tropfte ihm durch die Finger.

Ich hatte noch nie im Leben jemand geschlagen, geschweige denn so, dass er blutete. Ich starrte ihn an und wusste nicht, was ich tun sollte. Mein Herz pochte rasend; ein Rausch der Erregung durchfuhr mich. Dann hörte ich Stimmen und schaute hoch. Die Männer vom Feuer liefen auf mich zu, manche mit gezogenen Schwertern. Ihre Beine waren länger als meine, und ich wusste, dass ich ihnen nicht davonlaufen konnte, so schnell ich auch war. Ich stand da in meinem zerrissenen Kittel wie festgefroren, als sie näher kamen und ausschwärmten, um mich zu umzingeln.

»Du«, sagte der, den ich für ihren Gebieter gehalten hatte. »Wie heißt du, Junge?«

Seine Stimme war tief, sein Gesicht streng. Er war nicht

besonders groß, aber sein Benehmen hatte etwas, das dennoch Respekt gebot.

»Ich heiße Tancred«, antwortete ich nervös. Die Wörter fühlten sich ungewohnt auf meiner Zunge an. Mein Name war französisch, ich hatte ihn von meiner Mutter bekommen, aber ich redete nicht viel in der Sprache. Einige der Brüder im Kloster hatten sie gesprochen, aber nicht so viel wie Bretonisch oder Latein: Sprachen, in denen ich mich weit besser auskannte.

»Wo kommst du her?«

»Aus Dinant«, sagte ich. Ich schaute in die Runde und sah mir die restlichen Männer an. Alle trugen Schwertscheiden an der Seite, und die meisten hatten Lederjacken an, obwohl ein paar Kettenhemden trugen wie ihr Herr. Sie waren alle unterschiedlich groß: Manche waren klein und untersetzt und hatten die Arme vor der Brust verschränkt; andere waren schlank, hatten lange Glieder und schauten mich so durchdringend an, dass ich ihren Blicken auswich.

»Hast du Familie, einen Vater oder eine Mutter?«, hörte ich den Lord sagen.

Ich drehte mich wieder zu ihm um und schüttelte den Kopf. Meine Mutter war bei der Geburt des Mädchens gestorben, das meine Schwester geworden wäre. Nicht viel später war mein Vater ihr nach einer Fehde mit einem anderen Mann in die andere Welt gefolgt. Er war niemand von hohem Ansehen gewesen, nur ein kleiner Grundherr mit etwas Landbesitz in der Nähe von Dinant. Genauso wenig wie mein Onkel, sein älterer Bruder, der mich nach seinem Tod zu sich nahm. Er musste für seine eigenen Söhne sorgen, und ich war nur ein weiteres Maul, das es zu stopfen galt. Und sobald mich die Mönche nehmen wollten, gab er mich weg in das Kloster, in dem ich bis vor ein paar Tagen gelebt hatte.

Der Lord runzelte die Stirn, stellte aber keine weiteren Fragen und betrachtete mich ohne Gemütsregung. »Du kämpfst gut«, sagte er und zeigte auf den Jungen. »Eudo ist jetzt seit mehr als einem Jahr bei mir in der Ausbildung, und du hast ihn trotzdem überwunden.«

Ich warf dem, den er Eudo genannt hatte, einen Blick zu: Er stand vornübergebeugt da und betastete seine Nase, ausgiebig fluchend. Er fuhr sich mit einem schmierigen Ärmel durchs Gesicht, der anschließend rot gefärbt war, und schaute mich nicht an.

»Wie alt bist du?«, fragte der Lord.

»Dies ist mein vierzehnter Sommer«, antwortete ich und versuchte mir einen Reim darauf zu machen, warum er so interessiert daran war, ob ich eine Familie hatte oder wie gut ich kämpfen konnte oder wie viele Jahre ich zählte.

»Das waren genug Fragen«, sagte einer der anderen Männer. Er war vielleicht der kleinste von ihnen und hatte ein langes Kinn und Augen, die zu eng beieinanderzustehen schienen. »Er war in meinem Zelt. Er ist ein Dieb, und er sollte bestraft werden.«

»Hast du etwas gestohlen, Tancred?«, fragte der Lord.

»Ich war hungrig«, sagte ich und senkte den Kopf. »Ich habe nur nach Essen gesucht und nach was zum Trinken.« Dann fielen mir die Münzen wieder ein, die ich genommen hatte, und ich holte sie langsam aus meiner Tasche und hielt sie ihm auf der offenen Hand hin. »Und die hier«, fügte ich hinzu.

Einer der anderen lachte. »Er hat Mumm, das muss man ihm lassen.«

»Du Hurensohn«, sagte der Kleine. Sein Gesicht war knallrot geworden. Er trat aus dem Ring vor, den sie um mich herum gebildet hatten, packte mich am Handgelenk und schnappte sich das Silber aus meiner Hand.

»Mäßige dich, Folcard«, warnte ihn der Lord.

»Ich sollte dir auf der Stelle die Kehle aufschlitzen, du kleiner Mistkerl«, sagte Folcard. Ich machte schnell einen Schritt

75

zurück, als er mit der freien Hand nach seiner Schwertkoppel griff; seine andere umklammerte noch mein Handgelenk.

»Niemand wird hier irgendwelche Kehlen aufschlitzen«, rief der Lord ihm zu. »Am wenigsten die des Jungen.«

Folcard knurrte mich an, wobei er zwei ungleiche Reihen gelblicher Zähne entblößte, und ließ mich los, ohne mich aus den Augen zu lassen. »Was sollen wir dann mit ihm machen?«

Der Lord strich über seinen Bart, als ob er nachdächte, und kam dann langsam auf mich zu, während sein Kettenhemd mit jedem Schritt klirrte. »Hast du schon mal ein Messer benutzt?«, fragte er mich. »Zum Kämpfen, meine ich, nicht zum Essen«, fügte er ernst hinzu, als er sah, was ich antworten wollte.

»Nein, Mylord«, sagte ich.

Er schnallte eine Scheide von seinem Gürtel los. Sie hatte ungefähr die gleiche Länge wie mein Unterarm, vielleicht etwas länger. Er hielt sie mir hin. »Nimm das hier«, sagte er.

Von dem Rest der Männer war ein Murmeln zu hören, vielleicht weil sie unzufrieden oder einfach nur überrascht waren. Ich beachtete sie allerdings nicht im Geringsten, als ich die Scheide in beide Hände nahm und ihr Gewicht fühlte und sie umdrehte. Sie war mit winzigen Kupferreifen umwunden, die in der Sonne funkelten.

Ich schaute den Lord fragend an. Wollte er sie mir schenken, oder gehörte das hier zu einer Art Prüfung?

Er nickte und zeigte auf das Heft. Vorsichtig schloss ich meine Finger darum und zog daran. Es glitt reibungslos heraus. Selbst in meinen Augen, die nichts über Waffen wussten, schien es wunderschön zu sein. Seine Schneide war so dünn, dass ich sie kaum erkennen konnte, der Stahl so gut poliert, dass ich mein Gesicht darin widergespiegelt sah.

»Es gehört dir, Tancred, wenn du dich mir anschließen möchtest«, sagte der Lord. Er streckte mir die Hand hin. »Ich heiße Robert de Commines.«

Sechs

An jenem Sommerabend am Fluss hatte ich diesen Namen zum ersten Mal gehört. Und es war dort, am nächsten Tag im Jahr eintausendsiebenundfünfzig, dass ich zum ersten Mal die Bretagne hinter mir ließ. Denn Lord Robert hatte vor Kurzem, wie ich später erfahren sollte, dem jungen Guillaume, Herzog der Normandie, Gefolgschaftstreue geschworen, mit dem unser Schicksal jetzt verknüpft war.

Natürlich hatte ich damals keine Ahnung, dass ich zwölf Jahre später immer noch demselben Herrn dienen oder dass unser Weg uns hierher nach England führen würde. Zu der Zeit konnte ich nur daran denken, dass mir die Gelegenheit geboten wurde, dem Leben zu entfliehen, das ich kannte: die Gelegenheit, einen neuen Menschen aus mir zu machen. Ich wusste fast nichts von diesen Männern oder davon, was sie machten, aber ich sah, dass es ihnen, wenn sie schon nicht reich waren, ganz gut ging. Und abgesehen von allem anderen hatte ich keine andere Wahl.

Aber es gab auch noch einen anderen Grund, weil jener Kampf mit Eudo etwas Unerwartetes in mir ausgelöst hatte: eine Erregung, die ich nicht verstand, aber nach der ich mich plötzlich sehnte. Ich sah, dass diese Männer ihren Lebensunterhalt mit dem Schwert verdienten, und je länger ich mit ihnen in Lord Roberts Gesellschaft unterwegs war, desto mehr begriff ich, dass ich einer von ihnen sein wollte. Das war ein törichter Gedanke für jemanden, der zuvor kaum je ein Schwert gesehen, geschweige denn in der Hand gehalten hatte, aber wie alle jungen Männer ließ ich mich leicht führen. Mein Kopf hatte sich allmählich mit Visionen von Ruhm und Beute gefüllt: Das war das Leben, das ich vor mir sah.

Ich schaute auf mein Messer, das auf meinem Schild neben mir lag: dasselbe, das ich vor all diesen Jahren von Lord Robert neben dem Cosnonis überreicht bekommen hatte. Ein paar Monate zuvor hatte ich eine neue Scheide dafür anfertigen lassen müssen, denn die Klinge war mit der Zeit dünner geworden, sodass die Scheide nicht mehr wie angegossen passte, weil ich das Messer in den vergangenen Jahren so oft geschärft hatte. Doch der Stahl war immer noch derselbe.

Ein dünner Nieselregen sank zu Boden, eher ein Nebel als ein Regen, wie er von Norden herangetragen wurde. Neben mir rührte sich Eudo, murmelte Worte, die ich nicht verstehen konnte. Nach jener ersten Begegnung waren wir beide eine Zeit lang bittere Rivalen gewesen. Was niemanden überraschte, denn es war eine Sache, im Kampf geschlagen zu werden, aber eine ganz andere, wenn der Gegner ein Junge ohne jede Ausbildung war. Doch mit der Zeit verschwand die Bitterkeit, und wir wurden allmählich gute Freunde.

Als die Blätter jenes Jahres sich von Grün zu Gold verwandelt hatten, kehrten wir in die Heimat unseres Herrn, nach Commines in Flandern, zurück. Dort lernte ich Wace kennen, der einer der am längsten dienenden Jungen in Roberts Gefolge war. Damals war er genau wie heute eigensinnig und unbeherrscht, ungeduldig mit denen, die er für weniger tüchtig als sich selber hielt, und voller Selbstvertrauen, obwohl nur knapp ein Jahr älter als ich. Zunächst war er wie Eudo misstrauisch mir gegenüber, aber als ich an Kraft und Geschicklichkeit im Umgang mit Waffen zunahm, wuchs auch sein Respekt vor mir. Von dieser Zeit an bildeten wir drei eine enge Gemeinschaft und schworen, gegenseitig mit unserem Schwert und unserem Leben für die anderen einzutreten. Wir verbrachten unsere

78

Tage damit, die Kunst des Reitens zu erlernen, mit Schwert und Speer und Schild zu üben: wie man ritt und wie man kämpfte. Wir waren Ritter in der Ausbildung, und es gab nichts, was uns etwas zuleide tun konnte.

Jener erste Herbst in Lord Roberts Gesellschaft war der, der mir am deutlichsten ins Bewusstsein kam. Der berauschende Geruch von Kiefernholz, das in der Feuerstelle im Burgsaal brannte; der Geschmack des Weins auf meiner Zunge; der Anblick der Obstgärten in ihren vollen goldbraunen Farben unter der sinkenden Sonne. Wenn ich die Augen schloss, konnte ich mich wieder dorthin versetzen. Aber als ich versuchte, mich an all die anderen Jungen zu erinnern, die dort gewesen waren, kam mir keines ihrer Gesichter in den Sinn, obwohl sie alle irgendwann meine Kameraden gewesen sein mussten. Selbst an ihre Namen konnte ich mich nur undeutlich erinnern, wie an Bruchstücke eines Traums. Und die Erkenntnis war ernüchternd, dass von ihnen allen die Einzigen, die immer noch am Leben waren, Eudo und Wace und ich waren.

Die Sonne brach durch, und ich saß mit halb geschlossenen Augen da und fühlte ihre Berührung auf meinem Gesicht. Doch kaum zum Vorschein gekommen, verschwand sie auch schon wieder hinter den Wolken, die inzwischen die Farbe von Schiefer angenommen hatten. Kurze Zeit später begann der Regen zu fallen. Ich schloss die Augen und fühlte, wie mir Wasser die Wangen hinunterlief, während ich an Lord Robert dachte, und zum ersten Mal, seitdem Eudo uns die Nachricht überbracht hatte, weinte ich.

Ich weckte Eudo nach der Mittagszeit, und er übernahm die nächste Wache, während ich mich zum Ausruhen hinlegte. Als ich wieder wach wurde, war es Abend, und das Licht verlor rasch an Kraft.

Ich fröstelte und stellte fest, dass ich am ganzen Körper zitterte. Ich war ein wenig benommen, und einen Moment lang wusste ich nicht, wo ich war oder wie ich hierhergekommen war, bis es mir wieder einfiel. Ich versuchte mich aufzusetzen, weil mir schwindlig war, schaffte es aber nur zur Hälfte, bis ich wieder zurück zu Boden fiel. Steine bohrten sich spitz in meinen Rücken. Jedes einzelne meiner Glieder tat mir weh, aber bei Weitem schlimmer als das war der Schmerz, der Schmerz, der durch mein Bein fuhr …

»Tancred«, sagte Eudo. Er hockte sich neben mich und legte mir seine Hand auf die Stirn; in seinen Augen stand Besorgnis. »Er ist glühend heiß.«

»Wir müssen ihn zu einem Arzt bringen«, hörte ich Wace sagen, obwohl ich ihn vor der Stelle, wo ich lag, nicht sehen konnte. »Wir müssen es bis Eoferwic schaffen.«

Eudo hielt mir eine Flasche hin. »Trink das«, sagte er.

Er wartete, bis ich sie in beiden Händen hielt, und dann half er mir dabei, mich hinzusetzen, während ich die Flasche an die Lippen setzte. Ich trank langsam daraus; meine Kehle war so trocken wie Pergament, und ich konnte jeden Tropfen einzeln spüren.

»Vielen Dank«, vermochte ich zu krächzen, als ich ihm die Flasche zurückgab.

»Kannst du stehen?«, fragte Wace.

»Ich glaube schon«, sagte ich, obwohl ich alles andere als sicher war.

Wace nickte Eudo zu, und sie schoben mir die Arme unter die Achseln und zogen mich auf die Beine. Die beiden brachten mich zu Rollo, und ich kletterte auf seinen Rücken, während sie meine Füße in die Steigbügel führten. Ich biss die Zähne zusammen, um nicht aufzuschreien. Irgendwie fühlte ich mich geborgener, als ich im Sattel saß.

Wir ritten den Hügel hinunter auf die Ebene zu. Die Nacht brach an, und die Sterne waren wieder hinter den Wolken verschwunden. Alles war still. Mir fielen dauernd die Augen zu, aber ich wurde immer wieder schnell durch Rollos Bewegungen wachgerüttelt.

Bald stießen wir auf etwas, was ich für die alte Römerstraße hielt: eine breite Trasse aus festgetretener Erde, die sich von Norden nach Süden erstreckte. Der Weg nach Eoferwic, dachte ich, und fragte mich zur gleichen Zeit, wie weit es noch war. Ich zitterte inzwischen die ganze Zeit; Schweiß quoll mir unter den Armen hervor und lief mir an den Seiten hinunter, und ich spürte, wie mir das Hemd an der Haut klebte.

Die Stunden verstrichen. Ich machte die Augen zu und lauschte dem stetigen Schlag von Rollos Hufen auf dem Boden und versuchte mich innerlich an einen anderen Ort zu versetzen, bevor dies alles geschehen war. Ich sah Oswynn, sah ihre langen pechschwarzen Haare offen herunterfallen, wie sie es immer taten, wenn sie bei mir war. Wenn ich wollte, konnte ich mir vorstellen, dass ich ihre Wange mit meinen Fingern berührte, die Sanftheit ihrer Haut spürte, so glatt und so blass. Ich wollte mit ihr sprechen, auch wenn ich wusste, dass meine Worte keinen Sinn ergäben. Ich wollte die Dinge sagen, die ich nie sagen konnte und jetzt nie mehr sagen würde. Ich wollte sagen, wie leid mir alles tat. Dass ich sie hatte sterben lassen.

Der Himmel klarte auf, und die Sterne kamen zum Vorschein. Wir blieben oben auf einer Anhöhe stehen, und ich sah, wie die Straße sich vor uns erstreckte, entmutigend gerade bis hin zum weit entfernten Horizont. So viele Meilen noch zurückzulegen, dachte ich. Mit jeder Stunde, die verstrich, wurde der Schmerz schlimmer, die Wunde brannte wie nie zuvor.

Ich atmete tief durch, weil mir auf einmal schwindelig war. Die Hügel in der Distanz schwankten unter dem trüben Licht des Mondes. Ich beugte mich über Rollos Flanke und schnappte nach Luft. Die Bäume und sogar der Boden wirbelten vor meinen Augen.

Ich machte den Mund auf, um etwas zu sagen, aber was es war, daran konnte ich mich später nicht erinnern. Denn in diesem Moment wurde es dunkel um mich herum.

Ich lag auf dem Boden, als ich wieder zu mir kam, und starrte hoch zu den Sternen, während Wace und Eudo sich über mich beugten. Ihre Gesichter lagen im Schatten, der Mond stand hinter ihnen.

Ich blinzelte und spürte, wie sich der Nebel langsam aus meinem Kopf zurückzog.

»Wie …?«, fragte ich. Mein Kopf drehte sich, er war voll von Gedanken, die nicht zusammenpassten, die keinen Sinn ergaben. Gedanken von Oswynn und Dunholm, von Lord Robert und Eoferwic. Natürlich, wir waren auf dem Weg nach Eoferwic gewesen …

Ich versuchte mich zu erheben, und sofort wurde mir wieder schwindelig.

»Du bist gestürzt«, sagte Wace und legte mir die Hand auf die Schulter, um mich am Aufstehen zu hindern. »Bleib noch einen Moment liegen.«

Ich hörte ein Wiehern. Eudo drehte den Kopf in die Richtung, stand auf und ging weg. Er war kurz darauf mit Zügeln in der Hand zurück, und neben ihm sah ich die dunkle Gestalt von Rollo stehen, dessen schwarze Haut im Licht des Mondes schwach schimmerte.

»Kannst du wieder reiten?«, fragte Eudo.

»Er ist zu schwach«, sagte Wace mit grimmiger Miene.

»Wir sind zwei Tage von Eoferwic entfernt, draußen im offenen Gelände, ohne Essen und Unterkunft, und der Feind ist uns auf den Fersen. Wir können hier nicht bleiben.«

Wace sagte nichts. Er warf mir einen kurzen Blick zu und senkte den Kopf zu Boden, die Augen geschlossen, als wäre er tief in Gedanken.

»Was schlägst du vor?«, fragte Eudo.

»Ich weiß nicht«, sagte Wace, und in seiner Stimme lag Enttäuschung, sogar Zorn. Er ballte eine Hand zu einer Faust zusammen. »Meinst du nicht, ich würde es sagen, wenn ich es wüsste?«

»Wir müssen Eoferwic erreichen.«

»Das weiß ich.« Wace stand auf und begann auf und ab zu gehen, die Hände hinter dem Rücken verschränkt.

Ich hörte die beiden miteinander reden, konnte aber nicht verstehen, was sie sagten. Schließlich kamen sie zurück, Wace ging zu seinem Pferd und bestieg es, ohne zu zögern. »Ich werde sehen, was ich finden kann«, sagte er zu Eudo, während er die Füße in die Steigbügel steckte und die Zügel ergriff. »Ruht euch hier aus, aber macht kein Feuer. Gib ihm Wasser und sorg dafür, dass er warm bleibt. Ich bin bald zurück.«

Dann gab er seinem Pferd die Fersen und galoppierte den Hügel hinunter. Das Geräusch der Hufe wurde von dem Schlamm gedämpft, bis es nicht mehr zu hören war und wieder Stille herrschte.

»Schlaf ein bisschen«, sagte Eudo, als Wace verschwunden war. »Ich halte Wache.«

»Wohin reitet er?«, schaffte ich zu sagen. Es war anstrengend, die Worte herauszubringen. Sie schienen sich an meiner Kehle zu reiben.

»Das ist nicht wichtig«, sagte Eudo. »Er wird bald zurück sein, und kurze Zeit später sind wir in Eoferwic.«

Ich wollte mehr von ihm wissen, aber ich hatte so wenig Kraft. Ich gab mich meiner Müdigkeit hin, aber ich schlief nicht, nicht wirklich. Stattdessen glitt ich in verschiedene Zustände von Wachheit: In einem Moment starrte ich hoch auf die Sterne am Himmel; im nächsten war ich wieder in Dinant, wo ich so viel von meiner Jugend verbracht hatte, oder in Commines in jenem Herbst vor langen Jahren. Nur dass beide Orte

83

ganz anders aussahen, als ich sie in Erinnerung hatte: graue Wildnisse, ohne jedes Lebenszeichen, die Säle und Häuser uralt und zerfallen, und alle meine Rufe blieben unbeantwortet.

Aber dann hörte ich endlich wieder Stimmen. Ich schlug die Augen auf. Es war immer noch dunkel, die Nacht immer noch kalt. Ich drehte den Kopf und erblickte Wace, oder vielleicht bildete ich es mir auch nur ein. Er stand neben seinem Pferd, an dessen Zaumzeug etwas befestigt war, das wie ein hölzerner Karren aussah. Und dann waren Arme unter meinen Achseln und meinen Beinen, und ich fühlte, wie ich hochgehoben wurde, und der Boden unter mir verschwand. Ich wurde irgendwohin gebracht und wusste nicht wo, und ich wollte mich wehren, aber meine Glieder waren schwach, und man hielt mich fest, und ich konnte nichts dagegen tun.

Dann war da etwas Hartes und Plattes unter meinem Rücken, und ich wurde noch mal hingelegt. Ich versuchte sie zu fragen, was da geschah, aber ich konnte die Worte nicht finden. Ich hörte die gleichen Stimmen und das Wiehern von Pferden. Ich erinnerte mich an Rollo, aber dann wurde mein Kopf schwer, und ich sank in tiefen Schlaf.

Ich wurde von einer Seite zur anderen geworfen und trieb durch zersplitterte Träume. Wenig später wurde der schwarze Himmel grau, und dann wurde der graue weiß. Auf den Holzbrettern neben mir lagen lose Strohhalme verstreut, und ich versuchte mich an ihnen festzuhalten, aber sie rutschten mir immer wieder aus den Fingern. Der Wind schlang seine eisigen Ranken um mich und schüttelte mich, als hätte er meinen ganzen Körper in seinem Griff. Mir war so kalt, und zur gleichen Zeit brannte mein Bein, brannte wie nichts, was mir je widerfahren war.

Die Stimmen murmelten sich immer noch etwas zu, und ich konnte immer noch nicht verstehen, was sie sagten. Später fiel ein Schatten über mich, und ich sah ein Gesicht, das sich über mich beugte, aber seine Züge schienen verschwommen, und ich erkannte ihn nicht, obwohl ich aus irgendeinem Grund das Gefühl hatte, ich hätte ihn erkennen sollen. Er legte eine Hand auf meine Stirn und sagte noch etwas, aber auch das konnte ich nicht verstehen.

Dann war er verschwunden, und das Rütteln begann wieder. Ich wusste nicht mehr, welche Tageszeit es war; immer wenn ich wach wurde, sah der Himmel gleich aus. Dann bemerkte ich, dass weiße Flocken von oben herunterfielen, schweigend durch die Luft tanzten, bis sie sich auf meinem Umhang niederließen. Einige landeten auf meinem Gesicht, und ich spürte, wie die Wärme meine Wangen verließ, während sie schmolzen.

»Schnee«, sagte jemand. Eudo, dachte ich, obwohl er irgendwie weit weg zu sein schien und ich mich anstrengen musste, um ihn zu hören.

»Wir müssen weiterreiten. Falls wir keine Pause machen, könnten wir Eoferwic morgen bei Tagesanbruch erreichen. Das ist die einzige Möglichkeit, wie wir ihm helfen können.«

Gestalten tanzten in der Dunkelheit um mich herum, verschoben und veränderten sich wie Rauchfahnen. Figuren kamen und gingen, aber ich konnte mir nicht sicher sein, ob ich sie kannte. Lange Zeit wusste ich nicht, wo ich war, aber als sich die Schatten hoben, stellte ich fest, dass ich durch die Straßen ritt, Schwert und Schild in der Hand.

Dunholm stand in Flammen. Ein Dach stürzte ein und schickte Funken in den Himmel; von einem anderen Haus blieben nur geschwärzte Balken übrig. Unsere Männer flohen, rannten und ritten zu Dutzenden an mir vorbei. Ich kämpfte gegen den Strom an, drängte alleine nach oben, den Berg hoch auf die Festung und die Met-Halle zu. Dort befand sich Lord Robert, und ich wusste, dass ich bei ihm sein musste, bevor es zu spät war. Alles andere war unwichtig.

Rollos Hufe trommelten gegen die Erde. Mir dröhnten die Ohren vom Klang der Kirchenglocke, vom Schreien der Sterbenden, vom Brüllen der Feinde. Ein Engländer nach dem anderen kam, um mich herauszufordern, griff mich mit der Lanze oder der Axt an, und einer nach dem anderen fiel meinem Schwert zum Opfer, als ich mir den Weg durch sie bahnte und sie niederritt. Blut bespritzte meinen Schwertarm, aber das spürte ich nicht.

Vor mir stand die Palisade, die die Festung umringte; ihre hohen Balken ragten in den Himmel. Ich spornte Rollo an, und dann ritt ich durch das Tor, und rechts und links von mir regnete es Lanzen und Pfeile. Vor mir sah ich die Met-Halle, und davor Lord Robert. Er war zu Fuß, und er war allein, und für jeden Feind, den er niederstreckte, gingen zwei neue auf ihn los.

Ich rief ihm etwas zu, aber er hörte mich nicht. Meine Klinge fuhr durch die Luft, während ich mich durch die Mitte des Feindes schob, aber jedes Mal, wenn ich hinüber zu Robert sah, schien er weiter weg zu sein, bis ich ihn irgendwann nicht mehr sehen konnte. Die Met-Halle brannte lichterloh, und plötzlich war ich umzingelt und musste mich gegen Angriffe von allen Seiten zur Wehr setzen. Neben mir wurde Fulcher aus dem Sattel geworfen, Gérard heruntergezerrt und erschlagen, und ich fragte mich, warum sie nicht bei mir gewesen waren, als ich sie gebraucht hatte.

Und dann überfiel mich ohne Vorwarnung der Schmerz, und ich lag auf dem Boden und hielt mein Bein umklammert und starrte auf das Blut, das herausströmte. Einer der Feinde stand über mir und grinste. Er hob seinen Speer hoch, bereit, damit zuzustoßen, mir den entscheidenden Schlag zu versetzen. Ich starrte verzweifelt zu ihm hoch, während ich mich zu bewegen versuchte und feststellte, dass ich es nicht konnte.

Er lachte verächtlich, dröhnend und hohl, bevor die Stahlspitze endlich nach unten fuhr und mich Dunkelheit umfing.

Sieben

Die Sonne schien mir ins Gesicht, als ich das nächste Mal wach wurde, und zwar so hell, dass ich mich einen winzigen Moment lang fragte, ob ich gestorben und dies vielleicht der Himmel wäre. Aber als ich mir die Feuchtigkeit aus den Augen blinzelte und die Hand hob, um sie vor dem Licht zu beschirmen, geriet die Welt langsam in den Blick.

Ich stellte fest, dass ich auf einem schmalen Bett in einer Kammer lag, die kaum größer als ein Pferdestand war. Es gab eine einzige schmale Öffnung als Fenster, und das Licht schien gerade hinein und wurde von den weiß getünchten Wänden zurückgeworfen. Ich musste lange geschlafen haben, denn die Sonne stand hoch. Ein Feuer knisterte in dem kleinen Kamin. Zwei Schemel standen neben dem Bett, und auf den einen hatte man einen hölzernen Becher gestellt. Der Rest des Raums war leer; von meinem Kettenhemd, meinem Schild oder auch nur meinem Umhang und meinen Schuhen war nichts zu sehen.

Ich kannte diesen Raum nicht. Als Letztes erinnerte ich mich daran, dass es Nacht war und wir auf der alten Straße in Richtung Eoferwic ritten. Ich war ohnmächtig geworden und aus dem Sattel gefallen; Wace war weggeritten und zurückgekommen. Aber was danach geschehen war, wusste ich nicht. Es war, als jagte ich Schatten in der Nacht hinterher: Kaum kam mir ein Bild in den Kopf, da rutschte es auch schon wieder weg und verschmolz mit der Dunkelheit.

Nur die Schlacht stand mir wieder klar vor Augen: die eine Sache, die ich lieber vergessen hätte. Sogar während ich da lag, konnte ich das Donnern der Hufe beinahe unter mir spüren; ich konnte mich selber sehen, wie ich den Angriff gegen die englische Linie anführte. Und ich erinnerte mich an den Moment, als ich getroffen worden war, das Aufblitzen der Hitze in meinem Unterschenkel, als das Fleisch aufgerissen wurde.

Mein Bein. Von einem dumpfen Schmerz abgesehen, konnte ich es jetzt kaum fühlen. Aber mein Kopf pochte, meine Glieder waren taub vor Müdigkeit, und mein Mund war trocken. Ich hustete. Ein seltsamer Geschmack lag auf meiner Zunge – wie Leder, dachte ich, obwohl ich mir nicht sicher war, wieso ich auf den Gedanken kam, denn meines Wissens hatte ich nie welches gegessen.

Ich kämpfte mit den Laken, in die ich eingewickelt worden war, und versuchte die darüber ausgebreitete schwere Wolldecke abzuschütteln. Meine nackte Haut streifte gegen das Tuch. Ich tastete nach meinem Kreuz, weil ich annahm, sie hätten mir das ebenso wie meine Kleidung abgenommen, aber glücklicherweise war es noch da.

Ich griff nach dem Becher, bekam ihn aber nicht richtig zu fassen, sodass er klappernd zu Boden fiel und seinen Inhalt über die Steinplatten ergoss. Wieder übermannte mich der Schlaf, und es musste mindestens eine weitere Stunde gedauert haben, bis ich erneut zu mir kam. Der Raum war immer noch hell, aber die Sonne hatte sich bewegt und schien mir nicht mehr ins Gesicht, und ich konnte sehen, dass die Tür offen stand.

Ein Mann beobachtete mich von dort aus. Er war kräftig gebaut und eindeutig ans behagliche Leben gewöhnt. Seine Haare, die braun waren, aber allmählich grau wurden, fielen unordentlich auf seine Schultern, aber er war im Übrigen glatt rasiert. Er trug das locker sitzende Gewand eines Priesters über einer braunen Hose; an einem Lederriemen um seinen Hals hing ein grüner polierter Stein, der in der Sonne funkelte. Sein Gesicht war wettergegerbt, und es gab mehr als ein paar Fältchen um seine Augen; er war zumindest in den mittleren Jahren, konnte aber noch nicht als alt bezeichnet werden.

»Ach, ich sehe, Ihr seid wach«, sagte er mit einem Lächeln. Er schaute nach unten zu dem Becher, der auf dem Boden lag. »Ich werde Euch etwas Wein holen.«

Ich sagte nichts, und er verschwand aus meinem Blickfeld. An dem Akzent in seiner Stimme konnte ich hören, dass er Engländer war. Und trotzdem hatte er Französisch mit mir gesprochen. Meine Gedanken wirbelten durcheinander. War ich dem Feind in die Hände gefallen? Aber falls das so war, warum hätten sie mich am Leben lassen, geschweige denn mit mir reden sollen?

Der Engländer kam kurz darauf wieder und trug eine Kanne in der Hand, an deren Seite ein einzelner roter Tropfen hinablief. »Es ist eine große Erleichterung, Euch wach und wohlauf zu sehen«, sagte er, bevor ich selber das Wort ergreifen konnte. »Um die Wahrheit zu sagen, wussten wir nicht, ob Ihr am Leben bleiben würdet. Der Herr sei gepriesen, dass Ihr es seid.«

»Fürwahr, der Herr sei gepriesen«, sagte ich. Es kam als heiseres Krächzen heraus, und ich hustete, wobei ich zusammenzuckte, weil meine Kehle wund war.

Er stellte die Kanne auf einem der Schemel ab und setzte sich auf den anderen, während er den Becher aufhob, den ich umgekippt hatte. Er goss Wein hinein und reichte ihn mir mit dicklichen Fingern.

»Hier«, sagte er. »Trinkt.«

Ich nahm den Becher mit einer Hand, achtete darauf, nichts von seinem Inhalt zu verschütten, setzte ihn an meine Lippen und ließ den süßen Geschmack der Flüssigkeit über meine Zunge rollen. Ich schluckte, und er glitt kühl hinab.

Der Priester ließ mich nicht aus den Augen, und ich fragte mich plötzlich, ob der Wein nicht in Wirklichkeit vergiftet war.

»Wo bin ich?«, fragte ich. Mein Hals tat immer noch weh, wenn auch weniger als zuvor. »Wer seid Ihr?«

»Natürlich«, sagte er. »Entschuldigt meine Unhöflichkeit. Ich heiße Ælfwold.« Er hielt mir seine Hand hin.

Ich schaute sie an, ergriff sie aber nicht. »Ihr seid Engländer.« Falls er Anstoß an der Beschuldigung nahm, zeigte er es nicht. »Das bin ich, ja«, sagte er. »Aber es interessiert Euch vielleicht zu erfahren, dass mein Herr, der Vicomte, keiner ist.«

»Der Vicomte?« Er hatte das französische Wort benutzt, bemerkte ich, und nicht das englische, das *scirgerefa* oder *shire-reeve* – Grafschaftsvogt – gelautet hätte: der Mann, der vom König mit der Regierung einer Provinz und allem, was das mit sich brachte, beauftragt war, von der Einsammlung von Abgaben bis zur Aufrechterhaltung der Gesetze und sogar zur Aushebung von Armeen. »Ihr meint Guillaume Malet?«

Der Priester lächelte. »Guillaume mit dem Beinamen Malet, Seigneur von Graville-Sainte-Honorine jenseits des Meeres und Vicomte der Grafschaft Eoferwic. Ich habe die Ehre, ihm als Kaplan zu dienen.« Er machte eine Handbewegung, die den Raum umfasste. »Das hier ist sein Haus.«

Ich holte tief Luft, als eine Welle der Erleichterung sich über mir brach. Wir hatten es geschafft; irgendwie hatten wir es geschafft. »Dann ist das hier Eoferwic?«

»Das ist es«, erwiderte er gelassen ohne auch nur das geringste Zeichen von Ungeduld. »Wenn man bedenkt, was alles geschehen ist, habt Ihr unglaubliches Glück gehabt. Gottes Gunst leuchtet über Euch, Tancred a Dinant.«

Ich wandte meinen Blick ab und schaute zu Boden. Ich kam mir nicht vor wie jemand, der Glück gehabt hatte.

»Wir haben natürlich alle gehört, was in Dunholm geschehen ist«, fuhr der Kaplan fort. »Ihr solltet wissen, dass bis jetzt diejenigen, die von dem Feldzug zurückgekehrt sind, weniger als dreihundert zählen, darunter viele Ritter wie Ihr.«

Weniger als dreihundert von einem Heer, das erst vor ein paar Wochen mit zweitausend Mann aus Lundene losmarschiert war. Wie war es möglich, so viele zu verlieren, und alle in einer Nacht? »Das glaube ich nicht«, sagte ich.

»Trotzdem ist es wahr«, sagte der Kaplan mit grimmiger Miene. »Nach allem, was man hört, war es ein fürchterliches Gemetzel. Ihr und Eure Gefährten habt gut daran getan, mit dem Leben davonzukommen.«

»Meine Gefährten?«, fragte ich. »Ihr meint, Eudo und Wace sind hier?«

»Ich habe ihre Namen nicht erfahren, aber wenn es dieselben zwei Männer sind, die Euch hierhergebracht haben, dann ja, ich glaube, sie sind in einem der Wirtshäuser in der Stadt untergekommen. Sie waren gestern beide eine Weile hier.«

Gestern, dachte ich, aber mein Kopf war leer. »Wie lange bin ich schon hier?«

»Da wir heute den dritten Tag im Februar haben …«, er machte eine Pause, wie in Gedanken, und fingerte an dem grünen Stein herum, der vor seiner Brust hing, »… ich glaube insgesamt drei Tage und Nächte. Den größten Teil der Zeit habt Ihr entweder bewusstlos oder schlafend und außerdem mit glühend heißen Fieberschüben verbracht, so heiß, dass wir zeitweilig um Euer Leben fürchteten. Bei den wenigen Gelegenheiten, in denen Ihr aufzuwachen schient, wart Ihr nicht bei klarem Verstand.« Seine Augen blickten ernst, als er mich anschaute. »Eine solche Verwundung zu erleiden und eine Reise von mehr als fünfzig Meilen durchzustehen und am Ende immer noch am Leben zu sein – nun, das hat etwas von einem Wunder. Ihr seid ein widerstandsfähiger Mann, Tancred. Ihr müsst Euren Gefährten danken, wenn Ihr sie das nächste Mal seht, denn sie haben Euch einen großen Dienst erwiesen. Ihr könnt Euch glücklich schätzen, so treue Freunde zu haben.«

»Ich werde ihnen danken«, sagte ich. Es hörte sich tatsächlich so an, als schuldete ich ihnen mein Leben; bis zu diesem Zeitpunkt war mir nicht klar gewesen, wie schwer es mich getroffen hatte. Seit drei Tagen war ich hier, und trotzdem erinnerte ich mich an nichts.

»Werdet Ihr ihnen eine Nachricht zukommen lassen?«, fragte ich. »Ich würde sie gerne sehen.«

Ælfwold nickte. »Ich werde mein Bestes tun herauszufinden, wo sie sich aufhalten, und einen Boten zu ihnen schicken, sobald es sich einrichten lässt. Natürlich würde mein Herr auch sehr gern mit Euch reden. Er hat eine Menge von Euch gehört, und ich weiß, dass er interessiert daran ist, Euch in seine Dienste zu nehmen.«

Ich schluckte und schaute zur Seite. Roberts Tod lastete immer noch schwer auf meinem Herzen. Unter ihm hatte ich einen vollen Conroi von Rittern angeführt: Männer, die mich kannten und mir vertrauten, die jede meiner Anweisungen unbedingt befolgen würden. Er hatte mir Kettenhemd und Schwert und Schild gegeben, hatte dazu beigetragen, aus mir den zu machen, der ich war. Aber dieses Leben war nun vorüber, war mir gestohlen worden, und ich wusste nicht, was ich tun sollte.

Denn ohne einen Herrn war ein Mann nichts. Es gab einige, die versuchten, ihren Weg allein zu machen, sie leisteten niemandem einen Eid, es sei denn sich selber, aber es waren wenige, und in gutem Ansehen standen sie auch nicht. Sie waren oft in Banden unterwegs und verkauften ihre Schwerter an jeden, der bereit war, mit gutem Silber zu zahlen, und oft verdienten sie nicht schlecht. Sie gehörten zur niedrigsten Klasse von Männern, denn die meisten hatten keine Ehre, keine Skrupel und keine Treue, es sei denn ihrer Geldbörse gegenüber.

Ich hatte wahrlich kein Verlangen, einer von ihnen zu werden, aber nach der langen Zeit im Dienste Roberts war ich mir nicht sicher, ob ich es je über mich bringen konnte, einem anderen Lord zu dienen, vor allem nicht so bald.

Und ich war verwirrt, denn falls Guillaume Malet so viel

von mir gehört hatte, musste er mit Sicherheit wissen, dass ich meine Männer in Dunholm in den Tod geführt hatte; dass ich es nicht geschafft hatte, Robert bei der einen Gelegenheit zu beschützen, als es wirklich darauf ankam. Welches Interesse konnte er schon an mir haben?

»Es tut mir leid«, sagte der Kaplan, dem mein Unbehagen nicht verborgen geblieben war. »Ich verstehe, dass es noch zu früh ist, von solchen Dingen zu sprechen. Ich weiß, dass Ihr in letzter Zeit viel gelitten habt. Ich sollte Eure Erholung nicht länger unterbrechen.« Er erhob sich von dem Schemel.

»Was ist mit der Wunde?«, fragte ich ihn, bevor er gehen konnte. Ich fühlte, wie meine Wade pochte; sie schien angespannt zu sein, als ob etwas auf der Haut läge, vielleicht festgebunden war. Etwas Feuchtes und Schweres, das mein Bein so belastete, dass ich es kaum bewegen konnte.

»Wir haben natürlich die Eisen angewendet und das Bein danach mit einem Kräuterumschlag umwickelt. Und Ihr hattet wieder Glück, weil der Schnitt zwar lang, aber nicht tief war.«

»Wie lange wird es noch dauern, bis das Bein geheilt ist?«

»Das ist schwer zu sagen«, erwiderte er. »Aber Ihr habt Euch bislang als kräftig erwiesen. Mit genug Ruhe, und wenn dafür gesorgt wird, dass die Wunde sauber bleibt, wird es meiner Ansicht nach nicht lange dauern. Ich nehme an, Ihr könnt es in einer Woche oder zwei wieder benutzen. Sprecht Eure Gebete, dann wird Gott sich darum kümmern; das ist der beste Rat, den ich Euch geben kann.«

»Vielen Dank, Pater.«

»Ich sorge dafür, dass man Euch zu essen und zu trinken bringt. Schließlich ist es sinnvoll, Eure Kraft wieder aufzubauen.« Der Priester machte sich auf den Weg und zog sein langes Gewand hinter sich her über den Boden. Als er die Tür erreichte, blieb er stehen. »Es gibt Diener genug; falls Euch irgendetwas einfällt, was Ihr braucht, müsst Ihr nur rufen. Ich berichte meinem Herrn, dass Ihr wach seid. Ich hoffe, dass er Euch später besucht.«

Ich nickte, und er lächelte wieder ganz kurz, bevor er ging und die Tür hinter sich schloss.

Wie versprochen, wurde bald ein Krug Bier gebracht und neben mein Bett gestellt, kurz darauf gefolgt von etwas Brot und Käse, Äpfeln und Birnen. Ein junger Diener half mir beim Hinsetzen, stopfte mir ein mit Stroh gefülltes Kissen hinter den Rücken, während ein anderer etwas Holz für das Feuer brachte, das auszugehen drohte. Ich aß so viel, wie ich konnte, aber in Wahrheit war ich nicht besonders hungrig, und als dieselben beiden später wiederkamen, um die Schüsseln abzuholen, die ich benutzt hatte, war immer noch das meiste darin.

Ich dachte über den Kaplan Ælfwold nach und warum er sich dafür entschieden hatte, einem französischen Lord wie Malet zu dienen. Ich dachte an die englischen Lords, die sich in den Monaten nach unserem Sieg bei Hæstinges König Guillaume unterworfen hatten und von denen viele sogar jetzt noch im Besitz ihrer Ländereien waren. Ihre Treueschwüre waren jedoch nicht freiwillig abgelegt worden, sondern eher unter Zwang, und mehr als zwei Jahre später herrschte immer noch viel Misstrauen auf beiden Seiten.

Dieser Priester hatte andererseits gesagt, dass er stolz sei, dem Vicomte zu dienen, und als er darüber sprach, was in Dunholm stattgefunden hatte, war das in meinen Augen mit echtem Bedauern geschehen. Seit wir zum ersten Mal an diesen Küsten aufgetaucht waren, war uns kein Engländer mit etwas anderem begegnet als Feindseligkeit. Warum es bei ihm anders sein sollte, konnte ich nicht verstehen.

Ich legte mich eine Weile wieder hin und lauschte den Geräuschen, die ich durch das Fenster hören konnte: die Rufe der Männer, die mit den Waffen übten; das Wiehern von Pferden; weiter entfernt das beständige Hämmern von Eisen auf Eisen, das bestimmt von einem Schmied verursacht wurde. Als mein Kopf klarer wurde, setzte ich mich auf und verbrachte einige Zeit damit zu beten, bedankte mich bei Gott dafür, dass Er mich gerettet hatte, und bat Ihn darum, die Seelen derer zu retten, die ich verloren hatte. Es war lange her, seit ich zum letzten Mal richtig gebetet hatte, und ich hoffte, Er würde mich hören.

Am späteren Nachmittag hörte ich ein Klopfen an der Tür. Noch bevor ich antworten konnte, trat ein Mann ein.

Es war nicht der Priester, denn dieser Mann war schlank und hochgewachsen – vielleicht so groß wie ich, obwohl das schwer zu sagen war, wenn man ihm nicht gegenüberstand. Seine Haare, auf die französische Weise kurz geschnitten, waren von dunkelgrauer Farbe, sein Gesicht war kantig und hatte dicke Augenbrauen und eine – allerdings lang verheilte – Narbe auf der rechten Wange. Er trug eine rote Tunika, die um Hals und Manschetten mit einem Goldfaden bestickt war. Silberne Ringe schmückten zwei Finger an der linken Hand. Er war offensichtlich ein ziemlich wohlhabender Mann, und ich fragte mich, ob dies nicht der Vicomte selber war.

»Tancred a Dinant«, sagte er. Seine Stimme war tief, aber nicht harsch; trotzdem war ihr Tonfall der eines Mannes, der es gewohnt war zu befehlen.

»Mylord«, erwiderte ich und senkte den Kopf. Es kam einer Verbeugung so nahe, wie es mir im Sitzen möglich war.

»Mein Name ist Guillaume Malet. Ich bin sicher, Ihr habt von mir gehört.«

Ich konnte nicht erkennen, ob die letzte Bemerkung ironisch gemeint war oder nicht, aber auf seinem Gesicht lag kein Anzeichen von Humor.

»Ich fühle mich geehrt, Eure Bekanntschaft zu machen«, sagte ich. In meiner Zeit mit Lord Robert hatte ich reichlich Gelegenheit gehabt, mich an den Umgang mit Männern von

Stand zu gewöhnen. Da er einer der Männer war, die dem König am nächsten standen, war seine Anwesenheit bei Hof oft erforderlich, und es war häufig vorgekommen, dass entweder ich oder Wace ihn mit unseren Conrois nach Westmynstre begleitet hatten.

»Das gilt auch für mich«, sagte Malet. »Euer Ruf als Mann des Schwerts ist mir wohlbekannt.«

Er setzte sich auf einen der Schemel neben meinem Bett und hielt mir die Hand hin. Ich umschloss sie mit meiner. Sein Griff war fest, und ich bemerkte, dass er Schwielen an der Handfläche hatte, was mir bei einem Mann von seiner Stellung ungewöhnlich vorkam.

»Ich habe Robert de Commines gekannt«, sagte er, während er meine Hand freigab. »Ich habe viel für seine Seele gebetet, seit ich von seinem Schicksal gehört habe. Sein Verlust wird von uns allen sehr schmerzlich empfunden werden. Er war ein guter Mann – etwas, das in diesen Tagen immer seltener zu werden scheint.«

Ich spürte, wie sich in den Winkeln meiner Augen Feuchtigkeit bildete, kämpfte aber dagegen an. »Ja, Mylord.« Ich wusste nicht, was ich sonst hätte sagen sollen.

»Ich bin mir sicher, mein Kaplan Ælfwold hat Euch gesagt, dass wir alle gehört haben, was in Dunholm geschehen ist. So viele Männer in einer Nacht zu verlieren – das hat es noch nie gegeben.«

»Der Feind hat uns überrascht, und das in solchen Mengen, dass wir keine Hoffnung hatten, die Stadt zu verteidigen.« Was uns vielleicht gelungen wäre, wenn wir uns in die Festung zurückgezogen und unsere Kräfte zusammengeschart hätten, wie ich es vorgeschlagen hatte.

»Trotzdem gibt es jene, die sagen würden, dass der Earl besser vorbereitet hätte sein sollen. Dass er übertrieben selbstsicher war. Er gab seiner Armee die Erlaubnis, die Stadt zu plündern;

er ließ zu, dass sich seine Leute betranken, obwohl er den Verdacht hatte, der Feind sei noch in der Nähe.«

Ich zögerte, weil ich überrascht war, wie viel Malet über die Ereignisse wusste. Aber andererseits würde er das schon von all denen gehört haben, die zurückgekehrt waren – von Eudo und Wace und anderen Rittern, von all den Adligen, die unter Lord Robert gedient hatten.

»Alles, was er getan hat, hat er mit Beratung und Unterstützung durch die anderen Lords getan«, sagte ich. Das wusste ich, weil ich während dieser Besprechungen in der Met-Halle bei ihm gewesen war. Kurz nach diesem Treffen war es gewesen, als ich mit Eudo und den anderen ausgeschickt wurde, um die Hügellandschaft zu erkunden.

»Vielleicht«, sagte Malet, »doch für sie ist es seit Roberts Tod äußerst bequem, ihm die ganze Schuld in die Schuhe zu schieben.«

Ich blieb still, während mir seine Worte im Kopf herumgingen. Unter den anderen Lords waren viele gewesen, die mir nicht gefallen hatten, aber keinem hätte ich eine absichtliche Täuschung dieser Art zugetraut. Sie lief im Grunde auf einen Verrat an Robert hinaus.

»Und dann«, fuhr Malet fort, »gibt es solche, die sich die Frage stellen, wie es dazu kam, dass die beiden zuverlässigsten Männer Earl Roberts es schafften, am Leben zu bleiben, während er selber den Tod fand.« Er zog eine Augenbraue hoch.

Damit deutete er an, Wace und ich hätten unseren Herrn absichtlich verlassen, um uns in Sicherheit zu bringen. Ich wurde von einem Zorn ergriffen, wie ich ihn seit der Schlacht nicht empfunden hatte, aber ich hielt ihn im Zaum. Ich konnte es mir nicht erlauben, vor einem Mann die Fassung zu verlieren, der so viel Einfluss hatte wie der Vicomte, zumal wenn man die Großzügigkeit bedachte, die er mir dadurch erwiesen hatte, mich in seinem Haus zu beherbergen.

»Stellt Ihr auch diese Frage, Mylord?«, fragte ich stattdessen und hielt seinem Blick stand.

Die Winkel seines Mundes verzogen sich zu einem schwachen Lächeln nach oben. »Seid versichert, dass ich das nicht tue«, sagte er. Dann wurde sein Gesicht wieder ernst. »Robert hat wenigen Männern vertraut, aber die, auf die es zutraf, standen bei ihm in hohem Ansehen. Er wusste, wie er ihre Achtung und Treue gewinnen konnte, und ich habe keinen Zweifel, dass Ihr alles für ihn getan habt, was in Euren Kräften stand. Trotzdem gibt es viele, die anders darüber denken mögen und es sich zweimal überlegen, bevor sie Euch in ihre Dienste nehmen.«

»Mylord«, sagte ich. »Es ist weniger als eine Woche seit seinem Tod …«

»Earl Robert hat in den höchsten Tönen von Euch gesprochen«, unterbrach er mich, als hätte er mich nicht gehört. »Tatsächlich ist mir viel von Eurer Tapferkeit berichtet worden, Tancred. Ich weiß, dass Ihr ihm das Leben gerettet habt, und das mehr als einmal. Ihr habt ihm in Hæstinges Euer Pferd gegeben, nachdem seines unter ihm getötet wurde. Ihr wart derjenige, der ihn aus dem Handgemenge gezogen hat, als man ihn umzingelt hatte.«

Wieder war ich über das Ausmaß dessen, was Malet wusste, überrascht. Alles, was er gesagt hatte, entsprach der Wahrheit: Ich konnte alles so klar vor mir sehen, als wäre es erst gestern geschehen. Aber nichts davon änderte etwas an der Tatsache, dass ich am Ende meine Pflicht nicht erfüllt hatte.

»Warum erwähnt Ihr das, Mylord?«, fragte ich, obwohl ich glaubte die Antwort zu kennen.

»Ich brauche gute Schwerter, heute mehr denn je«, erwiderte der Vicomte. »Die Feinde haben normannisches Blut geleckt. Dunholm wird nicht das Ende sein.«

»Glaubt Ihr, es wird mehr Schwierigkeiten in Northumbria geben?«

Malet musterte mich einen Moment lang, und dann stand er von seinem Schemel auf und ging zum Fenster. Er spähte nach draußen; fahles Sonnenlicht fiel ihm ins Gesicht. »Die Northumbrier sind ein aufrührerisches Volk«, sagte er, »stolz und voll Verachtung anderen Stämmen gegenüber. Das ist schon immer so gewesen, und es wird jetzt nicht anders sein. Ihr habt ihre Grausamkeit mit Euren eigenen Augen gesehen.«

»Der Feind hat Dunholm«, sagte ich. »Wie könnt Ihr so sicher sein, dass sie sich damit nicht begnügen.«

Er wandte sich wieder zu mir um, sodass sein Gesicht wieder im Schatten lag. »Natürlich bin ich mir nicht sicher«, sagte Malet. »Aber vergesst nicht, dass sie bis jetzt von unserer Seite nur Niederlagen erfahren haben. Die Ermordung des Earls wird ihnen ein Vertrauen in ihre Möglichkeiten geschenkt haben, wie sie es zuvor nicht hatten. Ich glaube, es wird nicht lange dauern, bis sie ihren Marsch nach Süden beginnen.« Er seufzte. »Und Ihr solltet wissen, dass Northumbria nur ein Teil davon ist.«

»Was meint Ihr damit, Mylord?«

»Es vergeht kaum eine Woche, ohne dass es irgendwo im Reich zu Unruhen kommt. Dauernd hören wir von Normannen, die durch Banden von Engländern in den Grafschaften umgebracht werden. Im walisischen Grenzland werden die Feinde kühner, ihre Raubzüge zugleich dreister und zerstörerischer. König Guillaumes Streitkräfte waren nie zuvor so dünn verteilt. Und das Schlimmste kommt erst noch.«

»Mylord?«, fragte ich stirnrunzelnd.

Er blickte mich unverwandt an. »Eine Invasion.«

»Eine Invasion?« Es schien kaum möglich. Wir hatten England selber erst vor rund zwei Jahren in Besitz genommen.

»Allerdings«, sagte er. »Es ist seit einiger Zeit bekannt, dass der dänische König Sweyn Ulfsson Anspruch auf die englische Krone erhebt, obwohl er bislang weder die Mittel noch die Möglichkeit hatte, ihn auch durchzusetzen. Seit einigen

Monaten jedoch haben wir den Verdacht, dass er Pläne für den kommenden Sommer gemacht hat. Inzwischen wissen wir es. Er hat schon damit begonnen, seine Schiffe zusammenzuziehen, und man geht allgemein davon aus, dass er bis zur Mitte des Sommers eine Flotte aufgestellt hat, die mit unserer von vor zwei Jahren konkurrieren kann.«

Auf einmal verstand ich Malets Besorgnis. Selbst wenn wir die Rebellen erfolgreich in die Schranken weisen konnten, gab es immer noch einen zweiten Feind, und die Dänen hatten ein gewisses Renommee als Kämpfer und wurden wegen ihrer Barbarei genauso gefürchtet wie wegen ihres geschickten Umgangs mit Waffen. Und ich erinnerte mich daran, gehört zu haben, dass sie diese Insel schon einmal erobert hatten, obwohl das mittlerweile viele Jahre her war.

»Warum erzählt Ihr mir das?«, fragte ich.

»Es ist nichts anderes, als was bald allgemein bekannt sein wird«, antwortete er. »Aber Ihr versteht jetzt, warum Roberts Tod zu keinem schlechteren Zeitpunkt hätte kommen können. Ihr seht ein, warum ich auf die Dienste von Männern wie Euch angewiesen bin. Denn früher oder später wird der Feind kommen, und wir müssen bereit sein, ihn zu bekämpfen, wenn er …«

Er wurde von einem scharfen Klopfen an der Tür unterbrochen.

»Einen Augenblick«, sagte Malet, als er hinging, um sie zu öffnen.

Ein Junge in einem braunen Kittel stand draußen. Er hatte Kohle im Gesicht, sein Kittel und sein blondes Haar waren ungepflegt, und ich hielt ihn für einen Diener. »Mylord«, sagte er. »Der Burgvogt Lord Richard ist hier. Er möchte so bald wie möglich mit Euch sprechen.«

»Was will er?«, fragte Malet, und in seiner Stimme lag ein Anflug von Überdruss.

»Das hat er nicht gesagt, Mylord. Er wartet in Euren Gemächern auf Euch.«

Malet stieß einen Seufzer aus. »Sehr gut«, sagte er. »Sag ihm, ich werde gleich bei ihm sein.«

Der Junge verbeugte sich rasch und eilte davon.

»Verzeiht mir, Tancred«, sagte Malet. »Der Burgvogt ist ein lästiger Mann, aber wenn ich ihn ignoriere, wird er nur noch hartnäckiger. Ich hoffe, Ihr habt es hier bequem und Euch wird alles gebracht, was Ihr haben möchtet.«

»So ist es, Mylord.«

»Sehr gut.« Er lächelte. »Ich möchte nicht sofort eine Antwort von Euch haben, aber ich wünschte mir, Ihr würdet in den kommenden Tagen darüber nachdenken, was ich gesagt habe. Wir werden zweifellos bald wieder miteinander reden.«

Er ging, und ich war wieder allein. Ich ließ mir alles durch den Kopf gehen, was er gesagt hatte, über Lord Robert und über die Rebellion, von deren Kommen er überzeugt war. Wenn sie kam, wollte ich in der Lage sein zu kämpfen, auch wenn es mir um nichts anderes ging, als Roberts Tod zu rächen. Obwohl es wenige Lords gab, die bereit wären, meine Dienste zu akzeptieren, falls Malet die Wahrheit sprach.

Wenige außer ihm, natürlich.

Acht

Eudo und Wace kamen mich am nächsten Morgen besuchen, und ich war nie glücklicher gewesen, sie zu sehen. Wir redeten nicht über die Schlacht oder über Lord Robert, weil es wenig mehr darüber zu sagen gab, obwohl ich an ihren Blicken erkennen konnte, dass es in ihren Gedanken genauso gegenwärtig war wie in meinen.

Ich erfuhr von ihnen, dass Rollo die Reise nicht überlebt hatte. Sie hatten in der Abenddämmerung eine kurze Pause gemacht, um die Pferde ausruhen zu lassen, aber als sie wieder aufbrechen wollten, war er nicht mehr aufgestanden.

»Die Schlacht muss ihn fast völlig erschöpft haben«, sagte Eudo. »Als wir sahen, dass er es nicht schaffen würde, haben wir beschlossen, dass es besser für ihn ist, seinem Leiden ein Ende zu machen. Tut mir leid.«

Vielleicht war mein Herz schon so voller Kummer, dass kein Platz mehr für weiteren übrig blieb, aber aus irgendeinem Grund fühlte ich keine Traurigkeit, sondern nur Bedauern. Rollo war fast so lange mit mir zusammen gewesen, wie wir nun schon in England waren. Ich hatte ihn in den Wochen nach der Schlacht bei Hæstinges bekommen, zur gleichen Zeit, als mir ein eigener Conroi anvertraut worden war, und er hatte mehr als zwei Jahre Feldzug mit mir überstanden. In all meinen Jahren hatte ich kein besseres Pferd als ihn erlebt: kräftig, und doch schnell, beständig und gehorsam. Jetzt war also auch er verschwunden.

Ich wechselte das Thema. »Der Vicomte hat mich gestern

102

aufgesucht. Und sein Kaplan ebenfalls, ein Mann namens Ælf-wold.«

»Der Engländer«, sagte Eudo mit missbilligendem Blick.

»Dann habt ihr ihn auch kennengelernt?«, fragte ich.

»Er war derjenige, der uns empfangen hat, als wir dich herge-bracht haben«, antwortete Wace. »Malet hat mehr als ein paar Engländer in seinem Haushalt. Er ist selbst halber Engländer, musst du wissen.«

»Halber Engländer?«, sagte ich ungläubig. Nichts in seinem Auftreten oder seiner Sprechweise hatte darauf schließen lassen, dass er etwas anderes sei als Normanne.

»Man sagt, dass seine Mutter aus einem edlen merciani-schen Geschlecht stammt, obwohl niemand es genau zu wis-sen scheint«, sagte Wace. »Ich nehme an, er spricht nicht viel darüber.«

Das überraschte mich nicht; es war etwas, das nicht viele gern zugeben würden.

»Seine Treue zum König steht außer Zweifel, verstehst du«, fuhr Wace fort. »Er hat an seiner Seite in Hæstinges gekämpft, und zwar gut. Aber seine Abstammung bedeutet auch, dass er das Vertrauen vieler englischer Thane hat.«

»Was zweifellos ein Grund dafür ist, dass er hier zum Vicomte gemacht wurde«, sagte ich. Während der Süden des Königreichs sich mittlerweile fest unter der Kontrolle normannischer Lehns-herren befand, war ein großer Teil des Nordens immer noch in der Hand der gleichen Männer, die ihn vor drei Jahren unter dem Usurpator besessen hatten. Deshalb musste derjenige, der Eoferwic innehatte, in der Lage sein, mit ihnen zu verhandeln. »Wie kommt es überhaupt, dass du so viel weißt?«, fragte ich.

»Malet war letztes Jahr Ostern bei der Ratsversammlung des Königs, als ich Lord Robert begleitet habe«, sagte Wace. »Durch Gespräche mit einigen seiner Männer habe ich einiges erfahren.«

Egal wie er seine Informationen erhalten hatte, sie waren nützlich, und ich war so dankbar dafür wie für die Nachrichten, die sie von draußen mitgebracht hatten. Es hatte den Anschein, als gebe es Gerüchte über Aufstände ganz im Süden des Königreichs und Geschichten von bestimmten Lehnsherren, die zurück in die Normandie geflohen waren. Zu ihnen gehörten Hugues de Grandmesnil, der Vicomte in Wincestre gewesen war, und sein Schwager Hunfrid de Tilleul, der Burgvogt von Hæstinges: einige der bedeutendsten Männer in jenem Teil Englands.

»Mir war nicht klar, dass im Süden so viel Unruhe herrscht«, sagte ich. Es war erst ein paar Wochen her, seit wir Lundene mit Lord Robert verlassen hatten, und damals hatte es wenige Probleme gegeben. Ich fragte mich, ob es diese Aufstände waren, die Malet meinte, als er am vorherigen Nachmittag von den englischen Banden gesprochen hatte, von Normannen, die umgebracht worden waren.

»Sogar hier in Eoferwic herrscht Unruhe«, sagte Wace. »Du kannst es an der Art und Weise sehen, wie die Stadtbewohner dich anstarren, wenn du vorbeireitest. Sie mögen uns nicht, und sie haben keine Angst mehr, es zu zeigen.«

»Erst gestern Abend ist ein Kampf unten am Fluss ausgebrochen«, schaltete sich Eudo ein. »Eine Gruppe von Engländern ist auf einige Ritter des Burgvogts losgegangen. Ich habe von der Brücke aus zugesehen. Es war das reinste Gemetzel. Sie haben die Kerle niedergeritten und ein halbes Dutzend getötet, bevor der Rest weggelaufen ist.«

Wenn Ritter so offen angegriffen wurden, bedeutete das, dass die Dinge noch schlimmer standen, als mir bewusst gewesen war. Ohne Zweifel hatten die Bewohner der Stadt erfahren, dass mehr als tausend Franzosen in Dunholm getötet worden waren, und dachten jetzt, dass sie von uns nicht mehr viel zu befürchten hatten. Aber das konnte nicht für die Aufstände im Süden verantwortlich sein, weil seit der Schlacht erst eine Woche vergangen war – zu wenig Zeit, als dass sie davon und wir im Gegenzug von ihnen hätten hören können. Nachrichten reisten oft schnell, aber nicht so schnell.

»Was werdet ihr jetzt machen?«, fragte ich sie. »Jetzt, wo Lord Robert tot ist, meine ich.«

Sie schauten einander an, und ich merkte, dass sie nicht viel darüber nachgedacht hatten. Wenn Robert einen Sohn aus einer rechtmäßigen Verbindung gehabt hätte, hätte ich die Frage natürlich gar nicht stellen müssen, weil wir dann einfach nach Commines zurückgekehrt wären und ihm Treue geschworen hätten. Aber er hatte nur Bastarde gezeugt, und obwohl das eigentlich nicht hieß, dass sie ihn nicht beerben konnten, war keiner von ihnen in einem Alter, die Kontrolle seiner Güter zu übernehmen, die jetzt an König Guillaume zurückfallen würden.

»Wir werden wahrscheinlich versuchen, hier einen neuen Dienstherrn zu finden«, sagte Wace. »Andernfalls kehren wir nach Lundene zurück und machen uns von dort vielleicht sogar auf den Rückweg in die Normandie.«

»Auf jeden Fall werden wir nichts unternehmen«, sagte Eudo, »bis dein Bein ausgeheilt ist und du wieder gesund bist.«

Ich fragte mich, ob ich das Angebot des Vicomtes, mich in seine Dienste zu nehmen, erwähnen sollte, entschied mich aber dagegen. Obwohl er mit seinem Lob großzügig gewesen war, war ich mir angesichts dessen, was in den letzten Tagen geschehen war, nicht sicher, ob ich in Northumbria bleiben wollte. Und ich wusste nicht, ob sein Angebot auch für meine Kameraden gelten würde – ihre Namen hatte er mit Sicherheit nicht genannt, als er mit mir gesprochen hatte. Ich würde mich ungern von ihnen trennen.

»Ihr wisst, dass ich in eurer Schuld stehe«, sagte ich. »Wenn ihr nicht gewesen wärt …«

Ich beendete den Satz nicht, denn in Wahrheit gefiel mir der Gedanke nicht, was hätte geschehen können. Mit ziemlicher Sicherheit wäre ich jetzt nicht am Leben, um mit ihnen zu reden.

»Wir haben nur getan, was wir tun mussten«, sagte Eudo. »Wir konnten dich dort nicht liegen lassen.«

»Trotzdem bin ich euch meinen Dank schuldig«, sagte ich.

Wace legte mir eine Hand auf die Schulter. »Wir sind in dem Wirtshaus am oberen Ende der Straße, die von den Leuten hier Kopparigat genannt wird. Komm uns besuchen, wenn dein Bein geheilt ist.«

»Sobald der Priester dich vor die Tür lässt«, fügte Eudo grinsend hinzu.

Sie verließen mich kurz darauf, obwohl ich nicht lange allein war, weil Ælfwold mich bald aufsuchte, diesmal mit einem frischen Umschlag, mit dem er meine Wade umwickelte. Er war zufrieden, weil die Wirkung der Eisen seine Erwartungen noch übertroffen hatten: Die Wunde hatte sich völlig geschlossen, und es gab kein Zeichen von Eiterbildung. Die Narbe würde immer bleiben, eröffnete er mir, aber das war nicht zu ändern. Sie würde nur zu den anderen hinzukommen, die ich aus vergangenen Schlachten davongetragen hatte: an meinem Arm, unten an meiner Seite, quer über meinem Schulterblatt, obwohl freilich keine von ihnen so tief war wie diese hier.

Später am gleichen Tag erhielt ich Besuch von einem Mönch. Das seine Tonsur umgebende Haar war kurz und grau, sein Habit war mit Schlamm bespritzt, und er roch nach Rinderdung. Er hatte ein Glasgefäß bei sich, das er mir ohne ein Wort überreichte. Ich fragte ihn, was ich damit machen solle, aber er starrte mich ausdruckslos an; offensichtlich sprach er nicht Französisch. Aber er musste trotzdem meine Verwunderung verstanden haben, denn er hielt eine Hand vor seinen Schoß, deren Zeigefinger er ausstreckte, während er mit der anderen auf das Glas zeigte, das ich in der Hand hielt.

Ich versuchte mich hinzusetzen, als ich begriff, was er von mir wollte. Meine Glieder waren immer noch schwach vom Fieber, und mein Kopf war schwer, aber der Mönch machte keine Anstalten, mir zu helfen, sondern sah stattdessen zum Fenster hinaus. Schließlich schaffte ich es, mich auf die Bettkante zu hocken, und füllte das Glas mit dem Rücken zu dem Mönch.

Er nahm es mir ab, als ich fertig war, hielt die goldene Flüssigkeit ins Licht und ließ sie im Glas kreisen, wobei er während der Untersuchung ein paar Wörter murmelte, die ich nicht verstand. Er schnüffelte verächtlich an dem Glas, bevor er sich den Rand an die Lippen setzte. Ich schaute angewidert zu, wie er einen Schluck daraus nahm, und er musste meinen Gesichtsausdruck gesehen haben, denn er warf mir einen fragenden Blick zu, bevor er nachdenklich nickend und immer noch murmelnd hinausging.

Als der Kaplan am Abend zu mir kam, fragte ich ihn, wonach der Mönch Ausschau gehalten hatte.

»Wenn der Urin dunkel und trüb ist«, erklärte Ælfwold, »beweist das, dass der Heilungsprozess noch nicht abgeschlossen ist. Aber wenn er blass und klar erscheint, nicht abgestanden riecht und vor allem auf der Zunge süß schmeckt, kann man das als positives Zeichen guter Gesundheit werten. Ist das nicht allgemein bekannt, wo du herkommst?«

Vielleicht, aber es war nichts, was mir der Siechenmeister im Kloster beigebracht hatte, und um die Wahrheit zu sagen, war ich darüber nicht unglücklich. Aber Ælfwold wollte mir keinen Ausgang geben, bis der Mönch mit dem Zustand meines Wassers zufrieden war, und deshalb musste ich auch die nächsten Tage in meiner Kammer verbringen.

Wann er nur konnte, setzte sich der Kaplan zu mir und erzählte mir Neuigkeiten aus der Welt draußen, so wenige es auch waren. Er erwähnte weder etwas von weiteren Unruhen in der Stadt noch davon, dass die Northumbrier nach Süden marschierten, und ich fragte mich schon, ob Malets Besorgnis vielleicht unangebracht war. Bei anderen Gelegenheiten brachte der Priester ein kariertes Brett mit, auf dem man Schach und außerdem ein ähnliches Spiel namens *tæfl* spielen konnte, das die Engländer liebten, wie ich wusste, und in dem er mich mit großem Vergnügen unterwies. Aber die meiste Zeit hatte ich nichts Besseres zu tun, als in meine Gedanken verloren dazusitzen und dabei von morgens bis abends dieselben vier Wände anzustarren.

Während die Tage vergingen, gewann ich allerdings langsam meine Stärke zurück und fand auch meinen Appetit wieder. Mein Kopf begann sich klarer anzufühlen, weniger schwer, und ich stellte fest, dass ich weniger Zeit schlafend verbrachte. Am fünften Tag, seitdem ich zum ersten Mal in diesem schmalen Bett aufgewacht war, war mein Bein so weit geheilt, dass ich, wenn auch etwas unsicher, aufstehen und sogar – mit Hilfe des Kaplans – im Raum herumgehen konnte. Der Priester versicherte mir, dass das Bein schneller gesunden würde, je eher ich damit anfing, es mit meinem Gewicht zu belasten. Und er hatte recht, denn es dauerte nur noch zwei Tage, bevor meine Pisse endlich klar war und er mich für so bei Kräften hielt, dass ich mich nach draußen wagen konnte. Ich konnte nicht weit gehen, ohne meinem Bein eine Pause gönnen zu müssen, aber allein zur Tür hinauszutreten war eine willkommene Abwechslung. Bis jetzt hatte ich nichts von der Welt außerhalb meiner Kammer gesehen, nicht einmal den Rest von Malets Haus.

»Dies war einst die Residenz der Earls von Northumbria«, erzählte der Kaplan, als er mich in den großen Saal führte, »errichtet in den Tagen, als Eoferwic in ihrem Herrschaftsbereich lag. In ganz England gibt es keinen schöneren Palast, vielleicht von dem in Westmynstre abgesehen.«

Es war tatsächlich ein Ort, der eines Vicomtes würdig war. Der Saal maß sicher vierzig Schritte der Länge nach, vielleicht mehr, und um seinen Rand verlief eine Empore, von der runde, in vielen Farben bemalte Schilde hinabhingen: zinnoberrot und gelb, grün und azurblau. Die Sonne schien durch vier hohe Fenster hinein und warf breite Dreiecke auf den Boden. In der Mitte stand ein Tisch, der so lang war, dass nicht nur dreißig Lords, sondern auch noch einige ihrer Gefolgsleute an ihm Platz nehmen konnten, während sich am anderen Ende eine große gemauerte Feuerstelle befand, über der ein riesiger schwarzer Kessel hing, auch wenn es noch zu früh war, um das Feuer anzuzünden.

Ich schritt auf und ab und ließ den Anblick auf mich wirken. Sogar Lord Robert hatte keinen Saal wie diesen hier gehabt. Der Kaplan hatte recht, wenn er ihn mit Westmynstre verglich, denn er hätte dem König selber gehören können. Und vielleicht hatten gelegentlich Könige hier gesessen, von ihrem Hofstaat umgeben.

Mein Blick fiel auf eine Stickarbeit, die an der Wand hing und Schlachtszenen darstellte, obwohl ich nicht feststellen konnte, welche Schlacht gemeint war. Es gab Gruppen von Reitern, die mit unter den Armen eingelegten Lanzen angriffen, während ihnen eine Schlachtreihe von Fußsoldaten mit erhobenen Schilden und aufgestellten Speeren gegenüberstand. Aber sie waren es nicht, die meine Aufmerksamkeit auf sich zogen, denn direkt hinter ihnen sah ich eine einsame Gestalt auf einem Hügel stehen. Er hielt sein Schwert vor sich empor, sodass es in den Himmel zeigte; zu seinen beiden Seiten lagen die Leichen von einem Dutzend gepanzerter Männer über dem Hügel verstreut. Ich hatte noch nie eine so feine Nadelarbeit oder so detaillierte Bilder wie hier gesehen.

Und dann bemerkte ich über dem Kopf des Ritters, in gerundeten, ungleichmäßigen Buchstaben gestickt, eine lateinische Beschriftung: »HIC MILES INVICTUS SUPERBE STAT«. Es war lange her, seit ich zum letzten Mal eine Lateinstunde hatte:

seit ich zum letzten Mal Bruder Raimonds Hand auf meiner Wange gefühlt hatte, weil ich meine Deklinationen vergessen oder einen Satz falsch übersetzt hatte. Aber der alte Bibliothekar passte jetzt nicht auf mich auf, und es war ohnehin auch kein schwieriger Satz.

»Hier steht stolz der unbesiegte Ritter«, murmelte ich. Ich fuhr mit meinen Fingern über die erhabenen Formen der Buchstaben, wobei ich mich fragte, wie lange es wohl gedauert hatte, auch nur diesen einen Satz zu sticken; wie viele Monate diese Stickerei insgesamt wohl in Anspruch genommen hatte; wie viele Nonnen mit Nadel und Faden hatten zusammenarbeiten müssen. Malet war wirklich reich, wenn er sich so ein Stück leisten konnte.

»Ihr kennt Eure Buchstaben«, sagte Ælfwold erstaunt. Wenige Männer des Schwerts konnten lesen oder schreiben, auch Eudo und Wace nicht, und möglicherweise war ich tatsächlich von allen Rittern in Lord Roberts Gefolge der Einzige mit diesem Können gewesen.

»Als Kind habe ich ein paar Jahre in einem Kloster verbracht«, erwiderte ich. »Bevor ich mich Lord Robert anschloss.«

»Wie alt wart Ihr, als Ihr gegangen seid?«

Ich zögerte. Ich hatte wenigen Menschen etwas über meine Zeit in dem Kloster bei Dinant erzählt; die Einzigen, die davon wussten, waren diejenigen, die mir am nächsten standen. Diese Jahre zählten alles in allem nicht zu meinen glücklichsten, und ich dachte nicht sehr gerne an sie zurück. Dennoch waren es wahrscheinlich glücklichere Zeiten gewesen als diese jetzt.

»Der Sommer, in dem ich floh, war mein vierzehnter«, sagte ich leise.

»Ihr seid geflohen?«

Ich wandte mich ab, wieder dem Bild des Ritters zu. Ich hatte schon mehr gesagt, als ich vorhatte.

»Verzeiht mir«, sagte Ælfwold. »Ich will Euch nicht aushorchen. Ich bin sicher, es geht mich nichts an. Obwohl ich Euch keinen Vorwurf mache, denn ich habe nie viel von Klöstern gehalten, fast so wenig wie von Mönchen. Ich habe es immer für besser gehalten, Gottes Botschaft in der Welt zu verbreiten, als seine Tage in klösterlicher Abgeschiedenheit zu verbringen. Man kann sich so leicht in seinen eigenen Gedanken verlieren und es auf diese Weise versäumen, die Herrlichkeit um uns herum wahrzunehmen. Das ist der Grund, warum ich vor all diesen Jahren beschlossen habe, Priester zu werden, anstatt die Gelübde abzulegen und …«

»Pater Ælfwold!«

Die Stimme drang scharf und deutlich durch den Saal. Ich schaute hoch und sah eine junge Frau mit leichtem Schritt auf uns zukommen. Sie trug einen mit Pelz gesäumten Winterumhang über einem blauen Kleid aus Wolle. Ihr Kopf war von einem Schleier bedeckt, aber ein paar Haarsträhnen schlängelten sich darunter hervor wie Fäden von gesponnenem Gold.

»Pater Ælfwold«, sagte sie mit ausgeglichener, prononcierter Stimme. »Wie gut, Euch zu sehen.«

Der Kaplan lächelte. »Gleichfalls, Mylady. Geht Ihr aus, oder seid Ihr schon draußen gewesen?«

»Ich komme gerade vom Markt zurück.« Dann schaute sie mich an, als wäre ich gerade erst erschienen und sie bemerkte mich zum ersten Mal. »Wer ist das hier?«

Sie hatte feine Gesichtszüge, gepaart mit blassen Wangen und großen Augen, die im Licht glänzten, und ich vermutete, dass sie nicht älter als zwanzig Sommer war. In Wahrheit fand ich es oft schwierig zu beurteilen: Als ich Oswynn kennenlernte, hatte ich sie für älter gehalten, als sie war – wegen ihrer Wildheit, die sie reifer wirken ließ. Erst viel später erfuhr ich, dass sie gerade mal sechzehn Sommer hinter sich hatte, doch da machte es mir nicht mehr viel aus, weil ich bereits herausgefunden hatte, wie erfahren sie war.

»Mein Name ist Tancred a Dinant, Mylady«, sagte ich. »Ehedem Ritter von Earl Robert de Commines.«

»Er ist gegenwärtig unter meiner Obhut«, erklärte Ælfwold. »Er hat an der Schlacht von Dunholm teilgenommen, wo er am Bein verwundet wurde. Euer Vater gewährt ihm Unterkunft, bis er sich erholt.«

»Ich verstehe«, sagte sie, obwohl ich mir nicht völlig sicher war, ob das stimmte, denn sie schien nicht sehr daran interessiert zu sein, was er sagte. Stattdessen schaute sie mich in der gleichen unbeteiligten Weise an, mit der man den Wert eines Pferdes ermittelt, bis ihre lohfarbenen Augen schließlich auf meine trafen, und dann glaubte ich den Anflug eines Lächelns auf ihrem Gesicht zu sehen.

Sie war, das musste ich zugeben, attraktiv. Vielleicht nicht auf offenkundige Weise, denn sie hatte weniger Fleisch auf den Rippen, als ich normalerweise bei einer Frau begehrenswert fand, aber attraktiv war sie trotzdem: schlank, mit einer schmalen Taille und vollen Hüften.

Ihr Blick ruhte noch einen Augenblick länger auf mir, bevor sie sich wieder dem Priester zuwandte. »Ist mein Vater in der Nähe?«, fragte sie.

Und dann begriff ich: Sie war Malets Tochter. Es hätte mir früher klar werden sollen, zunächst wegen ihrer prächtigen Kleider, und auch an der Art, wie der Kaplan mit ihr sprach.

»Leider nicht«, sagte Ælfwold. »Er wollte sich mit dem Erzbischof im Münster treffen. Soweit ich weiß, will er mittags wieder zurück sein.«

»Sehr gut«, sagte sie und machte ein paar Schritte zurück. »Ich werde ihn aufsuchen, wenn er wieder hier ist.« Sie warf jedem von uns noch einen Blick zu, bevor sie ohne ein weiteres Wort davoneilte, ihre Röcke ein wenig hochziehend, damit sie nicht durch den Staub schleiften, jedoch nicht so hoch, dass sie riskiert hätte, etwas von ihrer Haut zu zeigen.

»Sie ist die Tochter des Vicomtes?«, fragte ich, während ich ihr hinterhersah.

»Beatrice Malet«, sagte der Kaplan in mahnendem Tonfall. »Und es wäre klug von Euch, keine weiteren Fragen nach ihr zu stellen.« Er runzelte die Stirn, und ich sah, dass in seinem Blick so etwas wie eine Warnung lag.

Ich spürte, wie meine Wangen erröteten und begann zu protestieren: »Pater …«

»Ich habe diesen Blick schon gesehen«, sagte er mit gesenkter Stimme. »Ihr wäret nicht der Erste, der ein Interesse an ihr nimmt.«

Ich starrte ihn an, empört darüber, dass er so etwas auch nur in Erwägung ziehen konnte. Dass Beatrice ein erfreulicher Anblick war, ließ sich nicht leugnen, aber das traf auf so viele Frauen zu. Und verglichen mit Oswynn war sie auf jeden Fall eher unansehnlich. Oswynn mit ihrem offenen und ungekämmten Haar, schwarz wie die Nacht. Oswynn, die mit mir überallhin gereist war, die vor nichts und niemandem Angst gehabt hatte. In den letzten Tagen hatte ich mich oft dabei ertappt, wie ich an unsere gemeinsame Zeit dachte, so kurz sie auch gewesen sein mochte. Kaum sechs Monate waren vergangen, seit wir uns zum ersten Mal unter der Sommersonne begegnet waren, und jetzt, im Schweigen und in der Stille des Winters, lag sie da und war tot.

»Kommt«, sagte der Priester mit einem Seufzer, während er auf die Tür am Ende des Saals zuging. »Es ist bereits vergessen. Es gibt immer noch viel, was ich Euch zeigen muss.«

Er führte mich nach draußen in den Burghof, wo die Sonne hoch stand und hell schien, obwohl sich im Norden dunkle Wolken sammelten und wir vermutlich mit Regen rechnen konnten. Kalte Luft brach über mich herein, und ich machte tiefe Atemzüge, trank von ihr, als wäre es Ale, bis ich fühlte, wie sie mir in den Kopf stieg. Ich war so lange nicht mehr draußen vor der Tür gewesen, dass ich fast vergessen hatte, wie es war. Tatsächlich verhielt es sich so, als wäre alles neu für mich und zur gleichen Zeit irgendwie realer: der Geruch des Rauchs, der von der Brise herangetragen wurde; der Gesang der Drosseln, die auf dem Strohdach hockten. Dinge, die ich zuvor kaum bemerkt hätte, die mir aber jetzt sehr bewusst waren.

Vom Giebel des Hauses flatterte eine Fahne. Sie war abwechselnd schwarz und gelb gestreift, wobei die gelben Streifen von Goldfäden durchwirkt waren, in denen sich das Licht fing. Malets Farben, nahm ich an.

Haus und Hof waren von Erdwällen und einer hohen Palisade umringt, hinter denen die Stadt Eoferwic lag: lauter Reihen von strohgedeckten Häusern, über die nur die Münsterkirche und der Holzturm der Burg aufragten. Im Süden verlief der Fluss, der in der spätvormittäglichen Sonne glitzerte. Ein paar Schiffe hatten abgelegt und glitten mit gefüllten Segeln hoch über das Wasser. Die meisten sahen aus wie einfache Fischerboote, aber eines stach hervor. Es war größer als der Rest und schmal, mit hohen Seitenwänden, die am Bug spitz zusammenliefen. Es war ein Langschiff, auf Geschwindigkeit gebaut, für den Krieg. Wem es gehörte, konnte ich jedoch nicht ausmachen, weil sein Mast und sein Segel gestrichen worden waren. Ein langsamer, regelmäßiger Trommelschlag, der über das Wasser herangetragen wurde, hielt die Ruderer im Takt.

»Kommt mit mir«, sagte Ælfwold. »Ihr müsst die Kapelle sehen.«

Ich warf ihm einen Blick zu, als er auf das steinerne Gebäude auf der anderen Seite des Hofs zuging. In Wahrheit schenkte ich ihm allerdings nicht viel Beachtung, denn es schien, als herrsche eine gewisse Aufregung in der Nähe des Tors. Eine Gruppe von Männern hatte den Balken hochgehoben, der die Torflügel zusammenhielt, während andere hinzueilten, um sie zu öffnen.

Der Klang eines Kriegshorns ertönte, und dann schwangen die Torflügel auf, und ein Conroi von Berittenen kam in Zweierreihen mit donnernden Hufen in den Burghof geprescht, jeder Reiter behelmt und im Kettenhemd. Ihr Herr oder Hauptmann ritt vorneweg mit einem Fähnchen an seiner Lanze, dessen Muster, das aus vier Kreissegmenten in Blau und Grün bestand, mir aber unbekannt war.

»Wessen Männer sind das?«, fragte ich Ælfwold, der kehrtgemacht hatte und jetzt mit gerunzelter Stirn neben mir stand.

»Es sind die Männer des Burgvogts«, sagte er. »Aber sie sind zu früh zurück. Er sollte sie heute Morgen auf einen Erkundungsstreifzug im Norden der Stadt führen.« Er ging rasch auf sie zu, und ich folgte ihm, so schnell ich konnte, und zuckte bei jedem einzelnen Schritt zusammen.

Zwanzig Ritter waren bereits durch das Tor gekommen, und es kamen immer noch mehr. Um sie herum begann sich eine Menschenmenge von Bediensteten, Küchenmädchen und Stallknechten zu bilden.

»Wo ist Malet?«, brüllte der mit dem Lanzenfähnchen sie an, während er seinen Kinnriemen losmachte und den Helm auf den Boden fallen ließ. »Holt mir den Vicomte sofort her!«

»Was ist geschehen?«, fragte der Kaplan. »Ist Lord Richard bei Euch?«

Der Ritter drehte sich im Sattel, um auf Ælfwold hinabzusehen, und plötzlich verwandelte sich sein Gesichtsausdruck in Zorn. »Es waren Leute von Eurem Schlag, die das getan haben, Engländer!«

Er richtete seine Lanze auf die Kehle des Priesters, direkt über dem grünen Stein, der ihm um den Hals hing. Ælfwold trat langsam zurück, sein Gesicht wurde blass. Der Ritter folgte ihm, die Spitze seiner Waffe zielte nach wie vor auf den Hals des Priesters. »Sagt mir, warum ich Euer Leben schonen soll«, sagte er mit halb erstickter Stimme, während ihm Tränen die Wangen hinunterliefen. »Sagt es mir!«

»Weil er Priester ist«, rief ich, als ich mein Messer zog und an Ælfwolds Seite eilte. »Wenn Ihr ihn tötet, wird Eure Seele für immer verdammt sein.«

»Er ist einer von ihnen!« Der Ritter sprach mit zusammengebissenen Zähnen, die Lanze zitterte in seiner Hand, und ich dachte schon, dass er zustoßen wollte, aber dann übermannten ihn die Tränen. Sein Griff löste sich, und die Lanze fiel zu Boden, in eine Pfütze. Das blau-grüne Tuch lag da, feucht und zerknittert.

Aus der Nähe des Tors ertönte ein Ruf, dem kurz darauf ein Schrei von einem der Küchenmädchen folgte. Ich schaute hoch und sah, dass die letzten beiden Männer angekommen waren. Sie trugen eine Leiche zwischen sich. Es dauerte einen Augenblick, bis ich begriff, um wen es sich handelte.

Neben mir machte der Kaplan ein Kreuzzeichen. Er war immer noch weiß im Gesicht: Wie es schien, hatte er sich noch nicht von seinem Schrecken erholt. Er schloss die Augen und sprach ein lateinisches Gebet.

Zuerst war es Robert gewesen, der in Dunholm ermordet worden war. Und jetzt lag auch der Burgvogt von Eoferwic, Lord Richard, tot vor uns.

Neun

In den folgenden Tagen warf die Nachricht vom Tod des Burgvogts einen Schatten über Malets Haus. Ich sah es an den besorgten Blicken der Bediensteten, denen ich begegnete; ich hörte es an den gedämpften Stimmen, mit denen sie sich in den Gängen unterhielten. Tatsächlich spürte ich, auf meinem Weg vom Saal in meine Kammer oder umgekehrt, eine gewisse Kälte in den Gängen, einen eisigen Luftzug von irgendwoher, was aber auch an meiner Einbildung liegen konnte. Sogar Ælfwold machte, wenn er mich besuchen kam, einen schwermütigeren Eindruck als zuvor.

Während der ersten paar Stunden nach dem Eintreffen der Männer des Burgvogts hatte es eine große Verwirrung gegeben. Ein Bote wurde zur Münsterkirche geschickt, um Malet die Nachricht zu überbringen, der in gebotener Eile zurückkehrte. Am gleichen Nachmittag hatte er alle normannischen Lords, die in Eoferwic waren, in seinen Saal kommen lassen, wo sie einige Stunden lang beratschlagten. Alles, was ich davon wusste, war das, was der Kaplan mir später zutrug: dass Malet die Verantwortlichkeiten des Burgvogts übernehmen sollte, womit auch die verbliebenen Männer Lord Richards seinem Befehl unterstellt wurden.

Der Feind rückte näher; daran konnte wenig Zweifel bestehen. Manche von ihren Stoßtrupps hatten die Use stromaufwärts von der Stadt überquert, und nachts war der Horizont vom Feuerschein der Dörfer erleuchtet, die sie in Brand gesteckt hatten. Aber obwohl sie allmählich dreister wurden, marschierten sie immer noch nicht auf Eoferwic selbst zu.

Vielleicht hofften sie, uns nach draußen zu locken, oder vielleicht warteten sie auf etwas, obwohl niemand wusste, was das sein könnte. Manche sagten, sie warteten darauf, dass sich ihre volle Streitmacht sammelte, und in dem Fall wäre es sinnvoll gewesen, jetzt einen Angriff auf sie zu unternehmen. Aber Malet hatte weitere Streifzüge verboten, wahrscheinlich zu Recht, weil wir es uns nicht leisten konnten, noch mehr Männer zu verlieren. Wir hatten nicht mehr als sechs- oder siebenhundert Mann in Eoferwic, und obwohl der König in Lundene benachrichtigt worden war, konnte man unmöglich wissen, wie lange Verstärkung bis zu uns unterwegs sein würde. Und den Berichten zufolge, die von unseren Kundschaftern hereinkamen, bemaß sich die Zahl unserer Feinde auf drei- bis viertausend, womit ihre Heerschar größer wäre als irgendeine andere, der wir seit Hæstinges gegenübergestanden hatten.

Und aus diesem Grund warteten wir darauf, dass die Engländer zu uns kamen. Während wir warteten, wurde mein Bein immer kräftiger, und ich verbrachte weniger Zeit in meiner Kammer und immer mehr draußen im Hof, wo ich mit Eudo und Wace zur Übung Schwertkämpfe austrug. Nachts träumte ich von Schlachten: von Streifzügen zu Pferde, um den Feind zu stellen, vom Töten derer, die Lord Robert ermordet hatten – und Oswynn. Falls der Feind uns angriff, wollte ich bereit sein, gegen ihn zu kämpfen.

Der Kaplan war nicht damit einverstanden, aber inzwischen ging es mir so gut, dass ich seine Erlaubnis nicht brauchte. Auf alle Fälle war es mehr als zwei Wochen her, seit ich ein Schwert in der Hand gehalten hatte – vierzehn Tage, in denen meine Glieder viel von ihrer Kraft verloren hatten. Jeden Nachmittag übte ich mehrere Stunden mit egal welchem Gegner, um meine Schläge, meine Paraden und Stöße wieder zu vervollkommnen.

Es war kurz vor Sonnenuntergang an einem dieser Nachmittage, während ich mit zwei von Malets Küchenjungen trainierte, als ich Beatrice erblickte, die neben dem Saal stand – und mich beobachtete, wie es schien. Ich wollte gerade ihren Namen rufen, aber in diesem Augenblick rannten die Jungen auf mich zu, schrien und lachten, als sie mit ihren Holzschwertern zuschlugen. Ein Schlag prallte von meinem Schild ab, den anderen wehrte ich mit meinem eigenen Knüppel ab, und dann drehte ich mich zur Seite und bewegte mich tänzelnd aus ihrer Reichweite, sodass ihre Stöße ins Leere gingen.

Was ihnen an Fertigkeit fehlen mochte, machten sie allerdings durch Begeisterung wett. Sie gingen wieder auf mich los, und dieses Mal machte ich einen Schritt nach hinten, damit ich mit dem Schwertarm ausholen konnte, als ich mit der Rückseite meiner Beine gegen etwas Hartes stieß. Aus dem Gleichgewicht geraten, stolperte ich rückwärts, und ich bemühte mich immer noch darum, auf den Beinen zu bleiben, als der nächste Angriff erfolgte. Ich wehrte den ersten Schlag ab und den zweiten, aber der dritte traf mich an der Schulter und sorgte dafür, dass ich der Länge nach hinschlug, und plötzlich lag ich auf dem Rücken und starrte in den Himmel.

Ich war leicht benommen und konnte es noch nicht ganz fassen, was geschehen war; als ich nach oben schaute, sah ich die zwei Jungen über mir stehen. Der größere der beiden, blond und sommersprossig, grinste und richtete sein Schwert auf meinen Hals. »Ergebt Ihr Euch?«

»Ich ergebe mich«, sagte ich lachend, während ich sein Schwert beiseiteschob und aufstand. Keine fünf Schritt entfernt stand ein Futtertrog aus Holz: Das musste es sein, worüber ich gestolpert war. Es hätte schlimmer kommen können, dachte ich. Ich hätte hineinfallen können.

Ich schaute zum Saal hinüber, wo Beatrice immer noch stand, und es lag ein Lächeln auf ihrem Gesicht. Ich wuschelte beiden

Jungen durch die Haare, während ich wieder zu Atem kam, und wischte mir den Schweiß von der Stirn. »Wenn ihr schön weiterübt, werdet ihr eines Tages zu guten Rittern«, sagte ich ihnen.

Das schien ihnen zu gefallen. In einer Schlacht hing so viel vom Zufall ab, im Guten wie im Schlechten, aber die besten Krieger waren diejenigen, die das Beste aus solchen Zufällen machten, die die Fehler ihrer Feinde ausnutzten, und das war es, was diese beiden tatsächlich getan hatten. Ich ließ sie alleine weiterkämpfen und ging über den Hof auf Beatrice zu.

»Von zwei Jungen geschlagen«, sagte sie, als ich näher kam. »Ihr enttäuscht mich.«

»Sie geben Anlass zu großen Hoffnungen«, erwiderte ich. »Euer Vater kann sich glücklich schätzen, solche fähigen jungen Kämpfer in seinem Gefolge zu haben.«

Ich beobachtete sie, als sie einen Kreis für einen Zweikampf markierten und ihre Übungsschwerter und geflochtenen Schilde aufhoben. Sie liefen aufeinander zu und wechselten Schläge, bevor sie sich genauso schnell wieder zurückzogen, sich umkreisten, wobei jeder nach der alles entscheidenden Blöße Ausschau hielt, die sich der andere geben mochte.

»Es gibt viele, die mit einem Schwert umgehen können«, sagte Beatrice. »Soweit ich gehört habe, gibt es wenige, die sich mit euren Fähigkeiten messen können.«

»Wenn Ihr das glaubt, hättet Ihr nicht gesehen, wie ich über diesen Pferdetrog falle.« Ich sprach nur halb im Scherz. Trotz all der Stunden, die ich in den letzten Tagen auf dem Übungshof verbracht hatte, fühlte sich mein Schwertarm immer noch langsam, mein Körper schwer an. Außerdem war ich noch lange nicht so sicher auf den Beinen, wie ich gern gewesen wäre, auch ohne Kettenhemd und Beinlinge, die mich noch schwerfälliger gemacht hätten.

Sie lächelte freundlich, während sie eine Haarsträhne unter ihre Haube schob. »Ich habe viel von Euch gehört«, sagte sie.

»Mein Vater hat mir erzählt, wie Ihr in der großen Schlacht von Hæstinges gekämpft habt, wie Ihr durch Eure Tapferkeit und Eure Geistesgegenwart Eurem Herrn das Leben gerettet habt.«

In Hæstinges, aber nicht in Dunholm. »Das ist mehr als zwei Jahre her«, sagte ich. »Seitdem hat sich eine Menge verändert.«

Sie machte eine kleine Pause, bevor sie sagte: »Ihr wisst, dass das, was mit Earl Robert geschehen ist, nicht Eure Schuld war.«

Ich runzelte die Stirn. Wie viel genau hatte ihr Vater ihr erzählt? »Ich möchte nicht darüber reden«, sagte ich und wandte mich ab, um wegzugehen, obwohl ich nicht wusste, wohin.

Innerhalb weniger Herzschläge hatte sie sich mir angeschlossen und raffte den Saum ihres Kleids etwas hoch, damit er nicht über die Erde schleifte. »Ihr könnt euch nicht die Schuld an seinem Tod geben.«

»Wem sollte ich dann die Schuld geben?«, fragte ich sie angriffslustig. Obwohl sie eine schlanke Figur hatte, war sie für eine Frau ziemlich groß, nur einen Kopf kleiner als ich, und wir standen fast Auge in Auge miteinander da, während sie meinem Blick standhielt. Mit Sicherheit war sie willensstark; in dieser Hinsicht schien sie ihrem Vater sehr ähnlich zu sein.

»Es war nicht nur Lord Robert, den Ihr in Dunholm verloren habt, nicht wahr?«, fragte sie nach einer Weile. »Da gab es noch jemand. Jemand, der Euch teuer war.«

Ein Bild von Oswynn tauchte vor mir auf, ihre Haare, die ihr auf die runden Brüste fielen, und ich sah mich, wie ich sie in meinen Armen hielt, genauso wie ich sie in jener Nacht gehalten habe, bevor ich sie verließ. In der Nacht, in der sie gestorben war. Aber woher wusste Beatrice das, und warum quälte sie mich mit solchen Fragen?

»Ich hätte es nicht erwähnen sollen«, sagte sie leise und schaute zu Boden.

»Nein«, sagte ich und funkelte sie an. »Das hättet Ihr nicht.«

Ich hatte nicht den Wunsch, über Dunholm oder über Lord Robert oder Oswynn zu reden, besonders nicht mit jemandem wie ihr, die nichts von ihnen wusste.

»Es tut mir leid. Was geschehen ist, meine ich.«

»Ich brauche Euer Mitleid nicht.« Ich ging auf den Brunnen zu, der neben der Schmiede stand, und hoffte, sie würde es müde, mich zu verfolgen. Meine Kehle war ausgedörrt von dem Kampf, und ich brauchte etwas, um sie zu kühlen. Ich stellte fest, dass der Eimer noch halb voll war, rollte meine Ärmel hoch und spritzte mir etwas von dem braunen Wasser ins Gesicht; es verschlug mir fast den Atem, so kalt war es, süß, aber zur gleichen Zeit erdig. Es tropfte mir über Kinn und Hals und vorne auf meine Jacke, wie eisige Finger, die auf meiner Brust spielten.

»Mein Vater hält große Stücke auf Euch«, sagte Beatrice in meinem Rücken.

Ich stieß einen Seufzer aus und drehte mich um, wobei ich mit einer Hand die Sonne abschirmen musste, die mir in die Augen schien. »Warum beharrt Ihr darauf, mir zu folgen, Mylady?«

Ihr Gesicht lag im Schatten, und ich konnte den Ausdruck, der darauf lag, nicht erkennen. »Weil Ihr mich neugierig macht, Tancred a Dinant.«

Mein Gesicht tropfte immer noch, und ich wischte mir mit dem Ärmel darüber. Ich spürte Stoppeln auf meinem Kinn, und mir wurde klar, dass ich mich in den letzten Tagen nicht rasiert hatte. Unrasiert, schwitzend, die Haare ungekämmt, die Arme mit Narben und Blutergüssen bedeckt; ich fragte mich, was für einen Eindruck ich auf jemand wie sie machen musste, die Tochter eines der mächtigsten Männer in England. Was hatte ich an mir, das sie neugierig machen konnte?

Ohne ein weiteres Wort schritt ich an ihr vorbei auf die große Tür zum Saal und die Wärme der Feuerstelle zu. Und diesmal folgte sie mir nicht.

In all der Zeit sah und hörte ich so gut wie nichts von Malet. Seit er zum Burgvogt gemacht worden war, hatte er mit seinen Dienstboten in den Gemächern Lord Richards im Burgfried Quartier bezogen. Die wenigen Gelegenheiten, bei denen ich ihn sah, war es oft aus einiger Entfernung auf dem Übungshof, und er hatte immer etwas mit dem einen oder anderen Lord zu besprechen. Die meisten kannte ich nicht; vielleicht waren es niedere Vasallen des Königs oder auch Männer, die ihre Position unmittelbar Malets Gunst verdankten.

Einen gab es allerdings, den ich kannte, denn ich war ihm schon früher begegnet: Gilbert de Gand, dessen langes Gesicht in meinen Augen dauernd zu einer höhnischen Grimasse verzogen zu sein schien. Er war von Geburt Flame wie Lord Robert, aber obwohl die beiden ungefähr im gleichen Alter waren, hatte er nie so hoch in der Wertschätzung des Königs gestanden. Tatsächlich konnte ich mich nicht erinnern, dass die beiden irgendwann keine Rivalen gewesen wären. Als wir uns zum ersten Mal begegneten, war ich etwa siebzehn Jahre alt und gerade in Lord Roberts Conroi aufgenommen worden. Er hatte mich damals kaum beachtet, aber als mein Ansehen im Lauf der Jahre stieg, lernte er mich als einen der Ritter kennen, die Robert am nächsten standen, und betrachtete mich mit der gleichen Feindseligkeit, die er im Übrigen für den Mann selber reservierte.

Diesmal sah er mich jedoch nicht, worüber ich froh war. Ich erwartete nicht, dass er irgendwas Angenehmes über Robert zu sagen hätte, nicht einmal jetzt, nach seinem Tod, und ich war mir nicht sicher, ob ich selber meine Zunge im Zaum halten könnte.

Es dauerte volle vier Tage, bis ich die Nachricht erhielt, dass Malet mich zu sehen wünschte. Er war wie üblich in der Burg, und deshalb versorgte mich der Haushofmeister des Vicomtes mit einem Pferd, einer schwerfälligen Stute mit grauem Fell und weißen Flecken an den Fesseln. Mit Sicherheit nicht das feinste Reittier, auf dem ich je gesessen hatte, aber mehr als ausreichend, und wenn sie auch nicht die Schnellste war, so war sie zumindest fügsam.

Im Außenbereich der Burg war an jenem Morgen viel los. Auf dem Übungshof stand eine Reihe von Holzpfählen, die alle mannshoch waren und mit einem verrotteten Kohlkopf gekrönt waren. Männer auf Pferden ritten abwechselnd darauf los und traktierten sie mit ihren Schwertern, bis die Blätter in Fetzen herabhingen. Am Südtor war eine Stechpuppe aufgestellt worden, wie ich sah, mit einer Zielscheibe aus Holz, die attackiert werden musste. Das war eine Übung, bei der es ebenso auf Geschwindigkeit ankam wie auf Genauigkeit: Wenn man die Scheibe zu langsam traf, schnellte der Sandsack am anderen Arm der Puppe herum, bevor der Reiter an dem Pfosten vorbei war, traf ihn in den Rücken und schlug ihn geradewegs aus dem Sattel. Als ich jünger war, hatte ich diesen Fehler ganz oft gemacht.

Rauch stieg aus einer der vielen Werkstätten auf, die den Hof umgaben, und verdeckte die Sonne. Der Geruch vermischte sich mit dem von Rinderdung und Urin aus der Gerberei nebenan. Ich ließ die Stute gerade am Stall stehen, als ich Ælfwold vor der Burgkapelle erblickte, einem gedrungenen Bau im Schatten der Palisade, der nur ein Kreuz auf dem Giebel hatte, damit man ihn von den übrigen unterscheiden konnte. Ælfwold stand neben der Tür und schalt einen der Küchenjungen aus.

Er schaute hoch, als ich näher kam, und entließ den Jungen mit einer Handbewegung. »Tancred«, sagte er und lächelte noch einmal. »Verzeiht mir. Es ist schön, Euch zu sehen.«

»Worum ging es hier?«, fragte ich, als der Junge davonhuschte.

»Das ist unwichtig«, sagte er. Die Röte in seinem Gesicht ließ bereits nach. »Ihr habt gehört, dass Lord Guillaume Euch erwartet?«

124

»Das habe ich. Wo kann ich ihn finden?«

»Er hat heute Morgen im Burgfried zu tun. Ich bringe Euch zu ihm.«

Er führte mich über den Hof, vorbei an den Zelten der Männer, die als Besatzung der Burg fungierten, und ihren brennenden Feuern und den Kochtöpfen, die über den Flammen baumelten. In einem blubberte ein Eintopf vor sich hin, der nach Fisch roch, und nach altem Fisch obendrein. Ich rümpfte die Nase. Es gab ein Tor zwischen dem Außenbereich und dem Hügel, aber die Männer dort erkannten den Engländer offensichtlich, denn sie hielten uns nicht an.

Von dort aus überquerten wir den Graben auf einer Brücke, und dann war nur noch der Hügel vor uns, auf dessen Gipfel, der von hohen Holzpfosten umringt war, eine Reihe von Stufen führte. Der Burgfried stand in der Mitte; er überragte alles in der Umgebung und warf seinen Schatten über die Stadt.

»Was macht Euer Bein?«, fragte der Kaplan und warf einen Blick über seine Schulter, als wir mit dem Anstieg begannen.

»Es geht ihm jeden Tag besser«, sagte ich. Ich ging immer noch leicht hinkend, trotz der vielen Stunden, die ich im Training verbracht hatte. Aber alles in allem war es viel besser geworden seit dem Tag vor einer Woche, als ich zum ersten Mal aus dem Bett geklettert war. »Es tut noch ein bisschen weh, aber nicht sehr.«

Ælfwold nickte. »Lasst mich wissen, falls Ihr irgendetwas braucht, das den Schmerz lindern könnte. Ich kenne mich nicht so gut aus, was Kräuter betrifft, aber einige der Brüder im Kloster könnten Euch vielleicht helfen.«

»Vielen Dank, Pater«, sagte ich, auch wenn ich mir nicht sicher war, ob ich andere Mönche auf mich aufmerksam machen wollte. Und in jeder anderen Hinsicht war ich wohlauf.

Wir hatten den Gipfel des Hügels erreicht, und ich konnte auf den Hof hinuntersehen und auf die Männer, die trainierten –

ihre Schwerter blitzten, ihre Rufe und ihr Lachen trug der Wind heran. Die Burg war, wie ich sah, außer im Norden auf allen Seiten von Wasser umgeben, weil sie am Zusammenfluss zweier Flüsse stand: die Use, die zum Humbre und ins Meer führte, und ein anderer, dessen Namen ich nicht kannte.

Die Wachen an der Tür ließen uns durchgehen, und dann betraten wir einen großen Raum, der nur von dünnen Fensterschlitzen in der Südwand erhellt wurde.

»Ich werde nachsehen, ob er bereit ist, Euch zu empfangen«, sagte der Kaplan. »Wartet hier.«

Ich schaute mich in dem Raum um. Es gab keinen Wandbehang, keine Ausschmückungen irgendwelcher Art, nur einen langen Tisch und zwei eiserne Kohlenpfannen, die derzeit nicht angezündet und leer waren. Aber dies war eben kein Palast, sondern eine Festung.

Der Priester kam kurz darauf wieder, um mich zu Malets Gemächern zu führen, wo er mich verließ. Die Türflügel waren offen. Drinnen stand der Vicomte und grübelte über einem großen Blatt Pergament, das auf einem Tisch ausgebreitet war.

»Kommt herein«, sagte er, ohne den Blick auf mich zu richten.

Das tat ich und schloss die Tür hinter mir. Staubkörnchen schwebten und tanzten in dem Licht, das durch das Fenster hereinfiel: eine dünn geschabte Hornscheibe, die die Sonne hereinließ, aber dafür sorgte, dass der Wind draußen blieb. Neben dem Pergament stand eine Kerze auf dem Tisch, während in dem Kamin die Reste eines Feuers vor sich hinschwelten. Ein großer Vorhang war quer durch den Raum gespannt, vermutlich um den Schlafbereich von dem abzutrennen, der zum Studium bestimmt war. Selbst wenn man das mitrechnete, was auf der anderen Seite lag, war es kein großer Raum, obwohl dies vermutlich nicht die Hauptgemächer waren, sondern eher solche, wo sich Gäste von Lord Richard aufhalten sollten, als er noch am Leben war.

»Mylord«, sagte ich. »Ich hörte, Ihr wolltet mit mir sprechen.«

Er schaute hoch. »Tancred a Dinant«, sagte er mit einem fast unmerklichen Lächeln. »Das wollte ich allerdings. Kommt und seht Euch das an.«

Er winkte mich zu sich herüber und trat zur Seite, während er auf das Pergament zeigte. Die Enden rollten sich hinter den Steinen ein, die es unten hielten, und er schob sie weiter nach außen. Das Blatt war voll mit Zeichnungen in schwarzer Tinte: Bögen und Strebepfeiler, Säulen, Gewölbe und Türme, neben denen in einer sorgfältigen Handschrift die Maße der einzelnen Teile notiert waren.

»Pläne für den Wiederaufbau der Kathedrale Sankt Peter hier in der Stadt«, erklärte Malet, während er mit dem Finger die Linien nachzog. »Unserem König liegt sehr viel daran, dass die Kirchen des Königreichs den Ruhm Gottes widerspiegeln, und er befürchtet, dass das gegenwärtige Münster das nicht tut. Ich habe die hier im letzten Herbst anfertigen lassen.«

»Sie sind eindrucksvoll«, sagte ich, denn das waren sie für jemanden wie mich, der wenig von solchen Dingen verstand. An den Maßen konnte ich sehen, dass die Kirche ein Werk von überwältigendem Ehrgeiz und Umfang sein würde: mehr als einhundert Schritte lang und fünfunddreißig von ihrem Fundament bis zur Spitze ihres Turms. Es würde das erstaunlichste Bauwerk sein, das ich je gesehen hatte. Ich konnte mir kaum im Ansatz vorstellen, wie viele Handwerker, wie viele Arbeiter gebraucht würden, um solch einen Bau zu verwirklichen – und auch nicht die Tausende Pfund in Silber, die es bestimmt kosten würde.

»Es ist meine Hoffnung, dass sie sogar der großen Kirche in Westmynstre ebenbürtig sein wird«, sagte Malet. »Denkt nur, welche Ehre ein solches Bauwerk für diese Stadt bedeuten würde – ganz zu schweigen für den Mann, der dafür verantwortlich ist, Aufsicht bei der Arbeit zu führen.« Er seufzte tief, entfernte die Steine von dem Pergament, rollte es fein säuberlich zusammen und band es mit einem Lederriemen zu. »Ich hatte gehofft, mit dem Bau vor dem Frühjahr zu beginnen, aber solange die Rebellen marschieren, wird er verschoben werden müssen.«

Er legte die Pergamentrolle auf den Schreibtisch. »Aber deshalb habe ich Euch nicht rufen lassen.«

»Nein, Mylord«, sagte ich, erleichtert, dass er jetzt zur Sache kam. Er hatte mich hierhergerufen, weil er eine Antwort von mir haben wollte, obwohl ich mir immer noch nicht sicher war, was ich sagen würde.

Er wies mich zu einem Schemel. Ich setzte mich darauf, und er zog für sich einen anderen von der Feuerstelle herüber.

»Ihr werdet Euch an unsere Begegnung vor ein paar Tagen erinnern«, sagte er und setzte sich ebenfalls. »Zweifellos erinnert Ihr Euch auch noch an den Vorschlag, den ich Euch gemacht habe.«

»Das tue ich«, erwiderte ich.

Seine Augen unter den dichten Augenbrauen musterten mich. »Wie Ihr mit Sicherheit bemerkt habt, entwickeln sich die Ereignisse sehr schnell, und aus diesem Grund möchte ich euch jetzt um eine andere Sache bitten, Tancred. Ich habe eine Aufgabe für Euch.«

»Was ist es, Mylord?«, fragte ich.

»Es ist eine Aufgabe aus zwei Teilen«, sagte Malet, »und der erste ist dieser: Es besteht die Chance – eine kleine, gewiss, aber trotzdem eine Chance –, dass sowohl die Stadt wie auch diese Burg fallen, wenn die Rebellen gegen Eoferwic marschieren. Um auf eine solche Möglichkeit vorbereitet zu sein, möchte ich, dass Ihr meine Frau Elise und meine Tochter Beatrice in die Sicherheit meines Stadthauses in Lundene geleitet.«

Beatrice. Ich dachte an den Tag neulich, als sie sich mir im Übungshof genähert hatte, erinnerte mich daran, wie sie mir immer weiter gefolgt war, an ihre unablässigen Fragen. Ich wusste nicht, was ich von ihr halten sollte: Trotz allem, was sie anziehend machte, wirkte sie auf mich eher kalt. Ich fragte mich, ob ihre Mutter, Malets Frau, ihr ähnelte.

»Und der zweite Teil?«, fragte ich. Es war eine ziemliche Entfernung von Eoferwic nach Lundene, aber bis jetzt klang es nicht nach einem schwierigen Unterfangen.

»Der zweite Teil besteht darin, mir bei der Überbringung einer Nachricht behilflich zu sein.«

»Eine Nachricht?«, fragte ich verdutzt. Ich hatte Lord Robert fast zwölf Jahre gedient; unter seinem Kommando hatte ich in mehr Schlachten gekämpft, als ich je hatte zählen wollen. Ich war ein Mann des Schwerts, kein bloßer Botenjunge.

Malet erwiderte meinen Blick mit ernstem Gesicht. »Eine Nachricht.«

Ich erinnerte mich daran, mit wem ich sprach, und versuchte die Fassung zu wahren. »Mylord«, sagte ich und wählte meine Worte mit Bedacht, »Ihr müsst bestimmt andere Männer haben, die für eine solche Aufgabe besser geeignet sind.«

»Das hier ist keine unwichtige Angelegenheit«, sagte der Vicomte. »Ich vertraue sie meinem Kaplan Ælfwold an, mit dem Ihr Euch schon bekannt gemacht habt, wie ich glaube. Es gibt niemanden, dem ich mehr traue als ihm. Aber wir haben unruhige Zeiten, und die Straßen können sich im Winter oft als gefährlich erweisen. Ich darf hierbei nichts dem Zufall überlassen, und deshalb möchte ich, dass Ihr ihn begleitet und dafür sorgt, dass die Nachricht sicher die Abtei in Wiltune erreicht.«

Wiltune war ganz im Süden des Reichs: von Eoferwic tatsächlich ein langer Weg, vielleicht sogar zweihundert Meilen, und bei Weitem mehr, wenn wir zuerst in Lundene Halt machten.

»Ich werde fünf Ritter aus meinem Gefolge mit Euch schicken«, fuhr er fort. »Sie sollen den ganzen Weg mit Euch reiten und werden Euren Anweisungen folgen.« Er machte eine Pause, und als er wieder sprach, hatte seine Stimme einen weicheren Klang. »Ich habe viel über Euer Urteilsvermögen und Eure Fähigkeiten gehört, aber ich weiß auch, dass Ihr ein Mann mit großer Erfahrung seid. Aus diesem und anderen Gründen glaube ich, dass Ihr der beste Mann für diesen Auftrag seid. Ich weiß, wie treu Ihr Robert de Commines gedient habt, und ich hoffe, dass Ihr für mich das Gleiche tun würdet.«

Er war sicherlich großzügig mit seinem Lob, wenn man bedachte, dass er mich erst ein paar Tage zuvor kennengelernt hatte. Und dennoch hatte ich unwillkürlich den Eindruck, dass mehr mit seinem Vorschlag verbunden war.

Ich spürte, dass sein Blick auf mir ruhte, aber ich erwiderte ihn ungerührt. »Und was geschieht, wenn ich ablehne, Mylord?«

»Diese Wahl habt Ihr natürlich. Ich glaube aber, Ihr seid ein ehrenwerter Mann, der seine Schulden bezahlt. Denkt daran, dass ich Euch, während Ihr Euch erholt habt, mit Unterkunft und Viktualien versorgt habe.«

Ich sagte nichts, als ich begriff, was er meinte. Ich stand wegen der Gunst, die er mir erwiesen hatte, in seiner Schuld. Und ich erkannte auch, dass dies keine gewöhnliche Schuld war: Manche würden sogar behaupten, ich schuldete ihm mein Leben, denn ohne die Behandlung, die mir unter seinem Dach zuteilgeworden war, hätte ich durchaus sterben können. Bei dem Gedanken wurde mir ganz kalt, und ich hielt mich nicht länger bei ihm auf. Aber ich wusste, dass er recht hatte. Ich durfte diese Schuld nicht ignorieren.

»Ich bitte Euch nur um diese eine Sache«, sagte Malet. »Wenn Ihr das für mich tut, seid Ihr von allen weiteren Verpflichtungen befreit. Solltet Ihr dagegen ablehnen, werde ich mich nur auf andere Weise um Rückzahlung bemühen.«

Ich überlegte. Ich hatte wenig Geld übrig, abgesehen von dem, das ich für mein Kettenhemd und mein Silberkreuz hätte einlösen können, von denen ich mich nicht trennen wollte. Meinen Münzbeutel würde ich nie wieder sehen, denn ich hatte ihn in Oswynns Hände gelegt, als ich sie in Dunholm zurückließ. Aber ich ahnte, dass es Malet nicht um Silber zu tun war, selbst wenn ich genug gehabt hätte, um ihn zu bezahlen. Er meinte wahrscheinlich, dass er eine längere Dienstzeit von mir verlangen würde – vielleicht ein Jahr oder mehr –, und dazu war ich nicht bereit. Also hatte ich anscheinend keine andere Wahl.

»Was ist mit meinen Kameraden Wace und Eudo?«, fragte ich. »Denen bin ich auch etwas schuldig.«

»Waren das die beiden, die Euch hergebracht haben?« Aber Malet artikulierte eher seine Gedanken, als mir eine Frage zu stellen, und er wartete nicht auf eine Antwort. »Ihre Treue Euch gegenüber steht außer Zweifel. Und ich glaube, ich bin Wace de Douvres bereits begegnet, bei der Ratsversammlung des Königs letztes Jahr Ostern. Er schien ein durch und durch tüchtiger Mann zu sein, und Robert redete Gutes von ihm.«

Er saß einen Augenblick da, als denke er nach, dann schaute er mich an. »Wenn sie bereit sind, Euch zu begleiten, würde ich sie gerne in meine Dienste nehmen. Ich werde dafür sorgen, dass sie für ihre Mühen gut belohnt werden. Aber ich muss ihre Antworten und Eure bis zur Abenddämmerung haben. Ich möchte, dass ihr morgen aufbrecht, spätestens mittags.«

Ich nickte. Also hatte ich nur ein paar Stunden, um meine Entscheidung zu treffen; ein paar Stunden, um mit den anderen zu sprechen und zurückzukehren. Ich erhob mich von meinem Schemel und ging zur Tür.

»Tancred«, sagte Malet, als ich meine Hand auf den Griff legte.

Ich drehte mich um. »Ja, Mylord?«

Er stand ebenfalls auf und schaute mich mit ernstem Gesicht an. »Ich hoffe, Ihr trefft die richtige Entscheidung.«

Zehn

◄○►

Das Wirtshaus, in dem Wace und Eudo übernachteten, war wenig mehr als einen Pfeilschuss vom Burgtor entfernt und lag oben an der Straße, die Kopparigat genannt wurde. Es bedeutete Straße der „cup-maker", der Bechermacher, wie mir der Kaplan erklärt hatte, als ich ihn nach dem Weg dorthin fragte. An diesem Morgen waren ihre Erzeugnisse allerdings nicht sehr gefragt, denn das Wirtshaus war fast leer.

In der hinteren Ecke saßen zwei Engländer. Sie sprachen mit halblauter Stimme und schauten immer wieder zu uns herüber, als ob wir sie vielleicht belauschten. An dem Tisch neben unserem war ein alter Mann eingeschlafen, die weißen Haare fielen ihm unordentlich übers Gesicht. Die Schänke war feucht und hatte keine Fenster; der säuerliche, scharfe Geruch von Erbrochenem hing in der Luft.

Ich berichtete Eudo und Wace alles, was Malet zu mir gesagt hatte, die Aufgabe, die er für uns vorgesehen hatte, und sein Versprechen, sie zu bezahlen, falls sie beschlossen, sich mir anzuschließen.

»Hat er gesagt, wie viel er uns zahlen will?«, fragte Eudo.

»Es wird mehr sein, als wir verdienen können, indem wir hier bleiben, egal wie viel es ist«, sagte Wace mürrisch und kratzte sich an seiner Narbe, an seinem entstellten Auge. »Wenn du mit irgendeinem Lord in Eoferwic sprichst, wirst du sehen, wie wenig Lord Roberts Name wert ist. Sie spucken aus, wenn er nur erwähnt wird; sie beschuldigen uns, wir wären Deserteure und Eidbrüchige.«

Dann hatte Malet also recht gehabt. Ich erinnerte mich, Gilbert de Gand unter denen gesehen zu haben, die mit ihm erst gestern gesprochen hatten. Ich fragte mich, inwiefern er dafür verantwortlich war, dass Roberts Name in den Schmutz gezogen wurde, obwohl er selber nicht in Dunholm gewesen war.

»Ich dachte, sie wären so verzweifelt, dass sie jeden Mann nehmen, der ihnen in die Quere kommt«, sagte ich. »Besonders wenn der Feind schon anrückt.«

»Offenbar fühlen sie sich schon sicher genug«, murmelte Eudo.

Auf der anderen Seite des Schankraums füllte ein Serviermädchen den beiden jungen Engländern die Becher nach, worauf sich ihre Mienen sofort erhellten. Sie war klein, aber gut ausgestattet mit vollen Brüsten und guten Hüften. Ihr Haar war bedeckt, und es war schwer, ihr Gesicht in dem düsteren Licht zu erkennen, aber es hatte den Anschein, als könne sie kaum jünger als Oswynn sein.

Eudo rief ihr etwas auf Englisch zu. Wace und ich kannten ein paar Wörter, aber er war der Einzige von uns, der die Sprache richtig sprechen konnte. Seine Mutter war wie meine gestorben, als er noch jung war, und sein Vater hatte eine Engländerin geheiratet, gegen die Eudo anscheinend bald eine Abneigung empfunden hatte. Aber sein Vater hatte unbedingt gewollt, dass Eudo mit seiner neuen Frau gut auskam, und deshalb darauf bestanden, dass er Lektionen bei ihrem Kaplan nahm und immer dann Englisch sprach, wenn sie oder ihre Diener zugegen waren, so sehr er es auch hasste.

Das Serviermädchen kam langsam zu uns und hielt den Alekrug fest an ihre Brust gepresst. Warum sie Angst hatte, wusste ich nicht. Wir waren natürlich bewaffnet hereingekommen – ich mit meinem Messer, die anderen mit ihren Schwertern –, aber es kam mir so vor, als gäbe es nur wenige Männer in Eoferwic, ob Normannen oder Engländer, die keine irgendwie geartete Klinge bei sich trugen. Keiner von uns trug Kettenhemd oder Helm, und außerdem bedrohten wir niemanden und saßen für uns.

Trotzdem zitterten ihre Hände, als sie das Ale ausschenkte, und sie hob den Kopf nicht, sondern hielt die Augen fest auf den Krug gerichtet. Ihr Gesicht war rund, ihre Wangen waren rot angelaufen. Sie erinnerte mich an einige der Mädchen, die ich als junger Mann in Commines gekannt hatte, obwohl ich mich bei keiner von ihnen auf irgendwelche Einzelheiten besinnen konnte.

Als sie mit dem Nachfüllen unserer Becher fertig war, hielt Eudo ihr einen silbernen Penny hin. Sie nahm ihn mit einem kurzen Knicks, bevor sie davoneilte.

»Ich wundere mich«, sagte Wace, als sie weg war. »Malet muss sich Sorgen machen, wenn er seine Frau und seine Tochter nach Süden schicken will.«

»Und trotzdem kann er es sich erlauben, zu diesem Zweck auf sechs Ritter zu verzichten«, hob Eudo hervor. »Darunter drei aus seinem eigenen Gefolge.«

Sie sahen mich beide zur Bestätigung an, als wüsste ich aus irgendeinem Grund, was in Malets Kopf vorging.

»Ich weiß nicht, was er denkt«, sagte ich, obwohl ich ihn mir dabei vorstellte, wie er in die Pläne für die neue Kathedrale vertieft war. Er hatte keinen besonders besorgten Eindruck gemacht, weil eine feindliche Armee weniger als einen Tagesmarsch von der Stadt entfernt war. Aber andererseits zweifelte ich nicht daran, dass Malet wie viele Lords, mit denen ich in der Vergangenheit zu tun gehabt hatte, sorgfältig darauf achtete, was er anderen gegenüber zu erkennen gab. Ich glaubte nicht einen Moment lang, dass er mir alles gesagt hatte, was er über das Vorrücken des Feindes wusste. Er hatte mir nicht einmal gesagt, wie die Nachricht lautete, die er nach Wiltune schicken wollte, oder für wen sie gedacht war.

»Wann will er, dass wir aufbrechen?«, fragte Eudo.

Ich nahm einen Schluck aus dem vollen Becher vor mir und genoss den bitteren Geschmack des Ales. »Morgen Vormittag«, sagte ich. »Aber er möchte heute Abend unsere Antwort haben.«

Eudo warf Wace einen Blick zu. »Was gibt es für uns hier in Eoferwic?«

»Wenig genug«, sagte Wace und zuckte mit den Achseln. »Wir könnten bleiben, darauf warten, dass die Rebellen kommen, und hoffen, dass ein Lord unsere Dienste akzeptiert. Aber ich werde mein Leben nicht riskieren, ohne dafür bezahlt zu werden, das steht fest …«

Sonnenlicht brach herein, als die Tür aufgestoßen wurde. Ein Engländer in mittleren Jahren stand da mit rotem Gesicht und schnappte nach Luft; die Haare hingen ihm ins Gesicht, und er rief etwas, das ich nicht verstehen konnte. Die beiden jungen Männer in der Ecke standen auf, während der mit den weißen Haaren aufschreckte und seinen Becher zu Boden warf. Der Schankwirt rief das Mädchen, das in den hinteren Teil des Raums lief.

Ich erhob mich, zu schnell, wie sich herausstellte, und zuckte zusammen, als ich einen Stich in der Wade spürte. Neben mir hob Eudo die Hände in einer beschwichtigenden Geste, während er etwas in ihrer eigenen Sprache zu ihnen sagte.

»Was ist los?«, fragte ich ihn.

Er schüttelte den Kopf. »Ich weiß es nicht.«

Von draußen kam der Klang französischer Stimmen, die sich etwas zuriefen, danach ein Trampeln von Füßen und ein Getrappel von Hufen.

Und dann hörte ich zunächst schwach, als ob es noch ein ganzes Stück entfernt wäre, aber allmählich immer lauter: ein einzelnes Wort, das immer wieder skandiert wurde.

Ut. Ut. Ut. Ut.

Ich schaute die anderen an, und ich erkannte in ihrem Blick, dass sie es auch gehört hatten. Ich packte zur gleichen Zeit den Griff meines Messers, als Eudo die Hand an den Knauf seines Schwerts legte.

»Kommt«, sagte Wace. Er war am nächsten an der Tür, und ich folgte ihm mit Eudo im Schlepptau. Der Engländer, der dort stand, unternahm keinen Versuch, uns aufzuhalten, aber als er sah, dass wir auf ihn zukamen, lief er zurück auf die Straße.

Die Kopparigat war gedrängt voll mit Stadtbewohnern und ihren Frauen, von denen die meisten den Hügel hinunterliefen, wobei sie ihre Kinder und ihre Tiere vor sich hertrieben. Ein Hund begann zu bellen, und sein Kläffen wurde von einem anderen weiter unten an der Straße aufgenommen. In einiger Entfernung war das Geschrei eines Babys zu hören.

Egal was der Grund für den Aufruhr sein mochte, ich wusste, dass er nicht gut sein konnte. Waren die Rebellen schon eingetroffen? War die Stadt im Belagerungszustand? Aber falls ja, warum sollten dann ihre eigenen Landsleute wegrennen?

»Hier entlang«, sagte Wace und lief bergauf los, wo die Kopparigat mit der Hauptstraße der Stadt zusammentraf. Ich folgte ihm, obwohl mir meine Wade so wehtat, als würde sie bei jedem Schritt von einem halben Dutzend Pfeilen getroffen, aber ich beachtete den Schmerz nicht und lief weiter durch den Ansturm der Leiber in den beißenden Wind hinein. Ein kleiner Junge prallte gegen mein gesundes Bein und fiel rücklings auf die Straße. Er brach in Tränen aus, und seine Mutter schrie auf, als sie losrannte, um ihn aufzuheben. Ihre Röcke waren schlammbespritzt, die Kapuze ihres Umhangs war ihr vom Kopf gerutscht, und ihre Haare waren in wildem Durcheinander. Sie schaute zu mir hoch, und ich erkannte die Furcht in ihren Augen, bevor sie wieder den Berg hinablief.

Der Gesang wurde lauter, als wir den höchsten Punkt der Kopparigat erreichten. Nach rechts ging die Straße zum Fluss hinunter, aber der Lärm kam von links, aus der Richtung des Markts und des Münsters. Ein Stück vor uns ritten Männer in Kettenhemden, und die Hufe ihrer Pferde verspritzten Schlamm nach beiden Seiten. Fähnchen flatterten an aufgerichteten Lanzen, Fähnchen in Rot und Blau und Weiß und Grün, und ich dachte, obwohl ich nicht sicher sein konnte, dass ich unter ihnen auch eines in Schwarz und Gold gesehen hätte, in Malets Farben.

Es kam ein Ruf von hinten, und ich drehte mich gerade rechtzeitig um: Ein halbes Dutzend Engländer kam mit gezückten Waffen aus der Menge auf uns zu. Sie waren jung, vielleicht fünf Jahre jünger als wir, aber alle waren stämmig gebaut. Jeder von ihnen trug ein Messer von einer Länge, dass es fast ein Schwert war. In ihrer Sprache nannten sie es einen *seax*, einen Sachs.

»Wace!«, rief ich, als ich mein Messer aus der Scheide zog. »Eudo!«

Sie drehten sich um und zückten ihre Schwerter, als die Engländer auf uns losgingen. Keiner von ihnen trug ein Kettenhemd oder irgendeinen Harnisch, aber das taten wir auch nicht, und sie waren zu sechst gegen uns drei.

»Bleibt beieinander«, sagte Wace, der sein Schwert vor sich ausgestreckt hielt.

Zwei von ihnen stürmten auf mich zu: einer groß und schlank, der andere klein und mit Armen wie ein Schmied. Der Kleine ging zuerst auf mich los, sein Hiebschwert wild durch die Luft schwingend. Ich parierte den Schlag: Stahl traf auf Stahl, aber in diesen Armen steckte große Kraft, und ich war plötzlich gezwungen zurückzuweichen. Im Winkel meines Auges sah ich den großen Mann vorwärtseilen, und ich wusste, dass ich etwas tun musste, bevor er auch bei mir war.

Ich stieß dem Kleinen das Knie in die Leistengegend. Er schrie vor Schmerzen und krümmte sich, worauf ich ihm mit dem Heft meines Messers auf den Hinterkopf schlug. Er brach zusammen, und als ich mich umdrehte, kam der andere mit im Sonnenlicht blitzender Klinge auf mich zugerannt. Er stieß damit gegen meine Brust, und ich versuchte nach einer Seite auszuweichen, aber die Straße war glitschig durch den Schlamm, und einen Augenblick lang verlor ich meinen Halt. Ich gewann ihn gerade rechtzeitig wieder und hob meine Klinge, um seine abzuwehren.

Der Schweiß troff mir von der Stirn und stach mir in den Augen, und einen Moment lang war ich blind, als er wieder zuschlug. Diesmal hatte er sich allerdings zu weit von dem Schlag mitreißen lassen, und als er damit beschäftigt war, seinen Sachs zurückzuziehen, sah ich meine Chance. Ich sprang nach vorn und hoffte, mein Messer tief in den Bauch des Engländers zu treiben, aber ich traf ihn nur in die Seite. Das war genug. Die Klinge schnitt durch seine Jacke und durchbohrte die Haut, und er schrie vor Schmerzen. Er ließ seinen Sachs fallen und griff mit den Händen nach der Wunde.

Der Rest seiner Freunde war geflohen, alle bis auf den einen, den ich niedergeschlagen hatte, und einen anderen, der zwischen Eudo und Wace auf dem Boden lag, sich wand und schrie und einen Arm umklammerte. Ich wandte mich wieder dem Engländer zu und hob mein Messer, als ich auf ihn zuging. Sein Gesicht, das wenige Augenblicke zuvor so voller Wut gewesen war, zeigte jetzt nur noch Angst, während er meine Klinge anstarrte, und dann drehte er sich plötzlich um und rannte hinunter zum Fluss.

Er verschwand in der Menge. Ich warf Eudo und Wace einen Blick zu, die ihre Schwerter schon wieder weggesteckt hatten. Keiner von beiden sah aus, als wäre er verletzt worden.

Eudo wies mit der Hand auf den Kleinen, den ich auf den Kopf geschlagen hatte; er lag auf der Seite und bewegte sich nicht. »Ist er tot?«

Ich trat ihn in die Rippen. Er bewegte sich nicht, aber dann sah ich, dass seine Brust sich hob und senkte. »Er wird bald aufwachen«, sagte ich.

Wir gingen die Straße hoch. Die Ritter, die ich vorhin gesehen hatte, waren verschwunden, aber als wir uns dem Marktplatz näherten und nach rechts abbogen, auf das Münster zu, kamen ihre Lanzenfähnchen, die in der Brise flatterten, wieder in Sicht. Es waren mindestens fünfzig von ihnen, vielleicht sogar siebzig, und es schlossen sich ihnen rasch noch mehr Reiter an. Ihnen gegenüber auf der anderen Seite des Marktplatzes, mit der Münsterkirche im Rücken, stand bereits eine Horde von Engländern, so viele, dass ich sie nicht zählen konnte, und alle riefen wie aus einem Munde.

Es waren junge und alte Männer, einige mit Speeren und Sachsen, während andere nur Spaten und Mistgabeln hatten, und ich sah mehr als eine Axtschneide von der Art, mit der man ein Pferd mit einem einzigen Schlag fällen konnte. Ein paar trugen Rundschilde, und sie machten einen schauerlichen Lärm, indem sie mit ihren Waffen dagegen schlugen, ähnlich dem Schlachtendonner, den ich in HÆstinges und Dunholm gehört hatte, aber irgendwie noch wilder. Denn sie schlugen nicht alle auf einmal oder auch nur mit der gleichen Geschwindigkeit, sondern versuchten einfach, wie es schien, so viel Krach wie möglich zu machen.

»*Ut!*«, brüllten sie. »*Ut!*«

Zunächst dachte ich, das wäre die Armee der Rebellen, die gekommen war, um die Stadt einzunehmen, aber diese Männer sahen nicht aus wie Männer, die zum Krieg ausgebildet waren. Es gab kein einziges Kettenhemd unter ihnen und nur wenige Helme. Wenn sie einen Anführer hatten, konnte ich ihn nicht sehen. Das hier waren keine Krieger, begriff ich, sondern die Bewohner von Eoferwic, die zusammengekommen waren, um sich gegen uns zu stellen.

Einige der Pferde auf unserer Seite schüttelten schon die Köpfe und trappelten unruhig mit den Hufen, wo sie standen, aber ihre Reiter beruhigten sie wieder. Ich hielt unter den Lanzenfähnchen nach den schwarz-goldenen Ausschau, die ich vorhin entdeckt hatte, aber ich musste mich geirrt haben, denn ich konnte Malet dort nicht sehen. Stattdessen sah ich an der Spitze des Conrois am Ende einer der Lanzen den roten Fuchs auf gelbem Feld flattern, der das Emblem von Gilbert de Gand war. Selbst auf diese Entfernung, und obwohl er den Helm aufhatte, erkannte ich ihn an dem langen Kinn und der hageren Erscheinung. Er ritt vor den Männern auf und ab und rief ihnen zu, dass sie ihre Position halten sollten: ein kehliges Brüllen, das sich mit seiner schlanken Gestalt schwer vereinbaren ließ.

Wir bahnten uns unseren Weg durch die Reihen der Reiter, das Gedränge der Leiber, bis nach vorn, und dann sah Gilbert uns. Zunächst muss er sich gefragt haben, wer wir waren, weil er angeritten kam, um uns in die Schranken zu weisen, aber als er sich uns näherte, trat ein Ausdruck des Wiedererkennens auf sein Gesicht, der von einer zornigen Miene abgelöst wurde. Er hielt vor uns an, und sein Pferd, aus dessen Nüstern Dunstschwaden aufstiegen, wieherte.

»Ihr«, sagte Gilbert, dessen Augen schmaler wurden, während er auf mich hinabsah. »Ihr seid Earl Roberts Mann. Der Bretone, Tancred a Dinant.«

»Lord Gilbert«, erwiderte ich genauso nüchtern.

Er schaute flüchtig die anderen an, die neben mir standen. »Wace de Douvres und Eudo de Reyes.« Er sprach ihre Namen langsam aus, und es war nicht schwer, die Verachtung in seiner Stimme herauszuhören. »Seid ihr nur gekommen, um von diesem Kampf so wegzurennen, wie ihr es in Dunholm gemacht habt?«

»Wir möchten helfen, Mylord«, sagte Wace mit weitaus mehr

Respekt, als ich von ihm erwartet hatte. Normalerweise hielt er mit seiner Geringschätzung derer, die er nicht leiden konnte, nie hinter dem Berg; seine Unverblümtheit hatte ihn im Lauf der Jahre oft in Schwierigkeiten gebracht. Aber dies war nicht die Zeit für kleinliche Streitereien.

»Ich brauche keine Hilfe von euch«, erwiderte Gilbert mit rot angelaufenen Wangen. Er spuckte auf den Boden. »Ich brauche keine Hilfe von irgendeinem von Roberts Männern. Geht mit euren Schwertern anderswohin.«

Ein lauter Schrei stieg von den Engländern auf, und Gilberts Kopf fuhr herum. »Haltet stand«, rief er den Männern neben uns zu. »Lasst sie nicht durch!« Er funkelte uns wieder an, sagte aber kein Wort mehr, bevor er zu dem Rest seiner Ritter zurückgaloppierte.

Durch die Reihen der Reiter konnte ich wenig von dem Feind sehen, aber das brauchte ich auch nicht, um zu wissen, dass sie näher kamen. Vor uns hoben einige der Ritter, die zu sehr auf die Schlacht erpicht waren, ihre Lanzen in die Höhe und gaben ihren Pferden die Sporen.

»Haltet eure Position!«, hörte ich Gilbert schreien. Aber es war schon zu spät, denn um ihn herum verließen seine Ritter ihre Plätze, und was nur wenige Augenblicke zuvor eine geordnete Schlachtreihe gewesen war, versank jetzt im Chaos. Die Schreie der Sterbenden hingen in der Luft, während die Engländer und Normannen gegeneinander anrannten.

Einige der Städter waren durchgebrochen und hatten die Waffen hoch erhoben. Einer kam mit gezogenem Hiebschwert in meine Richtung und schrie irgendeinen Schlachtruf. Ich hob mein Messer und parierte seinen Stoß, drückte die Klinge nach unten, ballte meine freie Hand zur Faust und schmetterte sie ihm ins Gesicht. Sein Kopf fuhr zurück, seine Unterlippe war blutüberströmt, und als er versuchte, das Gleichgewicht wiederzugewinnen, machte ich dem Kampf ein Ende, indem ich ihm mein Messer in die Brust stieß. Er ging zu Boden, und das Blut aus seiner Wunde bildete zu meinen Füßen eine Lache und vermischte sich mit dem Dreck.

Im Schlamm lag ein Speer, der zu einer der Leichen gehörte. Ich schnappte ihn mir und nahm das Messer in die linke Hand, als ein anderer Engländer nach vorn kam. Er war so breit wie hoch, so schien es zumindest, aber trotz seiner Größe war er schnell, trat geschickt zur Seite, als ich mit dem Speer nach seinem Bauch stieß, und rammte mir den Schild in die Brust.

Ich stolperte nach hinten, aber mein Gewicht lastete auf meinem verletzten Bein, und plötzlich merkte ich, dass ich fiel. Ich prallte mit dem Rücken auf die harte Erde, und der Geschmack von Blut machte sich in meinem Mund breit, als der Engländer über mir aufragte und seine Axt hob, und ich wusste, ich musste da weg, aber meine Glieder rührten sich nicht. Er hielt die Schneide schon über dem Kopf, und ich erstarrte …

Hinter ihm blitzte Stahl auf. Plötzlich wurden seine Augen glasig, und die Axt löste sich aus seinem Griff, als er vornüberfiel. Ich war auf einmal wieder bei Sinnen und rollte zur Seite, als sein großer Körper neben mir auf den Boden krachte. Eine klaffende Wunde zierte seinen Hinterkopf, wo ihm der Schädel eingeschlagen worden war. Ich schaute hoch und sah die sehnige Gestalt von Eudo, der ein breites Grinsen aufgesetzt hatte. Ich versuchte sein Grinsen zu erwidern, als ich mich aufrappelte und Erde spuckte. Ich wusste, wie knapp ich der Axtschneide entronnen war.

»Haltet eure Position!«, schrie Gilbert wieder, und diesmal hörten ihn seine Ritter, die sich von dem Gemetzel zurückzogen und sich unter dem Fuchsbanner sammelten. Wir hatten vielleicht ein Dutzend Männer verloren, schätzte ich, aber der Feind hatte weitaus mehr verloren. Diejenigen, die uns jetzt gegenüberstanden, mussten zunächst über die Leichen ihrer gefallenen Stammesbrüder hinwegsteigen, aber ihr Zorn schien unvermindert, denn sie gingen wieder auf uns los. Ich packte den Griff meines Messers fester.

Aus der Richtung des Münsters erblickte ich flüchtig das Glitzern eines Goldfadens in der Mittagssonne, und plötzlich erklang über den Schreien all der Kämpfenden und Sterbenden ein einzelner lang gezogener Ton, tief, aber durchdringend, wie der Schrei eines ungeheuerlichen Tiers. Der Klang eines Kriegshorns. Ein Conroi kam in Sicht, zwei Dutzend Ritter oder vielleicht sogar mehr: umgeben von so vielen Männern war das schwer zu sehen.

»Für die Normandie!«, schrien sie.

An ihrer Spitze, unter dem Schwarz und dem Gold, die seine Farben waren, ritt der Vicomte selber, und sein roter Helmschwanz flog hinter ihm her. Er senkte seine Lanze, legte sie unter dem Arm ein, als sein Pferd zu galoppieren begann und wieder in das Horn gestoßen wurde. Einige der Feinde, denen die Gefahr in ihrem Rücken bewusst wurde, begannen sich zu drehen, um sich ihr zu stellen, aber das waren nur wenige. Der Rest sah die Angreifer aus beiden Richtungen kommen und suchte sein Heil direkt in der Flucht, wofür sich die kleinen Gassen anboten, die vom Marktplatz abgingen.

»Tötet sie!«, rief Gilbert seinen Rittern zu und hob sein Schwert hoch. Aber die Städter gaben bereits Fersengeld, und unsere Männer waren nicht daran interessiert, ihnen hinterherzujagen. Wenn es die Armee der Rebellen gewesen wäre, hätten sie bestimmt nicht gezögert, aber dass sie es nicht war, machte den entscheidenden Unterschied aus: Hier handelte es sich bloß um Bauern, und Bauern zu töten war nicht sonderlich ruhmreich.

Leichen waren über die Straße verstreut, ihre Schilde und ihre Waffen lagen neben ihnen. Ich fühlte mich an die Nacht in Dunholm erinnert, nur waren dieses Mal die meisten der Gefallenen ihre Männer, nicht unsere. Eudo wischte seine Klinge an der Jacke eines toten Engländers ab. Ich ließ den Speer, den ich mir genommen hatte, zu Boden fallen und steckte mein Messer in die Scheide zurück.

Nach dem Ansturm und dem Lärm der Schlacht war auf einmal alles wieder still, bis auf die Glocken der Münsterkirche in der Entfernung, deren sanftes Geläut deutlich zu uns drang, als sie die Mittagszeit schlugen.

»Das war kein schlechter Kampf«, sagte Wace mit einem Lächeln und legte mir eine Hand auf die Schulter. »Besonders für einen Mann, der seit zwei Wochen kaum eine Klinge in der Hand hatte.«

Ich lächelte ebenfalls, aber nur schwach. Der Kampf hatte mich mehr Kraft gekostet, als mir lieb war, und ich konnte den Gedanken nicht abschütteln, wie leicht mich die Furcht überkommen hatte und dass ich ihr um ein Haar erlegen wäre.

Auf der anderen Seite des Marktplatzes übergab Malet seine Lanze mit dem schwarz-goldenen Fähnchen einem seiner Ritter. Es war das erste Mal, dass ich ihn für die Schlacht ausgerüstet gesehen hatte, in Kettenpanzer und Helm und mit einem Schwert an der Seite, aber ich hatte viele Geschichten von seiner Tapferkeit auf dem Schlachtfeld in Hæstinges gehört: wie er die Männer des Herzogs gesammelt hatte, als alle ihn für tot hielten; wie er den Gegenangriff in die englischen Linien angeführt und mit eigener Hand einen der Brüder des Usurpators erschlagen hatte.

Gilbert rief seinen Männern zu, sie sollten ihm den Weg freigeben, als er sich durch ihre Reihen schlängelte. Er warf uns dreien böse Blicke zu, während er an uns vorbeiritt, aber diesmal hatte er keine Worte für uns. Als er bei Malet ankam, gaben sie sich die Hand und wechselten ein paar Worte, die ich allerdings nicht verstehen konnte. Dann hob Gilbert seine Lanze mit dem roten Fuchswimpel, gab dem Rest seiner Männer das Signal, ihm zu folgen, und ritt los, die Straße hoch, die zum Münster führte, während Malet und sein Conroi zurückblieben.

»Sollen wir ihm folgen?«, fragte Eudo.

Ich gab ihm keine Antwort, denn kaum begannen die Speerträger zu marschieren, sah ich Malet auf uns zureiten; er ließ sein Pferd im Schritt gehen, während er sich seinen Weg zwischen den Leichen der Gefallenen bahnte. Auf jeder Seite von ihm ritt einer seiner Ritter: zu seiner Linken ein untersetzter Mann mit einer Knollennase, die von seinem Nasenstück nur zum Teil verdeckt wurde, und der zu seiner Rechten schien nicht viel mehr als ein Junge zu sein. Falls er ein richtiger Ritter, im Gegensatz zu einem in der Ausbildung war, dann hatte er wahrscheinlich seinen Eid erst vor Kurzem geschworen.

Der Vicomte löste den Kinnriemen seines Helms und reichte diesen dem jüngeren der beiden Ritter. Er warf mit ernstem Gesichtsausdruck einen Blick auf die Leichen der Engländer, die um uns verteilt herumlagen, und dann auf jeden von uns.

»Eoferwic wird allmählich unruhig«, sagte er. »Die Stadtbevölkerung wird immer dreister.«

Hinter ihm hörte ich Verzweiflungsschreie, und dann sah ich eine Frau zu einer der Leichen rennen; sie warf ihre Kapuze zurück und fasste sich in die Haare, als sie neben ihr auf die Knie fiel. Der Wind verfing sich in ihrem Kleid, als sie sich nach vorn beugte und den Kopf auf die Brust des Toten legte. Tränen strömten ihr über das Gesicht.

Ich wandte den Blick von ihr ab und schaute Malet an. »Ja, Mylord«, erwiderte ich. Was hatte ihn veranlasst, zu uns zu kommen, fragte ich mich; wollte er unsere Antwort jetzt haben?

»Ihr habt gut gekämpft«, sagte er, wie es schien, nicht nur zu mir, sondern zu uns dreien, und schaute dabei noch einmal auf die Toten um uns herum. Er wandte sich an Eudo und Wace. »Tancred hat euch von dem Auftrag erzählt, den ich für euch habe?«

»Ja, Mylord«, sagte Wace.

»Natürlich werde ich dafür sorgen, dass ihr gut bezahlt werdet, falls ihr euch entscheidet, das für mich zu tun. Dessen könnt ihr sicher sein.« Er drehte sich wieder zu mir um. »Ich würde Euch gern später am Nachmittag wiedersehen, Tancred. Kommt zu der Kapelle im Burghof, wenn die Klosterglocken zur Vesper läuten. Ich werde Euch dort treffen.«

Er gab mir keine Gelegenheit, darauf zu antworten, denn er zog an den Zügeln und drückte seinem Pferd die Fersen in die Flanke; es grunzte missbilligend und trabte los. Er rief den Rest seines Conrois zu sich, und zusammen ritten sie in Richtung der Burg fort.

Ich wandte mich an die anderen. »Werdet ihr euch mir anschließen?«

Wace zuckte mit den Achseln und warf Eudo einen Blick zu. »Du hast es selber gesagt«, antwortete er. »Was gibt es hier noch für uns?«

Eudo nickte zustimmend. »Wir kommen mit dir«, sagte er. »Und nachdem wir alles für Malet erledigt haben, vielleicht können wir dann in die Normandie oder nach Italien zurückgehen und dort bei jemandem in Dienst treten.«

»Vielleicht«, sagte ich und lächelte bei dem Gedanken. Es war fast drei Jahre her, seit wir zum letzten Mal in der Normandie, und fünf, seit wir in Italien gewesen waren, aber ich war mir sicher, dass es dort viele gab, die sich noch an den Namen Robert de Commines erinnern und uns gern in ihr Gefolge aufnehmen würden.

Doch all das lag weit in der Zukunft, denn zuerst mussten wir diesen Auftrag für Malet erfüllen. Und davor gab es etwas zu tun, das noch schwieriger war und mich mit Unbehagen erfüllte: Ich würde ihm meinen Eid schwören müssen.

Elf

Die Glocken hatten gerade zu schlagen aufgehört, und der untere Rand der Sonne berührte fast schon die Dächer im Westen, als ich in den Burghof ritt. Der Horizont leuchtete im goldenen Licht, aber über mir hingen dunkle Wolken, und ich spürte ein paar Regentropfen, als ich an der Kapelle eintraf.

Männer saßen um ihr Feuer herum, tranken gemeinsam aus Flaschen mit Ale oder Wein oder schliffen ihre Klingen. An einige glaubte ich mich vom Kampf auf dem Marktplatz zu erinnern, aber sicher war ich mir nicht. Von der anderen Seite der Mauern hörte ich das Geschrei von Gänsen, nur Augenblicke, bevor ich sah, wie sie sich über die Palisade erhoben und mit hartem Flügelschlag um das südliche Tor des Burghofs herumschwenkten, bevor sie auf die schwindende Sonne zuflogen.

Die Stallknechte waren nirgendwo zu sehen, und deshalb band ich die Stute an einem Holzpfosten unmittelbar vor der Kapelle fest, wo es einen Trog gab, aus dem sie trinken, und einen kleinen Fleck Gras, auf dem sie weiden konnte. Dann trat ich in das düstere Innere des Gotteshauses.

Malet war bereits da; statt seines Kettenpanzers, trug er eine einfache braune Jacke und eine Brouche. Er kniete vor dem Altar, auf dem eine einzelne Kerze stand. Ihr flackerndes Licht spielte auf einem silbernen Kreuz, das in der Mitte mit einem blutroten Edelstein besetzt war. Sonst gab es wenig Schmuck: keine Wandteppiche, auf denen Christus mit seinen Aposteln abgebildet war, wie ich erwartet hätte; sogar die Altardecke war von einfacher weißer Farbe.

Ich zog die Tür hinter mir zu und ging über den Steinfußboden, auf dem meine Schritte in der leeren Dunkelheit nicht zu überhören waren. Malet stand auf, als ich mich dem Altar näherte. Seine Scheide baumelte von der Schwertkoppel an seiner Hüfte, was Ælfwold bestimmt missbilligt hätte, aber schließlich war der Priester nicht hier.

»Tancred«, sagte der Vicomte. Sein Gesicht lag im Schatten des Kerzenlichts, wodurch seine lange Nase und sein kantiges Kinn noch stärker hervortraten. »Es tut gut, Euch zu sehen.«

»Euch gleichfalls, Mylord.«

»Die Ereignisse entwickeln sich rasch. Heute war nicht das erste Mal, dass sich die Stadtbewohner gegen uns erhoben haben.«

Ich erinnerte mich, was Eudo erst vor ein paar Tagen gesagt hatte: über den Kampf, der unten am Fluss ausgebrochen war. »Nein, Mylord.«

»Sie begreifen, dass unsere Kräfte nach dem Tod des Burgvogts geschwächt sind. Sie erwarten die Ankunft ihrer Stammesbrüder.«

»Aber die Rebellen sind immer noch nicht gegen die Stadt marschiert«, sagte ich. Warum genau, hatte keiner, mit dem ich sprach, verstehen können – nicht einmal Ælfwold, der von allen Männern dem Vicomte am nächsten stand und deshalb, wie ich dachte, am ehesten davon hätte hören können.

»Sie werden es jedoch tun«, sagte Malet, und sein Blick fiel auf das Kreuz, das auf dem Altar stand. »Das werden sie, und wenn sie es tun, weiß ich nicht, wie Eoferwic verteidigt werden kann.«

Seine Offenheit überraschte mich. Obwohl ich ihn erst kurze Zeit kannte, hatte ich den Vicomte nicht für einen Mann gehalten, der so etwas so bereitwillig zugeben würde, auch nicht unter vier Augen.

»Da ist noch die Burg«, sagte ich. »Selbst wenn die Stadt fällt, wäre sie sicherlich noch zu halten, oder?«

»Gegen eine große Armee könnte sogar das schwierig werden«, sagte Malet, und er schaute mir immer noch nicht in die Augen. »Ich will offen zu Euch sein, Tancred. In all der Zeit, die seit der Invasion vergangen ist, haben die Dinge für uns nicht schlimmer gestanden als jetzt.«

Es war nicht warm in der Kapelle, aber es fühlte sich plötzlich viel kälter an. Denn falls Malet selber daran zweifelte, dass er Eoferwic halten könnte, was gab es dann noch zu hoffen? Vom Burghof waren die gedämpften Rufe der Männer und das Rollen von Wagenrädern zu hören.

»Wir werden die Oberhand gewinnen, Mylord«, sagte ich, auch wenn ich im selben Moment wusste, das ich alles andere als sicher war.

»Vielleicht«, sagte er. »Aber es ist wichtig, dass Ihr die Umstände begreift, unter denen ich Euch gebeten habe, diesen Auftrag für mich zu übernehmen.«

»Ihr geht davon aus, dass ich akzeptiere.« Endlich kamen wir auf die Angelegenheit zu sprechen, wegen der er mich herbestellt hatte.

Er lächelte, und ich spürte, dass ihm dieser Wortwechsel gefiel. Er faltete die Hände vor sich zusammen. Seine silbernen Ringe glänzten im Licht der Kerze, und sein Gesichtsausdruck wurde wieder ernst. »Ich glaube, dass Ihr tun werdet, was Ihr für richtig haltet«, sagte er. »Solltet Ihr ablehnen, werde ich mich auf anderem Wege um eine Rückzahlung bemühen.«

Ich holte tief Luft und fühlte das Herz in meiner Brust schlagen. Dies war meine letzte Chance nachzudenken, bevor ich meine Entscheidung treffen musste. Aber ich wusste schon, was ich sagen würde.

»Ich werde dies für Euch tun, Mylord.«

Malet nickte. Er hatte gewusst, dass ich nicht ablehnen würde. »Und Eure Kameraden?«, fragte er. »Sind sie bereit, Euch zu begleiten?«

»Sie werden sich mir anschließen.«

»Gut«, sagte er. »Ihr wisst, was ich jetzt von Euch verlangen muss.«

Das wusste ich. Ich kniete auf den Steinen vor dem Altar nieder. Ein stechender Schmerz durchfuhr mein verletztes Bein, aber ich versuchte, mir nichts anmerken zu lassen. Malet stellte sich vor mich. Er hob das Silberkreuz mit seinem blutroten Stein. Als er das tat, schwankte die Kerzenflamme, und ich dachte schon, sie könnte ausgehen, aber dann richtete sie sich wieder auf. War das ein Omen, fragte ich mich, und falls ja, was hatte es zu bedeuten?

»Indem Ihr diesen Eid ablegt«, sagte Malet, »schwört Ihr, dass Ihr keinem Anderen als mir untertan seid und sein werdet. Ihr verpflichtet Euch zu meinem Dienst, zu meinem Schutz und dem meiner Angehörigen, zu tun, worum ich Euch bitte. Ich für meinen Teil werde Euch mit allem ausstatten, was Ihr braucht, um diese Aufgabe zu erfüllen, und bei Eurer Rückkehr verspreche ich Euch, Euch von allen weiteren Verpflichtungen mir gegenüber freizusprechen.« Er hielt das Kreuz vor sich, und seine Augen bohrten sich in meine. »Schwört Ihr, mein Mann zu werden?«

Ich legte meine schwitzenden Handflächen um seine Finger und um das Kreuz. Mein Herz pochte mir in der Brust. Warum war ich so nervös?

»Ich schwöre es mit diesem feierlichen Eid«, sagte ich und erwiderte seinen Blick, »im Angesicht von Jesus Christus, unserem Herrn, meinem Gott, Euch zu dienen, bis meine Pflicht erfüllt ist.« Ich kannte die Worte, die erforderlich waren. Vor langer Zeit hatte ich fast den gleichen Eid vor Robert gesprochen, nur dass ich gelobt hatte, ihm bis in den Tod zu dienen. Damals hatte ich nicht gedacht, dass ich jemals einem anderen Mann meinen Eid leisten würde. Und ich hatte auch nicht gewusst, wie schwer es mir fallen würde.

Ich löste meinen Griff. Meine Kehle fühlte sich trocken an, und ich schluckte, um sie zu befeuchten. Aber es war vollbracht.

Malet stellte das Kreuz wieder auf den Altar, bevor er seine Schwertkoppel aufschnallte. »Ich gebe Euch diese Klinge«, sagte er, während er mir die Schwertscheide auf den offenen Händen hinhielt. Bis auf das stählerne Ortband an der Spitze war sie ungeschmückt; der Griff war mit einer Schnur umwickelt, damit man ihn besser packen konnte, der Knauf war eine einfache runde Scheibe.

Ich erhob mich und nahm es ihm vorsichtig ab, um es nicht fallen zu lassen. Es fühlte sich schwer in meinen Händen an, aber es war auch das erste Mal seit der Schlacht, dass ich ein Schwert hielt, auch wenn es wie dieses hier in der Scheide steckte. Ich befestigte es an meiner Hüfte und verstellte die Schnalle, bis sie passte.

»Ich werde dafür sorgen, dass Ihr mit einem neuen Kettenpanzer, einem Schild und einem Helm ausgerüstet seid«, sagte der Vicomte. »Im Übrigen solltet Ihr mit leichtem Gepäck reisen. Kommt morgen Mittag zu den Kaianlagen. Ich werde dort sein, um euch allen eine sichere Reise zu wünschen.«

»Wir werden mit dem Schiff fahren?«, fragte ich überrascht. Die normale Route nach Lundene führte über Land, nicht über das Meer.

»Die Straßen im Umkreis von Eoferwic werden immer gefährlicher, und ich möchte kein Risiko eingehen«, sagte Malet. »Mein eigenes Schiff, die *Wyvern*, soll euch flussabwärts bringen, bis ihr auf den Humbre trefft, wo ihr bei einem meiner Güter an Land gehen werdet, einem Ort namens Alchebarge. Dort könnt ihr euch Pferde nehmen, bevor ihr auf der alten Straße nach Süden bis zu einer Stadt namens Lincolia weiterreitet, und von dort nach Lundene. Ælfwold kennt das Land gut; Ihr könnt ihm vertrauen, falls Ihr Euch je unsicher seid, welchen Weg Ihr nehmen sollt.«

»Ich verstehe«, sagte ich.

»Es gibt noch eine Sache.« Er zog einen Lederbeutel aus seiner Jacke hervor und gab ihn mir.

Ich nahm ihn, fühlte sein Gewicht und das Klimpern von Metall in seinem Innern. Ich knüpfte den Kordelzug auf und kippte den Inhalt auf meine Handfläche. Ein Strom von Silbermünzen ergoss sich, der sich kalt anfühlte und im Kerzenlicht funkelte.

»Das sollte genug sein, um unterwegs für Proviant, Übernachtungen in Wirtshäusern und was Ihr sonst noch brauchen mögt, zu bezahlen«, sagte Malet. »Falls Ihr jedoch bei Eurer Ankunft in Lundene feststellt, dass Ihr mehr benötigt, so wendet Euch an meinen Verwalter Wigod, und er wird Euch mit allen Notwendigkeiten für Euren Weg nach Wiltune und zurück versorgen.«

Wigod. Ein weiterer englischer Name. Ich fragte mich, wie viele Engländer der Vicomte noch in seinen Diensten hatte.

»Ich vertraue darauf, dass Ihr mich nicht enttäuscht«, sagte der Vicomte und schaute mich fest mit seinen blauen Augen an.

»Nein, Mylord«, sagte ich. Er hatte mir diese Verantwortung übertragen, und meine Schuld ihm gegenüber würde erst getilgt sein, wenn ich ihr gerecht geworden wäre. »Ich werde Euch nicht enttäuschen.«

Er machte den Eindruck, als wolle er noch etwas sagen, aber in dem Moment wurde das Tor aufgestoßen. Ich hob eine Hand, um meine Augen vor dem grellen Licht, das die Kapelle erfüllte, abzuschirmen. Der Mann, der hereinkam, trug einen Kettenpanzer und hielt seinen Helm unter dem Arm. Da sein Gesicht im Schatten lag und die Sonne hinter ihm stand, brauchte ich einen Moment, um ihn zu erkennen, aber als er über die Steinfliesen zu uns eilte, erkannte ich sein langes Kinn und seine hohe Stirn. Es war Gilbert de Gand.

»Lord Guillaume«, sagte er. Entweder hatte er mich nicht

gesehen, oder es war ihm gleichgültig, aber ausnahmsweise war seine arrogante Miene verschwunden und durch einen besorgten Gesichtsausdruck ersetzt.

»Was ist los?«, wollte Malet wissen.

»Draußen ist ein Mann, der Euch zu sehen wünscht. Ein Abgesandter des Feindes. Er ist vor weniger als einer halben Stunde am Stadttor eingetroffen.«

»Ein Abgesandter? Was will er?«

»Es hat den Anschein, als wollte der Anführer der Rebellen sich mit Euch treffen«, sagte Gilbert. »Um über Bedingungen zu verhandeln.«

Malet blieb still. Ich dachte an die Zweifel, die er vor wenigen Augenblicken mir gegenüber zum Ausdruck gebracht hatte, und fragte mich, was ihm durch den Kopf ging. So schwierig unsere Lage war, würde er Eoferwic doch sicher nicht aus freien Stücken preisgeben, oder? Gilbert beobachtete ihn sorgfältig, während er auf eine Antwort wartete. Ich fragte mich, ob Malet ihm so viel anvertraut hatte wie mir.

»Ich werde mit diesem Mann sprechen«, sagte der Vicomte schließlich. Er schritt auf das Tor der Kapelle zu. »Wo ist er jetzt?«

Er musste nicht weit suchen. Der Abgesandte saß breitbeinig auf einem braunen Schlachtross in der Mitte des Übungshofs und wartete. Eine Menge von Rittern und Dienstboten hatte sich versammelt, um ihn zu beobachten. Er war gebaut wie ein Bär und gekleidet wie ein Krieger mit Helm und lederner Jacke und einer Schwertscheide an seinem Gürtel. Falls er auch nur ein bisschen nervös war, weil er von so vielen Franzosen umgeben war, zeigte er es nicht. Tatsächlich machte er den Eindruck, als würde er die Aufmerksamkeit genießen, grinste breit und nahm jede ihm entgegengeschleuderte Beleidigung hin, als wäre sie eine Auszeichnung.

Er beugte den Kopf, als er den Vicomte sah. »Guillaume

Malet, Seigneur de Graville auf der anderen Seite des Meeres«, sagte er, über die französischen Wörter ein wenig stolpernd. »Mein Herr sendet Euch seine Grüße …«

»Verschont mich mit den Höflichkeiten«, unterbrach Malet ihn. »Wer ist Euer Herr?«

»Eadgar«, erwiderte der Gesandte so laut, dass jeder im Burghof ihn hören konnte, »Sohn von Eadweard, Sohn von Eadmund, Sohn von Æthelred, aus dem Geschlecht von Cerdic.«

»Ihr meint Eadgar Ætheling?«, fragte Malet.

Der Gesandte nickte. »Er würde mit Euch noch heute Abend sprechen, falls Ihr bereit seid.«

Als letzter überlebender Erbe des alten englischen Geschlechts war Eadgar die einzige andere Gestalt, um die sich der Feind nach Hæstinges hätte scharen können; sein Titel Ætheling bezeichnete jemand von königlichem Geblüt, wie mir Eudo zumindest einmal erzählt hatte. Bis jetzt hatte Eadgar allerdings keine Sehnsucht nach Rebellion bewiesen; stattdessen hatte er beschlossen, sich König Guillaume bald nach der Schlacht zu unterwerfen, und blieb so eine bedeutende Figur am Hof. Erst als im vergangenen Sommer Gerüchte von Anschlägen gegen ihn laut geworden waren, floh er nach Schottland, aber selbst da hatte niemand ihn für fähig gehalten, eine Armee auf die Beine zu stellen.

»Ich würde davon abraten, Mylord«, sagte Gilbert mit leiser Stimme. »Wir wissen, wie heimtückisch die Northumbrier sind. Dies sind dieselben Wilden, die Richard erst vor vier Tagen ermordet haben.«

»Gleichwohl«, sagte Malet, »würde ich es vorziehen, meinem Feind ins Gesicht zu sehen.« Aber obwohl er voll Zuversicht sprach, war sein Gesicht grimmig. Er schaute in die Runde, erblickte einen seiner Diener und rief nach seinem Schwert und seinem Kettenpanzer, bevor er zu dem Engländer sagte: »Sagt Eurem Herrn, dass ich mich mit ihm treffen will.«

»Das ist unklug, Guillaume«, sagte Gilbert, diesmal etwas lauter. »Was ist, wenn sie noch einen Hinterhalt planen?«

»Dann werdet Ihr mich mit fünfzig Eurer eigenen Ritter begleiten, um dafür zu sorgen, dass es nicht dazu kommt.«

Einen Augenblick lang sah Gilbert so aus, als wolle er protestieren, aber er musste es sich anders überlegt haben, denn er machte nur ein finsteres Gesicht und stolzierte zu seinem Pferd.

»Kommt mit, Tancred«, sagte der Vicomte. »Das heißt, wenn Ihr den Mann sehen wollt, der für Earl Roberts Tod verantwortlich war.«

»Ja, Mylord«, erwiderte ich, obwohl die Worte steifer klangen, als mir lieb war. Ich konnte spüren, wie die Anspannung in meinem Schwertarm wuchs, versuchte aber, mich zu beruhigen, was allerdings schwierig war, weil Malet mich beobachtete. Als wolle er mich auf die Probe stellen, dachte ich.

»Also gut«, sagte er. »Dann wollen wir hören, was Eadgar zu sagen hat.«

Die Sonne stand schon am Horizont, als wir aus dem nordöstlichen Tor der Stadt hinausritten. Fast alle normannischen Lords, die in Eoferwic residierten, waren bei uns, jeder mit einer Schar von Rittern unter seinem Banner. Malet ritt an ihrer Spitze.

Das Land um Eoferwic herum lag offen in jeder Himmelsrichtung da: weite Marschen mit sanften Hängen, an denen Schafe weideten. Einige Bäume gaben etwas Deckung, aber sie waren so spärlich verteilt, dass ein Hinterhalt unwahrscheinlich war. Der Feind schien auch gar nicht solche Absichten zu haben, denn kaum hatten wir die Stadt verlassen, entdeckte ich keine halbe Meile entfernt Speerspitzen und Helme, die in der niedrig stehenden Sonne funkelten. Eadgar wartete schon auf uns.

»Da sind sie«, murmelte Ælfwold, der neben mir ritt. Der

Vicomte hatte ihn als Berater mitgenommen, obwohl ich mir nicht vorstellen konnte, inwiefern der Priester von Nutzen sein würde. Das hier war eindeutig eine Angelegenheit für Männer des Schwerts, nicht für Männer Gottes.

In dem dämmrigen Licht war es schwer, die genaue Zahl der feindlichen Kräfte zu bestimmen, aber ich schätzte, sie hatten mindestens so viele Männer wie wir aufgeboten: einige zu Pferde, andere zu Fuß, und alle von ihnen versammelt unter einem purpurrot-gelben Banner – die Farben des Ætheling, nahm ich an.

Tatsächlich sah ich ihn jetzt. Er war einen Kopf größer als die meisten seiner Männer und trug einen massiven Helm mit Platten an der Seite, um seine Wangen zu schützen, und einem langen Nasenstück, das mit glänzendem Gold gerändert war. Er war umgeben von Männern in Kettenpanzern und Helmen, die mit Speeren und Schwertern und lang geschäfteten Äxten bewaffnet waren und seine Farben auf ihren Schilden trugen. Was die Engländer *huscarlas* nannten, dachte ich: seine engsten und treuesten Gefolgsleute, seine fähigsten Streiter. Männer, die das Leben ihres Herrn höher einschätzten als ihr eigenes, die bis zum letzten Atemzug zu seiner Verteidigung kämpfen würden. Wie viele von ihnen waren in Dunholm dabei gewesen, fragte ich mich; wie viele von meinen Kameraden waren durch ihre Klingen gestorben?

Wir kamen zum Stillstand, als Eadgar sich mit großen Schritten von seinen Reihen entfernte, flankiert von vier seiner Huscarls. Malet nickte Ælfwold und mir sowie Gilbert, der ein kurzes Stück hinter uns ritt, und einem seiner Ritter zu, und wir stiegen ab. Der Ætheling hatte seinen vergoldeten Helm abgenommen, und ich sah zum ersten Mal sein Gesicht. Seine Augen waren dunkel und seine Lippen dünn, und sein Haar, das die Farbe von Stroh hatte, fiel ihm zottig auf die breiten Schultern. Man sagte, dass er erst siebzehn Jahre zählte, womit er kaum mehr als ein Junge gewesen wäre, aber das sah man ihm nicht an, denn er war stämmig gebaut und hatte Arme wie ein Schmied, und in seinem Auftreten lag ein Selbstvertrauen, das sein Alter Lügen strafte.

Dies war also der Mann, der die Verantwortung dafür trug, was in Dunholm geschehen war. Für den Tod von Lord Robert und Oswynn und all meinen Kameraden. Mein Herz schlug mir im Hals, und ich spürte, wie sich unter meinem Helm Schweißtropfen auf meiner Stirn bildeten. Wie leicht wäre es, fragte ich mich, das Schwert aus der Scheide zu ziehen, Eadgar zu überraschen und ihn auf der Stelle zu erschlagen?

Doch schon während ich den Gedanken erwog, war mir bewusst, dass ich diesen Streich nicht ausführen konnte, ohne dass seine Huscarls mich zuerst erwischten. Gegen Bauern zu kämpfen war eine Sache, aber das hier waren erfahrene Krieger, und sie waren zu viert gegen einen. Und Rache war nichts wert, wenn sie mich das Leben kostete. Ich atmete tief durch und sah den Ætheling fest an.

»Guillaume Malet«, sagte er, als er näher kam. »So sehen wir uns wieder.« Seine Stimme war schroff, aber er sprach ganz gut Französisch – was kein Wunder war, wenn man die Zeit bedachte, die er am Hof des Königs verbracht hatte.

»Ich hatte nicht gedacht, dass es so bald dazu käme«, erwiderte Malet. »Als Ihr Euch letztes Jahr weggeschlichen habt, hatte ich gehofft, wir würden Eure traurige Visage so bald nicht wiedersehen.«

Aber Eadgar schien ihn nicht gehört zu haben und nickte zu dem Trupp von Rittern hinüber, der Malet begleitet hatte. »In der Tat eine beeindruckende Schar«, sagte er mit mehr als einem Anflug von Sarkasmus in seinem Ton. Dann richtete er seine dunklen Augen auf Ælfwold und runzelte die Stirn. »Was hat ein Engländer in Gesellschaft dieser Hurensöhne zu suchen? Ihr solltet auf unserer Seite sein.«

Der Priester blinzelte, als hätte man ihn erschreckt. »Er – er ist mein Herr«, stieß er hervor und schien unter dem Blick des Ætheling zusammenzuschrumpfen, der mindestens anderthalb Kopf größer war als er.

»Euer Herr? Er ist Franzose.«

»Ich habe ihm seit vielen Jahren treu gedient –«

Eadgar spuckte auf den Boden. »Ich werde mein Knie nicht mehr vor einem Ausländer beugen. Dies ist unser Königreich, und ich werde nicht ruhen, bevor wir es uns zurückgeholt haben. Bis wir den letzten Franzosen von diesen Gestaden vertrieben haben.«

»England gehört König Guillaume«, meldete sich Malet zu Wort. »Ihr wisst sehr wohl, dass ihm die Krone von Rechts wegen zusteht, ihm von seinem Vorgänger, Eurem Onkel König Eadweard, hinterlassen wurde, und dass er den Segen des Papstes dazu bekommen hat. Ihr habt geschworen, ihm treu zu dienen …«

»Und was wollt Ihr von Treue wissen?«, unterbrach Eadgar ihn. »Ich erinnere mich, dass Ihr ein enger Freund von Harold Godwineson wart. Was ist aus dieser Freundschaft geworden?«

Ich warf Malet einen Blick zu und fragte mich, ob ich richtig gehört hatte. Was meinte Eadgar damit, wenn er ihn als Freund des Usurpators bezeichnete. Die Wangen des Vicomtes röteten sich, aber ob aus Wut oder Verlegenheit konnte ich nicht sagen.

Eadgar grinste mittlerweile, er genoss offensichtlich das Unbehagen seines Widersachers. »Trifft es zu, dass die Geißel des Nordens, der große Guillaume Malet, ein weiches Herz hat? Dass er Gewissensbisse wegen Harolds Tod spürt?«

»Hütet Eure Zunge, Ætheling, sonst schneide ich sie heraus«, sagte Gilbert. Er legte die Hand auf den Knauf seines Schwerts.

Eadgar nahm ihn nicht zur Kenntnis und ging auf Malet zu. »Sagt mir, fühltet Ihr die gleiche Trauer beim Tod Eurer

Landsleute?«, fragte er. »Habt Ihr Tränen vergossen, als Ihr von Dunholm hörtet? Als Ihr hörtet, dass Robert de Commines verbrannt ist?«

Bei der Erwähnung Roberts spürte ich, wie mir das Blut ins Gesicht stieg und in meinen Ohren pochte, bis mich plötzlich wilder Zorn ergriff und ich mich nicht mehr zurückhalten konnte.

»Ihr habt ihn ermordet«, sagte ich und schritt nach vorn. »Ihr habt ihn genauso ermordet, wie Ihr Oswynn und all die anderen ermordet habt.«

»Tancred«, sagte Malet warnend, aber das Blut strömte heiß durch meine Adern, und ich schenkte ihm keine Beachtung.

Das Lächeln auf dem Gesicht des Ætheling erstarb, als er sich mir zuwandte. »Und wer seid Ihr?«

»Ich heiße Tancred a Dinant«, sagte ich und richtete mich zu meiner vollen Größe auf, sodass ich Auge in Auge mit ihm da stand, »einst Ritter von Robert de Commines, dem rechtmäßigen Earl von Northumbria.«

Aus dem Augenwinkel sah ich, dass seine Huscarls nach ihren Schwertern griffen, aber ich hatte nicht vor einzulenken. Eadgar hob eine Hand hoch, um ihnen Einhalt zu gebieten, und machte einen Schritt auf mich zu. Er war jetzt in Reichweite, so nahe, dass ich seine gelben Zähne und seine großen Nasenlöcher sehen konnte; so nah, dass sein Gestank, übel riechend wie frische Pferdescheiße, mir in die Nase stieg.

»Robert war ein Feigling«, sagte Eadgar. »Er verdiente es nicht, am Leben zu bleiben.«

»Ich sollte Euch jetzt sofort die Kehle aufschlitzen für das, was Ihr getan habt.« Ich stach ihm mit dem Finger in die Brust.

Er schlug ihn beiseite. »Wenn Ihr mich noch einmal anfasst«, knurrte er, und ich spürte seinen heißen Atem auf meinem Gesicht, »dann ist es Eure Kehle, die aufgeschlitzt wird, nicht meine.«

Das hätte er besser nicht gesagt, denn in meinem Zorn begriff ich seine Worte als Herausforderung. Bevor ich es mir anders überlegen konnte, hob ich die Hände und schob ihn mit aller Kraft, die ich aufzubringen vermochte, zurück. Er stolperte unter dem Gewicht seiner Rüstung, versuchte vergeblich, nicht den Halt zu verlieren, bis er zu Boden krachte und mit dem Hintern im Schlamm landete.

»Du Bastard«, sagte Eadgar, als er wieder auf die Beine kam, und ich sah den Hass in seinen dunklen Augen. Sofort zog er sein Schwert, und ich zog meins. Seine vier Huscarls eilten mit erhobenen Schilden und ausgestreckten Speeren vor, um ihn zu schützen.

Ich lachte auf. »Habt Ihr solche Angst vor einem Mann, dass Ihr Euch hinter vier von Euren versteckt?«, fragte ich in einer Lautstärke, dass mich auch der Rest seines Gefolges hören konnte. »Ihr seid der Feigling, nicht Lord Robert!«

»Genug«, hörte ich den Vicomte rufen. »Tancred, steckt Euer Schwert in die Scheide.«

Aber der Rest unserer Männer war jetzt hinter mir: Sie johlten und schleuderten dem Ætheling Beleidigungen entgegen, und ich beachtete Malet nicht. »Ich werde Euch suchen kommen«, fuhr ich fort, »und wenn ich Euch finde, werde ich Euch die Kehle herausreißen und den Kopf abschneiden, werde Euch den Bauch aufschlitzen und Eure Leiche den Krähen überlassen. Ich werde kommen, Eadgar, und ich werde Euch töten.«

»Tancred«, sagte Malet wieder, diesmal mit mehr Schärfe. »Wir sind hier, um zu reden, und nicht, um zu kämpfen.«

Ich merkte, dass ich schwer atmete und dass unter meinem Kettenpanzer der Schweiß an meinen Armen hinunterlief. Ich schaute den Ætheling an, aber er hatte mir eindeutig nichts mehr zu sagen, denn er hatte die Lippen zusammengekniffen. Langsam senkten seine Männer ihre Speere, und er steckte sein Schwert in die Scheide, und erst dann begann mein Zorn abzuklingen. Ich spuckte auf den Boden, bevor ich mich schließlich umdrehte und auch mein Schwert zurücksteckte.

»Das war töricht«, sagte Ælfwold, als ich zurückging. »Ihr hättet getötet werden können.«

»Dann seid doch froh, dass ich noch lebe«, blaffte ich. Mein Zorn war noch nicht ganz verschwunden, und ich war nicht in der Stimmung, mit ihm zu reden.

»Ihr solltet Euren Hund an einer kürzeren Leine halten, Guillaume«, rief der Ætheling. »Sonst wird er über kurz oder lang auch Euch zu beißen versuchen.«

»Ich entscheide selber, wie ich mit meinen Männern verfahre«, erwiderte der Vicomte. »Jetzt sagt mir, warum Ihr mit mir sprechen wolltet.«

Eadgar starrte mich noch eine Weile wütend an, aber ich ließ mich nicht beeindrucken. »Wie Ihr wollt«, sagte er zu Malet. »Ich weiß, dass keiner von uns beiden eine Schlacht will, und deshalb mache ich Euch dieses Angebot: Übergebt mir heute Abend die Stadt, und ich gewähre Euch und allen Euren Truppen freien Abzug bis zum Humbre.«

Eadgar wusste natürlich, dass ein Angriff auf eine Stadt kein leichtes Unterfangen war und dass er, selbst wenn er erfolgreich war, vermutlich viele Hundert Männer dabei verlieren würde. Und deshalb stellte er Malet vor die Wahl: entweder zu bleiben und zu kämpfen und sein Leben zu riskieren; oder ein unehrenhafter Rückzug, Eoferwic den Rebellen zu überlassen und sich den Zorn des Königs zuzuziehen. Ich wusste nicht, was schlimmer war.

»Und wenn ich Eure Bedingungen ablehne?«, fragte Malet.

»Dann nehmen wir die Stadt mit Gewalt«, antwortete der Ætheling, »und ich freue mich darauf, Euch persönlich zu töten und mit Eurem Weibervolk mein Vergnügen zu haben.«

»Mylord …«, begann Gilbert, aber der Vicomte hob eine Hand, um ihn zum Schweigen zu bringen.

»Ihr glaubt, Ihr könnt Eoferwic mit diesem Gesindel einnehmen?«, fragte er den Ætheling und zeigte auf das purpurrotgelbe Banner und die darunter versammelten Männer.

»Ich habe fast viertausend Mann, die im Norden von hier lagern«, sagte Eadgar, »und jeder einzelne von ihnen freut sich auf die Schlacht.«

Malet runzelte die Stirn. »Und trotzdem sehe ich kaum hundert hier?«

»Macht Euch über mich lustig, wenn Ihr wollt, aber ich habe Eure Kundschafter gesehen, die uns beobachten. Ihr wisst, ich sage die Wahrheit.«

Der Vicomte wich seinem Blick nicht aus. Der Wind war stärker geworden, er pfiff über die Marschen und die Ebene, und um uns herum flatterten die Banner. Sonst herrschte Stille.

»Bekomme ich also eine Antwort?«, fragte Eadgar.

Malet schaute nach oben in den Himmel und holte tief Luft. Er schloss die Augen – vielleicht bat er Gott um Rat –, bis er sich nach einem letzten Blick auf den Ætheling umdrehte und zu seinem Pferd ging.

»Ihr seid ein Narr, Guillaume«, rief Eadgar, während der Rest von uns Malet folgte und aufsaß. »Ich werde keine Gnade walten lassen! Hört Ihr mich? Keine Gnade!«

Aber der Vicomte antwortete nicht, und wir ritten weg, zurück zu den Stadttoren. Stattdessen starrte er in die Ferne, nach Westen, wo der letzte Schimmer der Sonne hinter dem Horizont verschwand. Und ich spürte, wie mich Kälte ergriff. Denn in seinen Augen stand ein Blick, den ich kannte: derselbe Blick, den ich in jener Nacht in Dunholm in Lord Roberts Augen gesehen hatte.

Ein Blick der Verzweiflung, als ob er sein Schicksal bereits kannte.

Zwölf

⊷◈⊶

In jener Nacht träumte ich von Oswynn.

Sie war noch bei mir, so schön wie immer, unbändig lachend, und ihr schwarzes Haar peitschte hinter ihr im Wind. Die Landschaft um uns herum leuchtete unter der Sommersonne, während wir über Weidegrund ritten, durch Felder, auf denen der Weizen dicht stand. Hinter uns lag die Stadt Waerwic, wo ich ihr zuerst begegnet war, aber wir würden nicht dorthin zurückkehren. Keiner von uns beiden wusste, wie lange wir schon geritten waren, als wir auf eine Lichtung im Wald stießen, weit entfernt von allen, die uns stören könnten. Wir ließen unsere Pferde stehen, und dort legten wir uns im Schatten der Bäume hin und umarmten einander, und ich liebkoste ihre Wangen, ihren Hals, ihre blassen Brüste, bevor …

Ich erwachte abrupt, weil ich meinen Namen hörte, und stellte fest, dass ich wieder in meinem Zimmer war. In Malets Haus, erinnerte ich mich. Es war immer noch dunkel; ein schwaches Halbdunkel fiel durch das Fenster herein. Eine gedrungene Gestalt, in dunkle Gewänder und einen dicken Umhang gekleidet, stand über mir. Ein grüner Kiesel hing um seinen Hals, und in seiner Hand trug er eine kleine Laterne. Die flackernde Flamme erleuchtete sein Gesicht.

»Ælfwold?«, fragte ich.

»Zieht Euch schnell an«, sagte der Kaplan.

Ich richtete mich auf, versuchte an dem Wald, an Oswynn, an dem Geruch ihrer Haut, der Wärme jenes Sommertages festzuhalten, während sie mir schon entglitten. Ein kalter Luftzug kam durch die offene Tür herein. Ich hatte mein Hemd während der Nacht anbehalten, aber es war nur ein dünnes Hemd, und die Luft lag wie Eis auf meiner Haut.

»Es ist früh«, sagte ich, was offensichtlich war, aber mein Verstand war immer noch vom Schlaf getrübt, und das waren die ersten Worte, die mir von der Zunge purzelten.

»So ist es, mein Freund«, antwortete der Priester. »Wir müssen auf sein.« Draußen konnte ich Männer rufen und Pferde wiehern hören. Einen Augenblick lang war das Zimmer in ein orangefarbenes Licht getaucht, als eine Fackel an dem Fenster vorbeiflitzte, und dann herrschte wieder Dunkelheit.

»Was geht da vor sich?«, fragte ich.

»Sie kommen«, sagte Ælfwold. »Wir müssen ohne Verzug zum Fluss hinunter.«

»Marschieren die Engländer?«

Der Kaplan runzelte die Stirn. »Die Rebellen«, korrigierte er mich. »Man hat gesehen, dass ihre Armee von Norden her näher rückt.« Er stellte die Laterne auf dem Boden ab. »Ich werde im Saal warten.«

Er eilte hinaus. Ich warf die Decke ab, unter der ich gelegen hatte, und stand auf, zerrte mir die Tunika über das Hemd, zog meine Brouche an und schnürte sie zu, legte meinen Kettenpanzer an und befestigte meinen Umhang. Mein Messer lag neben dem Bett, und ich schnallte es an meinen Gürtel – dieses Mal auf die rechte Seite, denn das Schwert, das der Vicomte mir gegeben hatte, war nun auf meiner linken. Wieder konnte ich Rufen und Hufschlag im Hof hören. Ich schaute mich in dem Raum um, weil ich überprüfen wollte, ob nichts mehr herumlag, aber da war nichts. Ich kam zu der nüchternen Einsicht, dass ich alles bei mir hatte, was ich besaß.

Ælfwold wartete im Saal auf mich, ganz wie er gesagt hatte. Er hatte nicht sein übliches Priestergewand angelegt, sondern etwas, das mehr nach Reisekleidung aussah: eine grüne Tunika

164

und eine braune Hose mit einem lockeren rötlichbraunen Umhang im englischen Stil, der an der rechten Schulter mit einer kunstvollen Silberbrosche befestigt war.

»Seid Ihr fertig?«, fragte der Priester. »Alles, was Ihr benötigt, müsst Ihr jetzt mitnehmen, weil wir später nicht mehr zurückkehren können.«

»Ich bin fertig«, sagte ich. Ich fühlte unter meinem Umhang nach dem Münzbeutel, den mir der Vicomte anvertraut hatte; er war noch da. »Sind Eudo und Wace benachrichtigt worden?«

»Ein Bote ist zu ihnen geschickt worden«, antwortete er, als wir durch das große Tor gingen, das weit offen stand. »Sie werden uns am Schiff treffen.«

Der Burghof draußen lag in Nebel gehüllt da, beleuchtet nur von Fackeln und weit im Osten durch das schwache Grau, das die Ankunft der Morgendämmerung bedeutete. Frost knirschte unter meinen Füßen; der Boden war hart, und die Pfützen hatten sich in Eis verwandelt. Der Kaplan führte mich zu einer Gruppe von Rittern – insgesamt drei –, die neben ihren Pferden standen und die Hände aneinanderrieben, um sie zu wärmen. Alle schauten hoch, als wir näher kamen. Zwei von ihnen erkannte ich nicht, aber einen schon, weil er einer von denen war, die am Tag zuvor bei Malet gewesen waren: klein, aber kräftig und mit einer Nase, die zu groß für sein Gesicht zu sein schien.

»Dies sind die Männer, die uns begleiten werden«, sagte Ælfwold zu mir, bevor er mich den anderen vorstellte: »Dies ist Tancred, dem Lord Guillaume den Auftrag gegeben hat, euch zu führen.«

Ich gab ihnen nacheinander die Hand und war beeindruckt, wie jung sie alle aussahen. Ich war nie besonders gut darin zu beurteilen, wie alt jemand war, aber ich schätzte, dass sie sicher drei oder vier Jahre jünger waren als ich.

»Ich dachte, wir sollten zu sechst sein«, sagte der mit der großen Nase. Seine Stimme war tief und leicht krächzend, sodass sie mich an das Bellen eines Hundes erinnerte.

»Die anderen zwei werden am Schiff zu uns stoßen«, sagte Ælfwold, während ein halbes Dutzend Berittener mit Lanzen in der Hand in Richtung des Stadttors an uns vorbeigaloppierte. »Jetzt warten wir nur noch auf die Ladys Elise und Beatrice.«

Wir brauchten allerdings nicht lange auf sie zu warten, denn in diesem Moment sah ich, wie sie vom Stall auf uns zugeritten kamen: Beatrices schlanke Gestalt in einen dicken schwarzen Umhang gehüllt, der mit Pelz verbrämt war, und neben ihr eine Frau, die nur ihre Mutter sein konnte, Malets Ehefrau. Sie war rundlicher als ihre Tochter und ritt mit geradem Rücken, ihr Gesicht war streng, und sie hatte einen durchdringenden Blick, der dem ihres Mannes nicht unähnlich war.

»Meine Damen«, sagte der Kaplan, als sie ihre Pferde vor uns zum Stehen brachten.

»Pater Ælfwold«, sagte Elise, bevor sie sich an mich wandte. »Ihr seid der, den mein Mann dazu bestimmt hat, uns nach Lundene zu geleiten?«, fragte sie. Ihre Stimme war gleichmäßig – der ihrer Tochter sehr ähnlich –, und ich sah, dass sie trotz ihrer strengen Miene für ihr Alter nicht unattraktiv war.

»Der bin ich, Mylady«, erwiderte ich und verbeugte mich. »Mein Name ist Tancred.«

»Verzeiht mir«, schaltete sich der Kaplan ein, »aber wir müssen uns sputen. Es wird noch genug Zeit für einführende Worte geben, sobald wir auf dem Schiff sind.«

Ein Pferdebursche war während unseres Wortwechsels eingetroffen. Er führte zwei Pferde mit sich, von denen das eine dem Kaplan gehörte, denn er ergriff jetzt seine Zügel; das andere war die Stute, die ich am Tag zuvor geliehen hatte.

»Sehr wohl«, sagte Lady Elise. »Wir setzen unser Gespräch mit Sicherheit später fort.«

Ich nahm von dem Pferdeburschen die Zügel der Stute in

Empfang. Da sie bereits gesattelt war, stieg ich auf und ritt an die Spitze der Reisegesellschaft. Ich schaute Beatrice kurz in die Augen, als ich vorbeiritt – sie waren groß und voller Angst –, bevor sie sich wieder abwandte.

Ich zeigte auf den Mann mit der großen Nase. »Ihr«, sagte ich. »Wie heißt Ihr?«

Er sah mich herausfordernd an. »Radulf«, sagte er und ließ sich in seinem Sattel nieder.

»Ich habe Euch gestern mit dem Vicomte auf dem Marktplatz neben der Münsterkirche gesehen.«

»Das stimmt«, sagte er, und seine Augen wurden schmal. »Was kümmert es Euch?«

Ich würde lügen, wenn ich behauptete, dass mich seine Feindseligkeit nicht ärgerte, andererseits überraschte sie mich auch nicht. Wahrscheinlich war er daran gewöhnt, die Führung zu übernehmen, und deshalb verübelte er es mir, dass ich die Verantwortung übertragen bekommen hatte.

»Übernehmt die Nachhut«, sagte ich und ignorierte sowohl seine Frage als auch den wütenden Blick, mit dem er reagierte. Mein Blick fiel auf einen seiner Gefährten, einen stämmigen Mann, der sich anscheinend seit einiger Zeit nicht rasiert hatte. »Und Ihr«, sagte ich. »Wie nennt man Euch?«

»Godefroi«, sagte er. »Godefroi fitz Alain.«

»Reitet mit ihm.«

Sie drehten ab – der Radulf Genannte etwas widerwillig – und ritten nach hinten, womit nur einer übrig blieb. Seinem Gesicht nach schien er mir der Jüngste der drei zu sein, auch wenn er größer als die beiden anderen war – sogar größer als ich, dachte ich, obwohl ich fast sechs Fuß hoch war. Er machte ein ernstes Gesicht, aber ich spürte Eifer hinter seinen Augen.

Ich schaute ihn mit hochgezogenen Augenbrauen an, und er verstand die Frage, noch bevor sie meine Zunge verließ. »Philippe d'Orbec«, antwortete er.

»Ihr bleibt bei mir«, sagte ich.

Ein dünner Regen hatte zu fallen begonnen, tröpfelte hinunter aus einem immer noch dunklen Himmel. Ich warf einen Blick über meine Schulter, um mich zu überzeugen, dass die anderen ihre Plätze eingenommen hatten. Der Kaplan war unmittelbar hinter mir, knapp vor den beiden Damen.

»Wir müssen jetzt aufbrechen«, sagte er. »Das Schiff wird auf uns warten.«

In weiter Entfernung konnte ich den schwachen Taktschlag des Schlachtendonners ausmachen. Ich konnte sie über die Palisade noch nicht sehen, aber das brauchte ich auch nicht, um zu wissen, dass die Rebellen im Anmarsch waren.

Ich gab meinem Pferd die Sporen und vergaß, dass es nicht Rollo war, auf dem ich saß. Die Stute bäumte sich auf, und ich zog fest an den Zügeln, um sie unter Kontrolle zu bekommen, als sie den Kopf von einer Seite auf die andere warf. Ich rieb ihr beruhigend über den Hals und gab dem Rest durch Winken zu verstehen, dass sie mir folgen sollten, während ich durch das große Eichentor in die Stadt ritt.

Wir waren an jenem Morgen nicht die Einzigen auf den Straßen. Es war noch nicht hell, aber schon liefen überall Männer mit Fackeln und Laternen herum. Einige waren Franzosen wie wir, aber es waren noch mehr Engländer unterwegs, und sie hatten bestimmt ebenfalls die Nachricht vom Anmarsch ihrer Landsleute gehört, denn sie waren mit allen möglichen Klingen aus ihren Häusern gekommen: Sachsen und Fleischerbeilen, Speeren und Äxten. In den Lüften hallte ihr Geschrei.

Wir folgten der Straße, die sich zum Fluss hinunterwand, aber mit der immer dichter werdenden Menschenmenge wurden die Schritte meines Pferdes kürzer, und ich spürte ihre wachsende Unsicherheit. Ich streichelte ihre Seite, um sie zu beschwichtigen. Sie war kein Kriegsross, war nicht schlachterprobt oder an solche Menschenmengen gewöhnt. Und ich war mir sicher, dass das auch für die Pferde des Priesters und der beiden Damen galt.

Ich winkte dem Kaplan zu, der zu mir geritten kam. »Gibt es einen anderen Weg zum Fluss hinunter?«, fragte ich.

»Bergauf und am Münster vorbei, dann die Kopparigat hinunter«, erwiderte er.

Das würde uns zunächst weiter vom Fluss entfernen. Falls wir diesen Weg nähmen, wäre die Chance, abgeschnitten zu werden, sogar noch größer. Aber aus seinem Gesichtsausdruck schloss ich, dass dem Priester dies bereits klar war.

»Es gibt keine andere Möglichkeit«, sagte er.

Ich fluchte halblaut. Ich konnte es mir nicht erlauben, die Damen einem Risiko auszusetzen, und das würde geschehen, wenn wir versuchten, uns durch diese Menschenmenge einen Weg zu bahnen, aber ich wusste auch, es gäbe keine Garantie, dass die Straßen freier wären, wenn wir den anderen Weg nähmen.

»Wir reiten weiter«, sagte ich zu dem Kaplan. Ob das eine törichte Idee war oder nicht, würden wir bald sehen. Auf jeden Fall widersprach er mir nicht, womit ich halbwegs gerechnet hatte, sondern nickte nur.

Ich holte tief Luft und spornte die Stute zu einem Trab an. Sie schien zunächst widerwillig zu sein, aber ich hielt die Zügel fest in meiner Hand, und sie gehorchte. Rollo wäre weitaus einfacher zu handhaben gewesen, dachte ich mit Bedauern; ich hatte nicht einmal Zügel gebraucht, um ihn zu lenken, obwohl monatelanges Training nötig gewesen war, bis es so weit war. Es war mir nicht möglich gewesen, mit diesem Tier Zeit zu verbringen, seine Launen oder Stärken kennenzulernen, und ich wusste nicht, wie es reagieren würde.

Ich zog mein Schwert aus der Scheide. Es glitt glatt heraus, und das Licht der Laternen brachte seine polierte Oberfläche zum Schimmern. Es hatte eine schwerere Klinge, als ich gewöhnt war, ihr Schwerpunkt lag näher an der Spitze, als mir lieb war. Im Moment würde es allerdings genügen. Es musste genügen.

Männer stoben vor uns auseinander, aber der größere Teil der Menge lag noch vor uns. Dies hier waren dieselben Straßen, auf denen wir am Tag zuvor gekämpft hatten, aber die Niederlage der Städter hatte ihre Begeisterung eindeutig nicht gedämpft, weil sie in noch größerer Zahl erschienen waren als vorher und zum Himmel schrien: *Ut! Ut! Ut!*

»Bleibt zusammen«, rief ich dem Rest der Gruppe durch den Lärm hindurch zu.

Ælfwold hielt ein kleines Holzkreuz vor sich, während er sich gleichzeitig an die Zügel klammerte. Der Priester hatte wahrscheinlich noch nie einen solchen Pöbelhaufen gesehen. Hinter ihm bemühten sich die beiden Damen, ihre Pferde im Griff zu behalten, und sie machten einen blassen Eindruck. Es war ein Fehler gewesen, mit ihnen diesen Weg zu nehmen.

Ein Mann rannte mit einem Speer in den Händen auf mich zu; ich drehte mich gerade noch rechtzeitig zu ihm, um ihn kommen zu sehen, mein Schwert herumzureißen und seinen Stoß abzulenken, bevor ich auf seinen Arm hieb. Er ließ die Waffe fallen und taumelte zurück in die Menge; Blut strömte aus seiner Wunde und färbte seine Tunika dunkelrot.

»Zurück!«, brüllte ich sie an, in der Hoffnung, dass sie begriffen, was ich meinte, wenn schon nicht, was ich sagte, und dass sie das vergossene Blut als Warnung verstehen würden. Stattdessen drückten sie sich noch näher an uns heran, knapp außerhalb der Reichweite meines Schwerts, als wäre ihnen nicht klar, dass ich nur ein bisschen nach vorne zu kommen brauchte, um sie alle an Ort und Stelle abzuschlachten.

»Zurück!«, rief ich wieder und schwenkte mein Schwert, um sie abzuschrecken.

Hinter mir hörte ich eine der Damen schreien, als ein Mann

aus der Menge nach vorn sprang, sie an einem Arm und am Rock packte und versuchte, sie aus dem Sattel zu zerren. Ihr Pferd scheute und warf den Kopf hin und her, und als die Kapuze ihr Gesicht freigab, sah ich, dass es Beatrice war. Ich zog hart an den Zügeln und drehte, spornte die Stute an, wobei ich das Schwert hoch hob, bevor ich es auf die Schulter des Angreifers niedersausen ließ, während Radulf vorwärtsstürmte und seine Lanze in die Brust eines anderen versenkte. Ein dritter Engländer hatte Beatrice' Bein ergriffen und zog fest daran, aber sie hielt sich am Hals ihres Pferdes fest, und er sah mich erst, als es zu spät war und ich ihm meine Klinge über den Hinterkopf hieb und ihn zu Boden schickte.

»Seid Ihr unverletzt?«, fragte ich Beatrice. Ihre Haare hatten sich unter der Kapuze gelöst und fielen ihr übers Gesicht. Sie antwortete nicht, offenbar von Entsetzen gepackt, sondern starrte mich aus weit aufgerissenen, leeren Augen an. Ich wusste nicht, was ihr den größeren Schock versetzt hatte, die Männer, die versucht hatten, sie aus dem Sattel zu holen, oder die Art und Weise, wie ich sie abgefertigt hatte.

Die Schreie um uns herum schwollen an. Ich hatte keine Bauern töten wollen, aber wir hatten keine große Wahl. Ich hatte dem Vicomte geschworen, dass ich seine Frauen beschützen würde. Und ich würde ihn nicht enttäuschen, wie ich Lord Robert enttäuscht hatte.

Ich legte Beatrice eine Hand auf den Arm und nickte Radulf zu. Sein Helm war mit Blut bespritzt, und sein Gesicht darunter war grimmig, seine Lippen angespannt. Ich schwenkte mein Schwert gegen die Menge und ritt an die Spitze unserer kleinen Kolonne zurück. Keine hundert Schritte entfernt konnte ich den Fluss sehen, aber zwischen ihm und uns lag die Hauptmacht der Städter.

»Wir müssen umkehren«, sagte Philippe neben mir. »Auf diesem Weg kommen wir nicht durch.«

Ich schaute die Straße hoch, die wir gekommen waren, auf die Dutzende und Aberdutzende Männer hinter unserer Nachhut. »Wir sind schon zu weit gekommen«, sagte ich. »Wir müssen hier durch.«

Ich schaute zurück zur Burg, ein Schatten vor dem grauen Himmel im Osten, wo sie sich über die Häuser erhob. Aus dieser Richtung würde Malet kommen, falls er uns immer noch am Schiff treffen wollte. Falls er tatsächlich durchkäme. Aber dann erblickte ich in dieser Richtung einen Conroi von Reitern, mindestens vierzig und wahrscheinlich mehr, die schnell mit hoch über ihnen flatterndem Banner herangeprescht kamen. Ein Banner, das ich selbst in dem düsteren Zwielicht ausmachen konnte: ein roter Fuchs auf gelbem Feld. Das Symbol von Gilbert de Gand.

Zum ersten Mal in meinem Leben hatte ich Grund, bei seinem Anblick erleichtert zu sein. Er und seine Männer griffen den Feind an der Flanke an, machten sich mit Lanzen und Schwertern über sie her. Schreie stiegen von den versammelten Städtern auf, nur waren es diesmal eher Schreie von Panik als von Wut.

»Für die Normandie«, hörte ich jemanden rufen; es könnte Gilbert selber gewesen sein, obwohl ich mir nicht sicher war. »Für St-Ouen und König Guillaume!«

Die Feinde waren jetzt auf der Flucht – zumindest jene, die nicht den Schwertern von Gilberts Männern zum Opfer gefallen oder von ihren Pferden niedergeritten worden waren. Männer rannten auf beiden Seiten an uns vorbei und kümmerten sich nicht mehr um uns, dachten nur noch daran, mit dem Leben davonzukommen.

»Los jetzt«, rief ich Ælfwold und allen anderen hinter mir zu. Ich ritt durch ihre Mitte, Knie an Knie neben Philippe, das Schwert immer noch in der Hand, um jeden, der uns zu nahe kam, abzuwehren, bis wir plötzlich mit Gilbert und seinen Rittern zusammentrafen, die von der anderen Seite herandrängten.

»Ihr schon wieder«, sagte Gilbert und hielt sein Pferd an, als er mich entdeckte. »Ich scheine überall auf Euch zu stoßen.« Er nahm seinen Helm ab und fuhr sich mit dem Ärmel über die Stirn. In dem Halbdunkel der Morgendämmerung schien er hagerer denn je zu sein. Ein schwacher Anflug von Bartstoppeln bedeckte sein Kinn, und sein Mund war wie immer missbilligend verzogen. »Der Feind ist im Anmarsch«, sagte er zwischen zwei Atemzügen. »Sie werden bald vor den Mauern stehen.«

»Ich weiß, Mylord«, erwiderte ich und steckte mein Schwert in die Scheide. »Ich geleite die Ladys Elise und Beatrice auf Befehl des Vicomtes zu den Kaianlagen.«

Er hob den Kopf und erblickte sie. Beatrice sah immer noch weiß aus – noch mehr sogar, seit der Himmel heller wurde –, obwohl sie sich so weit erholt hatte, dass sie sich wieder die Kapuze über die Haare zog. Elise ritt an ihrer Seite und hatte ihr eine Hand auf die Schulter gelegt. Die beiden wurden von Radulf und Godefroi flankiert.

»Malet vertraut Euch offenbar, auch wenn Gott allein weiß, warum«, sagte Gilbert murmelnd, als spräche er nur mit sich selber. Er musterte unsere Gesellschaft und wandte sich wieder an mich. »Bringt sie sicher dorthin. Ihr werdet feststellen, dass die Straße hinunter zum Fluss frei ist.«

»Ich danke Euch, Mylord«, sagte ich.

Er nickte bestätigend, bevor er sich an seine Männer wandte. »Zu mir! Conroi, her zu mir!«

Er hob seine Lanze mit dem Fähnchen daran in die Höhe und galoppierte hinter denen her, die geflohen waren, seine Ritter ein kurzes Stück hinter ihm. Ihre gelb-roten Schilde flogen an uns vorbei, und die Hufe ihrer Pferde trommelten über den Boden und warfen Erdklumpen in die Höhe, als sie sich auf die Jagd machten. Einen Augenblick lang erwog ich, mit ihnen

173

zu reiten, selbst wenn das bedeutete, unter Gilberts Banner zu kämpfen. Wenn der Feind im Begriff war anzugreifen, wollte ich dabei sein, um Robert und Oswynn und den ganzen Rest meiner Kameraden zu rächen. Aber ich wusste, das war nicht meine Aufgabe, und ich sah ihnen schweren Herzens beim Wegreiten zu.

»Folgt mir«, sagte ich zu den anderen. Mit der Brise wurde der Sprechgesang der Stadtbewohner wieder herangetragen; vielleicht dauerte es nicht mehr lange, bis sie zurückkamen. Und da war der Schlachtendonner, unverkennbar jetzt, wie er im Norden von uns erklang: ein fast unheimlicher Lärm. Die Rebellen marschierten, der Feind rückte näher, und wir konnten uns kaum eine Verzögerung erlauben.

Werkstätten und Lagerhäuser und Flechtzäune tauchten zu beiden Seiten neben uns auf: An manchen Stellen konnten wir kaum zu zweit nebeneinanderreiten. Jetzt sah ich den Fluss vor uns, er war grau und bewegte sich langsam unter dem Nebel, der so dicht war, dass ich nichts von den Häusern am gegenüberliegenden Ufer sehen konnte. Der Regen tröpfelte weiterhin auf uns, und ich hatte den Eindruck, als würden die Wolken schwerer, obwohl der Himmel im Osten heller wurde. Die Leichen der Engländer lagen auf dem Rücken oder verkrümmt auf der Seite im Schlamm, mit offenen Augen wie zum Zeitpunkt ihres Todes, und ich versuchte, um sie herumzureiten.

Und dann waren die Häuser auf einmal zu Ende, wir hatten den Fluss neben uns und kamen auf dem Kai an. Es gab Schiffe aller Größen, vom einfachen Fischerboot bis zu breiten Handelsschiffen, aber am hinteren Ende entdeckte ich das Langschiff, das ich vor ein paar Tagen gesehen hatte. Aus der Nähe betrachtet sah es sogar noch prachtvoller aus: ein riesiges Schiff, mindestens vierzig Schritte in der Länge, schätzte ich, mit einem schwarz-gelben Segel, das auf seiner Rahe aufgerollt war. Dies musste demnach die *Wyvern* sein. Das schien ein passender Name zu sein, denn sie war lang und geschmeidig wie der sagenhafte Drache, nach dem sie benannt war, und auf dem offenen Wasser zweifellos auch schnell.

Auf dem Kai neben ihr stand der Vicomte selber. Er hatte wieder seinen Kettenpanzer an und war von einem halben Dutzend Ritter begleitet, die alle noch auf ihren Pferden saßen. Er sagte nichts, als ich näher kam; sein Gesicht war ernst, seine Lippen schmal, seine Augen auf Frau und Tochter gerichtet. Ich schwang mich aus dem Sattel und ging den Damen helfen, die ebenfalls absitzen wollten; ich gab Philippe ein Zeichen, er solle sich um Elise kümmern, während ich Beatrice meine Hand hinhielt, die sie nach einem kurzen Zögern ergriff. Ihre Finger lagen zart, aber fest in meinen, und ich sah, wie ihre Zuversicht zusammen mit der Farbe in ihren Wangen zurückkehrte, als sie ihr Bein über den Pferderücken hob und elegant zu Boden glitt.

Elise eilte zu ihrem Mann und warf die Arme um ihn. »Guillaume«, sagte sie, und eine Träne rollte ihr die Wange hinunter.

»Elise«, sagte der Vicomte und drückte sie an seine Brust. Dann öffnete er die Arme, um auch Beatrice zu empfangen. Vater, Mutter und Tochter hielten sich eng umschlungen.

Ein Ruf ertönte vom Schiff, wo ein dunkelhaariger Mann mit einem Vollbart stand. Der Schiffmeister, vermutete ich. Er wies Männer an, die Säcke vom Kai hochhoben und sie an andere auf dem Seitendeck weiterreichten, die sie unter den Deckplanken verstauten.

»Aubert«, rief Malet, und der Mann drehte sich um. »Wie bald könnt Ihr ablegen?«

»In Kürze, Mylord«, sagte er, trat auf das Schandeck und sprang hinunter auf den Kai. »Wir sind fast fertig mit der Verladung der Vorräte. Sind alle hier?«

»Noch nicht«, sagte der Vicomte. »Wir warten noch auf zwei weitere Männer.«

Er hatte recht; ich hatte Eudo und Wace noch nicht gesehen. Ich hoffte nur, dass man sie nicht abgefangen hatte, denn ich verstand, was Malet dachte. Wir müssten vielleicht ohne sie abfahren, wenn sie nicht bald einträfen.

Zwei der Deckarbeiter kamen, um die Taschen von den Pferden der Damen und von denen Radulfs, Godefrois und Philippes abzuholen. Ich half ihnen, die Schnallen zu öffnen, mit denen sie an den Sätteln befestigt waren, und die Taschen zum Schiff zu tragen. Sie waren nicht schwer, vermutlich enthielten sie wenig mehr als Kleidung zum Wechseln; ihnen war bestimmt auch gesagt worden, dass sie wenig Gepäck mitnehmen sollten. Ich kletterte auf das Deck. Es war eine Weile her, dass ich an Bord eines Schiffes gewesen war; tatsächlich war die Überfahrt von der Normandie in jenem Herbst der Invasion das letzte Mal gewesen.

»Tancred«, rief Malet. Seine Frau und seine Tochter standen neben ihm und sprachen mit Ælfwold, der immer wieder die Straße hochsah, die zur Brücke führte, und ein besorgtes Gesicht machte. Nicht weit entfernt wurde in ein Kriegshorn gestoßen; vom Wind wurde das Klirren von Stahl auf Stahl herangetragen, und ich spürte, wie meine Anspannung wuchs.

»Mylord«, platzte ich heraus. Ich ließ die Taschen für einen der Ruderer stehen und sprang zurück auf den Kai. »Dies ist nicht mein Platz. Ich muss hier in Eoferwic sein und die Männer töten, die meine Kameraden ermordet haben, die Lord Robert ermordet …«

»Tancred, hört mir zu«, sagte Malet. »Ihr werdet Gelegenheit zu Eurer Rache bekommen. Aber Ihr müsst einsehen, dass meine Frau und meine Tochter wichtiger für mich sind als alles andere auf dieser Welt. Ich lege ihre Sicherheit in Eure Hände. Würdet Ihr sie verlassen, wenn sie Eure Verwandten wären?«

»Nein, Mylord …«

»Alles worum ich bitte ist, dass Ihr Euch ihrer annehmt

und ihnen den gleichen Respekt erweist, den Ihr Euren eigenen Frauen gegenüber an den Tag legt. Versteht Ihr das?«

»Ich verstehe«, sagte ich und verbeugte mich. Ich wusste, dass er recht hatte: Das hier war der Dienst, um den er mich gebeten hatte, und ich konnte den Eid nicht zurücknehmen, den ich ihm geschworen hatte. Rache würde warten müssen.

»Und was die andere Sache betrifft: Es ist unerlässlich, dass Ælfwold Wiltune sicher erreicht. Bleibt wachsam und haltet zu allen Zeiten Eure Hand am Schwertgriff bereit, denn Ihr wisst nie, wann Ihr es vielleicht benutzen müsst.«

»Natürlich, Mylord.« Andernfalls würde ich kaum meine Pflicht erfüllen.

»Es herrschen unsichere Zeiten«, sagte Malet. »Ich baue auf Euch, Tancred. Enttäuscht mich nicht.«

»Nein, Mylord«, sagte ich. »Ich werde Euch nicht enttäuschen.«

Aus dem Augenwinkel nahm ich eine winzige Bewegung wahr, und als ich mich umdrehte, sah ich Eudo und Wace am anderen Ende des Kais. Sie ritten in leichtem Galopp auf uns zu, und die auf ihre Schilde gemalten schwarzen Falken waren mit Blut beschmiert.

»Sind das die letzten zwei?«, rief der Mann, den Malet Aubert genannt hatte, von der Mitte des Schiffs. Die Ruderer nahmen schon ihre Plätze auf den hölzernen Schiffskisten ein, die sie als Bänke benutzten.

»Das sind sie«, sagte der Vicomte.

Der Schiffmeister nahm eine lange Laufplanke von ihrem Platz neben dem Mast und legte sie über die Lücke zwischen Kai und Schiff. »Meine Damen«, sagte er. »Wenn Ihr an Bord kommen würdet ...«

Er wurde unterbrochen, als ein anderes Horn aus der Stadt ertönte: ein kurzer Stoß, schnell gefolgt von einem längeren.

»Mylord«, sagte einer von Malets Rittern. Er zügelte sein Pferd, das unruhig mit den Hufen scharrte; hinter ihm warfen seine Kameraden nervöse Blicke umher. »Wir können nicht länger warten.«

»Nein«, sagte Malet. »Nein, das können wir nicht.« Er ging schnell zu seinem Pferd, einem Braunen mit schwarzer Mähne und schwarzem Schwanz, der neben den Lagerhäusern am Kai stand.

»Gebt auf Euch acht«, rief Elise ihm zu, als er auf sein Pferd stieg. »Bitte, gebt auf Euch acht.« Sie eilte noch einmal an seine Seite; dieses Mal hielt er ihr seine Hand hin, und sie nahm sie. Sie schien ihre Fassung wiedergewonnen zu haben, aber vielleicht hielt sie auch nur die Tränen zurück.

»Das werde ich«, sagte Malet, während er auf seine Frau und Beatrice hinabschaute. »Gott sei mit euch beiden.« Er zog seine Hand zurück, um die Zügel zu ergreifen, und gab seinem Pferd einen leichten Tritt. Es wieherte und begann zu traben. »Lebt wohl.«

Er winkte dem halben Dutzend seiner Männer zu, die auf ihn warteten, dann grub er dem Tier seine Sporen in die Seiten und galoppierte davon, an Eudo und Wace vorbei, die in die Gegenrichtung ritten. Er sah nicht ein einziges Mal zurück.

»Der Feind sammelt sich«, sagte Aubert. »Wir müssen jetzt ablegen, wenn wir überhaupt wegkommen wollen.«

Der Schiffmeister hatte recht. Ich konnte wieder den Sprechgesang der Männer hören, die den Morgen mit ihren Schlachtrufen füllten, und sie schienen jetzt womöglich noch näher zu sein.

Wace und Eudo brachten ihre Pferde zum Stehen und stiegen rasch ab. Beide wirkten immer noch schlaftrunken, mit schweren Lidern; keiner von beiden hatte sich rasiert, und leichte Bartstoppeln bedeckten ihr Kinn. Genau wie ich hatten sie vermutlich geschlafen, als die Nachricht sie ereilt hatte.

Es war immer noch nicht richtig hell, und der Fluss war eine graue Fläche, die von den jetzt heftiger fallenden Regentropfen gekräuselt wurde.

»Wir haben auf Euch gewartet«, sagte der Priester zu ihnen mit einer gewissen Schärfe, was mir ein wenig übertrieben vorkam, weil wir selber erst kurz zuvor angekommen waren.

»Wir sind an der Brücke auf einige Männer aus der Stadt gestoßen«, sagte Eudo und schnallte seine Satteltasche ab. »Die ganze Stadt ist in Aufruhr. Ihr würdet es nicht glauben.«

»Wir haben es gesehen«, sagte ich. »Wir mussten uns unseren Weg vom Haus des Vicomtes an freikämpfen.«

Vier Jungen, die ich bis jetzt für Deckshelfer gehalten hatte, kümmerten sich um die Pferde, auf denen wir gekommen waren, und ich erkannte sie als Stallburschen, die ich in der Burg getroffen hatte.

»Warte«, sagte Wace, als er einen von ihnen die Zügel seines Pferds ergreifen sah. »Was machst du da?«

»Der Vicomte hat uns gesagt, wir sollen sie zur Burg bringen«, erwiderte der Junge. Er sah tatsächlich fast wie ein ausgewachsener Mann aus, vermutlich sechzehn oder siebzehn Jahre alt, auch wenn seine Stimme noch nicht tiefer geworden war.

»Das ist in Ordnung«, sagte Ælfwold. »Es sind Männer von Lord Richard.«

Einen Moment lang schien Wace zu zweifeln. Ich verstand ihn: Ich hätte Rollo nie jemandem anvertraut, den ich nicht kannte. Aber er hatte keine Wahl: Wir konnten sie nicht mit uns nehmen.

»Mach weiter«, sagte er zu dem Jungen. »Aber sei vorsichtig mit ihm. Er ist es nicht gewöhnt, dass ihn andere reiten; er wird dich zu beißen versuchen, wenn er die Gelegenheit dazu hat.«

Der Junge nickte ein wenig unsicher und stieg in den Sattel, den Wace verlassen hatte. Das Tier schnaubte und tänzelte, aber der Junge zog fest an den Zügeln und hielt es im Zaum.

Eudo wartete, bis er fest im Sattel saß und reichte ihm seine Zügel. »Sorg dafür, dass man sich gut um ihn kümmert«, sagte er streng. »Sonst bekommst du es mit meinem Schwert zu tun.«

Ein Ruf des Schiffmeisters zog unsere Aufmerksamkeit auf sich, und wir folgten dem Kaplan und den beiden Damen über die Laufplanke. Aubert winkte zwei seiner Männer zu – die am Bug und am Heck des Schiffs standen –, und sie machten die Taue von den Dalben los, bevor sie auf ihre Plätze eilten und sich mit den anderen Ruderern vom Kai abstießen. Auf der anderen Seite wurden dreißig Ruderstangen durch dreißig Dollen geschoben, bis dreißig Riemenblätter die Wasseroberfläche durchbrachen und Wellen im Fluss aufwarfen. Sie ruderten rückwärts, sodass der Bug in die Mitte des Stroms zeigte, und als der Schiffmeister begann, seine Trommel zu schlagen, fanden die Ruderer an Backbord und Steuerbord ihren gemeinsamen Schlag und zogen ihre Blätter durch das trübe Wasser der Use.

Die vier Stallburschen, die die Pferde zur Burg brachten, waren fast schon außer Sicht. Aber hinter uns auf der Brücke am anderen Ende des Kais hob sich der Nebel allmählich, und durch ihn hindurch sah ich die Schatten von Männern, die rannten, wie Geister in der Düsternis, und einen Wald von Speeren und Äxten trugen.

»Seht euch das an«, sagte ich halblaut zu den anderen Männern.

Es waren Dutzende, vielleicht sogar Hunderte, sie brüllten, während sie kamen, und das Licht ihrer Fackeln spiegelte sich in dem ruhigen Wasser unter ihnen. Ich spürte, wie meine Schwerthand mich wieder juckte, und ich wollte Aubert bitten umzukehren, obwohl ich wusste, dass das unmöglich war. Über den Dächern zwischen der Burg und dem Münster sah ich schwarzen Rauch aufsteigen und einen Schimmer von Flammen, und ich hörte Männerstimmen, die der Wind herantrug, oder glaubte, sie zu hören: »Für die Normandie! Für König Guillaume!«

Ælfwold beugte sein Haupt. Seine Lippen bewegten sich wie im Gebet, und ich fragte mich, was er empfand. Er war Malets Mann, und soweit ich wusste, war er das seit einiger Zeit, aber selbst wenn er keine besondere Zuneigung für die Rebellen oder Eadgar empfand, waren sie immer noch seine Landsleute. Betete er gerade für sie oder für seinen Herrn?

»Rudert, ihr Hurensöhne«, rief Aubert und schlug härter auf das Fell der Trommel. »Rudert, wenn ihr euer Geld bekommen wollt!«

Das Schiff drängte vorwärts und schnitt mit der Schärfe und Geschwindigkeit eines Schwerts durch das Wasser. Schlag folgte auf Schlag, und mit jedem zogen sich die Kaianlagen, die Lagerhäuser, die ganze Stadt weiter in den Nebel zurück. Irgendwo in diesen Straßen, dachte ich, ritt Malet mit seinem Conroi. In seinen Händen ruhte die Verteidigung von Eoferwic.

Wir kamen an der Burg vorbei, deren Palisade und Turm sich im Schatten hoch über uns erhoben, und wir standen da, redeten kein Wort miteinander, sondern sahen bloß zu, wie es immer kleiner wurde, bis der Fluss nach Süden bog und selbst dieses große Bauwerk außer Sicht verschwand. Langsam verklangen die Schreie und der Schlachtendonner ins Nichts. Bald darauf waren nur noch der Klang der Trommel und das Geräusch der Riemenblätter im Wasser zu hören, und dann waren wir endlich allein.

Dreizehn

◦

Die Ufer glitten im Abendnebel vorbei. Niedrige Weiden-
zweige, die bis auf ein paar gelbe Kätzchen nackt waren,
schwangen träge in der Brise wie kleine Farbtupfer inmitten
der Düsternis. Vielleicht die ersten Vorboten des Frühlings?

Der Fluss war ruhig und sah würdevoll aus, wie er sich durch
das Flachland wand. Eine Schar Enten schwamm auf unserer
Backbordseite, und die Tiere musterten uns genau mit ihren
Knopfaugen, als wir sie überholten. Man konnte nur das sanfte
Klatschen der Riemen auf die Wasseroberfläche hören. Wie
verschieden es doch von den überfüllten Straßen der Stadt war;
kaum zu glauben, dass wir sie erst an diesem Vormittag verlassen hatten. Aber die Nacht rückte bereits wieder näher, und
die dunkle Wolke hing tief und drohte uns jeden Moment mit
Regen zu überschütten.

Neben mir zog Aubert an der Ruderpinne, als der Fluss nach
Westen abschwenkte, auf das letzte Licht zu, und der hohe
Bug der *Wyvern* einen großen Bogen durch das ruhige Wasser
schnitt. Auf dem rechten Ufer kam ein Dorf in Sicht, zunächst
nicht mehr als eine oder zwei Rauchsäulen, aber als wir näher
kamen, konnte ich das Licht eines Feuers entdecken und dann
eine Ansammlung von Häusern um eine Halle aus Holz mit
einem Strohdach, ein niedriger rechteckiger Schatten gegen den
grauen Himmel. Ich fragte mich, wer dort wohnte: Ob es einer
der wenigen englischen Thane war, die noch Land unter König Guillaume besaßen, oder – was wahrscheinlicher war – ein
neuer, Französisch sprechender Grundherr.

»Drachs«, sagte Aubert zu mir und drückte leicht gegen die Ruderpinne. »Von hier aus verläuft sie nach Südosten bis hinunter zum Humbre.«

Ein Lachen erscholl vom anderen Ende des Schiffs, wo Eudo und Wace mit den anderen drei Rittern aus Malets Gefolge würfelten. Sie schienen nach dem Wenigen, was ich mit ihnen gesprochen hatte, gute Männer zu sein, und ich zweifelte nicht daran, dass sie mit einem Schwert umgehen konnten, aber ob sie sich in der Schlacht bewähren würden, konnte ich noch nicht mit Sicherheit sagen.

Ich hatte mich erst zu ihnen gesellt, stellte aber bald fest, dass ich unaufmerksam war, mit den Gedanken woanders und verwirrt. So vieles war so schnell geschehen, und ich brauchte Zeit zum Nachdenken. Wir hatten Eoferwic in solcher Hast verlassen, und ich verstand immer noch nicht, warum Malet mich wohl für diese Aufgabe ausgewählt hatte.

Vor uns bog der Fluss scharf nach links ab, so scharf, dass er fast in die Richtung zurückzufließen schien, aus der wir kamen. Aubert rief seinen Ruderern etwas zu, und die auf der linken Seite legten die Riemen ein und gönnten sich ein paar Augenblicke, um ihre Arme auszuruhen, während die an Steuerbord ihren Schlag beschleunigten. Das Schiff nahm die Biegung in einem weiten Bogen, und als der Fluss wieder gerade wurde, wurde der Takt langsamer und die Ruderer an Backbord nahmen ihren Schlag wieder auf.

Ein Windstoß brachte das Schilf in den Untiefen zum Rascheln, und ich erhaschte einen Blick auf Schatten, die sich am rechten Ufer bewegten. Ich schaute genauer hin und versuchte weitere Details zu erkennen, aber was es auch war, es blieb vom Nebel verborgen. Ein Stück Rehwild oder ein anderes Tier, dachte ich.

Aubert steuerte uns wieder in die Mitte des Flusses, wo der Strom am schnellsten war. Ich schaute zum Himmel, wo der

Mond aufgegangen war und sich sein milchiges Licht durch die tief hängenden, bauschigen Wolken ergoss. Es hatte Wind gegeben, aber er hatte im Lauf des Tages nachgelassen, und das schwarz-goldene Segel war inzwischen eingerollt und der Mast heruntergenommen. Aber die Use war nach den jüngsten Regenfällen gestiegen, und die Strömung war stark, und deshalb waren wir gut vorangekommen.

»Dann seid Ihr also aus Dinant?«, fragte der Schiffmeister, und damit überraschte er mich, nicht weil die Frage so unerwartet gewesen wäre, sondern weil er sie auf Bretonisch gestellt hatte. Ich war in letzter Zeit so sehr daran gewöhnt, Französisch zu sprechen, dass die Worte in meinen Ohren fast fremd klangen.

»Das ist richtig«, antwortete ich. Malet musste ihm meinen Namen genannt haben. »Seid Ihr ebenfalls aus der Bretagne?«

Nur weil er die Sprache sprechen konnte, bedeutete das natürlich nicht, dass er Bretone war – und ich hatte bislang nicht die Spur eines Akzents entdeckt. Die Worte fühlten sich unvertraut an, als sie meinen Mund verließen. Wie das Meer, wenn die Gezeiten wechselten: nie wirklich verschwunden, nur vermindert und auf den Moment der kraftvollen Rückkehr wartend.

»Aus Aleth«, sagte er. »Nicht weit von Euch.«

Ich war nie dort gewesen, aber ich kannte die Stadt: ein Hafen einige Meilen stromabwärts von Dinant, wo der Fluss in das Britische Meer fließt.

»Es ist lange Zeit her, dass ich dort war«, fuhr er fort. »Sowohl dort wie in Dinant, was das angeht. Jedenfalls nicht seit der Zeit der Belagerung.«

Als er die Belagerung erwähnte, empfand ich eine gewisse Beklommenheit. Die Geschichte war fünf Jahre alt, und sie war mir schon vor einiger Zeit erzählt worden. Ich hatte gehört, dass Conan, der Herzog der Bretagne, sich geweigert hatte, dem Normannen Guillaume den Lehnseid zu leisten; dass Herzog

Guillaume in jenem Sommer in die Bretagne eingefallen war und ihn in die Burg bei Dinant zurückgedrängt hatte; dass die Burg belagert und überall Verwüstung angerichtet worden war, bis er sich schließlich ergab. Aber ich hatte noch nie mit jemandem gesprochen, der es mit eigenen Augen gesehen hatte.

»Wart Ihr dabei?«

»Ich habe als Rudergänger in Conans Haushalt gedient. Nach der Belagerung habe ich bei ihm aufgehört, und Malet hat mich übernommen.«

»Wie war es?«

»Häuser wurden geplündert, die halbe Stadt dem Erdboden gleichgemacht«, sagte Albert, dessen Augen ausdruckslos in den Nebel starrten. »Frauen vergewaltigt, Männer und Kinder in den Straßen ermordet. Der Gestank des Todes war überall: in der Burg, in den Straßen. Es war mit nichts vergleichbar, was Ihr je gesehen habt.«

»Ich war in Hæstinges«, sagte ich plötzlich verärgert. »Ich habe gesehen, wie Tausende von Männern an einem einzigen Tag ihr Leben verloren, mit Schwertern und Speeren durchbohrt wurden, zertrampelt unter der Last des Angriffs. Glaubt Ihr, ich kenne keine Gemetzel?«

Ich erinnerte mich, wie die Schreie meiner Kameraden meine Ohren erfüllten. Ich erinnerte mich, wir der ganze Abhang von Blut überflutet war, und ob es das des Feindes oder ob es das von uns war, war nach einem ganzen Tag des Kämpfens nicht mehr wichtig.

Der Schiffmeister wandte sich ab. »Ihr lebt durch das Schwert«, sagte er. »Das ist etwas anderes.«

Ein Gefühl der Schuld überkam mich, denn ich hatte nicht schroff sein wollen. Es war mehr gewesen, als ein Mann gezwungen sein sollte mit anzusehen – wenigstens ein Mann, der seinen Lebensunterhalt nicht auf die gleiche Weise bestritt wie ich.

»Er hätte früher kapitulieren sollen«, sagte ich. Schon in jenen Tagen hatte Herzog Guillaume einen Ruf als leidenschaftlicher Kriegsherr, treu seinen Verbündeten gegenüber, aber erbarmungslos gegenüber jenen, die er für seine Feinde hielt. Conan war töricht gewesen, weil er glaubte, ihn herausfordern zu können.

Aubert schüttelte den Kopf. »Zu dem Zeitpunkt hatte ihn der Krieg bereits verrückt gemacht«, sagte er. »An manchen Tagen kam er gar nicht aus seinen Gemächern heraus. Er weigerte sich, mit irgendjemandem zu sprechen, und er aß kaum etwas, obwohl er mit Sicherheit trank.« Der Schiffmeister spuckte über die Seite in den Fluss. »Als er schließlich wieder zur Vernunft kam, war es für die Stadt zu spät.«

Ich schüttelte den Kopf. Auch als ich die Nachricht zum ersten Mal gehört hatte, war ich nicht auf die Normannen wütend gewesen – auf diese Weise wurde schließlich im Krieg gekämpft –, sondern auf unseren eigenen Herzog, weil er Dinant diesem Schicksal ausgesetzt, weil er sein Volk verraten hatte.

»Trotzdem, die Gezeiten kommen und die Gezeiten gehen«, sagte Aubert. »Fünf Jahre sind eine lange Zeit. Und inzwischen kämpfen wir alle auf der gleichen Seite, nicht wahr?«

»Das tun wir«, sagte ich leise. Conan war tot – schon seit einiger Zeit –, und alle Feindschaft, die einst zwischen Bretonen und Normannen bestanden haben mochte, war lange begraben.

Ein Regentropfen traf meine Wange, schwer und kalt. Das letzte Licht des Tages schwand, und es fühlte sich bereits kälter an, während der Flussnebel uns allmählich enger umschloss. Die Tropfen wurden zahlreicher, und ich zog die Kapuze meines Umhangs über den Kopf, um nicht noch nasser zu werden. Auf dem Deck begannen dunkle Flecken zu erscheinen.

»Wann legen wir an für die Nacht?«, fragte ich.

»Wir fahren durch bis zur Morgendämmerung, wenn wir können. Mit etwas Glück haben wir dann den Humbre erreicht, solange es etwas Mondlicht gibt und wir noch genug sehen können. Der Fluss ist hier breit und tief genug – nicht so viele Schlammbänke, auf die man achten muss. Außerdem war ich in den letzten zwei Jahren oft auf diesem Fluss unterwegs. Ich kenne seine Kurven so gut wie die meiner Frau.« Er grinste mich an, und ich sah, dass ihm mehrere Vorderzähne fehlten. Ich versuchte sein Lächeln zu erwidern, obwohl mir in Wahrheit nicht besonders fröhlich zumute war.

»Rudert!«, bellte Aubert seine Männer an, weil sie während unserer Unterhaltung ihre Schlagzahl verringert hatten. Er nahm seine Trommelschlegel wieder in die Hand und begann das Tempo zu schlagen, das er haben wollte. »Hört auf zu trödeln, ihr verfluchten Teufelssöhne! Rudert!«

Ich merkte auf, als Ælfwold sich auf Bündel Schafpelze neben mir setzte.

»Wie geht es den Damen?«, fragte ich ihn und sah zum Bug, wo Elise und ihre Tochter standen und aufs Wasser schauten.

»So gut wie zu erwarten war«, sagte der Kaplan mit etwas gedämpftem Tonfall. »Unsere Gebete galten natürlich alle der Sicherheit des Vicomtes.«

Er holte einen kleinen Laib Brot aus seinem Umhang und brach ihn entzwei, wobei Stücke von der Rinde abbrachen und auf die Decksplanken fielen, und bot mir die eine Hälfte an. Ich nahm sie dankend entgegen und biss hinein, die grobe Struktur zwischen meinen Zähnen spürend. Ein Stückchen Stein kratzte innen an meiner Wange, und ich benutzte die Zunge, um es in meinem Mund nach vorn zu schieben, bevor ich es mit den Fingern herausnahm und über Bord schnippte.

»Wie lange steht Ihr in seinem Dienst?«, fragte ich ihn.

»Seit vielen Jahren«, sagte Ælfwold mit gerunzelter Stirn. »Dreizehn, vielleicht vierzehn oder sogar noch mehr – ich habe seit Langem den Überblick verloren. Mindestens seitdem er zum ersten Mal aus der Normandie hierhergekommen ist.«

»Ihr meint, er war vor der Invasion in England?« Natürlich erinnerte ich mich daran, wie Wace mir von Malets englischer Mutter erzählt hatte, aber ich wusste auch, dass er in Hæstinges gekämpft hatte, und war davon ausgegangen, dass er zur gleichen Zeit wie der Rest von uns herübergekommen war.

Ælfwold schluckte seinen Bissen hinunter und nickte.

Eine Frage hatte mir den ganzen Tag schon auf der Zunge gelegen; es gab keinen besseren Zeitpunkt, als sie jetzt zu stellen. Ich senkte die Stimme. »Was hat Eadgar damit gemeint, als er sagte, dass Malet ein Freund von Harold Godwineson gewesen sei?«

Der Kaplan wurde blass und ließ den Blick auf das Deck sinken.

»Dann ist es wahr?«, fragte ich mit gerunzelter Stirn. »Er kannte den Usurpator?«

Malet hatte sich sorgfältig bemüht, diesen Umstand nicht bekannt werden zu lassen. Aber andererseits gab es in diesen Tagen wenige Männer, die gerne zugegeben hätten, mit dem Mann Umgang gepflegt zu haben, der die Krone gestohlen hatte. Dass der König ihn trotzdem sehr schätzte, zeichnete ihn sicherlich aus.

»Ja, er kannte ihn«, sagte Ælfwold in ernsterem Tonfall. »Auch als ich in seine Dienste trat, waren sie meiner Ansicht nach gut miteinander bekannt. Sie haben oft zusammen gejagt; ich erinnere mich daran, dass er Harold in einem Sommer sogar auf einer Pilgerfahrt nach Rom begleitete …«

Er brach ab und ein besorgter Ausdruck trat auf sein Gesicht. »Ihr solltet jedoch wissen, dass all das vor drei Jahren ein Ende nahm. Viele Jahre ist er immer wieder zwischen Graville und seinen englischen Besitzungen hin- und hergereist. Aber als König Eadward starb und Harold die Krone beanspruchte, kehrte er in die Normandie zurück und schloss sich der Invasion an.«

Dass aus zwei Männern, die so enge Freunde gewesen waren,

so rasch Feinde wurden, war merkwürdig. »Was hat dazu geführt, dass Malet sich gegen Harold wandte?«, fragte ich.

»Ich gestehe, dass es viele Gelegenheiten gab, bei denen ich nicht in der Lage war zu verstehen, was im Kopf meines Herrn vor sich ging«, sagte der Kaplan. »Diese war leider eine von ihnen. Mit Sicherheit war er dagegen, dass Harold sich der Krone bemächtigte, was er sowohl als unrechtmäßig wie auch als heimtückisch empfand. All das geschah, müsst Ihr wissen, nachdem Harold Herzog Guillaume den Lehnseid geschworen hatte. Aber schon vorher hatte ihre Freundschaft sich abgenutzt. Ich erinnere mich, dass sie sich in jener Zeit oft getroffen haben, und jedes Mal glaube ich im Verhalten meines Herrn eine tiefer werdende Verdrossenheit, vielleicht sogar Feindseligkeit wahrgenommen zu haben. Bis zum heutigen Tag habe ich nicht herausgefunden, was geschehen ist, um einen solchen Unmut zu verursachen.«

»Seid Ihr mit ihm gegangen, als er zurückkehrte?«

»In die Normandie?«, fragte Ælfwold, als wäre das eine absurde Frage, und ich war von seinem Ton überrascht. »Nein, ich bin hiergeblieben und habe geholfen, seine Ländereien auf dieser Seite des Meeres zu verwalten.«

»Dann wurde sie also nicht von dem Usurpator konfisziert?«

»Nein«, sagte der Kaplan. »Selbst zu diesem Zeitpunkt hoffte Harold, glaube ich, immer noch auf eine Versöhnung zwischen ihnen, aber für meinen Herrn war es zu spät.« Ein Ton des Bedauerns schien sich in seine Stimme zu schleichen. »Der Schaden war angerichtet und konnte nicht behoben werden.«

Ich schwieg. Harold war eidbrüchig gewesen, ein Meineidiger, ein Feind Gottes; er hatte kein Recht auf das Königreich England. Aber trotzdem dachte ich unwillkürlich: Wie schwer musste es gewesen sein, so viele Jahre der Freundschaft ungeschehen zu machen, wie Malet es getan hatte?

»Er ist ein guter Herr«, sagte Ælfwold und warf einen Blick

zurück zum Heck des Schiffs, und ich stellte mir vor, dass er zurück nach Eoferwic schaute, auch wenn es natürlich mittlerweile viele Meilen hinter uns lag.

Ein lautes Stöhnen kam von der hölzernen Plattform am Bug des Schiffs; Eudo vergrub den Kopf in den Händen, und die anderen brachen in Gelächter aus.

Wace legte seine Hände über den Haufen Kieselsteine, der in der Mitte ihres Kreises lag, und zog ihn zu seinen eigenen. »Sei nur froh, dass wir nicht um Silber spielen«, sagte er und gab Eudo einen teilnahmsvollen Klaps auf die Schulter.

Die Damen schauten einen Moment lang in die Richtung der Spieler, bevor sie wieder auf den Fluss starrten. Ich hatte den ganzen Tag wenig mit ihnen gesprochen, außer um mich zu erkundigen, ob sie sich wohlfühlten und in ausreichend wärmende Umhänge und Decken gehüllt waren. Zwischenzeitlich hatte ich ihnen Essen und Wein bringen lassen, trotz des Eindrucks, es mangele ihnen an Appetit.

Ich wandte mich wieder Ælfwold zu. »Die Rebellen werden Eoferwic nicht einnehmen«, sagte ich. Ich versuchte zuversichtlich zu klingen, obwohl ich in Wahrheit nicht völlig überzeugt war, denn ich dachte nicht nur an die Armee außerhalb der Mauern, sondern auch an die Stadtbewohner darin. Ich zweifelte nicht an Malets Fähigkeiten, aber ich war mir nicht sicher, ob siebenhundert Mann genug sein würden, um die Stadt zu halten.

»Die Rebellen sind nur der Anfang«, erwiderte Ælfwold. »Selbst wenn sie abgeschlagen werden können, haben wir es im kommenden Sommer mit den Dänen zu tun, und was dann geschieht, kann niemand außer Gott wissen.«

»Falls die Dänen überhaupt kommen«, stellte ich fest.

»Sie werden kommen«, sagte er. Er erwiderte meinen Blick, und erst da wurde mir klar, wie alt er aussah und wie müde seine Augen waren, nicht nur von der Erschöpfung durch die

Ereignisse des Tages, wie mir schien, sondern von etwas tiefer Sitzendem.

»Betet mit mir, Tancred«, sagte er. Er kniete sich auf das Deck nieder, legte die Hände zusammen und machte die Augen zu.

Ich tat desgleichen, und als er die ersten Worte des Paternoster zu intonieren begann, schloss ich mich an und rezitierte Worte, die ich viele Jahre lang geübt hatte und die gewissermaßen tief in meiner Seele verwurzelt waren: »*Pater noster, qui es in caelis, sanctificetur nomen tuum …*«

Wie mir die Sätze von der Zunge rollten, geriet mein Geist ins Wandern, und ich begann über die vor mir liegende Reise nachzudenken, darüber, dass wir die beiden Frauen sicher nach Lundene bringen mussten, und über unsere Aufgabe danach. Was war das für eine Botschaft, die der Kaplan bei sich trug, fragte ich mich, und warum Wiltune?

»*Et ne nos inducas in tentationem, sed libera nos a malo. Amen*«, beendete ich das Gebet und schlug die Augen auf.

Ælfwold gähnte. »Verzeiht mir«, sagte er. »Es war ein langer Tag, und ich muss mich ausruhen.«

»Natürlich«, sagte ich. Die Zeit für solche Fragen würde kommen, beschloss ich. Es war nicht unbedingt nötig, sie jetzt zu erörtern, denn wir hatten noch viele Reisetage vor uns.

»Ich sollte noch mit den Ladys Elise und Beatrice sprechen, bevor ich schlafen gehe«, sagte der Kaplan. »Ich wünsche Euch eine gute Nacht.«

»Gute Nacht, Pater.«

Ich sah zu, wie er an Wace und Eudo und den anderen vorbei zurückging, um sich zu den Frauen am Bug zu gesellen. Einen Ehemann und Vater der Barmherzigkeit unbekannter Kräfte zu überlassen konnte keine leichte Sache sein, und ich hatte nicht den Wunsch, mich ihnen aufzudrängen. Wir hatten versucht, ihnen so viel Raum wie möglich zuzugestehen, obwohl auf einem Schiff wie diesem verzweifelt wenig davon vorhanden war.

Es war besser, wenn Ælfwold mit ihnen sprach; er kannte sie so viel besser als ich, der nichts von ihnen wusste.

Eine Weile saß ich schweigend da und schaute über das dunkle Wasser hinaus. Auf unserer Steuerbordseite glitt ein Erdwall vorbei, nicht länger als dreißig oder vierzig Schritte, dicht besetzt mit stummeligen, blattlosen Bäumen. Ein anderer erhob sich vor uns, schwarz und ohne besondere Merkmale vor dem mondhellen Wasser, aber Aubert gab kein Zeichen von Besorgnis zu erkennen, als er sich gegen die Ruderpinne lehnte und uns um ihn herumsteuerte. Der Fluss wurde immer breiter – seit Drachs, genauer gesagt – und maß jetzt bequem drei- bis vierhundert Schritte von Ufer zu Ufer, und vielleicht viel mehr. In der Dunkelheit war das schwer zu sagen; wo ich früher Schatten von Wäldern durch den Nebel hatte sehen können, war jetzt nichts mehr davon zu sehen, weil das Land in der Umgebung aus Marschen bestand.

Ich erhob mich von der rechteckigen Eichenholzkiste, auf der ich saß, und ging über die Länge des Schiffs nach vorne, zwischen den beiden Bänken mit Ruderern und um den Mast herum zu der Plattform im Bug, wo die anderen Ritter immer noch beim Würfelspiel saßen.

Eudo schaute hoch, als ich näher kam, und rückte zur Seite, um in dem Kreis Platz für mich zu machen. »Was gibt's Neues?«

»Mit etwas Glück werden wir den Humbre in der Morgendämmerung erreichen«, antwortete ich.

Radulf kratzte sich an der Seite seiner langen Nase. »Was ist mit Alchebarge? Wann werden wir dort den Hafen anlaufen?«

»Das müsst Ihr den Schiffmeister fragen«, sagte ich, als ich mir ein wenig Ale aus einer Lederflasche in einen leeren Becher goss.

Der kräftig Gebaute – Godefroi, erinnerte ich mich – gab Radulf einen scharfen Knuff in die Seite. »Wir sitzen hier alle nur noch als Knochenhaufen, wenn du nicht bald die Würfel wirfst.«

»Ich mache sie warm«, sagte Radulf und rieb sie heftig in den Händen aneinander.

»Du hast sie jetzt so lange gewärmt …«

Radulf würfelte und schnitt ihm das Wort ab; die kleinen geschnitzten Hirschhornwürfel klapperten auf dem Deck, rollten und drehten sich, bis sie auf einer Fünf und einer Sechs liegen blieben. Er beugte sich vorwärts, um die Einsätze einzusammeln, und gab Philippe die Würfel, der sie schüttelte und warf und einen Einserpasch erzielte.

»Willst du wieder mit uns spielen?«, fragte Wace.

»Wir brauchen jemanden, der ihn in die Schranken fordern kann«, sagte Eudo grimmig und zeigte auf Wace' großen Kieselhaufen und danach auf seine zwei. Philippe hatte nur noch fünf, nachdem er mit seinem letzten Wurf verloren hatte, während seine Gefährten mit jeweils acht kaum besser abschnitten.

»Ich führe keinen Krieg, den ich nicht gewinnen kann«, sagte ich grinsend, »aber wenn ihr ein neues Spiel beginnt …«

Ein unterdrückter Ruf kam von dem Ausguck. Er zeigte quer über den Bug auf das Backbordufer. Beunruhigt lief ich an Ælfwold und den beiden Damen vorbei.

»Was ist los?«, fragte ich und blickte in die Richtung seines ausgestreckten Zeigefingers. Durch den Nebel war es schwierig, etwas zu erkennen.

»Dort«, sagte der Ausguck. Er war ein untersetzter Mann mit einem großen Bauch und einem struppigen Bart. »Zwischen diesen beiden Erhebungen, ein Stück dahinter, nahe am anderen Ufer.«

Wace stellte sich neben mich. »Worum geht es?«, fragte er.

Die beiden Inselchen, auf die der Ausguck sich bezog, waren in Nebelstreifen gehüllt, die im Mondschein geisterartig leuchteten. Zwischen ihnen glitt ein dunkler Umriss, lang und schmal, still über das weiß gefleckte Wasser stromaufwärts. Ich beobachtete ihn noch ein paar Herzschläge lang, um ausschließen zu können, dass ich mich irrte, aber als das schwache Pochen einer Trommel mit dem Wind zu uns getragen wurde, wusste ich, dass es keinen Zweifel geben konnte.

»Ein Schiff«, murmelte ich.

Abgesehen davon, dass es nicht nur eins war, denn hinter ihm erschien noch eins und noch eins und immer noch eins, eng beieinander: mindestens ein Dutzend, vielleicht sogar mehr.

Es war eine Flotte.

Vierzehn

Ich fluchte halblaut, drehte mich und machte mich auf den Weg zum Heck. Eudo war schon aufgestanden, aber Radulf, Godefroi und Philippe hatten noch nicht gemerkt, dass irgendwas nicht stimmte, und würfelten immer noch. Ich trat ihre Alebecher um, deren Inhalt sich auf die Deckplanken ergoss.

»Steht auf«, sagte ich über ihre Proteste hinweg. »Zu den Waffen, ihr alle.« Ich begab mich hinunter zwischen die Ruderer – von denen viele nach einem Tag fast ständiger Anstrengung erschöpft aussahen – und eilte so schnell ich konnte über die schmale Beplankung durch die Mitte des Schiffs. »Aubert!«

»Ich sehe sie«, sagte er.

Einige der Männer waren langsamer geworden, andere hatten völlig aufgehört zu rudern, um über die Schultern nach der Reihe von Schiffen zu schauen, während Wasser von den Enden ihrer ruhenden Riemenblätter tropfte.

»Rudert«, brüllte ich sie an. »Ihr werdet nicht fürs Rumsitzen bezahlt!«

Ich kam an der Heckplattform an und stieg hoch neben Aubert, der fest an der Ruderpinne zog. »Das sind Langschiffe wie unseres«, sagte er. »Für Geschwindigkeit gebaut. Für den Krieg.«

»Könnten es nicht einige von unseren sein?«

Er schüttelte den Kopf. »Wenn eine Flotte von uns in diesem Teil des Landes unterwegs wäre, hätte ich bestimmt davon gehört.«

Ich fluchte, weil ich wusste, was das bedeutete. Schließlich war eine englische Armee erst am gestrigen Abend vor den Toren von Eoferwic erschienen. Dass wir jetzt eine unbekannte Gruppe von Schiffen stromaufwärts fahren sahen, konnte in meinen Augen kein reiner Zufall sein.

»Haben sie uns gesehen?«, fragte Wace, als er bei uns ankam.

»So sicher, wie wir sie gesehen haben«, erwiderte Aubert. Er zog fester an der Ruderpinne, lehnte sich auf den Fersen dagegen und setzte sein ganzes Körpergewicht ein, um den Bug nach Steuerbord herumzubringen, weg von den Schiffen zu unserer Linken, aus der Strommitte heraus und zum Südufer hinüber. Die Ruderpinne ächzte unter der Belastung, und ich hoffte nur, dass sie nicht brach. Wenn das geschah, ließe sich ein Kampf kaum noch vermeiden.

»Nehmt die Trommel«, sagte der Schiffmeister und wies mit dem Kopf dorthin, wo sie neben seiner Schiffskiste zu meinen Füßen lag.

Ich hob sie auf. Es war ein großes Instrument, schwerer, als es aussah, und ich hielt es in meiner Armbeuge, wie ich es den Schiffmeister selber hatte tun sehen.

»Aber was machen wir?«, fragte ich. »Können wir das Schiff wenden?«

»Bis wir das geschafft haben, sind sie mit Sicherheit bei uns«, sagte Aubrey.

»Also versuchen wir ihnen zu entkommen?«

»Wir können es versuchen.« Er warf mir einen Blick zu. Sein Gesicht war blass geworden, und ich sah die Unsicherheit in seinen Augen.

»Kümmere dich um die Damen«, sagte ich zu Wace. »Bring sie unter Deck und sorge dafür, dass sie in Sicherheit sind.« Ich durfte nicht riskieren, dass sie Pfeilen und Speeren ausgesetzt waren, und was sonst noch in unsere Richtung kommen könnte.

Wace nickte und eilte zurück zu der Plattform am Bug, wo Elise und Beatrice mit Panik im Blick standen. Aber ich würde sie ihm überlassen müssen, denn in diesem Moment ertönte ein Horn von der anderen Seite des Flusses, und ich bemerkte, dass zwei der Schiffe, die uns am nächsten waren, sich von den übrigen lösten und auf uns zukamen. Ihre Riemenblätter bewegten sich im Einklang, und ihr Drachenbug stieg empor, während sie über das schwarze Wasser glitten. Sie fuhren nicht direkt auf uns zu, sondern versuchten uns den Weg bis zur nächsten Flussbiegung abzuschneiden. Unsere einzige Chance bestand also darin, dort vor ihnen anzukommen, weil wir sonst ohne Hoffnung zu entkommen in der Falle saßen.

»Los schon, ihr Hurensöhne«, rief ich unseren Männern zu und begann, einen regelmäßigen Rhythmus auf der Trommel zu schlagen. »Pullt!«

Ich spürte unter meinen Füßen, wie das Schiff einen Satz nach vorn machte und sich dabei von einer Seite auf die andere wiegte. Nicht alle Ruderer pullten im Takt zu meinem Trommeln, und die von ihren Blättern erzeugten Wellen kreuzten einander und behinderten den Schlag ihres Nachbarn.

»Mit mir!«, brüllte ich und spürte, wie mir der Schweiß ausbrach. »Hört zu!« Ich schlug lauter auf die Trommel, zunächst etwas langsamer, damit sie alle gemeinsam pullten, aber ich wollte nicht zu viel Tempo verlieren, und sobald ich den Eindruck hatte, dass alle im Takt waren, begann ich wieder schneller zu schlagen.

Ich warf Aubert einen Blick zu, aber seine Augen waren auf den Fluss vor uns gerichtet, und ich konnte sehen, dass er sich auf unseren Kurs konzentrierte. Der Fluss beschrieb eine sanfte Rechtskurve, und er versuchte uns so nahe, wie er es wagte, an die Innenseite dieser Kurve zu führen, um die kürzestmögliche Strecke zu nehmen, ohne auf den Schlammbänken aufzulaufen, die jetzt über der Wasseroberfläche sichtbar wurden.

Doch die feindlichen Schiffe gewannen an Tempo, während sie mit uns um die Wette zu der Landspitze fuhren. Sie waren kleiner als unseres und hatten rund zwanzig Riemen auf einer Seite, aber sie waren auch deutlich leichter, denn sie lagen hoch über der Wasserlinie. Ein paar hundert Schritte offenes Wasser befanden sich immer noch zwischen uns und der Sicherheit.

»Rudert, wenn euch euer Leben lieb ist!«, rief ich. »Die Engländer werden euch nicht schonen, sie werden keine Gnade zeigen. Sie sind Wilde, Tiere, die Kinder des Teufels. Sie leben nur, um Franzosen wie uns zu töten!«

Mein Geschrei schien zu wirken. Ich spürte auf einmal eine frische Entschlossenheit unter den Ruderern, ein zusätzliches Quäntchen Tempo, und ich reagierte darauf und beschleunigte meinen Takt, um ihren erneuerten Elan auszunutzen.

»Ja«, fuhr ich fort, indem ich in einen eigenen Rhythmus zu verfallen begann, »sie werden euch töten, aber sie werden euch langsam töten. Sie werden euch die Zunge herausschneiden, damit ihr nicht schreien könnt, sie werden euch die Augen ausstechen und die Hoden abschneiden, und wenn sie damit fertig sind, werden sie sich an euren Leichen vergnügen.«

Die Schlammbänke waren inzwischen weniger als die Länge der *Wyvern* von unserer Steuerbordseite entfernt, und ich hoffte, Aubert wusste, was er tat, denn wenn er es nicht richtig einschätzte, konnten wir schnell auf Grund laufen und einem Angriff ausgesetzt sein.

Am Bug hob Wace einige Planken hoch und half den Damen beim Hinuntersteigen in den Frachtraum unter Deck. Eudo und die anderen Ritter legten bereits Kettenhemden und Bundhauben an und befestigten Schwertscheiden an ihren Gürteln. Wenn es jedoch zu einem Kampf kam, wusste ich, dass wir mit Sicherheit verlieren müssten; sechs Ritter konnten sie nicht lange abwehren. Natürlich würden sich eine ganze Reihe von Auberts Ruderern an dem Kampf beteiligen, die vermutlich alle mit einem Speer oder Messer umgehen konnten, aber sie waren keine ausgebildeten Krieger.

»Pullt!«, rief ich. »Pullt, pullt, pullt!«

Wir näherten uns jetzt der Spitze der Biegung, und ich konnte sehen, dass es weitaus knapper werden würde, als ich angenommen hatte. Denn so schnell wir auch waren, der Feind war noch schneller, und die Lücke, auf die wir zufuhren, wurde mit jedem Ruderschlag, mit jedem Herzschlag schmaler. Ihre Trommelschläge erklangen lauter als zuvor, und es konnten sogar Stimmen gehört werden, die uns in einer Sprache verhöhnten, die englisch klang, und jubelten vor Freude an der Jagd. Waffen schlugen gegen Schilde und erzeugten den Schlachtendonner.

»Los schon, ihr Bastarde, fester!«

Links von mir ertönte ein scharfes Pfeifen in der Luft, und ich schaute rechtzeitig hoch, um ein silbriges Aufblitzen zu sehen, als ein Pfeil in unsere Richtung flog und einen Bogen nach unten beschrieb, bis er keine zwanzig Schritt von unserer Backbordseite im Wasser verschwand. Ein zweiter folgte und landete mitten in den Wellen unseres Kielwassers, dann drei auf einmal: schwarze Striche vor den mondbeschienenen Wolken, die sich über dem Fluss in die Höhe schwangen, bevor sie auf uns hinunterstießen. Zwei landeten zu kurz, aber der dritte flog höher, und ich befürchtete schon einen Augenblick lang, er könnte uns treffen, aber ein Windstoß erwischte ihn, und er flog über die Köpfe der Ruderer und fiel jenseits der Steuerbordseite ins Wasser, weniger als eine Riemenlänge vom Schiffsrumpf entfernt.

Die Entfernung schrumpfte nun schnell zusammen; in dem Halbdunkel konnte ich sogar die Gesichter der Männer an Bord der anderen Schiffe erkennen. Eins hatte die Führung übernommen, und sein Bug stieg in die Höhe, während es sich in unsere Richtung durch das Wasser schob. Auf seinem Deck hoben zwanzig und mehr Krieger, alle in Kettenpanzern und Helmen, ihre Klingen in Erwartung des Gemetzels, das sicherlich kommen würde, zum Himmel. Eine zweite Salve von Pfeilen schoss auf uns zu, und ich musste mich ducken, weil einer knapp über meinen Kopf flog, während ein anderer sich in das Seitendeck nicht weit von der Stelle bohrte, wo ich stand. Wir hatten es fast bis zur Spitze, fast an ihnen vorbei geschafft. Aber sie gaben immer noch nicht auf, und während sie näher kamen, stellte ich fest, dass sie nicht mehr versuchten, uns den Weg abzuschneiden. Sie versuchten uns zu rammen.

»Schneller«, schrie ich über den Lärm hinweg. Der gemalte Drachenkopf des führenden Schiffs hielt auf unsere Flanke zu, und ich machte mich auf den Aufprall gefasst. »Schneller!«

Ein Zittern lief durch das Schiff, das Deck neigte sich, und die Steuerbordseite stieg hoch. Ich stolperte zur Seite und die Trommel entglitt meinen Fingern und fiel mit einem hohlen Geräusch aufs Deck. Ich gewann mein Gleichgewicht wieder, als der Schiffsrumpf wieder nach unten krachte und weiße Gischt hochschleuderte, sodass ich in die andere Richtung fiel. Einen Augenblick lang dachte ich, das Schiff wäre gerammt worden, und Panik ergriff mich, doch dann begriff ich, dass wir uns noch bewegten und der Feind hinter uns war.

Ich musste unwillkürlich lachen, als ich die beiden Schiffe in unserem Kielwasser erblickte, wo sie verzweifelt versuchten, kehrtzumachen und uns zu verfolgen. Sie mussten uns verfehlt haben, denn ich konnte keinen Schaden am Schiff erkennen, aber als ich nach Steuerbord schaute, sah ich die Schlammbänke gefährlich nahe am Rumpf. Dagegen mussten wir gestoßen sein und es bei der Gelegenheit haarscharf vermieden haben, auf Grund zu laufen.

»Bringt uns hier raus«, rief ich Aubert zu.

Der Schiffmeister schüttelte den Kopf, und seine Lippen bewegten sich, aber bei dem Rauschen der Riemen und dem Klopfen meines Herzens konnte ich nicht verstehen, was er sagte.

»Nach draußen in die Mitte des Stroms!«, sagte ich, aber dann erkannte ich, was er vorhatte. Weniger als eine Meile entfernt machte der Fluss einen großen Bogen nach rechts, und an der Spitze dieser Kurve lag eine Insel, eine große Erhebung aus Bäumen und Steinen, viel größer als alle Inselchen, die wir bislang gesehen hatten, mit zwei Passagen darum herum. Wenn man die erste und sicherste dieser beiden nehmen wollte, musste man dem Hauptstrom des Flusses folgen, einem langen, breiten Kurs um den vordersten Teil der Kurve. Die andere, kürzere Strecke führte in Form eines schmalen Kanals an der Innenseite vorbei, zwischen Insel und den Schlickbänken – und auf diese zweite Passage steuerte Aubert uns zu.

Wenn die feindlichen Schiffe nahe an uns dranbleiben wollten, mussten sie uns durch jenen Kanal folgen, denn wenn sie den Weg außen herum nähmen, hätten wir die Möglichkeit, offenes Wasser zwischen uns und sie zu legen. Wenn sie uns dagegen folgten, gingen sie das gleiche Risiko ein wie wir, nämlich in dem Schlick auf Grund zu laufen. Es war ein Plan, der zu einem großen Teil von Auberts Einschätzung und seiner Fähigkeit abhing, aber ich sah nicht, dass wir andere Möglichkeiten hatten. Die beiden feindlichen Schiffe hatten bereits die Richtung geändert und unsere Verfolgung wieder aufgenommen. Noch führten wir um mehrere Längen, aber sie waren um einiges schneller, und es machte schon den Eindruck, als kämen sie erneut näher. Wir waren noch lange nicht in Sicherheit.

»Rudert«, rief ich, bemächtigte mich wieder der Trommel und begann wieder den Takt zu schlagen. Ich trat auf die mittlere Laufplanke zwischen den Männern. »Rudert!«

Einige der Ruderer waren durch den Aufprall aus dem Rhythmus gekommen und bemühten sich, mit ihren Schlägen im Takt zu bleiben, aber ich konnte mir nicht erlauben, das Tempo wieder zu verlangsamen. Riemen knarrten in den Dollen, Blätter schlugen unbeholfen aufs Wasser, schnitten seine

Oberfläche nicht säuberlich wie zuvor, warfen Spritzer auf und machten das Wasser mit jedem Heben weiß vor Schaum.

»Fester!«, sagte ich, aber als ich sie mir anschaute, sah ich nur erschöpfte Arme, erschöpfte Gesichter und dachte mir, sie brächen vielleicht zusammen, wenn ich versuchte, das Tempo weiter zu erhöhen.

Vor uns erhob sich die Insel, kein großer Hügel, wie ich jetzt sah, sondern in Wahrheit wenig mehr als eine niedrige Erhebung. Auf ihrer gegen den Strom gerichteten Seite war sie von breiten Schlickbänken verstärkt. Wenn wir den Mast der *Wyvern* gesetzt hätten, wäre die Insel kaum höher gewesen, aber vor dem Hintergrund der Flachheit der Umgebung stand sie heraus wie eine Warze auf der Haut der Erde. Rechts von ihr lag der Kanal, auf den wir zielten, der bei näherer Betrachtung sogar noch schmaler aussah, als er zunächst gewirkt hatte, gerade breit genug für zwei Schiffe unserer Größe nebeneinander, mit kaum genug Platz für die Riemen. Ich erschauerte bei dem Anblick.

Im Bug des Schiffs legten die anderen Ritter immer noch ihre Rüstung an, Wace und Philippe richteten ihre Bundhauben auf ihren Köpfen, während Radulf und Godefroi die Lederriemen ihrer Helme unter ihrem Kinn befestigten. Nur Eudo war vollkommen fertig und legte sich den Gurt seines Schilds um den Hals.

Ich rief ihn zu mir. »Nimm die Trommel«, sagte ich und hielt sie ihm vor die gepanzerte Brust. Er hängte sich den Schild auf den Rücken und nahm sie mit grimmigem Blick ohne ein Wort. Ich dachte an die vielen Male, als wir gegen die vor Speeren starrenden feindlichen Schildwälle angeritten waren, dem Schicksal ins Gesicht geblickt und nie gewusst hatten, ob diese Schlacht unsere letzte sein würde. Aber wenigstens hatten wir damals gewusst, dass wir uns auf die Stärke unserer Schwertarme verlassen konnten.

»Wir haben einen Priester bei uns«, sagte ich. »Gott wird nicht zulassen, dass wir zu Schaden kommen.«

Er machte keinen überzeugten Eindruck, und ich war mir auch nicht sicher, aber mir fiel nichts ein, was ich sonst hätte sagen können. Ich verließ ihn und durchquerte das Schiff zur Plattform im Bug, wo Wace seinen Helmriemen festmachte.

»Sind die Damen in Sicherheit?«, fragte ich.

»Sie sind in Sicherheit«, sagte er. Ich nickte und hatte zwar den Eindruck, dass ich nach ihnen sehen sollte, wusste aber, dass dazu keine Zeit war. Ich hatte sein Wort, und das musste reichen.

Von hinten war ein weiteres gedämpftes Rauschen zu vernehmen, als noch mehr Pfeile abgeschossen wurden, aber sie fielen eine halbe Länge hinter dem Heck ins Wasser. Ich hatte auf jedem Schiff nur ein halbes Dutzend Bogenschützen entdeckt, aber das war ein dürftiger Trost, weil nur ein paar von ihren Schäften ihr Ziel treffen mussten, um unsere Ruderer in Panik zu versetzen.

Ich richtete mein Augenmerk auf Malets Männer, die gerade damit begannen, Beinlinge über ihre Beine zu ziehen.

»Lasst sie aus«, sagte ich. »Ein Kettenhemd könnt Ihr schnell abstreifen, wenn Ihr hineinfallt. Beinlinge werden Euch nur hinunterziehen.« Ich sprach aus Erfahrung. Ich hatte Männer unter Umständen ertrinken sehen, die sich von diesen hier nicht sehr unterschieden, von dem Gewicht ihrer Panzerung unter Wasser gezogen, sich abquälend, um Atem kämpfend, ohne dass ihnen jemand helfen konnte.

Ich schüttelte meinen Umhang ab und befestigte meine Schwertkoppel an meiner Taille, fand meinen Gambeson und zog ihn über den Kopf, gefolgt von dem Kettenhemd und schließlich dem Helm. Ich schob gerade das Heft meines Schwerts durch den Schlitz in dem Kettenhemd, als einer der Ruderer auf der Backbordseite einen Schmerzensschrei ausstieß. Sein Riemengriff rutschte ihm aus der Hand, durch die Dolle und hinaus ins Wasser. Ich eilte an die Seite des jungen Mannes, während von den Schiffen unserer Verfolger ein lautes Jubelgeschrei aufstieg. Ein gefiederter Schaft steckte in seinem Bauch, und Blut ergoss sich auf das Deck.

»Es tut weh«, wimmerte er mit fest geschlossenen Augen. »Es tut weh!«

»Ælfwold!«, rief ich, und dann, weil einige der Ruderer um ihn herum sich von ihrer Aufgabe ablenken ließen: »Rudert, ihr Bastarde!«

»Pullt«, brüllte Eudo. »Pullt!«

Ich legte dem Mann meine Arme um die Brust und zog ihn herüber, sodass er auf dem Rücken statt auf der Seite lag; er war auf seiner rechten getroffen worden, und ich kam sonst nicht gut an die Wunde heran. Er stieß noch einen Schrei aus, und seine Hände umklammerten den Pfeil. Ich sah, dass er tief eingedrungen war, die ganze Spitze hatte sich in das Fleisch vergraben, und ein Teil des Schafts ebenfalls. Ich schob die Hände des Mannes beiseite und brach das Ende des Schafts ab, damit nur die Spitze in der Wunde blieb, und ergriff dann eine Ecke vom Umhang des Mannes. Er war ungeschickt um seinen Körper gewickelt, aber ich bekam genug davon frei, um ihn als Pfropf gegen die Wunde pressen zu können. Noch während ich dies tat, wusste ich, dass es vergeblich war: Die Wunde war zu ernst, die Blutung war zu stark, um gestillt werden zu können.

Der Ruderer keuchte, und er riss den Kopf mit einem Ruck nach vorn. Ich hörte Schritte an Deck, und Ælfwold kniete sich neben mich.

»Wie schwer ist er getroffen worden?«, fragte er.

Ich schüttelte den Kopf. »Kümmert Euch um ihn«, sagte ich und trat auf der Mittelplanke zurück, um dem Kaplan Platz zu machen. Ich winkte den anderen Rittern zu, mir zum Heck zu folgen; falls wir auf Grund liefen, war das der Platz, wo ich sie haben wollte, in Erwartung der ersten Reihe des englischen Angriffs. »Einen Schild«, rief ich ihnen zu, als ich hoch auf die Plattform trat. »Bringt mir einen Schild!«

Wir waren fast an der Insel, an dem Punkt, wo sich der Fluss gabelte, und hielten uns immer noch nah am Steuerbord-Ufer, und Aubert zog fest an der Ruderpinne, um uns in den Kanal zu steuern. Das nähere der englischen Schiffe war inzwischen nicht mehr als drei Längen hinter uns; beide waren voll mit Männern, die brüllten und mit den Speerschäften gegen ihre runden Schilde schlugen. Die wenigen Bogenschützen, die sie dabeihatten, standen in einer Reihe hinter ihnen und schossen so schnell sie die Pfeile aus ihren Köchern ziehen konnten, ohne richtig zu zielen.

»Wie geht es ihm?«, fragte Aubert, der den Blick nicht von dem Kanal vor ihm abwandte.

Ich schaute zurück zu dem Kaplan, der immer noch dort mit gebeugtem Kopf und gefalteten Händen kniete. Der Ruderer bewegte sich nicht mehr, seine Augen waren geschlossen, sein Gesicht schmerzverzerrt.

»Er ist tot«, erwiderte ich.

Der Schiffmeister sagte nichts und biss die Zähne zusammen, während er mit der Ruderpinne kämpfte. Sein Gesicht war rot, seine Wangen waren in Schweiß gebadet.

Auf beiden Seiten von uns kamen die Marschen näher, und es machte den Eindruck, als wiche selbst das Wasser zurück. Von der Insel ertönte ein Rattern von Flügeln, als ein Schwarm von Krähen unter lautem Krächzen aufflog, sich in den Himmel schraubte, bevor sie niedrig über unsere Köpfe dahinschossen. Vor uns glänzte der Kanal: eine schmale weiße Bahn, die uns den Weg durch die Dunkelheit der beiden Ufer zeigte.

Wace führte die Ritter an, als sie zu mir auf die Plattform traten, und löste einen der beiden Schilde von seinem Hals und reichte ihn mir. Ich hängte den Riemen über meine rechte

Schulter, steckte meinen Arm durch die Lederschlaufen und ergriff das Kreuz gerade rechtzeitig, um Wace »Schilde!« schreien zu hören.

Ein Haufen silberner Spitzen flog aus dem westlichen Himmel auf uns zu. Ich hielt meinen Schild hoch, um mein Gesicht abzudecken, wenige Momente bevor ein Schaft sich hineinbohrte und einen Stoß durch meinen Arm in die Schulter schickte. Hinter mir ertönte auf der Plattform ein Krachen von Panzerung auf Holz; Philippe lag mit dem Gesicht nach oben und mit dem Schild quer über der Brust auf dem Deck, und zunächst dachte ich, der Feind hätte noch einen Toten eingefordert, aber er atmete und bewegte sich ohne Anzeichen einer Verletzung, als er mit einer Hand über die Seite seines Helms fuhr, wo jetzt eine Vertiefung in dem Metall war.

»Steht auf!«, sagte ich, denn es kamen bereits weitere Pfeile auf uns zu. Diese schossen über das Ziel hinaus und fielen harmlos zwischen das Schilfrohr, wenn auch nicht weiter als zwei Riemenlängen von der Seite der *Wyvern* entfernt. Blinzelnd und deutlich mehr als ein bisschen benommen kam Philippe wieder auf die Beine und stolperte ein bisschen, als der Bug heftig nach backbord schwenkte und wir in gefährliche Nähe zu den Untiefen gerieten, die das Inselufer markierten.

»Los doch, ihr Bastarde«, sagte Eudo. »Fester! Fester!«

Das Schiff erzitterte wieder, und ich torkelte vorwärts. Ein lautes Knirschen scholl durch das Deck nach oben, als der Rumpf über das Flussbett kratzte. Ich dachte, wir wären aufgelaufen und wartete auf den Moment, in dem der Bug in den Schlick getrieben würde und wir richtig gestrandet wären, aber der Moment kam nicht; stattdessen ließ das Knirschen nach, und plötzlich waren wir frei. Erleichterung überkam mich, wenn auch nur kurz, weil der Feind uns immer noch folgte und sein Kriegsgeschrei immer lauter wurde, um das Schlagen auf die Schilde zu übertönen. Ich wischte mir den Schweiß von der Stirn und verrückte meinen Helm, damit das Nasenstück bequemer saß. Es würde nicht mehr lange dauern, bis sie uns einholten und das Abschlachten begann.

»Backbord, Riemen heben ...«, rief Eudo, bevor er von einer Reihe lauter Knackgeräusche vom vorderen Teil des Schiffs unterbrochen wurde. Ich schaute über die Schulter und sah, dass das erste halbe Dutzend oder mehr Riemen abgebrochen waren, die Blätter fehlten an den Enden. Wir waren gegen irgendetwas gestoßen, aber was es war, konnte ich nicht sehen. Die Männer, die zusammengedrängt im Bug der feindlichen Schiffe standen, stimmten wieder ein Gebrüll an und hoben Äxte und Schwerter in den Himmel. Ihr führendes Schiff war nur noch weniger als eine Länge hinter uns, so nahe, dass ich die Embleme auf ihren Schilden erkennen konnte. Ein von einem großen Engländer geschleuderter Speer flog durch die Luft auf uns zu, aber Radulf, der neben mir stand, lenkte ihn mit seinem Schild zur Seite ab, ins Wasser.

Ich zog mein Schwert. »Schildwall«, sagte ich zu den Rittern. »Bleibt nahe beieinander und lasst nichts durchkommen.« Ich ließ meinen Schild mit dem von Philippe rechts von mir überlappen, und Godefroi links von mir tat das Gleiche. Ich würde gleich sehen, wie gut sie kämpfen konnten.

»Backbordriemen, pullt!«, sagte Eudo.

Ein Felsbrocken glitt am Heck vorbei, der die Länge von drei Männern und die Breite von einem hatte und von einer schwimmenden Masse zerbrochener Holzschäfte umgeben war, und ich wusste sofort, dass es dies war, wogegen wir geprallt waren. Aber die Feinde folgten uns in einem so kurzen Abstand, dass der Steuermann des Schiffes hinter uns, wie mir klar wurde, das Hindernis nicht gesehen haben konnte.

Die Männer im Bug stießen einen Schrei aus, aber es war zu spät, und sie prallten voll dagegen, der Bug wurde hochgewuchtet, der Fels schnitt in die Unterseite des Boots und zerkleinerte Balken in gefährliche Splitter. Männer fielen nach hinten oder wurden über die Seite geworfen, stürzten ins Wasser, schlugen wild um sich, um die Köpfe über der Oberfläche zu halten, mühten sich ab, um sich von ihren Kettenhemden zu befreien, die sie nach unten zogen. Ihr Schiff kam knirschend zum Stehen, kippte nach rechts, sodass die Backbordseite nach oben zeigte und man einen langen Riss durch den ganzen Rumpf sehen konnte. Einige der Ruderer sprangen über Bord und versuchten, ihr Schiff von dem Felsbrocken wegzuschieben, während die näher am Heck platzierten zurückzurudern begannen. Das zweite Schiff dahinter hielt an, weil der Kanal zu schmal war, als dass es hätte vorbeifahren können. Wütende Schreie erfüllten die Luft.

»Auseinander«, sagte ich zu den anderen im Schildwall. Es regneten zwar weiterhin Pfeile aus dem Himmel herab, aber ich hatte den Eindruck, dass sie eher aus Enttäuschung als mit einem Ziel im Sinn abgeschossen worden waren, und sie flogen hoch, weit nach backbord, als die *Wyvern*, dem Verlauf des Kanals folgend, nach rechts steuerte. Ruderschlag um Ruderschlag zogen wir davon und vergrößerten die Entfernung, während sie sich abmühten, ihr havariertes Schiff freizubekommen.

»Rudert«, rief Eudo von mittschiffs. »Nicht schlappmachen, nicht nachlassen! Pullt! Pullt!«

Der Feind rückte in die Ferne, seine Schiffe wurden immer kleiner, bis sie schließlich in der Nacht verschwanden. Nach und nach wurde das Tempo langsamer, und ich begann freier zu atmen, als ihre Schreie allmählich verstummten, bis ich nur noch das sanfte Knarren unserer Riemen in den Dollen, das Klatschen der Blätter, wenn sie ins Wasser eindrangen, und den langsamen Schlag von Eudos Hand auf der Trommel hören konnte. Die Männer sahen ermattet aus, kaum in der Lage, die Riemen noch zu heben, mit gebeugtem Rücken und Armen, die vor Erschöpfung fast schlaff waren.

Wace ging nach vorne zum Bug, wo er die Deckplanken abhob und zuerst Elise und dann Beatrice die Hand reichte, um ihnen aus dem Frachtraum nach oben zu helfen. Ich bemerkte, dass das gefiederte Ende eines Pfeils aus einer der Planken herausstand; es war ganz gut, dass sie versteckt gewesen waren, denn sonst hätte derselbe Pfeil eine von ihnen treffen können.

Ich ging zum Schiffmeister hinüber und schlug ihm mit der Hand auf die Schulter. »Wir schulden Euch unsern Dank«, sagte ich und hielt ihm die Hand hin.

Aubert ergriff sie müde, seine Handfläche war abgewetzt und rau. »Ich brauche keinen Dank«, sagte er zwischen zwei Atemzügen. »Hoffen wir bloß, dass wir heute Nacht keinem Feind mehr begegnen.«

Ich nickte. Vor uns wurde der Kanal wieder breiter; wir hatten fast wieder den offenen Fluss erreicht. Wenn wir weiterhin Glück hatten, würden wir am Morgen in Alchebarge sein.

Fünfzehn

◄◦►

Dunkelheit umfing uns, als der Bug der *Wyvern* vom Ufer in die Strommitte durch das Wasser schnitt. Aubert ließ die Ruderpinne los, schritt der Länge nach durch das Schiff und gab den Befehl, die Riemen einzulegen. Eudo hörte auf, die Trommel zu schlagen, und die langen Stangen, von denen Wasser auf das Deck tropfte, wurden langsam an Bord gezogen. Sonst war alles still. Die leichte Brise war inzwischen völlig eingeschlafen, und die Wolken, gebadet im Licht des Mondes und der Sterne, hingen tief. Zum ersten Mal seit Stunden, wie es schien, herrschte Stille, während wir mit der Strömung dahintrieben.

Ich löste den Riemen unter meinem Kinn und nahm den Helm ab, den ich auf das Deck neben meine Füße legte. Dann warf ich einen Blick auf die drei Ritter Malets und sah die Erleichterung in ihren Augen. Gleichzeitig konnte ich allerdings auch eine Enttäuschung in ihnen spüren, eine Enttäuschung, die ich in ihrem Alter bestimmt auch empfunden hätte. Denn es gab wenige Dinge, die für einen jungen Krieger, der sich auf einen Kampf freut, schlimmer sind, als die Gelegenheit versagt zu bekommen, seinen Schwertarm erproben und sich beweisen zu können. Der Tod war etwas, das man nicht mal in Betracht zog, obwohl das in meinen Augen weniger mit der Arroganz der Jugend als mit einer gewissen Unschuld einherging, was das Wesen der Schlacht betraf. Viele Male hatte ich solche Männer glücklich in den Tod reiten sehen. Mehr als einmal war ich kurz davor gewesen, dasselbe zu tun. Der Umstand, dass ich

210

mich zurückgehalten hatte, war – vor allem anderen, vor dem geschickten Umgang mit Waffen, vor Tapferkeit oder Kraft – der Grund dafür, dass ich nach all diesen Jahren noch immer am Leben war, während so viele andere, die ich gekannt hatte, es nicht mehr waren.

Ich schaute über das Heck hinaus in die Nacht, suchte stromaufwärts nach einem Zeichen des Feindes, aber es gab keines. Tatsächlich konnte ich im Nebel kaum das Ufer ausmachen. Wir waren außer Gefahr, zumindest vorläufig.

Wace kehrte zurück; er hatte sich bereits seines Kettenhemds entledigt, trug aber immer noch seine Schwertscheide. Er stellte sich mit verschränkten Armen neben mich und lehnte sich an das Seitendeck, wo sich Eudo bald zu ihm gesellte.

»Malet wird Gott auf seiner Seite brauchen, wenn er Eoferwic verteidigen will«, sagte Wace.

»Er war heute Abend auf unserer Seite«, stellte ich fest.

Eudo grinste mich an. »Weil wir Ælfwold bei uns haben.«

Es war ein schwacher Versuch, einen Scherz zu machen, und ich lächelte nicht. Ich dachte an die zwölf Schiffe, die ich gezählt hatte, und mir wurde schwer ums Herz, als ich begriff, dass jedes von ihnen bis zu fünfzig Engländer transportieren konnte, und selbst wenn nur die Hälfte von ihnen kampferprobte Männer waren, bedeutete das, dass Eadgar weitere dreihundert Speere unter seinem Banner versammelte. Zusammen mit denen, die Eoferwic schon belagerten, stellte das eine beträchtliche Streitmacht dar, die mehrere Male größer war als das, womit Malet auskommen musste. Wace hatte recht: Der Vicomte würde Gottes Hilfe brauchen.

»Er wird in der Burg aushalten, selbst wenn die Stadt fällt«, sagte ich.

»Aber wie lange?«, fragte Wace.

»So lange wie nötig.« Andernfalls befände sich ganz Northumbria in der Hand der englischen Rebellen.

Wace warf mir einen schiefen Blick zu, aber er sagte nichts.

»Ohne Zweifel werden wir bald genug davon hören«, sagte ich. Es lohnte sich nicht, länger dabei zu verweilen. Unser Auftrag bestand darin, Malets Frauensleute sicher nach Lundene zu bringen; alles was wir tun konnten, war, ihn zu erfüllen.

Ich wandte mich vom Fluss ab und betrachtete die Ruderer, die von der Jagd erschöpft waren. Einige saßen vornübergebeugt, die Hände auf dem Kopf, den Kopf tief zwischen die Beine gesteckt. Andere lagen auf ihren Schiffskisten auf dem Rücken oder auf der Seite und atmeten die Nachtluft tief ein. Einer der jüngeren Männer lehnte sich über die Seite und erbrach sich ausgiebig, wobei sein Bart und seine Tunika in Mitleidenschaft gezogen wurden.

Rund ein Dutzend Männer hatten sich um den Mann versammelt, der getötet worden war, und die hinteren schauten den vorderen über die Schulter. Der Schiffmeister selber war dort, und er murmelte ein paar Wörter, bevor er aufstand und zurück zum Bug ging. Zwei Männer waren nötig, um die Leiche des jungen Mannes zu heben: einer nahm sie bei den Füßen, der andere bei den Schultern. Zusammen folgten sie dem Schiffmeister, der einige der Deckplanken anhob, unter denen der Frachtraum lag, in dem Elise und Beatrice sich versteckt hatten. Er winkte die beiden Männer nach vorn, und sie ließen die Leiche sachte durch die Lücke hinab. Sie standen eine Weile da, ohne zu sprechen, schauten nur auf ihn hinab, bis der Schiffmeister ihn mit einem schwarzen Stück Segeltuch bedeckte und die Bretter wieder an ihren Platz legte.

»Wir werden ihn anständig bestatten, wenn wir in Alchebarge ankommen«, sagte er.

Die anderen nickten und kehrten zum Rest ihrer Gefährten zurück. Zu müde sogar für Tränen, dachte ich, oder einfach betäubt von der Flut der Gemütsbewegungen. Beschwingt, weil sie selber dem Tod entronnen waren, aber zur gleichen Zeit von

Trauer über ihren gefallenen Freund erfüllt. Ich kannte solche Gefühle gut.

Aubert kehrte an die Ruderpinne zurück und setzte sich. Ich ging zu ihm und legte ihm voll Anteilnahme eine Hand auf die Schulter.

»Er war erst seit letztem Sommer bei mir«, sagte der Schiffmeister und schluckte. »Ein starker Bursche. Immer bereitwillig.«

Ich wollte etwas sagen, aber in Wahrheit gab es nichts mehr hinzuzufügen. Im Stillen dachte ich, dass wir Glück gehabt hatten, nur einen Mann zu verlieren; es hätte so leicht schlimmer kommen können.

Aubert erhob sich und schüttelte meine Hand ab. Als ich hochschaute, sah ich die Lady Elise auf uns zueilen, ihre Tochter und der Kaplan kurz hinter ihr. Die Damen hatten ihre Röcke über die Knöchel gehoben, was mehr als einen der Ruderer veranlasste, genauer hinzuschauen. Die Verlegenheit auf Beatrice' Gesicht war deutlich zu sehen, aber sie hielt den Kopf hoch, versuchte, die Männer nicht zur Kenntnis zu nehmen, und stolperte dabei fast über einen der Querbalken. Elise schenkte ihnen keine Beachtung; ihr Gesichtsausdruck lag irgendwo zwischen Bestürzung und Zorn.

»Mylady«, sagte ich. »Ihr seht beunruhigt aus.«

»Wir müssen meinen Mann benachrichtigen.« Ihr Kleid war feucht; ein paar graue Haarsträhnen hatten sich unter ihrem Schleier gelöst und fielen ihr übers Gesicht. »Eine englische Flotte ist auf dem Weg nach Eoferwic. Wir müssen ihn warnen.«

»Es gibt nichts, was wir tun können«, sagte ich. »Der Fluss ist für uns versperrt, und keine Botschaft, die wir ihm auf dem Landweg schicken würden, wird Eoferwic vor ihnen erreichen.«

Sie wandte sich an den Schiffmeister. »Und was sagt Ihr?«

»Er hat recht«, antwortete Aubert. »Der Feind rudert gegen

die Strömung, aber wenn sie die Nacht durchfahren, sind sie bei Morgengrauen dort. Wenn wir Pferde hätten und offenes Land zwischen hier und Eoferwic, könnten wir rechtzeitig da sein, aber nicht zu Fuß und durch diese Marschen.«

»Wir müssen etwas tun«, protestierte sie.

»Es gibt nichts, was wir tun können«, wiederholte ich mit wachsendem Zorn. Warum konnte diese Frau das nicht verstehen? »Ich habe Eurem Mann einen Eid geschworen – einen Eid, dass ich Euch und Eure Tochter beschützen würde. Und das beabsichtige ich zu tun.«

Ich schaute Aubert Unterstützung heischend an, und er nickte zustimmend. »Wir haben keine andere Wahl. Das Beste, was wir tun können, ist, so schnell wie möglich nach Alchebarge zu kommen.«

»Und meinen Mann der Todesgefahr überlassen?«, sagte Lady Elise den Tränen nahe. Sie ergriff die Hand ihrer Tochter fest. »Wie sollen wir mit solcher Ungewissheit leben?«

Ich spürte, wie meine innere Spannung zunahm, meine Geduld war beinahe am Ende. Wir waren selbst äußerst knapp der Gefahr entronnen; ich war müde und nicht besonders aufgelegt, mit Fragen bestürmt zu werden, auf die es keine Antwort gab.

»Dies sind unsichere Zeiten«, sagte ich scharf. »Nicht nur für Euch, sondern für uns alle.«

Ælfwold, der hinter den beiden Damen stand, musterte mich mit einem strengen Blick. Elise blieb stehen, wo sie stand, und schaute mich mit Tränen in den Augen und geschürzten Lippen den Kopf schüttelnd an. Aber ich hatte nur gesagt, was gesagt werden musste.

»Mylady«, sagte der Kaplan, der schließlich den Blick von mir abwandte, »Lord Guillaume ist ein durchaus fähiger Mann. Ich bin sicher, dass er Erfolg haben wird, mit oder ohne unsere Hilfe.« Er holte tief Luft. »Es wird allmählich spät, und der

Weg nach Lundene wird lang sein. Wir sollten versuchen zu schlafen.«

»Eine gute Idee«, sagte ich ungerührt. Es war tatsächlich ein langer Tag gewesen. Hätte mir irgendjemand versucht zu erzählen, dass erst am Abend zuvor eine Rebellenarmee vor den Toren Eoferwics aufgetaucht war, dass wir erst am Abend zuvor zu dem Treffen mit dem Ætheling geritten waren, ich hätte ihm nicht geglaubt. »Wir haben noch einige Tagereisen vor uns. Es ist besser, wenn Ihr Euch jetzt ausruht, solange Ihr die Möglichkeit dazu habt.«

Doch Elise schaute mich weiterhin an, und sie rührte sich erst, als Ælfwold leise sagte: »Meine Damen«, und wandte sich, ihre Röcke wieder raffend, ab. Beatrice wartete einen Moment länger, ihre flehenden Augen blinzelten nicht, erwiderten meinen Blick, und dann drehte auch sie sich um und folgte ihrer Mutter zum Bug.

»Das war schroff«, sagte der Kaplan, als sie außer Hörweite waren.

»Was hätte ich Eurer Meinung nach sagen sollen?«, fragte ich. Vielleicht, dass alles gut würde, dass Malet unbeschadet durchkommen würde? Aber das konnte ich nicht wissen, und sie hätten mir nicht geglaubt, auch wenn ich es ihnen versichert hätte.

»Sie sind so etwas nicht gewöhnt«, gab Aubert zu bedenken. »Was sie brauchen, ist etwas Trost.«

»Auch wenn dieser Trost falsch ist?« Ich wollte sie nicht verletzen, aber ich konnte mich auch nicht dazu bewegen, irgendetwas zu sagen, das weniger als aufrichtig war.

»Ich hätte erwartet, dass Ihr ihnen gegenüber wenigstens eine gewisse Liebenswürdigkeit an den Tag legt«, sagte Ælfwold. »Höflich zu ihnen seid.«

Ich wandte den Blick ab, schaute auf den Fluss hinaus, schüttelte den Kopf.

»Tancred«, sagte der Priester mit einem warnenden Unterton in der Stimme. »Erinnert Euch, was Lord Guillaume für Euch getan hat, und überlegt, wie er im Gegenzug seine Frauensleute von Euch behandelt wissen möchte. Ihr müsst ihre Gesellschaft nicht genießen, Ihr solltet ihnen nur den Respekt erweisen, den sie verdienen, und sie nicht vor den Kopf stoßen.«

»Ich werde es versuchen, Pater«, sagte ich, allerdings mehr, um ihn zufriedenzustellen als mit ehrlicher Absicht.

»Das ist alles, was ich verlange«, sagte Ælfwold. »Jetzt habe ich vor, mir etwas Ruhe zu gönnen. Ich wünsche Euch eine gute Nacht.« Er gesellte sich wieder zu den beiden Damen und half ihnen dabei, Decken auf den Planken auszubreiten und sich niederzulassen.

Aubert beobachtete mich mit einem missbilligenden Ausdruck im Gesicht, aber ich hatte bereits genug tadelnde Worte gehört und war nicht bereit, mir noch weitere sagen zu lassen.

»Was ist?«, fragte ich.

Er antwortete nicht, sondern hob stattdessen einen Sack auf, der neben der Ruderpinne lag, griff hinein und warf jedem der Ruderer einen kleinen Laib Brot zu, als er zwischen ihnen hindurchging. »Esst«, sagte er zu ihnen. »Esst und sammelt eure Kräfte, denn wir rudern bald weiter.«

Von den Männern war ein gemeinschaftliches Stöhnen zu hören.

»Das ist richtig«, sagte er mit etwas lauterer Stimme, um ihre Rufe zu übertönen. »Den Feind haben wir vielleicht abgeschlagen, aber bis Alchebarge ist noch ein ganzes Stück Weg.«

»Aubert«, sagte einer, der älter war, etwas grauhaariger als die anderen. »Die meisten von uns rudern, seit wir Eoferwic verlassen haben. Wir können heute Nacht nicht viel weiter.«

Der Schiffmeister wandte sich mit ernstem Gesicht dem Sprecher zu, bevor er den Rest seiner Männer musterte. »Je weiter wir heute Nacht vorwärtskommen, desto weniger müssen wir morgen früh tun«, sagte er. »Und falls es flussabwärts noch mehr englische Schiffe gibt, ist es besser, dass wir im Schutz der Dunkelheit an ihnen vorbeifahren, wenn ihre Bemannung vielleicht schläft, als am helllichten Tag, wenn sie frisch sind.«

Er ging weiter. »Ich habe euch schon härter arbeiten sehen. Ich verlange nur, dass dreißig Männer gleichzeitig rudern, und das höchstens ein paar Stunden, bevor gewechselt wird. Auf diese Weise fahren wir die Nacht durch.« Er griff wieder tief in den Sack und holte mehr Brote heraus, während er sich dem Ende der Reihe näherte. »Aber jetzt wird erst mal gegessen.«

Trotzdem dauerte es nicht mehr lange, bis die Riemen wieder ins Wasser gesenkt wurden und Aubert den Takt zu schlagen begann, ein langsameres Tempo als zuvor, aber dennoch regelmäßig. Der Schlag wurde von den Ruderern schnell aufgenommen, zu denen ich mich zusammen mit Eudo, Philippe und Radulf gesellt hatte; Wace und Godefroi hatten gemeinsam mit der anderen Hälfte der Mannschaft die Gelegenheit ergriffen, sich auszuruhen. Es war viele Jahre her, seit ich zuletzt gerudert hatte, und ich war überrascht, welche Kraft benötigt wurde, um das Blatt durch das Wasser zu ziehen und es dann wieder herauszuheben für den nächsten Schlag, weil die Riemenstange so schwer war. Aber obwohl meine Arme und mein Rücken zunächst protestierten, ließ dieses Gefühl bald nach, sobald ich mich in den Rhythmus vertieft hatte. Alle Gedanken an Malet und Eoferwic verschwanden aus meinem Kopf; im Augenblick zumindest war nichts sonst wichtig, existierte nichts sonst außer mir, dem Riemen in meinen Händen und dem beständigen, antreibenden *bumm, bumm, bumm.*

Ich erwachte am nächsten Tag bei Sonnenaufgang, ein Schimmern am fernen Horizont, wodurch das Wasser in ein Meer von glänzendem Gold verwandelt wurde. Die Riemen waren alle binnenbords verstaut worden, und die meisten Männer lagen in ihre Decken gehüllt neben ihren Schiffskisten. Aber der Wind nahm zu und blies in Böen von achtern über das Schiff, sodass Aubert mittschiffs den Befehl gab, den Mast aufzurichten und das Segel zu setzen, dessen abwechselnd schwarze und gelbe Streifen sich aufblähten und uns flussabwärts schoben.

Der Fluss war breiter geworden, und zwar so sehr, dass ich die Ufer auf beiden Seiten kaum erkennen konnte. Ich blinzelte, rieb mir die Augen, um die letzten Spuren des Schlafs zu beseitigen, und atmete die eiskalte Luft tief ein. Eine einzelne Möwe stieß tief vor das Schiff hinab, der sich bald eine zweite anschloss, die uns auf dem Fluss entgegenkam, und die beiden stiegen in den blauen Himmel, tanzten im Flug und drehten sich um sich selber und umeinander und schrien dabei.

Es war ein klarer Tagesanbruch, aber ein kalter. Ich blies warme Luft in meine Hände und schüttelte die Wolldecken ab, unter denen ich geschlafen hatte. Die anderen Ritter um mich herum waren alle noch am Schlafen; von unserer Reisegesellschaft war Ælfwold der einzige andere, der auf war, und er war ins Gebet vertieft. Aubert kehrte bald an die Ruderpinne zurück, und ich sprach eine Weile mit ihm, obwohl er einen todmüden Eindruck machte. Er hatte die ganze Nacht nicht geschlafen; seine Augen sahen dunkel und schwer aus, und er gähnte immer wieder. Ich bot ihm an, ein paar Stunden lang seinen Platz zu übernehmen, damit er sich ausruhen konnte, und er akzeptierte bereitwillig. Mit offenem Wasser vor uns und einem achterlichen Wind sollte es nicht schwierig sein, die Ruderpinne zu handhaben, sagte er. Solange ich dafür sorgte, dass der Bug in die Sonne zeigte, könne ich nichts falsch machen.

Und daher saß ich auf seiner Schiffskiste, schaute hinaus auf den weiten Fluss, auf die vielen kleinen Inseln, die vorbeitrieben, und über sie hinaus nach Süden und ein mit Bäumen gesprenkeltes Ufer mit niedrigen Hügeln in der Distanz: der Teil Englands, der unter dem Namen Mercia bekannt ist.

Plötzlich fiel ein Schatten auf mich, und als ich hochschaute, sah ich Beatrice, die sich gegen die Seite des Schiffs lehnte, wobei das Profil ihres Gesichts durch die niedrig stehende Sonne scharf umrissen wurde. Ihre Augen waren geschlossen, und sie lächelte leicht, als ob sie das Spiel der Brise auf ihren Wangen genieße.

»Mylady«, sagte ich ein wenig überrascht, sie hier zu sehen. Ich hatte einen der anderen Ritter oder vielleicht Ælfwold erwartet. »Habt Ihr gut geschlafen?«

»Gut genug«, erwiderte sie. Das Lächeln verschwand von ihrem Gesicht, aber sie öffnete nicht die Augen.

Ich fragte mich, ob sie wütend darüber war, was ich in der Nacht zuvor gesagt hatte, und ich hätte fast den Mund aufgemacht, um mich zu entschuldigen. Unsere Flucht aus Eoferwic, die Begegnung mit der englischen Flotte, die Verfolgung: das alles hatte mich unruhig gemacht und meine Gedanken verwirrt. Aber ich bremste mich, lange bevor sich die Worte auf meiner Zunge bildeten. Ich hatte gemeint, was ich sagte, und es hatte keinen Sinn, das zu bestreiten.

»Sagt mal«, forderte sie mich unvermittelt auf, »wart Ihr jemals verheiratet?«

Ich starrte sie an, völlig verblüfft von der Frage. Sie drehte den Kopf und erwiderte meinen Blick, aber ich konnte ihrem Gesichtsausdruck nichts entnehmen; ihre braunen Augen gaben keinen Hinweis. Die Brise zerrte an ihrem Umhang, aber sie versuchte nicht, ihn näher an sich heranzuziehen, obwohl ihr kalt gewesen sein musste. Ihr Benehmen, ihre Haltung ließen auf eine Reife schließen, die ihre jugendliche Erscheinung Lügen strafte, und ich fragte mich, ob sie ein wenig älter sei, als ich zunächst angenommen hatte.

»Nur mit meinem Schwert«, antwortete ich, als ich wieder bei Verstand war.

Sie schaute erneut auf den Fluss hinaus und nickte, als wäre ihr jetzt etwas klarer geworden, aber sie sagte nichts. Die silbernen Reifen, die sie um die Handgelenke trug, leuchteten hell in der Morgensonne.

»Warum fragt Ihr?«

»Nur weil Ihr in diesem Fall wüsstet«, antwortete sie, »was es bedeutet, einen geliebten Menschen zurückzulassen.«

Ein Bild von Oswynn kam mir in den Sinn: ein Bild von ihr, wie ich sie in jener Nacht zuletzt gesehen hatte, als ihr die dunklen Haare über das lächelnde Gesicht fielen. Und ich erinnerte mich an den Moment, als Mauger vor mir in der Straße gestanden und berichtet hatte, dass sie tot sei, und ich spürte, wie etwas von dem gleichen Feuer, das mich damals verzehrt hatte, zurückkehrte.

»Ich weiß, was es bedeutet«, sagte ich und erhob mich von der Schiffskiste, um Beatrice mit brennenden Wangen gegenüberzutreten.

Sie starrte mich unbeeindruckt an, obwohl ich einen ganzen Kopf größer war als sie. »Das sieht man Euch nicht an.«

»Es gibt eine Menge, was man mir nicht ansieht«, sagte ich, obwohl ich nicht wusste, was ich damit wirklich meinte. Ich wollte nur Worte haben, die ich ihr ins Gesicht schleudern konnte.

Sie lächelte wieder, obwohl es weniger ein freundliches Lächeln war als ein spöttisches – fast als verstünde sie das alles und weidete sich an meinem Unbehagen.

»Und was ist mit Euch?«, fragte ich, um die Aufmerksamkeit einen Moment lang von mir abzulenken. »Habt Ihr geheiratet?« Ich wusste nicht, warum sie nicht verheiratet sein sollte, falls sie so alt war, wie ich annahm – aber andererseits hatte ich sie in Eoferwic nicht mit einem Mann an ihrer Seite gesehen, und sie trug auch keinen Ehering an der Hand.

Eine goldene Haarsträhne hatte sich unter ihrem Schleier gelöst, und sie steckte sie sich hinter das Ohr. »Ein Mal«, sagte sie ruhig. »Es war vor der Invasion, vor vier Jahren. Wir wurden im Sommer verheiratet; er starb vor Weihnachten. Ich habe ihn nicht lange gekannt, aber das Ende war trotzdem hart zu ertragen.«

Oswynn war auch nicht lange mit mir zusammen gewesen, als sie starb: im Höchstfall eine Sache von Monaten.

»Das tut mir leid«, sagte ich.

Sie nickte, und eine Weile sprach sie nicht, als ob sie überlegte, ob sie meine Entschuldigung akzeptieren solle oder nicht.

»Vergesst nur nicht, dass Ihr nicht der Mittelpunkt der Welt seid, Tancred a Dinant«, sagte sie schließlich, und ihre Stimme hatte jetzt eine gewisse Schärfe angenommen. »Vielleicht denkt Ihr das nächste Mal besser nach, bevor Ihr den Mund aufmacht.«

Bevor ich etwas darauf erwidern konnte, machte sie auf dem Absatz kehrt und ging. Ich schaute ihr hinterher, überrascht durch die plötzliche Veränderung in ihrem Verhalten. Ich konnte nicht erkennen, was sie, was Aubert und Ælfwold von mir wollten. Ich hatte allerdings keine Zeit, mich zu wundern, weil der Wind die Richtung wechselte, und einer der Männer mir zurief, ich solle das Schiff mehr nach steuerbord herumbringen. Ich zog an der Ruderpinne und lehnte mit meinem ganzen Gewicht auf den Fersen dagegen, bis der Bug in die Sonne zeigte, deren voller Kreis jetzt über dem Horizont zu sehen war. Über uns kreisten noch die Möwen und stießen immer wieder kreischend herab.

Ein paar andere erwachten inzwischen, teilten ihr Brot untereinander und gossen sich Becher mit Ale ein, um mit ihrem Frühstück zu beginnen. Bald stand auch Lady Elise auf und schloss sich zusammen mit Beatrice Ælfwold im Gebet an. Neben mir auf der Plattform am Heck schliefen Wace und Eudo und die übrigen Ritter immer noch, genau wie auch der Schiffmeister, der sanft schnarchte.

Die Sonne stieg höher, und der Tag wurde heller. Aubert wachte nach einer oder zwei weiteren Stunden auf und setzte sich wieder an die Ruderpinne, auch wenn er nach wie vor erschöpft aussah. Die Ruderer nahmen ihre Plätze auf den Schiffskisten ein und fanden sich bald wieder in ihren Rhythmus, während der Schiffmeister einen trägen Takt auf der Trommel schlug und die *Wyvern* durch das stille Wasser glitt.

Es war noch am Vormittag, als Alchebarge vor uns auftauchte: zuerst als ein paar graue Rauchfahnen, die sich über den Horizont erhoben, dann als langer, mit Bäumen besetzter Höhenrücken, der sich über das weite Flachland zog. Auf unserer Steuerbordseite wand sich ein zweiter Fluss durch kahle Felder und an dichtem Gestrüpp vorbei, um sich mit der Use zu vereinigen und eine einzige ausgedehnte blaue Fläche zu bilden.

»Der Trente«, sagte der Schiffmeister zu mir. »Wo die beiden Flüsse sich treffen, beginnt der Humbre.«

Ich nickte, aber ich schenkte ihm wenig Aufmerksamkeit. Stattdessen beobachtete ich den Höhenzug in der Ferne und den Rauch, der nach Osten wehte, und es kam mir allmählich rätselhaft vor, weil es nicht die Art Rauch war, die ich von Häusern tagsüber aufsteigen zu sehen erwartet hätte, und ganz besonders nicht an einem derart kalten Tag wie diesem. Denn es waren keine dicken Rauchschwaden, die hochstiegen, wie sie es hätten tun sollen, wenn ihre Feuerstellen frisch geschürt worden wären, sondern eher eine Ansammlung dünner, schwacher Rauchfäden, die sich langsam umeinander wanden, wie bei einem Feuer, das beinahe ausgebrannt ist.

Wir kamen näher und ließen die Use hinter uns. Ich begann die Häuser dort deutlicher als Flecken vor dem hellen Himmel zu erkennen. Besser gesagt, ich sah, was von ihnen übrig geblieben war: ihre geschwärzten Balken und zusammengebrochenen Dachsparren, die noch vor sich hin schwelten. Der steinerne

Turm und das Längsschiff von der Kirche waren alles, was noch stehen geblieben war; alles andere auf dem Höhenzug waren Ruinen.

Auberts Hände hörten auf, die Trommel zu schlagen, und das Klatschen der Riemen gegen das Wasser erstarb. Schweigen legte sich wie ein Schatten über das Schiff. Ich sah, wie der Kaplan sich bekreuzigte und ein Gedicht auf Lateinisch murmelte, und ich tat das Gleiche, als ich auf die Trümmer dessen starrte, was einst Alchebarge gewesen, aber jetzt nicht mehr war.

Der Feind war vor uns hier gewesen.

Sechzehn

—◦—

Wir näherten uns langsam, trieben auf der Strömung, und nur dann und wann zog Aubert an der Ruderpinne, damit wir auf dem richtigen Kurs blieben. Der Schiffmeister hatte das Segel zusammenrollen und den Mast umlegen lassen. Wir wussten nicht, ob es noch Feinde gab, die uns von der Anhöhe aus beobachteten, während ihre Schiffe vielleicht im Schilf oder zwischen den Schlammbänken verborgen lagen. In diesem Fall wäre es besser, wenn sie unsere schwarz-goldenen Farben nicht sähen, weil sie dann sofort wüssten, dass wir nicht von ihrer eigenen Flotte waren.

Aber falls die Feinde dort warteten, zeigten sie sich nicht. Ich hielt nach dem kleinsten Zeichen von Bewegung oder einem Schimmern Ausschau, das Stahl hätte sein können, aber ich sah nichts.

Der Höhenrücken, auf dem Alchebarge stand, ragte steil vor uns auf. Von seinem Kamm aus musste es möglich sein, meilenweit im Umkreis zu sehen, und es machte den Eindruck auf mich, als wäre es ein strategisch interessanter Punkt – wenn man ihn halten konnte –, weil er die zwei Flüsse, die Use und den Trente, an der Stelle überschaute, wo sie zusammenflossen. Und er sollte sich auch gut gegen Angriffe vom Wasser aus verteidigen lassen, sowohl wegen der steilen Abhänge als auch wegen der Marschen, die an ihrem Fuß lagen: eine weite Fläche von Schilf und langen Untiefen, die im Sonnenschein glitzerten.

Es schien Ebbe zu herrschen, denn obwohl das Watt in unserer Nähe noch immer unter Wasser lag, konnte ich landeinwärts zahlreiche Gezeitenbecken und Kanäle sehen, wo der Fluss sich zurückzog. Falls wir Alchebarge überhaupt erreichen wollten, mussten wir uns – ob mit dem Schiff oder zu Fuß – durch dieses Labyrinth bewegen.

»Schaffen wir es dort hinüber, bevor das Wasser zu niedrig ist?«, fragte ich den Schiffmeister.

»Das wird schwierig sein«, sagte er. »Die Kanäle durch die Marsch sind nicht tief, und man bleibt leicht auf diesen Bänken hängen. Aber wenn wir es jetzt nicht versuchen, werden wir warten müssen, bis das Wasser wieder steigt.«

Ich schaute wieder auf den Höhenrücken und die schwarzen Überreste der Häuser. »Bringt uns so nah heran, wie Ihr könnt.«

Aubert rief den Ruderern ein Kommando zu und zog hart an der Ruderpinne; die *Wyvern* bahnte sich ihren Weg zwischen zwei mit Schilf besetzten Untiefen hindurch, das sich in Wellenbewegungen kräuselte, als die westliche Brise mit ihm spielte. Vor uns schlugen zwei Moorhühner mit den Flügeln und kreischten laut bei ihrem Flug knapp über der Oberfläche des trüben Wassers. Sie flohen vor uns, machten einen großen Bogen, bis wir vorüber waren, bevor sie sich wieder niederließen. Mitten im Schilf auf den Bänken zu beiden Seiten streckten weitere Vögel ihre Flügel, als träfen sie Vorbereitungen zur Flucht, aber sie taten es nicht; stattdessen beobachteten sie uns aufmerksam mit ihren dunklen Knopfaugen, während wir die größeren Inseln umschifften.

Einer der Ruderer stand am Bug und ließ eine lange Stange in das trübe Wasser hinab, um seine Tiefe zu messen. Das Wasser floss schnell ab, und die Kanäle wurden enger, je weiter wir kamen. Schließlich stieß der Mann einen Schrei aus und hob den Arm.

»Langsamer«, rief der Schiffmeister dem Rest seiner Mannschaft zu. Er schaute mich an. »Ich kann nicht viel weiter hineinfahren«, sagte er. »Ihr müsst den Rest des Wegs zu Fuß gehen.«

Ich winkte dem Schiffmeister dankend zu und rief die übrigen Ritter zu mir. Wir legten unsere Kettenhemden an und setzten unsere Helme auf und schlangen uns die Schilde auf den Rücken. Wieder ließen wir unsere Beinlinge zurück – sie würden uns auf dem Weg durch die Marschen nur langsamer machen. Außerdem waren sie nützlicher, wenn man auf dem Pferd saß und Schläge in der Regel von unten geführt wurden. Zu Fuß jedoch neigten Gegner eher dazu, mit ihren Schlägen auf Kopf und Brust zu zielen. In solchen Kampfsituationen war Schnelligkeit äußerst wichtig; das Extragewicht der Panzerung wäre nur eine Last.

»Ich sollte mit Euch kommen«, rief Ælfwold. »Falls es Tote in dem Dorf gibt, sollten sie ein angemessenes Begräbnis erhalten.«

»Nein«, sagte ich. »Bleibt bei den Damen. Der Feind könnte noch in der Nähe sein. Falls das so ist, haltet Ihr Euch besser von der Gefahr fern.« Ich musste immer noch dafür sorgen, dass er Wiltune erreichte, um Malets Botschaft abzuliefern, und ich durfte ihn keiner unnötigen Gefahr aussetzen. Es waren nicht die Toten, um die ich mir Sorgen machte, sondern die Lebenden: Falls es noch überlebende Normannen in Alchebarge gab, war es wichtig, dass wir sie fanden.

»Ihr verlasst uns?«, fragte Elise. Sie schritt auf mich zu, sodass ihr Umhang hinter ihr durch die Luft wehte.

»Wir sind bald wieder zurück«, sagte ich. »Wir müssen wissen, ob noch jemand im Haus Eures Mannes am Leben ist. Für Euch und Eure Tochter ist es sicherer, wenn Ihr hier auf dem Schiff bleibt.«

»Und was ist, falls der Feind uns findet, während Ihr weg seid?«

»Falls sie in großer Zahl am Schiff auftauchen«, sagte ich, und ich meinte es ernst, »dann macht es keinen großen Unterschied, ob wir sechs zu Eurer Unterstützung hier sind oder nicht.«

Sie schien das nicht sehr tröstlich zu finden, was ich auch nicht erwartet hatte, aber sie schwieg. Und in Wahrheit konnte ich ein gewisses unbehagliches Gefühl nicht verleugnen, obwohl wir seit dem vergangenen Abend kein Zeichen des Feindes mehr gesehen hatten.

»Meine Männer werden hier bei Euch sein«, versicherte Aubert ihr.

»Können sie kämpfen?«, fragte sie.

»Gut genug, Mylady. Was sie an Geschicklichkeit vermissen lassen, gleichen sie durch ihre Stärke aus. Es sind mehr als fünfzig von ihnen auf der Wyvern; das sollte ausreichen.«

»Und was ist mit Euch?«

»Ich werde mit Tancred gehen.« Er sah meinen Blick, aber er schnitt mir das Wort ab, noch bevor ich den Mund öffnen konnte. »Falls Ihr jemand mitnehmen wollt, sollte ich das sein. Ihr braucht jemanden, der das Dorf gut kennt.«

»Aber das Schiff muss vorbereitet sein«, stellte ich fest. »Wir müssen vielleicht schnell von hier aufbrechen.«

»Das geht ganz leicht ohne mich.« Er wandte sich an einen seiner Männer, der älter war als die anderen, und ich bemerkte, dass es der mit den grauen Haaren war, der Aubert in der vergangenen Nacht widersprochen hatte. »Oylard«, sagte er. »Ich übertrage dir das Kommando über die Wyvern, bis ich zurückkomme.«

»Ja, Aubert«, erwiderte er mit einer leichten Neigung des Kopfs.

»Sorg dafür, dass man sie am besten vom Fluss nicht sehen kann, gut versteckt im Schilf, aber zur gleichen Zeit abfahrbereit, falls du uns diesen Abhang dort runterlaufen siehst, mit dem Feind auf den Fersen.«

»Dafür werde ich sorgen«, sagte Oylard.

Natürlich hätten wir keine große Chance, eine schnelle

Flucht hinzulegen, wenn mehr Rebellenschiffe kommen sollten, aber den Gedanken behielt ich für mich.

»Seid Ihr denn fertig?«, fragte ich den Schiffmeister. »Ich möchte hier nicht mehr Zeit verbringen als unbedingt nötig.«

»Ich hole nur noch mein Schwert«, sagte er. »Dann bin ich fertig.«

Ich wartete und sprang dann vom Bug des Schiffs hinunter. Meine Schuhe sanken sofort in den Schlamm ein, und ich begann mich schon zu fragen, ob das hier überhaupt so eine gute Idee war. Aber weiter oben an der Bank fand ich festeren Untergrund, und ich winkte Aubert und den anderen Rittern zu, dass sie mir folgen sollten. Sobald alle vom Schiff heruntergeklettert waren, winkte der Schiffmeister Oylard zu, der den Ruderern die Anweisung erteilte, die *Wyvern* abzustoßen.

»Leg nicht zu weit mit ihr ab«, warnte Aubert ihn. »Wir müssen unseren Weg zu euch zurückfinden können.«

Oylard gab ihm zu erkennen, dass er verstanden habe, und dann zogen wir los, stapften durch das Schilf und über die Schlammbänke, platschten durch die Gezeitenbecken, die die Ebbe hatte stehen lassen. Wasser sickerte mir in die Schuhe, und mit jedem Schritt spürte ich, wie die nasse Kälte mich in die Zehen biss. Wattvögel zogen in Scharen über den Schlick und stocherten nach Würmern und was sie sonst finden mochten. Sie stoben auseinander, als wir näher kamen, und stiegen in die Lüfte. Ich erschauerte bei dem Anblick, weil wir jetzt mit Sicherheit entdeckt worden waren. Die Härchen in meinem Nacken richteten sich auf; ich hatte das Gefühl, dass wir beobachtet wurden. Ich schaute immer wieder zu den Gebäuden auf dem Höhenrücken hinauf, und ein- oder zweimal glaubte ich einen Schatten zwischen ihnen gesehen zu haben, aber ich konnte mir nicht sicher sein. Ich wollte es nicht erwähnen, damit die anderen nicht auf den Gedanken kamen, ich sei nervös.

Je weiter wir gingen, desto leichter kamen wir vorwärts, weil der Untergrund fester wurde und das Wasser sich weiter zurückzog, bis wir auf einer Höhe, die ich für die Flutlinie hielt, auf eine hölzerne Anlegestelle stießen. An ihren Balken war eine Ansammlung von Ruderbooten und Stechkähnen festgebunden, die mit Stangen, um sie durch das Watt zu stoßen, und feinen Netzen zum Aalfang ausgerüstet waren. Dahinter stieg der Hügel steil an, der abgesehen von gelegentlichen Büschen wenig Deckung bot. An seiner Kuppe standen die Überreste eines ehemals großen Gebäudes von ungefähr der gleichen Länge wie der Rumpf der *Wyvern*.

»Lord Guillaume hat diese Halle letzten Sommer bauen lassen«, sagte Aubert kopfschüttelnd. »Nicht dass er oft hierherkam; ich glaube nicht, dass seine Frauensleute je hier waren. Seit er zum Vicomte gemacht wurde, hat er Eoferwic selten verlassen.«

Wir setzten unseren Weg den Hügel hinauf fort, mit der Hand immer in der Nähe des Schwertgriffs, falls irgendwelche Rebellen darauf warteten, uns bei unserer Ankunft oben zu überfallen. Aber der Wind hatte nachgelassen, und außer dem Krächzen der Aasvögel, die über dem Dorf kreisten, war der Tag still. Und obwohl es von den Schatten, die ich vorhin glaubte gesehen zu haben, kein Anzeichen gab, traten wir vorsichtig auf und achteten darauf, dass unsere Kettenhemden nicht zu viel Lärm machten.

Schließlich wurde der Anstieg weniger steil, und wir konnten ganz Alchebarge vor uns sehen. Es hatte nicht den Anschein, als sei es ein großes Dorf gewesen – vielleicht höchstens ein Dutzend Familien –, und jetzt war es eher noch weniger. Wo einmal Häuser und Werkstätten gestanden hatten, waren jetzt nur noch Haufen still vor sich hinschwelender Holzbalken und Asche. Überall lagen Leichen herum: Männer, Frauen und Kinder, Ochsen und Rinder, alle im Tod vereint. Der Gestank von verbranntem Fleisch hing in der Luft.

»Sie haben nichts übrig gelassen«, sagte Wace, als wir zwischen den Leichen hindurchgingen. Krähen pickten mit schwarzen Schnäbeln an ihnen herum, rissen Haut von den Knochen, schlugen wütend mit den Flügeln nach anderen ihrer Gattung, die versuchten heranzukommen. Sie beobachteten uns genau, als wir uns näherten, hüpften widerwillig beiseite und sammelten sich wieder, sobald sie dachten, wir seien weit genug entfernt.

Viele der Leichen waren in Stücke zerhackt, hatten keine Arme oder auch Köpfe mehr. Mehrere von ihnen waren Normannen; einige hatten tatsächlich noch ihre Panzerung an, und ihre Schilde lagen neben ihnen. Die meisten schienen allerdings Engländer zu sein, und nach ihrer Kleidung zu schließen hielt ich sie hauptsächlich für Einwohner von Alchebarge und nicht für diejenigen, die dieses Zerstörungswerk vollbracht hatten.

»Sie haben sogar ihre eigenen Landsleute getötet«, sagte ich, weil ich kaum glauben konnte, was ich sah, bis mir einfiel, dass sie das Gleiche mit Oswynn gemacht hatten. Ich stellte mir vor, dass ihre Leiche unbegraben in Dunholm lag, genau wie diese hier, und hoffte, dass sie mir vergeben würde, wenn wir uns am Ende der Tage wiedersehen würden.

Eudo spuckte auf den Boden. »Sie sind nicht besser als Tiere«, sagte er.

»Warum haben sie das getan?«, fragte Wace.

»Vielleicht haben die Dorfbewohner sich gewehrt«, schlug Aubert vor. »Oder vielleicht gab es keinen Grund.«

Ich fragte mich, wie lange Oswynn sich hatte wehren können. Vor unserem Marsch nach Dunholm hatte ich ihr ein Messer geschenkt und viele Stunden damit verbracht, ihr zu zeigen, wie man es benutzte: Wie man damit zustieß und wie man schnitt; die Körperstellen, auf die man zielen sollte; wie man es im Bauch eines Mannes drehte, um ihn schnell zu töten. Ich hoffte, sie hatte sich daran erinnert. Ich hoffte, sie hatte in jener Nacht viele Northumbrier in den Tod geschickt.

Wir gingen schweigend zu Malets Halle. Die einzigen Teile, die immer noch standen, waren die Pfosten, die das Dach getragen hatten, und diese nur bis zur Taillenhöhe. Die Dachbalken selber waren sämtlich mit den Wänden zusammengebrochen, und an vielen Stellen war nicht mehr davon übrig geblieben als ein dicker Haufen grauer Asche. Unter einigen zerbrochenen Balken lagen mehrere geschwärzte Leichen zusammengedrängt in der Mitte der Halle, so stark verbrannt, dass nur noch ihre Knochen und Zähne übrig geblieben waren.

»Ein Hallenbrand«, murmelte Radulf.

Ich nickte grimmig. »Sie haben sie hier eingesperrt, bevor sie das ganze Gebäude in Brand gesteckt haben.« Es dürfte nicht mehr als ein paar Herzschläge gedauert haben, bis die Flammen durch das Strohdach schlugen, und nicht viel länger, um sich nach unten auszubreiten und den Rest der Halle zu verschlingen. Das Entsetzen, das die in ihrem Innern empfunden haben müssen, als die Feuersbrunst sie umgab, immer näher kam, immer heißer wurde …

»Genauso wie sie Lord Robert getötet haben«, sagte Eudo. Er schaute zuerst Wace und dann mich an, lange genug, dass ich die Wut in ihm wachsen sehen konnte.

Ich senkte den Kopf und schloss die Augen, versuchte das Bild des Feuers und das Lord Roberts aus meinem Kopf zu verbannen. Das hier war nicht die richtige Zeit, über solche Dinge nachzudenken.

»Hier haben sie das Gleiche gemacht«, hörte ich Godefroi rufen.

Ich schlug die Augen auf; das Sonnenlicht überflutete mich wieder. Godefroi winkte uns zu einer Ruine, die, wie mir klar wurde, der Stall gewesen sein musste, denn unter einem heruntergefallenen Dachbalken lag ein Pferdekopf. Haare und

Haut waren weggebrannt und entblößten den gelblich weißen Schädel, dessen Kieferknochen weit offen standen, wie es im Moment des Todes wohl der Fall gewesen war.

»Die Feinde können kein Interesse am Plündern gehabt haben, sonst hätten sie die Tiere mitgenommen«, sagte ich.

»Oder sie hatten keine Möglichkeit, sie leicht fortzuschaffen«, sagte Wace. »Falls sie mit dem Schiff kamen, hatten sie wahrscheinlich keinen Platz.«

»Aber wenn sie sich auf dem Flussweg genähert haben, warum hat sie dann niemand aus dem Dorf herankommen sehen?«, fragte Eudo. »In der Zeit, die sie gebraucht hätten, das Watt zu durchqueren, hätten die Dorfbewohner allesamt fliehen können. Stattdessen haben sie ihre Stellung gehalten und sind gestorben.«

»Es sei denn, die Feinde haben weiter flussabwärts angelegt und sind über Land marschiert«, sagte ich. »Jeder Rückzug ins Land wäre abgeschnitten gewesen, und bei Ebbe wären die Dorfbewohner von den Marschen eingeschlossen gewesen.«

»Das würde einen Sinn ergeben, wenn man bedenkt, dass die Stechkähne immer noch am Landungssteg vertäut waren«, sagte Wace.

Aubert stieß einen Schrei aus. Ich drehte mich schnell herum, meine Hand fuhr zu dem Schwertgriff an meiner Hüfte, weil ich mir einbildete, dass Horden northumbrischer Krieger aus dem Süden auf uns zugeeilt kämen. Aber da war kein Feind; stattdessen kniete der Schiffmeister neben einer der Leichen, nicht weit vom östlichen Ende der Halle.

»Sein Name war Henri«, sagte er, als wir näher kamen. »Er war Lord Guillaumes Verwalter hier.«

Das Gesicht des Mannes war mit Blut verkrustet und wies kreuzweise Schwertwunden auf, aber mir schien, dass es ein gut aussehendes Gesicht gewesen wäre, ausgeprägt und jugendlich zugleich. Henri konnte zum Zeitpunkt seines Todes nicht viel älter gewesen sein als ich. In seiner Brust war eine klaffende Wunde, über der eine seiner Hände lag, deren Finger, wie die Tunika darunter, dunkelrote Flecken aufwiesen. Sein anderer Arm lag ausgestreckt an seiner Seite mit der Handfläche nach oben und gekrümmten Fingern, als ob er etwas mit ihnen hätte packen wollen. Falls allerdings etwas darin gewesen war, hatte es der Feind bereits an sich genommen.

»Kanntet Ihr ihn gut?«, fragte ich.

Aubert stand auf und schaute immer noch auf Henris Leiche hinunter. »So gut wie gar nicht«, sagte er. »Ich bin ihm nur ein Mal begegnet, vor ein paar Monaten, als wir auf dem Weg nach Eoferwic hier angelegt haben. Ich habe ihn als großzügigen Mann kennengelernt. Er hat ein Fest für die ganze Mannschaft organisiert.« Der Schiffmeister seufzte. »Habt Ihr etwas gefunden?«

»Nichts«, antwortete ich. »Der Feind hat nichts übrig gelassen.«

»Da ist die Kirche«, sagte Philippe. »Die haben sie nicht in Brand gesteckt.«

Ich schaute hinüber zu ihrem Turm und dem Längsschiff aus Stein, die das Dorf überschauten. Die Kirche war auf dem höchsten Punkt des Bergrückens errichtet worden; ihr Hof war von einem schmalen Graben abgegrenzt, der einen durchgehenden Kreis beschrieb und nur im Osten unterbrochen war. Falls die Dorfbewohner irgendwo Zuflucht gesucht hatten, dann vermutlich dort, denn dies schien das einzige Gebäude zu sein, das auf irgendeine Weise verteidigt werden konnte. Dennoch hatte ich keine große Hoffnung, jemanden darin zu finden, der noch am Leben war.

Tatsächlich stellte sich heraus, dass niemand dort war. Die Kirche war klein, und wir brauchten nicht lange, um sie zu durchsuchen. Überraschenderweise hatte der Respekt der Rebellen für die Kirche sich auch auf ihr Inventar erstreckt, denn es gab einiges von Wert, das sie nicht mitgenommen hatten: ein großer Zinnteller, auf dem die Kreuzigung dargestellt war, mit eingelegten Silberbuchstaben, drei silberne Kerzenleuchter und ein kleines goldenes Kreuz. Aber von einem Priester oder irgendeinem anderen Menschen gab es keine Spur. Doch falls dieselben Rebellen, denen wir letzte Nacht begegnet waren, für das die Verantwortung trugen, was hier in Alchebarge geschehen war, wäre der Angriff natürlich schon einen Tag alt. Falls irgendjemand ihn überlebt hätte, wäre er längst geflohen.

Wir blieben eine kleine Weile in der Kirche und beteten für Malets Männer, die gestorben waren. Es war das Beste, was wir zu tun hoffen konnten, wenn man bedachte, dass wir keine Zeit hatten, ihnen das Begräbnis zukommen zu lassen, das sie verdient hatten. Mir war bewusst, dass der Tag voranschritt, und daher kehrten wir, sobald wir fertig waren, durch das Dorf und den Abhang hinunter durch die Marschen zum Schiff zurück.

Die Ebbe war an ihrem tiefsten Punkt, und deshalb wartete die *Wyvern* nicht weit vom Rand des Watts entfernt auf uns, wo immer noch genug Wasser war, dass sie manövrierfähig blieb. Oylard hatte seine Sache gut gemacht, denn er hatte eine Stelle zwischen zwei großen Schlammbänken gefunden, die beide dicht mit Schilf bewachsen waren, was sicherstellte, dass sie vom Fluss nicht gesehen werden konnte.

Die Sonne stand hoch am Himmel, als wir zum Schiff zurückkehrten und von den Neuigkeiten erzählten, die wir im Dorf gesehen hatten.

»Was machen wir denn jetzt?«, fragte Elise mit einem besorgten Gesichtsausdruck. Sie war blass geworden, als sie von dem Hallenbrand erfuhr. »Wir haben keine Pferde, und wir können nicht zu Fuß nach Lundene reisen.«

»Der Trente fließt durch Lincolia«, sagte der Kaplan. »Wir können sicherlich stromaufwärts fahren und von dort die alte Straße nehmen.«

Der Schiffmeister rieb sich das Kinn und schaute skeptisch drein. »Wir haben immer noch Ebbe«, sagte er. »Wir müssen auf die nächste Flut warten, bis wir stromaufwärts fahren können. Nein, Ihr würdet über Land schneller vorwärtskommen. Wenn wir weiter den Humbre hinabfahren, gibt es eine oder zwei Stunden von hier eine Stadt namens Suthferebi, wo Ihr die Möglichkeit haben solltet, Pferde zu kaufen.«

»Ihr kennt den Fluss besser als wir alle«, sagte ich. »Ich überlasse Euch die Entscheidung.«

Aubert nickte. »Dann soll es Suthferebi sein.« Er gab seinen Ruderern die entsprechenden Anweisungen, setzte sich wieder an die Ruderpinne und steuerte die *Wyvern* langsam aus den Untiefen heraus, bis wir wieder das offene Wasser erreicht hatten. Auf unserer Fahrt den Fluss hinab kamen wir an weiteren Dörfern vorbei, von denen viele das gleiche Schicksal erlitten hatten wie Alchebarge, obwohl es einige gab, die von den Rebellen nicht angetastet worden waren. Tatsächlich hörte ich in einiger Entfernung Rinder muhen und konnte auf den Feldern Männer und Frauen mit ihren Ochsen sehen, die die Erde pflügten. Aber warum jene verschont geblieben waren und die anderen nicht, konnte ich nicht erkennen. Ich hoffte nur, dass Suthferebi der Zerstörung entronnen war.

Getreu der Einschätzung des Schiffmeisters war es nur kurz nach Mittag, als die Stadt auf unserer Steuerbordseite entdeckt wurde, zunächst in Form einiger Rauchsäulen, dann als Gruppe von Hütten am Ufer, bis es, als wir näher kamen, möglich war, eine Palisade, eine Kirche und eine Halle auszumachen. Ich lächelte Wace und Eudo an, die ebenfalls dorthin schauten, und sie lächelten zurück. Wir hatten es von Eoferwic bis hierher geschafft, und Northumbria lag endlich hinter uns.

Siebzehn

Noch am gleichen Nachmittag, sobald wir Reittiere für die Reise hatten, brachen wir gen Süden auf. Ich hatte eigentlich auf ein Gestüt in der Nähe gehofft, wo wir gute Kriegspferde für mich und die anderen Ritter hätten finden können, aber es gab keins, und deshalb mussten wir mit dem zufrieden sein, was wir in der Stadt auftreiben konnten.

Glücklicherweise entpuppte sich Suthferebi als florierende Hafenstadt: ein bevorzugter Einkaufsort sowohl für Handelsschiffe auf dem Weg nach Eoferwic, als auch für Reisende auf dem Weg nach Norden, bevor sie den Humbre kreuzten. Unter den vielen Alehäusern war eines, wie wir erfuhren, dessen Inhaber einen Pferdehandel betrieb. Er hieß Ligulf, war ein Mann in mittleren Jahren mit dickem Bauch, blonden Haaren, blauen Augen und einer schroffen Art, und ich hatte den Eindruck, dass mehr als ein bisschen dänisches Blut in ihm steckte. Aus einer Flasche trinkend, führte er uns herum in den Hof hinter dem Alehaus und zeigte uns mehr als ein Dutzend der Tiere aus seinem Stall. Die meisten hatten ihre besten Jahre hinter sich und ein paar waren derart dünn, dass ich mich fragte, ob sie überhaupt in dieser Woche Futter bekommen hatten, aber wir hatten kaum eine andere Wahl, und deshalb suchte ich die neun aus, die am kräftigsten aussahen.

»Sie müssen uns nur bis Lundene tragen«, hob Eudo hervor. Ich hatte ihn mitgenommen, damit er für mich übersetzte, während Ælfwold bei den Damen auf dem Schiff blieb. »Wir können sie dort verkaufen und ihre Kosten wieder hereinholen.«

»Wir werden nie den Preis erzielen, den er von uns haben will«, sagte ich mit leiser Stimme, auch wenn ich nicht wusste warum, weil der Mann mich sowieso nicht verstehen konnte. Er wollte nicht weniger als vier Pfund Silber für neun Tiere haben: ein lächerlicher Betrag und mehr, als Malet mir für die ganze Reise gegeben hatte.

»Ich könnte mich irren. Er spricht mit einem seltsamen Akzent, und ich verstehe nicht alles, was er sagt.«

»Sag ihm, wir geben ihm anderthalb Pfund.« Das war ein fairer Preis, wenn man den Zustand der Tiere in Rechnung stellte.

Eudo redete ausführlich mit Ligulf, der ein Gesicht machte, als würde er beleidigt.

»*Threo pund*«, sagte er schließlich. Seine Wangen waren gerötet, aber ob das daran lag, dass er wütend war, oder mit seinem Metkonsum zusammenhing, konnte ich nicht entscheiden.

»Drei Pfund«, übersetzte Eudo, ein wenig unnötig, weil ich zwar nicht gut Englisch konnte, so viel aber trotzdem verstanden hatte.

»*Threo pund*«, sagte Ligulf wieder. Sein Atem roch schlecht, als er sich vor mich stellte und mit seiner Flasche vor meinem Gesicht wedelte. Met tropfte von seinem Bart auf seine Wampe.

Ich spuckte auf den Boden und begann wegzugehen, aber er eilte hinter mir her, und am Ende gab er sich damit zufrieden, nur zwei Pfund zu nehmen, was immer noch viel zu viel für die Tiere war, aber es schien der beste Preis zu sein, den wir kriegen sollten. Eudo hatte auf jeden Fall recht: Sie mussten uns nur bis nach Lundene tragen.

Ich ließ ihn dort, um auf unsere Pferde aufzupassen, während ich hinunter zum Ufer ritt, um die anderen zu holen und dem Schiffmeister Lebewohl zu sagen. Wir waren nicht weit von der Mündung des Humbre in das Deutsche Meer entfernt, und der Geruch des Ozeans stieg mir in die Nase. Mehrere Dutzend Figuren hatten sich um das Schiff versammelt, das hoch über die Flutlinie an Land gezogen worden war, wie ich sah. Es gab keine Kaianlagen in Suthferebi, sondern eine weite Fläche von Sand, Kieseln und Schlick, die das feste Land vom Fluss trennte. Mehrere andere Schiffe waren bis dorthin hochgezogen worden, von den Ruderbooten, die wahrscheinlich den Fischern gehörten, bis zu anderen mit hohen Seiten und einem breiten Rumpf, die ich für die Fähren hielt, von denen, wie Ælfwold uns sagte, der Ort seinen Namen hatte. Aber keins jener Schiffe war annähernd so groß wie die *Wyvern*, und das war es eindeutig, was das Interesse der Stadtbewohner erregt hatte: Sie begriffen, dass ein Schiff dieser Größe Reichtum bedeutete. Nicht dass wir ihnen viel zu verkaufen hatten; sie war eher für den Krieg gebaut als für den Transport von Waren, und außerdem hatten wir Eoferwic in solcher Eile verlassen, dass wir wenig außer unseren notwendigen Vorräten dabeihatten.

Wasser tropfte von dem freiliegenden Rumpf, und als ich näher ritt, konnte ich Stellen sehen, wo der Kielgang gesplittert war. Der Schiffmeister ging um das Schiff herum und untersuchte jede einzelne der Planken, die den Rumpf bildeten. Ich ließ mein Pferd oben an der Böschung grasen und ging hinunter, um mit ihm zu sprechen, wobei meine Stiefel mit jedem Schritt in den Kies einsanken. Der Wind blies inzwischen kräftig, und der Himmel wurde grau. Nieselregen hing in der Luft, und ich spürte seine kalte Feuchtigkeit auf den Wangen.

»Aubert«, rief ich.

Er hob den Kopf, sah mich und winkte mich hinüber.

»Hat sie bleibende Schäden davongetragen?«, fragte ich ihn wieder auf Bretonisch, weil ich wusste, dass ich vielleicht längere Zeit keine Gelegenheit haben könnte, sie zu benutzen.

»Nur ein paar Kratzer und Schrammen«, erwiderte er. Geistesabwesend fuhr er mit der Hand über eine Planke und zog einen Splitter ab. »Sie geht so schnell nicht unter.«

»Das ist gut zu hören.«

»Ja, aber es wäre noch besser, wenn wir in den nächsten Tagen gute Nachrichten aus Eoferwic hören würden.«

»Und falls nicht?«

»Wenn die Dinge dort schlecht stehen, fahren wir nach Lundene«, sagte er. »Vielleicht sehen wir uns dort wieder.«

»Vielleicht«, sagte ich, obwohl ich in Wahrheit nicht glaubte, dass es dazu käme. Sobald wir in Wiltune gewesen waren, wusste ich nicht, wohin wir reiten würden.

Er schaute das Ufer hoch in Richtung der Stadt und wies mit dem Kopf auf mein Pferd, das auf der Böschung graste. »Wollt Ihr jetzt aufbrechen?«

»Das wollen wir«, sagte ich. »Der Tag schreitet voran, und wir müssen bald los, wenn wir eine Chance haben wollen, Lincolia heute Nacht noch zu erreichen.«

Er schaute zur Sonne hoch, die von den dichter werdenden Wolken im Süden und Westen verborgen wurde. »Wenn Ihr es so weit schafft, habt Ihr Euch wacker geschlagen.«

Ich zuckte mit den Achseln. »Wir können es zumindest versuchen. Sonst werden wir ein Wirtshaus finden, um darin zu übernachten.«

»Gebt auf den Straßen acht«, sagte Aubert. »Dies ist nach meiner Erfahrung immer schon eine gesetzlose Gegend gewesen, und die meisten Leute hier haben nicht viel für die Franzosen übrig, also passt auf euch auf.«

»Und Ihr auch.« Ich umfasste seine schwielige Hand. »Auf ein baldiges Wiedersehen.«

»Auf ein baldiges Wiedersehen«, erwiderte er und lächelte.

Ich sah Ælfwold nicht weit weg mit einer Gruppe von Bürgern reden und winkte ihm zu, um ihn auf mich aufmerksam zu machen. Er hob eine Hand zum Zeichen, dass er mich gesehen hatte, entschuldigte sich und beendete sein Gespräch, bevor er zu Wace, Radulf, Godefroi und Philippe ging, die alle bei Elise standen.

Beatrice war nicht bei ihnen, aber dann sah ich sie unten am Ufer stehen, weg von der Menge. Sie schaute über den Fluss nach Norden, und als die Sonne kurz hinter einer Wolke zum Vorschein kam, lag ihr Gesicht auf einmal im tiefen Schatten. Vom Meer her blies ein scharfer Wind, der an ihrem Kleid zupfte, und ich fragte mich, ob ihr nicht kalt war. Ich ging über den Uferstreifen zu ihr, und die Steine knirschten unter meinen Füßen.

Sie musste mich gehört haben, denn sie warf einen Blick über ihre Schulter, lange genug, um zu erkennen, dass ich es war, bevor sie sich wieder zum Fluss umdrehte. »Was wollt Ihr?«, fragte sie.

»Wir brechen auf«, sagte ich. »Holt Eure Sachen.« Was sie auf dem Schiff gesagt hatte, war noch frisch in meinem Gedächtnis, und ich war an jenem Morgen nicht geneigt, respektvoll zu sein, auch wenn sie die Tochter meines Herrn sein mochte.

Sie antwortete nicht, aber ich wusste, dass sie mich gehört hatte. Sie hatte die Schuhe ausgezogen, und das Wasser plätscherte über ihre Füße. Ihre langen Zehen waren vor Kälte rosafarben und glänzten nass, wo sie unter dem Saum ihres Kleides hervorragten, der ebenfalls feucht war.

Ich hob ihre Schuhe von ihrem Platz neben einem knorrigen Holzklotz auf, der mit der letzten Flut angeschwemmt worden sein musste, und hielt sie ihr hin. »Zieht sie an«, sagte ich.

Sie riss mir die Schuhe aus der Hand und presste sie an ihre Brust, als sie sich auf den Holzklotz setzte, wobei sie mich die ganze Zeit wütend anstarrte, bevor sie schließlich tat, was ich ihr gesagt hatte. Ich hielt ihr eine Hand hin, um ihr aufzuhelfen, aber die ignorierte sie.

»Ich komme allein zurecht«, sagte sie, die Worte beinahe ausspuckend, während sie aufstand und an mir vorbeieilte, um den anderen das Ufer hinauf in die Stadt zu folgen.

Einen Moment lang blickte ich ihr hinterher und fragte

240

mich, warum sie so schwierig war. Innerlich graute mir vor dem Gedanken an die kommende Woche, denn bis nach Lundene wären wir eine Weile unterwegs. Ob ich im Umgang mit den Damen solange die Ruhe bewahren könnte, wusste ich nicht.

Ich ging los, um mein Pferd zu holen, das immer noch auf der Böschung graste, allerdings ein kurzes Stück in Windrichtung weitergegangen war. Als ich in den Sattel stieg, hielt ich inne, um einen letzten Blick auf das Schiff zu werden. Aubert sah mich und winkte noch einmal. Ich erwiderte seinen Gruß, bevor ich schließlich meinem Reittier die Sporen gab.

In den folgenden Tagen kamen wir gut voran. Jeden Morgen standen wir mit dem ersten Licht auf, und jeden Abend blieben wir auf der Straße, bis es fast dunkel war. Obwohl die Tiere, die wir gekauft hatten, nicht so kräftig waren wie die Schlachtrösser, an die ich gewöhnt war – man durfte sie nicht zu hart und zu lang antreiben –, waren wir dennoch in der Lage, pro Tag zwischen zwanzig und dreißig Meilen zurückzulegen, wie ich schätzte.

Wir übernachteten anfangs in Wirtshäusern, und von denen gab es viele, weil dies die alte Straße von Lundene in den Norden des Reichs war. Aber während die Gastwirte, auf die wir trafen, sehr glücklich waren, unser Geld zu nehmen, befürchtete ich, zu viel Aufmerksamkeit auf uns zu lenken. Eine Reisegesellschaft von nur sieben Männern und zwei Frauen würde nicht unbemerkt bleiben. Überall hörten wir Geschichten von Franzosen, die auf der Straße überfallen worden waren: Kaufleute und Ritter und sogar Mönche, die nicht deswegen getötet worden waren, was sie mit sich führten, sondern deswegen, wer sie waren. Obwohl ich versuchte, auf solche Gerüchte nicht viel zu geben, war es ja nicht nur meine Sicherheit, die es zu bedenken galt, und daher verlegten wir uns nach ein paar Nächten darauf, im Wald zu campieren.

Elise gefiel die Idee, in der Wildnis zu übernachten, nicht sehr, und während wir anderen Zelte aufschlugen und ein Lagerfeuer machten, beklagte sie sich lautstark über die Kälte, die Feuchtigkeit, die Wölfe, die sie oben in den Hügeln hatte heulen hören. Das war nicht die Art und Weise, wie die Frau eines Vicomtes leben sollte, sagte sie; ihr Mann wäre nicht erfreut, wenn er erfahren würde, wie man sie behandelt hatte. Sie verstummte bald, als ich darauf hinwies, dass wir nicht weiterreiten würden, aber als wir am nächsten Tag aufbrachen, fing sie wieder an, und als wir später an jenem Morgen bei einem Bach anhielten, um unsere Weinschläuche zu füllen, sah ich die Verärgerung in den Gesichtern der anderen Ritter. Nur Wace und Beatrice, die alles mit einer stillen Würde akzeptierte, die ich nur bewundern konnte, schienen unbeeindruckt. Sogar Ælfwold machte einen abgespannten Eindruck, besonders als Elise andeutete, der Priester ergriffe für mich Partei, woraufhin er ihr ein paar Worte ins Ohr sprach. Ich konnte nicht hören, was er sagte, aber innerlich dankte ich Gott, denn danach blieb sie still.

Die nächste Nacht verbrachten wir auf einer Lichtung ein kurzes Stück im Süden der Stadt Stanford. Ælfwold und die beiden Damen waren bereits in ihren Zelten, obwohl es erst seit rund einer Stunde dunkel war. Wir anderen saßen um das Feuer herum und aßen von unseren Schilden, die wir auf dem Schoß liegen hatten.

Seit einer ganzen Weile hatte niemand etwas gesagt, als Eudo in sein Bündel griff und ein hölzernes Rohr hervorholte, das ungefähr zwei Handspannen lang war und ein halbes Dutzend Löcher aufwies. Seine Flöte, wurde mir mit einem gewissen Erstaunen klar; es war lange her, dass ich ihn hatte spielen hören.

»Ich dachte, du hättest sie vor Monaten verloren«, sagte ich.

»Hatte ich auch«, antwortete er. »Irgendein Bastard hat sie mir um Weihnachten herum aus meinem Bündel gestohlen. Ich habe die hier gekauft, als wir in Eoferwic waren.«

Er hielt sie vor sich, schloss die Augen, als versuche er sich zu erinnern, wie man sie benutzt, dann setzte er das schnabelförmige Ende an die Lippen, holte tief Luft und begann: zuerst leise, aber dann langsam lauter werdend, auf jedem wehmütigen Ton verweilend, bis ich nach kurzer Zeit die Melodie wiedererkannte. Es war ein Lied, an das ich mich von unserem Feldzug in Italien vor all diesen Jahren erinnerte, und während ich zuhörte und in das Feuer starrte, fand ich mich dort wieder, fühlte die Hitze des Sommers, ritt über die ausgedörrten Felder mit ihren braunen und verwelkten Pflanzen, durch Olivenhaine und Zypressendickichte.

Eudos Finger tanzten über die Löcher, während die Musik schneller wurde, elegant auf einen Höhepunkt zusteuerte, wo sie eine Weile zitternd verharrte, bevor sie auf einem abschließenden reinen Ton zur Ruhe kam und in einem Nichts verklang.

Er nahm sie von den Lippen und schlug die Augen auf. »Ich sollte mehr üben«, sagte er, beugte seine Finger und legte das Instrument neben sich. »Ich habe lange Zeit nicht mehr gespielt.«

Wenn er das nicht gesagt hätte, wäre ich nicht auf die Idee gekommen, so sicher und lieblich hatte sein Spiel geklungen.

»Lass uns noch ein Lied hören«, sagte Wace.

Das Feuer war heruntergebrannt, bemerkte ich, und der Stapel von Ästen, die wir gesammelt hatten, war zum größten Teil verschwunden.

»Ich gehe noch etwas Holz holen«, sagte ich und stand auf.

Es hatte früher am Tag geregnet, und deshalb war nicht viel trockenes Holz zu finden, aber irgendwann hatte ich genug gesammelt, um das Feuer in Gang halten zu können, zumindest ein paar Stunden. Ich machte mich mit einem Bund feuchter Stöcke unter dem Arm auf den Rückweg, als ich glaubte, in der Nähe unter den Bäumen eine Stimme gehört zu haben.

Ich blieb stehen. Die Nacht war still, und einen Moment lang kam das einzige andere Geräusch, das ich hören konnte, von Eudos Flöte, der diesmal ein schnelleres Lied spielte: eins, das leichter und verspielter war. Aber dann kam die Stimme wieder, leise und mit sanftem Ton. Eine Frauenstimme, merkte ich, und als ich näher kam, sah ich, dass es Beatrice war.

Sie kniete mit gebeugtem Kopf und zum Gebet gefalteten Händen auf dem Boden. Sie wandte mir den Rücken zu, und die Kapuze ihres Umhangs war zurückgezogen, sodass ihre blonden Haare zu sehen waren, die hinten zu einem straffen Zopf geflochten waren. Meine Schritte machten kaum ein Geräusch auf dem feuchten Waldboden, und sie schien mich nicht gehört zu haben.

»Mylady«, sagte ich. »Ich dachte, Ihr wärt schon im Bett.«

Sie schaute hoch, und bei ihrem Gesichtsausdruck musste ich an ein Stück Wild denken, das gerade den Klang eines Jagdhorns gehört hat.

»Ihr habt mich erschreckt«, erwiderte sie mit angespannten Lippen.

»Es ist nicht ungefährlich, durch den Wald zu wandern. Ihr solltet bei den anderen sein.« Ich schaute zurück zum Feuer und fragte mich, wie sie unbemerkt hatte weggehen können. Ich würde später mit ihnen reden.

»Ich wandere nicht«, sagte sie. »Und ich brauche niemanden, der auf mich aufpasst.«

Sie wandte sich ab, beugte wieder den Kopf und schloss die Augen; vielleicht hoffte sie, ich würde weggehen, wenn sie mich nicht beachtete. Als das schwache Mondlicht auf ihr Gesicht fiel, konnte ich allerdings sehen, dass ihre Wangen nass waren, und mir wurde klar, dass sie geweint hatte.

»Was bekümmert Euch?«, fragte ich.

Sie sagte nichts, aber das war auch nicht nötig, weil ich die

Antwort bereits wusste, sobald die Frage meinen Mund verlassen hatte. »Ihr denkt an Euren Vater, nicht wahr?«

Sie schlug die Hände vor das Gesicht, als wolle sie ihre Tränen vor mir verbergen. »Lasst mich allein«, sagte sie schluchzend. »Bitte.«

Aber Ælfwolds Worte einige Tage zuvor waren noch frisch in meinem Gedächtnis, und der Anblick von Beatrice, wie sie da zitternd kniete, war mehr, als ich ertragen konnte. Hier hatte ich eine Chance, die Sache in Ordnung zu bringen.

Ich hockte mich neben sie und legte das Feuerholz ab, bevor ich ihr sanft die Hand auf die Schulter legte. Sie zuckte bei der Berührung zusammen, versuchte aber nicht aufzustehen oder meine Hand abzuschütteln.

»Ihr versteht nicht, was das für ein Gefühl ist«, sagte sie, »nicht zu wissen, ob Ihr jemanden jemals wiedersehen werdet.«

Lord Robert, Oswynn, Gérard, Fulcher, Ivo, Ernost, Mauger: ich würde keinen von ihnen wiedersehen. Zumindest nicht in diesem Leben. Aber ich verstand sehr wohl, dass sie das nicht gemeint hatte.

»Nein«, sagte ich. »Das tue ich nicht.«

Ich wusste nicht, was ich noch hinzufügen könnte, und sie sagte auch nichts, aber ich blieb hocken, bis mir die Beine begannen wehzutun und ich einen stechenden Schmerz in meiner Wunde spürte, und setzte mich dann auf die nassen Blätter. Die Feuchtigkeit drang durch den dünnen Stoff meiner Beinlinge, die kalt auf meiner Haut lagen, aber das war mir gleichgültig.

»Ich kannte meinen Vater kaum«, sagte ich leise nach einer Weile. »Und meine Mutter auch nicht. Beide starben, als ich jung war.«

Das war fast zwanzig Jahre her, wurde mir klar. Was würden sie von mir denken, wenn sie mich hier sitzen sehen könnten? Würden sie den Mann wiedererkennen, zu dem ich geworden war?

»Der Mann, der einem Vater für mich am nächsten kam, war Robert de Commines«, fuhr ich fort. »Und jetzt ist auch er nicht mehr da, ermordet zusammen mit all meinen verschworenen Brüdern und Oswynn …«

Ich brach ab, weil mir plötzlich bewusst wurde, dass Beatrice' Blick auf mir ruhte. Ich hatte seit Jahren nicht über meine Familie gesprochen. Warum tat ich es jetzt? Warum erzählte ich gerade ihr von Robert, von Oswynn?

»Oswynn«, sagte Beatrice. Ihre Tränen hatten aufgehört zu fließen, und in dem weichen Licht war ihre Haut milchblass. »Sie war Eure Frau.«

»Das war sie.«, sagte ich leise.

»Habt Ihr sie geliebt?«

Nicht so sehr, wie ich es hätte tun sollen, dachte ich, obwohl zur gleichen Zeit vermutlich mehr, als ich mir gegenüber je zugegeben hatte. Hätte ich sie geheiratet, wenn sie am Leben geblieben wäre? Wahrscheinlich nicht; sie war Engländerin und außerdem von niederer Herkunft, die Tochter eines Schmieds. Und trotzdem war sie anders gewesen als all die anderen jungen Frauen, die ich gekannt hatte: willensstark und von feurigem Temperament, völlig furchtlos und in der Lage, selbst den kampferprobtesten von Lord Roberts Rittern Paroli zu bieten. Jemand wie sie würde es nicht mehr geben.

»Das habe ich«, erwiderte ich knapp und überließ Beatrice, daraus zu machen, was sie wollte.

»Wie ist sie gestorben?«

»Das weiß ich nicht. Einer meiner Männer hat mir davon berichtet. Ich habe nicht gesehen, was geschehen ist.«

»Vielleicht war es besser so?«

»Besser?«, wiederholte ich. »Es wäre besser gewesen, wenn ich sie gar nicht erst verlassen hätte. Wenn ich bei ihr gewesen wäre, hätte ich sie beschützen können.« Und sie wäre jetzt noch am Leben, dachte ich.

»Oder Ihr wärt zusammen mit ihr gestorben«, sagte Beatrice.

»Nein«, sagte ich, obwohl sie natürlich recht hatte. Wenn der Feind sie so plötzlich angegriffen hatte, wie Mauger sagte, hätte ich wahrscheinlich wenig ausrichten können. Doch was ging es Beatrice an, was mit Oswynn geschehen war?

Ich war auf einmal ganz durcheinander und stand auf. »Wir sollten zurückgehen. Die anderen werden sich fragen, wo wir sind.«

Ich hielt ihr die Hand hin, um ihr beim Aufstehen behilflich zu sein, und sie ergriff sie. Ihre Finger waren lang und zierlich, ihre Handfläche kalt, aber weich. Sie erhob sich, strich ihren Rock glatt und entfernte Blätter und Zweige. Da, wo sie gekniet hatte, waren Matschflecken, aber daran war nichts zu ändern. Sie zog sich die Kapuze wieder über das Haar, während ich das Holz für das Feuer aufhob, und dann gingen wir zusammen in die Richtung des Lagers. Eudo hatte aufgehört zu spielen, zumindest einstweilen, und die Ritter lachten untereinander, während sie Schlucke aus einem Weinschlauch nahmen, der zwischen ihnen die Runde machte.

Als wir am Rand der Lichtung ankamen, wünschte ich ihr eine gute Nacht und schaute zu, wie sie zurück zu ihrem Zelt ging. Zum ersten Mal seit Wochen fühlte ich mich frei, als ob allein dadurch, dass ich über Robert und Oswynn gesprochen hatte, ein Gewicht von meinem Herzen genommen worden sei.

Ich wollte mich gerade zu den anderen ans Feuer setzen, als ich Ælfwold in den Schatten neben seinem Zelt stehen sah. Wie lange hatte er dort schon gestanden? Ich ignorierte ihn und machte mich auf den Weg zum Feuer, aber ich war kaum fünf Schritte gegangen, als er meinen Namen rief. Einen Augenblick lang erwog ich, so zu tun, als hätte ich ihn nicht gehört oder gesehen, aber dann rief er ein zweites Mal, und als ich mich umdrehte, marschierte er auf mich zu.

»Was habt Ihr getan?«, wollte er wissen.

Ich starrte ihn überrascht an. Ich kannte den Kaplan erst seit ein paar Wochen, aber ich hatte ihn noch nie derart aufgebracht gesehen. »Was meint Ihr?«

»Ihr wisst, was ich meine«, antwortete er und zeigte auf das Zelt der Damen.

Da wurde mir klar, dass er mich mit Beatrice gesehen haben musste. Und tatsächlich, welchen Eindruck musste es gemacht haben, als wir beide zusammen zwischen den Bäumen auftauchten?

»Sie war aufgeregt«, sagte ich und spürte, wie mir das Blut in die Wangen stieg. Doch ich hatte keinen Grund, mich zu schämen, und wenn der Priester vom Gegenteil überzeugt war, dann irrte er sich. »Ich habe sie getröstet.«

»Sie getröstet?«

»Für was für einen Mann haltet Ihr mich?«, fragte ich und versuchte, mich zu beherrschen. Ich musterte ihn von oben bis unten, entrüstet darüber, dass er so etwas auch nur unterstellte. »Ihr wisst nicht, wovon Ihr redet.«

»Ich weiß genau …«

Ich ließ ihn nicht weiterreden, sondern zeigte ihm mit dem Finger ins Gesicht. »Ihr solltet Eure Zunge im Zaum halten, Priester, damit Ihr nichts sagt, was Ihr bedauern könntet.«

Er erstarrte, blinzelte mich an, aber er beherzigte meine Warnung und blieb still.

»Ich würde niemals die Ehre der Lady Beatrice in den Schmutz ziehen«, sagte ich, als ich den Finger sinken ließ. »Und falls Ihr an meinem Wort zweifelt, könnt Ihr sie persönlich fragen.«

Ich erwartete fast, dass er sich zu einer Antwort hinreißen ließ, aber stattdessen wandte er mir den Rücken zu und verschwand in seinem Zelt und ließ mich dort stehen, alleine und verwirrt. Wie konnte er nur so wenig von mir halten, wo ich doch nichts getan hatte, als seinem Rat zu folgen?

Ich hörte das Feuer knistern und die anderen Ritter lachen. Ich schüttelte den Kopf, versuchte, ihn klar zu bekommen, und ging zu den anderen.

Achtzehn

‹o›

Am nächsten Morgen hielt ich einen gewissen Abstand zu Ælfwold – und ebenfalls zu Beatrice: Ich wollte dem Priester keinen Grund zu der Annahme geben, dass sein Verdacht gerechtfertigt wäre. Ein- oder zweimal wechselte ich einen Blick mit ihm, aber die meiste Zeit ritt er voraus, nie so weit, dass er außer Sicht- oder Rufweite gewesen wäre, aber immer getrennt vom Rest von uns.

Erst als wir mittags anhielten, um etwas zu essen, kam der Engländer wieder zu mir. Sein Zorn war abgekühlt, denn er näherte sich mit gebeugtem Kopf und feierlich vor der Brust gefalteten Händen.

Er setzte sich neben mich. »Ich wollte mich für gestern Abend entschuldigen«, sagte er. »Es war falsch von mir zu unterstellen, dass irgendetwas« – er zögerte, als suche er nach dem richtigen Wort – »irgendetwas *Unziemliches* stattgefunden haben könnte.«

Ich antwortete nicht oder schaute ihn auch nur an, während ich noch einmal von meinem Brot abbiss.

»Ich fürchte, ich bin etwas voreilig in meinen Mutmaßungen gewesen«, fuhr der Kaplan fort. »Ich habe mir hauptsächlich um Beatrice Sorgen gemacht. Ich kenne sie seit ihrer Kindheit, und ich schätze sie sehr. Ich hoffe, Ihr versteht das.«

»Ich habe mir nichts dabei gedacht«, sagte ich. In Wahrheit hatte ich viel Zeit damit verbracht, es im Kopf hin und her zu wenden. Ich hatte den Kaplan nicht für jemanden gehalten, der so leicht wütend wurde – zumindest nicht bis gestern Nacht.

»Das ist gut«, sagte Ælfwold, nickte und ließ wieder das sanfte Lächeln sehen, an das ich mich so gewöhnt hatte.

Trotzdem war mir in seiner Gegenwart unbehaglich zumute, und ich beobachtete ihn in den nächsten beiden Tagen scharf, auch wenn ich nicht wusste, wonach genau ich Ausschau hielt.

Der Rest der Reise verlief nicht gerade in der besten Laune: Es wurde nicht viel geredet, und Regen und Wind waren nicht angetan, die Stimmung zu heben. Es wurde nicht mehr über Eoferwic und Malet gesprochen, und die Tatsache, dass man in keinem der Orte, durch die wir kamen, irgendwelche Neuigkeiten gehört hatte, beunruhigte mich nur noch mehr.

Am folgenden Sonntag also, dem zweiundzwanzigsten Tag im Monat Februar und dem sechsten nach unserer Abreise aus Suthferebi, verließen wir schließlich den Wald im Norden von Lundene. Der vertraute Hügel Bisceopesgeat kam in Sicht, dessen Kuppe mit der steinernen Kirche und den zugehörigen Gebäuden des Klosters St. Æthelburg besetzt war, die von der niedrig stehenden Sonne in ein orangefarbenes Licht getaucht wurden. Seit meiner Überfahrt nach England vor zweieinhalb Jahren war ich häufiger in Lundene gewesen, als ich mich erinnern konnte; mehr als ein anderer Ort in diesem Land kam es mir wie zu Hause vor.

Felder machten Häusern Platz, als wir die andere Seite des Tals entlangritten, direkt auf das Bisceopesgeat zu. Es war eines der sieben Torhäuser, aus Steinen gebaut und mehr als dreißig Fuß hoch. Auf der Landseite war die Stadt von einer großen Steinmauer umgeben, die von den Römern zurückgelassen worden war, dem ersten Volk, das diese Insel vor so vielen Jahrhunderten erobert hatte. Ich erinnerte mich, wie ich bei meiner ersten Ankunft den Anblick bestaunt hatte: Die Stadt hatte auf mich eher den Eindruck einer Festung gemacht. Aber es war eine Stadt, bei Weitem die größte im ganzen Königreich, mehr als doppelt so groß wie Eoferwic und mit Leichtigkeit Cadum und Rudum ebenbürtig, den großen Städten der Normandie.

Die Straße war ruhig; es wurde allmählich spät, und ich stellte mir vor, dass die meisten Männer zu Hause bei ihren Frauen waren und Ale oder Met am warmen, heimischen Herd tranken. Kinder spielten auf der Straße, jagten einander zwischen den Häusern und in den Hinterhöfen und bemerkten uns kaum. Es war ein angenehmer Unterschied zu Eoferwic, wo Franzosen auf den Straßen immer noch mit Feindseligkeit oder zumindest Verdacht begrüßt wurden. Natürlich war der Süden des Reichs seit Langem an unsere Anwesenheit gewöhnt, da seine Bevölkerung innerhalb eines Monats nach unserem Sieg bei Hæstinges kapituliert hatte. Seitdem hatten die Einwohner von Lundene hingenommen, dass wir vorhatten, auf Dauer hierzubleiben.

Das Torhaus erhob sich hoch vor uns, so massiv und eindrucksvoll wie schon seit Hunderten von Jahren, obwohl ich an den helleren Steinen in den oberen Lagen erkennen konnte, wo man es ausgebessert und angebaut hatte. Hinter einem hölzernen Geländer auf dem Dach standen zwei Männer, die sich vor dem goldener werdenden Himmel abzeichneten, und schauten mit Speeren in den Händen nach Norden über die Felder, während ihre langen Haare, die unter dem Rand ihrer Helme zum Vorschein kamen, im Wind wehten. Wie vielen Belagerungen, wie vielen Angriffen hatten diese Mauern standgehalten? Wie viele andere hatten auf demselben Turm Wache gehalten?

Wir passierten hintereinander den Schatten des Torbogens; Hufschläge klapperten auf den Pflastersteinen und hallten von den dunklen Innenwänden wider. Vier Ritter bewachten das Tor, schritten auf und ab und bliesen warme Luft in ihre Hände. Als sie sahen, dass die meisten von uns Normannen waren, ließen sie uns jedoch durchreiten, und dann schien mir die tief stehende Sonne wieder ins Gesicht.

Wir ritten weiter den Berg hoch, bis wir an der Kirche vorbei waren, woraufhin die Straße noch einmal abfiel, ganz hinunter bis zum Fluss. Die ganze Stadt breitete sich vor uns aus. Häuser und Werkstätten ballten sich an den Hauptstraßen zusammen und schickten Rauchspiralen hoch, die sich in der stillen Abendluft umeinander wanden. Dahinter schwang sich das trübe Wasser der Temes in großen Bogen durchs Land. Eine Reihe von Schiffen waren an jenem Abend draußen auf dem Fluss: Fischerboote, die mit ihrem Tagesfang aus dem Mündungsgebiet zurückkehrten, Handelsschiffe mit breitem Rumpf und großer Besegelung und ein einzelnes Langschiff, das gegen die Strömung ankämpfte. Ich musste daran denken, was Aubert in Suthferebi gesagt hatte, und fragte mich einen Herzschlag lang, ob es die *Wyvern* sein könne, bevor ich das Segel erblickte, das blau-weiß statt schwarz-gold war.

In der südöstlichen Ecke der Stadt stand die Burg, die noch eindrucksvoller als die in Eoferwic war, während in größerer Entfernung, mehr als eine Meile stromaufwärts der Stadt, die große Abteikirche von Westmynstre lag, deren Türme hoch über dem königlichen Palast und den Häusern und Bauernhöfen von Aldwyc, der alten Stadt, aufragten.

»Wie geht's von hier aus weiter?«, fragte ich den Kaplan.

»Hinunter zur Wæclingastræt«, erwiderte er. »Lord Guillaumes Haus liegt auf der anderen Seite des Walebroc.«

Ich nickte und rief mir das Bild der Straße und des Bachs vor Augen, während wir den Hügel hinunter über die Brücke ritten, auf der die Straße über die Temes nach Sudwerca und von dort weiter zur Südküste und zum Meer geführt wurde. Gackern erfüllte die Luft, als ein einsames Huhn mit flatternden Flügeln vor uns hin und her lief; ein junges Mädchen jagte hinter ihm her und kreischte vor Aufregung, während eine Frau in grauem Kleid ihr etwas hinterherrief. Ein dumpfes Klirren erklang aus einer vorne offenen Werkstatt, in der ein Schmied auf ein glühend rotes Hufeisen einhämmerte und Funken versprühte, bevor er es mit einer Zange packte und wieder in die Esse hielt.

Als wir vor Malets Stadthaus ankamen, war die Sonne hinter den Dächern verschwunden. Es war ein einfaches rechteckiges Haus, zwei Stockwerke hoch und aus Holz mit einem Strohdach, das durch die schwarz-goldene Fahne gekennzeichnet wurde, die von seinem östlichen Giebel wehte. Nachdem man seine Residenz in Eoferwic gesehen hatte, war es in Wahrheit eine Art Enttäuschung. Es gab keine Mauer und kein Tor, nur eine kleine Umfriedung an der Seite des Hauses mit einem Hof und einem Stall dahinter. Seine Eichentür ging fast unmittelbar auf die Straße hinaus und wurde von einem einzelnen Diener bewacht.

Ælfwold ging zu ihm und sprach einige Worte auf Englisch; der andere Mann verschwand in das Haus. Ich stieg vom Pferd und wies die übrigen Ritter an, dasselbe zu tun, bevor ich Elise meine Hand reichte. Sie nahm sie, erwiderte aber meinen Blick nicht, als sie aus dem Sattel stieg. Neben ihr akzeptierte Beatrice dankbar Wace' Hand, stützte sich auf seine Schulter und stieg elegant ab.

Die Eichentür ging wieder auf, und ein hochgewachsener Engländer mit rotem Gesicht erschien. Er lächelte, als er den Kaplan dort stehen sah, und die beiden umarmten sich kurz und sprachen in ihrer eigenen Sprache.

Ælfwold brach ab. »Die Ladys Elise und Beatrice«, sagte er und machte eine Handbewegung in ihre Richtung.

Der Engländer kniete vor ihnen auf dem Boden nieder und beugte sich vor, um beiden die Hand zu küssen. »Meine Damen«, sagte er. »Es ist eine Erleichterung, Euch in Sicherheit zu sehen. Als wir die Nachrichten aus Eoferwic hörten, fürchteten wir das Schlimmste.« Er sprach gut Französisch, wie der Kaplan.

»Wigod«, sagte Ælfwold, »das hier ist Tancred a Dinant, dem Lord Guillaume unsere Sicherheit anvertraut hat. Tancred, dies ist Lord Guillaumes Verwalter Wigod, Sohn des Wiglaf.«

Der Verwalter stand auf und musterte mich mit einer gewissen Gleichgültigkeit. Er hatte dunkle, für einen Engländer ziemlich kurz geschnittene Haare, zwischen denen ein rosafarbenes Stück Kopfhaut sichtbar wurde, wo sie ihm auszugehen begannen. Auf der Oberlippe trug er einen dicken Schnurrbart, war im Übrigen aber glatt rasiert. Er streckte eine Hand aus, und ich ergriff sie.

»Wigod, ich muss wissen«, sagte Elise, »welche Nachrichten es aus Eoferwic gibt.«

Der Engländer machte einen Schritt zurück, sein Gesichtsausdruck wurde ernst. »Vielleicht ist es besser, wenn Ihr hinein in die Wärme kommt, als solche Dinge im Freien zu besprechen.« Er wies auf die Tür. »Meine Damen, Ælfwold«, sagte er, und dann zu uns anderen gewandt: »Ich lasse Euch von dem Jungen den Stall zeigen.« Er steckte den Kopf ins Haus. »Osric!«

Ein Junge von vierzehn oder fünfzehn kam heraus. Er war groß und sehnig, trug eine braune Mütze auf dem Kopf und machte ein verdrossenes Gesicht. Seine Tunika und seine Hose wiesen Schmutzflecken auf, und in seinem Haar war Heu. Wigod legte ihm eine Hand auf die Schulter und sagte leise etwas auf Englisch, bevor er dem Kaplan und den Damen ins Haus folgte.

»Was für Nachrichten er auch hat«, murmelte Wace, »ich nehme an, sie sind nicht gut.«

»Wir werden sehen«, sagte ich, obwohl ich den gleichen Eindruck hatte. »Wenn sie so schlecht gewesen wären, hätte er sie uns dann nicht direkt mitgeteilt?«

Wace zuckte mit den Achseln. Osric nahm die Zügel vom Pferd des Kaplans, während Philippe und Godefroi die der beiden Damen nahmen, und wir folgten ihm um die Seite des Hauses herum am Bach entlang in einen großen Hof, der von einem Lattenzaun umgeben war.

»Da wären wir also«, sagte Eudo. »Wieder in Lundene.«

»Genieße es, solange du kannst«, erwiderte ich. »Wir bleiben vielleicht nicht lang.« Der Umstand, dass wir seit einer Woche unterwegs waren, zählte wahrscheinlich für Ælfwold nicht viel; ich vermutete, dass der Priester uns bald wieder auf der Straße haben wollte. Bis jetzt hatte er weder mehr über die Botschaft gesagt, die er überbrachte, noch über die Person, für die sie bestimmt war. Ich hatte ihn in den vergangenen Tagen mehr als einmal gefragt, aber er hatte sich jedes Mal geweigert zu antworten. Das machte mir Sorgen, denn es bedeutete, dass wir zwar in Kürze wieder im Sattel sitzen würden, ich aber nach wie vor nicht wüsste, warum.

»Vielleicht reite ich heute Nacht hinüber nach Sudwerca, falls ich Censwith besuchen möchte, bevor wir aufbrechen«, sagte Eudo.

Ich grinste. »Du bist der Treuesten einer.«

»Sudwerca?«, meldete sich Radulf zu Wort. »Du weißt, dass es auf dieser Seite des Flusses viel bessere Hurenhäuser gibt, nicht wahr?«

Eudo drehte sich um und schaute ihn an. »Und was willst du schon von Huren wissen, du Welpe? Ich möchte wetten, dass du in deinem Leben noch nicht einmal eine nackte Frau gesehen hast.«

Radulf lächelte sarkastisch. »Öfter als du zählen kannst.«

»Er meint andere Frauen als deine Schwester«, sagte Godefroi.

Ich lachte zusammen mit den anderen. Radulfs Augen wurden schmal, und er grinste Godefroi höhnisch an, der unbeeindruckt zurückstarrte.

Wir wurden zum Stall geführt, wo Osric uns die Pferdestände zeigte und uns dann allein ließ, während wir unsere Sattel-taschen abnahmen und die Tiere abzäumten. Sie hatten in den letzten Tagen hart gearbeitet und waren dafür kaum angemessen belohnt worden. Ich hoffte, wir würden für den nächsten Teil unserer Reise frische Tiere kaufen können; es schien, als hätten Malet oder Angehörige seines Gefolges mehrere, darunter vier gut aussehende Schlachtrösser, von denen mich eines, ein schwarzes, an Rollo erinnerte. Zwei Stallburschen waren bei der Arbeit, rieben ihnen das Fell ab und bürsteten ihnen die Mähnen aus.

Osric kehrte kurz darauf zurück, schleppte Wassereimer und Getreidesäcke herbei und brachte Bündel mit frischem Heu, und sobald wir uns um die Tiere gekümmert hatten, führte er uns in dem schwindenden Licht über den Hof in das Haus zurück. Er sagte die ganze Zeit nichts, nicht einmal zu den Stallburschen, die vermutlich die gleiche Sprache sprachen.

Drinnen war es dunkel, es gab keine Fenster, und die Wände waren mit Lederdecken verhängt, um zu verhindern, dass es zog. Das vor Kurzem mit frischem Holz geschürte Herdfeuer knisterte und verströmte weißen Rauch. Ælfwold und Wigod saßen auf Schemeln an einem niedrigen runden Tisch daneben, auf dem ein Krug und Becher standen, und der Geruch von Met hing schwer in der Luft. Die Damen waren nicht zu sehen, und ich nahm an, dass sie sich – zumindest vorerst – in ihre Zimmer zurückgezogen hatten.

Wigod schaute hoch, als wir eintraten. »Willkommen«, sagte er zu uns, bevor er ein paar Worte in ihrer Sprache zu Osric sagte.

Der Junge grunzte und schlich sich durch die Tür davon, durch die wir gekommen waren.

»Ich entschuldige mich für seine Manieren«, sagte der Verwalter.

»Er redet nicht viel«, bemerkte ich und setzte mich auf einen der Schemel, die für uns an den Tisch gestellt worden waren.

»Er sagt gar nichts, obwohl er ganz gut versteht, was gesagt wird. Macht Euch keine Gedanken um ihn; er ist vielleicht stumm und außerdem nicht besonders klug, aber er arbeitet hart, und deshalb behalte ich ihn.« Er goss Met aus dem Krug in sechs Becher und nahm einen Schluck aus seinem eigenen. »Wie ich höre, war Eure Reise ereignisreich.«

»Dann hat Ælfwold Euch gesagt, was auf dem Fluss geschehen ist.«

»Ich wünschte nur, ich wäre dabei gewesen.«

Ich schaute ihn fest an. »Wenn Ihr dabei gewesen wärt, würdet Ihr das nicht sagen.« Obwohl wir schließlich fast unbeschadet davongekommen waren, hatte ich nicht vergessen, wie knapp es gewesen war. »Was für Nachrichten hat es gegeben?«

Der Verwalter beugte sich näher. »Wenig, das sich leicht anhören lässt, fürchte ich«, sagte er. »Vor ungefähr vier Tagen wurde bekannt, dass sich eine Armee vor Eoferwic versammelt hatte und die Stadt belagerte. Kurz darauf hörten wir von einem Aufstand der Stadtbevölkerung.« Er seufzte. »Und dann kam gestern die Nachricht, dass die Rebellen die Stadt eingenommen hatten.«

»Die Stadt eingenommen?« Ich hatte gewusst, dass es möglich war, und trotzdem fand ich es schwer zu glauben. Malets Zweifel waren wohl begründet gewesen, wie es schien.

»So ist es«, sagte Wigod. »Kurz vor der Morgendämmerung schaffte es eine Gruppe von Städtern, sich eines der Stadttore zu bemächtigen. Sie töteten die Ritter, die dort Wache standen, und öffneten den Rebellen das Tor.«

»Gab es keinen Widerstand?«, fragte Wace.

»Lord Guillaume ritt mit mehr als hundert Rittern aus der Burg«, sagte Wigod. »Er versuchte sie abzudrängen und tötete sogar eine Menge von ihnen. Aber unterdessen war eine Flotte von mehr als einem Dutzend Schiffen stromabwärts aufgetaucht.«

»Die Flotte, die wir gesehen haben«, murmelte Eudo.

»Höchstwahrscheinlich«, sagte Wigod. »Sie landeten und griffen Lord Guillaumes Conroi von hinten an. Er war gezwungen, sich mit Lord Gilbert und was von ihrer Streitmacht übrig war auf die Burg zurückzuziehen. Man spricht davon, dass insgesamt um die dreihundert Normannen getötet wurden.«

Ich fluchte halblaut. Der Verlust von dreihundert Männern würde für die Verteidiger schwer zu verkraften sein.

»Das ist nicht noch nicht alles«, sagte der Verwalter. »Es hat den Anschein, als würden Eadgars eigene Männer ihn schon zum König ausrufen – und nicht nur von Northumbria, sondern von ganz England.«

Ich schüttelte den Kopf. Die Ereignisse entwickelten sich zu schnell. Es war schließlich erst wenige Wochen her, seit wir als Sieger in Dunholm Einzug gehalten hatten. Wie konnten sich seitdem die Dinge so sehr verändert haben?

„Und was geschieht jetzt?“, fragte ich.

»Der König stellt ein Einsatzheer zusammen, das so bald wie möglich nach Norden marschiert. Sein Erlass ist an all seine Vasallen in der Umgebung von Lundene und entlang der Straße nach Norden ergangen. Es wird sogar davon geredet, dass er versuchen könnte, die *Fyrd* auszuheben, wie er es letztes Jahr getan hat, als er gegen Execestre marschierte.«

»Die Fyrd?«, sagte Philippe.

»Die angelsächsische Miliz«, erklärte Ælfwold, »ausgehoben je nach Grafschaft durch die Thane – die Grundherren – aus den Männern, die auf ihrem Land ansässig sind.«

»Bauerngesindel«, sagte ich. Nach meiner Erfahrung konnten die meisten der Männer, aus denen sie sich zusammensetzte, kaum einen Speer halten, geschweige denn damit töten. Es waren Landmänner, die nur daran gewöhnt waren, ihre Felder zu bestellen und ihre Feldfrüchte zu säen.

»Würden sie gegen ihre eigenen Landsleute marschieren?«, fragte Philippe.

»In Execestre haben sie es getan«, antwortete Eudo.

»Die Stadt hat sich ergeben, kurz nachdem wir mit der Belagerung begonnen hatten«, stellte Wace fest. »Sie brauchten nicht zu kämpfen.«

»Aber sie hätten gekämpft, wenn sie aufgefordert worden wären«, sagte der Verwalter. »Wie sie gegen jeden kämpfen werden, der sich gegen ihren rechtmäßig gekrönten König erhebt.«

»Die Zeiten haben sich geändert«, fügte Ælfwold hinzu. »König Eadward ist tot und Harold ebenfalls. Die Männer im Süden verstehen das; sie haben nicht den Wunsch, Eadgar Ætheling als König anstelle von Guillaume zu sehen.«

»Dessen könnt Ihr nicht sicher sein«, sagte ich. Der Kaplan war seit vielen Jahren ein enger Vertrauter Malets gewesen, und ich konnte mir gut vorstellen, dass die Bande der Herrschaft für ihn – wie vielleicht auch für Wigod – den Vorrang vor irgendeiner Treuepflicht hatten, die er seinen Landsleuten schulden mochte. Ich selber wusste, wie mächtig solche Bande sein konnten, nachdem ich Lord Robert ein Dutzend Feldzüge lang gedient hatte. Aber ich war mir sicher, dass die meisten Engländer ihre Gefühle nicht teilten. Denn obwohl sie im Lauf der Zeit gelernt hatten, mit uns zu leben, konnte ich mir nicht recht vorstellen, dass sie nicht lieber einen aus ihren eigenen Reihen als König hätten. Schließlich waren dies die gleichen Leute, die vor wenig mehr als zwei Jahren zu Tausenden König Guillaume gegenübergestanden und unter der Fahne des Usurpators gekämpft hatten.

»In ihren Augen ist Eadgar ein Ausländer«, sagte Ælfwold. »Er wurde in einem Land fern von hier geboren und erzogen und ist nur indirekt von altem königlichen Geblüt. Sie empfinden keine Liebe für ihn – jedenfalls nicht mehr als für König Guillaume.«

»Die Herzen der Menschen sind wankelmütig«, gab Eudo zu bedenken. »Wenn Eadgar Eoferwic hält und das Heer des Königs es nicht schafft, ihn zu vertreiben, könnten sie auf andere Gedanken kommen.«

Ich nippte von dem Met aus meinem Becher, aber er schmeckte widerlich, und ich schluckte ihn schnell hinunter. »Wie viele Männer hat der König in Lundene?«, fragte ich den Verwalter.

»Ungefähr dreihundert Ritter und vielleicht fünfhundert Fußsoldaten«, erwiderte er. »Mehr werden sich ihnen auf dem Weg nach Norden anschließen.«

»Vergesst nicht, dass Winter ist«, sagte Wace. »Der König mag seine Barone heranziehen, aber in dieser Jahreszeit sind sie wahrscheinlich nicht sofort kampfbereit. Es wird einige Zeit dauern, bis sie sich alle versammeln.«

Er schaute mich an. Ich musste an unser Gespräch auf der *Wyvern* denken und fragte mich wieder, wie lange Malet wohl in der Lage wäre, die Burg zu halten. Und wie lange der König sich Zeit lassen könnte, wenn er rechtzeitig ankommen wollte, um ihn zu unterstützen?

»Er wird jeden Mann brauchen können, den er bekommen kann, wenn er Eoferwic zurückerobern will«, sagte Eudo. »Wir werden dort mehr gebraucht als hier.«

Mein Schwertarm juckte, als ich an das northumbrische Heer dachte, das in Eoferwic auf uns wartete: an Eadgar Ætheling, der Oswynn ermordet hatte, Lord Robert ermordet hatte. Aber zur gleichen Zeit wusste ich, dass ich von meinem Schwur erst entbunden wurde, wenn ich Ælfwold mit seiner Botschaft – wie auch immer sie lautete – sicher nach Wiltune gebracht hatte.

»Wir haben unsere Pflicht Malet gegenüber«, sagte ich.

»Die haben wir allerdings«, sagte der Kaplan, während er jeden einzelnen Ritter der Reihe nach ansah. »Auf dass Ihr es nicht vergesst.«

»Aber als wir aufgebrochen sind, konnte er nicht wissen, dass er bald weitere tausend Männer vor seinen Toren haben würde«, sagte Eudo. »Er konnte nicht wissen, in welcher Gefahr er schwebte.«

Ich schaute Wigod an. »Wie lange werden wir brauchen, um von hier nach Wiltune zu reiten?«

»Wiltune?«, fragte er. »Was wünscht Ihr dort zu tun?«

»Das Warum ist nicht wichtig«, sagte Ælfwold. »Es kommt nur darauf an, dass wir dort sicher ankommen.«

Wigod schaute zuerst ihn an, dann mich, sichtlich verwirrt. »Bei gleichmäßigem Tempo nicht mehr als drei Tage, nehme ich an.«

»Wenn wir morgen aufbrechen«, sagte ich, »könnten wir also innerhalb einer Woche wieder zurück in Lundene sein.«

»Das ist möglich, ja«, sagte der Verwalter. »So lange wird der König wahrscheinlich brauchen, um seine Truppen abmarschbereit zu machen. Und selbst wenn sie aufgebrochen wären, wenn Ihr zurückkommt, würdet Ihr sie auf der Straße nach Norden noch einholen.«

»In diesem Fall machen wir uns morgen früh auf den Weg«, sagte Ælfwold.

Ich hob meinen Metbecher und leerte ihn, wobei ich mich bemühte, bei dem Geschmack nicht das Gesicht zu verziehen, weil ich befürchtete, den Verwalter zu beleidigen. Dann stellte ich den leeren Becher auf den Tisch.

»Auf Wiltune.«

Neunzehn

—◄○►—

Es war lange nach Einbruch der Dunkelheit, und das Haus war kalt und still. Das Feuer im Kamin war niedergebrannt, schwelte aber immer noch vor sich hin, und die Unterseiten der Scheite verbreiteten einen schwachen orangefarbenen Schimmer. Immer wieder stieg eine Flammenzunge auf und leckte an ihnen hoch, und dann überkam mich ein Schauer der Behaglichkeit. Draußen auf der Straße begann ein Hund zu kläffen, der wieder verstummte, als ein Mann ihn anschrie. Sonst war alles still.

Ich saß auf einem der niedrigen Schemel vor der Feuerstelle und hielt das Schwert in der Hand, dessen Klinge ich mit einem Schleifstein schärfte, fest genug, aber nicht so laut, dass ich die anderen, die hinter mir auf dem Boden lagen, geweckt hätte. Wigod und Ælfwold hatten sich vor langer Zeit auf ihre Zimmer begeben und uns sechs in dem Saal zurückgelassen, wo wir uns zum Schlafen auf Binsen betten konnten. Es war alles andere als ungewohnt für mich, und ich hatte gehofft, so viele im Sattel verbrachte Tage hätten mich müder gemacht, aber stattdessen musste ich feststellen, dass ich nicht schlafen konnte – und das in der letzten Zeit nicht zum ersten Mal. Meine Gedanken kehrten immer wieder zum Fluss und zu der Verfolgungsjagd und zu Malet in Eoferwic und mir selber hier zurück, gebunden durch diese Aufgabe, die ich für ihn übernommen hatte, und dennoch unfähig, auf irgendeine Art zu helfen. Und deshalb war ich – obwohl wir nicht mal einen halben Tag in Lundene verbracht hatten – schon wieder begierig, auf der Straße zu sein, denn je früher wir in Wiltune waren, um die Botschaft des Vicomtes abzuliefern, desto früher konnten wir wieder zurück sein.

Wie lange ich dort gesessen hatte, wusste ich nicht, vielleicht seit Stunden. Ich zog den Schleifstein ein letztes Mal über die Klinge, dann legte ich ihn auf dem gepflasterten Boden ab und drehte das Schwert mit der Hand, um die Klinge zu untersuchen. Sie glänzte im Schein des Feuers, scharf genug, um durch Fleisch und sogar Knochen zu schneiden. Ich legte meine Fingerspitze leicht auf ihre Spitze, um selber die Schärfe zu prüfen. Zunächst war es, als berühre man Eis, aber dann spürte ich, wie eine warme Flüssigkeit hervorquoll und hob den Finger hoch, sah zu, wie das Blut herunterlief und einmal, zweimal auf den Boden tropfte. Es tat nicht weh.

Ich wischte den Finger am Bein meiner Brouche ab und saugte daran, um den Rest des Blutes wegzumachen, und dann hielt ich die flache Seite der Klinge vor das Feuer. In dem matten Licht war das Muster in dem Metall schön zu erkennen, wo der Schwertschmied die Metallstangen, aus denen die Klinge geformt war, verdreht und zusammengeschweißt hatte. Wirbel und Linien verliefen die Klinge entlang und verzierten die Hohlkehle, die schmale Rinne in der Mitte der Klinge, in die, wie ich jetzt zum ersten Mal sah, einige Wörter eingeritzt worden waren. »VVLFRIDVS ME FECIT« stand da in Silber, wie es schien. *Wulfrid hat mich gemacht.* Ich drehte das Schwert auf die andere Seite, um zu sehen, ob sie eine ähnliche Inschrift trug. Der Schwertschmied gravierte oft außer seinem Namen auch eine Wendung aus der Bibel oder aus Lesungen für die Messe, »IN NOMINE DOMINI« oder etwas Ähnliches. Und in den meisten Fällen war es falsch geschrieben, aber andererseits waren die Graveure auch keine Gelehrten. Aber hier gab es keine Inschrift, nur ein einzelnes kleines Kreuz ungefähr auf halber Höhe.

Wie ich mich damals danach sehnte, solche Wörter zu finden, und nach der kleinen Aufmunterung, die sie zur Folge haben mochten. Ich hätte mit Ælfwold sprechen können, nahm ich an, aber seit jener Nacht im Wald schien er mehr auf Abstand bedacht zu sein. Und mir gefiel auch nicht, dass er mir, den sein Herr mit der Leitung dieser Reisegesellschaft beauftragt hatte, Informationen vorenthielt. Obwohl ich ihn nicht zwingen konnte, es mir zu sagen, beunruhigte es mich, dass er mir solche Dinge nicht anvertrauen mochte. Denn wie sollte ich ihm dann so sehr vertrauen, dass ich mit ihm über Dinge sprach, die mir am Herzen lagen?

Ich hob die Schwertscheide von den Binsen neben mir auf und ließ das Schwert wieder hineingleiten, wobei ich über die Schulter schaute, um zu überprüfen, dass ich keinen der anderen geweckt hatte. Alle waren fest am Schlafen. Sogar Eudo war, nachdem er die Nachrichten aus Eoferwic gehört hatte, zu der Überzeugung gelangt, dass er in dieser Nacht nicht mehr in der Stimmung war, Censwith zu besuchen, und schnarchte inzwischen leise vor sich hin.

Ich nahm die Kette von meinem Hals ab, an der das kleine Silberkreuz hing, und saß eine Weile da und starrte auf das angelaufene Metall, das in dem Schein des Feuers leuchtete. Ich hatte es schon so lange, dass ich gar nicht mehr genau wusste, wann oder wo ich es bekommen hatte. Ich erinnerte mich nur noch an das bärtige Gesicht des Mannes, dem ich es abgenommen hatte, an die gebrochene Nase, die im Tod weit geöffneten Augen, den aufgerissenen Mund und die Geräusche des Gemetzels, die über das Schlachtfeld hinweg ertönten. Es hatte diesen Mann nicht vor seinem Schicksal bewahren können, und ich hatte keine Ahnung, warum ich glaubte, dass es mir helfen könnte. Bis jetzt hatte es mir gute Dienste geleistet, schon wahr, aber wie viel länger noch?

In Dunholm war ich dem Tod nahe gekommen, und in den

Tagen danach wieder; meine Narben waren meine Beweise. Ohne die Hilfe meiner Freunde wäre ich jetzt tot und – bei dem Gedanken wurde mir kalt – höchstwahrscheinlich in der Hölle gelandet. Denn obwohl ich versucht hatte, dem Herrn auf meine eigene Weise zu dienen, so gut ich eben konnte, wusste ich, dass es nicht genug war. Nicht nach besagtem Leben, dem ich vor so langer Zeit entflohen war und vor dem ich vielleicht immer noch davonlief.

Seit meiner Begegnung mit Lord Robert hatte ich nichts anderes gewollt, als Waffen zu tragen, ein Krieger zu sein, und daran hatte sich tatsächlich auch jetzt nichts geändert. Das war mein Leben seit mehr als einem Jahrzehnt, einer Zeit, in der ich dem Falkenbanner quer durch die Welt des Christentums gefolgt war, von der Normandie bis tief in den Süden nach Italien und Sizilien und in den vergangenen zwei Jahren in England. Ich war sommers wie winters in die Schlacht geritten, unter sengender Sonne und unter dem kalten Licht des Mondes. Ich hatte mehr Männer getötet, als ich je hatte zählen wollen, jeder von ihnen ein Feind meines Herrn, jeder von ihnen ein Feind Christi. Mein halbes Leben hatte ich in den Dienst dieser Aufgabe gestellt. War Dunholm das Zeichen, dass ich zurückgerufen wurde?

Ich hatte das Gefühl, als engten die Wände mich ein, und meine Handflächen waren nass vor Schweiß. Ich brauchte Platz und musste die Kälte der Nachtluft spüren. Ich legte mir die Kette wieder um den Hals, stand von meinem Schemel auf und befestigte meine Schwertkoppel an der Hüfte. Selbst in Lundene konnte man in diesen Zeiten gar nicht zu vorsichtig sein, besonders nach Einbruch der Dunkelheit. Ich trat zwischen den schlafenden Gestalten der anderen Männer durch die Binsen hindurch zu der Stelle, wo ich mein Bett auf dem Boden gemacht hatte. Ich hob meinen Umhang hoch, warf ihn über und ging zur Tür.

Draußen schneite es, ein paar leichte Flocken, die in dem Moment schmolzen, als sie meine Haut berührten. Es gab so gut wie keinen Wind, und sie fielen sanft durch die Luft, trudelten nach unten, tanzten umeinander herum.

Eine kleine Holzbrücke überspannte das schwarze Wasser des Walebroc, aber es war zu kalt, um auf einem Fleck stehen zu bleiben. Stattdessen ging ich weiter die Wæclingastræt hinunter zur Temes und ließ meine Füße mich tragen, wohin sie wollten. Der Boden lag hart unter ihnen. Wo tagsüber der Matsch dick und weich über der Straße gelegen hatte, war jetzt alles fest; wo das Wasser in ihren vielen Furchen und Löchern Pfützen gebildet hatte, war jetzt Eis. Der Schnee begann schon liegen zu bleiben: eine weiße Bestäubung auf dem Dachstroh der Häuser und auf den Zweigen der Bäume. Die Straße war still, so leer von Menschen, wie der Himmel von Sternen leer war. Auch der Mond war neu, und ich bedauerte, keine Fackel mitgenommen zu haben, aber andererseits würde ich nicht weit gehen.

Ich kam ans Ende der Wæclingastræt und schaute hinunter auf die Brücke, deren hohe Steinpfeiler sich aus dem Wasser erhoben und der Strömung trotzten. Jenseits der angeschwollenen Schwärze des Flusses war immer noch Feuerschein zu sehen. Während Lundene schlief, ging Sudwerca seinem Gewerbe nach.

Ich drehte mich um und begann die Straße zum Kloster St. Æthelburgs und dem Bisceopesgeat hochzusteigen, zwei Gebäude, die wegen des Schnees, der heftiger zu fallen begann und um mich herum in großen Wolken wirbelte, nicht mehr zu sehen waren. Ich ging knirschend über die gefrorene Oberfläche einer Pfütze, ohne zu erfassen, wie tief sie war. Ich fluchte, als eiskaltes Wasser in meine Stiefel schwappte und mir der Saum meiner durchnässten Hose auf der Haut klebte.

Ich erschauerte und stapfte weiter den Berg hoch in die Richtung der Kirche, die dem Märtyrer St. Eadmund geweiht war, der in den Tagen König in diesem Teil Englands war, als es aus mehr als einem Königreich bestand, der brutal von den Dänen ermordet wurde, die in sein Land eingefallen waren. So erinnerte ich mich zumindest aus meinem Unterricht daran: Ich konnte die reich geschmückten Pergamentblätter vor mir sehen, und meine zitternde Hand, mit der ich die Buchstaben bei Kerzenlicht abschrieb, sie in meine Wachstafel einritzte. Und ich konnte nur zu deutlich das ernste Gesicht von Bruder Raimond sehen, der auf mich aufpasste, darauf wartete, dass ich einen Fehler machte. Wie leicht mir solche Dinge wieder einfielen, selbst nach so vielen Jahren.

Natürlich waren die Dänen in König Eadmunds Zeit immer noch Heiden und Feinde der Engländer. Jetzt behaupteten sie, Christen zu sein, und die beiden Völker waren manchmal schwer auseinanderzuhalten, so ähnlich waren ihre Gebräuche und ihre Sprachen, so vollständig hatten sie sich in den seitdem vergangenen Jahren untereinander gekreuzt. Aber wenn sie auch ihren Glauben gewechselt haben mochten, ihre kriegerischen Gewohnheiten hatten sie noch nicht abgelegt. Und wenn die Geschichten aus Dänemark zutrafen, würden wir mit ihnen um das Recht kämpfen müssen, England zu besitzen.

Der steinerne Turm der Kirche erhob sich über die Häuser zu meiner Linken, erleuchtet durch einen flackernden, orangefarbenen Schein. Ein Schein, wie von einer Fackel. Ich blieb überrascht stehen, denn Fackeln bedeuteten Menschen, und ich hatte nicht damit gerechnet, zu dieser Stunde irgendjemanden in der Stadt vorzufinden.

Es waren auch Stimmen zu hören. Ich zog mich in die Schatten in der Nähe der Häuser zurück. Zwei Straßen trafen sich hier: die erste ging hinunter vom Bisceopesgeat zur Brücke; die zweite lief in der gleichen Richtung wie der Fluss. Ich schob mich langsam näher zur Ecke, wo neben der Hauswand ein großer Haufen Dünger aufgetürmt war.

Zwei Männer standen unter den Ästen einer alten Eiche am östlichen Ende der Kirche, ungefähr fünfzig Schritte von mir entfernt. Einer war Priester, wenn das schwarze Gewand als Hinweis gelten sollte. Er war klein, hatte ein rundes Gesicht und Ohren, die zu beiden Seiten seines kahlen Schädels hervortraten. Selbst in dem trüben Licht konnte ich die rötliche Hautfarbe seiner Wangen erkennen. Neben ihm stand geduldig ein graues Pferd und wartete.

Der andere Mann stand mit dem Rücken zu mir, aber an der Art seiner Kleidung und der Länge seiner Haare erkannte ich ihn sofort als Engländer, und nicht nur als irgendeinen Engländer.

Ælfwold.

Ich konnte sein Gesicht nicht sehen, aber ich war mir sicher, dass er es war. Es lag an seiner Haltung, an der Breite seiner Schultern, dem Grauton seiner Haare. Aber ich war die ganze Nacht in dem Saal in der Nähe der Tür gewesen. Wie konnte er das Haus verlassen haben, ohne dass ich es bemerkte? Es sei denn, das Haus hatte einen mir unbekannten Hintereingang, aus dem er hätte hinausschlüpfen können.

Ælfwold überreichte dem Priester einen Lederbeutel von ungefähr der gleichen Größe wie der, in dem er sein Geld aufbewahrte. Ich versuchte zu verstehen, was sie sagten, aber das ging nicht. Dann hörte ich Hufschläge und das Klirren von Kettenpanzern, und ich wich zurück und hockte mich tief hinter den Haufen. Der Gestank von Scheiße drang mir in die Nase, während sich ein Ritter dem Priester näherte.

»*Dominus tecum in itinere*«, sagte Ælfwold zu dem Priester, der sein Pferd bestieg, und dann nickte er dem Ritter zu.

Ich zog mich so weit ich konnte in die Schatten zurück und beobachtete, wie der Ritter und der kahlköpfige Mann weniger als zehn Schritte vor mir vorbeiritten und an der Ecke zum Bisceopesgeat abbogen. Ich schaute zurück zu der Kirche, wo

Ælfwold gestanden hatte, und sah ihn von mir auf der Straße wegeilen. Ich stand auf, weil ich vorhatte, ihm zu folgen …

Kalter Stahl drückte gegen meinen Hals.

»Wenn du ein Wort sagst, bringe ich dich um«, sagte eine Stimme hinter mir.

Ich spürte warmen Atem an der Seite meines Gesichts. Sehen konnte ich nur die Klinge und die Hand, die sie hielt. Ich versuchte, den Kopf zu drehen, aber sofort verstärkte sich der Druck des Messers, und ich schluckte, weil ich die scharfe Schneide an meiner Haut fühlte.

»Dreh dich nicht um.« Die Stimme war barsch und klang überzeugend, und ich wusste, er meinte, was er sagte. »Leg dein Schwert ab.« Er sprach gut Französisch, bemerkte ich, ohne offensichtlichen Akzent. »Langsam«, fügte er hinzu.

Ich tat, was von mir verlangt wurde, öffnete die Eisenschnalle und ließ die Schwertkoppel neben mich auf den Boden fallen. Aus dem Augenwinkel sah ich, wie er einen Fuß ausstreckte und seine Ferse benutzte, um die Scheide zu sich nach hinten zu ziehen.

»Jetzt auf die Knie.«

Ich bewegte mich nicht, sondern versuchte herauszukriegen, wie ich entkommen konnte. Wer war dieser Mann?

Die Klinge drückte fester gegen meinen Hals. »Auf die Knie«, wiederholte die Stimme.

Mir blieb nichts anderes übrig, so viel war mir klar, und deshalb tat ich wie geheißen. Der Boden war hier noch weich, und das auf ihm stehende Wasser machte ihn leicht rutschig. Das Messer blieb an meinem Hals; eine Hand krallte sich in meine Schulter.

»Wie heißt du?«, fragte er.

»Fulcher«, sagte ich nach kurzem Zögern. Ich hoffte nur, es war kurz genug. »Fulcher fitz Jean.« Ich würde ihm nicht meinen richtigen Namen geben, und der meines alten Freundes war der erste, der mir in den Sinn kam.

»Wem dienst du?«

Meine Gedanken rasten. Ich wagte es nicht, Malets Namen zu nennen, nachdem ich bei meinem eigenen gelogen hatte. »Ivo de Sartilly«, sagte ich. »Dem Lord von Suthferebi«, fügte ich hinzu, wie zur Bekräftigung.

»Von dem hab ich noch nie gehört«, sagte die Stimme. »Oder von diesem Ort Suthferebi. Hat er dich hierhergeschickt?«

Ich war mir nicht sicher, ob das bedeutete, dass er mir nicht glaubte. »Das hat er.« Wie weit ich mit dieser List gehen konnte, wusste ich nicht.

Der Mann grunzte. »Dann ist er ein Narr. Wie du, weil du ihm zu Diensten bist.«

Ich wusste nicht, was ich sagen sollte, und deshalb sagte ich besser nichts.

»Wer weiß noch davon?«

»Wovon?«, fragte ich. Das war eine dumme Antwort, dazu angetan, ihn mehr aufzubringen als irgendetwas sonst, aber ich brauchte Zeit, wenn ich mir Gedanken über einen Ausweg aus dieser Situation machen wollte, und ich hatte keine vernünftigere Antwort. Und außerdem hatte ich keine Ahnung, was er meinte.

»Spiel keine Spiele mit mir«, warnte er mich, direkt in mein Ohr sprechend. »Ivo de Sartilly und wer noch?«

»Würdet Ihr mich verschonen, wenn ich es Euch sagte?«, fragte ich.

Er lachte, und in diesem Moment riss ich meinen Kopf zurück, traf einen Teil seines Gesichts, während ich den ganzen Körper nach hinten warf. Die Messerschneide folgte, zuckte über meine Wange, aber ich spürte nichts, während ich mich drehte und gegen die Beine des Mannes warf. Er fiel fluchend nach vorne über mich, und ich hörte das dumpfe Geräusch, als er auf dem Boden aufkam. Ich krabbelte nach vorn über den Boden, um an meine Schwertscheide zu kommen, als ich hörte,

271

wie er sich erhob und sein Schwert zog. Ich zerrte meine Klinge aus der Scheide, und sie glitt schnell heraus, und ich drehte mich auf den Rücken, immer noch auf dem Boden, um ihn abzuwehren, das Schwert über meinem Gesicht.

»Bastard«, sagte er, wie er über mir stand, und ich sah sein Gesicht zum ersten Mal. Blut strömte ihm aus dem Mund, und seine Augen waren voller Hass. Er trug ein Kettenhemd, hatte aber weder Helm noch Bundhaube, um seinen Kopf zu schützen, und ich sah am Schnitt seines Haars, was ich vermutet hatte, als ich seine Stimme hörte. Er war Normanne.

»Bastard, Bastard, Bastard«, sagte er, und er griff mich an und ließ einen Hagel von Schlägen auf mich niedergehen. Ich parierte den ersten, aber seine Schwertklinge kam meinem Gesicht gefährlich nahe, und deshalb rollte ich mich vor dem zweiten weg und vor dem dritten wieder, während seine Klinge jedes Mal wenige Zoll von mir entfernt auf den Boden traf. Er hob seine Waffe zu hoch für den vierten Schlag, und ich sah eine Blöße und stieß mit dem Schwert hoch in seine Leistengegend, verfehlte sie aber und traf nur seitlich gegen seine Beinlinge. Er stolperte rückwärts außerhalb der Reichweite meines Schwerts, und einen Herzschlag lang sah es so aus, als könne er wieder in den Matsch fallen. Er fiel nicht, aber ich nutzte die Zeit, wieder auf die Beine zu kommen.

»Das wirst du büßen«, sagte er und wischte sich Blut aus dem Gesicht. »Und dein Herr ebenfalls.«

Ich starrte ihn schweigend an und schwang das Schwert vor mir. Sein ausgeprägtes Kinn war unrasiert, seine Augen lagen tief in ihren Höhlen, und über dem linken hatte er eine hässliche Narbe. Im Ganzen sah er vielleicht fünf Jahre älter aus als ich.

Er machte einen Satz nach vorn und zielte auf meine Brust. Ich lenkte sein Schwert mit meinem ab und wich schnell nach rechts aus, in der Hoffnung, ihn von hinten treten oder zum

Stolpern bringen zu können, aber ich war nicht schnell genug, denn er hatte sich schon umgedreht, als ich fertig war.

Er lächelte sarkastisch. »Du kämpfst gut, Fulcher fitz Jean«, sagte er und machte einen Schritt vorwärts, fintierte mit dem Schwert, um mich zu einem Angriff zu provozieren, aber ich war mit solchen Tricks wohl vertraut und ließ mich nicht verleiten. Wir umkreisten uns und beobachteten einander genau.

Er sprang wieder nach vorn. Vielleicht dachte er, seine Finten hätten mich unvorsichtig gemacht, aber ich hatte seinen Angriff kommen sehen und war bereit, wich wieder nach rechts aus und streckte diesmal den Stiefel aus und hakte ihn um sein Bein. Er geriet ins Stolpern und ging mit einem Schrei zu Boden.

Ich zögerte, dachte daran, ihm den Garaus zu machen, aber er rollte schon auf den Rücken, hob das Schwert und war bereit, sich zu verteidigen, und ich wusste, dass ich Schwierigkeiten hätte, ihm einen Todesstoß zu versetzen. Er hatte ein Kettenhemd an, und ich nicht, und es war wahrscheinlicher, dass ich hier auf der Strecke blieb, wenn das länger so weiterging. Meine Scheide lag im Matsch an der Seite der Straße, und ich hatte keine Zeit, sie aufzuheben und mein Schwert hineinzustecken, konnte aber auch nicht gut mit einem Schwert in der Hand laufen.

Ich rannte los – solange mein Gegner noch auf dem Boden lag, solange ich noch konnte –, ließ das Schwert fallen und lief zurück in Richtung der Brücke den Hügel hinab. Ich wusste nicht wohin, nur dass es töricht wäre, direkt zu Malets Stadthaus zu laufen, weil der Ritter dann wissen würde, dass ich nicht der war, der zu sein ich vorgab, wenn er mir folgte.

Ich hörte ihn fluchen, und als ich nach hinten schaute, sah ich ihn aufstehen und die Verfolgung aufnehmen. Das Gewicht seiner Rüstung würde ihn langsamer machen, aber darauf allein konnte ich mich nicht verlassen, und deshalb rannte ich weiter den Hügel hinab durch den Schnee, der die Luft füllte, wich nach links über die Kopfsteine der Marktstraße aus und bog dann direkt nach rechts in eine Seitenstraße zwischen zwei Häuser mit niedrigem Giebel ein. Der Fluss und die Kais lagen geradeaus, und die Schatten der Schiffe erhoben sich vor mir.

Und dann stand ich am Flussufer und hatte die festgestampfte Erde und die Holzplanken des Kais unter den Füßen. Trotz meiner Atemzüge und meines Herzschlags hörte ich das Klirren von Panzerung und schwere Schritte, die näher kamen.

»Hierher!«, rief der Mann. Ich hörte Hufschlag und begriff, dass es mehr als einen Mann gab, der hinter mir her war.

Nur noch eine Straße führte von dem Kai weg, und ich hätte weiterlaufen können, aber es war klar, dass ich nicht schneller war als ein Mann zu Pferd. Es gab eine Reihe langer Schuppen am Kai, und ich dachte kurz daran, mich in einem davon zu verstecken, aber ich hätte einbrechen müssen, und dann hätte man gesehen, wo ich war. Es gab natürlich noch die Schiffe, aber ich konnte Gestalten erkennen, die an Deck schliefen; Schiffmeister ließen oft einen Teil ihrer Mannschaft an Bord schlafen, um dafür zu sorgen, dass die Schiffe und ihre Fracht nicht gestohlen wurden, und ich konnte mir nicht erlauben, sie zu wecken.

Das Hufgetrappel wurde lauter. Ich lief zum westlichsten Ende des Kais, direkt an der Brücke, wo zwei Schiffe nebeneinander vertäut waren, und dann wappnete ich mich gegen die Kälte und ließ mich zwischen ihnen ins Wasser gleiten.

Ich keuchte erschrocken auf. Es war viel kälter, als ich für möglich gehalten hatte, und ich musste sofort alle Kraft aufbieten, um den Kopf über Wasser zu halten, um mich von dem dicken Umhang zu befreien, der mich hinunterzog. Doch machte ich zu viel Lärm, würden sie mich entdecken, und alles wäre verloren.

Es gab eine schmale Lücke zwischen dem Kai und dem Rumpf der Schiffe, und durch diese Lücke sah ich sie jetzt. Sie waren zu zweit, der Mann, mit dem ich gekämpft hatte, und noch einer zu Pferd, dessen Gesicht im Schatten lag. Beide schauten sich um, und ich war davon überzeugt, dass es nicht mehr lange dauern würde, bis mich einer von ihnen sah. Ich betete fast darum, dass sie mich entdeckten, denn die Kälte drang mir durch Arme und Beine, und ich konnte bereits spüren, wie sie müde wurden, und ich wusste, dass ich nicht mehr lange im Wasser bleiben konnte.

»Er ist verschwunden«, sagte der auf dem Pferd. Er hatte die tiefere Stimme.

»Bastard«, sagte der andere.

Sie verschwanden aus meinem Blickfeld und bewegten sich, immer noch sprechend, den Kai hinunter.

»Habt Ihr jemanden hier entlangkommen sehen?«, hörte ich den Berittenen rufen.

»Nicht heute Nacht, mein Freund.« Vielleicht einer der Schiffsleute.

Der Mann auf dem Pferd fluchte, und ich hörte die beiden Ritter miteinander sprechen, aber die Worte waren nicht mehr zu unterscheiden. Ich hielt so still wie ich konnte; es gab einen kleinen Vorsprung in der Kaimauer, wo ich mit den Füßen Halt hatte. Alles Gefühl in meinen Händen und Armen war verschwunden, und ich ertappte mich dabei, wie ich keuchte, als ob mir die Kälte die ganze Luft aus meiner Brust gestohlen hätte. Das schwarze Wasser plätscherte gegen mein Kinn, und ein bisschen fand seinen Weg in meinen offenen Mund, und ich musste es hinunterschlucken, um nicht zu würgen. Ich schloss die Augen und wünschte mir, dass die Männer verschwanden.

Es kam mir wie eine Ewigkeit vor, aber irgendwann verklangen die Stimmen, und ich hörte Hufe auf den Holzplanken klappern, ein Pferd, das wegritt. Ich konnte nicht länger warten, also schwamm ich an der Seite eines der Schiffe entlang zu einer Stelle, wo Stufen in den Kai eingelassen waren, und schaute mich um, ob die beiden Männer tatsächlich verschwunden waren.

Es war niemand zu sehen. Unbeholfen hievte ich mich tropfend und zitternd mit Händen, die fast taub vor Kälte waren, aus dem Fluss. Schnee wirbelte um mich herum. Ich spuckte auf den Boden.

»Hey! Wer seid Ihr?«

Ich drehte mich um. Es war ein Mann im Heck eines der Schiffe, der eine Laterne in der Hand hielt. Ich beachtete ihn nicht und rannte los, und ich hörte nicht auf zu rennen, bis ich Malets Haus erreicht hatte.

Zwanzig

—◄○►—

Ich platzte in das Haus, sodass die Tür gegen die Innenseite der Wand krachte. Der Schnee waberte um mich herum, als ich heftig zitternd hineintaumelte. Ich bekam kaum Luft. Mir war nicht klar gewesen, wie weit es vom Kai bis hierher war.

Ich schloss die Tür fest und hob den dicken Holzbalken hoch, der an der Wand lehnte. Meine Arme, die all ihrer Kraft beraubt waren, protestierten, als ich den Querbalken in die Aussparungen vor der Tür einlegte. In dem Schloss steckte ein großer Bronzeschlüssel, den ich zu drehen versuchte, aber ich hatte wenig Gefühl in meiner Hand. Er rutschte mir aus den Fingern und fiel mit einem dumpfen Klirren auf die Steinplatten. Ich verwünschte meine Ungeschicklichkeit, bückte mich aber nicht, um ihn aufzuheben, sondern ging direkt zur Feuerstelle. Daneben lag Holz gestapelt, und ich nahm einige der kleinsten Stücke, warf sie auf die Glut und kauerte mich auf den Schemel davor. Ich brauchte Feuer. Ich brauchte Wärme.

»Was ist denn los?«

Ich warf einen Blick über die Schulter, als Eudo sich hinsetzte und dabei die Augen rieb.

»Hol mir eine trockene Tunika«, sagte ich mit klappernden Zähnen. »Eine Brouche und einen Umhang auch.«

Da erst sah er mich richtig an und stand schnell auf. »Was ist passiert?«, fragte er.

»Bring mir erst ein paar trockene Sachen«, sagte ich, während ich meine Tunika und das Unterhemd auszog und auf den Boden warf. Ein paar kleine Flämmchen begannen an dem

277

trockenen Holz zu lecken, das ich hinzugefügt hatte. Ich blies die Glut an, um die Flammen zu ermutigen, versuchte sie durch reine Willenskraft größer zu machen, und warf mehr Stücke hinzu. Ich sammelte einige der Binsen vom Boden auf und legte sie oben auf den schwelenden Haufen. Sie waren trocken und sollten schnell Feuer fangen, hoffte ich.

Eudo ging zu meinem Bündel neben dem runden Tisch und tastete darin herum. Wace richtete sich benommen und blinzelnd auf, und die drei jüngeren Männer begannen sich zu rühren. Licht tauchte auf der Treppe auf und tanzte die Stufen hinunter. Es war der Verwalter mit einer Kerze in der Hand.

»Ich hörte Geräusche«, sagte er, die Stirn runzelnd. Sein kahler Kopf glänzte im Schein des Feuers. »Ist alles in Ordnung?«

Ich erhob mich von dem Schemel, als Eudo mir meine trockenen Sachen und seinen eigenen Umhang brachte. »Ich bin überfallen worden«, sagte ich. »In den Straßen bei St. Eadmund.«

Der Verwalter blieb wie angewurzelt stehen, offensichtlich verwirrt von meinem Aussehen, und musterte mich von oben bis unten. »Ihr seid was?«

Ich zog mir die trockene Tunika über den Kopf. »Ich wurde angegriffen. Von einem anderen Ritter.« Ich gürtete den Umhang und wartete darauf, dass sich die Wirkung dieser Nachricht setzte. »Von einem Franzosen«, fügte ich hinzu.

»Einem Franzosen?«, fragte Wace gähnend.

»Du musst dich geirrt haben«, sagte Eudo.

»Nein«, erwiderte ich. »Ich habe ihn gesehen. Ich hörte ihn sprechen.«

Eudo schüttelte den Kopf. »Warum sollte dich ein anderer Franzose angreifen? Und noch dazu in der Stadt des Königs?«

»Es ist die Wahrheit«, sagte ich und wandte mich ab, um meine nasse Brouche aufzuschnüren, die ich anschließend auf den Boden fallen ließ. Die Luft war kalt auf meiner nackten Haut, und ich zog rasch das trockene Paar an. Ich bildete mir ein,

278

sofort zu spüren, wie die Wärme in meine Beine zurückkehrte und das Blut wieder in ihnen zu zirkulieren begann.

Ich drehte mich zu dem Verwalter um, als ich mit dem Verschnüren der Brouche fertig war. »Wo ist Ælfwold?«, fragte ich ihn.

»Er schläft in seinem Zimmer, möchte ich annehmen«, sagte Wigod.

»Seid Ihr sicher?«

Der Verwalter schaute mich verwundert an. »Was meint Ihr?«

Wenn Ælfwold nicht hier war, konnte ich fast sicher sein, dass er es war, den ich mit dem Priester gesehen hatte. »Weckt ihn«, sagte ich.

»Warum, seid Ihr verletzt?«

Nach allem, was anschließend geschehen war, hatte ich den Kampf und den Schlag, den ich auf die Wange bekommen hatte, fast vergessen. Ich drückte eine Hand dagegen; meine Finger wurden warm, und als ich sie wegnahm, waren sie rot beschmiert, aber ich war zu betäubt, um Schmerzen zu empfinden.

»Bringt ihn nur her«, sagte ich.

Während Wigod davoneilte, um den Kaplan zu holen, berichtete ich den anderen Rittern, was geschehen war: wie ich nicht hatte schlafen können und ausgegangen war, um einen klaren Kopf zu bekommen; dass ich plötzlich ein Messer an meiner Kehle gehabt hatte; wie ich es geschafft hatte, meinen Angreifer abzuwehren; wie ich hinunter bis zum Kai verfolgt worden war; dass ich hatte in den Fluss springen müssen, um ihnen zu entkommen. Ich erwähnte nichts von den beiden Männern, die ich neben der Kirche hatte sprechen sehen, oder dass ich einen der beiden für Ælfwold gehalten hatte; in diesem Punkt wollte ich ihn persönlich zur Rede stellen.

Doch jetzt, wo ich mich hingesetzt hatte und mein Herz nicht mehr ganz so schnell schlug, stellte ich fest, dass sich in mir Zweifel zu regen begannen. Schließlich war es dunkel gewesen und ich müde; außerdem hatte der Mann mit dem Rücken zu mir gestanden, und ich war wegen des Schnees nicht in der Lage gewesen, deutlich zu sehen.

»Wie hat dein Angreifer ausgesehen?«, fragte Eudo.

»Er war groß und hatte eine Narbe über dem linken Auge«, sagte ich. »Seine Haare waren auf normannische Weise geschnitten, und er sah ungefähr fünf Jahre älter aus als ich.« Ich tastete noch einmal nach meiner Wunde. Diesmal tat es weh, und ich zuckte zusammen. »Ein guter Kämpfer war er auch.«

»Und was ist mit dem anderen – der auf dem Pferd saß?«

Ich schüttelte den Kopf. »Den habe ich nicht gut genug gesehen.«

Auf der Treppe waren Schritte zu hören, und der Verwalter kehrte zurück, diesmal von zwei Dienern begleitet. Einer von ihnen war Osric, der andere ein Junge, den ich noch nicht gesehen hatte, kleiner und, wie es schien, jünger, mit dunklen Haaren, die ein Gewirr von Locken waren.

»Er wird gleich bei uns sein«, sagte Wigod, was mich ein bisschen überraschte, weil ich damit gerechnet hatte, er würde feststellen, dass der Kaplan nicht auf seinem Zimmer war. Aber andererseits war ich eine Weile weg gewesen, und er hätte lange vor mir wieder ins Haus zurückkehren können. Ich fühlte mein Herz schneller schlagen; wenigstens würde ich Gelegenheit haben, ihm persönlich gegenüberzutreten. Ich wollte eine Erklärung.

Die beiden Jungen kümmerten sich um das Feuer, und kurz darauf brannte es wieder lichterloh, aber mich hatte die Kälte noch fest im Griff, und ich merkte, dass ich immer noch zitterte. Osric ging und kam mit zwei eisernen Eimern zurück, die mit Wasser gefüllt waren und die er an den Spieß über den Flammen hängte.

»Bring mir etwas zum Essen«, sagte ich zu ihm.

Er schaute mich mit ausdruckslosem Gesicht an, und ich

erinnerte mich, dass er nicht Französisch sprach. Ich schaute Wigod Hilfe suchend an.

»*Breng him mete and drync*«, sagte der Verwalter laut. Osric grunzte und eilte durch eine Tür am Ende des Saals davon.

»Weißt du, warum er dich angegriffen hat?«, fragte Wace.

Ich zuckte mit den Achseln, obwohl für mich klar war, dass die beiden Geistlichen nicht die Absicht gehabt hatten, dass irgendjemand sonst Zeuge ihrer Verhandlungen würde. Die beiden Ritter mussten im Sold eines der beiden stehen. Mir fiel keine andere Erklärung ein, die einen Sinn ergab.

»Er könnte betrunken gewesen sein«, schlug ich vor, auch wenn ich mir ziemlich sicher war, dass das nicht stimmte.

Wace runzelte die Stirn, sein gesundes Auge wurde schmal, während sich das andere fast schloss, sodass jeder, der ihn nicht kannte, hätte annehmen können, er wolle mir zuzwinkern. »Hast du ihn provoziert?«, fragte er.

»Ihn provoziert?« Ich unterdrückte ein Lachen. »Ich habe ihn nicht mal gesehen.« Das zumindest war richtig. »Das Erste, was ich von ihm zur Kenntnis nahm, war sein Messer an meiner Kehle …«

Ælfwold erschien am Fuß der Treppe, und ich brach ab. Ich erhob mich abrupt von meinem Schemel – zu abrupt, denn ein plötzlicher Schwindel überfiel mich. Ich war unsicher auf den Beinen und musste mich mit einer Hand an einem der Holzpfeiler des Saals abstützen.

Der Kaplan trug dieselbe Tunika und Hose, die er auf der Straße angehabt hatte; seine Haare waren ungekämmt und standen in Büscheln von seinem Kopf ab. »Was ist los?« Er schaute mich an und blieb stehen, und er musste meine Wange gesehen haben, denn ein besorgter Ausdruck trat auf sein Gesicht. »Ihr seid verletzt«, sagte er.

»Ich wurde angegriffen«, sagte ich rundheraus. »Heute Nacht, neben St. Eadmund.« Ich beobachtete ihn sorgfältig für den

Fall, dass meine Erwähnung des Orts eine Reaktion bei ihm auslöste, aber seine Augen zuckten nicht einmal.

»Angegriffen?«, fragte er.

Ich antwortete nicht, weil ich immer noch versuchte, an seinem Gesichtsausdruck abzulesen, ob er etwas verbergen wollte.

»Von einem anderen Ritter«, steuerte Eudo bei.

Die Augen des Kaplans öffneten sich weit. »Ist das wahr?«

»Das habe ich gesagt, nicht wahr?«, fragte ich.

»Wisst Ihr, wer es war? Kennt Ihr den Namen seines Herrn?«

Ich starrte ihn forschend an. Entweder konnte er sich erheblich besser beherrschen als die meisten Männer, oder er war es tatsächlich nicht gewesen. »Nein«, sagte ich schließlich.

»Wie ist es dazu gekommen?«

Osric kam wieder herein, in einer Hand einen Servierteller aus Holz mit Brot und einer Art Fleisch und in der anderen einen Eisentopf mit einem bogenförmigen Griff, den er über das Herdfeuer hängte. Er stellte den Teller auf den Boden neben den Schemel; mein Magen ließ ein leises Knurren hören, aber ich ignorierte ihn vorerst.

»Wie es dazu gekommen ist, ist nicht wichtig«, sagte ich. Ein jäher Schmerz zuckte durch meine Wange, und ich legte die Hand auf die Wunde.

»Seid Ihr noch am Bluten?«, fragte Ælfwold, als er näher kam.

»Nicht der Rede wert«, erwiderte ich, trat von dem Holzpfeiler weg und setzte mich wieder auf den Schemel. »Nicht mehr als ein Kratzer.« Wenn es nicht Ælfwold war, den ich vorhin gesehen hatte, wen dann? In wessen Diensten standen diese Männer?

»Sie scheint tief zu sein. Lasst mich einen Blick darauf werfen.« Er hockte sich neben mich, holte ein kleines Tuch aus der Tasche und hob es langsam an meine Wange.

»Es ist nichts!«, wiederholte ich, riss mich von ihm los und ging zum Feuer.

Er nahm die Hand zurück, und an dem verwirrten Ausdruck auf seinem Gesicht erkannte ich, dass er es einfach nicht gewesen sein konnte. Zorn flammte in mir auf, und ich kam mir plötzlich töricht vor. Ich hatte daran gedacht, einen Priester, einen Mann Gottes und der Kirche zu beschuldigen, der mir erst vor drei Wochen dabei geholfen hatte, mich von meinem Fieber zu erholen. Derselbe Priester, der Kaplan und Beichtvater des Mannes war, den ich jetzt meinen Herrn nannte.

Im Saal wurde es still, nur das blubbernde Wasser über dem Herdfeuer und das Knacken der Scheite darunter war zu hören. Ich spürte die Blicke der anderen auf mir und fragte mich, was sie wohl dachten.

»Es ist nichts«, sagte ich wieder, diesmal etwas ruhiger. Ich setzte mich wieder auf den Schemel, riss einen Kanten von dem Brot ab und tunkte ihn in die Brühe, die in einem der Eisentöpfe erhitzt wurde. »Ich muss nur etwas essen und dann ausruhen. Wir haben noch ein paar Tage auf der Straße vor uns.«

Ich nahm einen Bissen von dem Brot. Die Brühe, in der ich es eingeweicht hatte, schmeckte nach stark gesalzenem Fisch, und wenn sie auch nicht besonders angenehm war, war sie doch nicht widerwärtig. Sie war warm, und darauf vor allem kam es mir an, obwohl vielleicht die Hitze meines Zorns dazu beigetragen hatte, die Kälte zu vertreiben, denn ich stellte fest, dass ich aufgehört hatte zu zittern. Ich schöpfte mir noch etwas in eine Holzschüssel, die Osric gebracht hatte, und hob sie an meine Lippen, um kleine Schlucke daraus zu nehmen.

»Wir sollten sofort eine Nachricht zum Stadtvogt schicken«, sagte Wigod. »Wir könnten eine Klage vor dem Cent-Gericht einreichen.«

»Mit welcher Begründung?«, fragte der Kaplan. »Es hat keine Rechtsverletzung gegeben, außer einer Narbe an der Wange.«

»Bruch des Landfriedens?«, schlug Wace vor. »Ist das nicht Grund genug?«

»Das würde nichts helfen«, sagte Ælfwold. »Ohne wenigstens einen Namen, dem man die Schuld geben könnte, gibt es keinen Fall.«

Der Verwalter seufzte. »Ihr habt recht. Und das Gericht hier in Lundene tagt erst wieder in zwei Wochen.«

»Dann sind wir mit dem Heer des Königs nach Norden gezogen«, sagte ich niedergeschlagen. Ich war der Lösung des Problems, wer diese Männer waren, nicht näher gekommen, und es schien tatsächlich keine Möglichkeit zu geben, es herauszufinden.

»Ich werde morgen Vormittag zum Vogt gehen«, sagte Wigod, dem offenbar meine Enttäuschung nicht entgangen war. »Für was es auch gut sein mag.«

Der Saal begann sich nicht lange danach zu leeren, und die anderen Ritter schliefen einer nach dem anderen wieder ein. Ich hingegen saß noch eine Weile am Feuer, bis die Kälte, die mir tief in die Knochen gekrochen war, sich endgültig verflüchtigt hatte. Die beiden Diener hatten mehr Holz von dem Stapel draußen hereingebracht, und ich legte immer wieder Scheite nach, sodass die Flammen aufloderten. Erst als ich wieder vollkommen trocken war, ließ ich das Feuer in Ruhe und legte mich auf die Binsen zurück und starrte auf die Wirbel und Splitter in den Holzbrettern der Saaldecke. Mein Körper schmerzte, und meine Glieder verlangten nach Ruhe, aber mein Geist war immer noch hellwach, während ich das Kreuz an meinem Hals befingerte. Ich sah meinen letzten Kampf deutlich vor mir: jeden Streich meiner Klinge, jede Parade, jeden Stoß. Da fiel mir wieder ein, dass ich mein Schwert zurückgelassen hatte. Ich würde es jedoch nicht jetzt holen; das konnte warten, bis es wieder hell war.

Bei unserer Ankunft in Lundene hatte ich gedacht, in gewisser Weise wieder nach Hause zu kommen. Jetzt allerdings wollte ich nichts mehr, als nur weit weg von hier sein.

In der Nähe begannen Glocken zu läuten, die den Beginn der Morgenandacht in einem der Klöster der Umgebung anzeigten. Nicht lange danach muss ich eingeschlafen sein, denn sie läuteten auch in meinen Träumen, und ich war zusammen mit den Mönchen in ihrer kalten Steinkirche, und ich war wieder zwölf Jahre alt.

Wir hatten gehofft, mit dem ersten Tageslicht nach Wiltune aufbrechen zu können, aber der Schnee fiel heftig in jener Nacht, so heftig, dass er mir am Morgen halbwegs bis zum Knie ging: eine Decke über der ganzen Stadt und dem Land in der Umgebung, was eine Reise unmöglich machte.

Ich ging alleine los, im knirschenden Schnee die Wæclingastrœt hinunter, und rekonstruierte meine Schritte von der Nacht zuvor. Ich hatte die anderen im Haus zurückgelassen, einschließlich Ælfwold, der protestierte, als er mich dabei ertappte, wie ich unangekündigt aus dem Haus schlüpfte. Es sei zu kalt, um draußen herumzulaufen, sagte er, ich solle besser im Haus am warmen Feuer bleiben und mich erholen. Aber von dem Kratzer abgesehen, den ich bei dem Kampf davongetragen hatte, ging es mir gut, und ich hatte ohnehin keine Lust, auf den Kaplan zu hören. Ich brauchte die Zeit zum Nachdenken.

Welche Männer der Kirche hielten sich Ritter, die als ihre Leibwächter dienten? Der, den ich für Ælfwold gehalten hatte, war Engländer: so viel stand seiner äußeren Erscheinung nach fest. Was den Priester in der schwarzen Kleidung anging, konnte ich mir nicht sicher sein, aber falls er aus der Normandie war, dann war es wahrscheinlicher, dass sie in seinen Diensten gestanden hatten, da ich wenige Franzosen kannte, die sich dafür entscheiden würden, einem englischen Lord zu dienen.

Andererseits waren dies zweifellos Männer, die ihren Lebensunterhalt dadurch verdienten, dass sie – ohne weitere Gedanken oder Skrupel – ihr Schwert verkauften. Viele von ihnen waren einmal Eidbrecher gewesen, wenig besser als Mörder, weil sie durch das Zertrennen dieser Bänder – das Einzige, was Menschen zusammenhielt – gegen die natürliche Ordnung verstoßen hatten. Solche Männer stellten nie in Zweifel, wem sie dienten oder zu welchem Zweck, solange sie gut belohnt wurden – und das machte sie gefährlich.

Ich blieb bei der kleinen Holzbrücke stehen, die den Bach überquerte. Eis hatte sich um einige der größeren Steine gebildet, und die Enten drängten sich an seinem Ufer zusammen. Einige hatten die Köpfe unter ihre Flügel gesteckt, andere tauchten die Schnabelspitzen in das schnell fließende Wasser, als wollten sie es prüfen. Keine wagte es zu schwimmen.

Ein scharfer Wind blies böig aus Osten und durchdrang meinen Umhang. Ich ging weiter, dem Wind entgegen. Auf der anderen Seite der Temes war das Land ein einziges weißes Feld, das sich von Osten nach Westen erstreckte und nur von der Häusergruppe die Sudwerca bildete, und von dem Wald unterbrochen wurde, der den Horizont säumte. In all den Jahren meiner Kindheit in der Umgebung von Dinant hatte ich nie so viel Schnee gesehen, und erst nach meiner Ankunft in England erlebte ich eine solche Kälte.

Ich war an jenem Tag nicht der Erste, der draußen unterwegs war. Die Straße trug schon die Spuren von Füßen und Rädern, die sich eingedrückt hatten, wenn auch nicht viele. Aus den Schornsteinen der Häuser stieg dichter Rauch auf; die meisten Städter wären noch drinnen bei ihren Feuern, denn die Sonne ging gerade auf. Erst als ich mich wieder St. Eadmund näherte, kamen Menschen in Sicht. Zwei Jungen trieben eine Herde Schweine den Berg hoch und stießen sie mit Stöcken, damit sie nicht stehen blieben, um im Schnee zu graben. Ein wenig weiter führte ein Mann ein Ochsengespann, das an einen Karren geschirrt war, dessen Räder stark wackelten, während er vorwärtsrollte. Und dort an der Ecke, wo ich gestern Nacht die beiden

Kirchenmänner beobachtet hatte, standen fünf Männer hoch zu Ross. Vier von ihnen trugen Kettenhemden und hatten Speere in der Hand, aber der fünfte hatte einen Rehlederumhang übergeworfen, der eine weite Tunika mit langen, gebauschten Ärmeln bedeckte. Er sprach mit einer gebrechlichen Frau, die eindeutig in einer gewissen Bedrängnis war, weil sie heftig mit den Armen wedelte, auch wenn ich nicht erkennen konnte, aus welchem Grund.

Ich beachtete sie nicht weiter, weil mir ein metallisches Glitzern unter der Fahrspur eines vorher vorbeigerollten Wagens ins Auge gefallen war. Es kam ungefähr von der Stelle, an die ich mich erinnerte. Ich eilte hinüber, kniete mich in dem festgefahrenen Schnee hin und kratzte ihn mit bloßen Händen weg, um die glänzende Klinge und darauf eingravierte Inschrift freizulegen: »VVLFRIDVS ME FECIT«.

Ich hob das Schwert mit beiden Händen hoch und wischte mit dem Handschuh den Dreck von der Unterseite, um es genau auf irgendwelche Schäden zu untersuchen. Es schien in einem guten Zustand zu sein, trotz des Überrollens. Schmelzwasser lief an dem Stahl hinunter und sorgte dafür, dass es im Licht des neuen Tages funkelte.

Ich hörte ein Kreischen, und als ich aufblickte, sah ich, dass die Frau mit dem Finger auf mich zeigte. »*Hwæt la!*«, schrie sie und blickte zu den fünf Reitern hoch. »*Hwæt la!*«

Die Männer ritten im Trab auf mich zu; ob es Freunde von denen waren, die ich letzte Nacht gesehen hatte? Mit dem Schwert in der Hand rührte ich mich nicht vom Fleck, unsicher, ob ich wegrennen oder kämpfen sollte. Ich war zu Fuß, und es gab beim besten Willen keine Möglichkeit, ihnen zu entkommen. Außerdem konnte ich es nicht allein mit fünf Mann aufnehmen. Mit zweien wäre ich vielleicht fertiggeworden, und an einem guten Tag sogar mit dreien – vielleicht wenn ich weniger müde wäre und das Glück auf meiner Seite hätte.

»Ihr«, sagte einer von denen im Kettenhemd, als er vor mir anhielt. Ein rotes Fähnchen war an seinem Speer befestigt, und ich nahm an, dass er ihr Anführer war. Sein Gesicht war pockennarbig, sein Kinn spärlich mit Stoppeln bedeckt. »Wer seid Ihr?«

Die anderen drei Ritter bildeten einen Halbkreis um mich, die Lanzen eingelegt und einsatzbereit. Der letzte Mann, der mit dem rehledernen Umhang, blieb zusammen mit der Frau stehen. Er war wie ein Engländer gekleidet, sein Umhang wurde an der Schulter von einer silbernen Spange zusammengehalten, aber seine Haare waren im normannischen Stil kurz geschnitten, und ich vermutete, dass er eine Art Übersetzer war.

Ich dachte daran, wieder zu lügen, aber irgendwas an ihrem Benehmen verriet mir, dass das keine gute Idee wäre. »Tancred«, sagte ich steif. »Ein Ritter im Dienst des Vicomtes von Eoferwic, Lord Guillaume Malet.«

»Malet?« Er lachte kurz auf. »Und was macht ein Ritter von ihm so weit im Süden, in Lundene? Ihr seid wohl ein Deserteur?«

Ich war kurz davor ihm zu antworten, dass ich es ihm wohl kaum sagen würde, wenn ich tatsächlich einer wäre, überlegte es mir aber noch einmal. »Ich bin mit dem Kaplan des Vicomtes hier.«

Daraufhin zog er eine Augenbraue hoch. »Aus welchem Grund?«

Es schien klar zu sein, dass diese Männer nicht hier waren, um mir den Garaus zu machen, denn sonst hätten sie das mit Sicherheit schon getan, und ich wurde seiner Fragen müde.

»Warum sollte ich Euch das sagen?«

Eine Menschenmenge begann sich zu sammeln – zumindest von den Männern und Frauen, die um diese Zeit unterwegs waren. Es waren nicht mehr als ein Dutzend, die alle in respektvoller Entfernung standen, wie ich bemerkte, denn sie hatten ohne Zweifel gesehen, dass diese Männer Schwerter trugen.

Der pockennarbige Ritter richtete sich in seinem Sattel auf und zeigte auf die Frau, die neben dem Übersetzer hinter ihm stand. »Diese Bäuerin behauptet, dass sie Euch gestern Nacht hier gesehen hat. Wollt Ihr das leugnen?«

Ich sagte nichts. Es war mir nicht einmal in den Sinn gekommen, dass mich jemand gesehen haben könnte.

»Sie schwört, dass sie Euch kämpfen gesehen hat«, fuhr er fort. »Hier, auf dieser Straße, mit einem anderen Ritter. Ist das wahr?«

»Ich bin angegriffen worden«, platzte ich heraus, was bei genauerer Überlegung nicht besonders klug war, denn ich wusste sofort, dass er dies als Schuldeingeständnis auffassen würde. »Ich habe mich verteidigt.«

Er hob den Kopf leicht, sodass er mich über seine Nase hinweg ansah. Ein schwaches Lächeln trat auf sein Gesicht. »Wisst Ihr«, fragte er, »was für eine Strafe darauf steht, in der Stadt des Königs gegen einen anderen die Waffe zu ergreifen?«

»Sagt es mir.«

»Die Strafe …«, sagte er langsam, als wolle er sichergehen, dass mir kein Wort entging, »besteht darin, dass Ihr Eure Schwerthand verwirkt habt.«

Ich schluckte und fragte mich, ob das der richtige Zeitpunkt war, die Flucht zu ergreifen. Ich wusste allerdings, dass es sinnlos wäre: Sie waren beritten und würden mich mühelos einfangen, und es würde meine Schuld in ihren Augen nur bekräftigen.

»Gebt mir Euer Schwert«, knurrte der Pockennarbige.

Ich ergriff es bei der Klinge und hielt es ihm vorsichtig, um mich nicht zu schneiden, mit dem Griff zuerst hin.

Er schaute mich fragend an, während er es in Empfang nahm. »Ihr tragt die Klinge ohne Scheide auf offener Straße?«, sagte er.

»Meine Scheide liegt dort«, erwiderte ich und zeigte auf eine mit Schnee bedeckte Fläche, wo ich sie hatte fallen lassen.

Er schaute zu der Stelle und dann wieder zu mir. Die Verachtung in seinem Blick war nicht zu übersehen.

»Das ist die Wahrheit«, beharrte ich. »Alles, was ich gesagt habe, ist die Wahrheit.«

»Ihr werdet mit uns kommen«, sagte er. Er gab zwei seiner Männer ein Zeichen, woraufhin sie von ihren Pferden abstiegen und mich grob an den Schultern packten. Ich versuchte sie abzuschütteln, aber sie hielten mich fest und drehten mir die Arme hinter den Rücken.

»Malet wird davon hören«, sagte ich grimmig, als sie mich abführten. »Er wird sich *Eure* Schwerthände holen, das schwöre ich Euch.«

»Wartet!«, rief eine Stimme.

Die Ritter blieben stehen. Ich wandte den Kopf, obwohl meine Schultern festgehalten wurden. Die Stimme war aus der Menge gekommen.

Der Kreis der Zuschauer öffnete sich, als ein Mann zwischen ihnen hindurchritt, der einen elegant aussehenden Umhang aus schwarzer Wolle trug. Sein Gesicht war kantig, seine Nase markant; er sah ungefähr so alt wie ich oder ein bisschen älter aus. Ich hatte das Gefühl, als hätte ich ihn schon einmal gesehen, aber ich konnte nicht sagen, wann oder wo. Er saß hoch im Sattel; an seinem Gürtel hing eine Schwertscheide, die mit scharlachroten Edelsteinen geschmückt war, umgeben von einem verschlungenen Muster goldener Linien.

»Wie ist Euer Name?«, fragte er mich mit ernster Stimme. Hinter ihm ritt ein bescheiden gekleideter Mann – ein Diener, vermutete ich. Er war dünn, hatte ein großes Geschwür an der Seite des Halses, und seine Haut war so blass, dass ich mich fragte, ob er sich vielleicht längere Zeit nicht vor die Tür gewagt hatte.

»Mylord«, sagte der Pockennarbige. »Ich bitte um Verzeihung, aber wir bringen diesen Mann zum Stadtvogt. Man darf nicht mit ihm sprechen –«

»Mein Name ist Tancred a Dinant, Mylord«, unterbrach ich ihn.

Der Mann schaute mich mit prüfendem Blick an, jedoch nicht auf unfreundliche Weise. »Ihr kennt meinen Vater?«

»Euren Vater?«, erwiderte ich, bevor mir klar wurde, woher ich sein Gesicht kannte. Jetzt, wo ich es richtig sah, war die Ähnlichkeit eindeutig, nicht nur in seiner markanten Nase, sondern auch in seiner hohen Stirn und den abfallenden Schultern.

»Guillaume Malet, Seigneur von Graville jenseits des Meeres. Ihr kennt ihn?«

»Ich bin ein Ritter in seinen Diensten, Mylord.« Soweit ich mich erinnern konnte, hatte der Vicomte seinen Sohn nie erwähnt. Natürlich hatte das allein wenig zu bedeuten, denn warum hätte er das tun sollen?

»Mylord«, sagte der Pockennarbige, in dessen Stimme sich ein verzweifelter Unterton mischte. »Wenn ich das sagen darf, dies ist nicht die rechte Zeit für müßige Gespräche. Wir müssen ...«

»Was habt Ihr mit ihm zu schaffen?«, fragte der Mann, der sich Malets Sohn nannte.

»Er wird beschuldigt, mit einem anderen Franzosen im Zorn die Waffen gekreuzt zu haben.«

»Habt Ihr Zeugen dafür?«

»Wir haben eine Zeugin«, sagte ein anderer der Ritter, ein beleibter und nicht sonderlich gepflegt aussehender Mann, der zu groß für sein Pferd wirkte. Er zeigte auf die bejahrte Frau, die sich in die Menge zurückzog.

»Eine Zeugin«, sagte Malets Sohn. »Aber sie ist Engländerin.«

»Andere Zeugen können jederzeit gefunden werden«, erwiderte der Pockennarbige verhalten. »Das ist keine Sache, die leichthin abgetan werden kann.«

Malets Sohn wandte sich an mich. »Und was sagt Ihr dazu? Habt Ihr mit einem Landsmann die Klingen gekreuzt?«

Ich zögerte, weil ich versucht war, diesmal die Beschuldigung schlankweg zu leugnen, damit er vielleicht noch eher geneigt war, mir beizustehen. Aber wenn ich das tat, würden die anderen erkennen, dass ich öffentlich einen Meineid begangen hatte – ein Vergehen, das möglicherweise genauso schlimm, wenn nicht schlimmer war als Landfriedensbruch.

»Ich wurde angegriffen, Mylord«, sagte ich, indem ich exakt das wiederholte, was ich zuvor gesagt hatte. »Ich habe mich nur verteidigt.«

Er nickte langsam, und mir wurde bang ums Herz; das war eindeutig die falsche Antwort gewesen. Er schaute seinen Diener an, der nur blinzelte und mit den Achseln zuckte. »Habt Ihr bedacht, dass er die Wahrheit sagen könnte?«, fragte er schließlich.

»Ob er das tut oder nicht«, sagte der Pockennarbige, »er wurde dabei gesehen, wie er in der Stadt des Königs zur Waffe griff.«

»Und wo ist der Mann, mit dem er gesehen wurde? Er kann für sich selber sprechen, nehme ich an.«

Der Ritter öffnete den Mund, schloss ihn aber wieder, ohne etwas zu sagen, und warf dem Rest seiner Männer Blicke zu.

»Nun? Wo ist er?«

»Mylord, er ist nicht …«

»Also«, sagte Malets Sohn, dessen Stimme plötzlich scharf klang, »Ihr habt weder einen richtigen Zeugen für diesen Vorfall, noch wurde, soweit ich sehen kann, irgendeinem der hier Anwesenden ein Leid zugefügt.« Er wandte sich an die Männer, die mich flankierten. »Lasst ihn los.«

»Das könnt Ihr nicht tun«, sagte der Pockennarbige.

Malets Sohn funkelte ihn an. »Ich werde tun, was ich will, oder ich werde zu Eurem Herrn, dem Stadtvogt, gehen und ihn von Eurer Unverschämtheit in Kenntnis setzen. Jetzt lasst ihn los«, wiederholte er mit größerem Nachdruck. »Ich werde mich selber mit ihm befassen.«

Der Pockennarbige sagte nichts und stand da still wie ein

Stock, während sein Gesicht rot wurde. Schließlich gab er seinen beiden Männern ein Zeichen, woraufhin sie mich losließen und wieder auf ihre Pferde stiegen. Ich warf ihnen finstere Blicke zu und rieb mir die Unterarme, die sie mir verdreht hatten.

»Gebt ihm sein Schwert zurück«, sagte Malets Sohn.

Die Augen des Pockennarbigen waren hasserfüllt, als er die Waffe zu Boden warf. Sie landete im Schnee. Ich bückte mich, um sie aufzuheben, und schaute zu, wie die fünf Männer die Straße hochritten, in die Richtung der Märkte bei Ceap.

Der Pockennarbige ritt als Letzter los. »Der Vogt wird davon erfahren«, rief er.

»Das sollte er auch. Und vergesst nicht, in Eurem Bericht den Namen Robert Malet zu erwähnen. Wenn es ihm gefällt, kann er die Angelegenheit gerne mit mir besprechen.«

Der Pockennarbige blickte uns höhnisch an, dann grub er seinem Pferd die Fersen in die Weichen und ritt hinter seinen Männern her. Die Menschenmenge war angeschwollen, seit ich zum letzten Mal hingesehen hatte; mehrere Dutzend waren mittlerweile aus ihren Häusern gekommen.

»Geht«, sagte Robert zu ihnen und winkte mit einem Arm, um sie wegzuschicken. Er beugte sich von seinem Pferd hinunter, um mit mir zu sprechen. »Zu gegebener Zeit möchte ich für all das hier eine Erklärung haben. Vorerst sollten wir jedoch zum Haus meines Vaters zurückkehren.« Er warf einen Blick in die Runde. »Habt Ihr ein Pferd dabei?«

»Nein, Mylord«, erwiderte ich.

»Dann sollten wir zu Fuß gehen, Tancred a Dinant.« Er schwang sich aus dem Sattel, gab seinem Diener ein Zeichen, seinem Beispiel zu folgen, klopfte seinem Tier auf den Hals und nahm die Zügel in die Hand.

Nun jetzt war ich wohl zwei Mitgliedern der Familie Malet zu großem Dank verpflichtet, und diese Schuld würde sich bei keinem von beiden leicht abtragen lassen.

Einundzwanzig
–◦–

Die Sonne kroch allmählich über das Marschland im Osten, schüttelte ihren zarten Wolkenschleier ab und färbte den Himmel gelb. Unter ihr wurde Lundene langsam wach.

Die Straßen belebten sich bereits: Es gab Frauen, die Holzeimer trugen, Männer mit Feuerholz unter den Armen. Eine Gruppe von Kindern schrie, während sie mit Schneeklumpen in den Händen hintereinander herliefen und beinahe mit zwei vierschrötigen Männern zusammenstießen, die große Säcke über den Schultern trugen. Unten auf dem Fluss setzten einige der kleineren Schiffe Segel und begaben sich auf den Weg in das Mündungsgebiet und das Meer dahinter.

Meine Schwertkoppel war wieder an meine Hüfte geschnallt, und ich war froh, die Scheide an meiner Seite zu spüren. Malets Sohn ging mit den Zügeln in der Hand neben mir, und sein Diener folgte uns in kurzem Abstand mit seinem eigenen Pferd.

»Was für Nachrichten habt Ihr von meinem Vater?«, fragte er, sobald wir die Menschenmenge hinter uns gelassen hatten.

»Ihr habt noch nichts gehört?«

»Ich habe nichts gehört, seitdem wir gestern in der Normandie aufs Schiff gegangen sind«, antwortete er. »Was ist geschehen?«

Ich blieb am Rand der schmalen Straße stehen, um einem Ochsenkarren Platz zu machen, der den Berg hochkam. »Die Nachrichten sind nicht gut, Mylord«, sagte ich, während die Tiere an uns vorbeitrotteten und Nebelwolken aus ihren Nüstern ausstießen. Ich erzählte ihm alles, was Wigod am Abend zuvor gesagt hatte: wie die Rebellen in die Stadt eingedrungen waren, dreihundert Männer getötet hatten und den Vicomte gezwungen hatten, sich in die Burg zurückzuziehen. »Wenigstens ist es mir so berichtet worden«, sagte ich. »Der König stellt gerade ein Heer zusammen, um nach Norden zu marschieren.«

Robert schaute in den Himmel und schloss die Augen. Seine Lippen bewegten sich, aber sie machten kein Geräusch; zweifellos sprach er ein Gebet. »Als wir gestern Morgen Saint-Valery verließen, wussten wir nur, dass die Stadt noch belagert wurde«, sagte er schließlich. »Aber mein Vater ist am Leben?«

»Soweit ich weiß«, sagte ich. »Eure Schwester und Eure Mutter auch – sie sind hier in Lundene.«

»Sie sind hier?«, fragte Robert mit plötzlich weit aufgerissenen Augen. »Wisst Ihr das bestimmt?«

»Ich war derjenige, den Euer Vater damit beauftragt hat, sie zu begleiten«, sagte ich. »Ich habe sie zusammen mit Ælfwold, dem Kaplan Eures Vaters, aus Eoferwic hierhergebracht. Sie sind alle in seinem Stadthaus.«

»Ælfwold auch«, murmelte er. »Ich habe ihn seit langer Zeit nicht mehr gesehen.« Er holte tief Luft, drehte sich zu mir um und schlug mir mit fester Hand auf den Rücken. »Das ist bei Weitem die beste Nachricht, die ich in den letzten Tagen gehört habe. Ich schulde Euch meinen Dank, Tancred.«

»So wie ich Euch meinen schulde, Mylord.«

»Sagt mir doch«, forderte er mich lächelnd auf, als wir unseren Weg wieder aufnahmen, »wie lange steht Ihr schon im Dienst meines Vaters?«

Ich rechnete im Kopf rückwärts. »Acht Tage, Mylord«, antwortete ich und empfand aus irgendeinem Grund Verlegenheit, als ich das sagte, denn es kam mir viel länger vor. Aber es stimmte: Es war der fünfzehnte Tag des Monats gewesen, als der Vicomte mich in seine Gemächer im Schloss gerufen hatte, und jetzt war erst der dreiundzwanzigste.

»Acht Tage?«, fragte er und schaute mich ungläubig an.

»Davor hatte ich Robert de Commines, dem Earl von Northumbria, meinen Eid geleistet«, erklärte ich und erwiderte seinen Blick. »Das war bis Dunholm.«

Er runzelte die Stirn und nickte ernst. »Vor acht Tagen habe ich mich noch um Dinge zu Hause in Graville gekümmert. Auch da schienen die northumbrischen Rebellen nur eine entfernte Bedrohung zu sein. Und trotzdem komme ich jetzt hierher zurück und stelle fest, dass das Leben meines Vaters in Gefahr ist. Ihr seht, Tancred, wie schnell sich unser beider Leben durch die jüngsten Ereignisse verändert hat. Wir haben eine Menge gemeinsam.«

Meine Finger ballten sich zur Faust. Wie konnte er seine Probleme mit meinem Kummer vergleichen? Zumindest war Malet noch am Leben. Aber ich musste daran denken, dass ich an Bord des Schiffes Beatrice und Elise gegenüber genauso wenig sensibel gewesen war, und hielt meine Zunge im Zaum.

Wir stapften weiter die Straße hinunter. Schnee rutschte von den Dächern auf beiden Seiten in großen Partien herunter, unter denen das Stroh sichtbar wurde. Männer und Frauen näherten sich uns und versuchten uns bündelweise Feuerholz oder verschrumpelte Möhren zu verkaufen, die fast so blass wie der Schnee waren, aber ich winkte sie alle beiseite.

»Es ist gut, endlich in Lundene zu sein«, sagte Malets Sohn. »Wir haben eine lange Fahrt hinter uns. In dem Augenblick, als ich hörte, dass Eoferwic belagert würde, traf ich Vorbereitungen für die Schiffsreise, und wir verließen Graville noch am selben Nachmittag. Das ist ganze drei Tage her; schlechtes Wetter hat uns daran gehindert, früher abzusegeln.« Er schüttelte den Kopf. »Und wir konnten die ganze Zeit nur warten und zu Gott beten, dass er meinen Vater bewahren möge.«

Es war keine so lange Reise wie unsere von Eoferwic, aber das sagte ich nicht. Er hatte allen Grund, dankbar dafür zu sein, dass er nicht länger aufgehalten worden war; Februar war nicht die beste Zeit des Jahres für eine Überfahrt. Ich hatte oft gehört, dass der Englische Kanal wetterwendisch sei: dass sich das, was bei Sonnenaufgang wie ein stilles Wasser aussah, sich bis zum Mittag in einen Mahlstrom verwandeln konnte. Und sie hatten außerdem noch Glück gehabt, wenn sie den Schnee verpasst hatten, der hier gefallen war, denn es wäre unmöglich gewesen, unter solchen Bedingungen zu segeln.

Wir trafen bald wieder vor dem Haus ein. Derselbe Diener, der die Tür bei unserer Ankunft bewacht hatte, stand jetzt wieder davor; er und Roberts Bediensteter führten die Pferde in den Stall hinter dem Haus.

Drinnen waren die anderen Ritter aufgestanden und hatten sich um das Feuer versammelt, wo sie Brot und Käse zu sich nahmen. Der Kaplan saß am Tisch und trank still aus einem Becher, während er mit zusammengekniffenen Augen ein Blatt Pergament betrachtete. Er blickte auf, als wir eintraten, und ließ vor Überraschung fast den Becher fallen, als er Malets Sohn erblickte. Er breitete die Arme aus, als er aufstand, und sie begrüßten sich wie alte Freunde, zugleich Französisch und Englisch sprechend, bis Wigod hereinkam und Ælfwold davoneilte, um die beiden Damen zu finden.

Ich setzte mich neben Wace und Eudo, zog die Handschuhe aus und wärmte mir die Hände am Feuer.

Wace goss mir etwas Bier in einen Becher. »Wer ist der dort?«, fragte er und nickte mit dem Kopf zu dem Neuankömmling hinüber.

»Der Sohn des Vicomtes«, sagte ich. »Robert Malet.«

»Ich wusste gar nicht, dass Malet einen Sohn hat«, sagte Eudo.

»Ich auch nicht«, erwiderte ich und warf einen Blick auf Robert, der mit dem Verwalter sprach.

»Es ist mit Sicherheit gut, wieder in diesem Haus zu sein«,

sagte er und zeigte lebhaft auf Dinge in seinem Umkreis: auf das Feuer, die Wandbehänge, die Decke. »Zum letzten Mal war ich hier zur Krönung von König Guillaume.«

»Ich muss gestehen, ich dachte nicht, dass es so lange her ist«, sagte Wigod. »Zwei Jahre sind eine ganz schöne Zeit ...«

Er brach ab, als rasche Schritte auf der Treppe zu hören waren. Beatrice eilte in einem dunkelgrünen Kleid die Treppe hinunter, die Röcke knapp über die Knöchel gehoben. Als sie ihren Bruder erblickte, brach sie in ein erfreutes Lachen aus, lief quer durch den Raum und warf die Arme um ihn. Ihre Mutter folgte ihr in kurzem Abstand und umarmte ihre beiden Kinder.

Ich wandte mich ab. Ich war nicht an Familien gewöhnt, und der Anblick von ihnen allen zusammen war mehr, als ich sehen wollte. Mauger, Ernost, Ivo, Fulcher, Gérard: sie waren meine Brüder gewesen, im Leben wie unter Waffen; sie waren einer Familie für mich am nächsten gekommen.

Ihr lebt durch das Schwert, hatte Aubert zu mir gesagt, als wir auf dem Schiff waren, kurz nachdem wir Eoferwic fluchtartig verlassen hatten. Bis jetzt war mir nicht klar gewesen, wie wahr er gesprochen hatte.

Beatrice gab Robert frei, trat zurück und strich ihre Röcke glatt. Das Kleid, das sie trug, war ihr auf den Leib geschnitten, das Mieder und die Ärmel waren mit einem gelben Faden bestickt, und die Schwellung ihrer Brüste darunter war nicht zu übersehen.

»Wann bist du angekommen?«, fragte sie ihren Bruder und wischte sich eine Träne aus dem Auge.

»Wir sind zur Flut in Stybbanhythe eingelaufen, keine Stunde vor Sonnenaufgang. Ich bin direkt mit meinem Diener hierhergeritten. Er kümmert sich um unsere Pferde.«

»Was ist mit dem Rest Eurer Männer?«, fragte Wigod. »Habt Ihr noch welche aus der Normandie mitgebracht?«

»Insgesamt zwanzig von den Rittern aus meinem Gefolge,

ihre Pferde kommen mit einem zweiten Schiff hinterher. Das waren alle, die ich in der Zeit auftreiben konnte, die mir bis zur Abfahrt blieb. Ich bin gekommen, sobald ich hörte, dass …«

»Und dein Bruder?«, fragte Elise, die ihm ins Wort fiel. »Wo ist er?«

»Ich habe ihn zu Hause gelassen, damit er dort nach dem Rechten sieht. Ich hielt es für unklug, dass er auch sein Leben riskieren sollte. Einer von uns musste in Graville bleiben.«

»Dann habt Ihr von Eoferwic und Eurem Vater gehört?«, fragte Ælfwold, als er wieder zu ihnen trat.

»Erst nach meiner Ankunft hier – Tancred hat mir erzählt, was geschehen ist.« Er schaute die beiden Damen an. »Ich höre, er hat sich während der Reise um euch gekümmert.«

Elise sah mir in die Augen. »Das hat er«, antwortete sie schmallippig. In Wahrheit hatte ich halbwegs mit einigen Dankesworten gerechnet, wo wir uns nun in der Gegenwart ihres Sohnes befanden. Ich hätte es besser wissen müssen, denn sie sagte nichts mehr.

Der Priester sah verwirrt aus. »Tancred hat es Euch erzählt?«, fragte er Robert.

»Ich fand ihn neben einer der Kirchen auf dem Hügel von Bisceopesgeat«, erwiderte Malets Sohn. »Er war dort mit einigen von Ernalds Männern. Sie wollten ihn mit sich nehmen, als ich hörte, wie er den Namen meines Vaters erwähnte. Da bin ich eingeschritten. Ihr Anführer war nicht sehr erfreut.«

Der Kaplan warf Wigod einen Blick zu, dann schaute er mich eindringlich an. »Ihr seid mit den Männern des Stadtvogts aneinandergeraten«, sagte er deutlich nicht begeistert.

Ich zuckte mit den Achseln. »Ich bin mein Schwert suchen gegangen.«

»Sie hatten ihn beschuldigt, auf offener Straße gekämpft zu haben«, flocht Robert ein. »Obwohl sie niemanden hatten, der es beschwören konnte.«

Der Verwalter seufzte und schüttelte den Kopf. »Ihr hättet warten sollen, bis wir selber zum Stadtvogt gegangen wären.«

»Dann ist es also wahr?«, fragte Robert.

»Es ist wahr«, sagte ich. »Ich wurde gestern Nacht auf derselben Straße angegriffen, auf der wir uns heute getroffen haben.« Ich spürte die Blicke der beiden Damen auf mir; sie waren ja nicht dabei gewesen, als ich in der letzten Nacht zurückgekommen war. »Sie waren zu zweit – einer zu Pferd, der andere zu Fuß.« Ich legte einen Finger an meine Wange und zeigte ihnen die Stelle, wo ich verletzt worden war. »Einer von ihnen hat mich hier getroffen. Ich kann von Glück sagen, dass ich mit dem Leben davongekommen bin.«

Ich bemerkte, dass Beatrice mir einen Blick zuwarf, und sah einen Anflug von Besorgnis in ihren Augen, ein winziges Flackern, bevor sie den Kopf senkte.

»Das ist eine ernste Angelegenheit«, sagte der Verwalter, während er über die kahle Stelle auf seinem Kopf rieb. »Ich wollte den Vogt heute Morgen selber aufsuchen, um diesen Vorfall zu melden. Aber jetzt scheint es, dass er schon davon weiß.«

»Ich werde mich um ihn kümmern, wenn er kommt«, sagte Robert achselzuckend. »Ich habe seinen Männern gesagt, dass er die Sache mit mir besprechen könne.«

»Ihr solltet vorsichtig sein, wie Ihr mit ihm verhandelt. Er kann gefährlich für die werden, die sich ihm entgegenstellen. Er hat beträchtlichen Einfluss beim König.«

»Mein Vater ist Vicomte der Grafschaft von Eoferwic, einer der mächtigsten Männer im Königreich.«

»Gleichwohl«, sagte Wigod, »ist es besser, ihn zum Freund zu haben als zum Feind.«

Es wurde still im Saal, und die Worte des Stewards hingen wie Rauch in der Luft.

»Komm«, sagte Elise mit einem Lächeln und begann auf die Treppe zuzugehen. »Wir gehen auf unsere Zimmer. Du musst uns von der Überfahrt erzählen und was für Nachrichten du uns von zu Hause bringst.«

Robert folgte ihr zögernd. »Ich fürchte, es gibt nicht viel zu berichten. Aber ihr müsst mir von eurer Reise erzählen.« Im Vorbeigehen beugte er sich zu mir hinunter. »Mit Euch möchte ich später noch reden«, sagte er leise in mein Ohr.

Er richtete sich auf und ging weiter, und ich fragte mich, was er meinte. Ich hatte ihm schon gesagt, was die Ritter des Stadtvogts von mir gewollt hatten. Worauf hatte er es noch abgesehen?

Ich musste gähnen. In der letzten Nacht hatte ich wieder kaum geschlafen.

Eudo stieß mich an. »Wach auf.« Er nahm einen Brotlaib von einem der Herdsteine herunter und hielt ihn mir hin. »Hier, iss.«

Mir fiel ein, dass ich an diesem Morgen noch nicht gegessen hatte, aber ich war nicht hungrig. Tatsächlich drehte sich mir beim Geruch des frisch gebackenen Brotes der Magen um.

»Ich will nichts davon«, sagte ich und schob es beiseite.

Er zuckte mit den Achseln und begann es selber zu essen, wobei er ab und zu eine Pause machte, um sich etwas Grieß aus den Zähnen zu klauben.

»Willst du uns nicht erzählen, was passiert ist?«, fragte Wace.

»Wenn ihr unbedingt wollt«, sagte ich. »Es gibt nicht viel zu erzählen.« Und ich erklärte ihnen, was an dem Morgen geschehen war.

»Du hättest nicht allein gehen sollen«, sagte Eudo, als ich fertig war.

Ich hörte Schritte hinter mir, und als ich mich umdrehte, sah ich den Kaplan da stehen.

»Ich hoffe, ich störe nicht«, sagte er.

Ich stand auf. »Worum geht es, Pater?«

Als er uns alle sechs der Reihe nach anschaute, spielte das Licht des Feuers auf seinen Gesichtszügen. »Ich wollte nur sagen, dass es bei dem starken Schneefall wahrscheinlich besser ist, wenn wir mit der Abreise nach Wiltune bis morgen warten.«

»Dann ist diese Botschaft von Euch nicht dringend«, sagte Eudo mit vollem Mund.

»Sie hat durchaus noch einen Tag Zeit«, sagte Ælfwold. »Aber ich möchte, dass wir morgen zur Morgendämmerung aufbrechen.«

Er wandte sich ab, ging auf die Tür am anderen Ende des Saals zu und gab mir ein Zeichen, ihm zu folgen. Ich verstand nicht, was er von mir wollte, und warf einen Blick auf die anderen Ritter, aber sie unterhielten sich miteinander, und so folgte ich ihm schließlich.

»Ich habe das Gefühl, Ihr seid über irgendetwas beunruhigt«, sagte er, sobald wir von den anderen weit genug entfernt waren.

Er hatte natürlich recht, es gab in letzter Zeit eine Menge Dinge, die mich beunruhigten. Aber ich war noch nicht bereit, mit ihm darüber zu sprechen; nach dem, was letzte Nacht geschehen war, fühlte ich mich in seiner Gegenwart immer noch unbehaglich.

»Ich bin nur müde«, sagte ich.

Seine Augen wurden schmal. »Wenn Ihr Euch ganz sicher seid.«

»Ich bin mir sicher«, antwortete ich.

Der Engländer sah nicht überzeugt aus, aber er legte mir die Hand auf die Schulter. »Denkt daran, dass der Herr immer zuhört, wenn Ihr mit ihm sprechen wollt.«

»Ich werde daran denken«, sagte ich. Bei allem, was kürzlich geschehen war, hatte ich meine Gebete vernachlässigt.

»Das ist gut.« Er ließ mich los und trat zur Seite. »Einstweilen muss ich gehen und mit Robert Dinge besprechen. Falls Ihr es jedoch wünscht, können wir uns später unterhalten.«

»Vielleicht.« Ich glaubte nicht, dass ich ihm noch irgendetwas zu sagen hatte. Ich spürte noch mal den unwiderstehlichen Drang zu gähnen und tat mein Bestes, es zu unterdrücken.

Er nickte. »Also gut.«

Er drehte sich um und ging weiter zur Treppe, und ich kehrte zu dem Herdfeuer zurück, das immer noch kräftig loderte.

»Was wollte er von dir?«, fragte Eudo.

»Nichts Wichtiges«, sagte ich und gähnte, als ich mich wieder auf meinen Schemel setzte.

»Nichts, was uns angeht, meinst du.« Er starrte mich zornig an, wobei sein Gesicht halb im Schatten des Feuerscheins lag.

»Was ist los?« Ich sah ihn einen Moment verwirrt an, weil ich nicht wusste, was er meinte, aber er sagte nichts mehr, warf mir nur einen verbitterten Blick zu.

Wace stand auf, und ich wandte mich ihm zu, um Eudo nicht weiter anzusehen. »Wir werden im Hof mit den Waffen üben«, sagte er. »Willst du mitkommen?«

Ich schüttelte den Kopf. »Später.« Mir taten von der vergangenen Nacht immer noch die Glieder weh, und ich fühlte mich nicht so wach, dass ich von Nutzen gewesen wäre, nicht mal in einem Scheingefecht. »Ich glaube, ich versuche noch ein bisschen zu schlafen.«

Wace nickte, schnallte sich seine Schwertkoppel um und ging zu der Tür am Ende des Saals. Radulf, Philippe und Godefroi folgten ihm. Eudo ging als Letzter, wartete noch kurz, als wolle er noch etwas zu mir sagen, aber dann schien er es sich anders zu überlegen und stolzierte hinter ihnen her.

Ich blieb allein sitzen und fragte mich, was ich getan haben mochte, um mir Eudos Missfallen zuzuziehen, aber ich fand keine Erklärung. Schließlich gab ich es auf und versuchte, mich eine Weile auszuruhen. Der Vormittag war jedoch inzwischen vorangeschritten, und die Straßen draußen füllten sich mit den Geräuschen von Tieren und den Rufen von Menschen. Zur gleichen Zeit konnte ich die anderen Ritter im Hof hinter dem Haus hören, deren Lachen durch das Krachen unterbrochen wurde, mit dem Eichen- gegen Lindenholz schlug.

Kurz darauf gab ich meine Hoffnung auf, hier noch Schlaf zu finden, und setzte mich stattdessen an den Tisch im Saal und kümmerte mich um mein Schwert. Seine Schneide war während des Kampfs wieder in Mitleidenschaft gezogen worden, und wo es mit dem meines Gegners zusammengeprallt war, fanden sich Scharten in der Klinge. Ich bemühte mich, sie mit dem Schleifstein so gut wie irgend möglich zu glätten, aber mein Gegner hatte fest zugeschlagen und der Stahl tiefe Kerben davongetragen.

Ich weiß nicht, wie lange ich da saß und die Klinge schärfte, gebannt von dem Muster im Metall, als ich die Treppe knarren hörte und Robert hinunterkommen sah.

»Mylord«, sagte ich.

»Tancred«, erwiderte er. »Ich hatte erwartet, Euch mit Euren Kameraden draußen zu sehen. Ich konnte sie von den Gemächern oben hören.« Er zeigte auf die Klinge in meinen Händen. »Das ist eine feine Waffe.«

Ich legte sie auf den Tisch, den Schleifstein daneben. »Euer Vater hat sie mir gegeben, als ich in seine Dienste trat«, sagte ich.

»Ich erinnere mich, dass ich eine sehr ähnliche hatte, als ich jünger war. Heutzutage ziehe ich eine schnellere Klinge vor.« Er zog sein Schwert aus der vergoldeten Scheide an seiner Seite und probierte ein paar Schläge in die Luft. Es war dünner als meins und auch einen halben Fuß kürzer, und es verjüngte sich auch stärker zur Spitze hin; in mancher Hinsicht ähnelte es vom Aussehen her eher einem englischen Sachs. Aber ich wusste, dass eine solche Waffe kein Gewicht hatte, ein Gewicht, das man brauchte, um einen feindlichen Schild nach unten zu schlagen, um durch Leder und Kettenpanzer zu schneiden. Es war eine Stoßwaffe, ideal, wenn es zum Nahkampf kam, aber von geringem Nutzen, wenn man beritten war. Ich hoffte, es war nicht das einzige Schwert, das er besaß.

Er steckte es wieder in die Scheide und setzte sich. »Ælfwold sagt mir, dass Ihr uns morgen wieder verlassen werdet.«

»Wir müssen nach Wiltune«, sagte ich. »Euer Vater hat eine Botschaft, die er dorthin überbracht haben möchte.«

Sein Gesicht nahm einen grimmigen Ausdruck an. »Das sieht ihm ähnlich«, sagte er, »seine Männer noch auf bedeutungslose Botengänge zu schicken, wenn der Feind vor seinen Toren liegt. Wisst Ihr, für wen diese Botschaft bestimmt ist?«

»Nein, Mylord.«

»Wiltune«, sagte er und zupfte geistesabwesend an einem Splitter auf dem Tisch. »Ich kann mir nur denken, dass sie für Eadgyth sein muss.«

»Eadgyth?« Das war ein Name, den ich noch nie gehört hatte.

»Sie ist Nonne in dem Kloster dort«, sagte Robert, »obwohl sie früher viel mehr war als das.«

Das war mir völlig neu. Bis jetzt hatte ich nichts erfahren, das darüber hinausging, was Malet mir an jenem Tag auf der Burg erzählt hatte. »Was meint Ihr, Mylord?«

»Darauf kommt es nicht an«, sagte er seufzend. »Es kommt darauf an, dass Ihr rechtzeitig für die Entsetzung von Eoferwic zurückkommt.«

»Natürlich«, sagte ich. Ich war mir nicht sicher, ob er die Frage überhaupt gehört hatte, und fragte mich, ob es unhöflich wäre, sie ein zweites Mal zu stellen. Der Kaplan hatte offensichtlich nicht vor, mir irgendwas zu sagen, sonst hätte er es bereits getan. Falls Robert daher auch nur eine Ahnung davon hätte, worum es in der Botschaft ging, musste ich es von ihm erfahren. »Mylord …«

»Meine Schwester und meine Mutter haben mir berichtet, wie Ihr Euch auf dem Weg von Eoferwic um sie gekümmert habt«, sagte er.

Ich spürte, wie ich innerlich verkrampfte. Zumindest mit Beatrice glaubte ich ein Einvernehmen hergestellt zu haben, aber ich erwartete nicht, dass Elise irgendetwas Günstiges über mich geäußert haben könnte. »Was haben sie gesagt?«, fragte ich.

Er musste die Skepsis in meinem Ton vernommen haben, denn er lachte. »Ihr habt keinen Grund, Euch Sorgen zu machen«, sagte er. »Mir sind ihre Übertreibungen gut bekannt. Sie mögen von meinem Blut sein, aber sie sind dennoch nur Frauen und an Mühsal nicht sonderlich gewöhnt. Aber sie sind hier und sie sind unverletzt, und das ist – soweit es mich betrifft – alles, was zählt. Ich danke Euch nochmals.«

»Das ist nicht nötig, Mylord«, sagte ich, allerdings nicht aus Bescheidenheit. Ich war hier, weil ich in der Schuld seines Vaters stand, nicht weil ich eine Belohnung wollte.

»Da ist noch eine Sache, die ich mit Euch besprechen wollte«, sagte Robert. »Diese Männer, die Euch letzte Nacht angegriffen haben – wisst Ihr, warum sie das taten?«

»Nein, Mylord«, sagte ich. Das war die Wahrheit, denn ich hatte nur einen Verdacht.

Robert musterte mich sorgfältig, ganz so, wie es sein Vater getan hatte. »Ihr habt sie nicht erkannt?«, fragte er. »Ihr lagt nicht in Fehde mit ihnen?«

Ich schüttelte den Kopf. »Was macht das für einen Unterschied?«

»Es interessiert mich, das ist alles. Es ist mehr als ungewöhnlich für einen Ritter, einen Landsmann ohne erkennbaren Grund auf der Straße zu überfallen. Aber vielleicht ist es ein Rätsel, das ungelöst bleiben wird.«

»Ja, Mylord.«

Er erhob sich von seinem Schemel. »Gebt acht, Tancred«, sagte er. »In diesen Zeiten ist es nur allzu leicht, sich Feinde zu machen. Seid vorsichtig, dass Ihr Euch nicht mehr macht als nötig.«

Zweiundzwanzig

—◦—

Der Himmel wurde gerade erst hell, und ein stetiger Regen fiel, als wir uns im Hof sammelten, um unsere Reittiere auf die Straße vorzubereiten. Ælfwolds Pferd, eine Apfelschimmelstute, war schon gesattelt, aber von dem Priester selber gab es keine Spur, und von den andern hatte ihn keiner gesehen, als ich sie fragte.

»Ich gehe ihn suchen«, sagte ich und stapfte zum Haus zurück. Der Schnee war fast ganz geschmolzen, und der Hof war voller Matsch. Wasser sammelte sich in jeder Furche, in jeder Vertiefung, und spiegelte den bleiernen Himmel wider.

Es war noch früh am Tag, und das Haus war still, aber ich fand Osric am Kamin vor, wo er die Asche vom Feuer der vergangenen Nacht zusammenkratzte. Er sah hoch, als ich eintrat; seine Haare schauten in Büscheln unter seiner Mütze hervor, und seine Hände und sein Gesicht waren aschgrau.

»Ælfwold«, sagte ich laut. »*Preost.*« Das war eins der wenigen englischen Wörter, die ich kannte.

Osric blinzelte nur; offenbar hatte er den Kaplan auch nicht gesehen. Ich runzelte die Stirn. Ælfwold war es gewesen, der unbedingt früh hatte aufbrechen wollen.

Ich ließ den Jungen bei der Feuerstelle zurück und ging zur Treppe am anderen Ende des Saals. Das Zimmer des Kaplans war das erste im oberen Flur. Ich klopfte an der Tür, aber niemand kam, und als ich dagegen drückte, ging sie leicht auf, ohne ein Geräusch.

Er war nicht im Zimmer. Ein Holzteller mit einem halb

gegessenen Brot stand neben einem Becher Wein und einer kleinen Laterne auf dem Boden; eine Wolldecke lag zerknittert auf dem Bett. Die Fensterläden waren offen, sodass kalte Luft hereindrang, und als ich hinging, um sie zu schließen, klirrten mein Kettenhemd und meine Beinlinge. Das Fenster sah auf den Walebroc hinaus, der am Haus entlanglief, aber der Blick war teilweise von den dicken Ästen der Eiche versperrt, die vor dem Fenster stand: die Art Baum, auf die ich als Kind liebend gern geklettert war, weil seine Äste in gleichmäßigen Abständen wuchsen und er knorrige Stellen in der Rinde hatte, an denen man sich gut festhalten konnte.

»Tancred«, sagte eine Stimme hinter mir.

Ich drehte mich mit einem Ruck um. Beatrice stand in der Tür. Ich hatte nicht gehört, dass sie näher gekommen war.

»Mylady«, sagte ich. »Ihr seid früh aufgestanden.«

»Sobald ich Euch alle draußen gehört habe, wusste ich, dass ich nicht weiterschlafen konnte«, erwiderte sie.

»Wir wollten Euch nicht wecken.«

»Das ist nicht wichtig«, sagte sie mit einer wegwerfenden Handbewegung. »Ihr sucht nach Ælfwold, nehme ich an.«

»Habt Ihr ihn gesehen?«

»Er ist in der Küche und holt Proviant für den Weg. Robert ist bei ihm, glaube ich. Er wollte sich von Euch verabschieden.«

Wenigstens war er nicht weit gegangen. Die Tage waren immer noch kurz, und deshalb mussten wir so viel wie möglich aus ihnen herausholen. Je früher wir aufbrachen, desto besser.

»Vielen Dank«, sagte ich, zog die Fensterläden zu und ging zur Tür. Beatrice bewegte sich nicht, sondern versperrte mir den Weg.

»Ich muss gehen, Mylady«, sagte ich und versuchte, mich durch die schmale Türöffnung an ihr vorbeizuschieben.

Sie legte mir die Hand auf den Ärmel meines Kettenhemds. »Wartet«, sagte sie, und ich wandte mich ihr zu. »Ich hatte noch keine Gelegenheit, Euch angemessen für die Nacht neulich zu danken. Dafür, dass Ihr bei mir geblieben seid. Dass Ihr nicht gegangen seid, obwohl ich Euch darum bat.«

Ich zuckte mit den Achseln. »Ich konnte Euch wohl kaum mitten im Wald allein lassen. Ich habe Eurem Vater geschworen, dass ich Euch beschützen würde, und ich gedenke, dieses Gelübde einzulösen.«

»Gleichwohl«, sagte sie, legte mir ihre Hand auf den Handrücken und verflocht ihre Finger mit meinen, »solltet Ihr wissen, dass ich dankbar bin.«

Ich schaute ihr in die weichen, lächelnden Augen. Aus dem Saal unten kamen die Stimmen von Wace und Eudo – sie fragten sich zweifellos, wo ich blieb. Ich hörte, wie der Kaplan sie begrüßte und Robert auch.

»Sie warten auf mich«, sagte ich.

Sie sagte nichts, sondern hob die andere Hand zu meiner Wange und ließ die Finger sanft über die Schnittwunde gleiten. Die Haut war noch empfindlich, und ich zuckte innerlich zusammen, als ich das Brennen spürte, widerstand aber dem Drang, den Kopf wegzuziehen. Etwas wie ein Schauder lief durch mich hindurch; ich konnte mein Herz klopfen fühlen. Ich versuchte nicht daran zu denken, was der Priester sagen würde, wenn er uns jetzt überraschte.

»Alles Gute«, sagte sie, und bevor ich etwas erwidern konnte, beugte sie sich zu mir, stellte sich auf die Zehenspitzen und presste ihre Lippen auf die Stelle, wo ihre Hand gerade gewesen war. Es war eine ganz leichte Berührung, aber sie verweilte dort ich weiß nicht wie lange, und als Beatrice den Kopf zurückzog, spürte ich die Feuchtigkeit, die auf der Wange blieb.

Sie drückte mir die Hand. »Passt auf Euch auf, Tancred.«

Meine Kehle war trocken, und ich schluckte – ich war mir nicht sicher, was gerade geschehen war. »Das werde ich, Mylady.«

309

Meine Finger glitten durch ihre, als sie losließ, und dann drehte ich mich sofort mit brennenden Wangen um und ging die Treppe hinunter. Nach ein paar Stufen blieb ich stehen, drehte mich um und schaute über die Schulter, aber sie war schon gegangen.

Robert war dort, um sich von uns zu verabschieden, genau wie Beatrice gesagt hatte. Er hatte denselben schwarzen Umhang an, den er gestern getragen hatte, diesmal mit dazu passender Tunika und Brouche. Seine Schwertscheide mit ihrer rot-goldenen Verzierung war der einzige Farbfleck an ihm.

»Wir hoffen, dass wir in einer Woche zurück sind«, sagte Ælfwold zu ihm.

Robert nickte, während er seinen Blick vom Kaplan zu mir, dann zu Eudo und Wace und den Rittern seines Vaters schweifen ließ. »Ich weiß nicht, wie lange es dauern wird, bis der König zu marschieren gedenkt, aber falls ich nicht mehr da bin, wenn Ihr zurückkehrt, reitet auf der Earninga Stræt nach Norden und haltet Ausschau nach dem schwarz-goldenen Banner. Ich habe nur zwanzig Männer bei mir; über weitere sechs wäre ich froh.«

»Das werden wir tun, Mylord«, sagte ich, aber zur gleichen Zeit spürte ich, wie mir der Mut sank. In meiner Vorstellung sah ich mich wie in Dunholm und zahllose Male davor an der Spitze der Angreifer, aber dann fiel mir ein, dass ich keinen eigenen Conroi mehr befehligte; die einzigen Männer unter meinem Kommando waren die fünf, die jetzt bei mir waren. Die Wucht eines Angriffs lag in seiner numerischen Stärke begründet: in der Masse der Pferde und der Panzerung, mit der man sich dem Feind entgegenwerfen konnte. Was bedeutete, dass wir unter dem Banner von Robert Malet kämpfen müssten – und unter seinem Befehl statt unter meinem.

»Wir werden für die Sicherheit Eures Vaters beten«, sagte der Kaplan.

»Das werde ich auch tun, Ælfwold«, erwiderte Robert. »Ich wünsche Euch eine gute Reise.«

Wir nahmen Abschied von ihm und ritten los, den Hügel hoch und weg vom Fluss. Die Straße wurde breiter, als wir zu den Märkten von Ceap kamen, wo die Händler ihre Stände aufbauten. Körbe säumten den Straßenrand, einige voller Fisch, der zweifellos frisch aus dem Fluss kam; andere enthielten Krabben, und die waren sogar noch frischer, denn manche von ihnen waren noch sehr lebendig und krabbelten bei ihren Fluchtversuchen im Seitwärtsgang übereinander. Weiter vorne hob ein Mann Weidenkörbe von seinem Karren, die mit mageren Hühnern vollgepackt waren. Kaufleute, die uns als Franzosen erkannten, riefen uns in unserer eigenen Sprache an und versuchten, uns Ballen flämischer Wolle oder Flaschen mit Rheinwein zu verkaufen.

Wir ritten an ihnen vorbei zum westlichen Stadttor hinaus. Die Straße folgte dem Lauf der Temes, die nach Süden zur Westmynstre-Kirche und zum Königspalast abbog. Dort waren eine Menge Boote vertäut, von kleinen Frachtkähnen bis zu großen Langschiffen. Unter den letzteren erkannte ich die *Mora*, König Guillaumes eigenes Schiff – tatsächlich genau das, in dem er bei der Invasion von der Normandie nach England übergesetzt hatte. Es gab wenige Schiffe, die größer waren; mit dreiunddreißig Bänken war sie sogar länger als die *Wyvern*. Heute war sie außer Dienst und lag hoch im Wasser, von ihrer Besatzung waren nur wenige Männer an Bord. Draußen auf dem Wasser wäre sie, wie ich wusste, noch erheblich eindrucksvoller gewesen. Ich konnte mir leicht ihr großes Segel vorstellen, geschmückt in den Farben des Königs, Rot und Gelb, wie es sich in der Brise blähte.

Auf dem höheren Grund hinter Westmynstre standen Hunderte von Zelten, über denen Banner in jedem Farbton flatterten: rote und grüne, blaue und weiße. Eine hölzerne Einfriedung war auf den Hängen unterhalb des Lagers errichtet worden, die eine Koppel bildete, innerhalb derer alle Pferde der Streitmacht des Königs untergebracht waren. Wie viele Männer dort lagerten, wusste ich nicht. Wigod hatte gesagt, dass der König achthundert bei sich habe, und angesichts der Zahl der Zelte und Banner schien diese Zahl plausibel zu sein. Doch selbst wenn es sich nur um kampferfahrene Männer handelte, was zweifelhaft war, sah dies nicht wie ein Heer aus, das Eoferwic zurückerobern konnte.

Ich atmete tief durch und sagte kein Wort, aber ich warf einen Blick zu Wace hinüber und sah seinen Gesichtsausdruck, und ich wusste, dass er das Gleiche dachte.

Die Temes wand sich weiter nach Süden, und wir fanden uns zwischen frisch gepflügten Feldern und in einer von Wäldern bedeckten Hügellandschaft wieder. Um uns herum war nichts zu hören, von den Vogelrufen in einiger Entfernung, dem Knacken der Zweige im Wind und dem Knirschen kleiner Steine unter den Hufen unserer Pferde abgesehen. Dann und wann trafen wir andere Reisende: Bauern, die ihre Tiere zum Markt nach Lundene trieben; fahrende Händler und Kaufleute; eine Gruppe von Mönchen mit braunen Kapuzen. Doch je weiter wir uns von der Stadt entfernten, desto weniger sahen wir von solchen Menschen und desto mehr waren wir allein.

Meine Gedanken kehrten immer wieder zu meinem Gespräch mit Robert und seiner Erwähnung der Nonne Eadgyth zurück. Sie war einst viel mehr als eine Nonne, hatte er gesagt. Meinte er damit, dass sie und Malet einmal ein Paar gewesen seien? Aber selbst wenn das so war, warum ihr jetzt eine Botschaft schicken?

Ich wurde durch das Lachen von Eudo und Radulf aus meinen Gedanken gerissen, die sich derbe Witze erzählten. Ich schaute hinter mich und versuchte Eudos Aufmerksamkeit zu erregen, aber er nahm mich einfach nicht zur Kenntnis. Er hatte seit gestern kaum mit mir gesprochen; tatsächlich hatte er den Rest des Tages außerhalb des Hauses verbracht, vermutlich jenseits der Brücke in Sudwerca, obwohl er uns nichts davon sagte. Erst als wir frühstückten, kam er schließlich wieder zurück. Er gab keinen Grund für seine Abwesenheit an, und als er mich ansah, waren seine Augen hart und seine Lippen schmal, als fände er irgendetwas abstoßend.

»Was ist mit Eudo los?«, fragte ich Wace, als wir mittags haltmachten.

»Vielleicht solltest du ihn fragen«, antwortete er.

Ich hatte jedoch nicht den Wunsch, einen Streit zu beginnen. Was der Grund für Eudos üble Laune auch sein mochte, ich wusste, dass sie bald vorübergehen würde: das war gewöhnlich so. Und daher beachtete ich ihn nicht, als wir zu siebt unter den herabhängenden Ästen einer alten Eiche saßen und das aßen, was Wigod uns mitgegeben hatte: Brot und Käse und gesalzenen Speck. Ælfwold sorgte jedoch dafür, dass wir uns nicht lange aufhielten, indem er uns daran erinnerte, dass wir noch viele Meilen vor uns hätten, und daher gingen wir bald zu unseren Pferden zurück.

Ich steckte meine Flasche in meine Satteltasche, während der Kaplan neben mir sein Pferd bestieg, als ich sah, wie etwas aus der Tasche seines Umhangs fiel. Er schien es nicht zu bemerken und ritt los.

»Ælfwold«, rief ich und hob die Hand, um ihn auf mich aufmerksam zu machen.

Es war eine Pergamentrolle, die ungefähr so lang wie mein Unterarm und mit einem einfachen Lederriemen zusammengebunden war. Ich bückte mich und hob sie aus dem Gras auf. Sie fühlte sich frisch und neu an, obwohl das Pergament nicht das beste war: Die Oberfläche war nicht glatt, sondern körnig, und die Ränder waren rau, wo das Blatt aus der Tierhaut geschnitten worden war.

Der Kaplan ließ seine Stute umkehren und ritt zu mir zurück, wobei er mich auf einmal finster anblickte. »Gebt mir das«, sagte er.

Ich hielt ihm die Rolle hin, und er nahm sie vorsichtig entgegen, und während er sie wieder in seinen Umhang steckte, schaute er mich die ganze Zeit unverwandt an.

»Was ist es?«, fragte ich ihn.

»Nichts«, sagte er. »Zumindest nichts Wichtiges.« Er lächelte, ohne dass ich Humor in seinem Gesicht entdecken konnte. »Danke, Tancred.«

Er drehte um und begann fortzureiten. Ich blieb einen Augenblick stehen, von dem Wechsel in seinem Benehmen verwirrt.

»Kommst du mit?«, rief Wace von der Straße.

Ich schaute hoch und blinzelte angesichts der grellen Sonne. Diese Rolle hatte irgendeine Bedeutung, wenigstens so viel war klar. Und ich konnte nicht umhin, es mit diesem Auftrag, den er hatte, dieser Reise nach Wiltune zu Eadgyth in Verbindung zu bringen. Aber was für einen Grund sollte Malet haben, einer Nonne irgendetwas zu schicken, und dazu noch einer englischen Nonne?

»Ich komme schon«, murmelte ich und stieg endlich auch in den Sattel.

Wie die Earningastrœt war dies eine der alten Straßen, auf denen sich leicht reiten ließ, und deshalb legten wir an jenem Tag viele Meilen zurück. Trotzdem war die Sonne gesunken und stand hell vor uns am Himmel, als wir wieder an der Temes ankamen. Der Fluss war hier schmaler als dort, wo wir ihn in der Nähe von Lundene verlassen hatten, aber durch die Schneeschmelze in den Bergen führte er viel Wasser, und die Strömung war schnell. Eine Brücke aus Stein führte über ihn, und auf der anderen Seite scharten sich einige Häuser um eine kleine Holzkirche, während im Schilf am Rand des Wassers eine Reihe kleiner Ruderboote auf das Ufer gezogen worden waren.

»Stanes«, sagte Ælfwold, als ich ihn nach dem Namen des Orts fragte. »Auf der anderen Seite liegt Wessex, das alte Kernland der englischen Könige.«

»Wessex«, murmelte ich vor mich hin. Wie weit wir gekommen waren, dachte ich: von Northumbria bis hierher, zur südlichsten Provinz des Königreichs England. Sie hatte einst dem Usurpatoren Harold gehört, bevor er sich der Krone bemächtigt hatte. Inzwischen unterlag es der Aufsicht von Guillaume fitz Osbern, der einer der führenden Edelleute des Reichs war, neben Malet – und Robert de Commines, dachte ich, bevor mir alles wieder einfiel.

Wir waren an jenem Tag an vielen anderen Dörfern vorbeigekommen. Manche waren größer, manche kleiner, aber alle waren einander im Wesentlichen ähnlich, bewohnt von ausgemergelten und mürrischen Bauern, die vor uns auf den Boden spuckten. Ich fragte mich, ob sie von den Ereignissen im Norden gehört hatten und was das für sie bedeuten mochte. Natürlich konnte es sein, dass es sie überhaupt nicht berührte; Eoferwic lag mehr als zweihundert Meilen von hier entfernt. Auf jeden Fall konnten sie so viel spucken und starren, wie sie wollten. Ich wusste, dass sie uns nichts anhaben konnten, denn wir hatten Pferde und Kettenpanzer und Schwerter, und sie hatten nichts dergleichen.

Die erste Nacht verbrachten wir in unseren Zelten ein kurzes Stück abseits der Straße. Es war allerdings ein unruhiger Schlaf, denn ich träumte wieder von Oswynn, nur dass ihr Gesicht in Dunkelheit gehüllt war, und jedes Mal, wenn ich versuchte, ihr näher zu kommen, löste sie sich auf. Mehr als einmal wurde ich wach und musste feststellen, dass ich schwer atmete und mir der Schweiß auf der Stirn stand, und obwohl ich es immer wieder schaffte einzuschlafen, träumte ich jedes Mal den gleichen Traum. Als der Morgen anbrach, kam es mir vor, als hätte ich kaum geschlafen.

Auf den Hügeln lag dick der Frost der Nacht, und einige Zeit, nachdem wir wieder unterwegs waren, ritten wir durch eine Landschaft, die so weiß glänzte wie die Felder des Himmels. Bald jedoch begann der Raureif zu schmelzen, die Wolken zogen vor der Sonne vorbei, und während die Pferde wieder zu ihrem Rhythmus fanden, schritt der Tag voran. Stunde um Stunde zogen wir an Feldern und Bauernhöfen vorbei, die zwischen sanft abfallenden Hügeln lagen, und es fiel mir auf, dass sich die Gegend hier von der in der Normandie oder in Flandern nicht sonderlich unterschied. Mehr als einmal ertappte ich mich dabei, wie ich über ein bestimmtes Tal oder einen Wald schaute und mich an eine Landschaft aus meiner Jugend erinnert fühlte, und einen Augenblick lang konnte ich mir einbilden, wieder dort zu sein. Aber natürlich war es nie ganz das Gleiche, und in den meisten Fällen mussten wir lediglich über die nächste Anhöhe oder auch nur am nächsten Baum vorbei sein, bevor sich der Anblick plötzlich änderte und das Gefühl verschwand.

Kurz vor Mittag stieg die Straße steil an, und als wir den Gipfel erreichten, standen wir vor verfallenden Mauern und einer Ruine, die wie ein ehemaliges Torhaus aussah. Sein Bogen war vor langer Zeit zusammengebrochen; der Rand des Weges war von großen Brocken mit Flechten bedeckter Steine übersät, die bearbeitet und gleichmäßig behauen waren. Als wir durch das Tor ritten, sah ich die Trümmer, wo einst noch andere Gebäude gestanden hatten: ordentliche Rechtecke und Halbkreise von Steinfundamenten, in deren Mitte zum großen Teil Bäume und Büsche wuchsen. Es ging kaum ein Lüftchen, und der Himmel war voller Schatten, weil Regenwolken über uns heraufzogen. Abgesehen von uns sieben gab es niemanden sonst.

»*Ythde swa thisme eardgeard*«, stimmte Ælfwold an, als er sich umsah, »*ælda scyppend, oththært burgwara breahtma lease, eald enta geweorc idlu stodon.*«

»Daher zerstörte er, der Schöpfer der Menschen, diese Stadt«, sagte Eudo, »bis das uralte Werk von Riesen, beraubt der Geräusche seiner Bewohner, leer stand.«

Ich starrte ihn überrascht an, nicht nur weil es das meiste war, was ich ihn in ziemlich vielen Stunden hatte sagen hören, sondern auch, weil ich nicht gewusst hatte, dass er Englisch so mühelos übersetzen konnte.

Ælfwold nickte ernst. »Ihr seid nahe genug dran. Es ist aus einem Gedicht«, erklärte er uns. »Ein Gedicht von tiefer Trauer und großem Verlust, über Dinge, die einmal waren, aber nicht mehr sind.«

Ich stieg ab und ließ mein Pferd stehen, während ich zwischen den Trümmern ehemaliger Häuser hindurchging. Nicht dass es irgendein Zeichen von denen gab, die hier früher gelebt hatten; das war vermutlich mehrere Jahrhunderte her, und alles, was sie besessen hatten, wäre seit Langem zu Staub geworden.

Scherben von Schiefer lagen im Gras verstreut, grau auf grünem Hintergrund, aber zwischen ihnen entdeckte ich einen winzigen Flecken von stumpfem Rot. Ich hockte mich hin, um es mir näher anzusehen. Es war ein Stein, der zu einem groben Würfel nicht breiter als mein Daumennagel geschnitten war: sehr ähnlich den Würfeln, die Radulf besaß. Ich grub ihn aus dem Schlamm und drehte ihn zwischen Zeigefinger und Daumen um seine abgerundeten Kanten, wobei ich ihn säuberte und nach Markierungen suchte, ohne welche zu finden. Eine Seite war glatt, aber die anderen waren rau, mit dünnen Schichten von etwas wie Mörtel verkrustet, der unter dem Druck meiner Finger abbröckelte.

Mir fiel noch einer dieser Steine ins Auge, keine Armeslänge von der Stelle entfernt, wo der erste gelegen hatte, und ich hob ihn auf. In Größe und Form sah er genauso aus, aber dieser war schwarz und nicht rot. Ich drehte die beiden vorsichtig zwischen meinen Fingern und fragte mich, wofür man sie wohl benutzt haben könnte.

»Dieser Ort ist glaube ich der, den wir in englischer Sprache als Silcestre bezeichnen, der von den Römern aber als Calleva bezeichnet wurde«, sagte Ælfwold. »In ihrer Zeit war es eine große Stadt, aber seit ihrer Zerstörung hat niemand gewagt, hier zu leben, oder versucht, sie neu zu erbauen.«

Ich warf die beiden Steine zurück auf den Boden und stand wieder auf. »Warum sollte Gott sie bestrafen?«, fragte ich. »Ich dachte, die Römer wären Christen gewesen.« Obwohl seit meinem Unterricht eine lange Zeit verstrichen war, war ich dessen sicher.

»Das waren sie«, sagte Ælfwold, ungerührt und ohne zu lächeln. »Aber sie waren auch eine sündhafte Rasse, stolz und schwach in moralischer Hinsicht. Sie verbrachten mehr Zeit mit Vergnügungen als damit, Gottes Werk weiterzuführen. Weil sie zu viel Wert auf die Bewahrung ihres irdischen Reichtums legten, kümmerten sie sich wenig um die Zukunft ihrer Seelen.« Er wies in die Runde auf die zerschlagenen Steine, die zerbrochenen Platten, die leere Stadt. »Was Ihr hier seht, ist das Ergebnis Seiner Vergeltung: eine Warnung an alle Menschen, nicht ihrem Beispiel zu folgen.«

Eine Weile sagte niemand etwas. Der Wind frischte auf, und ich spürte, wie mich ein Wassertropfen in den Nacken traf, mir den Rücken hinunterlief, sodass ich erschauerte. Über uns wurde der Himmel immer dunkler, und um uns herum prasselte der Regen auf den Boden.

»Wir sollten uns einen Unterschlupf suchen«, sagte Wace.

»Eine gute Idee«, erwiderte ich.

Die stabilsten Überreste waren die eines größeren Hauses ein wenig im Süden, und dorthin führten wir unsere Tiere. Es gab nichts, woran wir sie hätten festbinden können, aber es war nicht sehr wahrscheinlich, dass sie sich weit entfernen würden, also ließen wir sie einfach auf dem Gras weiden. Wir kauerten uns innerhalb der Wände nieder, die hier bis zur Hüfthöhe reichten und zumindest etwas Schutz vor der Kälte des Windes boten, der durch das zerfallene Mauerwerk fegte. Es gab allerdings kein Dach, um den Regen abzuhalten; stattdessen saßen wir mit den hochgezogenen Kapuzen unserer Umhänge da und aßen schweigend.

Wir hätten unsere Zelte aufschlagen können, aber das brauchte seine Zeit, und ich wollte nicht, dass wir uns hier länger als nötig aufhielten. Einmal bildete ich mir ein, ein Flüstern gehört zu haben – ein paar gesprochene Worte, die ich nicht verstehen konnte –, und dachte, die Geister der Menschen, die hier gelebt hatten, versuchten, mit uns zu sprechen. Doch solche Dinge existierten nur in der Vorstellung von Kindern und Wahnsinnigen, und ich war weder das eine noch das andere, also verwarf ich diese Idee.

Trotzdem bereitete es mir Unbehagen, Schutz in den Häusern der Toten zu suchen. Ich war heilfroh, als wir alle wieder im Sattel saßen und endlich den Ort des Verderbens verließen, die Stadt der Verdammten, dieses Symbol der Vergeltung Gottes.

Dreiundzwanzig

Der Regen fiel während des ganzen übrigen Tags, von einem böigen Wind aus Süden und Westen hereingetrieben, der im Lauf des Nachmittags nur noch stärker wurde. Graue Düsternis hing wie ein Laken am Himmel, die Wolke verhüllte die Gipfel der Hügel in der Entfernung. Als wir zur Nacht in einem Dorf anhielten, das sich an die Talsohle schmiegte und in der Umgebung Ovretune genannt wurde, war mein Umhang durchnässt und meine Tunika klebte mir an der Haut.

Zu unserer großen Erleichterung brannte bereits ein lebhaftes Feuer in dem Wirtshaus, als wir eintrafen. Wir kauerten uns darum herum und wärmten unsere Finger an den Flammen, während uns von der Frau des Gastwirts Teller mit geräucherten Forellen und gekochtem Gemüse und Krüge mit Wein gebracht wurden. Sie war eine dünne Frau ungefähr im gleichen Alter wie Lady Elise mit kastanienbraunem Haar und einem furchtsamen Auftreten. Vielleicht lag es daran, dass sie in den meisten von uns Franzosen und Ritter erkannte, vielleicht fühlte sie sich auch in der Gegenwart von Fremden nicht wohl, aber sie hielt immer den Kopf gebeugt, wenn sie sich uns näherte, als ob sie sich mit dem flüchtigsten Blick unseren Zorn zuziehen könnte.

In gewisser Weise erinnerte sie mich an meine Mutter, zumindest an das Wenige, was mir noch im Gedächtnis geblieben war. Sie sahen sich nicht ähnlich, aber sie glichen sich in der Art ihres Verhaltens – still und bescheiden und irgendwie immer ängstlich –, obwohl es fast zwanzig Jahre her war, dass ich meine Mutter zum letzten Mal erlebt hatte.

Wir aßen schweigend, waren einfach zufrieden, endlich wieder ein Dach über dem Kopf und Essen im Bauch zu haben. Allmählich füllte sich der Gastraum mit Männern, von denen viele direkt vom Feld gekommen zu sein schienen, da ihre Hosen und Tuniken schlammverkrustet waren. Sie bildeten kleine Gruppen, kauerten sich über ihre Becher und wandten gelegentlich den Kopf in unsere Richtung, während sie sich leise in ihrer Sprache unterhielten. Ich hatte mich in den vergangenen Wochen so an die Gesellschaft Ælfwolds gewöhnt, dass es merkwürdig war, solche Männer zu erleben, die kein einziges Wort Französisch sprachen. Mir wurde plötzlich bewusst, dass wir die Einzigen in dem Raum waren, die keine Engländer waren. Meine Fingerspitzen berührten den kalten Griff meines Schwerts unter meinem Umhang. Ich zog sie schnell weg. Ich wollte es heute Abend nicht gebrauchen müssen.

Ich wandte meine Aufmerksamkeit wieder dem Tisch zu. »Wenn alles gut geht, sollten wir morgen bei Sonnenuntergang in Wiltune eintreffen«, sagte Ælfwold.

»Wie lange werdet Ihr brauchen, um Eure Botschaft abzuliefern?«, fragte Wace.

»Nicht lange. Ich hoffe, dass wir uns am nächsten Morgen wieder auf den Weg machen können.«

Ein Gebrüll entstand auf der anderen Seite des Gastraums, und ich drehte mich unvermittelt um, als eine Gruppe von Engländern ihre Becher vor sich auf den Tisch knallten. Einer von ihnen, ein schwerer Mann in meinem Alter, begann zu prusten, und Tröpfchen spritzten aus seinem Mund, bis ihm einer seiner Freunde auf den Rücken schlug. Mit rotem Gesicht und vor Überraschung blinzelnd wischte er sich mit einem Ärmel über den schwarzen Schnurrbart, bevor er in das Gelächter der anderen einstimmte. Nach einem Augenblick bemerkte er, dass ich ihn beobachtete, und ich widmete mich wieder meinem Wein.

»Ich muss pissen gehen«, kündigte Eudo niemandem im

Besonderen an. Er stand auf, legte eine Hand auf den Tisch, um sich abzustützen, und ging schwankend auf die Tür zu. Ich dachte nicht, dass er so viel getrunken hatte, aber als ich mir den Becher wieder voll gießen wollte, stellte ich fest, dass der Krug so gut wie leer war, nur der Bodensatz war noch übrig.

»Wie viele Becher hat er gehabt?«, fragte ich.

Radulf zeigte auf den Krug. »Hat er ihn ausgetrunken?«

»Wir müssen noch einen bestellen«, sagte Philippe und hielt nach dem Wirt Ausschau.

»Wenn wir warten, bis er wieder hier ist, bezahlt er vielleicht dafür«, fügte Godefroi verschlagen grinsend hinzu.

Ich warf Wace einen Blick zu, aber er zuckte nur mit den Achseln. »Ich sollte überprüfen, ob es ihm gut geht«, sagte ich, stand auf und wickelte den Umhang fest um mich. Er war immer noch feucht, obwohl er neben dem Feuer gehangen hatte, aber es war besser als nichts.

Die Kälte der Luft schlug mir beim Öffnen der Tür entgegen. Es regnete immer noch, aber nicht mehr so stark. Ich zog mir die Kapuze über den Kopf, biss die Zähne zusammen und wagte mich nach draußen. Der Boden war glitschig durch den Matsch, und ich achtete darauf, wo ich hintrat. Wasser tropfte von dem Strohdach, und überall glänzten große Pfützen im Licht, das aus der Tür fiel.

Ich fand Eudo neben dem Stall an der Seite des Wirtshauses. Er hatte einen Arm vor sich ausgestreckt und stützte sich an der Wand ab. Trotz des Geräuschs des Regens konnte ich den stetigen Strahl hören, der auf dem durchweichten Boden auftraf.

»Eudo«, sagte ich.

Er wandte mir weiter den Rücken zu. »Was willst du?«

Ein Schauer lief durch meinen Körper, als der Wind wieder auffrischte und mit eisigen Fingern durch den Umhang nach mir griff. »Ich will mit dir reden.«

Er machte ein Geräusch, das irgendwo zwischen einem

Seufzer und einem Stöhnen lag, und ich sah, wie er an den Schnürbändern seiner Beinlinge herumfummelte, bevor er sich schließlich umdrehte. Sein Gesicht lag im Schatten, es gab keinen Mond, und das einzige Licht kam aus dem Innern des Wirtshauses.

»Es gibt nichts, worüber wir reden müssten«, lallte er, während er begann, unsicher durch den Schlamm in meine Richtung zu stapfen.

»Wie viel hast du getrunken?«, fragte ich.

»Was kümmert es dich?« Ich bemerkte, dass er seinen Umhang nicht anhatte. Er stolperte mit feuchten und verfilzten Haaren vorwärts und versuchte, an mir vorbeizugehen, aber ich stand ihm im Weg. »Lass mich vorbei.« Sein Atem stank nach Wein.

»Du hast genug gehabt«, sagte ich.

»Ich mache, was ich will«, sagte er mit einem Schnauben. »Du bist nicht mein Hüter.«

»Seit Lundene bist du die ganze Zeit schon so«, sagte ich und beobachtete ihn sorgfältig. »Was ist nicht in Ordnung?«

»Du tust so, als wärst du interessiert, aber ich weiß, es ist dir egal.«

Ich spürte, wie ich innerlich verkrampfte. Was ich auch getan hatte, es hatte ihn eindeutig weitaus mehr aufgebracht, als ich gedacht hatte. »Das ist nicht wahr«, sagte ich.

»Ich kenne dich – fürwahr. Ich kenne dich länger als sonst jemand. Wenn du mitten in der Nacht verschwindest wie in Lundene, dann weiß ich, dass irgendwas nicht stimmt. Ich weiß, wenn es Dinge gibt, die du uns nicht sagst.«

»Geht es etwa darum?«, fragte ich und versuchte, den Zorn in meiner Stimme nicht zu offenbaren. Natürlich hatte er recht; ich hatte keinem von ihnen die ganze Geschichte von jener Nacht erzählt. Aber wie konnte er das erraten haben?

Er schüttelte empört den Kopf. »Du hast dich verändert. Seit Dunholm hältst du dich mehr und mehr von uns fern. Du redest mit dem Priester, aber erzählst uns nie etwas. Du erzählst *mir* nie etwas.« Er zeigte auf seine Brust und schaute mir unverwandt in die Augen. »Ich bin in all diesen Jahren dein Freund gewesen. Nach allem, was wir durchgemacht haben, traust du mir immer noch nicht genug …«

»Glaubst du, ich hätte es seit Dunholm einfach gefunden?«, platzte ich heraus.

Er funkelte mich an. »Glaubst du, es wäre für mich und für Wace auch nur ein bisschen einfacher gewesen? Wir waren alle da, wir alle. Nicht nur du.«

Ich hatte den Mund schon aufgemacht, als ich innehielt. Ich war so in meine eigene Trauer vertieft gewesen, dass ich nicht begriffen hatte, wie sehr Lord Roberts Tod auch ihn mitgenommen hatte.

»Was willst du?«, fragte ich etwas leiser. Ich konnte Stimmen und Schritte in dem Schlamm vor dem Wirtshaus hören und wollte nicht zu viel Aufmerksamkeit auf uns lenken.

»Ich will in Eoferwic sein«, sagte er. »Ich will die Männer töten, die Lord Robert getötet haben. Stattdessen sind wir hier, wandern durch das ganze verdammte Königreich hinter diesem Priester her, und das hab ich satt.«

Ich blieb einen Moment still und dachte an Eadgar, erinnerte mich an das Versprechen, das ich ihm vor den Mauern von Eoferwic gegeben hatte. Das Versprechen, dass ich ihn töten würde. Die Finger meiner Schwerthand juckten mir, als ich nur daran dachte. Und deshalb wusste ich, wie Eudo sich fühlte. Aber ich wusste auch, dass die Rache warten musste, bis wir unseren Dienst dem Vicomte gegenüber erfüllt hatten.

»Wir sind Malet verpflichtet«, sagte ich.

»Nein.« Er zielte mit einem Finger auf mein Gesicht. »*Du* bist ihm verpflichtet, Tancred. Wace und ich haben ihm nie einen Eid geschworen. Er hat versprochen, uns zu bezahlen, und deshalb sind wir hier, aber wir schulden ihm nichts.«

Ich wartete für den Fall, dass da noch mehr kam, aber es kam nichts. Die Nacht war still, der Regen hatte nachgelassen und war jetzt wenig mehr als ein beständiges Nieseln.

»Dann geh«, sagte ich. »Nimm dein Pferd und reite zurück nach Eoferwic oder wohin du auch gehen willst. Nimm Wace mit dir. Wenn es dir um Silber geht, da wird es viele Lords geben, die bereit sind zu zahlen.«

Er machte einen Schritt zurück. »Niemand geht hier«, erwiderte er. »Vielleicht glaubst du im Moment, dass du unsere Hilfe nicht brauchst, aber du wirst sie brauchen. Versuch nur, uns von jetzt an zu vertrauen.«

Er drängte sich an mir vorbei zurück in den Gastraum, und dieses Mal versuchte ich nicht, ihn aufzuhalten oder ihm zu folgen. Wahrscheinlich brauchte er eine Weile, um sich zu sammeln, entschied ich. Zur gleichen Zeit wollte ich sein Gesicht so bald nicht wiedersehen. Ich war wütend auf ihn, richtig, aber da war noch etwas anderes: Etwas von dem, was er gesagt hatte, war mir aufgefallen, aber ich wusste nicht genau, was.

Ich wartete, bis er wieder hineingegangen war, und wandte mich dann in die entgegengesetzte Richtung zum Stall. Darin schlug sich mein Pferd an einem Sack Getreide den Bauch voll, den man innen an der Tür hatte hängen lassen und der inzwischen weniger als halb voll war. Ich schaute mich nach dem Stalljungen um, aber er war nicht zu sehen. Seine Nachlässigkeit verfluchend nahm ich den Sack herunter. Falls das Pferd sich überfressen hatte, bekam es vermutlich eine Kolik, und in diesem Fall war es gut möglich, dass ich mir am nächsten Morgen ein anderes Pferd suchen musste, weil das hier tot war.

Ich stellte den Sack vor dem Stand auf den Boden und streichelte ihm das weiche Maul, bevor ich die Tür wieder verriegelte und bei den anderen Pferden nachsah, um sicherzugehen, dass der Stallbursche nicht noch mehr Futtersäcke hatte hängen lassen, aber dem war nicht so. Ich würde es dem Wirt gegenüber erwähnen, und wenn der Junge eine Tracht Prügel bekam, dann war das nicht weniger, als er verdient hatte.

Ich überquerte den Hof und betrat den Gastraum, der sogar noch voller war als eben. Jeder Mann, der in diesem Dorf wohnte, musste inzwischen hier drinnen sein, dachte ich, und alle rochen nach Wein und Ale, nach Schweiß und Dreck.

Eudo saß mit dem Rest der Reisegesellschaft am Feuer. Als ich näher kam, brachte ihnen die Frau des Wirts noch zwei große Krüge Wein, beide voll bis zum Rand, um sie neben die drei zu stellen, die schon dort standen. Sie setzte sie ab. Radulf hielt ihr einen silbernen Penny hin, aber als sie die Hand ausstreckte, um ihn in Empfang zu nehmen, warf er ihn zu Boden, wo er zwischen die Binsen fiel. Godefroi und Philippe stießen ein brüllendes Gelächter aus und schlugen mit den Fäusten auf den Tisch. Die Frau wurde tiefrot im Gesicht, als sie sich hinkniete, um die Münze aufzuheben.

Ælfwold erhob sich plötzlich. »Ihr herzlosen … *nithingas*!«, rief er den Rittern zu. Sie schauten ihn verwirrt an. Ich wusste nicht, was das Wort bedeutete, aber ich hatte den Kaplan noch nie so heftig sprechen hören.

Ich eilte hinüber und kniete mich neben die Frau. Sie versuchte mich durch Winken zu vertreiben und sprach Englisch, während sie auf dem Boden herumkrabbelte, und ich sah, wie sie eine Träne wegblinzelte. Vor meinem inneren Auge sah ich meine Mutter auf ganz ähnliche Weise weinen.

»Lasst mich helfen«, sagte ich, aber sie schien mich nicht zu verstehen, denn sie sprach nur lauter, und dann begann sie zu schluchzen. Ich entdeckte den Penny neben einem Tischbein und hob ihn auf, um ihn ihr anzubieten. Sie schüttelte den Kopf, während ihr die Tränen die Wangen hinunterliefen, und stand schnell auf.

»Hwæt gelimpth?«, rief eine Stimme durch den Raum. Es war der Wirt.

Ich stand auf und drehte mich zu den fünf Rittern um. »Habt ihr den Verstand verloren?«, fuhr ich sie an, schnappte mir einen der Weinkrüge und goss seinen Inhalt auf den Boden, wodurch die Binsen rot gefärbt wurden.

»Was macht Ihr da?«, fragte Radulf und stand auf.

»Wir haben dafür bezahlt«, sagte Philippe.

»Ihr habt genug getrunken«, sagte ich, ergriff den nächsten Krug in der Reihe und machte dasselbe mit ihm. »Ihr alle.«

»Tancred …«, begann Radulf.

Ich stellte das leere Gefäß so fest auf den Tisch, dass er wackelte, blickte ihn wütend an und wandte mich an Ælfwold. »Es tut mir leid, Pater«, sagte ich.

Die Wangen des Kaplans waren leuchtend rot, sein Gesicht war vor Zorn verzerrt. »Ich bin nicht der, bei dem Ihr Euch entschuldigen solltet«, sagte er und zeigte auf den Wirt, der zu uns geeilt kam. Er war ein kleiner Mann, aber er hatte eine breite Brust, eine hohe Stirn und kleine Augen und war für seine Größe gut gebaut.

»*Ge bysmriath min wif*«, sagte er empört. Er zeigte auf seine Frau, die zur anderen Seite des Raums gehuscht war, und starrte zu mir hoch, denn ich war einen ganzen Kopf größer. »*Ge bysmriath me!*«

Ich hielt seinem Blick stand, war aber unsicher, was ich tun sollte. Ich schaute mich nach dem Kaplan um und sah, dass er durch den überfüllten Gastraum zur Treppe auf der gegenüberliegenden Seite ging.

»Ælfwold!«, rief ich hinter ihm her, aber er hatte mich entweder nicht gehört oder beschlossen, mich nicht zu beachten, denn er drehte sich nicht um.

Ich griff nach dem Geldbeutel an meinem Gürtel und schüttete mir einen Haufen Pennys in die Hand. Ich hielt sie dem Wirt hin und hoffte, es wären genug, um ihn zu besänftigen.

Er sah erst sie, dann mich an, bevor er noch ein paar Worte in seiner Sprache halb sprach, halb ausspuckte. Aber der Anblick von so viel Silber reichte aus, um seinen Zorn abzukühlen; er griff nach den Münzen, als befürchtete er, ich könnte sie zurücknehmen, wenn er mein Angebot nicht sofort akzeptierte. Er grunzte, ob als Zeichen der Zustimmung oder als Warnung war ich mir nicht sicher, und kehrte nach einem letzten Blick auf mich zu seiner Frau zurück.

Ein paar der anderen Engländer hatten sich umgedreht, um zuzuschauen, aber nicht viele – nur die ganz in unserer Nähe –, und als ich sie ansah, widmeten sie sich alle wieder ihren Bechern. Dafür dankte ich Gott, denn so voller Ale wäre nicht viel nötig, um sie aufzustacheln.

Ich wandte mich an die anderen Ritter. »Wollt ihr, dass wir alle umgebracht werden? Denn das wird geschehen, wenn sich der Rest dieses Wirtshauses auf uns stürzt.«

»Es war nur ein harmloser Spaß«, sagte Wace, den ich für den Nüchternsten von allen gehalten hatte.

Ich starrte ihn an und konnte kaum glauben, was ich gehört hatte. »Findest du es amüsant, eine unschuldige Bauernfrau zu verspotten?«

»Wir haben uns nichts dabei gedacht«, schaltete sich Radulf ein.

Ich spuckte auf den Boden. »Heute Abend wird nichts mehr getrunken«, sagte ich. »Ich gehe den Kaplan suchen.«

Ælfwold war nach oben auf sein Zimmer gegangen. Die Tür stand offen, und ich fand ihn auf dem Boden kniend, die Augen geschlossen und die Hände gefaltet, während er ein lateinisches Gebet murmelte. Ich wartete, bis er damit fertig war, als er hochschaute und mich neben dem Türrahmen stehen sah. Er stand auf, als ich eintrat.

»Pater«, sagte ich. »Es tut mir leid …«

»Ihr müsst Eure Männer besser im Griff haben.« Seine Stimme war überraschend ruhig. Sein Zorn, schien es, war bereits verraucht.

»Es sind nicht meine Männer«, sagte ich. Wace und Eudo waren meine Kameraden, das war richtig, aber allein Eudo war zuvor in meinem Conroi geritten. Ich dachte an Dunholm, und Gesichter stiegen wie Geister vor mir auf: Gérard, Fulcher, Ivo, Ernost und Mauger. Das waren meine Männer, nicht diese Gruppe, die Malet mir aufgebürdet hatte.

»Lord Guillaume hat sie Eurem Befehl unterstellt«, sagte der Priester schlicht. »Deshalb sind es Eure Männer.«

»Sie respektieren mich nicht«, sagte ich.

»Dann müsst Ihr dafür sorgen, dass sie Euch respektieren. Andernfalls wird einer von ihnen früher oder später richtigen Schaden anrichten. Die Engländer sind meine Landsleute, Tancred. Ich werde nicht mit ansehen, dass sie so behandelt werden.«

»Was ist mit dem Ætheling und den Northumbriern in Eoferwic?«, entgegnete ich. »Sind sie nicht auch Engländer?«

»Sie sind Rebellen gegen den rechtmäßig gekrönten König und daher Feinde unseres Herrn.« Er sprach langsam, als versuche er, seinen Zorn im Zaum zu halten. »Aber das hier ist Wessex; das ist etwas anderes. Ihr könnt Euren Männern nicht einfach erlauben, zu tun, was sie wollen.«

»Was erwartet Ihr von mir?«, fragte ich. »Ich kann nicht alles bestimmen, was sie tun.«

Was er da von mir gehalten haben musste, konnte ich nicht sagen, doch ohne Zweifel verübelte er mir allmählich, dass ich ihm dauernd widersprach. Vielleicht bereute er sogar Malets Entscheidung, mich mit der Leitung dieser Reisegruppe zu beauftragen.

»Ihr könnt ihnen beibringen, dass sie sich zusammennehmen«, sagte Ælfwold.

»Es sind ausgebildete Krieger«, konterte ich, »keine Jungen, sondern erwachsene Männer.«

»Dann müssen sie vielleicht daran erinnert werden!«

Ich war von der Kraft seiner Stimme so überrascht, dass ich einen Schritt zurücktrat. Und überhaupt, warum verteidigte ich eigentlich die anderen? Was sie getan hatten, war falsch; das wusste ich, und das hatte ich ihnen gesagt. Aber ich erkannte auch, dass es nicht aus Bosheit oder aus Mangel an Respekt dazu gekommen war, sondern eher aus Enttäuschung. Und ich erinnerte mich daran, was Eudo erst vor Kurzem zu mir gesagt hatte, und auf einmal verstand ich.

Wie ich selber waren sie tatsächlich ausgebildete Krieger. Ihre Rolle auf dieser Erde bestand darin zu kämpfen, und wenn sie das nicht tun konnten, dann wurden sie ruhelos. Weil sie sich, anstatt dort zu sein, wo sie ihrer Ansicht nach sein sollten, nämlich auf dem Marsch nach Eoferwic, tief im englischen Hinterland wiederfanden, mitten im Nirgendwo, ohne eine richtige Vorstellung, was sie da machten, geschweige denn warum. Wie ich, nur dass ich als Einziger eine Idee hatte, weil ich den Namen hatte, den Malets Sohn mir genannt …

»Wer ist Eadgyth?«, fragte ich.

Ich hatte nicht die Absicht gehabt, sie in dem Moment zu erwähnen, aber mir war klar, dass ich keine bessere Gelegenheit als diese bekäme.

Der Priester war wie vom Donner gerührt. Draußen zerrte der Wind an dem Strohdach, über unseren Köpfen knackten die Dachbalken. Aus dem Gastraum unter uns erklang das Lachen von Männern.

»Wie seid Ihr an diesen Namen gekommen?«, fragte Ælfwold.

»Wer ist sie?«

»Das geht Euch nichts an.«

»Ich weiß, dass sie es ist, die Ihr in Wiltune aufsucht«, sagte ich und spürte mein Herz schlagen. Es war eher eine Vermutung als eine Lüge: Trotz dessen, was Robert gesagt hatte, konnte ich es nicht mit Sicherheit wissen, aber die Reaktion des Kaplans legte den Schluss nahe, dass ich recht hatte.

Er starrte mich blinzelnd an, sagte aber nichts.

»Wollt Ihr es abstreiten?«, fragte ich.

»Wer hat Euch diesen Namen gegeben?«

Ich hielt es für unklug, Robert zu erwähnen, und änderte daher meine Taktik. »Ist sie Malets Geliebte?«, wollte ich wissen. Ich war jetzt auf schwankendem Boden unterwegs, aber mir schwoll der Kamm, und ich wollte meinen Vorteil nutzen, solange ich ihn hatte. War sie vielleicht ins Kloster geflohen, um ihm zu entkommen?

»Ihr wagt es, meinen Herrn zu beleidigen?«, rief der Priester. »Den Mann, dem Ihr einen Diensteid geschworen habt?«

Ich hatte halb damit gerechnet, dass er so etwas sagte, und war nicht bereit, mich ablenken zu lassen. »Ist sie es?«, sagte ich wieder.

»Natürlich nicht!«

»Wer ist sie dann?«

»Sie war einmal die Frau des Königs«, sagte Ælfwold ungeduldig.

»König Guillaumes?«, fragte ich verwirrt. Soweit ich wusste, war er immer schon mit seiner derzeitigen Frau Mathilda verheiratet.

»Des Usurpators«, sagte der Priester mit geröteten Wangen. »Harold Godwineson.«

Dies war ganz und gar nicht, was ich erwartet hatte. »Und was hat Malet mit der Witwe des Usurpators zu schaffen?«

»Was geht Euch das an?«, sagte er, wobei sich seine Stimme zu einem Kreischen steigerte. »Das ist eine Privatsache des Vicomtes, in die ich als sein Kaplan eingeweiht bin. Aber Ihr seid es nicht. Ihr seid nur ein Ritter, ein gedungenes Schwert. Ihr seid nicht mehr als ein Diener!«

Ich war kurz davor, zu einer Erwiderung anzusetzen – zu sagen, wie es denn nicht auch meine Sache sein könne, da ich als Leiter dieser Gesellschaft bestellt sei –, aber seine letzte Bemerkung löste einen Zorn in mir aus, den ich nur schwer unterdrücken konnte.

»Lasst mich allein«, sagte Ælfwold mit puterrotem Gesicht. »Geht und schließt Euch wieder Euren Männern an. Wir reiten morgen bei Tagesanbruch weiter. Bis dahin will ich keinen von euch sehen.«

Ich zögerte auf der Suche nach einer passenden Entgegnung, aber ich konnte keine Worte finden, um meinem Abscheu Ausdruck zu verleihen. *Nur ein Ritter, ein gedungenes Schwert. Nicht mehr als ein Diener …*

»Geht«, wiederholte er.

Ich warf ihm einen letzten wütenden Blick zu, drehte mich um und knallte die Tür hinter mir zu.

Vierundzwanzig

—◄○►—

Der folgende Tag verlief relativ ruhig. Ich sprach nicht mit dem Kaplan, und er sprach nicht mit mir, sondern hielt den Blick unterwegs auf die Straße vor uns gerichtet. Die wenigen Male, als ich seinem Blick begegnete, hatte in seinen Augen nur Verachtung gestanden. Aber falls er erwartete, dass ich mich bei ihm entschuldigte, stand ihm eine Enttäuschung bevor, denn ich hatte nichts zu ihm gesagt, was er nicht verdient hatte.

Und trotzdem war ich der Beantwortung der Frage, was er mit dieser Nonne Eadgyth zu schaffen hatte und was so wichtig war, dass Malet seine Männer durch das halbe Königreich schickte, keinen Schritt näher gekommen. Der Umstand, dass sie die Witwe des Usurpators war, hatte, wie mir schien, eine Bedeutung, aber was für eine, war mir nach wie vor nicht klar. Wenigstens das hatte ich aus dem Priester herausholen können, dessen Entschlossenheit, uns so wenig wie möglich zu verraten, meine Geduld auf eine harte Probe stellte. Es würde Antworten geben, sobald wir in Wiltune einträfen; dafür würde ich sorgen.

Ich sagte den anderen nichts davon, denn ich war immer noch wütend auf sie. Wütend auf Eudo, der nach seinen an mich gerichteten Worten über Vertrauen nur mein Vertrauen in ihn enttäuscht hatte. Wütend auf Radulf, der den ganzen Aufruhr ausgelöst hatte. Wütend auf Wace, dem ich mehr Verstand zugetraut hätte. Ich sah nicht ein, dass sie es verdient hatten, eingeweiht zu werden. Auf jeden Fall würde es nicht mehr lange dauern, bis wir auf dem Rückweg nach Lundene und dann nach Eoferwic wären. Falls es eine Schlacht war, was sie wollten, würden sie ihre Chance bald bekommen – wenn Malet sich so lange hielt.

Hügel erhoben sich vor uns und fielen vor uns ab wie Falten im Stoff der Erde, jedes Tal ein Teppich aus Grün und Braun, durchwirkt von silbernen Fäden, wo sich Bäche hindurchwanden. Ein- oder zweimal erblickten wir Rehwild zwischen den Bäumen in der Entfernung, ihre Körper starr wie Statuen, die wachsamen Köpfe in unsere Richtung gewandt, obwohl wir sie meistens erst sahen, wenn sie vor uns aus dem Wald auftauchten: drei oder vier, sogar fünf auf einmal, die alle hintereinander in großen Sprüngen über die Straße setzten.

Und der alte Weg führte immer noch weiter, schien sich anscheinend endlos nach Westen zu erstrecken. Die Römer mussten großartige Baumeister gewesen sein, dachte ich, wenn ihre Bauwerke nach so vielen Jahrhunderten immer noch standen. Und trotzdem mussten auch sie den Zorn Gottes erleiden, wie der Kaplan festgestellt hatte; auch sie hatten am Ende diese Insel verlassen.

Es war Abend, als wir schließlich die Straße an einem Ort verließen, den Ælfwold Searobyrg nannte. Aus welchem Grund auch immer er diese Nonne treffen wollte, er war eindeutig begierig darauf, sie zu sehen, denn er schaute dauernd nach der Position der Sonne zwischen den Wolken, dann wieder auf uns und forderte uns auf, das Tempo zu halten, obwohl wir an diesem Tag gut vorangekommen waren. Dass er unsere Gesellschaft als Belastung empfand, war offensichtlich, obwohl er vermutlich genau wie wir nur daran interessiert war, dass unsere Reise ihr Ende erreichte. Vor elf Tagen hatte Malet uns in Eoferwic verabschiedet, und von den beiden Nächten in Lundene abgesehen, waren wir die ganze Zeit unterwegs gewesen. Natürlich war das nichts verglichen mit den Märschen auf Feldzügen, aber ein Heer zieht langsam vorwärts, selten mehr als fünfzehn Meilen von Sonnenaufgang bis Sonnenuntergang, während wir an manchen Tagen mehr als dreißig Meilen zurückgelegt haben mussten. Es war kein Tempo, das man lange durchhalten konnte, besonders wenn man es nicht gewöhnt war, lange Zeit im Sattel zu verbringen, was auf den Priester zutraf, wie ich vermutete.

Als die Römerstraße nach Süden abbog, ritten wir weiter nach Westen, auf die untergehende Sonne zu. Die Wagenspur, der wir folgten, war tief gefurcht und nicht stark befahren, und wir brauchten einige Zeit, bis wir den Wald durchquert hatten; als wir wieder herauskamen, war die Sonne vollständig untergegangen. Zwischen Streifen purpurfarbener Wolken leuchtete der Abendstern hell, und unter ihm erhob sich aus der Dunkelheit der Talsohle eine aus Stein gebaute Kirche, deren drei Türme sich in den Himmel reckten. Um sie herum bildete eine Ansammlung von Häusern ein rechteckiges Kloster. Aus einem stieg Rauch auf, und das war sicherlich eine Küche; daneben stand ein langes, zweigeschossiges Haus, das ein Dormitorium sein konnte.

Wiltune. Und damit waren wir zu guter Letzt angekommen.

Es herrschte kein Wind, fast kein Laut war zu hören. Ich schaute hinunter auf die Türme der Kirche, die sich vor dem feurigen Himmel abzeichneten, während der Nebel sich um die unteren Schichten legte, und plötzlich traf mich die Abgeklärtheit dieses Anblicks in gewisser Weise. Es war ein Gefühl, das ich kannte, das aus den Tiefen meines Gedächtnisses emporstieg, intimer als alles andere in der Welt. Das Gefühl, dass ich in der Gegenwart Gottes war.

Erst dann wurde mir klar, wie viele Jahre es her war, seit ich zum letzten Mal einen Fuß in ein Kloster gesetzt hatte. Jetzt sollte ich es wieder tun, nur dass ich dieses Mal kein Junge mehr war, sondern ein Mann, der diesen Weg bewusst verlassen hatte, der die Ideale von Armut, Keuschheit und Gehorsam, die man vor ihm ausbreitete, zurückgewiesen hatte.

Ein Schauder durchfuhr mich. Und doch hatte ich Gott nach bestem Wissen und Gewissen bei all meinen Taten seit meinem Abschied aus dem Kloster gedient. Warum fühlte ich mich dennoch schuldig?

»Tancred«, rief Ælfwold durchdringend. Er war bereits ein ganzes Stück tiefer auf dem Pfad, und ich merkte, dass ich angehalten hatte und dass die anderen Ritter hinter mir warteten.

»Kommt mit«, sagte ich zu ihnen, als ich dem Kaplan den schlammigen Abhang hinunter folgte. Das Kreuz um meinen Hals kam mir schwer vor, und das Silber an meiner Brust fühlte sich kalt an.

Ich atmete tief ein, und der erdige Geruch der Abendluft füllte meine Lunge, während ich versuchte, solche Gedanken aus meinem Kopf zu verbannen. Wir waren mit dem Priester hier, machte ich mir klar, um dafür zu sorgen, dass er Malets Botschaft ablieferte, wie sie auch lauten mochte. Bis wir nach Lundene zurückkehrten, konnte ich mir nicht erlauben, an etwas anderes zu denken.

Ich biss die Zähne zusammen und konzentrierte mich auf den Pfad vor mir. Zu hören war nur das schwache *Kiuh-wick* eines Käuzchens irgendwo rechts von uns. Hinter dem Kloster wurden Feuer entzündet, denn ich konnte ihren Rauch in den immer dunkler werdenden Himmel steigen sehen.

Das Kloster selber wurde von einem breiten Graben und einem niedrigen Flechtzaun umgeben, die beide bis hinunter zum Fluss im Süden verliefen. Der Eingang war von einem stabilen Torhaus aus behauenem Naturstein geschützt, wie ich es an einem Herrenhaus erwartet hätte, nicht an einem Haus Gottes. Unter dem Torbogen leuchtete ein einzelnes schwaches Licht; einige Gestalten in dunklen Gewändern waren gerade dabei, zwei große Eichentorflügel zu schließen.

»*Onbidath!*«, rief Ælfwold ihnen zu und wedelte mit einer Hand über dem Kopf, während er vorausritt. »*Onbidath!*«

Das Schließen des Tors wurde unterbrochen, und eine Frauenstimme erwiderte etwas auf Englisch. Ich warf Eudo einen Blick zu, falls er irgendwas verstanden hatte, aber er zuckte nur mit den Achseln.

»*Ic bringe ærendgewrit sumre nunfæmnan*«, sagte der Kaplan, während er sein Pferd auf dem Kopfsteinpflaster vor ihnen anhielt.

»Er sagt, er bringt eine Botschaft für eine der Nonnen«, murmelte Eudo.

Ich ritt weiter und gab ihm das Zeichen, mir zu folgen. Drei Nonnen standen im Toreingang, alle in einem braunen Habit. Die, mit der Ælfwold sprach, hielt eine Laterne in der Hand, und das Licht flackerte auf ihrem faltenreichen Gesicht. Sie schüttelte den Kopf und zeigte nach Osten, wo der Himmel allmählich einen blauschwarzen Farbton annahm.

»*Tomorgen*«, sagte die Nonne. Dann sah sie uns hinter ihm herankommen und zog sich hinter das zur Hälfte geschlossene Tor zurück. Sie war eine rundliche, kleine Frau mit dem Blick eines Falken, wachsam und scharfäugig.

»*Ic wille hire cwethan nu*«, sagte der Kaplan in einem strengen Ton.

»Er will jetzt die Erlaubnis haben hereinzukommen, glaube ich«, sagte Eudo. »Sie sagt uns, wir sollten morgen wiederkommen.«

Die Nonne schaute nervös hoch; der Kaplan drehte sich um und sah uns dort stehen und hob sofort die Hände in einer Geste, die ich für beruhigend hielt. »*Ic eom preost, ic hatte Ælfwold*«, sagte er und zog ein Holzkreuz aus einer Tasche seines Umhangs hervor. »*Me sendet Willelm Malet, scirgerefa on Eoferwic.*«

Es entstand ein kurzes Schweigen, bevor die Nonne wiederholte: »*Willelm Malet?*« Sie wandte sich an eine der anderen Frauen, die größer war und jugendlicher wirkte. Die beiden unterhielten sich in ihrer Sprache, bevor die jüngere irgendwo im Innern des Konvents verschwand.

»Onbidath her«, sagte die Rundliche. Sie ging nicht weg, aber sie machte auch keine Anstalten, das Tor wieder zu schließen, was ich für ein gutes Zeichen hielt.

Ælfwold nickte und stieß einen Seufzer aus, während er sich zurück in seinen Sattel sinken ließ.

»Was jetzt?«, fragte ich ihn.

»Jetzt«, sagte er, »warten wir und sehen, ob sie uns Einlass gewähren.«

Ein Viertel einer Stunde mochte vergangen sein, bevor die junge Nonne zurückkehrte. Mein Pferd begann unruhig zu werden, scharrte auf dem Boden und warf den Kopf hin und her; ich stieg ab, nahm die Zügel in die Hand, ging mit ihm auf und ab und tätschelte ihm die Flanke.

Schließlich kehrte auch die ältere Nonne zurück. Nachdem sie ein paar Worte mit der Laternenträgerin gewechselt hatte, wurden die Torflügel mit knarrenden Scharnieren weit aufgezogen, und wir führten langsam unsere Pferde hindurch.

»*Ne*«, sagte die Ältere und zeigte auf die Schwertscheide an meiner Seite. Ihr Gesicht war ernst. »*Ge sceolon læfan eower sweord her.*«

»Ihr müsst Eure Schwerter hier ablegen«, sagte der Kaplan.

In jeder anderen Situation hätte ich vielleicht protestiert, denn ich ging nicht gerne unbewaffnet irgendwohin, aber ich wollte hier nicht für Aufregung sorgen, in einem Haus Gottes. Wenigstens würden wir immer noch unsere Messer haben, weil sie genauso sehr zum Essen geeignet waren wie zum Kämpfen.

Ich nickte den anderen Rittern zu, während ich meine Schwertkoppel abschnallte und sie ihr hinhielt, und sie taten einer nach dem anderen das Gleiche. Ich beobachtete sie genau, während sie die Waffen in das Torhaus trug. Als sie wieder herauskam, rief sie den beiden anderen hinter uns etwas zu, und sie begannen die Torflügel wieder zu schließen, bevor beide ein Ende eines langen Holzbalkens aufhoben und ihn in die Aussparungen senkten. Jetzt war ich hier, auf Gedeih und Verderb.

Die ältere Nonne eilte uns bereits voraus und winkte uns zu, ihr über einen bekiesten Innenhof zu einem Stallgebäude zu folgen. Wir ließen unsere Tiere zusammen mit unseren Schilden dort, und dann führte sie uns zu Fuß auf einer breiten Wagenspur zu der Kirche und den langen Steinhäusern, die ich für die Unterkünfte hielt. Der Zaun und der äußere Graben umschlossen einen weiten Bereich, der zum größten Teil aus Feldern bestand, von denen auch jetzt noch Schafe und Kühe getrieben wurden. Der Geruch von Dung wurde durch den Wind herangetragen. Unten am Flussufer, auf der Südseite der Umfriedung sah ich die schemenhafte Form einer Mühle, deren Rad sich drehte.

»Wo bringt sie uns deiner Ansicht nach hin?«, fragte Eudo.

»Irgendwohin, wo es jede Menge Frauen gibt«, antwortete Radulf und schaute zu einer Gruppe von Nonnen, die in entgegengesetzter Richtung an uns vorbeigingen. »Und wenn wir Glück haben, sind sie auch noch jung.«

Ich blieb stehen und wandte mich an ihn. »Du bleibst still«, sagte ich und zeigte mit einem behandschuhten Finger auf seine große Nase. »Verstehst du?«

Er starrte mich überrascht an. Aber ich hatte mir bereits ausreichend Bemerkungen von ihm auf dieser Reise anhören müssen.

»Dies ist ein Haus unseres Herrgotts«, sagte ich zu ihnen allen. »Solange wir hier sind, zeigen wir nichts als Respekt.«

Als ich weiterging, bemerkte ich, dass der Kaplan mich beobachtete. Er sagte nichts, aber bevor er sich umdrehte, glaubte ich, ein winziges Nicken gesehen zu haben – vielleicht ein zustimmendes, obwohl ich mir nicht sicher sein konnte.

Was Radulf gesagt hatte, gab mir allerdings zu denken, denn

die Nonnen von Wiltune waren sicherlich daran gewöhnt, Besuche von Männern zu bekommen, sonst hätten sie uns überhaupt keinen Zutritt gewährt. Manche Klöster waren viel strenger; in solchen Häusern war es Männern überhaupt nicht gestattet einzutreten, mit Ausnahme von Pilgern und Kranken und den Priestern, die kamen, um die Messe zu lesen und die Beichte abzunehmen. Was bedeutete, dass die Frauen hier beschlossen hatten, uns zu vertrauen, was besonders erstaunlich war, wenn man in Betracht zog, dass wir offensichtlich Männer des Schwertes waren und nicht zu ihrem Volk gehörten.

Jetzt, wo die Kirche vor uns stand, war sie sogar noch eindrucksvoller. Jeder ihrer drei Türme war mehr als vier Stockwerke hoch, und selbst das Längsschiff schien höher zu sein als sechs Männer. Das Glas in den Fenstern war farbig, in Rot- und Grün-, in Blau- und sogar Gelbtönen, die so kunstvoll angeordnet waren, dass sie Bilder von Heiligen oder Engeln zeigten, wie nichts, was ich jemals gesehen hatte.

Ælfwold zeigte allerdings kein Interesse an diesen Dingen, und ich begann mich zu fragen, ob er schon hier gewesen war. Aber falls dem so war, hieß das, dass er auch Eadgyth kannte?

Wir überquerten den Vorplatz zu einem großen Haus aus Stein. Die Nonne klopfte an die Tür und trat ein, obwohl ich keine Antwort ausmachen konnte. Ælfwold ging als Nächster hinein und ich hinter ihm, wobei ich mich duckte, um mir nicht den Kopf an dem niedrigen Querbalken zu stoßen. Das Innere war nur von zwei Kerzen erleuchtet, die an den Seiten eines abgeschrägten Schreibtischs standen. An der einen Seite des Raums war ein offener Kamin, aber es war noch kein Feuer darin angemacht, und deshalb lag eine feuchte Kälte in der Luft. Neben dem Kamin führte eine Tür in den nächsten Raum, aus dem prompt ein Mädchen auftauchte. Ihre Haare waren blond und ungebunden. Sie schien nicht älter als elf oder zwölf Jahre zu sein. Sie hatte die Augen weit aufgerissen, als sie uns alle dort stehen sah, und ich fragte mich, wie wir auf sie wirken mussten: sieben fremde Männer, von denen sechs Kettenhemden und Beinlinge trugen, von den Narben der Schlacht gezeichnet. Falls sie ausschließlich in dem Konvent aufgewachsen war, hatte sie vielleicht noch nie so viele Männer zusammen an einem Ort gesehen.

Die Nonne sagte etwas zu ihr; das Mädchen nickte und zog sich durch die Tür zurück, ohne den Blick von uns abzuwenden.

»Geht wieder hinaus«, sagte Ælfwold knapp zu mir. »Ich möchte allein mit der Äbtissin reden.«

»Die Äbtissin?«, fragte ich erstaunt. Ich dachte, wir wären gekommen, um Eadgyth zu sehen.

»Wer sonst?«, erwiderte er ziemlich ungeduldig. »Ich kann meine Botschaft nicht ohne ihre Erlaubnis abliefern. Jetzt geht.«

Ich rührte mich nicht von der Stelle. »Wir warten hier«, beharrte ich.

»Das hier ist nicht Eure Sache …«

Er drehte sich um, als die Tür wieder aufging und eine Frau in einer braunen Kutte den Raum betrat, auf deren beiden Ärmeln mit weißem Faden ein einfaches Kreuz gestickt war. Wie die Nonne, die uns vom Tor hierhergebracht hatte, war sie in fortgeschrittenem Alter, aber in ihren Augen, die die Farbe von poliertem Kupfer hatten, stand Weisheit, und in der Art, wie sie auf uns zuging, lag eine Würde, als wenn jeder Schritt einem himmlischen Zweck folgte.

Sie gab unserer Nonne ein kurzes Handzeichen, worauf diese ernst nickte, sich entfernte und uns alleine im Kerzenlicht stehen ließ.

»*Fæder Ælfwold*«, sagte sie.

»*Abodesse Cynehild.*« Der Kaplan kniete sich vor sie hin, nahm ihre Hand und küsste den silbernen Ring, der sie schmückte.

»Ihr kommt diesmal mit einem vollen Conroi, wie es scheint«, sagte sie, plötzlich Französisch sprechend, als sie uns sechs anschaute. »Wie sich die Zeiten ändern.« Aber falls sie einen Scherz machen wollte, war das nicht an ihrem Gesicht abzulesen, das so ausdruckslos blieb wie zuvor.

Ælfwold erhob sich. »Der Geleitschutz, den mir mein Herr mitgegeben hat«, erklärte er gleichfalls auf Französisch.

»Guillaume Malet«, sagte sie, und ich glaubte, einen Anflug von Verachtung in ihrer Stimme zu hören, war mir aber nicht sicher.

Falls es so war, schien der Kaplan es nicht zu bemerken. »So ist es, Mylady.«

Die Äbtissin sah einen Augenblick lang nachdenklich aus, dann schaute sie uns andere an, als wolle sie uns kontrollieren. »Ihr seht erstaunt aus«, sagte sie zu mir. »Warum?«

Ich hatte mir nicht klargemacht, dass es so offensichtlich war. »Ihr sprecht gut Französisch«, sagte ich, nicht aus Höflichkeit, sondern weil es die Wahrheit war. Sie sprach es tatsächlich bemerkenswert gut, wie jemand, der aus unserem Land stammte oder viele Jahre in Gesellschaft von Franzosen verbracht hatte.

»Und das überrascht Euch?«, fragte sie.

»Nur weil ich nicht daran gewöhnt bin, es von englischen Lippen zu hören«, antwortete ich, indem ich meine Worte sorgfältig wählte.

»Trotzdem spricht Ælfwold hier es genauso gut wie ich.«

»Sein Herr ist Normanne«, sagte ich achselzuckend.

»Wenn man diesen Maßstab anlegt«, sagte sie mit einem überlegenen Lächeln, »sollte dann nicht ganz England Französisch sprechen, da wir alle Untertanen unseres Lehnsherrn König Guillaume sind?«

Ich spürte, wie mir das Blut in die Wangen stieg. Es schien mir, dass ich auf die Probe gestellt wurde, auch wenn ich den Grund nicht erkennen konnte. »Ja, Mylady«, erwiderte ich, weil ich nicht wusste, was ich sonst sagen sollte.

Sie runzelte die Stirn und hielt den Blick auf mich gerichtet.

342

»Mylady«, sagte Ælfwold, und ausnahmsweise war ich ihm für seine Unterbrechung dankbar. »Ich bin hier ...«

»... um mit Lady Eadgyth zu sprechen«, beendete sie den Satz für ihn und wandte endlich den Blick von mir ab. »Ja, das hatte ich mir gedacht.«

»Um ihr eine Botschaft von meinem Herrn zu überbringen, wenn Ihr gestattet«, sagte der Priester unbeirrt.

Die Äbtissin nickte. »Es wäre schwer für mich, Euch das abzuschlagen. Leider ist sie derzeit nicht hier, sondern in Wincestre.«

»In Wincestre?« Ælfwold war einen Moment still und hatte die Augen geschlossen, als denke er nach. »Wann ist sie aufgebrochen?«

»Vielleicht vor einer Woche.«

»Aber sie kehrt bald zurück?«

»Morgen oder übermorgen, nehme ich an«, sagte sie. »Ihr seid wie immer herzlich eingeladen hierzubleiben, bis sie kommt.«

Ihre Worte versetzten mir einen Stoß. Ich hatte recht gehabt: Der Kaplan war schon in Wiltune gewesen.

»Das ist sehr freundlich«, sagte Ælfwold.

Die Äbtissin lächelte kurz. »Das ist nur billig. Ihr werdet natürlich während der ganzen Zeit im Gästehaus bleiben«, sagte sie und schaute uns alle dabei der Reihe nach an.

»Ich verstehe«, erwiderte der Kaplan.

Ich erschrak, als plötzlich Glocken zu schlagen begannen: ein tiefes, langes Läuten, das von allen Seiten zu kommen schien. Die Tür ging auf, und dieselbe Nonne, die uns bei unserer Ankunft begrüßt hatte, erschien wieder und trat neben die Äbtissin, wo sie ihr etwas ins Ohr flüsterte.

Die Äbtissin murmelte ihrerseits eine Antwort und richtete sich auf. »Ich muss Euch jetzt leider für die Komplet verlassen«, sagte sie. »Wenn Ihr jedoch Schwester Burginda folgen wollt« – sie zeigte auf die Nonne –, »wird sie Euch in Euer Quartier führen. Ich werde dafür sorgen, dass Euch etwas zu essen und zu trinken gebracht wird, sobald das Gebet vorüber ist.«

»Vielen Dank«, sagte Ælfwold und verbeugte sich.

»Mylady«, sagte ich und nickte der Äbtissin respektvoll zu, während ich die anderen vorgehen ließ.

Sie schaute zurück, die Augen ohne Gefühlsregung auf mich gerichtet, bis alle anderen den Raum verlassen hatten und ich mich umdrehte und ihnen in das blaue Zwielicht folgte.

Fünfundzwanzig

Die Nacht hatte sich rasch auf das Nonnenkloster gesenkt. Jenseits der Hügel im Westen war nur noch ein ganz schwaches Glühen zu ahnen, und selbst das verblasste, während im Osten bereits die Sterne zum Vorschein kamen.

Eine Reihe von Nonnen, ungefähr zwanzig an der Zahl, gingen zu zweit nebeneinander durch den zentralen Kreuzgang zur Kirche. Einige von ihnen hatten kleine Laternen in der Hand, und ich konnte ihre Gesichter in dem sanften Licht sehen. Es waren Frauen jeden Alters: ein paar runzlig und alt, die auf ihrem Weg halb schlurften, halb stolperten, und andere, die ihnen dabei halfen und kaum älter aussahen als das Mädchen, das wir im Haus der Äbtissin gesehen hatten. Wir warteten, bis sie vorbeigegangen waren und uns die von der Äbtissin Burginda genannte Nonne von dem Kreuzgang weg zu einem Obstgarten führte.

Die anderen Ritter murmelten miteinander und grinsten, wie ich bemerkte.

»Was ist los?«, fragte ich, obwohl ich mir nach der Art, wie die Äbtissin mich verunsichert hatte, vorstellen konnte, über wen sie sich lustig machten.

Auf meiner rechten Seite ging Wace, der nur lächelte und den Kopf schüttelte, während ich glaubte, Radulf hinter mir kichern zu hören. Zu einer anderen Zeit hätte ich es vielleicht amüsant gefunden, aber ich war mir nur zu sehr bewusst, wo wir waren. Jede einzelne der Nonnen, die uns begegnet war, hatte den Kopf gebeugt, und keine hatte gesprochen.

Ich starrte die anderen warnend an. Nach dem Vorfall von gestern Abend wollte ich keinen weiteren Streit mit dem Priester heraufbeschwören. Aber er und Burginda waren ein ganzes Stück vor uns, und die Glocken läuteten so laut, dass er uns vermutlich nicht hören konnte.

Auf der anderen Seite des Obstgartens stand ein langes Haus, das von einem Flechtzaun umgeben war – um es vom Rest des Konvents abzugrenzen, nahm ich an. Burginda stellte ihre Laterne neben der Tür auf den Boden und griff in einen Lederbeutel an ihrem Gürtel, aus dem sie einen Schlüssel hervorzog. Er glänzte im Licht ihrer Laterne, als sie ihn in das Schloss steckte und herumdrehte. Die Tür öffnete sich ohne einen Laut. Im Haus war es dunkel. Die Nonne nahm ihre Laterne in die Hand und ging hinein, gefolgt vom Rest von uns. Orangefarbenes Licht spielte auf den Wänden eines großen Saals mit einem langen rechteckigen Tisch, einem Kamin mit kupfernen Kochtöpfen daneben und einer Treppe am hinteren Ende.

Kaum waren wir alle im Innern, als Ælfwold sich an mich wandte. »Wenn ich mit Eadgyth spreche, werde ich das alleine tun«, sagte er mit leiser Stimme. »Ich will Euch nicht immer als Wächter dabeihaben.«

»Euer Herr hat mich einen Eid schwören lassen, dass ich Euch beschützen soll«, erwiderte ich. »Ich folge nur seinen Anweisungen.« Es war keine besonders gute Antwort, und das wusste ich.

»Ich brauche Euren Schutz nicht«, sagte er scharf. »Das hier ist ein Haus Gottes. Was für ein Leid könnte uns hier Eurer Ansicht nach zustoßen?« Er wandte mir den Rücken zu und ging zur Treppe.

Er hatte natürlich recht, obwohl ich das nicht gerne zugab. »Und was tun wir jetzt?«, rief ich hinter ihm her. »Warten wir hier einfach, bis sie zurückkehrt?«

»Sonst gibt es nichts zu tun.«

»Wir könnten nach Wincestre reiten und sehen, ob wir sie dort finden«, schlug Wace vor.

»Und was tun wir, wenn sie dort aufgebrochen ist, bevor wir eintreffen?«, fragte der Priester.

Wace zuckte mit den Achseln. »Dann treffen wir sie vielleicht auf der Straße.«

Wincestre war nicht weit, und wir würden nur ein paar Stunden brauchen, um dorthin zu gelangen – ein bisschen mehr im Dunkeln vielleicht, aber trotzdem, wenn wir jetzt aufbrächen und schnell ritten, könnten wir sicherlich vor Tagesanbruch dort sein. Auch wenn das hieße, dass wir noch länger im Sattel wären.

»Das ist nicht Eure Entscheidung«, sagte der Kaplan.

»Wace hat recht«, sagte ich.

»Nein«, erwiderte der Kaplan und schaute mich direkt an. »Ich lasse mir nichts vorschreiben. Ich sage, dass wir bleiben. Ob wir einen Tag oder eine Woche auf Lady Eadgyth warten müssen, ist nicht von Bedeutung.«

»Die Armee des Königs wird Lundene bald verlassen«, schaltete sich Eudo ein. »Wenn wir uns hier zu lange aufhalten, werden wir uns ihr nicht anschließen können.«

»Die Armee des Königs schert mich nicht!«, sagte Ælfwold, dessen Gesicht so rot war wie in der Nacht zuvor. »Das ist der Auftrag, mit dem uns Lord Guillaume hierhergeschickt hat. Alles andere ist unwichtig!«

Es wurde still im Saal. Mir wurde klar, dass die Nonne immer noch bei uns war und uns beobachtete, während wir uns stritten. Wie viel von dem, was wir gesagt hatten, konnte sie verstehen?

Aber bevor ich darauf hinweisen konnte, fragte Wace: »Wer ist diese Lady Eadgyth überhaupt?«

Ælfwold schloss die Augen, hob die Hände vor das Gesicht und grub die Finger in die Stirn, während er in seiner Sprache etwas vor sich hinmurmelte, vielleicht einen Fluch.

»Sie war mal die Frau von Harold Godwineson«, sagte ich, bevor er antworten konnte. »Von Harold, dem Usurpator.«

Wace schaute mich überrascht an, wobei ich mir jedoch nicht sicher war, ob es daran lag, was ich gesagt hatte, oder dass ich es war, der es gesagt hatte. »Ist das wahr?«, fragte er den Kaplan.

»Es ist nicht wichtig, wer sie ist«, antwortete Ælfwold. Er starrte mich mit Unheil verkündendem Blick an.

»Es ist wahr«, sagte ich.

Wace runzelte die Stirn, und ich konnte sehen, dass ihn die gleiche Frage beschäftigte, die ich mir gestellt hatte. »Aber warum …?«

»Das ist nicht Eure Sache!«, sagte der Priester. Er schloss die Augen und holte tief Luft, als wolle er sich beruhigen, und murmelte ein kurzes lateinisches Gebet. Er sprach zu schnell, als dass ich allem hätte folgen können, aber irgendwo in der Mitte hörte ich die Wörter für Zorn – *ira* – und Vergebung – *venia*.

»Ich werde das nicht länger hinnehmen«, sagte er. »Ihr seid unerträglich, jeder Einzelne von Euch. Ich verspreche Euch, der Vicomte wird davon hören. Er wird von allem hören.« Er schüttelte den Kopf, während er die Treppe hochschritt.

»Das wusstest du?«, fragte Wace, sobald er verschwunden war. »Hat er es dir gesagt?«

»Ich habe es erst gestern erfahren«, erwiderte ich. »Und erst, nachdem ich ihm zugesetzt hatte.« Das war nicht ganz richtig, wurde mir klar, weil ich Eadgyths Namen kannte, seit wir in Lundene waren. Aber ich hatte erst gestern herausgefunden, wer sie war, und das war entscheidend.

»Du wusstest es und hast uns nichts davon gesagt?«, fragte Eudo.

Ich spürte, wie mein Ärger wuchs. »Nach dem, was gestern Abend geschehen ist?«, sagte ich so laut, dass Radulf und die anderen es ebenfalls verstehen konnten. »Glaubst du, ich hätte einem von euch noch vertrauen können?«

Eudo blieb still.

Wace ergriff als Erster das Wort. »Wir waren im Unrecht«, sagte er und schaute Eudo und die anderen an, als suchte er bei ihnen Bestätigung für seine Worte. »Es war falsch, was wir getan haben. Wir haben uns vergessen.«

»Wir haben uns töricht benommen«, sagte Philippe traurig, und neben ihm nickte Godefroi zustimmend. Aber Radulfs Gesichtsausdruck änderte sich nicht; seine Lippen blieben unbewegt.

»Es war mehr als das«, sagte ich. »Was ihr getan habt, war unverantwortlich. Aber jetzt sind wir hier, und das ist alles, was zählt.«

Holzdielen knarrten und gedämpfte Schritte waren aus dem Zimmer über uns zu hören – der Kaplan, der dort umherging, dachte ich. Mein Blick fiel wieder auf die Nonne, und als sie das bemerkte, wandte sie sich schnell ab und stieß einen Stuhl hinter sich um. Er fiel klappernd zu Boden.

»Warum ist sie immer noch hier?«, fragte Wace, als die Nonne sich bückte, um den Stuhl wieder hinzustellen.

»Warum stört dich das?«, fragte Radulf. »Sie hat bestimmt nichts von dem verstanden, was wir gesagt haben.«

»Das wissen wir nicht«, sagte Wace, als er auf sie zuging. »Die Äbtissin sprach sehr gut Französisch, erinnerst du dich? In diesen Klöstern lernt man viele Sprachen.«

Die Nonne stand da und betrachtete ihn mit herausforderndem Blick, obwohl sie zumindest anderthalb Kopf kleiner war. Ob sie genau verstand, was gesagt wurde, oder nicht, konnte ich nicht erkennen, aber sie wusste eindeutig, dass wir über sie sprachen.

»Vielleicht sollten wir uns anderswo unterhalten«, schlug Philippe vor.

»Das wäre wohl am besten«, sagte ich. »Obwohl wir vermutlich über nichts gesprochen haben, was sie nicht schon wusste.«

Sie wusste schon, dass wir hier waren, um Eadgyth eine Botschaft zu überbringen. Und falls sie einige Zeit hier gelebt hatte, wusste sie wahrscheinlich auch über die Verbindung der Lady mit dem Usurpator Bescheid.

»Aber warum ist sie hier?«, fragte Eudo.

»Das ist einfach so üblich«, sagte ich. »Ein Mitglied des Konvents ist dazu abgestellt, bei den Gästen zu bleiben und über sie zu wachen. Sie ist zu unserer Betreuung hier und vermutlich zu unserer Sicherheit.«

Wace zog die Augenbraue über seinem gesunden Auge hoch. »Zu unserer Sicherheit?«, fragte er, und ein Lächeln breitete sich auf seinem Gesicht aus. Er drehte sich wieder zu der Nonne um, die stehen blieb, wo sie war, wachsam und ungerührt.

»Wenigstens wurde es da so gehalten, wo ich aufgewachsen bin«, sagte ich achselzuckend.

»Was meint Ihr damit?«, fragte Radulf.

»Ich bin selber in einem Kloster aufgewachsen, bevor ich ein Ritter wurde.«, sagte ich.

Er machte ein Geräusch zwischen Schnauben und Lachen. »Ihr wart ein Mönch?«

»Nur ein Laienbruder«, sagte ich scharf und starrte ihn an, bis er wegsah. »Ich wurde ins Kloster gegeben, als ich sieben war, mit dreizehn bin ich geflohen. Das Gelübde hab ich nie abgelegt.«

Wace trat zurück von der Nonne, ließ sie aber nicht aus den Augen.

»Lass sie in Ruhe, Wace«, sagte Eudo, der zur gleichen Zeit gähnte und grinste. »Was soll sie schon tun? Sie ist nur eine alte Frau.«

Nachdem sich Wace von ihr zurückgezogen hatte, begann Burginda ein Feuer zu machen. Neben dem Kamin stand ein rußgeschwärzter Eimer, der voll mit Stöcken und Scheiten war, die sie auf dem Feuerrost anordnete.

Ich stellte mir vor, wie frisches Fleisch über dem Feuer gebraten wurde, und mein Magen knurrte. Die Komplet musste bald zu Ende sein; ich hoffte, es würde nicht mehr lange dauern, bis das Essen eintraf. Wir hatten dem Wirt frisches Brot und Wurst abgekauft, als wir das Gasthaus am Morgen verließen, aber das war noch in unseren Satteltaschen, und die hatten wir mit den Tieren im Stall gelassen.

»Frag sie, wann wir unsere Taschen gebracht bekommen«, sagte ich zu Eudo.

Er wartete einen Moment, vermutlich um sich die richtigen Worte zurechtzulegen, und hockte sich dann neben die rundliche Gestalt der Nonne, die einen der kleinsten Zweige an der Laterne entzündet hatte und jetzt versuchte, das restliche Holz in Brand zu stecken. Sie schaute ihn nicht an, sondern konzentrierte sich auf den Kamin, während er mit ihr sprach und sie ihm leise antwortete.

Eudo stand auf. »Sie werden uns die Sachen nach der Komplet bringen, sagt sie.«

Dann würde mein Magen warten müssen. Wie sich herausstellte, dauerte es nicht lange, bis die Äbtissin eintraf. Sie kam zusammen mit vier Nonnen, die unsere Taschen brachten, wie Burginda es versprochen hatte, und außerdem Brot und Krüge mit Wasser – offensichtlich alles, was zu dieser Stunde angeboten werden konnte. Es war nicht gerade ein Festschmaus, aber trotzdem willkommen. Ælfwold schloss sich uns zu diesem Mahl an, sagte allerdings während der ganzen Zeit nichts, abgesehen von einem einfachen Dankgebet vor dem Essen, und in sein Schweigen stimmten auch die Äbtissin und ihre Schwestern ein, die nichts taten, außer uns über den langen Tisch hinweg zuzuschauen. Natürlich hatten sie wohl vor dem Nachtgebet gegessen; für sie würde es bis zur Sext am nächsten Tag nichts mehr geben. Ich gab mir alle Mühe, dem Blick der Äbtissin auszuweichen, aber sie schaute mich die ganze

Zeit unverwandt an, und ich entdeckte wenig Wärme in ihren Augen.

Sie gingen schließlich wieder, und Ælfwold zog sich nach oben zurück. Nur Burginda blieb bei uns, und sie verhielt sich den ganzen Abend so unauffällig wie möglich. Sie kniete neben dem Feuer und betete mit geschlossenen Augen, während wir von unserem eigenen Proviant aßen und auf dem großen Eichentisch würfelten. Ich kannte nicht die Regeln, was das Glücksspiel unter Gästen betraf, obwohl es den Schwestern natürlich untersagt war, aber die betagte Nonne unternahm nichts, um uns aufzuhalten, und deshalb spielten wir mehrere Stunden lang. Nach einer Weile holte Eudo seine Flöte heraus und begann einige kurze Passagen zu spielen, weil er sich an ein lange vergessenes Stück zu erinnern versuchte; er stolperte immer wieder über dieselben wenigen Töne, bis wir alle ihm zuriefen, er solle etwas anderes ausprobieren: irgendetwas, wozu wir wenigstens singen konnten.

Irgendwann begannen die Flammen im Kamin zusammenzuschrumpfen, und ich konnte spüren, wie die Kälte der Nacht wieder in den Saal zurückkroch. Es dauerte nicht lange, und die anderen begannen zu gähnen; Godefroi und dann Radulf gingen als Erste nach oben, wo für uns alle genug Zimmer zur Verfügung standen. Die Nonnen waren eindeutig daran gewöhnt, Gäste zu empfangen, und nicht wenige noch dazu.

Philippe folgte ihnen bald danach, sodass nur noch Wace, Eudo und ich übrig blieben. Burginda war ebenfalls da und saß noch auf ihrem Schemel neben dem Feuer. Inzwischen ruhte ihr Kinn allerdings auf ihrer sich langsam hebenden und senkenden Brust, und ich konnte ihre stetigen, seufzenden Atemzüge hören.

»Die Witwe des Usurpators«, murmelte Wace. »Warum könnte Malet ihr eine Botschaft schicken wollen?«

»Das habe ich selber herauszufinden versucht«, sagte ich leise, um die schlafende Nonne nicht zu stören. »Zunächst habe ich mich gefragt, ob sie vielleicht seine Geliebte gewesen ist, aber das hat Ælfwold abgestritten.«

Eudo schaute mich erstaunt an. »Du hast ihn gefragt, ob sie ein Paar waren?«

»Es war nicht das Klügste, was ich je gesagt habe, ich weiß.«

»Ich muss zugeben, dass ich das auch gedacht habe«, sagte Wace.

»Aber es wirklich zu sagen«, hob Eudo hervor, »und dann noch zu dem Kaplan des Vicomtes …«

»Aber warum sollte er sich sonst solche Umstände machen?«, unterbrach Wace ihn. »Seine Männer den ganzen Weg hierherschicken, während Eoferwic belagert wird, und obendrein seinen Kaplan aufs Spiel setzen.«

Ich nickte. »Was für eine Botschaft kann so wichtig sein, dass er sie jetzt überbringen lassen muss?«

»Es gibt natürlich noch eine Möglichkeit«, sagte Wace, der einen Blick auf die Nonne und dann zur Treppe warf, als könnte dort einer der anderen plötzlich auftauchen. »Aber ich erwähne es ungern, wenn die kleinste Chance besteht, dass jemand zuhören könnte.«

Ich schaute Wace über den Tisch in die Augen. Der gleiche Gedanke war mir auch schon gekommen, aber ich hatte ihn sofort wieder abgetan, weil ich nicht daran glauben wollte. Konnte Malet in irgendeine Art Verschwörung mit Harolds Frau verwickelt sein?

»Das können wir nicht wissen«, sagte ich zu Wace. »Es gibt keinen Beweis, nur Vermutungen.«

»Ich weiß«, erwiderte er. »Deshalb wollte ich nichts davon sagen.«

»Wovon?«, fragte Eudo.

Ich schaute Wace an, weil ich unsicher war, wer von uns beiden es sagen sollte. Er holte tief Luft und senkte seine Stimme bis zu einem Flüstern: »Malet könnte ein Verräter sein.«

Eudo runzelte die Stirn. »Ein Verräter?«, sagte er, für mein Gefühl zu laut.

Ich machte ihm ein Zeichen, leiser zu sein, und beugte mich näher zu ihnen. »Es gibt noch etwas, das wichtig sein könnte«, sagte ich und brach plötzlich ab, weil ich nicht wusste, ob ich fortfahren sollte. Aber sie schauten mich erwartungsvoll an; falls ich nichts sagte, würden sie wissen, dass ich etwas verbarg, und ich brauchte ihr Vertrauen mehr als alles andere.

»Und das wäre?«, fragte Wace.

Ich versuchte mich an alles zu erinnern, was Ælfwold mir auf dem Schiff erzählt hatte. »Es scheint, als wäre Malet in den Jahren vor der Invasion ein guter Freund von Harold Godwineson gewesen«, sagte ich. »Er bekam von dem alten König Eadward Land an diesen Küsten zugewiesen und verbrachte einen großen Teil seiner Zeit in diesem Land. Das heißt, bis der König starb und Harold die Krone stahl, worauf er in die Normandie zurückkehrte und sich Herzog Guillaume anschloss.«

»Er kannte den Usurpator?«, fragte Wace.

»Und er ist natürlich auch zur Hälfte Engländer«, murmelte Eudo.

»Also schickt er Harolds Witwe jetzt eine Nachricht«, sagte Wace. »Was bedeutet das?«

»Es braucht gar nichts zu bedeuten«, sagte ich. »Zum einen scheint es, dass ihre Freundschaft zerbrach, als Harold die Königsherrschaft beanspruchte. Welche Sympathien Malet einst für die Engländer empfand, sie waren begraben, als er in Hæstinges kämpfte.«

»Obwohl er auch jetzt noch Engländer in seinem Haushalt hat«, stellte Eudo fest. »Ælfwold und Wigod, und es gibt zweifellos noch andere.«

Das war richtig, und es war ein weiterer Teil des Rätsels.

Aber es gab noch eine größere Frage in meinem Kopf, die beantwortet werden wollte: Warum hätte Ælfwold mir das alles anvertrauen sollen, wenn er wusste, dass Malet ein Verräter war? Es ergab keinen Sinn. Nichts davon ergab einen Sinn.

»Wenn wir wüssten, wie die Botschaft lautet, wüssten wir es genau«, sagte ich. »Aber der Priester will es nicht sagen.«

»Er muss einen Brief bei sich tragen«, sagte Eudo. »Oder in seinem Zimmer.«

»Es sei denn, er hat die Botschaft nur in seinem Kopf«, sagte Wace. »Falls das so ist, haben wir keine Möglichkeit, sie herauszufinden.«

Dann fiel mir plötzlich wieder die Schriftrolle ein, die er an dem Tag hatte fallen lassen, als wir in Lundene aufgebrochen waren, wie unvermittelt sich sein Benehmen geändert hatte, als ich sie aufgehoben hatte. »Nein«, sagte ich. »Es gibt einen Brief.«

»Bist du dir sicher?«, fragte Wace.

Je mehr ich darüber nachdachte, desto überzeugter wurde ich. Was konnte es sonst sein? »Ich habe gesehen, wie er ihn auf dem Weg hierher hat fallen lassen.«

»Wenn wir ihn uns nur ansehen könnten, bevor er ihn dieser Eadgyth aushändigt«, sagte Eudo.

»Er würde ihn gewiss nicht unbewacht lassen«, sagte Wace.

»Aber würdest du den Brief wiedererkennen, wenn du ihn siehst?«, fragte Eudo.

»Wahrscheinlich«, sagte ich und stellte ihn mir vor, mit seinen rauen Rändern und dem Lederriemen, der darum gebunden war. Sonst hatte es nichts gegeben, was ihn besonders ausgezeichnet hätte. »Warum?«

»Der Priester schläft wahrscheinlich inzwischen«, sagte Eudo mit leiser Stimme. »Wir müssten nur in sein Zimmer schleichen und den Brief finden …«

»Willst du, dass wir ihn stehlen?«, fragte ich. Obwohl ich

wütend auf Ælfwold war, erfüllte mich der Gedanke mit Abscheu. Malet hatte schließlich sein Vertrauen in mich gesetzt. Ich hatte ihm einen Eid geschworen, einen Eid, bei dem Gott als Zeuge angerufen worden war und den man deshalb nicht auf die leichte Schulter nehmen durfte.

Eudo zuckte mit den Achseln.

»Was ist, wenn wir uns in dem Priester, in Malet und in allem irren?« Wenn wir seinen Vorschlag in die Tat umsetzten, und unser Verdacht entpuppte sich als falsch, dann hätte ich dieses Vertrauen missbraucht – diesen Eid gebrochen. »Nein, es muss eine andere Möglichkeit geben.«

»Wissen die anderen über Eadgyth Bescheid, was meinst du?«, fragte Wace. »Ich meine Godefroi, Radulf und Philippe. Hast du gesehen, ob sie auf ihren Namen reagiert haben?«

»Ich habe sie nicht beobachtet«, gab ich zu.

»Ich auch nicht«, sagte Eudo.

»Falls sie schon einige Zeit in Malets Diensten stehen«, überlegte Wace laut, »ist es durchaus möglich, dass sie wissen, wer sie ist und in welcher Verbindung sie zu ihm steht. Und wenn sie das wissen, haben sie vielleicht auch eine Idee, worum es bei der Botschaft geht.«

»Das ist möglich«, stimmte ich zu. »Aber erinnere dich, in Lundene wollten sie nur zurück auf die Straße nach Eoferwic. Wenn sie gewusst hätten, dass es in irgendeiner Hinsicht wichtig ist, nach Wiltune zu kommen, hätten sie das gesagt.«

»Das stimmt«, sagte Eudo. »Es war der Kaplan, der sie daran erinnert hat, dass wir zuerst diesen Auftrag erfüllen müssten.«

»Und ich«, sagte ich.

»Und du«, fügte er lächelnd hinzu. »Du und dein Pflichtbewusstsein.«

Zu einer anderen Zeit hätte ich vielleicht gelacht, aber in jener Nacht war ich in keiner guten Stimmung. Ein Scheit verschob sich im Kamin, und Burginda schnaubte, als sie sich auf ihrem Schemel bewegte; ich sah, wie ihre Lider flatterten, als sie einen tiefen Atemzug machte und allmählich wach wurde.

»Ich hoffe nur, dass wir bald klarer sehen«, sagte ich.

Sechsundzwanzig

Wiltune lag im Dunkeln ruhig und still da. Ich stand an einen der Zaunpfähle vor dem Gästehaus gelehnt. Eine dünne Mondsichel ragte zwischen Wolkenfetzen heraus; die Sterne waren zu Hunderten wie Samenkörner in einem blassen Streifen über den Himmel verstreut.

Das einzige andere Licht kam aus dem Dormitorium der Nonnen, wo ein schwaches Glühen den Türdurchgang einrahmte. Einer der Grundsätze, die der heilige Benedikt in seiner Ordensregel festgelegt hatte, lautete: im Dormitorium solle die ganze Nacht hindurch ein Feuer brennen, ein Symbol des ewigen Lichts unseres Herrn. Und diejenigen, die ihre Pflicht missachteten – die einschliefen, wenn sie an der Reihe waren, das Feuer zu bewachen, und so die Flammen herunterbrennen und ausgehen ließen –, wurden auf die strengste Weise gezüchtigt, wie ich nur zu gut wusste.

Ich erinnerte mich immer noch an jenen frostigen Wintermorgen, als ich vor den beiden stand: dem Circator mit seiner Laterne, der mich gefunden hatte, und neben ihm der Prior, dessen Gesicht dunkel war, als er seine Worte der Verdammung verkündete. Immer noch konnte ich mir die Menge der Mönche vor Augen rufen, die sich um mich versammelten, Zeugen meines Versagens. Und ich erinnerte mich an meine verzweifelten Bitten um Gnade und zu Gott, als sie zuschlugen und wieder zuschlugen, jedes Mal härter als zuvor, ihre Haselnussruten auf meinen entblößten Rücken niedersausen ließen – Schmerzen, wie ich sie nie zuvor kennengelernt hatte –, bis ich schließlich zitternd, blutend und allein auf der harten Erde lag.

Es war nicht das erste Mal, dass ich für meine Sünden geschlagen worden war, aber ich war fest entschlossen, dass dies das letzte Mal gewesen war. Und deshalb floh ich.

Natürlich musste ich auf die richtige Gelegenheit warten. Am nächsten Tag und in der folgenden Nacht wurde ich sorgfältig beobachtet, für den Fall, dass ich weitere Fehler machte, für die sie mich bestrafen konnten. Aber in der nächsten Nacht ließ ich es im Licht des vollen Monds darauf ankommen, ging leise an den anderen Mönchen in ihren Betten vorbei, überquerte schnell den Hof, vorbei an der Werkstatt des Schmieds und den Stallungen, und hoffte, dem Circator bei seinen nächtlichen Runden aus dem Weg zu gehen. Das Torhaus war bewacht, wie ich wusste, also ging ich zur Mauer im Norden und zu dem knorrigen alten Baum, der neben ihr wuchs – eine Eiche, die Gerüchten zufolge dort stand, seit das Kloster gegründet worden war, zweihundert Jahre zuvor.

Ich hatte die Krankenstation erreicht, als ich in der Nähe Stimmen hörte. Mit klopfendem Herz duckte ich mich um die Ecke. Laternenlicht leuchtete sanft auf den Boden, und ich hielt den Atem an, weil ich auf keinen Fall gehört werden wollte. Ich erkannte den schroffen Tonfall des Circators, der sich mit einem der anderen Mönche unterhielt. Das Licht wurde heller; sie kamen offenbar näher.

Ich hätte bestimmt besser gewartet, bis sie an mir vorbei waren, und sie hätten mich vermutlich auch nicht bemerkt. Stattdessen ergriff mich Panik. In dem Glauben, dass sie mich finden würden und alles verloren wäre, beschloss ich loszulaufen.

Fast im gleichen Moment hörte ich Rufe hinter mir, warum ich so spät noch unterwegs sei, wollte man wissen, aber ich hielt nicht an, sondern rannte zu der alten Eiche und kletterte schnell an ihr hoch. Ich hörte ihre Füße im Gras, während ich auf einem der Äste entlangrutschte und über die Mauer krabbelte und mir dabei die Handflächen und die Knie aufschürfte, bevor ich auf der anderen Seite hinuntersprang. Und dann rannte ich weiter den Abhang hinab auf den Fluss und die Stadt Dinant zu. Sie verfolgten mich natürlich, aber ich war schnell, und einen Jungen von dreizehn Jahren kann man leicht in den Schatten verlieren, und nach kurzer Zeit waren ihre Rufe nicht mehr zu hören. Sobald ich den Wald erreicht hatte, brach ich zusammen. Meine ganze Kraft war verbraucht, und außerdem war ich halb verhungert, aber ich hatte es geschafft: Ich wusste, dass ich nie mehr dorthin zurückmüsste.

Ein paar Tage später begegnete ich Robert de Commines, und mein Lebensweg stand fest.

Diese Geschichte hatte ich wenigen Menschen erzählt. Von denen, die noch am Leben waren, kannten nur Eudo und Wace sie. Doch selbst wenn ich alles in Rechnung stellte, was geschehen war, schämte sich ein Teil von mir immer noch – warum, das war mir selbst nicht klar –, weil ich einst geflohen war, weil ich dieses Leben verschmäht hatte.

Aus weiter Entfernung kamen die Geräusche von Vieh: ein langes, klagendes Muhen, das von einem anderen beantwortet wurde, und dann von einem dritten und vierten, die deutlich im Konvent zu hören waren. Mir war bewusst, dass Burginda hinter mir stand und mich von der Tür aus beobachtete. Als sie vorhin sah, wie ich meinen Umhang überwarf, hatte sie mich davon abzuhalten versucht hinauszugehen. Vielleicht dachte sie, ich hätte vor, einer der jüngeren Nonnen einen Besuch abzustatten – falls mir der Sinn danach gestanden hätte, gab es wenig, was in ihrer Macht lag, um es zu verhindern. Aber das war es nicht, warum ich hier herausgekommen war. Mein Kopf war voll mit so vielen verschiedenen Gedanken, wie hundert Stränge Garn, die alle miteinander verheddert waren, und ich brauchte Freiraum, um sie zu entwirren.

Trotzdem konnte ich es ihr nicht verdenken. Ich hatte zahllose Geschichten von Nonnen gehört, die gegen ihren Willen genommen worden waren, von Männern, die sie begehrt hatten, bevor sie ihre Gelübde ablegten. Solche Männer kamen häufig zu einem Konvent und gaben vor, verletzt zu sein oder sonst ein Gebrechen zu haben, um sich Zutritt zu verschaffen; manchmal kamen sie allein, manchmal in Gruppen. Die Einzelheiten wechselten von Geschichte zu Geschichte, aber in jeder verschwendeten sie keine Zeit, den wahren Zweck ihres Besuchs zu zeigen, sobald sie drinnen waren: Sie marschierten direkt zu dem Kapitelhaus, oder wo sich die Nonnen zu dieser Tageszeit sonst aufhalten mochten, und schlichen sich danach genauso schnell wieder davon.

Und deshalb verübelte ich es Burginda nicht, dass sie mich weiterhin beobachtete, aber ich tat mein Bestes, sie nicht zu beachten. Meine Gedanken kreisten allerdings nicht um eine der Nonnen hier, sondern um Oswynn und um die Träume, die ich neulich gehabt hatte. Die Art, wie ihr Gesicht vor mir verborgen gewesen war, beunruhigte mich; als ob meine Erinnerung an sie bereits verblasste.

Ich hörte Stimmen in meinem Rücken. Über die Schulter sah ich Wace, der an der Nonne vorbeizugehen versuchte, die in seinem Weg stand.

»Lasst mich durch«, sagte Wace, und sogar in diesem schwachen Licht konnte ich die Müdigkeit in seinen Augen erkennen.

Ich richtete mich auf und wandte mich zurück zur Tür. Burginda warf einen Blick auf mich, dann wieder auf Wace, bevor sie widerwillig zur Seite trat, zweifellos weil sie entschieden hatte, dass sie mit uns zweien nicht fertigwerden konnte.

»Ich dachte, du wärst am Schlafen«, sagte ich zu ihm. Ich hatte gewartet, bis er und Eudo nach oben gegangen waren, bevor ich hinausgegangen war, und nicht damit gerechnet, einen der beiden vor dem nächsten Morgen wiederzusehen.

»Ich bin heruntergekommen, um zu pinkeln«, sagte er. »Was machst du draußen?«

»Nachdenken«, sagte ich und schaute wieder auf die Hauptgebäude des Konvents und die drei dunklen Türme der Abteikirche, die wie riesige Säulen das große Gewölbe des Firmaments hochhielten. »Seit ich dreizehn war, habe ich keinen Fuß mehr in ein Kloster gesetzt. Hier zu sein ruft mir so viele Dinge aus jener Zeit wieder ins Gedächtnis.«

Wace sagte nichts.

»Ich war gerade sieben Jahre alt, als mein Onkel mich zu den Mönchen gab«, fuhr ich fort. »Er war alles, was ich nach dem Tod meines Vaters an Familie hatte.« Ob Wace sich nach so langer Zeit noch an meine Geschichte erinnerte, wusste ich nicht. Jedenfalls unterbrach er mich nicht.

»Es war vermutlich das Netteste, was er für dich tun konnte«, sagte er.

»Vermutlich«, stimmte ich zu. »Obwohl es damals nicht so aussah.«

»Nicht nach dem, was später geschehen ist, da bin ich mir sicher.«

Ich nickte. »Du kennst also den Rest.«

»Warum erwähnst du es jetzt?«

»Ich habe darüber nachgedacht, wie stark unser Leben von Ereignissen geprägt wird, auf die wir keinen Einfluss haben. Der Tod meines Vaters und alles, was darauf folgte. Was in Dunholm geschehen ist und wohin uns das jetzt gebracht hat.«

»Was ist damit?«

»Ist das alles nur Zufall?«, fragte ich, und ich konnte die Bitterkeit in meiner Stimme hören. »Oder sind all diese Dinge geschehen, weil es Gottes Wille ist?«

Er warf mir einen warnenden Blick zu. »Wir müssen glauben, dass es so ist«, sagte er. »Was hat alles andernfalls für eine Bedeutung?«

Ich fingerte an dem Kreuz herum, das um meinen Hals hing. Ich wusste, dass er recht hatte. Für alles auf dieser Erde gab es einen Zweck, der von Gott bestimmt war, so schwierig er auch manchmal zu verstehen war. Zumindest daraus sollte ich einen gewissen Trost beziehen: dem Gedanken, dass Er einen Plan für mich hatte, trotz allem, was geschehen war.

»Und Er hat mich hierhergeführt«, murmelte ich. Ich schaute wieder hoch über den Obstgarten und zum Glockenturm hin, und zögerte, weil ich unsicher war, ob ich sagen sollte, was ich vorhatte. »Ich habe lange darüber nachgedacht«, sagte ich. »Mich gefragt, wie es wäre zurückzugehen.«

»Du würdest dein Schwert einmotten?«, fragte er mit schiefem Lächeln. »Die Gelübde ablegen?«

Er klang wie Radulf vor ein paar Stunden, dachte ich. Es war ein Fehler gewesen, es zu erwähnen. »Eines Tages vielleicht«, sagte ich und versuchte, meine Verärgerung nicht durchblicken zu lassen. »Nicht in den nächsten Jahren, aber eines Tages, ja.«

Das Lächeln verschwand von seinem Gesicht. Vielleicht hatte er zunächst nicht gewusst, wie ernst ich es meinte, aber verstand es jetzt. Bei Wace fand ich es oft schwer zu sagen, was er dachte, und es geschah selten, dass er irgendjemandem, selbst denen, die ihm am nächsten standen, seine wahren Gefühle zu erkennen gab.

»Ich habe mir auch Gedanken gemacht«, sagte er nach einer Weile. Er schaute hinter sich auf Burginda, die nur ein Dutzend Schritte von uns entfernt war, und sprach leiser weiter. »Über Malet und alles, worüber wir vorhin gesprochen haben. Und ich weiß, dass er kein Verräter sein kann, egal was für eine Freundschaft ihn mit Harold Godwineson verbunden haben mag.«

»Was bringt dich zu dieser Ansicht?«, fragte ich.

»Falls er einer wäre, würde er jetzt nicht von einer englischen Armee in Eoferwic belagert werden.«

Tatsächlich hatten wir das inmitten all unserer früheren Auf-

363

regung vergessen. Natürlich ergab es für Malet keinen Sinn, in irgendeine Art Verschwörung mit Eadgyth verwickelt zu sein, wenn er selber von ihren Landsleuten in Northumbria bedroht wurde – wenn sein eigenes Leben in Gefahr war. Hatten wir versucht, Verbindungen herzustellen, wo es keine gab, sondern nur eine vollkommen normale Erklärung?

Selbst wenn das zutraf, konnte ich nichts dagegen tun, dass mir immer noch unbehaglich zumute war. Es gab so viele Dinge, die wir noch nicht verstanden.

»Hast du mit Eudo gesprochen?«, fragte ich.

»Noch nicht«, erwiderte er. »Ich frage mich, ob wir dem Kaplan Abbitte leisten sollten.«

»Vielleicht.« Nach dem, was Ælfwold gestern Nacht gesagt hatte, war mir die Vorstellung nicht besonders angenehm.

»Er ist nicht unser Feind.«

»Woher wissen wir das?«, fragte ich. Und als ich sah, dass Wace darauf keine Antwort hatte, sagte ich: »Je länger wir in seiner Gesellschaft reisen, desto weniger traue ich ihm.«

Ich dachte an jene Nacht in Lundene, auf dieser Straße neben der Kirche St. Eadmund. Damals war ich mir so sicher gewesen, dass er es war; erst später hatte ich mich selbst davon überzeugt, dass ich mich geirrt haben musste. Aber jetzt hatte ich gesehen, wie viel der Priester vor uns verbarg, und ich fragte mich, ob vielleicht auch das gelogen war, was er über jene Nacht gesagt hatte. Was hatte es zu bedeuten, wenn mein Instinkt nun richtig gewesen war? Was hatte das alles zu bedeuten?

»Wir können nur das tun, worum Malet uns gebeten hat«, sagte Wace. »Danach, nachdem wir die Engländer von Eoferwic vertrieben haben, sind alle Verpflichtungen, die wir ihm gegenüber haben, abgegolten. Wir werden frei sein zu tun, was wir wollen, und was Malet dann tut, ist seine Sache, nicht unsere.«

»*Falls* wir sie aus Eoferwic vertreiben«, murmelte ich. Ich schloss die Augen. Mein Kopf war voller Möglichkeiten und unvollendeter Gedanken. Noch nie war ich mir meines Lebens so völlig unsicher gewesen: nicht nur, was die Sache mit Ælfwold und Malet betraf, sondern auch, was ich hier machte und wohin ich unterwegs war.

Manchmal dachte ich, wenn ich mich nur selber aus diesem Traum aufwecken könnte, dann fände ich mich wieder in Northumbria mit Oswynn und Lord Robert und all den anderen, und alles wäre wieder genauso wie zuvor. Ich kam mir vor wie ein Schiff, das auf dem offenen Meer trieb, den Launen der Strömung und des Windes ausgesetzt, das jeden Sturm abritt, und trotzdem klammerte ich mich an die Hoffnung, bald einen sicheren Hafen zu finden. Eine Hoffnung, die mit jedem Tag schwächer zu werden schien.

»Warten wir ab, was geschieht, wenn Eadgyth eintrifft«, sagte ich. »Dann werden wir wissen, was zu tun ist.«

Wace legte mir kurz eine Hand auf die Schulter, bevor er um die Ecke des Hauses verschwand.

Ich stand dort noch einen Moment länger und schaute hinüber zum Dormitorium und den dünnen Rauchfäden, die aus seinem Schornstein zu den Sternen stiegen. Bald wurde die Stille allerdings durch das Läuten der Glocken unterbrochen, diesmal zur Matutin, wie mir klar wurde. Ich hatte nicht gewusst, dass es schon so spät war.

Ich ging wieder hinein, zurück auf mein Zimmer. Kurz darauf hörte ich Schritte auf der Treppe und auf dem Flur vor meiner Tür: Wace ging auf sein Zimmer, dachte ich. Das Knarren von Türangeln folgte, und dann war alles still. Ich schüttelte meinen Umhang ab und legte mich auf das Bett. Die Strohmatratze war hart und bot wenig Bequemlichkeit, egal, wie ich mich drehte und wendete, und nach mehreren Versuchen gab ich es schließlich auf und setzte mich hin.

In der Dunkelheit legte ich den Kopf in die Hände, während ich mir alles noch mal durch den Kopf gehen ließ. Mitten in all der Ungewissheit wurde eine Sache allmählich immer klarer: Ich konnte nicht weitermachen, ohne die Wahrheit zu kennen. In erster Linie erlaubte mir mein Gewissen nicht, einem Mann zu dienen, der ein Verräter seines Königs und seines Volkes war. Falls es eine Verschwörung zwischen Malet und Harolds Witwe gab, musste ich es wissen. Trotz meiner Worte Wace gegenüber war ich mir im Klaren darüber, dass es keine Garantie dafür gab, nach ihrem Eintreffen irgendwelche Antworten zu bekommen.

Und plötzlich wusste ich, was ich zu tun hatte.

Die Glocken hatten vor einiger Zeit aufgehört zu schlagen; falls jemand im Haus von ihnen geweckt worden war, würde er sicherlich inzwischen wieder eingeschlafen sein. Ich stand auf, ging zur Tür und öffnete sie nur so weit, dass ich bis zum Treppenabsatz sehen konnte. Ein schwaches orangefarbenes Leuchten vom Kaminfeuer aus dem Saal im Erdgeschoss spielte auf den Stufen.

Einen Moment lang fragte ich mich wieder: Wenn wir uns nun irrten? Doch es gab keine andere Möglichkeit. Wir mussten die Wahrheit herausfinden.

Der Flur verlief fast über die ganze Länge des ersten Stockwerks. Am anderen Ende, am weitesten von der Treppe entfernt, lag das Zimmer, in dem Ælfwold schlief. Barfuß schlüpfte ich aus der Tür und schloss sie leise hinter mir; ich wollte auf keinen Fall irgendjemanden wecken. Es gab wenig Wind in der Nacht oder sonst etwas, was dazu beitragen konnte, meine Bewegungen zu übertönen. Das einzige Geräusch, das ich hörte, war das Rascheln der Mäuse im Dachstroh.

Ich ging so leise atmend über den Flur, wie ich konnte, und hielt mich nahe an der rechten Seite: der Außenwand des Hauses, wo die Bodendielen wahrscheinlich am wenigsten knarrten. Von weiter vorn konnte ich Schnarchen hören und sah, dass die Tür des Zimmers von einem der anderen Ritter offen stand. Es war Philippe, dessen schlaksige Gestalt ausgestreckt auf der

Matratze lag. Ein kupferner Kerzenhalter stand auf dem Boden, das Wachs war fast heruntergebrannt. Er rührte sich und murmelte etwas vor sich hin, allerdings keine Worte, die einen Sinn ergaben. Ich erstarrte, weil ich dachte, er hätte mich vielleicht gehört, aber glücklicherweise wurde er nicht wach.

Der nächste Raum war der des Kaplans. Dies war wohl das größte Gästezimmer mit einem Fenster nach Süden, das normalerweise den Besuchern höchsten Ranges vorbehalten war. Unsere waren im Vergleich eher Dienstbotenquartiere. Denn wir waren ja nur Ritter, dachte ich grimmig. Nicht mehr als Diener.

Die Tür war massiv gebaut, mit einem großen Schloss und einer Klinke aus Eisen. Ich legte ein Ohr gegen das Holz und hörte auf zu atmen, während ich festzustellen versuchte, ob sich drinnen etwas bewegte, aber alles war still. Ich ergriff die Klinke und hoffte, dass die Tür nicht abgeschlossen war. Das Metall fühlte sich kalt an meiner Handfläche an, die feucht vom Schweiß war, wie ich jetzt merkte. Ich biss die Zähne zusammen und drückte, zuerst sanft, dann mit etwas mehr Kraft dahinter, bis ich spürte, dass sie sich allmählich öffnete ...

Ich hielt inne, mein Herz schlug schnell, während ich auf ein Geräusch wartete, auch wenn ich nicht wusste auf welches. Vielleicht Schritte oder die Stimme des Kaplans? Ich hörte nichts, nur Stille.

Es war ein winziger Spalt zwischen Tür und Rahmen, und ich lugte hinein, in die Dunkelheit. Keine Kerze oder Laterne war angezündet, und es dauerte eine gewisse Zeit, bis ich irgendwelche Formen ausmachen konnte, aber dann sah ich die Fenster auf der anderen Seite, wo das Mondlicht durch die Läden gefiltert wurde, und den Wandbehang. Und Ælfwold selber, der in eine Wolldecke gehüllt auf dem großen Bett lag und dessen Bauch sich in einem stetigen Rhythmus hob und senkte.

Ich drückte wieder gegen die Tür, die ein wenig Widerstand

auf dem Holzboden überwinden musste, weshalb ich sie nur sehr langsam bewegen konnte und die ganze Zeit fürchtete, dass einer der anderen auftauchte und sich wunderte, was ich da machte.

Schließlich war die Lücke so groß, dass ich mich seitlich hindurchquetschen konnte, wobei ich den Rücken gegen den Rahmen presste und den Kopf einzog, weil die Türöffnung für viel kleinere Männer als mich gebaut worden war.

Dann war ich endlich drinnen. Der Kaplan war immer noch nicht wach und gab auch kein Geräusch von sich. Ich schloss die Tür hinter mir; ich wollte nicht, dass irgendjemand sie aufstehen sah und dachte, etwas sei womöglich nicht in Ordnung.

Ich schaute mich um und ließ den ganzen Raum auf mich wirken. Das Bett nahm einen großen Teil davon ein: Es war sechs Fuß breit und fast genauso lang, ein Bett für Lords mit Pfosten aus einem dunklen Holz, die kunstvoll in Pflanzenformen – Blätter, Stängel und Blüten – geschnitzt waren. In einer Ecke des Raums befand sich ein kleiner Kamin, dessen Rost mit grauer Asche bedeckt war. Eine zweite Tür führte aus dem Zimmer, vermutlich in eine private Garderobe. Unter den Fenstern auf der Südseite stand ein Schreibtisch, und darauf sah ich liegen, weshalb ich gekommen war.

Es sah genau so aus, wie ich es in Erinnerung hatte: die gleiche Größe, die gleichen rauen Kanten und mit dem gleichen Lederriemen zusammengebunden. Leise ging ich durchs Zimmer, an der Satteltasche des Kaplans vorbei, die er am Fuß des Betts abgelegt hatte, und schaute mich um, weil ich mich vergewissern wollte, dass ich sie nicht mit einer anderen Schriftrolle verwechselte, die er vielleicht bei sich trug. Ich konnte keine sehen. Eine einzelne weiße Gänsefeder ragte neben einer kleinen mit Tinte gefüllten Schale aus einem Holzständer. Sonst war nichts auf dem Schreibtisch. Das musste es sein.

Ich hörte ein leises Grunzen und warf einen Blick über die

Schulter. Der Priester drehte sich unter seiner Decke. Einen Moment lang dachte ich, er wolle die Augen öffnen, aber das tat er nicht; er legte sich mit dem Gesicht in die entgegengesetzte Richtung, zur Tür hin.

Mein Herzschlag schien in meinem ganzen Körper widerzuhallen; ich konnte ihn in den Händen, den Füßen, den Ohren pochen fühlen. Wann hatte ich das letzte Mal etwas so Waghalsiges unternommen? Aber ich würde nicht gehen, bevor ich hatte, weshalb ich gekommen war.

Ich hob das Pergament, hielt seine Enden zwischen den Händen, und stellte fest, wie leicht und trocken es sich anfühlte.

Ich schluckte. Und jetzt? Weiter hatte ich nicht geplant. Sollte ich die Rolle an mich nehmen und später zurückbringen, oder sollte ich das Pergament jetzt lesen? Es gab hier genug Licht – wenigstens solange der Mond nicht hinter einer anderen Wolke verschwand –, aber je länger ich blieb, desto größer war das Risiko. Nahm ich sie mit, musste ich sicher sein, dass ich sie zurückbringen konnte, ohne dass der Kaplan es bemerkte. Was bedeutete, dass ich dies alles noch einmal machen musste.

Ich warf noch einen Blick auf den Kaplan, aber er schien einen festen Schlaf zu haben. Langsam atmend begann ich den Lederriemen aufzubinden. Er war mit einem einfachen Knoten befestigt, und sobald ich einen Strang gelockert hatte, ließ er sich leicht lösen. Dann begann ich das Pergament langsam aufzurollen.

Und spürte einen Stich der Enttäuschung im Magen. Denn wo ich Zeile nach Zeile zierlich geschriebener schwarzer Buchstaben erwartet hatte, war nichts. Am Fuß der Seite war Malets Siegel in rotem Wachs – die Initiale »M« mit Ranken, die sich an ihren Beinen hoch- und um sie herumwanden –, aber darüber: nichts.

Vielleicht hatte der Kaplan die Rolle mit einer anderen vertauscht – aber warum hätte er das tun sollen? Oder die, hinter der ich her war, lag irgendwo anders in diesem Zimmer. Aber sie sah ganz genauso aus; sie musste es einfach sein.

Ich kniff die Augen zusammen und hielt das Blatt in die schwachen Streifen des Mondlichts, die durch die Fensterläden einfielen, und als ich genauer hinsah, durch fuhr mich ein Schauer der Erregung. Ich sah zwei einfache Wörter von einer unsicheren Hand auf Lateinisch geschrieben, wie ich annahm, von Malet selber, denn kein Schreiber hätte auf diese Leistung stolz sein können.

»Tutus est.«

Mehr stand da nicht. Ich las es noch einmal, um mich zu vergewissern, dass ich alles verstanden hatte, wobei ich das Blatt sogar umdrehte, um nachzusehen, ob nichts auf der Rückseite stand, was ich übersehen hatte. Nichts. Diese beiden Wörter waren alles, was da war.

Tutus est. Es ist sicher. Aber was bedeutete das? Vielleicht meinte er Eoferwic, aber warum nannte er die Stadt nicht beim Namen, und wie konnte er überhaupt so überzeugt sein, dass sie sicher war?

Der Priester seufzte tief, als er sich wieder herumdrehte und mich aufschreckte. Sein Gesicht war gegen die Matratze gedrückt, seine grauen Haare hingen ihm schlaff über den Augen. Er lag verkrümmt wie ein Buckliger da, während er ein paar Wörter auf Englisch brummte, seine Stirn in Falten, als wäre er äußerst konzentriert. Dann beruhigte er sich wieder, und sein Atem ging so langsam und gleichmäßig wie zuvor.

Ich blieb so still, wie ich konnte, und beobachtete ihn, bis ich überzeugt war, dass er tatsächlich schlief. Aber ich hatte nichts davon, wenn ich noch länger hierblieb. Ich hatte, was ich wollte, auch wenn ich es noch nicht verstand.

Ich rollte das Pergament wieder zusammen und verschnürte es möglichst auf die gleiche Weise wie zuvor. Dann legte ich sie dorthin zurück, wo ich sie gefunden hatte. Eine Eule begann draußen zu heulen, und das nahm ich als mein Zeichen zum Aufbruch. Ich erinnerte mich daran, dass Ælfwolds Satteltasche auf dem Boden lag, und ging vorsichtig um sie herum.

An der Tür blieb ich stehen, um nachzuschauen, ob ich nichts liegen gelassen hatte, was später verraten könnte, dass ich hier gewesen war. Dann zog ich sie leise hinter mir zu und ging zurück über den Flur in mein Zimmer.

Siebenundzwanzig

-◄◦►-

Ich erwachte spät am nächsten Morgen – tatsächlich später, als ich es seit langer Zeit getan hatte, denn als ich die Fensterläden öffnete, sah ich, dass die Sonne bereits hoch am Himmel stand. Ich zog mir so schnell ich konnte die Tunika über das Hemd, bevor ich in meine Brouche stieg, und ging hinunter in den Saal.

Die anderen saßen am Tisch und begrüßten mich, als ich mich zu ihnen gesellte. Man hatte uns mehr Dinge zum Essen gebracht: kleine Brotlaibe und Käse und dazu gesalzene und getrocknete Aale, vielleicht von den Nonnen selber im Fluss gefangen. Es war eine großzügige Verpflegung für Gäste, besonders weil sie selber während dieser Wintermonate erst nach der Mittagsandacht wieder etwas zu essen bekommen würden.

Ich wollte mich gerade zum Essen hinsetzen, als ich bemerkte, dass der Priester nicht da war.

»Wo ist Ælfwold?«, fragte ich und schaute in die Runde, um mich zu vergewissern, dass ich ihn nicht übersehen hatte. Falls er nicht noch im Bett lag, was aber zu dieser Stunde unwahrscheinlich war.

»Er ist losgezogen, um mit Eadgyth zu sprechen«, sagte Wace. »Sie ist anscheinend heute Morgen aus Wincestre zurückgekommen. Eine der Nonnen ist gekommen, um ihn zu holen.«

Dann war sie endlich hier, die Frau, wegen der wir diesen ganzen Weg zurückgelegt hatten. »Wann war das?«

Wace zuckte mit den Achseln und schaute die anderen an. »Das ist noch nicht lange her«, sagte er. »Kurze Zeit später hörten wir dich aufstehen. Wir dachten, du hättest ihn vielleicht gehört.«

»Und ihr habt nicht daran gedacht, mit ihm zu gehen?« Nach allem, was wir in der Nacht zuvor besprochen hatten, hatte ich damit gerechnet, dass sie ihn besser im Auge behalten würden, und besonders, wenn er sich mit Eadgyth traf. *Tutus est*, erinnerte ich mich – was immer das bedeuten sollte. Nur sie und Malet würden es wissen.

»Er hat gesagt, er wollte mit ihr allein sprechen«, meldete Eudo sich zu Wort. »Er wollte keinem von uns erlauben, mit ihm zu kommen.«

»Wo ist er hingegangen?« Wenigstens war er gerade erst aufgebrochen.

Eudo und Wace schüttelten den Kopf, und ich fluchte innerlich. Sie hätten mich früher wecken sollen; ich hätte irgendwie dafür gesorgt, dass der Priester nicht allein geblieben wäre. Aber dann bemerkte ich, dass Philippe seinen beiden Kameraden unsichere Blicke zuwarf.

»Ihr wisst es, nicht wahr?«, fragte ich sie und dachte gleichzeitig darüber nach, was sie mir möglicherweise sonst noch an Informationen vorenthalten hatten. »Wohin ist er gegangen?«

Sie wechselten Blicke, als wüssten sie nicht recht, ob sie es mir sagen sollten oder nicht, aber Philippe musste gesehen haben, dass ich mich nicht davon abbringen lassen würde, denn er ergriff das Wort.

»Sie sind in Eadgyths Privatgemach gegangen«, sagte er.

»Und wo ist das?«

»Im oberen Stockwerk des Dormitoriums …«, begann er, aber falls er noch mehr sagte, hörte ich es nicht, weil mir die Erkenntnis dämmerte. Die drei waren schon einmal hier gewesen. Sie mussten es die ganze Zeit gewusst haben: das mit Eadgyth und wer sie war, wer sie gewesen war. Ich kam mir plötzlich wie ein Narr vor. Warum hatte ich das nicht bemerkt?

»Es ist nicht das erste Mal, dass Malet euch hierherschickt, nicht wahr?«, sagte ich. »Wann wolltet ihr mir das sagen?«

»Wir haben es nicht für wichtig gehalten«, sagte Radulf mürrisch. Ich starrte ihn an. Seit unserer ersten Begegnung hatte er meine Geduld strapaziert, und ich gestehe, dass ich in diesem Moment sogar noch weniger als sonst für ihn übrighatte.

Ich schritt auf ihn zu; er erhob sich von seinem Schemel, um mir gegenüberzutreten, aber bevor er die Hände zu seiner Verteidigung erheben konnte, hatte ich ihn am Kragen seiner Tunika gepackt. Ich hörte Philippe und Godefroi lautstarken Protest erheben, hörte das Klappern von Holz auf Stein, als sie von ihren Schemeln aufsprangen, aber ich achtete nicht auf sie.

»Was wisst Ihr davon, was der Priester mit Eadgyth zu schaffen hat?«, wollte ich von ihm wissen.

Radulf war weiß im Gesicht; damit hatte er zweifellos nicht gerechnet. Mir dagegen war das Blut in den Kopf gestiegen. Vor mir stand ein ausgebildeter Krieger, ein Mann des Schwerts, ein Ritter der Normandie, und er hatte Angst.

»Sag es mir!«, schrie ich, dass Speicheltröpfchen durch die Luft flogen und seine Wange trafen.

Aber Radulf war eindeutig zu erschrocken, um zu sprechen, denn es kamen keine Worte aus ihm raus, und bevor ich mich wiederholen konnte, fühlte ich Hände auf meinen Schultern, die mich von ihm wegzerrten. Verzweifelt versuchte ich mich zu wehren, mit den Armen um mich zu schlagen; alles, was ich in diesem Moment wollte, war, ihn zu schlagen, ihn für seine Lügen zu bestrafen, aber es hatte keinen Zweck, denn sie hatten mich fest im Griff.

»Tancred!«, rief mir jemand ins Ohr, und ich erkannte die Stimme wieder: Sie gehörte Wace. »Tancred!«

Meine Wut begann nachzulassen, und ich merkte, wie schwer ich atmete, als ich wieder zur Vernunft kam. Ich schüttelte meine Schultern und spürte, wie die Hände sie freigaben. Die anderen starrten mich alle an, wie mir klar wurde, und wahrten einen gewissen Abstand. Keiner von ihnen sprach. Die Nonne Burginda war von ihrem Stuhl aufgestanden, aber sie wusste auch nicht, was sie tun sollte, denn sie stand da wie festgewurzelt. Es herrschte Schweigen.

Ich spürte das Gewicht ihrer Blicke auf mir lasten. Es war zu viel; ich konnte es nicht länger ertragen, auf diese Weise umzingelt in diesem Zimmer zu sein. Ich drehte mich um und ging zur Tür.

»Wohin gehst du?«, fragte Wace.

»Ælfwold suchen«, antwortete ich und schaute weder zurück noch machte ich mir die Mühe, die Tür beim Hinausgehen hinter mir zu schließen.

Es musste in der Nacht oder am frühen Morgen noch geregnet haben, denn alles lag glänzend und glitzernd in der Sonne. Das Gras war nass und der Boden unter meinen Schuhen weich. Der Geruch feuchter Erde umgab mich auf allen Seiten, und wäre der Wind nicht so durchdringend gewesen, hätte ich vielleicht gedacht, der Frühling stände unmittelbar bevor.

Dies war das erste Mal, dass ich das Kloster bei Tageslicht sah, und aus irgendeinem Grund wirkte es kleiner als bei unserer Ankunft. Die Außenanlagen schienen beengter zu sein, die Wände bedrückender. Alles war näher, als es zunächst ausgesehen hatte; tatsächlich war das Gästehaus kaum fünfzig Schritte von dem Kreuzgang entfernt.

Ich durchquerte den Obstgarten, zwischen reihenweise in exakten Abständen gesetzten blattlosen Bäumen hindurch, deren Zweige sich kaum berührten. Dahinter lag das Dormitorium der Nonnen, wo ich Eadgyths Gemächer finden würde. Dass irgendeine Nonne außer der Äbtissin ihre eigene Unterkunft haben sollte, war unerhört, wenigstens meines Wissens, aber vielleicht war es nicht ungewöhnlich für eine Frau ihres Stands, eine Frau, die schließlich mit einem König verheira-

375

tet gewesen war, selbst wenn es ein falscher König wie Harold war.

Ich hörte Eudos Stimme hinter mir rufen: »Tancred!«

Ich antwortete nicht, sondern marschierte weiter, bis ich Schritte hörte, und als ich mich umblickte, sah ich ihn hinter mir herlaufen. In seinem Schlepptau folgte eiligen Schrittes die Nonne, die ihre Röcke unbeholfen hochhob. Ich wusste, dass ich nirgendwo auf dem Klostergelände ohne Begleitung herumlaufen durfte, aber in diesem Moment war es mir gleichgültig. Es kam nur darauf an, den Priester zu finden.

Eudo tauchte neben mir auf. »Ælfwold wird nicht glücklich sein«, sagte er.

»Er ist sowieso nicht glücklich mit mir«, erwiderte ich. »Wenn er die Wahl hätte, würde er mich vermutlich so schnell wie möglich loswerden. Aber wir müssen Bescheid wissen.«

»Ich dachte, wir sollten warten …«

»… bis Eadgyth ankommt«, beendete ich den Satz für ihn. »Und jetzt ist sie hier.«

Inzwischen hatten wir den Kreuzgang erreicht, der um drei Seiten des Innenhofs zwischen der Kirche, dem Dormitorium und dem Gebäude verlief, das ich wegen des Geruchs nach frischem Brot für das Refektorium hielt. Vor uns gingen zwei Nonnen und unterhielten sich miteinander. Sie schauten über ihre Schultern, während wir uns näherten. Beide waren ziemlich jung –höchstwahrscheinlich Novizinnen –, hatten rundliche Gesichter und Gestalten, und unter ihren Schleiern kamen braune Haarsträhnen zum Vorschein. Sie waren sich tatsächlich so ähnlich, dass sie Schwestern sein konnten, vielleicht sogar Zwillinge. Sie scheuten zurück, als wir näher kamen, und ließen uns vorbei.

»Was willst du tun, wenn du ihn gefunden hast?«, fragte Eudo.

»Ich bin mir nicht sicher.« Ich blieb stehen und beugte mich zu ihm. »Ich habe Malets Brief gesehen«, sagte ich mit gesenkter Stimme.

»Was?«, fragte Eudo. »Wann?«

»Letzte Nacht«, erwiderte ich. »Während er schlief, bin ich in sein Zimmer gegangen und hab ihn gelesen.«

»Du …«, begann er, aber er sprach nicht weiter. Zweifellos hatte er mir Vorwürfe machen wollen, weil ich es alleine gemacht hatte, nur hatte er mir die Idee ja erst in den Kopf gesetzt. »Was stand darin?«

Ich vergewisserte mich, dass uns niemand zuhörte. »Nichts was für mich einen Sinn ergab. Nur zwei Wörter auf Latein. *Tutus est.* ›Es ist sicher.‹«

»Was bedeutet das?«

»Ich weiß es nicht«, sagte ich. »Aber Eadgyth wird es wissen.«

Die Tür zum Dormitorium stand offen. Drinnen ging ein kurzer Flur in einen größeren Raum mit gewölbter Decke und verputzten Wänden über. Auf einer Seite führte eine schmale Steintreppe nach oben. Ich schaute nach, ob die beiden Novizinnen noch zu sehen waren, aber sie waren weitergegangen, und es schienen auch keine anderen Nonnen in der Nähe zu sein. Um diese Zeit des Vormittags waren sie wahrscheinlich draußen auf den Feldern und kümmerten sich um die Tiere oder arbeiteten im Kräutergarten, falls sie einen hatten.

»Hier entlang«, sagte ich zu Eudo und ging auf die Treppe zu. Obwohl das Geräusch meiner Schritte von dem Mauerwerk widerhallte, konnte ich Stimmen ausmachen, die zwar lauter als normal, aber gleichwohl undeutlich waren.

Ich begann die Treppe hochzugehen, Eudo folgte kurz hinter mir. Die Stimmen nahmen an Lautstärke zu, je höher wir kamen. Es waren zwei: eine gehörte eindeutig dem Kaplan, denn ich erkannte seinen barschen Tonfall, auch wenn ich seine Worte nicht verstehen konnte; die andere war die einer Frau. Sie klang aufgeregt, sogar bekümmert. Und da merkte ich, dass ihre Stimmen mehr als nur etwas lauter waren. Sie schrien sich an.

Ich wechselte einen Blick mit Eudo, und wir liefen die Treppe hoch und kamen in einen großen Raum mit niedrigen Dachbalken und einem schrägen Dach. In seiner Mitte stand ein langer Eichentisch, und auf dem Boden lagen prächtig bestickte Teppiche in vielen Farben. Ein privates Esszimmer, vermutete ich, oder ein Raum zum Empfang und zur Bewirtung von Gästen.

Am anderen Ende gab es eine Tür, und die Stimmen kamen aus dem Zimmer hinter der Tür. Die Holzdielen knarrten leise, als wir um den Tisch herumgingen, und ich hoffte, dass wir nicht zu viel Lärm machten, obwohl ich bei ihrem Geschrei bezweifelte, dass sie uns hören konnten. Ich ließ Eudo vorgehen – er war derjenige, der verstehen konnte, was sie sagten –, und er näherte sich langsam der Tür, wobei wir beide darauf achteten, auf die Teppiche zu treten, damit das Geräusch unserer Schritte gedämpft wurde. Er legte sein Ohr an die Tür, obwohl das kaum nötig war. Selbst von dort, wo ich stand, konnte ich einzelne Wörter ausmachen, auch wenn ich nicht verstand, was sie bedeuteten.

»Eadgyth …«, hörte ich den Kaplan in einer, wie es schien, besänftigenden Stimme sagen. Er wurde unterbrochen.

»*He is min wer!*«, sagte Eadgyth.

»Er ist mein Mann««, flüsterte Eudo und runzelte die Stirn.

»Was?«, sagte ich zu laut, und er winkte mir zu, ich solle leiser sein. Das hatte ich nicht erwartet. *Er ist mein Mann.* Eadgyths Mann war Harold gewesen, aber was hatte der Usurpator hiermit zu tun?

»*Hit is ma thonne twegra geara fæce*«, rief sie. »*For hwon wære he swa langsum?*«

»Zwei Jahre«, murmelte Eudo. »Etwas darüber, dass es mehr als zwei Jahre her ist. Mit dem Rest bin ich mir nicht sicher.«

Die Invasion war mehr als zwei Jahre her, dachte ich. Meinte sie das?

»*Thu bist nithing*«, schrie sie, und es schien, als könne man im Hintergrund Ælfwold protestieren hören. »*Thu and thin hlaford.*«

Nithing. Wenigstens das Wort kam mir vertraut vor. Hatte der Priester es nicht selber vor nicht langer Zeit auf uns angewendet?

»Was sagt sie jetzt?«, fragte ich Eudo.

Er schüttelte den Kopf, als er sich von der Tür zurückzog. Ich hörte Schritte auf der anderen Seite. »Schnell«, zischte er, »gehen wir.«

Ich drehte um und ging zur Treppe, dachte aber nicht an den Tisch hinter mir. Ich prallte dagegen, und er rutschte ein Stück über den Holzboden. Ich stolperte vorwärts und fluchte über meine Dummheit. Bevor ich wieder gerade stand, flog die Tür auf.

Ælfwold stand da. »Tancred«, sagte er. »Eudo.« Er sah einen Moment verwirrt aus, bevor ein zorniger Ausdruck auf sein Gesicht trat. »Ich habe Euch gesagt, dass Ihr im Gästehaus bleiben sollt.«

Ich schenkte ihm jedoch wenig Beachtung, denn hinter ihm stand die Witwe des Eidbrechers persönlich: eine Frau in mittleren Jahren, auch wenn sie dafür nicht unattraktiv aussah. Sie hatte eine zierliche Figur, einen milchweißen Teint und den langen, eleganten Hals eines Schwans. Es war nicht schwer zu verstehen, was selbst so jemand wie Harold Godwineson in ihr gesehen haben mochte. Aber ihre Augen standen voller Tränen, ihre Wangen waren nass und glänzten im Kerzenlicht, und ich verspürte unwillkürlich Mitleid mit ihr. Was hatte der Priester gesagt, das sie so traurig machte?

Dann sah ich, dass sie ein Blatt Pergament an die Brust presste, das sich an den Kanten einrollte, als wolle es die Erinnerung an die Schriftrolle festhalten, die es mal gewesen war. Dieselbe

Schriftrolle, die ich in der vergangenen Nacht im Zimmer des Priesters gefunden und gelesen hatte. Das musste sie sein. War sie die Ursache von Eadgyths Kummer?

»Warum seid Ihr hier?«, wollte Ælfwold wissen. »Habt Ihr gelauscht?«

Ich zögerte, weil ich mir einen Grund auszudenken versuchte, den ich angeben konnte, aber mir fiel keiner ein. Das Schweigen nahm zu, und ich hatte das Gefühl, etwas sagen zu müssen, irgendetwas, nur um es zu brechen, als besorgte Rufe vom Erdgeschoss zu uns drangen. Ich schaute die Treppe hinunter und sah in die alten Augen der Nonne Burginda. Sie zeigte zu uns hoch, und neben ihr stand Cynehild, die Äbtissin, die ihren Blick unnachgiebig auf uns gerichtet hatte.

»Ihr«, rief sie zu uns hoch. Sie hob die Röcke ihrer Ordenstracht an und kam die Treppe hoch, sodass der Saum so eben den Stein berührte. Burginda folgte ihr auf dem Fuß. »Ihr dürft nicht hier drinnen sein. Diese Gemächer sind nur für die Schwestern des Klosters bestimmt.«

»Mylady …«, begann ich zu protestieren, obwohl ich in Wahrheit nicht wusste, wie ich fortfahren sollte. Denn ich konnte ihr ja kaum sagen, warum wir wirklich hier waren, und was hätte ich dadurch erreicht?

Sie kam oben an und ließ ihren Blick durch den Raum schweifen. »Ælfwold«, sagte sie, »Ihr wisst, dass Männer das Dormitorium der Nonnen nicht betreten dürfen.« Sie sprach immer noch Französisch, zweifellos deshalb, damit wir verstehen konnten, was sie zu sagen hatte.

»Ich habe ihnen gesagt, dass sie nicht mit mir kommen sollen«, erwiderte er wütend und funkelte mich an. »Ich weiß nicht, was sie hier machen.«

Eine Reihe anderer Nonnen versammelte sich allmählich am Fuß der Treppe, und unter ihnen erblickte ich auch die beiden Schwestern, die wir im Kreuzgang überholt hatten.

»Ich meine nicht nur sie«, sagte die Äbtissin, und sie spuckte die Wörter beinahe aus. »Ihr dürft auch nicht hier sein. Das hier ist kein Haus für irgendeinen Mann, nicht einmal einen Priester.«

Sie ging an mir und Eudo vorbei auf Eadgyth zu, deren Gesicht mit Tränen überströmt war, dann schaute sie uns wieder an und legte einen Arm um die Schultern der Lady.

»Ihr wagt es, die Nonnen unter meiner Obhut aus der Fassung zu bringen«, sagte sie mit erhobener Stimme. Sie sprach jetzt zu uns allen, und ihre Augen, die funkelten, als stünden sie in Flammen, kamen erst auf dem Kaplan, dann auf Eudo und schließlich auf mir zur Ruhe. »Ihr wagt es, hierherzukommen und die Ordnung dieses Hauses zu stören.«

»*Min hlæfdige* …«, begann Ælfwold sanfter, fast flehend, dachte ich.

Die Äbtissin ließ sich nicht beschwichtigen. »Die Ordnung in diesem Haus wird wiederhergestellt.« Sie sprach lauter als der Kaplan und brachte ihn zum Schweigen. »Solange Ihr hier seid, werdet Ihr diese Ordnung respektieren.«

Ich beugte den Kopf. Niemand sagte ein Wort: weder ich, noch Eudo oder der Kaplan noch die Nonnen, die unten vor dem Dormitorium versammelt waren.

»Also«, sagte die Äbtissin. »Kehrt in das Gästehaus zurück, während ich entscheide, was zu tun ist, und schätzt Euch glücklich, dass ich Euch hier nicht unverzüglich vor die Tür setze.«

Der Priester verbeugte sich tief vor Eadgyth. Sie wurde rot im Gesicht, und ich dachte, sie würde vielleicht wieder anfangen zu weinen, aber das tat sie nicht. Stattdessen zerknüllte sie das Blatt Pergament in ihrer Hand und warf es dem Priester mit trotzigem Blick vor die Füße.

»Geht«, sagte die Äbtissin.

Der Tag war nicht warm, aber plötzlich kam es mir in dem Raum stickig vor.

»Ich bitte um Verzeihung, Mylady«, sagte ich zu der Äbtissin, als ich ging. Aber ich wagte weder, ihr noch einmal in diese feurigen Augen zu schauen, noch den Zorn Gottes wahrzunehmen, der in ihnen lag.

Achtundzwanzig

Den ganzen restlichen Tag redete der Priester nicht mit uns. Gegen Abend kam eine der Nonnen mit der Nachricht, dass die Äbtissin mit ihm zu sprechen wünsche. Ich fragte mich, worüber sie sich unterhielten, denn er war einige Zeit verschwunden, und es war dunkel, als er schließlich wieder zurückkehrte.

Während er weg war, sprach ich mit Malets Männern, um festzustellen, was sie sonst noch wussten, und das war sehr wenig, wie sich herausstellte. Wie ich vermutet hatte, war dies nicht das erste Mal, dass Malet sie hierhergeschickt hatte, und der Name Eadgyth war ihnen auch nicht unbekannt. Andererseits wussten sie anscheinend bis jetzt nicht, wer sie war – dass es sich bei dieser Frau um dieselbe Eadgyth handelte, die mit dem Usurpator verheiratet gewesen war –, und deshalb war wenigstens das für sie eine Überraschung. Aber ich vertraute ihnen immer noch nicht ganz; den Gedanken, dass sie uns Dinge verheimlicht hatten, fand ich mehr als ein bisschen beunruhigend.

Wir saßen alle sechs an dem langen Tisch, als der Priester zurückkam und kalte Luft mit sich hereinbrachte. Sie ließ die Flammen im Kamin tanzen und raschelte in den Binsen auf dem Boden.

»Wir werden morgen früh aufbrechen«, verkündete er auf dem Weg zur Treppe.

»Morgen?«, fragte ich. Es kam mir so vor, als wären wir gerade erst angekommen, obwohl es für uns vermutlich keinen

383

Grund mehr gab, länger hierzubleiben, nachdem wir erledigt hatten, weshalb wir gekommen waren.

Er wartete einen Moment und schaute mich mit müden Augen an. »Unser Auftrag hier ist erledigt«, sagte er. »Wir brechen auf Wunsch der Äbtissin Cynehild bei Tagesanbruch nach Lundene auf. Sie hat uns einen Aufschub gewährt und erlaubt, diese Nacht zu bleiben, aber nicht länger. Sorgt dafür, dass Ihr beim Schlag der Prim bereit zum Aufbruch seid.«

Er setzte seinen Weg die Treppe hoch fort; ich schaute ihm hinterher. Dann hatte die Äbtissin doch beschlossen, dass wir gehen sollten. Das überraschte mich nicht, denn wir hatten gegen die Klosterregeln verstoßen, und obwohl ich nicht stolz darauf war, fühlte ich mich zur gleichen Zeit nicht sonderlich beschämt. Wir hatten nur getan, was wir tun mussten, auch wenn ich immer noch nicht sicher war, was wir erfahren hatten. Nichts von dem, was Eudo und ich gehört hatten, schien von großer Bedeutung zu sein. Das hieß, abgesehen davon, dass Eadgyth ihren Ehemann Harold erwähnt hatte. Und worüber hatten der Priester und sie sich gestritten?

Wir anderen gingen nicht lange danach auch in unsere Zimmer. Ich lag eine Weile auf meinem Bett und lauschte den Rufen der Käuzchen im Obstgarten. Es musste eine Möglichkeit geben, den Grund ihres Streits herauszufinden. An die verzweifelte Eadgyth konnte ich mich kaum wenden, denn sie würde nur Alarm schlagen. Und ich brachte es nicht über mich, einer Nonne Informationen abzupressen.

Irgendwann musste ich eingeschlafen sein, denn als Nächstes wurde mir bewusst, dass der Mond durch meine Fensterläden schien und ein schwaches Licht auf die Wand warf. Ich blinzelte und versuchte herauszukriegen, was mich geweckt hatte. Ich lag still und machte flache Atemzüge.

Schritte, leicht und schnell. Sie kamen von unten aus dem Saal. Ich fragte mich kurz, ob es Ælfwold oder einer der anderen Ritter sein konnte, aber mittlerweile hatte ich mich an die Geräusche ihrer Bewegungen gewöhnt, und ich glaubte nicht, dass es einer von ihnen war.

Ich setzte mich auf, plötzlich alarmiert. Ich war noch angezogen. Gestern Nacht hatte ich erfahren, wie kalt es in diesem Haus werden konnte, besonders wenn ein Luftzug hindurchfuhr. Der Wind war heute Nacht nicht mehr so böig, aber es war trotzdem nicht warm unter den Decken. Ich warf sie ab und stand auf, hob meine Messerscheide vom Boden auf und schnallte sie mir an den Gürtel. Dann ging ich barfuß hinaus auf den Flur, zur Treppe.

Das Kaminfeuer war schon lange ausgegangen, aber wer auch gekommen sein mochte, hatte eine Laterne dabei, denn ein weicher Lichtschein erhellte die Treppe und den Saal unten. Ich legte die Hand auf den Griff meines Messers und ging dann so langsam wie möglich, um kein Geräusch zu machen, die Treppe hinunter.

Das Laternenlicht flackerte, und ich hörte ein metallisches Krachen, so laut wie die Kirchenglocken, dachte ich. Ein gemurmelter Fluch folgte – die Stimme einer Frau. Ich schlich weiter die Treppe hinunter und hielt mich, niedrig geduckt, so weit wie möglich im Schatten.

Eine Gestalt in braunem Umhang und Habit kniete neben dem Kamin, sammelte hastig die Kochtöpfe auf, die sie umgestoßen hatte, und stellte sie wieder dorthin zurück, wo sie gestanden hatten. Das Kupfer glänzte im Licht der Laterne, die neben einer Pergamentrolle auf dem Tisch stand. Noch eine, dachte ich.

Sie war dem Kamin zugewandt, weg von mir, sodass ich nicht sehen konnte, wie sie aussah. Selbst als sie aufstand und sich umdrehte, lag ihr Gesicht noch im Schatten. Sie ging zur Tür und blieb nur stehen, um ihre Laterne mitzunehmen. Die Schriftrolle ließ sie auf dem Tisch liegen, und es wurde dunkel im Saal.

Ich hörte Schritte über mir, drehte mich um und sah einen Schatten oben an der Treppe stehen.

»Tancred«, sagte er, und ich erkannte die Stimme von Wace. Ich gab ihm ein Zeichen, leise zu sein, und er folgte mir, als ich so schnell wie möglich hinunter in den Saal ging, obwohl es dunkel war und die Stufen nicht gleichmäßig waren.

»Was war das für ein Lärm?«, fragte Wace, diesmal etwas leiser. »Was machst du hier unten?«

Ich schaute an ihm vorbei die Treppe hoch. Wenn einer der anderen von dem Lärm geweckt worden war, war er kurz darauf wieder eingeschlafen, denn ich hörte nichts.

»Es war gerade jemand hier«, murmelte ich. »Eine der Nonnen, glaube ich.«

Der Tisch mit der Schriftrolle darauf stand vor mir. Ich nahm sie in die Hand. Sie war kleiner als die, die Ælfwold mitgebracht hatte, und mit einem Tropfen Siegellack versiegelt, in dem ich in der Dunkelheit irgendein Symbol eingeprägt ertasten konnte.

»Sie hat das hiergelassen«, sagte ich. Noch ein Brief. Aber warum war sie mitten in der Nacht gekommen, um ihn hier liegen zu lassen, anstatt ihn uns tagsüber zu geben? Ich steckte ihn in meinen Gürtel und ging zur Tür.

»Wohin gehst du?«

»Hinter ihr her«, sagte ich und eilte nach draußen.

Eine Wolke hatte sich vor den Mond geschoben, und die Klostergebäude lagen im Schatten. Es war nichts von ihr zu sehen. Ich erschauerte, als meine nackten Füße von der Kälte ergriffen wurden; Raureif hatte das Gras weiß überzogen. Über meinem Hemd trug ich nur meine Tunika.

»Sie ist verschwunden, wer sie auch war«, sagte Wace mit einem Gähnen. »Und es ist zu kalt, um hier herumzustehen.«

Er ging wieder hinein und ließ mich stehen. Und da erblickte ich mitten zwischen den Bäumen des Obstgartens den sanften Lichtschein, der nur von einer Laterne kommen konnte, und gehalten wurde sie von einer dunklen Gestalt auf dem Weg zum Kreuzgang. Wenn sie es bis dorthin schaffte, konnte sie mich leicht abschütteln. Es gab zu viele Häuser, zu viele Eingänge, in die man schlüpfen konnte, und ich kannte mich nicht aus.

Ich rannte hinter ihr her, sodass meine Füße auf die harte Erde trommelten. Sie war fast auf der gegenüberliegenden Seite des Obstgartens, als sie mich gehört haben musste, weil sie einen Blick über ihre Schulter warf, ihre Röcke lüpfte und auch zu rennen begann. Harte, scharfe Steine gruben sich in meine Fußsohlen, aber das störte mich nicht, denn ich kam ihr näher, als sie unter dem Torbogen zwischen der Kirche und dem Kapitelhaus hindurchging. Der Bogen, der in den Kreuzgang führte. Sie verschwand aus meinem Blickfeld, und ich zwang mich, noch ein wenig schneller zu werden, und kam gerade rechtzeitig an, um sie sich in die Kirche zu meiner Rechten ducken zu sehen, als zur gleichen Zeit auf der anderen Seite des Innenhofs eine andere Nonne in Sicht kam, die auch eine Laterne in der Hand hatte. Die Circatrix auf ihrer nächtlichen Runde, wie mir klar wurde.

Ich zog mich hinter einen Pfeiler zurück und beobachtete sie, während ich gleichzeitig die Kirchentür im Auge behielt. Der Stein unter meinen Fingern war kalt. Ich atmete schwer, der Atem vor meinen Lippen verwandelte sich in Nebel, und ich versuchte ihn so weit wie möglich zu unterdrücken, um nicht entdeckt zu werden.

Die Circatrix blieb vor einer der Türen auf der Südseite stehen und schob einen großen Schlüssel von einem Ring an ihrem Gürtel in das Schloss. Als sie der Tür einen Stoß gab, öffnete sie sich mit einem lauten Knarren, und die Nonne trat ein.

Ohne zu zögern, lief ich zum Eingang der Kirche. Die Tür war schon leicht geöffnet – nicht so weit, dass die Circatrix es bemerkt hätte. Ich ging hinein und achtete darauf, sie richtig zu schließen.

In der Kirche war es fast vollkommen dunkel. Nur der Mond warf ein wenig Licht herein, sein milchiger Glanz fiel in Strahlen durch die großen Glasfenster, die ich bei unserer Ankunft gesehen hatte und die allem einen grauen, geisterhaften Anschein verliehen. Im Längsschiff erhoben sich Säulen in zwei Reihen, die mit pflanzenartigen Mustern geschmückt waren, obwohl es zu dunkel war, um zu sehen, worum es sich im Einzelnen handelte. Außerdem hatte ich keine Zeit, sie zu bewundern, weil ich nicht wusste, wie lange es dauern würde, bis die Circatrix auf ihrer Runde die Kirche kontrollierte.

Alles war still, und ich fragte mich, ob es vielleicht einen anderen Weg aus der Kirche heraus gab, den ich von außen nicht gesehen hatte. Ich ging über den Steinboden zur Mitte des Längsschiffs und hielt Ausschau nach der Nonne. Jenseits der Chorbänke lag der Altarraum mit dem Hauptaltar, der mit einem weißen Tuch drapiert war, auf dem ein Messbuch ruhte. Auf beiden Seiten standen Nebenaltäre, die kleiner und weniger prachtvoll geschmückt, aber wahrscheinlich nicht weniger brauchbar als Schlupfwinkel waren.

Ich versuchte es zunächst am Hauptaltar, näherte mich langsam und achtete auf das leichteste Geräusch, mit dem sie sich verraten könnte. Aber ich konnte nichts hören, und als ich an dem Altar ankam und dahinter nachschaute, war niemand dort. Ich bückte mich und hob das Tuch an, um den Hohlraum zu enthüllen, in dem oft Reliquien aufbewahrt wurden, aber er war kaum groß genug für ein Kind, geschweige denn eine Frau.

Ich hörte Schritte hinter mir, und als ich mich umdrehte, sah ich einen Schatten hinter einer der Säulen des Längsschiffs hervorkommen und zur Tür laufen. Sie hatte einen Vorsprung, aber ich war schneller, und bevor sie auch nur die Klinke ergreifen konnte, hatte ich sie eingeholt, packte ihren ausgestreckten Arm und riss sie herum, um sie anzusehen. Sie stieß einen erstickten

Schrei aus und versuchte meine Hand abzuschütteln, aber ich hielt sie fest.

Ich brauchte einen Augenblick, um sie zu erkennen, aber dann schaute sie zu mir hoch, und ich sah ihr Gesicht: ihre im Mondlicht blasse Haut, die Falten um ihre Augen und ihr müder Ausdruck, als ob sie alles gesehen hätte, was es in der Welt zu sehen gab, und sich nur wünschte, von dieser Last befreit zu sein.

Eadgyth.

Sie versuchte mir den Arm zu entziehen, und ich merkte, dass ich sie immer noch am Handgelenk festhielt. Ich ließ es los. »Die Circatrix ist in der Nähe«, sagte sie mit starkem englischen Akzent. »Wenn ich jetzt rufen würde, würde sie mich hören, und Ihr würdet Euch den Zorn der Äbtissin zuziehen.«

Falls das als Drohung gemeint war, war es ein schwacher Versuch. »Und Ihr müsstet erklären, warum Ihr nicht in Euren Gemächern seid«, erwiderte ich. »Was habt Ihr im Gästehaus gemacht?«

Sie schaute mich mit geschürzten Lippen an und sagte kein Wort. Ich zog die Schriftrolle, die sie liegen gelassen hatte, aus meinem Gürtel, und schwenkte sie vor mir in der Luft. »Was ist das hier?«, fragte ich sie.

Sie musterte es sorgfältig. »Es ist für Euren Herrn bestimmt.«

»Was steht darin?«

»Erwartet Ihr, dass ich es Euch sage?«

Ich ließ meine Finger zu dem Siegel gleiten. »Ich könnte es selber lesen, und dann würde ich es wissen.«

Sie schaute mich ungläubig an und fragte sich wahrscheinlich, ob sie mir etwas vormachte, denn was für einen Grund hätte ich wohl als Ritter, mir Buchstaben einzuprägen?

»Ich kann Euch nicht aufhalten«, sagte sie schließlich. »Ich kann es Euch nur im guten Glauben geben und hoffen, dass Ihr das Richtige tut.«

Ich steckte die Schriftrolle in meine Gürtelschlaufe zurück; die würde ich mir später vornehmen. »Ihr habt vorhin mit Ælfwold gesprochen«, sagte ich. »Worüber habt Ihr gesprochen?«

»Ich habe ihm gesagt, wie unwürdig Euer Herr ist«, antwortete sie. »Dass er Versprechungen macht, die er nicht einzuhalten gedenkt.«

»Versprechungen?«, fragte ich. »Was für Versprechungen hat er gemacht?«

Sie schien mich nicht gehört zu haben. »Es ist vermutlich amüsant, dass es sich so verhält, wenn man bedenkt, dass Eure Landsleute Harold den gleichen Vorwurf gemacht haben.«

Natürlich: Vor mehreren Jahren hatte Harold Herzog Guillaume einen Treueid geschworen, seinen Anspruch auf die Königsherrschaft zu unterstützen. Ein auf Heiligenreliquien abgelegter Schwur, den er später gebrochen hatte, als er die Krone für sich selber reklamierte. Und als Ergebnis war er jetzt nicht mehr am Leben, getötet auf dem Schlachtfeld von Hæstinges.

»Euer Gatte war ein Eidbrecher und Usurpator«, sagte ich zu ihr.

»Er war ein guter Mann«, sagte sie, und ich sah, wie sich Tränen in ihren Augen bildeten. »Er war gütig und ehrlich und wahrhaftig in allen Dingen, und vor allem war er seinen Freunden treu. Euer Herr war einer von ihnen, zumindest bis zu seinem Verrat.«

»Malet hat ihn verraten?«, fragte ich. »Inwiefern?«

»Zuerst, indem er sich der Invasion Eures Herzogs anschloss«, sagte sie und spuckte die Wörter fast aus. »Und selbst jetzt, nach Harolds Tod, verrät er weiterhin sein Andenken. Sowohl er wie auch Ælfwold.«

»Ælfwold? Was meint Ihr damit?«

Aber sie schien mir wieder nicht zuzuhören. »Er ist nicht besser«, sagte sie kopfschüttelnd, als sich Zorn in ihrer Stimme bemerkbar machte. »Aber er ist nicht mehr als der Gefolgsmann seines Herrn, er tut nur, was ihm aufgetragen wird. Ihn kümmert nicht, was recht ist. Ich habe Guillaume vertraut, und so vergilt er es mir?«

»Das weiß ich nicht«, sagte ich vielleicht ein bisschen zu unfreundlich, aber ich war ihre Art, nur in Rätseln zu sprechen, allmählich leid. Sie war eindeutig der Ansicht, dass ich als einer von Malets Männern mehr wüsste, als ich tatsächlich wusste. Obwohl mir klar wurde, dass ich im Vorteil war, solange sie das glaubte.

»Es sind mehr als zwei Jahre vergangen, seit Harold gestorben ist«, sagte sie. »Zwei Jahre, seitdem ich auf diesem Schlachtfeld stand und ihn da liegen sah. Glaubt er, ich würde nicht um ihn trauern, ich hätte nicht verdient, dass man es mir sagt?«

»Dass man Euch was sagt?«, fragte ich sie, aber sie hatte sich bereits abgewandt, und ihr Schluchzen hallte von den Wänden der Kirche wider. Ein Schimmer orangefarbenen Lichts fiel durch die Fenster herein. Die Circatrix, dachte ich und erstarrte, weil ich dachte, die Tür ginge auf und sie käme herein. Aber das geschah nicht, und nach einem Moment bewegte sich das Licht weiter. Selbst wenn sie nicht auf dem direkten Weg zur Kirche war, musste sie in der Nähe sein.

Ich fluchte unterdrückt. Wenn wir zusammen entdeckt würden, wären die Konsequenzen schlimm, aber besonders für Eadgyth. Ich erinnerte mich an die Schläge, die ich bekommen hatte. Ich wusste nicht, ob solche Strafen hier in Wiltune verhängt wurden. Wahrscheinlicher war, dass sie aus dem Kloster ausgestoßen würde, wenn man sie mit einem Mann erwischte, der kein Kirchenmann war. Ich wollte nicht, dass ihr das widerfuhr, auch wenn sie die Witwe des Usurpators war. Denn trotz ihres Wohlstands und ihrer Privatgemächer war sie eine gebrochene Frau, so viel war mir klar. Dieses Leben einer Nonne voller Demut und Unterwürfigkeit war alles, was sie hatte. Was gab es sonst für sie in dieser Welt?

»Kommt mit«, sagte ich zu ihr. »Hier können wir nicht bleiben.«

Ich ging zur Tür und öffnete sie gerade so weit, dass ich einen Blick nach draußen in den Kreuzgang werfen konnte. Eine Wolke hatte sich vor den Mond geschoben, was gut war, weil wir so weniger leicht gesehen werden konnten. Dann erkannte ich die Circatrix, die mit der Laterne in der Hand aus dem Dormitorium auftauchte; eiserne Schlüssel baumelten an ihrem Gürtel. Es gab noch eine Tür auf der Ostseite, die vermutlich zum Kapitelhaus gehörte, wenn meine Erinnerung an das Kloster in Dinant nicht trog. Aber danach würde sie auf jeden Fall als Nächstes die Kirche überprüfen. Wir hatten nicht viel Zeit.

Ich beobachtete sie, wie sie durch den Kreuzgang zur Tür des Kapitelhauses ging, sie aufschloss und eintrat. Wenn wir gehen sollten, war dies unsere Chance.

»Kommt«, flüsterte ich und gab Eadgyth das Zeichen, mir zu folgen. Die Tür öffnete sich reibungslos, ohne einen Laut, und ich eilte hinaus und trat die eine Stufe zum Kreuzgang hinunter, Eadgyth hinter mir. Sie trug Schuhe unter ihrer Ordenstracht, aber daran war jetzt nichts zu ändern.

»Schnell«, sagte ich und wollte zu dem Torbogen losgehen, durch den wir hereingekommen waren.

Sie ergriff meinen Ärmel. »Hier entlang«, sagte sie und schritt geradewegs über das Gras auf das Dormitorium zu. Ich zögerte, aber ich wusste, je länger wir warteten, desto wahrscheinlicher würde es, dass die Circatrix aus dem Kapitelhaus herauskäme und uns sähe.

Ich ging hinter ihr her, und der Frost auf dem Gras biss mir in die Fußsohlen. Die Tür des Dormitoriums war unverschlossen, und wir schlüpften in dem Moment hinein, als ich das Klirren von Schlüsseln nicht weit entfernt im Kreuzgang hörte. Aber es folgten keine Rufe – wir hatten es geschafft. Ich schaute mich nach Eadgyth um, aber sie ging bereits die ersten Stufen zu ihren Gemächern hoch.

»Mylady …«, begann ich leise, weil ich nicht nur an die Circatrix draußen, sondern auch an die übrigen Nonnen in dem Raum nebenan dachte.

»Nein«, unterbrach sie mich. »Ich kann nicht riskieren, länger draußen zu bleiben. Ich muss gehen.«

»Ich würde später gern noch mal mit Euch reden«, sagte ich.

Sie schüttelte den Kopf. »Ich werde nicht mehr reden. Es gibt nichts mehr, was ich Euch oder Ælfwold zu sagen wünsche. Aber gebt Eurem Herrn den Brief; er wird wissen, was er bedeutet. Das ist alles, worum ich Euch bitte.«

Sie erschien irgendwie so klein und zerbrechlich, obwohl ich wusste, dass sie weder alt noch schwach war. Während ich zu ihr aufsah, empfand ich unwillkürlich Mitleid für sie.

Meine Kehle fühlte sich trocken an, und ich schluckte. »Das kann ich nicht versprechen.«

»Ich weiß«, erwiderte sie und verzog resigniert das Gesicht. »Ihr seid schließlich einer seiner Männer.«

Sie drehte sich um und stieg den Rest der Stufen hoch, ohne ein Geräusch zu machen oder sich noch einmal umzuschauen. Und dann war sie verschwunden, ihre dunkle Tracht verschmolz mit der Dunkelheit. Eadgyth, Harolds Witwe.

Neunundzwanzig

◄○►

Ich musste warten, bis die Circatrix wieder außer Sicht war, bevor ich erneut durch den Kreuzgang gehen konnte. Insgesamt mochte eine halbe Stunde in der Zeit meiner Abwesenheit vom Gästehaus verstrichen sein, obwohl es mir sehr viel länger vorkam. Wace und Eudo erwarteten mich im Saal.

»Wo warst du?«, fragte Wace.

»Wir gehen besser irgendwohin, wo uns niemand hören kann«, sagte ich. »Dann sage ich es euch.« Ich war mir nicht sicher, ob die Wände oder Decken hier so dick waren, dass wir nicht belauscht werden konnten.

Die Mühle war in der Nähe, und deshalb gingen wir dorthin: weit genug von Gästehaus und Kreuzgang entfernt, um weder gesehen noch gehört zu werden. Die Tür war unverschlossen, und ich stieß sie auf. An einer Wand lagen Säcke aufeinandergehäuft, einige von ihnen gerissen, sodass Körner herausgerieselt waren. Die dunklen Gestalten von Ratten huschten auseinander, als wir uns näherten.

»Genug davon, Tancred«, sagte Eudo. »Erzähl uns, was hier vor sich geht.«

»Es war Eadgyth«, erwiderte ich. »Sie war diejenige, die das hier liegen gelassen hat.« Und ich zog die Schriftrolle aus meinem Gürtel. »Ich habe sie in der Kirche eingeholt.«

»Was hat sie gesagt?«, fragte Wace.

»Nichts, was für mich einen Sinn ergab«, antwortete ich. »Sie hat dauernd von ihrem Mann geredet. Von Harold und davon, dass Malet sein Andenken verriete.«

Eudos Augen wurden schmal. »Was soll das heißen?«

»Ich weiß nicht«, sagte ich. »Er hat ihr anscheinend vor einiger Zeit Versprechungen gemacht, über die sie sich allerdings nicht genauer auslässt. Versprechungen, die er jedenfalls nicht gehalten hat.«

»Also hatten wir recht«, murmelte Wace und runzelte die Stirn. »Er hat mit ihr konspiriert.«

»Nur dass sie jetzt nichts mehr mit ihm zu tun haben will«, sagte ich.

»Gestern hat sie ihn *nithing* genannt«, warf Eudo ein. »Das bedeutet jemand, der nichtswürdig oder verworfen ist. Es ist eine der schlimmsten Beleidigungen, die die englische Sprache kennt.«

Ich hatte mich gefragt, was das bedeutete. Ælfwold selber hatte es in der Nacht, bevor wir hier eintrafen, auf uns angewandt, wie ich mich erinnerte. War es das, was er von uns hielt? Ich versuchte, nicht mehr daran zu denken, denn es war jetzt nicht wichtig.

»Ich verstehe nicht, wie Malet ein Verräter sein kann«, sagte ich. »Was für Zusagen er ihr auch mal gemacht haben mag, es ist klar, dass sie ihm inzwischen nichts mehr bedeuten.«

Zumindest hatte seine Botschaft ihr nicht die Antwort gegeben, die sie haben wollte. Was war es dann, was sie ihrer Ansicht nach verdient hatte, mitgeteilt zu bekommen?

»Trotzdem«, sagte Wace, »wie können wir sicher sein, solange sie sich gegenseitig geheime Briefe zuschicken?«

»Es gibt eine Möglichkeit«, erwiderte Eudo und zeigte auf den Brief in meiner Hand. »Wir müssen ihn aufmachen.«

Wace nickte. »Das ist die einzige Möglichkeit, es herauszubekommen.«

»Das haben wir schon bei Malets Brief gedacht«, sagte ich. »Und wir sind der Antwort kein bisschen näher.«

Es kam mir auch ungewöhnlich vor, dass Eadgyth uns eine

wichtige Botschaft überlassen sollte, wenn sie Grund zu der Befürchtung hatte, dass sie abgefangen werden könnte, bevor sie Malet erreichte. Ich hatte ihr keine Zusicherung gegeben – was der Witwe eines Feindes gegenüber auch unmöglich gewesen wäre. Und daher kam es mir eher unwahrscheinlich vor, dass die Worte, die auf dieser Schriftrolle stehen mochten, uns mitteilen würden, was wir wissen wollten.

Aber mir war trotzdem klar, dass Wace und Eudo recht hatten. Es war nicht die schwerste Entscheidung, die ich je zu treffen hatte.

»Ich brauche Licht«, sagte ich. Es waren keine Fenster in dem Mühlenraum, und wir hatten weder Fackel noch Laterne bei uns, damit wir nicht bemerkt wurden.

Der Mond war immer noch hinter einer Wolke, aber ich konnte ganz gut damit sehen, während ich in der Türöffnung stand und die beiden anderen mir über die Schulter schauten. Ich fuhr mit dem Finger über das Siegel, das den Abdruck eines Drachen oder eines anderen geflügelten Untiers trug, wie ich jetzt sah, und am Rand die Wörter »HAROLDUS REX« eingeprägt hatte. *König Harold.* Ein weiteres Zeichen, das der Usurpator hinterlassen hatte. Aber Harold war lange tot, und Eadgyth dürfte bestimmt ein eigenes Siegel besitzen. Aus welchem Grund sollte sie seines benutzen?

Ich presste es zwischen den Fingern zusammen; es zerbrach leicht. Ich entrollte das Pergament und sah im Mondlicht akkurate Zeilen in einer sorgfältigen Handschrift, nur war es diesmal nicht auf Lateinisch. Einige der Buchstaben kannte ich nicht einmal.

»Was steht da?«, fragte Wace.

»Ich weiß nicht«, sagte ich. »In welcher Sprache es auch geschrieben sein mag, es ist keine, die ich kenne.«

Lateinisch war die einzige Sprache, die ich lesen konnte; selbst Französisch und Bretonisch konnte ich nur sprechen, nicht entziffern. Ich überflog das Blatt in der Hoffnung, ein Wort zu finden, das ich kannte. In der Begrüßung auf der ersten Zeile war Malets Name, womit ich hätte rechnen können; ein bisschen tiefer fand ich Harolds, aber sonst gab es nichts.

Es konnte natürlich Englisch sein, wurde mir klar. Das ergäbe einen Sinn, weil es Eadgyths erste Sprache war. Und obwohl ich Malet nie hatte Englisch sprechen hören, war angesichts seiner Abstammung und der vielen Jahre, die er in England verbracht hatte, durchaus anzunehmen, dass er es auch konnte.

Meine Augen fielen auf einen Satz in der Mitte des Briefs. *»Ic gecnawe thone gylt the the geswencth, and hit mæg geworthan thæt thu thone tholian wille«*, sagte ich langsam, während ich versuchte, die fremden Wörter auszusprechen. Die Schrift war nicht so deutlich wie die Messbücher, die ich gelesen hatte, als ich jünger war; die Buchstaben waren kleiner und schwerer zu erkennen. Ich wandte mich zu Eudo um. »Weißt du, was das heißt?«

Er zuckte mit den Achseln. Wenn es Englisch war, sprach ich es offenbar falsch.

»Gibt es denn nicht irgendetwas, was du verstehst?«, fragte Wace.

»Nichts, das uns etwas nützt«, erwiderte ich. »Malet wird erwähnt und Harold ebenfalls. Das ist alles, was ich sagen kann.«

»Es gibt wenigstens einen Mann, der uns sagen könnte, was da steht«, stellte Eudo fest.

»Ælfwold«, sagte ich grimmig. Vor allem anderen war eines klar geworden: Früher oder später mussten wir mit ihm sprechen. Abgesehen von Malet selber, der zweihundert Meilen entfernt in Eoferwic war, konnte allein er eine Vorstellung davon haben, was das alles bedeutete. Er hatte Eadgyth vorher wegen dieser oder einer ähnlichen Angelegenheit besucht; so viel wussten wir. Und es gab niemanden, der dem Vicomte näherstand. Falls wir herausfinden wollten, was wirklich geschah, war er der, den wir zu Rede stellen mussten.

Die Frage war nur, wann.

Wir brachen beim ersten Tageslicht auf. Die Äbtissin Cynehild war da, ihr Gesicht so streng wie immer, und außer ihr noch ein halbes Dutzend andere Nonnen, die in ihren Ordenstrachten zusammengedrängt standen. Unter ihnen befanden sich Burginda sowie das blonde Mädchen, das uns bei unserer Ankunft im Haus der Äbtissin begegnet war. Nur Eadgyth fehlte. War das ihre Entscheidung, fragte ich mich, oder hatte die Äbtissin ihr gesagt, dass sie sich fernhalten solle?

Unsere Pferde und Waffen wurden uns ohne ein Wort gebracht, und wir stiegen gleichfalls schweigend in den Sattel. Es war gut, dass ich mein Schwert wieder an meiner Seite hatte – nicht dass ich glaubte, wir wären im Kloster in Gefahr, aber ich hatte mich so daran gewöhnt, dass ich mich unwillkürlich schutzlos fühlte, wenn ich es nicht dabeihatte.

Ich war erleichtert, dass wir Wiltune verließen, auch wenn es weitere drei Tage auf der Straße bedeutete, weil ich nun wenigstens wieder mein eigener Herr war und mich nicht mehr nach den Regeln des Klosters und seiner Äbtissin richten musste. Doch ich war zufrieden, Ælfwold vorerst die Leitung zu überlassen, ihn die Entscheidungen treffen zu lassen, sodass wir als Diener erschienen, weil er so vielleicht keinen Verdacht schöpfen würde, was auf ihn zukam.

Der Regen fiel wie auf unserem Ritt nach Wiltune, bitterkalt und gnadenlos, jeden Tag heftiger als an dem zuvor. Unten in den Tälern waren die im Sommer trocken gefallenen Bachbetten gut gefüllt; einige der größeren Flüsse waren über die Ufer getreten, und viele Felder waren überflutet. An einem Punkt war das Wasser so hoch gestiegen, dass wir den Fluss unmöglich überqueren konnten, und wir mussten mehr als eine Meile stromaufwärts reiten, bis wir die nächste Furt fanden und wieder auf unsere Straße trafen.

Unsere einzigen Ruhepausen hatten wir, wenn wir zur Nacht einkehrten, aber selbst dann hörten wir Nachrichten von neuen Aufständen in der Nähe. Normannische Händler waren auf dem Markt in Reddinges überfallen worden; in Oxeneford war die ganze Besatzung eines Schiffs bei einem Streit in einer Schänke getötet worden, als ihre flämische Unterhaltung irrtümlich für Französisch gehalten wurde. Und deshalb verließen wir kurz vor Stanes die alte Straße, weil wir es für besser hielten, quer durchs Land zu ziehen und uns Lundene von Süden zu nähern, als zu riskieren, dass wir auf der Straße in Schwierigkeiten gerieten. Selbst dann hatten wir unsere Hände in der Nähe unserer Schwertgriffe. Auf den Pfaden, denen wir folgten, waren nicht viele unterwegs. Die Art von Wegen wurde oft von Räubern ausgesucht, um sich in den Hinterhalt zu legen. Aber falls sich welche versteckten, bekamen wir sie nicht zu Gesicht, und nach dem Mittag des dritten Tages im März erblickten wir die Stadt, die sich an das nördliche Ufer der grauen Temes klammerte.

Von dem Feldlager, das sich auf dem Hügel oberhalb von Westmynstre befunden hatte, war kein einziges Banner oder Zelt mehr zu sehen. Der König und seine Armee waren auf dem Marsch, genau wie wir es in den Wirtshäusern und unterwegs von anderen Reisenden erfahren hatten. Sie konnten allerdings noch nicht lange weg sein, und ich hoffte, sie vor Eoferwic einzuholen.

Wigod begrüßte uns herzlich, als wir in Malets Haus eintrafen. Elise und Beatrice waren zu Besuch bei Freunden auf der anderen Seite der Stadt und deshalb nicht im Haus, aber der Junge Osric war da und brachte die Pferde in den Stall. Ich gab den drei Männern Malets den Auftrag, ihm zu helfen, und ließ

Wace und Eudo den Priester ins Haus begleiten, während ich mit dem Verwalter ging, um für Essen und Trinken zu sorgen.

Die Küche war nicht besonders groß, aber dies war ja auch nur ein Stadthaus und kein Palast wie der des Vicomtes in Eoferwic. In der Ecke standen zwei große Fässer; Wigod stemmte den Deckel des einen hoch und füllte einen Krug. An der Wand standen lange Tische mit Töpfen, die mit einer Art Eintopf gefüllt waren, während sich an einem Ende des Raums ein Spieß über dem Feuer eines großen offenen Kamins befand, an dem irgendein Stück Fleisch briet. Mein Magen knurrte, aber er würde noch ein wenig warten müssen.

»Eure Reise war angenehm, hoffe ich«, sagte Wigod.

»Nicht besonders«, erwiderte ich. »Es war kalt und nass. Es hat die ganze Zeit geregnet.«

Er grinste. »Dann werdet Ihr froh sein, wenn Ihr etwas Essen im Leib habt. Hier, helft mir, die hier zu tragen.« Er zeigte auf ein paar Becher aus Ton, die auf einem der Tische standen.

Ich schaute mich um, weil ich sichergehen wollte, dass wir allein waren. »Ihr könnt doch lesen, nicht wahr, Wigod?«, fragte ich.

»Natürlich«, sagte er und stellte den Krug auf einem der Tische ab. »Warum?«

Ich hatte damit gerechnet, dass er als Verwalter von Malets Haus dazu in der Lage wäre, schon allein deshalb, um die Anweisungen seines Herrn empfangen zu können, wenn der Vicomte nicht in Lundene war.

»Ich habe etwas, was Ihr mir vielleicht vorlesen könnt«, sagte ich und zog Eadgyths Brief aus der Tasche meines Umhangs. Ich hatte ihn gefaltet, damit er leichter zu transportieren war, und schlug ihn auf, bevor ich ihm das Blatt reichte. »Er ist auf Englisch geschrieben, glaube ich jedenfalls.«

Er schaute mich fragend an, und es war vermutlich eine seltsame Bitte. Aber er nahm das Stück Pergament gleichwohl und breitete es auf dem Tisch aus, wo der Schein des Feuers darauf spielte.

»Es ist Englisch«, sagte er. Er runzelte die Stirn und begann langsam zu lesen: »»An Guillaume Malet, Vicomte von Eoferwic und Lord von Graville jenseits des Meeres sendet Lady Eadgyth, Ehefrau und Witwe von Harold Godwineson, rechtmäßiger König von England, ihre Grüße …‹« Er brach ab, machte einen Schritt zurück und wandte sich vom Tisch ab. »Ich kann das nicht weiterlesen, Tancred. Das ist für Lord Guillaume bestimmt, nicht für mich. Falls er entdeckt, dass ich das getan habe, würde er mich aus seinem Dienst ausstoßen oder Schlimmeres.«

»Ich war derjenige, der das Siegel aufgebrochen hat«, sagte ich. »Wenn jemand die Schuld daran trägt, dann ich.«

»Wo habt Ihr das her?«, fragte er.

»Aus Wiltune«, sagte ich. »Von Lady Eadgyth selber. Sie war diejenige, die Ælfwold aufsuchen sollte. Wir glauben, dass unser Herr vielleicht mit ihr konspiriert.«

»Konspiriert?«, sagte Wigod. »Nein. Das ist nicht möglich. Er ist ein treuer Untertan des Königs.«

»Und trotzdem war er einmal ein guter Freund Harolds«, sagte ich.

»Das war vor langer Zeit.« Ich sah, dass ihm Schweiß auf der Stirn stand und sich sein Gesicht gerötet hatte.

»Also wusstet Ihr davon.«

»Das war nie ein Geheimnis«, protestierte er. »In den Jahren, bevor er die Krone annahm, waren Harold und seine Frau oft zu Gast in diesem Haus, wenn sie nach Lundene kamen. Aber jetzt ist er tot, und Eadgyth habe ich seit Jahren nicht gesehen – ich wusste nicht mal, dass sie noch am Leben war.«

»Aber Ælfwold wusste es«, sagte ich. »Er hat sich mehr als einmal mit ihr getroffen, um Nachrichten von Malet zu überbringen.«

»Ich schwöre, dass ich davon nichts wusste«, sagte Wigod.

Ich hatte bislang keinen Grund gehabt, dem Wort des Verwalters nicht zu glauben, also sagte er wahrscheinlich die Wahrheit. Ich versuchte es auf andere Weise. »Wisst Ihr etwas von Versprechungen, die Malet ihr gemacht hat?«, fragte ich.

»Versprechungen?«

Es war nicht genug Zeit, um alles zu erklären. Ich durfte nicht zu lange wegbleiben, um keinen Verdacht zu wecken. Jedenfalls war mir klar, dass der Verwalter nicht wusste, was Malet mit Eadgyth zu schaffen hatte. Das war in einer Hinsicht gut, weil ich mich so wenigstens darauf verlassen konnte, dass er mir ehrliche Antworten gab.

»Sagt mir, was da steht.«

»Ich kann nicht …«

»Wir müssen es wissen, Wigod«, sagte ich. »Und auf die eine oder andere Weise werde ich es herausfinden.« Ich legte die rechte Hand auf meinen Schwertgriff, damit er sehen konnte, was ich meinte. Ich hatte gehofft, er würde mir seine Hilfe freiwillig anbieten, denn ich griff nicht gerne zu Drohungen, besonders gegenüber einem Mann, mit dem ich keinen Streit hatte. Aber ich wusste, das war die einzige Möglichkeit.

Einen Augenblick lang stand er nur mit offenem Mund da. Zweifellos erschrocken. Aber dann wandte er sich wieder dem Pergament zu und strich es auf dem Tisch glatt, weil es sich wieder wellte.

Er räusperte sich und begann: »An Guillaume Malet, Vicomte von Eoferwic …‹«

»Den Teil kenne ich«, sagte ich ungeduldig. »Was kommt danach?«

»Natürlich«, sagte er, und ich sah den Kloß in seiner Kehle, als er schluckte. Sein zitternder Finger fuhr, während er las, an den Zeilen entlang und verharrte manchmal, damit er sich das richtige französische Wort überlegen konnte, nahm ich an. »›An jedem Tag, den ich lebe, werde ich vom Kummer verzehrt. Ich kann ihm nicht entfliehen und ich kann ihn auch nicht überwinden. Während der letzten zwei Jahre, die ich hier in Wiltune bin, habt Ihr mir nichts als leere Versprechungen gemacht und falsche Hoffnung in mir geweckt. Ich schicke Euch diesen Brief, um Euch im Namen Christi unseres Herrn und in Erinnerung an die Bande der Freundschaft, die zwischen uns bestanden, anzuflehen, dass Ihr mir sagt, wo ich die Leiche finden kann …‹«

Ich runzelte die Stirn. »Die Leiche?«

»Das steht hier«, erwiderte Wigod. Er fuhr fort vorzulesen: »Sein Blut klebt an Euren Händen. Ich kenne die Schuldgefühle, die Euch plagen, und vielleicht seid Ihr zufrieden, sie zu ertragen. Aber ich kann ohne dieses Wissen nicht weiterleben. Andernfalls, wenn Ihr mir das nicht zugestehen wollt, habe ich in dieser Welt nichts mehr verloren, und mein Blut wird ebenfalls an Euren Händen kleben.‹«

Er hörte auf. »Das ist alles«, sagte er und schaute zu mir hoch.

Es klang mehr nach einem Hilferuf als sonst etwas, und zwar nach einem verzweifelten. Aber was meinte sie mit der Leiche und dem Blut, das an seinen Händen klebte? Waren diese beiden Dinge auf irgendeine Weise miteinander verknüpft? War er irgendwie für den Tod eines Menschen verantwortlich? Und wie passte seine eigene Botschaft an sie – *tutus est* – dazu?

»Ihr werdet mit niemandem hierüber reden«, sagte ich zu ihm.

»Nein«, erwiderte er. Sein Gesicht war blass geworden.

»Wir sollten jetzt zu den anderen zurückkehren.« Er nickte, aber er bewegte sich nicht, und ich legte ihm eine Hand auf die Schulter. »Ich werde herausfinden, was all dies bedeutet, Wigod«, sagte ich. »Das schwöre ich Euch.«

Ich gab mir alle Mühe, zuversichtlich zu klingen, obwohl wir bis jetzt jedes Mal, wenn wir Antworten suchten, nur weitere Fragen gefunden hatten. Doch ich spürte, dass wir der Lösung näher kamen. Es gab nur noch eine Sache, die wir erledigen mussten.

Wir warteten bis zur Nacht, um mit dem Priester zu sprechen, damit wir sicher sein konnten, dass er allein war und dass uns niemand stören würde. Das Haus war still: Radulf, Philippe und Godefroi schliefen unten im Saal, und die Damen hatten sich vor einiger Zeit in ihre Gemächer begeben – genauer gesagt, gleich nach ihrer Ankunft, sodass ich sie noch gar nicht gesehen hatte. Das war vermutlich ganz gut so, weil ich nicht glaubte, ihnen jetzt, mit diesen Informationen über Malet, gegenübertreten zu können.

Es war eine stürmische Nacht, draußen heulte der Wind, und der Regen prasselte auf den Hof. Wir standen im oberen Stock vor der Tür zum Zimmer des Kaplans: Wace, Eudo und ich, die Schwerter an unserer Seite. Es war so dunkel, dass ich ihre Gesichter kaum erkennen konnte, obwohl sie jeweils nur eine Armeslänge von mir entfernt waren. Sie sagten kein Wort. Keiner von uns wollte das hier tun, aber uns blieb kaum etwas anderes übrig.

Ich nickte ihnen zu und legte die Hand auf die Klinke. Soweit ich sehen konnte, hatte diese Tür kein Schloss, und falls sie innen einen Riegel hatte, war er nicht vorgelegt, denn sie ließ sich leicht und ohne Geräusch öffnen.

Das Zimmer war klein und spärlich möbliert, ganz und gar nicht wie das in dem Gästehaus in Wiltune, das eher einem königlichen Schlafgemach ähnlich gesehen hatte. Ælfwold lag schlafend auf seinem Bett, die Decken um sich gewickelt und das Gesicht auf ein mit Stroh gefülltes Kissen gepresst. Ich trat langsam und so leise wie möglich ein. Die Wände waren dünn, und ich wollte die anderen im Haus nicht stören. Wigods

Zimmer lag neben diesem hier, und auf der anderen Seite von ihm lagen die Zimmer der Familie Malet.

Ich packte Ælfwold an der Schulter und schüttelte ihn. Er grunzte, versuchte sich auf die Seite zu drehen und klammerte sich an die Decke, aber ich entriss sie ihm. Darunter trug er nur ein Unterhemd.

»Wacht auf«, sagte ich und schüttelte ihn wieder, dieses Mal etwas fester.

Er rollte zurück, tastete wieder nach der Decke und schlug die Augen auf. »Tancred«, sagte er mit trüben Augen und blinzelte. Er schaute zu Eudo und Wace hoch, die neben mir standen. »Was ist geschehen?«

»Wir wissen Bescheid«, sagte ich. »Über Euren Herrn und Eadgyth und die Versprechungen, die er ihr gemacht hat.«

»Was?«, fragte er, richtete sich abrupt auf und starrte uns drei an. »Was soll das?«

»Was für Versprechungen hat er gemacht, Ælfwold?«

»Warum sollte ich Euch das sagen?«, gab er zurück und begann aufzustehen. »Ich werde mir dieses Benehmen nicht bieten …«

»Bleibt, wo Ihr seid«, sagte Eudo, und ich hörte das Kratzen des Stahls, als er sein Schwert zog. »Sonst wird Euer Hals meine Klinge spüren, das schwöre ich Euch.«

»Das würdet Ihr nicht wagen«, sagte Ælfwold, aber er setzte sich schnell wieder, als Eudo ihm näher trat. »Ich bin ein Mann Gottes; wenn Ihr mich tötet, werden Eure Seelen in alle Ewigkeit im Höllenfeuer brennen.«

Das hatte ich nicht vergessen, aber ich hatte auch nicht den Wunsch, ihn zu töten. Ich wollte ihm nur so viel Angst einjagen, dass er uns sagte, was wir wissen mussten.

»Was wisst Ihr über eine Leiche?«, fragte ich.

Sein Gesicht wurde rot. »Wer hat Euch davon erzählt?«

Ich zog Eadgyths Brief aus meiner Tasche und warf ihn ihm

in den Schoß. Er nahm ihn in die Hand, faltete ihn auseinander und begann ihn zu lesen.

»Das ist Verrat«, sagte er nach einem Moment. »Ihr habt dem Vicomte einen Eid geschworen. Ihr habt kein Recht, Euch in seine Angelegenheiten einzumischen und sein Vertrauen zu missbrauchen!«

»Es ist kein größerer Verrat als das, was Malet gemacht hat«, sagte Wace. »Mit der Witwe des Usurpators gemeinsame Sache zu machen.«

»Wovon redet Ihr?«, sagte Ælfwold, der plötzlich wütend wurde. »Lord Guillaume ist kein Verräter. Er wird hiervon hören, das schwöre ich Euch. Er wird von Eurer Treulosigkeit erfahren …«

»Hört auf, Euer Spiel mit uns zu treiben«, sagte ich. Ich verlor rasch meine Geduld mit ihm. »Was meint sie damit, wenn sie schreibt, dass an Malets Händen Blut klebt? Wessen Leiche ist das?«

»Das geht Euch nichts an!«

»Antwortet ihm«, sagte Eudo und berührte mit der Spitze seines Schwerts die Haut am Hals des Engländers, »oder ich *werde* Euch töten.«

Ich hätte ihm fast einen warnenden Blick zugeworfen, ließ es dann aber, als Ælfwold steif wurde und plötzlich verstummte. Falls der Kaplan bisher an unserer Entschlossenheit gezweifelt hatte, tat er es jetzt bestimmt nicht mehr.

»Wessen Leiche ist es?«, fragte ich wieder.

Draußen hatte der Wind nicht aufgehört zu heulen; er rüttelte an den Fensterläden und raschelte im Dachstroh. Als ich auf den Priester zutrat, knarrten die Dielen unter meinen Füßen. Er versuchte mir auszuweichen, aber ich packte ihn am Kragen seines Unterhemds. Er starrte mich, in meinem Griff zitternd, wie es schien eine Ewigkeit lang an, und ich erkannte die Furcht in seinen Augen.

»Es ist die Leiche von …«, begann er, bis seine Stimme zu beben anfing. Selbst in dem schwachen Licht sah ich, dass sich Schweißtropfen auf seiner Stirn bildeten.

»Von wem?«, fragte ich.

»Von dem Mann«, erwiderte er langsam, »der vor drei Jahren König gewesen wäre. Von dem Eidbrecher und Usurpator Harold Godwineson.«

Dreißig

◄○►

Ich starrte ihn lange an. Damit hatte ich nicht gerechnet. Harold Godwineson. Seine Leiche war es, die Eadgyth sehen wollte.

Ich ließ Ælfwolds Kragen los und machte einen Schritt nach hinten. Er sank zurück aufs Bett. Ich schaute die beiden anderen an, und sie erwiderten meinen Blick.

Wace runzelte die Stirn. »Ist das wahr?«

»Das ist die Wahrheit«, antwortete der Kaplan und beobachtete uns nervös, als wäre er unsicher, was von uns zu erwarten sei. Und das durfte er auch sein, denn diese Information war sehr viel gravierender, als wir angenommen hatten.

Eudo streckte ihm wieder sein Schwert entgegen. »Falls Ihr uns belügt ...«

»Bei Gott und den Heiligen, ich schwöre, es ist die Wahrheit!«, sagte Ælfwold. Er hatte die Augen weit aufgerissen, und seine Stimme zitterte noch stärker als zuvor.

»Aber warum sollte Malet wissen, wo Harolds Leiche ist?«, fragte ich.

»Ich dachte, sie wäre nie gefunden worden«, sagte Wace. »Ich habe gehört, niemand hätte sie unter den Gefallenen herausfinden können, so zertrampelt und zerrissen waren die Leichen an jenem Tag.«

Ich hatte die gleiche Geschichte gehört. Wir waren alle in Hæstinges dabei gewesen, aber es hatte so viel Verwirrung geherrscht, dass nur wenige genau wussten, wann der Usurpator getötet worden war und das Schlachtfeld uns gehörte. Manche

408

sagten, er sei bereits verstümmelt gewesen, als ihn ein Pfeil ins Auge traf; andere behaupteten, es habe der Anstrengungen von vier berittenen Männern bedurft, unter ihnen auch Herzog Guillaume, um ihn zu besiegen, da er sich bis zum bitteren Ende an die Reste seiner Macht klammerte und alleine weiterkämpfte. Mit Sicherheit wussten wir nur, dass es dazu gekommen war.

Von seiner Leiche war jedoch nie die Rede gewesen. Wie die meisten hatte ich angenommen, dass sie nie gefunden worden war: dass sie einfach liegen geblieben war, um von den Wölfen und Krähen gefressen zu werden, genauso wie die von Tausenden von Engländern, die an jenem Tag erschlagen wurden. Denn solange er tot war, war es nicht wichtig, was aus seiner Leiche wurde. In den Augen Gottes war er ein Meineidiger und Sünder, und selbst wenn seine Leiche geborgen worden wäre, hätte ihm niemals ein christliches Begräbnis gewährt werden können.

»Das ist wenigstens die Geschichte, wie König Guillaume sie gerne erzählt haben möchte«, sagte Ælfwold. »Aber das ist nicht, was geschehen ist. Die Leiche ist tatsächlich gefunden worden – seht Ihr nicht ein, dass es so sein musste? Ohne sie konnte er nicht sicher sein, dass Harold wirklich tot war. Zuerst hat er meinen Herrn damit beauftragt, unter den Erschlagenen nach ihm zu suchen, weil er dachte, dass er aufgrund der Freundschaft, die einst zwischen ihnen bestanden hatte, die Leiche wiedererkennen könnte. Aber als Lord Guillaume nicht dazu in der Lage war …«

»Ließ er Eadgyth holen«, beendete ich den Satz für ihn. Mir fielen ihre Worte aus der Nacht wieder ein, als wir in der Kirche von Wiltune miteinander gesprochen hatten, und ich verstand, was sie gemeint hatte. Sie war nach der Schlacht dort gewesen, das hatte sie mir selber erzählt. Und sie hatte die übel zugerichtete Leiche ihres Mannes gesehen. »Das ist richtig, nicht wahr?«

409

Ælfwold, der uns immer noch argwöhnisch betrachtete, nickte zustimmend. »Sie haben sich darauf geeinigt, dass man ihr sagt, wo ihr Mann begraben würde, wenn sie seinen Leichnam identifiziert.«

»Dann war es das, was Malet ihr versprochen hat«, murmelte ich. Mein Herz schlug schneller; endlich ergab alles einen Sinn. »Und sie hat ihren Teil der Vereinbarung erfüllt.«

»Das hat sie«, sagte er. »Sie konnte ihn an bestimmten körperlichen Merkmalen erkennen: Merkmale, von denen nur eine Ehefrau wissen kann. Sobald sie das allerdings getan hatte, war die Ähnlichkeit auch für uns andere kaum mehr zu übersehen. Sein Kopf war abgetrennt worden und wurde ein ganzes Stück entfernt von seinem übrigen Körper gefunden, dem man außerdem noch ein Bein am Oberschenkel abgehackt hatte. Aber er war es trotzdem.«

»Ihr habt den Leichnam gesehen?«, fragte ich. »Ihr wart auch dort?« Es war für einen Kaplan nicht ungewöhnlich, in der Gefolgschaft seines Herrn zu reisen, selbst in den Krieg, aber ich hätte nicht gedacht, dass er die Veranlagung dazu hatte.

»Das war ich«, sagte er mit einer gewissen Ungeduld. »Und ich war damals genauso auf Eurer Seite wie jetzt.«

»Vielleicht.« Ich war mir noch nicht sicher, ob ich ihm schon glaubte. »Was ist anschließend mit Harolds Leiche geschehen?«

»Anschließend hat der Herzog sie Lord Guillaumes Obhut anvertraut. Er erhielt den Auftrag, sich um das Begräbnis zu kümmern.«

»Nur hat er sein Versprechen offenbar nicht eingelöst«, stellte Wace fest. »Er hat Eadgyth nicht gesagt, wo er die Leiche begraben hat, sonst würde sie nicht mehr nach dem Grab fragen.«

»Wo ist es denn?«, fragte Eudo. Er hielt das Schwert immer noch in der Hand, richtete es allerdings nicht mehr auf den Priester.

»Das kann ich nicht sagen«, erwiderte Ælfwold. »Es war die letzten zwei Jahre verborgen. Außer dem Vicomte weiß niemand, wo es liegt.«

»Verborgen?«, sagte Wace. »Was meint Ihr damit?«

»Versteht Ihr denn nicht?« Der Priester stand auf und starrte jeden von uns der Reihe nach an. »Es gibt viele, die Harold immer noch die Treue halten, auch noch so lange nach seinem Tod – viele, die ihn jetzt als Märtyrer betrachten. Wenn der Ort seiner Beerdigung weithin bekannt gemacht würde, könnte sein Grab zum Zentrum eines Kults, zum Sammelpunkt einer Rebellion werden. Dazu darf es der König nicht kommen lassen. Niemand darf wissen, wo der Leichnam ist, nicht einmal Eadgyth.«

Mir wurde klar, dass der Priester recht hatte. Es gab schon viele, die uns nicht mehr in diesem Land haben wollten. Ich dachte an das Heer, das uns in Dunholm angegriffen hatte und das in diesem Moment die Burg in Eoferwic belagerte – Tausende von Männern. Wie viele mehr würden es wohl sein, wenn König Guillaume den Engländern erlaubt hätte, den Usurpator offen zu verehren?

»Wisst Ihr es?«, wollte ich von Ælfwold wissen.

»Nein!«, sagte er. »Ich habe es Euch gesagt. Nur der Vicomte weiß es. Sogar mir wird solches Wissen nicht anvertraut.«

Das überraschte mich kaum, aber ich sagte es nicht. Nach all dem, was im Verlauf unserer Reise geschehen war, würde ich ihm kaum Vertrauen schenken. Auch wenn Malet es für sicher genug gehalten hatte, ihm den Brief überhaupt erst zu geben. Aber andererseits hatte auch nichts von großer Bedeutung drin gestanden, selbst wenn man wusste, worauf es sich bezog …

Und plötzlich verstand ich, wie die Stücke zusammenpassten. »Das also hatte er im Sinn«, sagte ich zu Eudo und Wace gewandt. »Er konnte es nicht riskieren, ihr zu sagen, wo die Leiche liegt, falls sich die Nachricht verbreitet, und deshalb war das alles, was er sagen konnte. *Tutus est.* ›Sie ist sicher.‹«

»Woher wisst Ihr das?«, fragte Ælfwold. Sein Gesicht war ergrimmt, als er sich zu mir umdrehte.

Ich machte den Mund auf, um zu sprechen, aber ich hatte keine Antwort. Im Stillen verfluchte ich mich, weil ich mich verraten hatte.

»Der Vicomte wird hiervon hören«, sagte Ælfwold, und es war nicht das erste Mal, dass ich diese Worte von ihm hörte. »Ihr habt ihm einen Eid geschworen.«

»Wir dachten, dass er mit Eadgyth gegen den König konspiriert«, sagte Wace.

Der Kaplan schaute ihn streng an. »Und deshalb verratet Ihr das Vertrauen, das er in Euch gesetzt hat. Ihr seid Narren, allesamt. Ihr denkt, Ihr wüsstet, was Ihr tut, aber Ihr mischt Euch nur in Dinge ein, die über Euren Verstand gehen. Lord Guillaume ist kein Verräter und ist nie einer gewesen.«

Ich blieb still. Neben mir steckte Eudo sein Schwert in die Scheide.

»Was ist mit den anderen drei?«, fragte Ælfwold. »Haben sie hiermit etwas zu tun?«

»Nein«, sagte ich. »Haben sie nicht.«

»Das ist vielleicht auch gut so.« Der Kaplan seufzte. »Also, ich habe Euch alles gesagt, was ich weiß. Ihr habt, was Ihr wolltet. Lasst mich bitte allein.«

Er schloss die Augen wie zu einem stillen Gebet. Der Mann, der nach meiner Verwundung in Dunholm so viel für mich getan hatte. Was war mit unserer Freundschaft geschehen, dass sie so schnell eine Wendung zum Schlechteren genommen hatte – mit so viel Misstrauen, so viel Feindseligkeit?

Ich nickte Wace und Eudo zu, und wir verließen das Zimmer, schlossen die Tür, während er mit gebeugtem Kopf und vor sich gefalteten Händen auf dem Bett saß. Wir hatten erhalten, weshalb wir gekommen waren, was bedeutete, dass wir mit gutem Gewissen nach Eoferwic zurückkehren konnten. Wir konnten Malet vertrauen.

Und trotzdem fühlte ich mich aus irgendeinem Grund unbehaglich, auch wenn ich nicht genau sagen konnte, woran es lag. Vielleicht an irgendetwas von dem, was der Priester gesagt hatte: Irgendwas, das keinen richtigen Sinn ergab. Ich wusste nicht mehr, was ich denken sollte. Bis jetzt waren alle meine Verdächtigungen unbegründet gewesen. Wir hatten Ælfwold mit dem Schwert bedroht. Wir hatten alles von ihm bekommen, was im Bereich des Möglichen lag. Doch gab es da sonst noch etwas?

Auf jeden Fall hatten wir jetzt andere Sorgen. Die Rebellen erwarteten uns in Eoferwic, und ob wir nun für Malet kämpften, im Namen der Normandie oder um Lord Robert zu rächen – wichtig war nur, dass wir uns dort einfanden. Denn das Heer König Guillaumes war auf dem Marsch, und ich wollte bei ihm sein, wenn es zuschlug.

Am nächsten Morgen sammelten wir uns gleich nach dem Frühstück vor dem Stall. Von Ælfwold war nichts zu sehen, was offenbar bedeutete, dass er nicht mit uns kommen würde. Ich war froh darüber, um die Wahrheit zu sagen, denn ich hatte in dieser letzten Woche weit mehr von ihm gesehen, als ich mir gewünscht hätte, und meine Geduld, was ihn betraf, war fast am Ende.

Jeder von uns nahm zwei Pferde. Wigod hatte uns Schlachtrösser aus Malets Stall und andere Pferde zur Verfügung gestellt, die er in unserer Abwesenheit hatte erwerben können. Er hatte ein gutes Auge für Pferdefleisch, wie sich herausstellte, denn jedes von ihnen war in gutem Zustand, stark und feurig, dem Reittier eines Ritters würdig. Als Anführer unseres kleinen Conrois traf ich als Erster meine Wahl – ein Brauner mit kräftigem Hinterteil und einem weißen Stern auf der Stirn – und ließ die anderen Ritter die Aufteilung unter sich ausmachen.

Ich wusste allerdings, dass diese Pferde, wenn wir auf ihnen nach Norden ritten, nicht frisch sein würden, wenn wir sie zum Kämpfen brauchten, und deshalb sattelten wir die Allzweckpferde, die wir in Suthferebi gekauft hatten: dieselben Tiere, die uns auch nach Wiltune und zurück getragen hatten. Das bedeutete doppelte Arbeit für uns, da wir nicht in Begleitung unseres Herrn ritten und auf die Gefolgschaft von Dienern zurückgreifen konnten, die sich normalerweise um die Tiere kümmerten, aber wir hatten keine andere Wahl.

Ich führte gerade meine Pferde in den Hof, als ich Beatrice erblickte, die uns von einem der Fenster im oberen Stock beobachtete. Es war das erste Mal, dass ich eine der beiden Damen sah, seit wir aus Wiltune zurück waren. Unsere Blicke trafen aufeinander, und sie gab mir ein Zeichen, so schien es mir zumindest, aber es war nur ein Moment, denn danach drehte sie sich um und war verschwunden.

»Ich sollte den Damen Bescheid sagen, dass wir uns auf den Weg machen«, sagte ich und überließ es den anderen, nach den Pferden zu sehen.

»Bleib nicht zu lange«, rief Wace hinter mir her. »Wir müssen bald aufbrechen, wenn wir den Tag ausnutzen wollen.«

Es war niemand im Saal. Ich wusste, dass Wigod und Osric in der Küche waren, um für uns die Wegzehrung vorzubereiten. Ich hatte an diesem Morgen wenig von dem Verwalter gesehen, er hatte kaum mit mir gesprochen und schien mich tatsächlich zu meiden. Ich konnte es ihm kaum zum Vorwurf machen.

»Euer Herr ist ein guter Mann«, hatte ich ihm versichert, als wir uns vorhin im Hof begegnet waren. »Das weiß ich.«

Ich hatte nicht das Gefühl, ihm schon sagen zu können, was wir erfahren hatten. Es war zu früh, und die Zweifel ließen mich nicht los. Es gab irgendetwas, das wir übersehen hatten, da war ich mir sicher.

»Es gibt eine Erklärung für all dies«, sagte ich dem Verwalter. »Wie auch immer sie aussieht, ich werde sie finden.«

»Ich vertraue darauf, dass Ihr das tun werdet«, erwiderte er feierlich, bevor er davoneilte.

Jetzt stieg ich die Treppe zu den Gemächern der Familie hoch, die am anderen Ende des oberen Stockwerks lagen. Die Tür war mit einem soliden Eisenschloss ausgestattet, und an jedem Ende des Türsturzes waren die Formen von Blumen mit großen Blütenblättern eingeschnitzt.

Ich klopfte an die Tür; Beatrice öffnete sie. Ihr Gesicht war abgespannt, als hätte sie nicht gut geschlafen. Ihre Haare fielen ihr lose auf die Schultern, was mich leicht überraschte, aber schließlich war sie in ihrem eigenen Haus, in ihrem eigenen Zimmer, wo sie es nicht bedeckt halten musste.

»Kommt herein«, sagte sie.

Ich erinnerte mich an das letzte Mal, als wir zusammen gewesen waren – der Kuss, den sie mir auf die Wange gegeben hatte –, und auf einmal spürte ich, wie mich der gleiche Schauer durchfuhr.

Ich versuchte, nicht weiter daran zu denken, als ich eintrat und mich in einem kleinen Vorraum wiederfand. Ein leichter Wind blies durch die geöffneten Fensterläden hinein, und ich konnte den Rest der Männer unten im Hof reden hören. An einer Wand hingen Gobelins in leuchtenden Farben, auf denen eine Jagd dargestellt war: Männer auf Pferden, die mit Hunden, die neben ihnen rannten, einen Keiler verfolgten, während andere Männer mit erhobenen Bogen und eingelegten Pfeilen darauf warteten, diese fliegen zu lassen. Ein bestickter Teppich lag auf dem Boden; auf der gegenüberliegenden Seite des Zimmers standen zwei Stühle, die links und rechts neben einer geschnitzten Flügeltür aufgestellt waren.

»Ist Eure Mutter hier?«, fragte ich.

»Sie liegt noch im Bett«, erwiderte Beatrice und warf einen Blick zur Tür. »Sie macht sich Sorgen um meinen Vater.«

»Wie wir alle, Mylady.« Ich stellte mir nicht gerne vor, was sie sagen würde, wenn sie wüsste, dass ich ihn zunächst beschuldigt hatte, mit Harolds Witwe zu verkehren, und dann, gegen den König zu konspirieren.

»Sie hat seit mehreren Tagen Bauchschmerzen. Seit Robert aufgebrochen ist, schläft sie nachts kaum noch, und tagsüber isst sie immer weniger. An manchen Tagen verlässt sie kaum ihr Zimmer.«

»Ich bin mir sicher, dass Ælfwold sich jetzt, wo er hier ist, um sie kümmern wird.« Es fiel mir nicht leicht, das zu sagen, ich musste mich regelrecht dazu zwingen. Wenn es um den Priester ging, war ich mir kaum einer Sache noch sicher.

»Ich weiß«, sagte sie.

»Ihr kennt ihn schon lange, nicht wahr?«

»Fast mein ganzes Leben«, erwiderte sie. »Er trat in den Dienst meines Vaters, als ich sehr jung war.«

»Wie jung?«

»Fünf, vielleicht sechs Sommer alt«, sagte sie. »Nicht mehr. Warum?«

»Woran erinnert Ihr Euch aus dieser Zeit?«

Bei dieser Frage runzelte sie die Stirn. »Ich verstehe nicht, was …«

»Bitte«, sagte ich. »Ich würde es gern wissen.«

Sie zögerte einen Moment und sah mich mit ihren braunen Augen forschend an, bevor sie den Kopf neigte. »Er hat sich oft um mich gekümmert, als ich klein war und mein Vater unterwegs auf Feldzügen«, sagte sie. »Er hat mir gerne Dinge beigebracht: Englisch sprechen, Lateinisch lesen, Schach spielen. Auch als ich älter war, war er immer bereit zuzuhören, wenn ich etwas zu sagen hatte, und hat über mich gewacht.«

»Dann vertraut Ihr ihm?«, fragte ich.

Sie starrte mich an, als hätte ich den Verstand verloren. »Es gibt wenige, denen ich mehr vertraue«, gab sie zurück. »Warum fragt Ihr?«

»Weil er Engländer ist.«

»Das sind viele der Männer meines Vaters«, sagte sie mit erhobener Stimme. »Und seine Mutter war auch Engländerin, das müsst Ihr bereits wissen.« Sie starrte mich weiter an, aber ich sagte nichts, und schließlich wandte sie sich ab, dem offenen Fenster zu, und schaute auf den Hof und die Männer und Pferde hinaus. Ihr Haar bewegte sich in der Brise und fing das Licht ein wie Goldfäden. Ihre Brüste hoben und senkten sich, während sie seufzte.

»Wie ich sehe, verlasst Ihr uns wieder«, sagte sie.

»Wir müssen aufbrechen, wenn wir das Heer des Königs einholen wollen, bevor es Eoferwic erreicht.«

Sie trat vom Fenster zurück und drehte sich wieder zu mir um. »Ihr müsst mir versprechen, dass Ihr alles tut, was Ihr könnt, um meinem Bruder zu helfen und meinen Vater zu befreien.«

»Mylady, natürlich …«

»Hört mir zu«, sagte sie scharf und schnitt mir das Wort ab. Ihre Wangen leuchteten rot, aber sie wandte den Blick nicht ab, als ich sie ansah und darauf wartete, dass sie fortfuhr. »Robert ist tapfer, aber er kann auch tollkühn sein. Er ist ein guter Reiter, aber er hat erst wenige Schlachten hinter sich. Er wird Eure Hilfe brauchen. Ich möchte, dass Ihr dafür sorgt, dass ihm kein Leid geschieht.«

Ich wollte ihr erklären, dass es im Wirrwarr einer Schlacht mit dem Feind auf allen Seiten unmöglich war, auf andere zu achten. Wenn ihr Bruder sich nicht selber behaupten konnte, gab es wenig, was ich für ihn tun konnte. Aber das würde sie nicht verstehen.

»Ich werde es versuchen, Mylady«, sagte ich stattdessen.

Sie schien damit nicht ganz zufrieden zu sein, aber es war die einzige Antwort, die ich ihr geben würde.

»In Eoferwic hat Euch mein Vater gebeten, uns zu beschützen«, sagte sie. »Jetzt bitte ich Euch, dass Ihr das Gleiche für ihn und Robert tut. Ich habe mit eigenen Augen gesehen, wie geschickt Ihr mit der Waffe seid. Und ich habe von meinem Vater erfahren, wie Ihr in Hæstinges gekämpft habt, wie Ihr das Leben Eures Herrn gerettet habt. Ich möchte, dass Ihr ihnen mit der gleichen Überzeugung und Ehre dient, mit der Ihr ihm gedient habt.«

Ehre, dachte ich bitter. Nach dem, was in den letzten Tagen geschehen war, war mir nicht mehr viel davon übrig geblieben.

Sie schaute mich erwartungsvoll an. In diesem Blick lag etwas von ihrem Vater, dachte ich: ein Selbstvertrauen in ihrer Körperhaltung, eine Willensstärke, die ich widerwillig bewunderte.

»Wollt Ihr mir das schwören?«, fragte sie.

»Was?« Die Frage traf mich überraschend, und ich brauchte einen Moment, um wieder zur Besinnung zu kommen. »Mylady, ich habe Eurem Vater einen Schwur geleistet – einen Schwur auf das Kreuz. Ich werde alles tun, was ich kann ...«

»Ich möchte, dass Ihr es mir schwört«, sagte sie. Sie kam auf mich zu und streckte mir ihre schmale, blasse rechte Hand entgegen. Ein silbernes Armband an ihrem Handgelenk glänzte im Licht, das durchs Fenster hereinfiel.

»Das ist nicht nötig«, protestierte ich.

»Schwört es mir, Tancred a Dinant.«

Ich starrte sie an und versuchte herauszufinden, ob sie es ernst meinte. Aber ihr Blick war unverwandt und entschlossen, als sie sich vor mir zu ihrer vollen Größe aufrichtete.

Sie hielt mir immer noch die Hand hin, und ich ergriff sie. Ihre Haut fühlte sich weich und warm an, ihre Finger waren feingliedrig, ihr Griff leicht. Mein Herz schlug schneller, als ich mich vor sie kniete und meine andere Hand lose auf ihren Handrücken legte.

»Durch diesen feierlichen Eid schwöre ich, dass ich mein Äußerstes tun werde, um Eurem Vater zu helfen und ihn und Euren Bruder heil zu Euch zurückzubringen.«

Ich schaute hoch, weil ich darauf wartete, dass sie etwas sagte; ihre Hand ruhte in meiner, unsere Blicke verschmolzen miteinander. Ich konnte spüren, wie das Blut durch meine Adern floss und hinter meinen Augen pochte, die plötzlich heiß waren und mit jedem Herzschlag heißer wurden. Bald würde ich wegschauen müssen, dachte ich, aber ich konnte es nicht, weil diese Augen mich immer näher zu sich zogen.

Langsam stand ich auf, griff mit der Hand an ihre Schläfe und schob ihr das seidenweiche Haar hinter das Ohr. Ihre normalerweise milchweißen Wangen waren gerötet, aber sie wich nicht vor meiner Berührung zurück, wandte nicht die Augen von mir ab, und obwohl sie den Mund öffnete, erhob sie keinen Protest. Ich konnte ihren leichten, aber warmen Atem auf meinem Gesicht fühlen, und auf einmal glitt meine Hand von ihrer Schläfe an der Seite ihres Halses nach unten zu ihrem Rücken, betastete die Rundungen ihres Körpers, der so neu und ungewohnt war, und ich zog sie an mich, während sie mir die Arme auf die Hüften legte und mich im Rücken umfasste.

Ich beugte mich zu ihr, und dann berührten sich endlich unsere Lippen: zunächst sanft und zögernd, aber bald wurde der Kuss heftiger, und ihre Brüste drückten sich an meine Brust, und ich hielt sie fester umschlungen …

Sie brach den Kuss ab, machte sich aus meiner Umarmung frei und wandte sich ab. »Nein«, sagte sie. »Ich kann nicht.« Sie drehte sich zur Wand, zu den Gobelins, und ich konnte ihr Gesicht nicht sehen, nur ihre Haare, die ihr über Schultern und Rücken fielen.

Mein Herz schlug schnell, meine Kehle war trocken, und

ich schluckte. »Beatrice«, sagte ich und legte ihr die Hand auf die Schulter. Es war das erste Mal, dass ich sie beim Namen genannt hatte.

Sie schüttelte meine Hand ab. »Geht«, sagte sie mit erhobener Stimme, als wäre sie wütend. Sie sah mich nicht an.

»Mylady …«

»Geht«, wiederholte sie, dieses Mal noch eindringlicher, und ich tat, was sie von mir verlangte, zog mich durch das Zimmer zurück, betrachtete ihren Rücken, wobei ich eine Leere in mir empfand, und wünschte mir, sie würde sich umdrehen.

Ich schloss die Tür hinter mir, und während ich das tat, merkte ich, dass ich entschlossen war, sie wiederzusehen. Dass ich lebend zurückkehren würde, was auch immer in Eoferwic geschah.

Einunddreißig

Der Himmel war immer noch dunkel, als wir unsere Reise nach Norden antraten. Ich sah Beatrice nicht noch einmal, und als ich zu den Fensterläden im oberen Stockwerk hochschaute, waren sie alle geschlossen.

Gerade als wir uns zum Aufbruch fertig machten, brachte uns Wigod ein Tuchbündel, das um einen Speer gewickelt war. Es war zum größten Teil schwarz, aber als ich es aufrollte, sah ich, dass es in regelmäßigen Abständen auch von gelben Streifen durchzogen war, die mit einer goldenen Bordüre geschmückt waren.

»Lord Guillaumes Banner«, sagte der Verwalter. »Nehmt es. Gebraucht es. Und bringt es wohlbehalten zu ihm.«

»Das werden wir«, erwiderte ich. »Und wenn Ihr Ælfwold seht, sagt ihm, es tut uns leid.«

»Was denn?«

»Sagt es ihm einfach«, erwiderte ich. »Er wird wissen, was wir meinen.«

Danach waren wir aufgebrochen, hatten Malets Haus hinter uns gelassen und waren den Berg zum Bisceopesgeat hochgeritten. Wir kamen an der Stelle vorbei, wo ich in jener Nacht angegriffen worden war, und an der Kirche St. Eadmund, wo ich den Mann gesehen hatte, den ich für den Kaplan gehalten hatte. Es schien schon so lange her zu sein, obwohl es bloß etwas mehr als eine Woche war; die Erinnerung wurde bereits unscharf, als hätte ich es nur geträumt. Aber das alles lag jetzt hinter mir, sagte ich mir, und das galt bald auch für die Stadt.

Es dauerte vier ganze Tage, bis wir das Heer des Königs einholten, und zu diesem Zeitpunkt hatten wir meiner Schätzung nach rund einhundert Meilen zwischen uns und Lundene gelegt. In jeder Stadt, durch die wir kamen, hörten wir Geschichten von irgendwelchen Unruhen draußen in den Grafschaften, von in Brand gesteckten Häusern, von Bauern, die sich gegen ihre Lords erhoben. Nachrichten von der Rebellion im Norden waren etwas Alltägliches, und überall wurden die Engländer unruhig, und ihr Selbstvertrauen wuchs, als sie von der Erfolgen ihrer Landsleute in Eoferwic hörten.

Die Sonne senkte sich hinter die Bäume am Horizont, als wir schließlich den Kamm eines Höhenrückens irgendwo im Norden von Stanford erreichten und dort hinunter auf ein Tal vor uns schauten und auf ein Meer von Zelten. Hunderte von ihnen standen dort in der Ebene – seit dem Abend vor der großen Schlacht bei Hæstinges hatte ich nicht mehr so viele Männer zusammen an einem Ort gesehen.

Wahrlich ein unvergesslicher Anblick. Der Wind nahm zu, und neben jedem Feuer wehte das Banner des Lords, der dort lagerte. Einige hatten echte oder fantastische Tiere daraufgestickt – darunter Keiler und Wölfe, Adler und Drachen –, während andere einfach in Streifen mit den Farben ihrer Besitzer unterteilt waren. Und in der Mitte des Lagers, neben dem hohen Zelt, das dem König gehörte, flatterte das größte Panier von allen: Das glänzende Gold, mit dem das scharlachrote Feld bestickt war, stellte den Löwen der Normandie dar.

Wie viele Männer dort waren, konnte ich nicht beurteilen, obwohl ihre Zahl mit Sicherheit zugenommen hatte, seitdem wir nach Wiltune aufgebrochen waren. Zweitausend Männer hatten Lord Robert nach Northumbria begleitet, aber mir kam es so vor, als wäre diese Streitmacht sogar noch größer. Natürlich waren nicht alle hier Versammelten Kämpfer, denn jeder der Lords hatte mehrere Bedienstete dabei: Männer, die ihnen

Essen und Wein brachten, sich um die Pferde kümmerten, ihre Kettenpanzer polierten. Und Handwerker gehörten auch dazu, die an Feuern und Ambossen arbeiteten und vor deren Zelten Kettenhemden an Pfählen hingen: Waffenschmiede, dachte ich, die zerbrochene Panzerung reparierten. Aber es war trotzdem eine beeindruckende Streitmacht. Ich hoffte nur, dass es genug waren.

Ich gab Eudo, der das Banner getragen hatte, solange wir auf der Straße waren, ein Zeichen, und er überreichte es mir, während ich ihm die Zügel meines Streitrosses gab. Vorsichtig breitete ich das Tuch aus; dann spornte ich mit dem Speerschaft in der rechten Hand mein müdes Pferd zu einem leichten Galopp an und ritt weiter auf dem Kamm, damit das Banner sich entfalten konnte. Das schwarz-goldene Tuch erhob sich stolz im Wind, die strahlenden Fäden glitzerten in der tief stehenden Sonne. Ich winkte den anderen zu, mir zu folgen, und begann den steinigen Pfad hinunterzureiten, der bergab zum Lager führte.

Männer schauten von ihren Feuern hoch, als wir näher kamen, und einige riefen uns sogar Grußworte zu, aber die meisten schenkten uns keine Beachtung. Tatsächlich hatten sie auch wenig Grund dazu, denn wir konnten alles Mögliche sein: Späher, die ausgesandt worden waren, das umliegende Gelände auszukundschaften, oder Boten, die mit Anweisungen des Königs zu den Häusern von Lehnsherren in der Umgebung geschickt worden waren. Aber ich hatte gedacht, dass der Anblick der schwarz-goldenen Fahne zumindest ein Wiedererkennen auslösen würde, waren es doch die Farben des Mannes, zu dessen Befreiung dieses ganze Heer aufgeboten worden war.

Wir schlängelten uns zwischen den Zelten hindurch, an Packpferden vorbei, die vor Karren gespannt worden waren, über Pfade, die durch die starke Beanspruchung durch Hunderte von Füßen bereits schlammig geworden waren. Hinter jedem

Zelt waren Gruben ausgehoben worden, und der Gestank von Scheiße stieg mir in die Nase.

»Haltet nach dem Sohn des Vicomtes Ausschau«, wies ich die anderen an. »Er sollte hier irgendwo sein.«

Wir ritten an Männern vorbei, die Speere in Bündeln trugen, und andere rollten Fässer vor sich her, die vielleicht Ale oder gesalzenes Fleisch irgendeiner Sorte enthielten. Im Schatten einer Eiche übten sich Ritter mit Keulen und Schilden und ein paar mit Schwertern, deren Klingen in der tief stehenden Sonne aufblitzten. Ein Stück weiter floss ein kleiner Bach durch das Lager, an dem Männer ihre Becher oder Krüge füllten oder ihre Tiere tränkten.

Schließlich entdeckten wir das Banner, nach dem wir gesucht hatten: den Zwilling dessen, das ich in der Hand hielt. Es flatterte hoch in der Luft, nicht weit vom Zelt des Königs entfernt, was bedeutete, das Robert Malet in hohem Ansehen stand.

Vom König selber war nichts zu sehen; die Zeltklappen vor dem Eingang waren zugezogen, und zwei seiner Bediensteten waren draußen postiert, um zu verhindern, dass sich jemand Zutritt verschaffte. Das war zweifellos ein Zeichen dafür, dass er sich mit dem einen oder anderen seiner Barone beriet. Ich war ihm nie persönlich begegnet, hatte ihn aber oft aus der Entfernung gesehen: letztes Jahr in seinem Hof in Westmynstre und natürlich auf dem Schlachtfeld bei Hæstinges.

Wir ritten zu dem schwarz-goldenen Banner, unter dem sechs Zelte um ein Feuer herum aufgeschlagen worden waren. Tatsächlich war Robert zusammen mit seinen Männern da, deren Anzahl ich auf den ersten Blick ungefähr auf zwanzig schätzte, und mit seinem Diener, dem dünnen mit dem Geschwür am Hals, der bei ihm gewesen war, als wir uns zum ersten Mal begegnet waren.

Robert erblickte uns und kam zu uns herüber, um uns zu begrüßen. Mir fiel wieder auf, dass er ganz in Schwarz gekleidet war, eine Affektiertheit, die seine Kampfkraft hoffentlich nicht beeinträchtigte, denn um die zu beweisen waren wir schließlich hier angetreten.

»Ist Eure Angelegenheit in Wiltune zu einem guten Ende gekommen?«, fragte er mich, nachdem wir uns umarmt hatten.

»Gut genug, Mylord«, erwiderte ich. Einen Moment lang dachte ich, er wolle weitere Fragen stellen, aber das tat er nicht. Wie viel wusste er wohl über die Sache mit Eadgyth und Harolds Leiche, fragte ich mich.

Er stellte uns seinen Männern vor, unter denen er einen kräftigen, breitschultrigen Mann hervorhob, den er Ansculf nannte. Er war der Hauptmann der Ritter aus Roberts Gefolge und machte offensichtlich nicht viele Worte, denn er ließ nicht viel mehr als ein Grunzen hören, als er uns sah. Er roch nach Kuhmist, und ich bemerkte, dass ihm zwei Finger an seiner Schildhand fehlten und ein Stück seines Ohrs auf der anderen Seite. Aber soweit ich es beurteilen konnte, schien er nicht unerfahren zu sein. Er hatte ein bestimmtes Selbstvertrauen an sich, das ich kannte, denn es war von der Art, die ein Mann nur erwarb, wenn er viel Unbill, viele Schlachten erlebt und alles überwunden hatte, was man ihm in den Weg werfen konnte.

Wir brachten unsere Pferde zu denen von Roberts anderen Männern, trieben dicke Pfähle zwischen den Zelten und dem Bach in den Boden und banden sie daran fest. Für die Packpferde gab es dort genug Gras, aber ich sorgte dafür, dass für die Schlachtrösser Haufen von Getreide aufgeschüttet wurden, um die sie dann herumstanden und zufrieden fraßen.

Als wir zurückkamen, brieten Roberts Männer etwas über dem Feuer, das wie eine Hirschkeule aussah. Es war ein großes Stück Fleisch, und das Feuer war noch klein, aber dann kam einer von ihnen mit einem Reisigbündel und begann die Flammen zu füttern, und bald konnte ich die Wärme auf meinem Gesicht spüren.

»Was für Neuigkeiten gibt es aus Eoferwic?«, fragte ich Robert.

»Nicht viel«, sagte er grimmig. »Die Burg hält sich noch, soweit wir wissen, aber die Rebellen rennen weiter gegen die Tore an.«

»Weiß man irgendwas über die Anzahl der Feinde?«, wollte Wace wissen.

Robert zuckte mit den Achseln. »Vier-, fünftausend. Vielleicht noch mehr. Niemand weiß es mit Sicherheit. An jedem Tag schließen sich ihnen weitere an, hört man zumindest. Männer aus dem ganzen Norden: Engländer, Schotten, sogar einige Dänen.«

»Dänen?«, wiederholte ich. Ich erinnerte mich, was Malet mir über die Invasion erzählt hatte, mit der er in diesem Sommer rechnete. Waren sie möglicherweise schon eingetroffen und wir hatten nichts davon gehört? »Meint Ihr, König Sweyn ist bei ihnen?«

»Nein«, antwortete Robert. »Zumindest noch nicht. Diese hier sind Abenteurer, gedungene Schwerter, auch wenn es mit Sicherheit genug sind. Wir haben gehört, dass sich die Besatzungen von einem halben Dutzend Schiffen unter Eadgars Banner versammelt haben, von denen einige von so weit her wie Orkaneya und Haltland kommen.«

Die Dänen waren furchterregende Kämpfer, egal wo sie herkamen. Und auch nur sechs Schiffe konnten irgendetwas zwischen zwei- und dreihundert Männern bedeuten.

»Die nördlichen Lehnsherren haben sich mit ihm verbündet, soweit wir gehört haben«, fuhr Robert fort. »Gospatrick of Bebbanburh, sein Cousin Waltheoff Sigurdsson und noch viele mehr. Die alten Familien vereinigen sich unter Eadgars Banner, und alle von ihnen proklamieren ihn zum König.«

Noch ein Usurpator, dachte ich. Als ob die Engländer schon vergessen hätten, welches Ende Harold ereilt hatte. Aber diese

Sache durfte nicht unterschätzt werden. Seit Hæstinges hatten wir keiner Streitmacht wie dieser gegenübergestanden. Bis jetzt waren alle Aufstände, mit denen wir es zu tun gehabt hatten, örtlich begrenzt gewesen und leicht niedergeschlagen worden, weil der Feind schwach und schlecht organisiert gewesen war.

Doch hier verhielt es sich anders. Als ich Robert anschaute, sah ich die Besorgnis in seinem Blick. Er dachte an seinen Vater, daran, ob wir ihn retten könnten. Ich hingegen war aus einem anderen Grund besorgt, denn ich hatte sehr wohl gesehen, wie gut Eoferwic verteidigt war, von hohen Mauern umgeben und über Land und per Schiff leicht mit Nachschub zu versorgen. Selbst wenn wir die Belagerer auf einer Seite des Flusses unsererseits belagerten, wurde die Stadt als Ganzes nicht von der Versorgung abgeschnitten. Und deshalb konnten wir die englische Belagerung nur beenden und Malet retten, wenn wir den Feind zu einer Schlacht gegen uns zwangen: dass also unsere Streitmacht, angeführt von König Guillaume, gegen die von Eadgyr antrat, bis nur noch eine übrig blieb.

Und davon, fürchtete ich, hing nicht nur unser eigenes Schicksal ab, sondern auch das Englands.

Während der nächsten Tage war der Vormarsch langsam – wenigstens für diejenigen von uns, die nahe der Vorhut ritten, denn wir mussten alle paar Stunden anhalten, damit der Tross in der Nachhut aufholen konnte. Trotzdem war das Gelände nicht schwer, und wir legten wohl jeden Tag mehr als fünfzehn Meilen zurück.

Die meisten der Vasallen des Königs schlossen sich uns an, während wir marschierten, und jeder von ihnen brachte Männer mit, nicht nur Ritter, sondern auch Speerträger und Bogenschützen. Es waren keine großen Gruppen – oft nur fünf Männer, manchmal bis zu fünfzig –, aber sie waren alle willkommen. Und so wuchs das Heer allmählich, und ich merkte, dass mein

Selbstvertrauen zurückkehrte und meine Ängste nachließen. Nicht völlig jedoch, denn es verhielt sich so, dass die meisten dieser Männer frisch von ihren Herrensitzen kamen, von den Annehmlichkeiten ihrer Küche und ihrem Jagdvergnügen, und schlecht auf die Strapazen eines Feldzugs vorbereitet waren. Aber je näher wir Eoferwic kamen, desto mehr von ihrer Zeit im Lager verbrachten sie mit Übungskämpfen, und jeden Abend erscholl das Geräusch von Stahl auf Stahl im weiten Umkreis.

Das Land befreite sich allmählich aus dem Griff des Winters, und die Tage wurden merklich wärmer. Der Wind war nicht mehr von dieser beißenden Kälte, und wenn wir morgens aufstanden, schien der Boden weniger frostig zu sein: All dies trug dazu bei, die Stimmung zu heben. Ich stellte fest, dass ich sogar innerhalb unserer kleinen Gruppe unbefangener mit Philippe und Godefroi reden konnte; die Angelegenheit in Wiltune war fast vergessen, und die Spannung, die zwischen uns geherrscht hatte, legte sich. Nur Radulf blieb distanziert, aber er war wenigstens nicht mehr so feindselig wie zuvor, und damit war ich zufrieden. Denn in Wahrheit war dies das erste Mal in langer Zeit, dass ich glücklich war. Ich war endlich da, wo ich hingehörte: nicht in die Aufklärung vermeintlicher Verschwörungen verwickelt oder in Gespräche über Versprechungen, die gemacht und dann nicht eingehalten worden waren. Nicht unter Männern und Frauen Gottes, sondern hier, unter Kriegern, Männern des Schwerts. Dies hier war seit meinem dreizehnten Jahr mein Leben. Mein Herr mochte tot sein, aber ich war es nicht, und solange mein Herz schlug, das wusste ich, war es meine Bestimmung zu kämpfen.

Von den Ereignissen vor uns hörten wir wenig mehr, bis der König am fünften Tag, nachdem wir uns seinem Heer angeschlossen hatten, seine Kundschafter aussandte, um festzustellen, was sie in Erfahrung bringen konnten. Sie kehrten am Abend mit der Nachricht zurück, dass Malet immer noch aushielt, denn sie hatten die schwarz-goldene Fahne vom Burgfried wehen sehen. Aber das war kein großer Trost, denn die Zahl der Rebellen wurde immer größer; es hieß, dass mehr als fünfhundert Männer von der Fyrd aus Lincoliascir sich ihnen angeschlossen hätten. Aber falls das stimmte, waren sie die einzigen Engländer aus dem Gebiet südlich des Humbre, die sich dafür entschieden hatten. Der Rest hatte sich geweigert, für eine der beiden Seiten in die Schlacht zu ziehen, weil sie einerseits nicht bereit waren, gegen Männer zu marschieren, die ihre Landsleute waren, und andererseits nicht gewillt, sich einem König zu widersetzen, der ihr rechtmäßig gekrönter, von Gott ausgewählter Lehnsherr war. Ich vermutete, dass sie am allermeisten Angst vor Repressalien hatten, falls sie sich für die falsche Seite entschieden, und daher hofften, wenn sie sich keiner anschlössen, würden sie sich jeglicher Bestrafung entziehen. Zumindest verweigerten sie Eadgar Männer, die er sinnvoll einsetzen könnte.

Der Feind hatte natürlich seine eigenen Kundschafter, und hin und wieder erblickten wir die dunklen Gestalten auf den Hügeln in der Ferne. Sie flohen jedoch schnell in den Wald, wenn einer unserer Trupps ausgesandt wurde, um sie abzufangen. Der Ætheling wusste also, dass wir kamen.

Spät am sechsten Tag wurde von vorne der Befehl durchgegeben, anzuhalten und ein Lager aufzuschlagen. Ich kannte die Gegend hier, denn dies war dieselbe Straße, die wir vor nicht ganz zwei Monaten auf unserem Weg nach Dunholm genommen hatten, und ich wusste, dass wir nicht weit von Eoferwic entfernt sein konnten – nicht mehr als einen halben Tagesmarsch, dachte ich.

Gegen Sonnenuntergang rief der König alle führenden Edelleute in sein Zelt, ohne Zweifel, um mit ihnen zu besprechen, wie man die Stadt am besten angriff. Robert gehörte als Sohn des Vicomtes zu ihnen, und er nahm Ansculf und zwei andere Männer mit sich. In ihrer Abwesenheit saßen wir auf dem Boden vor unseren Zelten, schärften unsere Schwerter und säuberten unsere Kettenpanzer. Ein paar aßen, die meisten tranken. Alle wussten, dass uns der Kampf nahe bevorstand: Ob nun morgen oder am Tag danach oder am übernächsten Tag, er würde kommen, und daher mussten wir diese Zeit genießen, solange wir konnten. Roberts Männer erzählten Geschichten von Schlachten, die sie geschlagen hatten, von Feinden, die sie getötet hatten, und im Gegenzug erzählten Eudo und Wace und ich ihnen von Mayenne und Varaville und anderen, die uns einfielen.

Inzwischen war die Sonne untergegangen, und im ganzen Lager brannten die Feuer hell in der Dunkelheit. Bald verstummten wir, und dann war nur noch das Kratzen von Stein gegen Stahl und das Knistern der Flammen zu hören, bis Eudo seine Flöte hervorholte und zu spielen begann.

Seine Finger tanzten geschickt über die Flötenlöcher, während das Lied leise begann, dann lauter und wieder leiser wurde, zunächst langsam und fast trauervoll, bevor es sich zu einer furiosen Kaskade steigerte – wie das Geklirr von Schwertern in der Schlacht, die uns bevorstand, dachte ich. Und dann ließ es genauso plötzlich wieder nach, der Rhythmus wurde wieder langsamer, während es auf einem letzten, lieblichen Ton ausklang, den Eudo hielt, bis ihm die Luft ausging und alles um uns herum wieder still wurde.

»Wo hast du das gelernt?«, fragte ich. Obwohl er aufgehört hatte, schien dieser letzte Ton immer noch in der Luft zu hängen.

»Das Lied hat mir jemand beigebracht, als ich ein Junge war«, sagte Eudo. »Ein fahrender Sänger, der bei unserem Osterfest aufspielte. Er hat mich immer gemocht, gab mir sogar eine seiner Flöten zum Üben. Jedes Jahr, wenn er wiederkam, hat er mir ein neues Lied beigebracht, bis zu meinem zwölften Geburtstag, als ich wegging, um Lord Robert zu dienen. Damals war er schon alt, ich vermute, dass er längst tot ist. Das hier ist das einzige seiner Lieder, an das ich mich erinnere.«

Von irgendwo nicht weit weg wehte der Klang einer Harfe zu uns herüber, vielleicht Eudos Beispiel folgend. Männer sangen betrunken zu der Melodie, die ich allerdings nicht kannte, und brachen zwischendurch sogar in Gelächter aus.

»Wir sollten jetzt gegen sie losmarschieren«, knurrte einer von Roberts Rittern, der Urse hieß. Er war kräftig gebaut und hatte eine kurze Nase mit großen Nasenlöchern, die ihm ein schweineähnliches Aussehen verlieh. »Warum trödeln wir hier rum?«

»Würdet Ihr lieber jetzt, nach einem Tagesmarsch, angreifen, anstatt Euch erst mal auszuruhen?«, fragte Wace, der sich sein verletztes Auge rieb.

»Wir hätten den Vorteil der Überraschung auf unserer Seite. Wenn wir jetzt angreifen, können wir in der Stadt sein, bevor sie es überhaupt mitkriegen. Je länger wir warten, desto mehr Zeit hat der Feind, um seine Abwehr zu verstärken.«

Er war noch jung, sah ich, und wie alle jungen Männer war er ungeduldig, begierig auf den Blutrausch, die Freude am Töten. »Habt Ihr je am Angriff auf eine Stadt teilgenommen?«

»Nein …«

Ich brauchte nicht mehr zu hören. »Dann habt Ihr keine Ahnung.«

Er stand plötzlich auf, die Wangen vom Zorn und vom Ale gerötet, und zeigte mit dem Finger auf mich. »Ihr wagt es, mich zu beleidigen?«

»Setz dich hin, Urse«, sagte einer seiner Kameraden.

»Nein«, brüllte Urse, als er einen Schritt nach vorn machte und dabei fast über seinen Schild stolperte, der zu seinen Füßen lag. Ich wusste nicht, wie viel er getrunken hatte, aber es war

431

deutlich zu viel. »Wer sind diese Leute überhaupt? Sie kommen von irgendwoher zu uns und glauben dann, sie könnten uns sagen, was wir tun und denken sollen. Wir kennen sie nicht einmal, und trotzdem erwartet man von uns, dass wir an ihrer Seite in den Kampf ziehen!«

»Es ist nur die Wahrheit«, sagte ich und machte mir nicht mal die Mühe aufzustehen. Das Feuer lag zwischen uns und hinderte ihn daran, näher zu kommen, und falls er irgendwas zu unternehmen versuchte, würde er sich vermutlich eher selber wehtun als mir.

»Tancred hat recht«, sagte Wace. »Es hat keinen Sinn, überstürzt anzugreifen. Man wartet besser ab, schickt Kundschafter aus und findet die Schwächen des Feindes heraus.«

»Der König ist nicht dumm«, fügte ich hinzu. »Wenn er es für klüger hielte, jetzt anzugreifen, würden wir das tun. Aber da er nicht so denkt, warten wir. Falls Ihr anderer Meinung seid, solltet Ihr ihm das vielleicht persönlich sagen.«

Urse schaute erst mich und dann Wace an, machte ein finsteres Gesicht und setzte sich wieder hin. Vielleicht erkannte er, dass aus uns die Stimme der Vernunft sprach, was ich allerdings bezweifelte. Wahrscheinlich hatte er eingesehen, dass er alleine mit uns zwei nicht fertigwerden konnte.

»Außerdem schließen sich uns jeden Tag mehr Männer an«, sagte ich. »Morgen könnten wir weitere zweihundert Schwerter haben.«

»Das könnte auch für den Feind gelten«, schaltete sich Eudo ein.

Ich warf ihm einen bösen Blick zu. Das war nicht hilfreich. In diesem Moment sah ich jedoch Robert zusammen mit Ansculf und den anderen beiden Rittern wiederkommen, die ihn begleitet hatten. Sie machten alle ernste Gesichter, und ich begriff, was das bedeutete. Die Pläne waren festgelegt worden, und plötzlich hatte die Aussicht auf die Schlacht für sie etwas Reales bekommen. Ich kannte das Gefühl gut. Es war unwichtig, seit wie vielen Jahren man zu Felde zog oder wie viele Feinde man getötet hatte, denn die Furcht war für jeden Mann die gleiche: die Furcht, dass dieser Kampf sein letzter sein könnte.

»Wir greifen morgen vor Tagesanbruch an«, sagte Robert. »Ruht Euch jetzt aus und sammelt Eure Kräfte. Ihr werdet sie für die Schlacht brauchen. Wir marschieren, wenn der Mond am höchsten steht.«

Unter den Männern erhob sich ein Murmeln. Ich schaute nach Westen, wo über den Baumwipfeln immer noch ein Lichtschimmer zu sehen war. Mit Erleichterung stellte ich fest, dass der Mond noch nicht aufgegangen war. Dann hatten wir ein paar Stunden, in denen wir schlafen und uns bereit machen konnten. Ein kalter Schauer durchfuhr mich. Es war so weit, heute Nacht war es so weit.

»Tancred«, sagte Robert.

»Ja, Mylord?«, erwiderte ich.

»Kommt mit mir.«

Ich schaute die anderen an und fragte mich, worum es hierbei wohl gehen mochte, bevor ich aufstand und meine Schwertkoppel umschnallte. Robert wandte sich vom Feuer und den Zelten ab und ging zu den Pferden, wohin ich ihm folgte. Er hatte die Lippen zusammengepresst und schwieg. Er stieg in den Sattel seines Streitrosses, woraufhin ich es ihm nachtat, und dann ritten wir los. Das letzte Licht war verschwunden, und im Lager herrschte Ruhe, von dem Pferdegewieher in der Ferne und dem gelegentlichen Lachanfall an einem der Feuer abgesehen. Die Nachricht von dem bevorstehenden Angriff konnte diese Männer noch nicht erreicht haben.

Schließlich hatten wir das Lager hinter uns gelassen und ließen die Tiere über die gepflügten Felder nach Nordosten ausgreifen, auf eine Baumgruppe zu, die auf einer kleinen Anhöhe stand. Sonst war alles still. Mein Atem bildete Wolken vor meinem Mund. Obwohl die Tage wärmer geworden waren, war die Nacht noch kalt.

Wir erreichten den Gipfel der Anhöhe und stiegen ab. Die Äste bildeten ein Dach über unseren Köpfen und verdeckten die Sterne und den vor Kurzem aufgegangenen Sichelmond. Ich schaute nach hinten auf den Weg, den wir genommen hatten, auf die Punkte von Feuerschein, die auf dem Abhang angeordnet waren. Nicht um alle saßen Männer herum; um feindliche Kundschafter irrezuführen, waren an den Rändern des Lagers mehr Feuer entzündet worden, um unsere wahre Anzahl zu verschleiern und das Heer größer erscheinen zu lassen, als es war.

»Warum habt Ihr mich hierhergebracht, Mylord?«, fragte ich schließlich.

»Schaut«, sagte er und zeigte in die Weite. Jenseits der Bäume fiel das Land ab zu einer weiten Ebene, hinter der sich, einige Meilen entfernt, eine tiefschwarze Linie wand. Es war ein Fluss – die Use, denn es konnte kein anderer sein –, und an seine Ufer schmiegte sich eine Stadt, die von Mauern und einer Palisade umgeben war, in deren Mitte sich ein Hügel mit einem Burgfried darauf erhob, alles im Schatten.

»Eoferwic«, sagte Robert. »Dort ist mein Vater. Und dort werden wir in nur wenigen Stunden auch sein.«

»Ja, Mylord«, erwiderte ich, weil ich nicht wusste, was er von mir zu hören erwartete. Er konnte mich doch sicher nicht nur deshalb den ganzen Weg hierher mitgenommen haben, um mir die Stadt zu zeigen.

»Ich habe etwas, worum ich Euch bitten möchte, Tancred.«

Sein Tonfall und seine Worte erinnerten mich an den Morgen, an dem Malet mich hatte in die Burg kommen lassen und zum ersten Mal die Aufgabe erwähnte, für die er mich ausersehen hatte. Ich schaute Robert an und sah die gleichen dichten

Augenbrauen, die gleiche ausgeprägte Nase und das kantige Kinn. Er war ohne Zweifel der Sohn seines Vaters.

»Was ist es?«, fragte ich.

Roberts Blick blieb auf die Stadt in der Ferne gerichtet. »Unsere Kundschafter kamen vor ein paar Stunden mit neuen Nachrichten vom Feind zurück. Es sieht so aus, dass zwar viele von ihnen in der Stadt sind, die übrigen aber ihr Lager unmittelbar außerhalb des nördlichen Tors aufgeschlagen haben. In wenigen Stunden plant König Guillaume, tausend Mann flussaufwärts bis zum nächsten Übergang reiten zu lassen. Sie werden von Norden auf Eoferwic zukommen und das Lager vor Tagesanbruch in der Hoffnung angreifen, auch die restliche feindliche Streitmacht aus der Stadt zu locken. Gleichzeitig wird der Rest von uns unter der Führung des Königs von dieser Seite angreifen und das westliche Stadtviertel einnehmen, bevor wir die Brücke überqueren und den Feind von hinten attackieren.«

»Und wie hat der König vor, in die Stadt hineinzukommen?«, fragte ich. Wir hatten meines Wissens keine Belagerungswaffen dabei, und obwohl wir versuchen konnten, ohne sie durch die Tore zu brechen, würde das den Verlust vieler Männer bedeuten, auf die wir meines Erachtens nicht verzichten konnten.

»Deshalb habe ich Euch hierhergebracht«, sagte Robert. Er holte tief Luft. »Bevor wir in die Stadt eindringen können, muss jemand das Tor für uns öffnen. Da es mein Vater ist, für dessen Entsetzung dieser Feldzug geplant wurde, ist mir die Aufgabe zugewiesen worden, die Männer dafür zu finden.«

Dann schaute er mich mit hochgezogenen Augenbrauen an, und ich begriff, was er meinte.

»Ihr wollt, dass ich das übernehme«, sagte ich.

»Ihr und Eure übrigen Gefährten. Der König hat um einen kleinen Trupp von Männern gebeten, nicht mehr als ein halbes Dutzend, die sich später in dieser Nacht der Stadt auf dem

Fluss nähern, ungesehen durch die Straßen gehen und das Tor in unsere Hand bringen.«

Das würde gefährlich werden, daran hegte ich keinen Zweifel. Es brauchte uns nur jemand zu sehen und ein Geschrei zu erheben, dann wäre es um uns geschehen, denn sobald wir in der Stadt waren, würde es schwer sein, wieder herauszukommen. Und Robert fragte uns nur aus dem einen Grund, weil er keinen seiner eigenen Ritter aufs Spiel setzen wollte.

Plötzlich wurde ich von Zorn gepackt. Er war nicht mein Herr Ich musste nicht tun, was er wollte. Ich war zwar bereit, mit ihm in die Schlacht zu reiten, ihm in jeder Weise zu helfen, die mir möglich war, wie ich es Beatrice versprochen hatte, aber ich würde nicht mein Leben bei einem gefährlichen Unternehmen für jemanden riskieren, den ich kaum kannte.

Ich drehte mich um und ging zu meinem Pferd. »Sucht Euch einen andern, Mylord.«

»Ihr kennt die Stadt«, rief er hinter mir her. »Meine eigenen Männer nicht. Sonst würde ich Euch nicht darum bitten.«

Ich beachtete ihn nicht, schwang mich in den Sattel und ergriff die Zügel.

»Ich werde dafür sorgen, dass Ihr reichlich belohnt werdet«, sagte er. »Ich kann Euch Silber, Gold, Pferde geben, alles was Ihr wünscht.«

Ich war kurz davor, meinem Pferd die Sporen zu geben und zurück zum Lager zu reiten, als ich innehielt. Der Wind blies mir ins Gesicht, die Zweige über meinem Kopf knackten.

»Was ist mit Land?«, fragte ich. In all den Jahren im Dienst seines Namensvetters Robert de Commines war dies das Einzige, was er mir nie gewährt hatte. Ein Rittergut, das mir gehörte, das ich mein Heim nennen konnte, mit einem Herrensitz und einem Torhaus und Bediensteten, die mir dienten, wie ich ihm gedient hatte. Seit dem Tag, an dem er mir das Kommando über einen seiner Conrois gegeben hatte, war es das, wovon ich mehr als alles andere geträumt hatte. Selber ein Lehnsherr zu werden.

»Falls Ihr das wünscht, werde ich dafür sorgen, für Euch und Eure Kameraden.«

Ich schaute ihn einen Moment an, fragte mich, ob er es ernst meinte, und er schaute mich seinerseits an. »Habe ich Euer Wort?«, fragte ich.

»Ihr habt mein Wort.«

»Ich werde zunächst meine Männer fragen müssen.«

»Natürlich«, erwiderte er. Er bestieg sein Pferd, und wir ritten schweigend ins Lager zurück. In Wahrheit war ich etwas enttäuscht von mir, als mir klar wurde, wie leicht ich mich hatte kaufen lassen. Damit meinte ich nicht, dass ich hätte mehr verlangen sollen, sondern eher, dass ich überhaupt nachgegeben hatte. Denn Land war für eine große Familie wie die Malets wie Brot: Sie hatten so viel davon, dass sie es sich leisten konnten, es umsonst wegzugeben.

Aber er hatte das Angebot gemacht, und ich konnte nicht leugnen, dass es sich lohnte, dafür zu kämpfen. Und alles, was wir zu tun hatten, war, diese eine Nacht zu überstehen.

Zweiunddreißig

~◦~

Die anderen mussten ein wenig überredet werden, vor allem
Wace, der wie ich keine große Lust hatte, seinen Hals für
Robert zu riskieren. Aber sobald ich ihnen von der Belohnung
erzählte, die er versprochen hatte, dauerte es nicht lange, bis sie
dem Plan zustimmten.

Daher machten wir uns zum Ausreiten fertig, als der Mond
sich seinem höchsten Stand näherte, legten unsere Kettenhemden an, setzten unsere Helme auf, schnallten unsere Schwertkoppel um und streiften uns die Schildgurte über den Kopf.
Um uns herum wachte das gesamte Lager auf; überall kümmerten sich Männer um ihre Pferde oder knieten zu einem privaten
Gebet nieder. Ein Priester machte die Runde bei den Männern,
nahm denen die Beichte ab, die es wünschten, und ich hörte
ihn auf Latein murmeln, wenn er ihnen die Absolution erteilte.

Wie ich mich damals nach einem solchen Trost sehnte, aber
ich wusste, wir hatten nicht die Zeit. Ich konnte schon sehen,
wie sich die Männer sammelten, die der König für den Angriff
auf das Lager der Rebellen ausgewählt hatte, obwohl es mir so
vorkam, als wären es viel mehr als tausend, denn als alle Speerträger und Bogenschützen sich zu den Rittern gesellten, sah es
so aus, als wäre es fast die Hälfte unseres Heeres. Wir sollten
mit ihnen gehen, und das hieß, dass wir in Kürze aufbrechen
mussten.

Müdigkeit klammerte sich an meine Augen. Ich hatte nicht
viel geschlafen, denn immer wenn ich es versuchte, tauchten
nur Dunholm und die Gesichter meiner Kameraden vor mir

auf. Die Wunde in meinem Bein pochte, obwohl ich eine ganze Weile nicht daran gedacht hatte. Sie war zwar fast vollständig geheilt, aber die Narbe blieb, und mit ihr die Erinnerung an mein Versagen. Dies hier würde die erste richtige Schlacht sein, in der ich seitdem kämpfte.

Wir ließen unsere Streitrösser im Lager, weil wir keine Verwendung für sie hatten, und sattelten stattdessen die Ersatzpferde. Sie hatten uns bis jetzt gute Dienste geleistet, und jetzt mussten sie uns nur noch ein paar Meilen tragen.

Robert kam zu uns herüber, als wir kurz vor dem Aufbruch waren. Wie wir hatte er seinen Kettenpanzer an, und sein Helmriemen war festgebunden, sein Visier offen, und die Metallklappe hing lose neben seinem Hals. Er sah sicher beeindruckend aus, schien sich jedoch nicht ganz wohlzufühlen. Aber schließlich waren nicht alle Männer dazu geboren, Krieger zu sein. Er war nicht hier, weil er den Wunsch hatte zu kämpfen, sondern eher, um seine Pflicht seinem Vater und seinem König gegenüber zu erfüllen, und das verdiente genauso respektiert zu werden.

»Wir werden Euch Eure Pferde bringen«, sagte er. »Sobald die Tore offen sind, haltet nach uns Ausschau. Für jeden von Euch ist ein Platz in meinem Conroi.«

Ich dankte ihm, und er lächelte, aber es war ein schwaches Lächeln, eines, das seine Besorgnis verriet. »Gott sei mit Euch.«

»Und mit Euch«, erwiderte ich.

Damit spornten wir unsere Tiere an und ritten vor das Lager, wo sich eine Menge von Männern und Pferden unter einem Banner versammelten, das einen weißen Wolf auf einem blutroten Hintergrund zeigte. Ich erkannte es als das von Guillaume fitz Osbern, der von allen Männern in England und der Normandie dem König vielleicht am nächsten stand. Ich war ihm mehr als einmal am Königshof begegnet und wusste, was für ein fähiger Befehlshaber er war, denn er hatte den rechten

439

Flügel unseres Heers in Hæstinges angeführt, den Flügel, auf dem auch wir gekämpft hatten. Er hatte den Ruf eines harten Mannes, aber glücklicherweise hatte ich mir nie seinen Zorn zugezogen.

Er saß auf einem Grauschimmel an der Spitze der Streitmacht und wies Männern ihren Platz an. Er war umgeben von anderen Lehnsherren, und ich erkannte sie als solche, weil in ihre Schwertscheiden kostbare Steine eingelegt und ihre Helme goldberändert waren. Wahrscheinlich hatten viele von ihnen nie eine richtige Schlacht gesehen, und falls doch, waren sie eher im Hintergrund des wirklichen Kampfs geblieben. Denn sonst hätten sie mitbekommen, dass solche Attribute sie nur für den Feind kenntlich machten und sie ihm damit eher zum Opfer fielen. Wie reich sie auch sein mochten, auf dem Schlachtfeld zählte das nichts.

Ich versuchte mir einen Weg durch die Menge zu bahnen, auf fitz Osbern zu, weil ich hoffte, dass er mich, Wace oder Eudo wiedererkennen würde; bei unserer letzten Begegnung mit ihm waren wir allerdings in der Gesellschaft von Earl Robert gewesen, und ich war mir nicht sicher, ob er sich an unsere Gesichter erinnerte.

»Mylord«, rief ich. Männer zu Fuß standen in unserem Weg, aber ich ritt weiter, und sie machten rasch Platz, aber nicht ohne mich zu verfluchen.

Er drehte sich im Sattel um, und sein Blick fiel auf mich. »Was ist los?«

»Wir sind die Männer, die Robert Malet geschickt hat«, sagte ich.

Er schaute jeden von uns der Reihe nach an. »Ihr seid die Männer, die das Tor für uns aufmachen werden?«

»Das ist richtig.«

Ich nannte ihm unsere Namen, obwohl er nicht daran interessiert zu sein schien. »Ihr seid sechs«, sagte er. »Man hat mich in dem Glauben gelassen, es wären nicht so viele.« Er seufzte. »Das macht nichts. Am Fluss liegt ein Boot für Euch. Es ist nicht sehr groß, aber es sollte für Eure Zwecke reichen …«

Er drehte sich plötzlich um, als er von hinten gerufen wurde, und ein anderer Mann kam heran, der auf beiden Seiten von zwei Rittern flankiert war. Fitz Osbern ritt auf sie zu, als hätte er uns schon vergessen, und sprang genau dann aus dem Sattel, als der andere Mann das Gleiche tat. Die beiden umarmten sich, und in dem Moment sah ich das Banner – den Löwen der Normandie –, das von einem der Ritter getragen wurde, und begriff, dass der andere Mann kein Geringerer als der König selber war.

Er war damals ungefähr vierzig Jahre alt, hochgewachsen und gebaut wie ein Ochse, mit einem dicken Hals und einem kraftvollen Schwertarm, der viele Feinde in den Tod geschickt hatte, wie ich wusste. Seine Augen waren tiefe Schatten unter strengen Augenbrauen, und sein Gesicht war abgespannt, aber seine Haltung war selbstbewusst, wie es einem König gut anstand. Es war das erste Mal, dass ich ihn aus der Nähe sah, und obwohl ich im Lauf der Jahre vor vielen Edelleuten gestanden hatte, konnte ich nicht umhin, Ehrfurcht vor ihm zu empfinden. Denn dies war der Mann, der uns durch seinen Willen und seinen Weitblick hierhergebracht hatte, nach England, und für uns dieses Königreich gewonnen hatte. Der Mann, der gegen den Usurpator in die Schlacht gezogen war, obwohl sein Heer der Zahl nach unterlegen war, und der ihn geschlagen hatte.

Ich gab den anderen schnell das Zeichen abzusteigen, denn es war nicht richtig, im Sattel zu bleiben, wenn der König auf dem Boden stand. Die beiden lösten sich aus ihrer Umarmung und schritten auf uns zu.

»Mein König, dies sind die Männer, die für Euch das Tor aufmachen werden«, sagte fitz Osbern.

Ich war geistesgegenwärtig genug, mich hinzuknien. König Guillaume ragte über mir auf, mit all seinen sechs Fuß, und ich sah ihm in die Augen und erblickte das Feuer, das in ihnen lag. Ich beugte rasch meinen Kopf. Es wurde oft behauptet, dass der König eine Neigung zu Zornesausbrüchen habe, und ich hatte keine Lust festzustellen, ob das zutraf.

Er ging um uns sechs herum. »Ihr«, sagte er mit fester Stimme. Ich schaute hoch, weil ich nicht sicher war, ob er mich meinte, aber er hatte Wace angesprochen. »Wie heißt Ihr?«

»Wace de Douvres, mein König.« Wenigstens er schien nicht verwirrt zu sein.

»Dient Ihr Eurem Herrn schon lange?«

»Ich diene seinem Vater, dem Vicomte Guillaume Malet«, erwiderte er, wobei sein verletztes Auge leicht zuckte, was ich als Zeichen von Nervosität verstand. »Doch davor hatte ich meinen Diensteid dem Earl von Northumbria, Robert de Commines, geschworen.«

»Earl Robert«, sagte der König etwas leiser. »Ich kannte ihn gut. Er war ein zuverlässiger Mann und außerdem ein guter Freund. Wie lange habt Ihr ihm gedient?«

»Seitdem ich ein Junge war, mein König. Vierzehn Jahre lang.«

Der König nickte, als sei er in Gedanken. »Dann kanntet Ihr ihn ohne Zweifel weit besser als ich«, sagte er schließlich. »Er hat zu früh den Tod gefunden, aber ich verspreche Euch, dass Ihr Rache an den Engländern nehmen könnt, die ihn ermordet haben. Wir werden die Straßen von Eoferwic mit ihrem Blut füllen.«

»Das hoffe ich, mein König.«

Dieser legte ihm die Hand auf die Schulter. »Ich weiß es.« Dann drehte er sich um, marschierte zurück zu seinen Rittern und seinem Banner, wo er sein Pferd bestieg.

»Guillaume«, rief er fitz Osbern zu. »Zeigt dem Feind kein Erbarmen.« Und dann ritten er und seine Männer zurück zum Hauptteil des Lagers, und die Hufe ihrer Pferde trommelten auf dem Boden, während sie in die Nacht verschwanden.

Einen Augenblick lang blieb ich, wo ich war, immer noch kniend, und wagte kaum zu glauben, dass ich dem König so nahe gekommen war. Als ich aufstand, warf ich Wace einen Blick zu; er schien erschüttert zu sein.

»Du hast dich gut gehalten«, sagte ich, aber er nickte nur und sagte nichts.

Fitz Osborn kam zu uns. Er saß wieder auf seinem Pferd, hatte seinen Helm aufgesetzt und seine Lanze in der Hand; ein brauner Umhang bedeckte sein Kettenhemd.

»Kommt«, sagte er. »Reitet mit mir. Wir sind bereit zum Aufbruch.«

Ich schaute auf die hinter uns versammelte Streitmacht und konnte jetzt sehen, dass es vielleicht insgesamt sechshundert Ritter waren und der Rest aus Fußsoldaten und auch einigen Bogenschützen bestand. Für sich genommen wäre sie nicht groß genug, um den Feind zu schlagen, aber für ein Ablenkungsmanöver würde es sicherlich ausreichen, bis der König mit seinem Teil des Heeres von Süden anrückte.

Nach zwei Stunden, vielleicht etwas mehr, kamen wir an der Use an. Dort gab es eine Brücke, eine einfache aus Holz, die so breit war, dass zwei Reiter sie nebeneinander benutzen konnten. Fitz Osbern signalisierte seiner Truppe, sich zu beeilen – es würde einige Zeit dauern, bis sie alle drüben auf der anderen Seite wären –, und nahm uns sechs beiseite, hinunter zum Flussufer, wo ein kleines Fischerboot unter die herabhängenden Äste einer Weide hochgezogen worden war.

»Vorhin von unseren Kundschaftern erbeutet«, erklärte er. »Ich hoffe, es ist stabil genug. Ich bin mir nicht sicher, ob der Mann, der es gebaut hat, an sechs Ritter in ihren Kettenpanzern gedacht hat, aber es sollte halten.«

Selbst im Dunkeln konnte ich sehen, dass es nicht das prachtvollste aller Wasserfahrzeuge war, auf das ich je meinen Fuß gesetzt hatte. Nägel standen aus seinem Rumpf hervor, und es sah so aus, als ob einige der obersten Planken verrottet waren. Aber es war innen trocken, und es bot genug Platz für uns alle, selbst mit unseren Schilden und Waffen.

»Es wird schon gehen, Mylord«, sagte ich.

»Dann werden wir uns hier trennen. Sobald Ihr in der Stadt seid, wartet, bis Ihr hört, dass wir das Lager angreifen. Ihr werdet mit Sicherheit die Hörner des Feindes ertönen hören, wenn sonst schon nichts. Das ist das Signal, das Tor aufzumachen und den König und sein Heer hereinzulassen. Versteht Ihr?«

Ich nickte. Die anderen gaben murmelnd ihr Einverständnis.

»Wir vertrauen auf Euch«, sagte er mit ernstem Gesicht, das vom Mondlicht scharf beleuchtet wurde. »Ich wünsche Euch viel Glück.«

Er ritt davon, und wir waren allein.

Wir schoben das Boot hinaus auf den Fluss. Ich war erfreut, als ich feststellte, dass es schwamm, ohne Wasser eindringen zu lassen. Dann kletterten wir hinein und legten unsere Schilde und Schwerter in den Bug, wo es höher im Wasser lag. Es gab zwei Bänke und vier Riemen, und daher wechselten wir uns mit dem Rudern ab, während sich die anderen beiden ausruhten und den Fluss und die Ufer beobachteten.

In Wahrheit gab es nicht viel zu sehen. Im spärlichen Licht der Sterne und des Sichelmonds war es schwer, weiter als ein paar hundert Schritte zu sehen, und es wurde noch schwerer, wenn Wolken aufzogen. Falls der Feind diese Ufer von Spähern überwachen ließ, würden sie uns sehr viel früher entdecken als wir sie, obwohl es mir unwahrscheinlich vorkam, denn was für einen Grund sollten sie haben, eine Annäherung auf dem Fluss zu vermuten, noch dazu von stromaufwärts der Stadt? Wir trugen trotzdem dunkle Umhänge, um unsere Kettenpanzer zu verhüllen, und wir versuchten, die Riemen so leise wie möglich zu handhaben. Manchmal erblickten wir Häuser an den Ufern, und dann zogen wir die Riemen ein und ließen das Boot mit der Strömung treiben, bis wir vorbei waren. Aber die meiste Zeit hörten wir keine Bewegung, von dem Rascheln der Schermäuse im Schilf und dem gelegentlichen Platschen abgesehen, wenn sie in das trübe Wasser sprangen.

Die Ufer glitten vorbei, und langsam senkte sich der Mond nach Osten, obwohl vom Herannahen des Tages noch nichts zu merken war. Soweit ich es beurteilen konnte, waren wir gut vorangekommen, aber ich wusste auch, dass fitz Osbern und seine Männer sich beeilen würden, und wir mussten bereit sein, wenn sie angriffen. Wenn ich nicht ruderte, beobachtete ich den Himmel und betete im Stillen, nicht das erste Schimmern des Tagesanbruchs zu sehen. Aber als wir dann eine Biegung des Flusses umrundeten, sah ich plötzlich abgesetzt vom Sternenhimmel die schwarzen Formen von Häusern und Mauern, der Brücke und der Münsterkirche, und über allem aufragend den Schatten der Burg. Eoferwic.

Die Stadt lag still da. Ich stellte mir die Engländer vor, wie sie schlafend in ihren Betten lagen und keine Ahnung von dem Gemetzel hatten, von dem sie gleich heimgesucht würden. Nur die Wachen auf den Mauern würden noch auf sein, und ich hoffte, sie würden auf die Tore achtgeben und nicht auf den Fluss. Ich versuchte über die Marschen und Felder zu schauen, die im Süden lagen, und fragte mich, ob der König und seine Streitmacht dort schon auf der Lauer lagen, aber natürlich konnte ich nichts sehen.

»Riemen einlegen«, sagte ich. Jetzt, wo wir so nahe waren, war es wichtiger denn je, dass wir keine Aufmerksamkeit erregten, denn es stand ja nicht nur der Sieg auf dem Spiel, sondern auch unser Leben. Ich versuchte nicht daran zu denken, welches Schicksal uns bevorstand, wenn wir gefangen würden.

Die Riemen wurden aus dem Wasser gezogen und tropfend zwischen die Bänke gelegt. Das Boot wiegte sich sanft von einer

Seite auf die andere und kam langsam wieder zur Ruhe, während wir mit der Strömung trieben.

»Was geschieht jetzt?«, fragte Wace leise.

»Jetzt müssen wir einen Ort zum Anlegen finden«, sagte ich.

»Die Kais liegen auf der anderen Seite der Brücke«, stellte Philippe fest.

Ich schüttelte den Kopf. »Wir sollten so schnell an Land gehen, wie wir können. Auf den Straßen sind wir sicher, aber je länger wir auf dem Fluss bleiben, desto größer ist die Chance, dass wir bemerkt werden.«

»Und falls sich irgendwelche Männer auf diesen Schiffen befinden, wecken wir sie wahrscheinlich«, sagte Eudo und zeigte flussabwärts durch die Bögen der Brücke.

Er hatte bessere Augen als ich, und ich musste meine zusammenkneifen, um die Schiffe zu sehen. Aber sie waren tatsächlich da, an beiden Ufern zusammengedrängt. Ihre Maste waren umgelegt, aber ich konnte ihre Rümpfe mit den hohen Seiten und dem schmalen Bug erkennen: Schatten auf dem vom Mond beschienenen Wasser. Langschiffe, insgesamt sicher zwanzig Stück. Vielleicht waren die darunter, die uns auf der Use verfolgt hatten, vielleicht auch nicht, aber Eudo hatte jedenfalls recht. Die Kais konnten wir nicht benutzen.

Gleichzeitig brauchten wir einen Ort, wo wir das Boot verstecken konnten, denn falls jemand es leer sah und Verdacht schöpfte könnte er Alarm schlagen. Aber innerhalb der Stadt sah ich keine Stelle, wo das leicht möglich war; das Land am Flussufer entlang lag völlig offen da.

»Wohin denn dann?«, fragte Godefroi.

Ich schaute nach vorne und suchte beide Seiten des Flusses ab, und da fiel es mir auf. Aus größerer Entfernung sah es so aus, als liefe die Stadtmauer bis ganz hinunter zum Fluss, aber aus diesem Blickwinkel war klar, dass es tatsächlich eine Lücke zwischen ihrem Ende und dem Rand des Wassers gab, wo der

Befestigungswall wegbröckelte. Sie war nicht breit und machte auch nicht den Eindruck, als wäre sie leicht zu durchqueren, weil sie dicht mit Schilf bestanden war und der Boden unter den Füßen wahrscheinlich morastig sein würde. Für eine größere Gruppe würde es sich mit Sicherheit als ungeeignet erweisen. Aber das Boot konnte leicht im Schilf versteckt werden, und außerdem waren wir nur sechs Männer und schwer auszumachen. Solange wir nicht zu viel Lärm veranstalteten, konnten wir auf dieser Seite der Mauern landen und den Rest des Wegs zu Fuß zurücklegen, dessen war ich mir sicher.

»Dorthin«, sagte ich und zeigte auf die Lücke. »Zwischen der Mauer und dem Fluss. «

»Das ist nicht ungefährlich«, sagte Eudo nach einem Moment. »Wenn da oben Wachposten stehen, wird man uns bestimmt sehen.«

»Aber es rechnet niemand damit«, schaltete Wace sich ein, und ich war für seine Unterstützung dankbar. »Sie werden nach Süden Ausschau halten, und zwar nach einem Heer, und nicht nach einer kleinen Gruppe wie der unseren.«

Ich schaute die anderen an, um zu sehen, was sie dachten.

»Ich bin einverstanden«, sagte Godefroi.

Radulf zuckte mit den Achseln, als wäre es ihm gleichgültig, und ich fragte mich, ob er überhaupt zugehört hatte. Er sollte sich besser konzentrieren, dachte ich, weil er sonst Gefahr lief, heute Nacht hier umgebracht zu werden, wenn er uns nicht sogar mit hineinzog.

»Philippe?«, fragte ich.

»Wenn die Kaianlagen für uns nicht in Betracht kommen, haben wir meiner Ansicht nach keine andere Wahl«, erwiderte er.

Mehr Zustimmung würde ich anscheinend nicht mehr bekommen.

»Sehr gut«, sagte ich und ging schlingernd ins Heck. Auf dem Weg dahin hob ich einen der Riemen auf, den ich als Paddel benutzte, um uns aus der Strommitte näher an das südliche Ufer heranzusteuern, wo die niedrig hängenden Äste einiger Kiefern uns ein wenig Deckung boten. Dann ließ ich uns wieder treiben und benutzte den Riemen nur, wenn die Strömung uns zu nahe an das Ufer heran- oder zu weit von den Bäumen wegtrieb.

Mit jedem Augenblick, der verstrich, kam uns die Stadt näher. Irgendwie schien sie in der Nacht viel größer zu sein als am Tag. Die Schatten waren derart abschreckend, dass es mir schwerfiel zu glauben, dies könne dieselbe Stadt sein, in der ich vor all diesen Wochen allmählich wieder gesund geworden war.

Langsam schnallte ich mir meine Schwertkoppel an die Hüfte, wobei ich darauf achtete, kein Geräusch zu machen, und überprüfte, ob mein Kettenhemd unter meinem Umhang verborgen war, während wir der Stadtmauer näher kamen: Erdwälle, die von einer Holzpalisade gekrönt wurden. Sie waren offenbar nicht mit Wachen besetzt. Gott war mit uns.

Ich steuerte das Boot ins Schilf, atmete so leicht, wie ich konnte, und war mir immer bewusst, dass man den kleinsten Spritzer des Paddels hören würde. Der Bug glitt zwischen die ersten hohen Schilfrohre, die leise raschelten. Inzwischen konnte ich außer den Schilfbüscheln auf allen Seiten nichts mehr sehen. Ich wollte uns so nahe wie möglich heranbringen, damit wir nicht so weit zu Fuß gehen mussten, und steuerte in die Richtung, wo mir das Schilf weniger dicht vorkam. In der Dunkelheit war das jedoch nicht leicht festzustellen, und bald spürte ich, wie der Boden des Rumpfs über das Flussbett kratzte, bis das Boot wenige Momente später erzitterte und festsaß. Ich versuchte weiterzurudern, falls dies nur eine kleine Untiefe mit offenem Wasser dahinter war, aber es hatte keinen Zweck.

»Von hier aus müssen wir zu Fuß gehen«, sagte ich.

Ich stand auf und hielt den Kopf gesenkt, bis ich sicher sein konnte, dass niemand Ausschau hielt. Ungefähr zwanzig Schritte entfernt erhoben sich die Befestigungsmauern. Ich verließ das Boot und spürte, wie meine Stiefel in dem weichen Schlick versanken. Dann hielt ich Wace die Hand hin und ließ mir meinen Schild reichen, den ich mir um den Hals hängte.

Die anderen folgten mir. Der Schlick machte bei jedem Schritt ein schmatzendes Geräusch, und es war unmöglich zu sagen, welche Stellen ich mit meinem Gewicht belasten konnte. Deshalb führte ich sie vorsichtig, dachte nur an den nächsten Schritt und prüfte den Untergrund vor mir. Ich schaute zu der Mauer hoch, die noch zehn Schritte vor uns lag, und mir wurde klar, wie ungeschützt wir waren. Das dauerte zu lange. Wenn uns irgendjemand sah …

Hinter mir ertönten ein unterdrückter Schrei und ein großes Platschen, und als ich mich umdrehte, sah ich Philippe im schlammigen Wasser um sich schlagen. Er versuchte aufzustehen, aber sein Kettenpanzer zog ihn nach unten, und sein Umhang hatte sich um ihn gewickelt. Er prustete und hustete so laut, dass ich dachte, die ganze Stadt müsse davon wach werden.

Ich hielt ihm die Hand hin und fluchte leise vor mich hin. Aus der Nähe kam ein zorniges Quaken, dem ein Flügelgeklapper folgte, als eine Schar Vögel in den Nachthimmel aufstieg.

»Philippe«, sagte ich, »gib mir die Hand.«

Er brauchte eine Weile, bis er sie im Dunkeln gefunden hatte, aber schließlich bekam er sie zu packen. Ich versuchte ihn hochzuziehen, aber mit seinem Panzer war er zu schwer, und der Schlick und der Fluss saugten ihn zurück.

»Helft mir«, zischte ich den anderen zu. »Jemand muss mir helfen.«

Wace war als Erster da und kniete sich neben das Loch, in das Philippe gefallen war. »Deine andere Hand«, sagte er. »Gib mir deine andere Hand.«

Zusammen schafften wir es, ihn aus dem Wasser und wieder auf festeren Boden zu ziehen, wo er aufstand und immer noch Wasser aushustete.

»Tut mir leid«, sagte Philippe zu laut. Ihm tropfte Wasser von Nase und Kinn, und sein Umhang war durchnässt. »Tut mir leid.«

»Seid still«, sagte ich zu ihm und schaute wieder zur Palisade. »Seid still und sputet Euch.«

Glücklicherweise wurde der Boden unter unseren Füßen immer fester, je näher wir den Resten der Befestigung kamen. Wir kletterten darüber, wobei wir uns die Umhänge über den Kopf zogen, um nicht so leicht gesehen zu werden.

»Schnell«, sagte ich. Je schneller wir von der Mauer wegkamen, umso besser. Vor uns führte eine schmale Gasse zwischen zwei großen Steinhäusern hindurch, und dahinter lag die Stadt, ein Labyrinth von Schatten.

Bei jedem Herzschlag dachte ich, wir würden Stimmen von hinten hören, aber dazu kam es nicht, und schon bald lagen jene Steinhäuser hinter uns, und ein Kirchturm ragte neben uns auf. Zu dieser Zeit sollte sich hier niemand aufhalten, aber ich überprüfte trotzdem zuerst die Straße in beiden Richtungen, bevor wir unsere Schilde ablegten und wieder zu Atem kamen.

Philippe begann seinen Umhang an der Ecke des Turms auszuwringen. Sein Kettenhemd und sein Helm waren übersät mit verrotteten Blättern und voller Schlamm und anderen Dingen, die er aus dem Fluss mitgebracht hatte.

»Passt besser auf«, sagte ich. »Sonst bringt Ihr uns womöglich noch alle ins Grab.«

Aber ich wusste, dass jetzt nicht die Zeit war, ihn auszuschelten. Wir hatten es unbemerkt in die Stadt geschafft, und das war der erste Teil unserer Aufgabe. Doch es gab immer noch viel zu tun, wenn wir Eoferwic in unsere Hand bringen wollten.

Dreiunddreißig

◄○►

Wir machten dort nicht lange Halt. Das Tor lag ein Stück im Süden von unserem derzeitigen Standort, aber wie weit es bis dorthin war, konnte ich nicht mit Sicherheit sagen. Als ich zum Horizont im Osten schaute, schien der Himmel bereits heller zu sein als zuvor. Der Tag rückte näher, und fitz Osbern würde bald mit seinem Angriff beginnen.

Wir gingen los und hielten uns so weit von den größeren Straßen entfernt wie möglich, weil sie vermutlich eher von jemandem benutzt würden, der um diese Zeit auf war. Man hörte irgendwo einen Hund bellen, dem ein anderer antwortete, aber von Menschen war nirgendwo etwas zu sehen. Ein merkwürdiges Gefühl überkam mich, als wir durch die stillen Straßen eilten, weil ich wusste, es würde nicht mehr lange dauern, bis der Rest unseres Heers in voller Stärke hier wäre und das Klirren von Stahl auf Stahl zwischen den Häusern erscholl. Mein Schwertarm begann schon beim bloßen Gedanken daran zu jucken.

Der Mond rückte allmählich tiefer am Himmel und berührte fast die Strohdächer der Häuser, als wir das Torhaus vor uns sahen, dessen Mauerwerk vom sanften Glanz einer Kohlenpfanne beleuchtet wurde. Vor dem Tor hatten sich mehrere Gestalten versammelt, die alle im Schatten standen und brüllten vor Lachen, zweifellos über einen Scherz.

Am Rand der Straße stand ein Stapel Fässer, hinter die ich mich duckte, und ich gab den anderen hinter mir ein entsprechendes Handzeichen. Die Fässer enthielten irgendeine Art Fleisch, das schon vor einiger Zeit ranzig geworden sein musste.

Meine Nase füllte sich mit dem Gestank verwesender Kadaver – auf keinem der Schlachtfelder, die ich kannte, hatte es schlimmer gestunken.

Ich atmete möglichst flach und spähte gebückt zwischen den Fässern hindurch zum Torhaus hinüber. Keiner der Northumbrier dort schien uns gehört oder gesehen zu haben, und dafür dankte ich Gott. Fünf Männer wärmten sich die Hände an der Kohlenpfanne, aber oben auf dem Torhaus standen mit Blick über das Land nach Süden zwei weitere, insgesamt also sieben. Sie trugen, wie es schien, Lederjacken, die mit Metallknöpfen verstärkt waren, dazu Speere, während einer, der einen Kettenpanzer anhatte, zusätzlich ein Schwert an der Seite besaß, und ich nahm an, dass er ihr Hauptmann war.

»Was sollen wir tun?«, fragte Philippe, der sich immer noch Dreck aus dem Gesicht wischte.

»Noch nichts«, sagte ich. »Wir warten auf das Signal.«

Wieder schaute ich nach Osten, und dieses Mal war ich mir sicher, dass der Tag anbrach: Die Schwärze schwand und verwandelte sich in ein tiefes Blau. Mittlerweile begann ich mir Sorgen zu machen. War irgendwas schiefgegangen? War der Angriff abgeblasen worden? Falls ja, so hatten wir keine Möglichkeit, das in Erfahrung zu bringen. Wir konnten nur warten und, falls der Angriff ausblieb, versuchen, die Stadt auf dem gleichen Weg zu verlassen, auf dem wir hineingekommen waren. Nur dass wir, sobald es hell war, leicht zu entdecken waren. Der Zeitpunkt, an dem wir die Wahl treffen mussten, ob wir bleiben oder aufbrechen sollten, würde unweigerlich kommen. Diese Entscheidung irgendwann zu treffen behagte mir ganz und gar nicht, denn falls der Angriffsplan wegen uns scheiterte, würde ich mich dem Zorn des Königs stellen müssen.

Mit all diesen Gedanken war mein Kopf gefüllt, als es plötzlich kam, dröhnend und von Norden: der Klang von Kriegshörnern. Fitz Osbern griff an.

Die Engländer am Tor schauten sich verwirrt an; einer der beiden oben auf der Brustwehr rief den anderen etwas zu. Falls sie in dieser Nacht überhaupt mit einem Angriff rechneten, hatten sie ihn vermutlich aus dem Süden, nicht aus dem Norden erwartet. Der Wachhauptmann brüllte einem seiner Männer hinterher, der in die Stadt davonhastete.

Damit waren nur noch sechs übrig, einer für jeden von uns. Ich legte die Hand auf den Schwertgriff, und mein Herz begann schneller zu schlagen. Ich spürte einen Nervenkitzel, wie ich ihn seit Wochen nicht erfahren hatte, aber ich hielt mich noch zurück, wartete darauf, dass der Feind wieder zu der Kohlenpfanne zurückkehrte, wartete auf den richtigen Moment, darauf, dass ihre Wachsamkeit wieder nachließ …

»Jetzt!«, rief ich, lief aus dem Schatten heraus und brüllte, während ich meine Klinge aus der Scheide zog.

Der Erste von ihnen drehte sich um, die Augen vor Überraschung weit aufgerissen, den Speer vor sich haltend, aber ich schlug ihn mit dem Schild beiseite und rannte das Schwert durch ihn, bevor er überhaupt wusste, was geschah. Blut spritzte aus ihm hervor, als ich die Klinge herausriss, und er fiel zu Boden. Mein erstes Opfer in dieser Nacht.

Der Mann im Kettenpanzer hatte sein Schwert gezogen und ging damit auf mich los, schwang es mit beiden Händen und ließ es auf mich hinunterkrachen, aber ich hob rechtzeitig meinen Schild hoch, und die Klinge prallte von seiner Vorderseite ab, während ich zurückstolperte. Er war stärker, als er aussah, aber nicht schnell, und als er versuchte, für einen zweiten Schlag auszuholen, machte ich einen Satz nach vorn und knallte ihm meinen Schild gegen die Brust. Er rief einige Wörter, die ich nicht verstand, während er, schon aus dem Gleichgewicht geraten, zu Boden fiel. Als er sich bemühte aufzustehen, stellte ich ihm den Fuß auf die Brust und trieb ihm die Spitze des Schwerts ins Gesicht.

Oben auf der Brustwehr schrien die beiden Engländer und warfen mit Speeren auf uns, und ich wandte mich gerade noch rechtzeitig ab, um einem auszuweichen, der auf den Boden traf und im Matsch stecken blieb. Weitere fünf Männer in Lederjacken eilten aus einer der Seitenstraßen auf uns zu, während Wace mit zusammengebissenen Zähnen dem letzten der Torwachen mit seinem Schwert den Garaus machte.

»Wir halten hier unten die Stellung«, rief er mir zu. »Kümmere du dich mit Eudo um die da oben.«

Auf beiden Seiten des Torhauses war ein Eingang, hinter dem, wie ich wusste, jeweils eine Treppe nach oben führte. Ich warf Eudo einen Blick zu und lief zu der einen Seite, während er sich dem anderen Eingang zuwandte. Mein Umhang begann zu rutschen und drohte meinen Schildarm zu behindern, und ich warf ihn beiseite.

Ich lief die Holzstufen hoch und begegnete einem der Wachposten, der mir entgegenlief und mit dem Speer nach meinem Kopf zielte. Ich duckte mich zur Seite und krachte fast gegen die Wand, schaffte es aber, auf den Füßen zu bleiben, während ich nach seinem Bein hieb, aber mein Schlag ging ins Leere. Er war im Vorteil, weil er über mir stand, und obwohl ich mich gegen seine Schläge verteidigen konnte, kam ich nicht näher an ihn heran als auf die Länge seines Speers.

Er ging wieder auf mich los, und sein Selbstvertrauen wuchs, als er die Stufen hinunterkam, mit dem Schild seine Brust abschirmend, während er mit dem Speer meine Schulter zu treffen versuchte. Ich machte einen Schritt zurück und ermutigte ihn, seinen Angriff fortzusetzen, während ich meinem Schwertarm Raum verschaffte. Er fiel auf die List herein und stieß mit seiner Waffe tiefer, aber damit beugte er sich zu weit vor und gab sich eine Blöße. Bevor er sein Gleichgewicht wiedergewann, stieß ich zu und trieb mein Schwert unter seinem Rundschild nach oben in seinen Unterleib und drehte es, während es in ihn eindrang. Seine Augen öffneten sich weit, und ein stummer Schrei entschlüpfte seinen Lippen, und als ich zurücktrat, brach er zusammen, und sein schlaffer Körper fiel zum Fuß der Treppe hinunter.

Ich ließ ihn dort und lief nach oben, wo Eudo den anderen Wachposten gerade gegen die äußere Brüstung drängte. Der Engländer schrie, bis er auf den Boden prallte; erst dann brachen seine Schreie ab.

Von hier oben konnte ich die ganze Stadt von der Brücke bis zum Schatten der Münsterkirche sehen. Und ich sah, dass Eoferwic zu erwachen begann. Noch einmal waren die Kriegshörner des Feindes im Norden zu hören, und in den Straßen konnte ich jetzt Männer mit Fackeln sehen, von denen viele zur Brücke liefen, dem Signal zum Sammeln folgend, wohingegen andere in unsere Richtung kamen. Aber auf den Feldern und im Wald nach Süden sah ich nichts als Dunkelheit, und ich hoffte, dass der König und sein Heer dort draußen bereitstünden, denn sonst wäre all dies hier umsonst gewesen.

»Komm mit«, sagte ich zu Eudo.

Wir steckten die Schwerter in die Scheide und eilten wieder hinunter, wobei wir darauf achtgaben, nicht auszurutschen, wo der Mann gefallen war, den ich getötet hatte. Sein Darm hatte sich entleert, und die Stufen waren glitschig von seinem Blut und seiner Scheiße.

Die Nacht war voll mit den Schreien der Sterbenden. Radulf schlitzte mit seiner Klinge die Kehle eines Northumbriers auf; Philippe stieß die Kohlenpfanne mit dem Fuß einem anderen Mann in den Weg, und als sie umkippte und heiße Kohlen über seine Beine schüttete, rannte er ihm das Schwert durch den Leib. Die übrigen Engländer hatten die Flucht ergriffen, wenigstens im Moment, aber nicht allzu weit weg waren Rufe zu hören, und das Fackellicht kam allmählich näher. Godefroi schien an seinem Schildarm verwundet worden zu sein, aber es war offenbar nicht sonderlich ernst, während Wace sein Augenmerk darauf gerichtet hatte, den großen Eichenbalken zu bewegen, der die Torflügel an Ort und Stelle hielt, und wir eilten zu ihm. Der Balken war sehr viel schwerer, als ich gedacht hatte, aber mit vereinten Anstrengungen schafften wir es, ihn anzuheben und auf den Boden zu legen, bevor wir uns dem Tor selber zuwandten.

Godefroi stieß einen Ruf aus, und ich warf einen Blick über die Schulter die Straße hinunter. Wenig mehr als hundert Schritte entfernt lief eine Horde von Engländern mit Sachsen und Speeren und Schilden auf uns zu: mehr als ich auf Anhieb zählen konnte.

»Macht dieses Tor auf!«, sagte ich und zog fester an den eisernen Querstäben, die in das Holz eingelassen worden waren, aber selbst mit zwei von uns an diesem Torflügel und dreien an dem anderen schien nichts zu passieren. Ich sah den Feind näher kommen und wusste, falls wir dies jetzt nicht schafften, wäre die Schlacht verloren, bevor sie begonnen hatte. Endlich begann sich das Tor mit einem lauten Knirschen zu bewegen.

»Zieht weiter«, rief Wace, »zieht so fest ihr könnt!«

Das Knirschen hörte auf, und ich spürte, wie sich der Torflügel zu öffnen begann. Hinter mir konnte ich die Schreie der Engländer lauter werden hören, aber ich wagte nicht, den Kopf zu drehen. Meine Arme brannten vor Schmerzen, und ich wollte aufhören, wusste aber, dass ich das nicht durfte. Ganz langsam wurde der Spalt breiter, sodass zuerst einer, dann zwei Mann leicht hindurchreiten konnten, und dann noch breiter, bis wir beiseitetraten und das Holz auf beiden Seiten mit lautem Widerhall gegen die Wände des Torhauses krachten.

Falls der König ein Signal brauchte, um mit seinem Angriff zu beginnen, so hatten wir das von uns Verlangte erfüllt: Das Tor zu Eoferwic stand offen.

Doch jetzt hatten wir unsere eigene Schlacht zu schlagen,

456

als der Feind zu Dutzenden wie eine Sturzflut auf uns einge-
stürmt kam, mit vom Mondlicht weißen Gesichtern, während
der Stahl ihrer Klingen ihre Wut widerspiegelte.

»Schildwall«, rief ich und packte die Riemen meines eigenen
Schildes fester. »Haltet das Tor!«

Ich zog mich zurück, bis ich genau unter dem Bogen des
Torhauses stand. Es war ein schmaler Raum, gerade so breit,
dass drei Männer nebeneinander kämpfen konnten, oder sechs
Männer in zwei Glieder gestaffelt. Zumindest konnten wir
nicht seitlich umgangen werden, aber als ich mir wieder die
Anzahl der Feinde ansah, ergriff mich blanke Verzweiflung. Ich
schaute über die Schulter, weil ich hoffte, gepanzerte Ritter aus
der Nacht angreifen zu sehen, aber da war nichts, nur Dunkelheit. Wir hatten keine Wahl und mussten hier die Stellung
halten, wenn wir Erfolg haben wollten.

Wace und Eudo stellten sich rechts und links neben mir auf,
und wir ließen die Schilde einander überlappen und pflanzten
die Füße fest auf den Boden, um die Angreifer in Empfang zu
nehmen, während Malets Männer sich hinter uns postierten:
Alle waren mir so nahe, dass ich ihren Schweiß und das Blut der
Feinde riechen konnte, von dem ihre Kettenpanzer durchnässt
waren. Ihre Atemgeräusche dröhnten in meinen Ohren.

»Töten wir die Hunde«, rief Eudo und schlug mit dem
Schwert gegen seinen Schild. »Töten wir sie!«

Nicht, dass wir hätten ermuntert werden müssen, denn sie
waren an uns dran, und ihre Schildbuckel schlugen mit Getöse gegen unsere. Ich taumelte unter der Wucht ihres Angriffs
zurück, aber Radulf war hinter mir, und unsere kurze Schlachtreihe hielt stand.

Vor mir entblößte ein Engländer seine abgebrochenen Zähne, und sein Atem schlug mir entgegen, während er versuchte,
nach meinen Beinen zu schlagen, aber ich wehrte seinen Hieb
mit der Spitze meines Schild ab, in der sich sein Sachs verfing,

und ließ mein Schwert auf seinen bloßen Hinterkopf niedersausen. Er fiel zu meinen Füßen, aber ich hatte keine Zeit, mich zu beglückwünschen, weil ein anderer Mann über seine Leiche trat, um seinen Platz einzunehmen. Er war größer, und er trug auch einen Helm. Er hob den Speer hoch und stieß zu, und ich erhob meinen Schild, um den Stoß abzuwehren, und merkte zu spät, dass ich mir unten eine Blöße gegeben hatte, als einer seiner Freunde nach mir stieß. Ich hatte Glück, denn es war ein schwacher Stoß, der von meinen Beinlingen abprallte

»Wir können sie nicht aufhalten«, sagte Radulf. »Es sind zu viele!«

»Haltet die Stellung!«, rief ich laut, seine Stimme übertönend. »Bleibt stehen!«

Aber ich wusste, er hatte recht. Der Feind stimmte vereint ein Gebrüll an, und dann begannen sie alle zugleich gegen unsere Schilde zu drücken. Wir hatten nicht genug Männer hinter uns und wurden plötzlich nach hinten, unter das Torhaus, gedrückt.

»Haltet die Stellung!«, rief ich wieder, aber es war vergebens, denn sie waren zu Dutzenden, und wir waren nicht stark genug, sie in Schach zu halten. Ich biss die Zähne zusammen, legte all meine Willenskraft in meinen Schildarm, aber es war nicht ausreichend. Wir waren dabei, an Boden zu verlieren, das Tor zu verlieren, die Schlacht zu verlieren …

Der große Engländer hob den Speer, bereit, wieder zuzustoßen, aber diesmal fiel ich nicht auf den gleichen Trick herein, hielt den Schild, wo er war, und machte stattdessen mit dem Schwert einen Ausfall nach oben und in sein Gesicht. Er rechnete nicht damit, und als ich seinen Helm traf, taumelte er benommen mitten in seine Kameraden zurück, und der Feind kam für einen Augenblick zum Stillstand.

Einmal mehr ertönten die Hörner: zwei scharfe Stöße als Signal zum Sammeln. Inzwischen hätten sich die Engländer sicherlich gegen fitz Osbern zusammengeschart, und jeder

Vorteil, den er durch seinen Überraschungsangriff gewonnen haben mochte, würde bald verloren sein. Übelkeit breitete sich in meinem Magen aus. Wir waren gescheitert.

In dem Moment bemerkte ich, dass einige Engländer, zumindest in den vorderen Gliedern, aufgehört hatten, nach vorne zu drängen, sondern nur noch dort standen, als wären sie unsicher, ob sie weiterhin angreifen oder fliehen sollten. Die Hörner erklangen noch einmal, und dieses Mal erkannte ich, dass sie nicht aus der Stadt kamen, sondern aus unserem Rücken.

Ich riskierte einen Blick über die Schulter, zwischen den Köpfen von Radulf und Godefroi hindurch. Kettenpanzer und Speerspitzen glänzten im Mondlicht, und es flogen Fähnchen, Pferde galoppierten, und als ich mich wieder zum Feind hin umdrehte, ertappte ich mich plötzlich dabei, wie ich lachte, und meine Arme waren mit frischer Energie erfüllt.

»Vorwärts«, schrie ich.

Der Feind wankte. Die vorne im Schildwall standen, hatten bemerkt, was da vor sich ging, und zögerten, aber die dahinter konnten nichts sehen und versuchten weiterhin, nach vorne zu drängen. In solchen Momenten der Unentschlossenheit lag das Schicksal einer Schlacht, und ich wusste, dass wir diese Gelegenheit beim Schopf packen mussten.

Ich griff an in der Hoffnung, dass Eudo und die anderen folgen würden, und schwang meine Klinge in den Schild des großen Mannes vor mir. Der Schlag erschütterte meinen Arm, als die Schneide durch den Lederrand schnitt und sich ins Holz vergrub. Er schrie, während er nach hinten stolperte und dabei immer noch seinen zerbrochenen Schild festhielt, obwohl dieser jetzt so gut wie nutzlos war. Ich setzte nach und rammte die Spitze meines Schwerts gegen seine Brust; er versuchte, sie abzublocken, aber vergeblich, denn der Stahl durchbrach das Holz und fand sein Herz.

Jetzt konnte man das Geräusch von Hufen hören, die auf die

Erde trommelten, und es schien, als hätten noch mehr Feinde gemerkt, in welcher Gefahr sie schwebten, denn einige von denen weiter hinten ließen ihre Kameraden im Stich, drehten sich um und rannten davon.

Ihr Schildwall zerbrach, und obwohl wir nur sechs Mann zählten, waren wir mitten unter ihnen, fielen über sie her, frohlockten in der Freude des Kampfs, kosteten die Herrlichkeit des Tötens aus und forderten diejenigen, die uns standhielten, heraus, den Tod durch unsere Schwerter zu finden. Dann ergriffen sie beinahe alle wie ein Mann die Flucht, hielten auf die Sicherheit der Seitenstraßen zu, flohen in Richtung der Brücke, überall hin, wo sie sich verstecken konnten.

Das Tor gehörte uns, und jetzt kam eine Kolonne von Reitern hindurch, die Lanzen eingelegt und bereit zuzuschlagen – sie ritten in vollem Galopp, wirbelten Erde und Steine auf, und auf ihren Fähnchen sah ich den vertrauten goldenen Löwen auf einem roten Feld.

»Für die Normandie und König Guillaume!«, rief ich und richtete mein Schwert in den Himmel. Eudo und Wace nahmen den Schrei auf, und Radulf, Godefroi und Philippe schlossen sich uns an.

Ich steckte das Schwert in die Scheide, löste den Helmriemen und zog meine Bundhaube zurück, während ich mir den Schweiß von der Stirn wischte. Ich hielt nach dem König oder nach Robert oder irgendeinem anderen Lord Ausschau, den ich vielleicht erkannt hätte, aber sie waren nicht da, oder zumindest nicht in der Vorhut. Denn die Kolonne der Ritter riss nicht ab, zunächst Ritter, dann Speerträger und Bogenschützen. Und dann sah ich König Guillaume, der mit dem hinter ihm herfliegenden Helmschwanz in seinem Kettenpanzer prächtig anzuschauen war, mit einem seiner Vasallen an der Seite, der dasselbe Banner trug, das vor ein paar Stunden noch über dem Lager geweht hatte. Und nicht weit hinter ihm war der Sohn des Vicomtes mit Ansculf und Urse und seinen restlichen Männern neben sich, die sechs Pferde ohne Reiter mit sich führten.

»Mylord!«, rief ich ihm zu und winkte, um ihn auf uns aufmerksam zu machen. »Robert!«

Sein Blick fiel auf mich, und er kam zu der Stelle geritten, wo wir am Straßenrand standen. Seine Männer reichten uns die Zügel unserer Pferde hinunter. Ich schaute nach dem weißen Stern auf der Stirn, der mein Tier kennzeichnete, und schwang mich in den Sattel.

»Es ist gut, Euch zu sehen, Tancred«, sagte Robert.

»Euch ebenfalls, Mylord.«

Ich bemerkte, dass er zwei Lanzen trug, von denen er eine mir zuwarf. Ich fing sie sicher, und er zog an seinen Zügeln und setzte sich wieder an die Spitze seines Conrois. Ich verstand: Dies war nicht die Zeit für Gespräche. Die Nacht war noch nicht vorüber, der Kampf um Eoferwic noch nicht gewonnen. Wir mussten die Brücke erreichen, bevor die Anführer der Feinde begriffen, dass wir Einzug in die Stadt gehalten hatten, und Männer ausschickten, die sie gegen uns halten sollten.

Es ritten bereits andere Lords an uns vorbei. Wir liefen Gefahr, ins Hintertreffen zu geraten, und ich wollte mich so nahe wie möglich an die Spitze des Angriffs setzen, wenn sie auf die englischen Reihen traf. Denn mir schlug das Herz wie wild in der Brust, nicht mehr vor Furcht, sondern eher vor freudiger Erregung. Es war lange her, seit ich mich so frei gefühlt hatte. Rache und Sieg lagen griffbereit vor mir; ich spürte es in der Luft.

»Für Lord Robert!«, rief Wace aus, und ich wusste, er meinte nicht Malets Sohn, sondern den Mann, der uns in Dunholm und durch so viele Schlachten zuvor geführt hatte. Er war es, für den wir kämpften, wie wir immer gekämpft hatten: nicht für den Vicomte oder den König oder irgendjemanden sonst.

Eudo hakte sein Visier ein, sodass es Kinn und Hals bedeckte. »Für Robert«, sagte er.

»Für Robert«, stimmte ich zu. Ich zog mir wieder die Bundhaube über den Kopf und befestigte meinen Helmriemen, bevor ich mich umdrehte und meinem Pferd die Sporen gab.

»Folgt mir!«, rief Malets Sohn von der Spitze seines Conrois. Seine Lanze war mit ihrem schwarz-goldenen Fähnchen in den Himmel gerichtet. »Folgt mir!«

Mittlerweile war der Horizont in Licht getaucht, und die Sterne verblassten, während Schwarz zunächst Purpur und dann Blau Platz machte. Und dann hörte ich zum ersten Mal in dieser Nacht den Schlachtendonner. Denn als wir um die Biegung ritten, marschierte uns der Feind in Schlachtordnung entgegen.

Vierunddreißig

Sie schlugen mit ihren Griffstücken gegen den Schildrand und ließen ihrer Raserei freien Lauf. Ihr Banner stellte einen schwarzen Raben zur Schau, ein von den Dänen bevorzugtes Symbol, und ich erkannte, dass dies die gedungenen Schwerter sein mussten, von denen Robert gesprochen hatte. Alle schrien sie, verhöhnten uns in ihrer Sprache und luden uns ein, durch ihre Klingen den Tod zu finden.

Vor uns hielten der König und seine Ritter an und ließen einige Speerträger durch die Reihen nach vorne eilen. Sie bildeten eine Formation quer über die Straße, die fünf Reihen tief war, und standen Schulter an Schulter mit überlappenden Schilden, um einen Wall zu bilden, und durch die Lücken in diesem Wall streckten sie ihre Speere aus, bereit für den dänischen Angriff.

»Robert«, rief der König, dessen Gesicht unter dem Helm gerötet war. »Nehmt Eure Männer durch die Seitenstraßen und versucht, sie auf dem Flügel zu umgehen.«

Robert senkte seine Lanze zum Zeichen, dass er verstanden hatte, und wandte sich dann an uns. »Folgt mir!«, sagte er und hob seine Lanze mit dem Fähnchen daran hoch in die Luft, damit alle es sehen konnten. Flankiert von Ansculf und Urse gab er seinem Pferd die Sporen und nahm eine der schmalen Gassen zwischen den Häusern.

Ich packte den Schaft meiner Lanze fester. Solange ich sie, meinen Schild und mein Schwert hielt, zählte nichts sonst. Ich schaute nach, wer neben mir ritt, und war erleichtert, als ich

Wace und Eudo fand. Es gab niemanden, dessen Schwertarm ich mehr vertraute.

Hinter uns ritten weitere Hundert Reiter, und mehr Lords schlossen sich uns an. Das Donnern ihrer Hufe erscholl in der schmalen Gasse. Ich erblickte Fackelschein vor uns und sah eine Gruppe von zehn oder mehr Engländern, die vor uns wegrannten, aber wir waren eine Woge aus Kettenhemden und Hufen und Stahl, die auf sie zurollte, hatten die Lanzen unter den Armen eingelegt, scharf und funkelnd in der Morgendämmerung, bereit, sie in den Tod zu schicken. Sie waren mit Schilden und Speeren belastet, während wir auf wendigen Tieren saßen, die zum Angriff ausgebildet waren. Ihre Lage war aussichtslos.

Ich hörte Robert etwas rufen, ohne zu verstehen, was er wollte, während er seine Lanze einem Mann durch die Schulter stieß und über ihn hinwegritt, und wir waren hinter ihm und metzelten den Feind nieder. Einer blieb mit dem Fuß an einer Leiche hängen, geriet ins Stolpern, fiel auf die Knie, und als er aufzustehen versuchte, durchschlug meine Klinge seinen Schädel. Und dann waren wir hindurch, galoppierten an großartigen Holzhäusern und armseligen Hütten aus Lehm und Stroh vorbei. Erde wurde von den Hufen der Pferde vor uns aufgewirbelt und landete auf meinen Wangen, meinem Kettenhemd und meinem Schild. Die Gasse wandte sich scharf nach rechts, wo gerufen und geschrien wurde und Stahl gegen Stahl schlug, und als sie sich wieder zur Hauptstraße hin öffnete, standen die Dänen mit dem Rücken vor uns.

»Für die Normandie!«, schrie Robert, und wir erwiderten den Schrei wie aus einem Munde.

Einige Dänen hörten uns kommen, drehten sich rasch um und streckten uns ihre Speere entgegen, um uns abzuwehren. Doch wir waren viele und sie nur wenige, und sie hatten keine Zeit, sich zusammenzuschließen – einen Schildwall zu bilden –, bevor Robert und Ansculf und Urse in ihre erste Reihe einbrachen, sich in ihre Mitte bohrten und einen Platz für uns andere bahnten, in den wir eindringen konnten.

Wir fielen ohne Furcht, ohne Gnade über sie her. Ich schrie, fühlte den kalten Wind um mein Gesicht peitschen. Der erste Däne stand vor mir, und meine Lanze traf auf seinen Schild, und durch die Wucht des Angriffs drang ihre Spitze durch den Schildrand und in seine Brust. Er sackte zusammen und fiel in den Matsch, und ich zog die Lanze heraus und ritt weiter, mit den anderen einen Keil in die Reihen des Feindes treibend. Ansculfs Lanze glitt am Helm eines anderen Mannes ab, und als er von dem Schlag benommen zurücktaumelte, trieb ich die Spitze meiner Lanze durch seine Rippen in sein Herz, und ich ließ sie stecken und zog stattdessen das Schwert, hackte nach unten auf den Schild des nächsten Mannes, bevor ich ihn mit einem rückhändig geführten Schlag am Hals traf.

Meine Gedanken verloren sich im Rhythmus der Klinge, während sie Kehlen durchschnitt, Kettenpanzer und Tuch durchstieß und sich in der Hohlkehle das Blut sammelte. Ein weiterer Däne, dessen Gesicht und Haar mit Matsch bespritzt war, griff mich auf der rechten Seite an und schwang sein Beil, aber Wace war neben mir, und er hieb dem Mann zur gleichen Zeit den eisernen Buckel seines Schilds gegen die Nase, als ich ihm mein Schwert in die Brust grub. Sie bewegten sich so langsam und ich so schnell, während ich wieder und wieder mit der Klinge zuschlug. Ich lehnte mich gegen den Hinterzwiesel zurück, als ein Speer nach meinem Kopf stieß, bevor ich mit der Schneide des Schwerts durch die Hand des Mannes schnitt, der ihn hielt.

Doch die Stärke eines Conrois liegt im Angriff, wenn er seine Geschwindigkeit, seine Kraft und die Zahl seiner Männer wirkungsvoll einsetzt. Daher begann der Feind sich wieder zu fangen, als unser Angriff langsamer wurde. Vor uns erhob sich ein Wall von Schilden, deren jeder mit dem Raben geschmückt war, und plötzlich zwang uns der Feind zurück. Selbst ein für die Schlacht trainiertes Pferd wird zögern, auf einen solchen Wall, gegen so viele Klingen loszugehen, und ich sah, wie Roberts Pferd sich aufbäumte und seine Mähne von einer Seite auf die andere warf. Der Feind, der in ihm unseren Anführer erkannte, witterte seine Chance und stieß auf einmal vorwärts, und für jeden von ihnen, den Robert tötete, schienen zwei neue die Lücke im Wall zu schließen.

»Weiter!«, schrie ich im Vertrauen darauf, dass mein Pferd nicht ins Stocken kam. Ich sah, wie Ansculf sich bemühte, die Männer abzuwehren, die ihn von allen Seiten umgaben, wie Urses Pferd zurückscheute, und ich erinnerte mich an den Eid, den ich Beatrice geleistet hatte, und wusste, dass ich Robert zu Hilfe eilen musste.

Die Dänen waren von ihrem Verlangen nach Ruhm, von ihrem Wunsch, diejenigen zu sein, die unseren Anführer töteten, so geblendet, dass sie uns trotz unserer Rufe und dem Lärm der Hufe und trotz der blanken Klingen, die im Licht des Morgens glänzten, nicht kommen sahen. Ich schnitt mit dem Schwert durch Leder und durch Fleisch, stieß mit seiner Spitze in die Kehle eines Mannes, bevor ich mich umdrehte und sie in den Rücken des nächsten stach. Warmes, klebriges Blut sickerte meinen Arm hinunter bis auf meine Schwerthand.

Ich schaute hoch und sah, wie Robert mit vor Verzweiflung verkrampftem Gesicht nach dem Kopf eines seiner Angreifer hieb. Er verfehlte ihn um Haaresbreite: Sein Widersacher duckte sich und stieß mit seinem Speer nach oben und traf Roberts Schwertarm unter dem Ärmel seines Kettenhemds, sodass dieser vor Schmerz aufschrie, als seine Waffe seinem Griff entglitt. Der Däne wollte wieder auf ihn losgehen und stieß mit der Speerspitze nach seiner Brust, aber er hatte mich nicht gesehen. Ich rammte ihm meinen Schild seitlich gegen seinen Helm, und er konnte sich nicht mehr auf den Beinen halten und fiel unter die Hufe meines Pferdes.

»Zurück!«, rief ich in der Hoffnung, dass Robert mich hörte, während der Wind in Böen von hinten blies und ich auf die Schilde der Männer vor mir einschlug. »Reitet zurück!«

Roberts Pferd stieg auf den Hinterbeinen hoch, und der Feind drängte weiterhin nach vorne. Es brauchte ihn nur ein geworfener Speer in die Brust zu treffen, und er wäre tot. Ich musste ihn von hier weglotsen.

»Mylord«, sagte ich, um ihn aus seiner Versunkenheit aufzurütteln. Das Blut floss ungehindert, färbte seinen Ärmel rot, aber dagegen war nichts zu machen, und er würde mehr als sein Schwert verlieren, wenn er noch länger zögerte. Die dänische Schlachtreihe hielt noch stand, während weitere Ritter eintrafen, um an dem Gefecht teilzunehmen. Sie würden den Feind einen Moment lang zurückhalten, aber nicht für immer.

Ich rief Wace herbei, der gerade eine Atempause einlegte. Eudo und Philippe und mehrere andere, die ich nicht kannte, die aber zu Roberts Conroi gehörten, waren bei ihm.

»Haltet sie in Schach«, sagte ich, bevor ich mich, ohne auf Wace' Antwort zu warten, umdrehte und hinüberbeugte, Roberts Zügel ergriff und an ihnen zog, während ich meinem Pferd die Sporen gab.

Ein Speer wurde gegen meine Seite gestoßen, aber ich konnte ihn mit dem Schild abwehren und ließ mein Pferd schneller traben. Männer strömten an uns vorbei, deren Lanzenfähnchen ich nicht erkennen konnte, weil sie derart mit dem Blut unserer Feinde getränkt waren.

»Haltet den Feind in Schach!«, rief ich ihnen zu und warf einen Blick auf Robert neben mir. Er saß vornübergebeugt im Sattel, das Gesicht vor Schmerzen verzerrt. Die Augen seines Pferdes waren weiß vor Angst.

Ich fand dieselbe Gasse, durch die wir gekommen waren, und

hielt vor der Giebelwand eines großartigen Kaufmannshauses an, weit genug vom Kampfgetümmel entfernt, um in Sicherheit zu sein, wenigstens im Augenblick. Andere aus seinem Conroi hatten gemerkt, dass er verwundet worden war, und kamen zu uns geritten. Ich hielt einem von ihnen meinen Schild hin, und er nahm ihn ohne ein Wort.

»Zeigt mir Euren Arm, Mylord«, sagte ich zu Robert.

Er schüttelte den Kopf. »Es ist schon gut«, erwiderte er mit zusammengebissenen Zähnen, aber ich wusste, dass dem nicht so war, weil er sonst noch kämpfen würde.

Ich ergriff ihn und zog den Ärmel seiner Tunika zurück, dankbar für das schwache Licht der Morgendämmerung. Er war am Unterarm getroffen worden, auf dem ein langer Schnitt zu sehen war, der fast vom Ellbogen bis zum Handgelenk verlief. Die Wunde war nicht tief, ich hatte eindeutig viel schlimmere gesehen. Wäre es sein Schildarm gewesen, hätte er vielleicht weitermachen können, aber es war sein Schwertarm, und das machte den entscheidenden Unterschied aus.

Andere aus seinem Conroi scharten sich allmählich um uns, und Ansculf war einer von ihnen. Er trug immer noch seinen Umhang über den Schultern. »Seid Ihr verletzt, Mylord?«, fragte er.

»Nein«, sagte Robert, aber sein verzerrtes Gesicht verriet ihn. »Ich brauche ein Schwert. Ich muss zurück in den Kampf.«

Ich wandte mich an Ansculf. »Gebt mir Euren Umhang«, sagte ich.

»Warum?«

Ich hatte weder die Geduld noch die Zeit für Erklärungen. Die Schreie der Sterbenden hallten mir in den Ohren, die Schlacht wurde immer noch geschlagen, und wir wurden dort gebraucht. »Gebt ihn einfach her«, sagte ich zu ihm.

Er schnallte ihn auf und reichte ihn mir. Er war nicht sehr dick, aber er würde genügen müssen. Ich zog mein Messer aus der Scheide und schnippelte an dem Tuch herum, bis ich einen Streifen hatte, der lang genug war, um Roberts Wunde damit zu verbinden. Er zuckte zusammen, als ich das tat, und versuchte den Arm wegzuziehen, aber ich hielt ihn fest, bis er verbunden war. Ein Mönch oder ein Priester hätten bessere Arbeit leisten können, aber es würde vorerst reichen, um die Blutung zu stoppen.

Ein lautes Gebrüll erhob sich, und ich drehte mich um, das Schlimmste befürchtend. Ich erwartete, unsere Ritter auf der Flucht und die Rebellen vorwärtsstürmen zu sehen, weil sie durch Roberts Verwundung wieder in ihrer Zuversicht bestärkt wären. Stattdessen zerbrach der dänische Schildwall, und sie waren in Auflösung begriffen, während unsere Männer und die des Königs ihren Vorteil ausnutzten und in ihre Mitte eindrangen.

»Bleibt bei ihm«, sagte ich zu Ansculf. Ich winkte nach meinem Schild, legte mir den langen Riemen um den Hals und schob den Unterarm durch die Lederschlaufen. Ich ließ den Blick rasch über Roberts Männer schweifen, wenigstens soweit sie da waren: mehr als zwölf, aber weniger als zwanzig. »Kommt mit mir«, rief ich ihnen zu, während ich mich an ihre Spitze setzte.

»Das sind nicht Eure Männer«, rief Ansculf hinter mir her. »Das könnt Ihr nicht …«

»Lasst mich sie führen«, sagte ich und schnitt ihm das Wort ab. »Kümmert Euch darum, dass Robert in Sicherheit ist. Bringt ihn vom Schlachtfeld weg.«

Ich wusste, dass ich kein Recht dazu hatte, so etwas von ihm zu verlangen, aber meine Gedanken überschlugen sich, das Blut strömte mir heiß durch die Adern, und ich konnte mich nicht bremsen. Dies war die Gelegenheit, auf die ich seit Dunholm wartete: die Gelegenheit, mich zu bewähren, den Tod Lord Roberts zu sühnen und alles wieder ins Lot zu bringen.

Ansculfs Wangen wurden hochrot vor Zorn, während er

mich anstarrte, aber er sagte nichts, ohne Zweifel überwältigt von meiner Dreistigkeit. Auf jeden Fall hatten wir keine Zeit, uns zu streiten, und daher hob ich das Schwert zum Himmel, bevor er antworten konnte, und grub meinem Pferd die Sporen in die Seite, während ich wieder rief: »Conroi, mit mir!«

»Tancred!«, schrie er, als ich losritt, aber ich ignorierte seine Proteste und schaute nur hinter mich, um zu überprüfen, ob mir Roberts Männer folgten.

Ich führte sie zurück durch die schmale Gasse auf die Hauptstraße, wo die Dänen begriffen hatten, dass der Kampf sich gegen sie wandte, und deshalb ihr Heil in der Flucht suchten. Natürlich waren sie bezahlte Krieger, die keinen Eid geleistet hatten, und wie all diese Männer waren sie Feiglinge: Ihre einzige Sorge galt ihrer Börse, und sie hatten nicht den Wunsch, bis zum letzten Atemzug zu kämpfen.

Auf der Straße zu unseren Füßen sammelte sich das Blut, häuften sich die Leichen. Der Gestank von Scheiße und Erbrochenem und frisch vergossenem Blut hing in der Luft. Keine fünfzig Schritte entfernt erblickte ich mitten im Andrang der Männer das Rabenbanner, und darunter den Mann, den ich für den Anführer der Dänen hielt. Er war gebaut wie ein Bär, und seine blonden Haare fielen ihm über die Schulter, und sein Bart war mit Blut befleckt. An seinen Armen trug er silberne Ringe, und in der Hand hielt er eine langstielige Axt. Er brüllte seine Männer an und winkte die Hauptstraße hinunter in Richtung des Flusses.

Männer spritzten vor uns auseinander, sowohl Dänen wie Normannen. Unsere Speerträger hatten ihren Schildwall verlassen, um dem Feind nachzujagen. Ich hob mein Schwert hoch in die Luft, damit alle Männer Roberts es sehen konnten, und spornte mein Pferd zu einem Galopp an. Es war kaum ein Dutzend Männer bei mir, während der dänische Anführer mehr als dreißig hatte, aber ich wusste, es wären genug.

»Tötet sie!«, rief ich. Die Straße fiel zum Fluss hin ab, und ich spürte, wie mein Pferd schneller wurde. Ich musste unwillkürlich lachen, als ich die Dänen vor mir sah, die sich endlich umdrehten, als sie die Gefahr in ihrem Rücken spürten. Ihr Anführer brüllte vor Verzweiflung, als er seine Männer um sich scharte, aber dann taten sie etwas, was ich nicht erwartete, denn sie griffen uns an wie ein Mann.

Ob der Schlachtrausch sie ergriffen hatte oder ob sie nur einen ehrenvollen Tod sterben wollten, wusste ich nicht. Es war allerdings auch nicht wichtig. Einer kam schreiend auf mich zu, das Gesicht von Tränen überströmt, und ich hob den Schild, um seinen Speer abzuwehren, und überließ ihn Urse, während ich mich umdrehte und nach dem Banner mit dem Raben Ausschau hielt, nach dem Anführer der Dänen.

Ich musste nicht lange suchen, denn in dem Augenblick tauchte er an meiner Seite auf, schwang seine Axt mit beiden Händen und hackte auf meinen Schild ein. Die Wucht des Schlags sandte einen Schauder durch meinen Arm, aber die Klinge glitt an seiner Vorderseite ab, und als er das nächste Mal zuschlagen wollte, stieß ich ihm meinen Ellbogen entgegen und lenkte die Spitze meines Schildes seitlich in sein Gesicht, sodass er nach hinten gedrückt wurde. Blut strömte unter seinem Nasenschutz hervor und ergoss sich über seinen dichten Vollbart und tropfte auf sein Kettenhemd, aber das schien ihn nicht zu stören. Seine Augen verströmten blaues Feuer, während er wieder und wieder und wieder auf mich einschlug und jeder Schlag vom Buckel meines Schildes abprallte und mich weiter nach hinten trieb. Seine Gefährten sammelten sich um ihn, aber ich wusste, dass der Rest aufgeben würde, wenn ich ihn töten konnte.

Als er die Axt für einen nächsten Schlag hob, sah ich meine Chance und drückte meinem Pferd die linke Ferse in die Seite. Das Tier drehte sich scharf um, sodass er meine ungeschützte

Seite vor sich hatte, und ich sah das Funkeln in den Augen des Dänen, als er die Axt niedersausen lassen wollte, aber mein Schwert war schneller und traf ihn in die Schulter. Er fuhr zurück, und als er das tat, versenkte ich die Klinge in seiner Brust, indem ich ihre Spitze zwischen die Kettenglieder hindurchtrieb. Ich drehte das Schwert, und er stieß ein Keuchen aus, und als ich die Waffe herauszog, fiel er nach vorne. Er war bereits tot, als er auf dem Boden aufschlug.

Auf einer Seite war das blutverschmierte Rabenbanner, und ich sah, wie Urse seine Lanze dem Träger in den Rücken stieß. Das Banner sank zu Boden, wo es unter die Hufe von Urses Pferd geriet, und die Männer hinter mir erhoben ein Triumphgeschrei, als es in den Schlamm getrampelt wurde. Die Dänen rannten davon.

»Stellt euch, ihr Hurensöhne«, rief jemand, und als ich hochschaute, sah ich, dass es Eudo war. Er hackte auf einen anderen Dänen ein, und seine Klinge fuhr direkt unter dem Ärmel seines Kettenhemds durch den Arm des Mannes. In Eudos Augen stand der Blutrausch. »Stellt euch!«

Überall nahmen Reiter die Verfolgung der Flüchtenden auf: Ganze Conrois preschten durch enge Gassen und schlugen die Feinde von hinten nieder, und ich sah die goldenen Fäden, mit denen das Löwenbanner des Königs durchwirkt war, im ersten Licht des Morgens schimmern, während er und seine Männer eine Gruppe von Dänen niederritten. Einige unserer Speerträger waren stehen geblieben, um Leichen ihre Helme, ihre Panzerung, ihre Schwerter und sogar ihre Stiefel abzunehmen, und andere stritten mit ihnen um genau diese Dinge.

»Zu den Waffen«, rief ich ihnen zu, als ich vorbeiritt. »Zu den Waffen!« Denn falls sie dachten, die Schlacht wäre gewonnen, irrten sie sich. Aus dem Osten konnte ich Schlachtendonner hören, aus größerer Entfernung als zuvor, aber dennoch ertönte er. Die restlichen Feinde sammelten sich.

Ich steckte mein Schwert in die Scheide und zog eine Lanze aus der Brust eines gefallenen Dänen, wobei ich zunächst überprüfte, ob der Schaft noch unbeschädigt und die Spitze gut befestigt war. Ich hob sie dem Himmel entgegen. »Conroi zu mir!«

Eudo brach die Verfolgung ab, um sich uns anzuschließen. Seine Hände und die Spitze seiner Lanze waren von Blut bedeckt, und auf seinem Gesicht lag ein breites Lächeln, das verschwand, als er sich neben mich setzte.

»Wo ist Robert?«, fragte er.

»Er ist am Arm verletzt worden«, sagte ich. »Ansculf ist bei ihm.«

»Ist er schwer verletzt?«

»Er wird es überleben.« Und das würde er auch, wenigstens solange, wie Ansculf ihn dem Schlachtgetümmel fernhielt.

Bei Eudo waren Philippe und rund ein halbes Dutzend andere Ritter Roberts. Von Wace, Godefroi und Radulf war nichts zu sehen, und ich konnte nur hoffen, dass sie immer noch anderswo kämpften.

Als der Boden unter den Hufen meines Pferdes abzufallen begann, konnte ich den Fluss sehen, der unter dem heller werdenden Himmel glitzerte, und die Brücke, die ihn überspannte. Und auf der Brücke waren Männer mit Helmen und glänzender Rüstung, die unter einem Banner mit purpurfarbenen und gelben Streifen auf uns zumarschierten, und ihre Schilde waren mit den gleichen Farben bemalt.

Den Farben des Ætheling.

Mein Griff um den Schaft meiner Lanze wurde fester. Eadgar. Der Mann, der sich König nannte; der Anführer der Rebellen persönlich. Der Mann, der für den Tod Lord Roberts in Dunholm verantwortlich war.

Dort war er, in der Mitte der Kolonne, unter dem Purpur-Gelb mit seinem vergoldeten Helm, der ihn unter den anderen hervorhob: ein deutliches Zeichen für seine Überheblichkeit. Er war von seinen Huscarls umgeben, seinen treuesten Gefolgsleuten, die sich die Äxte über den Rücken geschlungen, die Schwertscheiden am Gürtel hängen hatten und die Schilde vor sich hielten.

Ich hatte mein Pferd zum Stehen gebracht, während sich der Rest des Conrois sammelte: fast zwanzig Ritter insgesamt, die meisten von ihnen Roberts Männer, aber es waren auch einige darunter, die von ihren Conrois getrennt worden waren. Ich schaute nach links und rechts neben mich, um wie immer zu überprüfen, wer beim Angriff an meiner Seite sein würde. Links war es Eudo, und zu meiner Rechten war Philippe, unter dessen Helm ich den gleichen ernsten Blick sah, an den ich mich von unserer ersten Begegnung erinnerte, auch wenn der jugendliche Eifer inzwischen einer Entschlossenheit gewichen war, die ich vorher nicht an ihm bemerkt hatte.

Die ersten Rebellen hatten die Brücke fast überquert, und hinter ihnen folgte eine Kolonne von mehreren Hundert Mann. Ich warf einen Blick über die Schulter; hinter uns herrschte große Verwirrung. Mittlerweile hatten auch einige der anderen Lords den Ætheling marschieren sehen, und sie zögerten, weil sie nicht sicher waren, ob sie sich unter dem königlichen Banner sammeln oder direkt angreifen sollten. Aber ich wusste, dass wir uns keine Verzögerung leisten konnten, wenn wir den Feind abfangen wollten.

»Für König Guillaume und Lord Robert!«, rief ich und versuchte die Aufmerksamkeit so vieler anderer Lords wie möglich zu erregen, während ich mein Pferd noch einmal zum Galopp ansporntre. »Für Malet, St-Ouen und die Normandie!«

Und während der Schrei von denen in meinem Umkreis aufgenommen wurde, schwor ich mir noch einmal, dass ich es sein würde, der Eadgar in den Tod schickte.

Fünfunddreißig

—◦—

Mit mir!«, brüllte ich und senkte meine Lanze, sodass sie auf den Feind zeigte, während ich Knie an Knie mit Eudo und Philippe ritt. »Bleibt zusammen! Achtet auf eure Flanken!«

Wir ritten auf die Morgendämmerung zu: Etwas mehr als zwanzig Ritter, und ich war an ihrer Spitze, führte sie an, befehligte den Angriff. Blut pochte in meinen Ohren und hielt dabei den Rhythmus, in dem die Hufe meines Pferdes auf die Erde trommelten. Rund einhundert Rebellen hatten inzwischen die Brücke überquert, aber sie waren leicht bewaffnet und trugen nur Speere, Schilde und Helme, und viele nicht einmal diese. Sie sahen uns auf sie zustürmen und kamen sofort zum Stillstand. Meine Glieder, die zu schmerzen begonnen hatten, fühlten sich plötzlich frisch an; mein Speer und mein Schild waren leicht in meinen Händen. Denn ich wusste, dass dies keine geübten Krieger waren, sondern Männer der Fyrd, die Bauern-Miliz.

»*Scildweall!*«, hörte ich einen von ihnen schreien. Er war als Einziger gepanzert, und ich hielt ihn für einen Than. Der Ruf wurde durch ihre Reihen weitergegeben, während sie ihre Schilde zusammenführten, deren Vorderseiten purpurn und gelb bemalt waren. »*Scildweall! Scildweall!*«

Sie stießen uns ihre Speere entgegen, deren Spitzen in der Morgendämmerung silbern glänzten, bis jetzt noch nicht mit Blut befleckt. Über ihnen brannte der Himmel lichterloh, die Wolken waren von leuchtenden orangegelben Streifen durchzogen, und ich musste an die Met-Halle in Dunholm denken: an die emporsteigenden Flammen, die die Balken und das

Dachstroh verschlangen; an Lord Robert, der darin gewesen war; an die Verzweiflung, die ich beim letzten Mal in seinem Gesicht gesehen hatte und die für immer meinem Gedächtnis eingebrannt war.

Ich biss die Zähne zusammen und hob meinen Schild, um die Flanke meines Pferdes zu schützen. Der Schildwall wankte, die Männer warfen einander Blicke zu. Ich hatte mir schon den ersten auserkoren, den ich töten würde, und als wir uns dem Feind näherten, trafen sich unsere Blicke, und ich sah die Furcht, die in seinen Augen lag. Er erstarrte, wo er stand, der Schaft seines Speers hing schlaff in seiner Hand, während er mich mit offenem Mund anstarrte, und dann war ich über ihm. Zu spät hob er seine Speerspitze, um mich abzuwehren, zu spät erinnerte er sich daran, den Kopf mit seinem Schild zu schützen, als ich meine Lanze in seinen Hals stieß.

Neben mir schlugen Hufe auf Lindenholz, zertrampelten Beine und Schädel, und die Schlachtreihe des Feindes bröckelte, während wir sie zurückdrängten. Ihr Than brüllte sie an, aber was er auch sagte, es war vergeblich, während sie vor uns zu Boden gingen und unsere Klingen das Lied der Schlacht anstimmten. Mehr Männer schlossen sich uns mit fliegenden Lanzenfähnchen an und fügten ihre Kraft dem Angriff hinzu, und auf einmal trieben wir die Rebellen zurück auf die Brücke zu.

Von dort rückte eine Wand von Huscarls an, deren Speere und Äxte uns trotzten, auch wenn die Reihen der Fyrd vor ihnen zusammenbrachen.

»*Eadgar cyning!*«, riefen sie unisono. »*Eadgar cyning!*«

Hätte ich einen Moment nur innegehalten, dann wäre mir aufgefallen, wie viele sie waren und wie gut bewaffnet. Und dann hätte ich gewusst, dass es für uns bedeutete, den Tod herauszufordern, wenn wir auf ihre glänzenden Klingen zuritten, denn es bestand keine Hoffnung, sie zu schlagen. Aber der Rausch der Schlacht hatte mich gepackt, und ich sah den Sieg greifbar vor mir, denn falls wir an Eadgar herankamen und ich ihn tötete, könnten wir die Schlacht auf der Stelle gewinnen.

»Los!«, sagte ich und trieb mein Pferd zur Eile an. Hufe klapperten auf Stein, als wir zu fünft nebeneinander an der Brücke eintrafen. »Los! Los!«

Ich hob meine Lanze über den Kopf, zog den Arm zurück und warf ihn auf die erste Reihe der Huscarls, als neben mir Eudo und Philippe das Gleiche machten. Die Rebellen hoben ihre Schilde, um ihre Köpfe zu schützen, aber indem sie dies taten, waren sie darunter ungeschützt, und im gleichen Moment kamen wir auch schon mit gezogenen Schwertern angeritten, und ich stieß meine Klinge nach vorn in ihre Kettenhemden und schlug nach ihren Beinen. Einige unserer Lanzen hatten sich in ihre Schilde gebohrt und drückten sie nieder, und als sie versuchten, die Schäfte herauszuziehen, schlugen wir auf sie ein und verschafften unseren Klingen Geltung.

Aber für jeden, den ich tötete, kam ein anderer, der seinen Platz einnahm. Genau wie vorhin begannen sie uns zurückzudrängen, sobald der erste Schwung des Angriffs nachließ, wobei die vordere Reihe ihre Speere zum Einsatz brachte, während die Männer hinter ihnen mit ihren langen Streitäxten zuschlugen, deren Klingen, wie ich wusste, so scharf waren, dass sie den Hals eines Pferdes mit einem Schlag durchtrennen konnten.

»Es sind zu viele«, rief Eudo, auch wenn ich ihn bei dem Getöse von Stahl auf Stahl und den Schreien von Männern und Pferden kaum hören konnte. »Wir müssen uns zurückziehen.«

Ein Speer stieß von meiner rechten Seite her zu und verfehlte den Kopf meines Pferdes knapp, bevor ich das Schwert auf die Hand meines Gegners niedersausen ließ, durch seine Fingerknochen schnitt und dann die Spitze an seinem Visier hochzog und in seiner Kehle versenkte. Ich biss die Zähne zusammen und hob mein Schwert in den Pfad des nächsten Engländers, den ich um Haaresbreite verfehlte, als er sich wegduckte. Als er den Kopf hob, sah ich seinen Helm mit den schimmernden Wangenklappen, dem Rand und dem Nasenschutz, die golden glänzten wie die Sonne. Es war Eadgar.

Er griff an, führte seine Männer von dem Schildwall, als die strahlende Scheibe der Sonne über die Häuser am gegenüberliegenden Ufer stieg. Ihr Licht wurde funkelnd von den Rüstungen der Rebellen und ihren Schwertern widergespiegelt, und einen Moment lang war ich geblendet. Dunkle Gestalten wimmelten unter mir herum. Ich schlug verzweifelt mit dem Schwert dorthin, wo ich sie vermutete, und traf nur ins Leere.

»Tancred!«, hörte ich Eudo rufen, aber ich konnte ihn nicht sehen.

Mein Pferd wieherte und bäumte sich auf und trat mit den Vorderbeinen nach den Schatten, die unten herumhuschten. Ich beugte mich im Sattel nach vorne und versuchte, das Gleichgewicht zu bewahren, es unter Kontrolle zu halten, während unter mir Stahl aufblitzte. Es wieherte noch einmal, bevor es unter mir zusammenbrach und ich aus dem Sattel geschleudert wurde, während mein Fuß immer noch im Steigbügel hing.

Luft rauschte an mir vorbei, aber nur so lange, bis ich auf den Boden krachte. Ich schmeckte Blut in meinem Mund, als ich nach oben schaute. Ein Schatten ragte über mir auf, dessen Schwert und Helm funkelten. Ich blinzelte, und als meine Augen wieder schärfer sahen, erkannte ich Eadgar: das vertraute dünnlippige Gesicht mit dem finsteren Blick, das mich seit Eoferwic unablässig verfolgte.

Seine Augen wurden schmal, als er auf mich hinunterschaute. »Ich erinnere mich an Euch«, sagte er. »Ihr seid Malets Hund. Der Mann, der einen Narren aus mir gemacht hat.«

»Ihr habt meinen Herrn getötet«, fauchte ich ihn an. »Ihr habt Robert de Commines getötet.«

Ohne Warnung schlug er nach mir. Ich wurde mir meiner Lage bewusst und hob meinen Schild, während ich gleichzeitig meinen Fuß unter der Leiche meines Pferdes hervorzuziehen versuchte. Der Schlag traf den Schildrand, wenige Zoll von meinem Hals entfernt, wenige Zoll davon entfernt, mich zu töten, aber ich hatte keine Zeit, mich damit aufzuhalten. Der nächste Schlag kam und dann noch einer, und die Wucht jedes Schlags erschütterte meinen Arm bis in die Schulter, hielt mich am Boden fest, während das Leder von meinem Schild herunterfiel und ich spüren konnte, dass das Holz zu splittern begann.

Eadgar hob seine Klinge für einen weiteren Schlag, und ich versuchte, nach hinten zu krabbeln, aber mein Fuß hing immer noch fest, und ich kam nicht vom Fleck. Die Schwertschneide des Ætheling fuhr durch meinen Schild, durch den Kettenpanzer an meiner Schulter und die Spitze grub sich in mein Fleisch.

Ich schrie vor Schmerzen laut auf und sah das höhnische Grinsen auf Eadgars Gesicht, als er seine Waffe zu dem Schlag hob, mit dem er mir den Garaus machen wollte. Verzweifelt riss ich wieder an meinem Bein, fühlte das Blut in meinem Schädel pochen, den Schweiß in meinen Augen brennen. Galle stieg ätzend in meine Kehle hoch, und ich merkte, dass ich nicht atmen konnte, und wusste, dass dies meine letzte Chance war, als mein Fuß endlich freikam.

Eadgars Schwert sauste herab, aber erst nachdem ich zur Seite gerollt war und die Riemen des jetzt nutzlos gewordenen Schilds abgeschüttelt hatte. Seine Klinge traf die Stelle, wo ich noch einen Moment zuvor gelegen hatte, und grub sich in die Holzbalken der Brücke. Sie steckte fest, und während er sich bemühte, sie freizubekommen, sah ich meine Waffe neben mir liegen. Ich griff danach, packte das Heft und drehte mich gerade rechtzeitig auf den Rücken, um Eadgars Schwert abzuwehren. Stahl schrammte an Stahl entlang; er war stark, und ich spürte die Anstrengung in meinen Muskeln, aber ich hielt dagegen und schaffte es, sein Schwert zu einer Seite zu drücken und ihn aus dem Gleichgewicht zu bringen. In der Zeit, die er brauchte, um es wiederzuerlangen, stand ich schwer atmend auf – ich konnte kaum glauben, dass ich noch am Leben war.

»Du hast meine Frau ermordet«, sagte ich und packte meinen Schwertgriff fester. Die Worte blieben mir fast in der Kehle stecken, aber ich stieß sie hervor. »Oswynn ist deinetwegen tot. Du hast sie getötet.«

»Und dich werde ich auch töten«, fauchte Eadgar und stieß zu. Die Sonne blendete mich wieder, aber ich schaffte es, seinen Stoß zu parieren, packte mein Heft mit beiden Händen und benutzte die Kraft beider Arme, um ihn zurückzudrängen.

»Deine Mutter war eine Hure«, spuckte ich. »Nuckle wieder an ihrer Brust, wo du hingehörst.«

Er ging auf mich los, und diesmal wartete ich nicht darauf, dass er zuschlug: stattdessen griff ich zuerst an und stieß mit der Spitze meines Schwerts gegen seinen Hals, zielte auf den Spalt zwischen seinem Helm und seinem Kettenhemd. Ich traf seinen Wangenschutz; er stieß einen Schrei aus und taumelte zurück. Blut strömte ihm übers Gesicht, und ich sah, dass ich ihn verletzt hatte.

Er schrie vor Wut und griff wieder an, um sich zu rächen, und jetzt waren seine Männer mit ihren Speeren und ihren Äxten hinter ihm, und mir wurde klar, dass ich ein Mann gegen ein halbes Dutzend war. Mich packte die Angst, und ich wappnete mich, betete zu Gott, als Eadgar auf mich zustürmte …

Ein unscharfer braun-silberner Fleck rauschte an mir vorbei und über Hufgeklapper und metallischem Krachen hörte ich Eudos Stimme rufen: »Für Lord Robert!«

Er trieb seine Lanze dem Ætheling in den Arm, der nach hinten torkelte; Blut strömte am Ärmel seines Kettenhemds hinunter, und seine Männer nahmen ihn in ihre Mitte und bildeten den Schildwall. Neben Eudo war Philippe, und hinter ihnen kamen Urse und mehrere andere mit eingelegten Lanzen oder gezogenen Schwertern, und sie drängten den Feind sofort zurück.

Einen Moment lang konnte ich nur dastehen, benommen von dem, was geschehen war, doch dann kam ich wieder zu Verstand.

»Tötet sie!«, rief ich und rannte los, um mich Eudo und den anderen anzuschließen, warf mich in das Getümmel, hackte auf die purpurn-gelben Schilde vor mir ein und nutzte das Gewicht meines Schwerts restlos aus.

Ein Speer traf den Helm eines der Ritter Roberts, und die Wucht des Aufpralls stieß ihn aus dem Sattel, sodass er in den Fluss neben der Brücke fiel. Es gab ein Platschen, dem ein Hilfeschrei folgte, während er sich bemühte, den Kopf über Wasser zu halten, aber das dauerte nicht lange, weil er von seinen Beinlingen und seinem Kettenhemd nach unten gezogen wurde. Sein jetzt reiterloses Pferd bäumte sich auf und schlug mit den Vorderhufen nach den Köpfen der Engländer vor ihm.

Und dann erschollen Kriegshörner, die das Geräusch des Tötens übertönten, und der Feind zögerte. Denn oben auf dem Berg zum Osten hin wehten zwei neue Banner mit Hunderten berittener Männer, die sich darunter versammelt hatten. Das erste war der weiße Wolf auf rotem Feld, der zu fitz Osbern gehörte, während daneben das Schwarz-Gold in der Morgensonne schimmerte, das mir so vertraut geworden war.

Malet.

Das bedeutete, dass die Besatzung der Burg einen Ausfall gemacht hatte, und jetzt wurden die Rebellen von zwei Seiten angegriffen. Seine und fitz Osberns Ritter strömten von Osten den Berg hinab, und in diesem Moment trat die Wendung ein, als die englische Streitmacht, die sich von hinten bedroht sah, plötzlich den Kampf aufgab.

»Für Lord Guillaume!«, schrie Philippe, als er einem Engländer mit seiner Lanze den Rest gab. Eadgar war von einer

Gruppe seiner Huscarls aus dem Handgemenge weggeschafft worden, und jetzt zogen sie sich über die Brücke zum Rest ihrer Streitmacht zurück. Ein paar waren an Ort und Stelle geblieben und hielten uns hin, während ihr Herr den Rückzug antrat, aber sie waren wenige, und wir waren viele, die zu Pferde oder zu Fuß mit geschärftem Stahl in der Hand auf sie eindrangen. Die Brücke gehörte uns, der Feind war in Auflösung begriffen, und ich wusste, dass der Sieg zum Greifen nahe war.

Ich lief zu dem Pferd, das seinen Reiter verloren hatte, sprang in den Sattel, schob meine Füße in die Steigbügel, drückte ihm meine Sporen in die Flanke, schloss mich der Verfolgung an und ritt den Feind nieder. Doch obwohl ich mein Schwert aufblitzen und zuschlagen sah, konnte ich es aus irgendeinem Grund nicht fühlen, als hätte es irgendwie kein Gewicht und seinen eigenen Willen, mit dem es mich lenkte. Um mich herum starben Männer an seiner Schneide und seiner Spitze, taten ihren letzten Atemzug, und ich ritt durch sie hindurch, während der Rest der Streitmacht des Königs folgte: eine Flut von Männern, die über die Brücke rollte.

Wieder erklangen Hörner – lange, verlorene Stöße wie die Klagelaute eines sterbenden Untiers –, und plötzlich drehten sich die Engländer überall scharenweise um, gaben ihre Schild-wälle auf, gaben den Kampf auf. Einige flohen in die Seitenstra-ßen, während andere sich zum Fluss wandten, wo ihre Schiffe lagen, und unter den Letzteren sah ich den Ætheling mit rund fünfzig Kriegern aus seinem engsten Gefolge, sein Gesicht und seine Rüstung rot verschmiert. In ihrem Bemühen, die Schiffe zu erreichen, schlugen sie Männer auf allen Seiten nieder, und es schien sie nicht zu kümmern, ob es Franzosen oder Englän-der waren, die sie töteten, denn sie fielen alle ihren Schwertern zum Opfer.

»Mit mir«, rief ich und hob mein Schwert, damit alle es sehen konnten: nicht nur mein Conroi, sondern all die anderen, die sich uns jetzt anschlossen. Ich konnte spüren, dass mein Pferd erlahmte: Jedes Mal, wenn ich die Sporen hob, wurde er langsamer, aber er musste mich noch ein Stück tragen, und deshalb presste ich die Stahlspitzen in sein Fleisch, während wir die Rebellen bis zum Kai verfolgten. »Mit mir!«

Es pfiff in der Luft über unseren Köpfen, als ein Hagel von Pfeilen über den Fluss flog und auf die Reihen der fliehenden Rebellen niederging. Einige ihrer Schiffe lösten sich bereits von ihren Anlegeplätzen, obwohl sie immer noch erst halb voll waren, und manche sogar weniger als das. Aber in ihrer Hast zu entkommen hatten die Feinde ihre Schilde zugunsten von Riemen abgelegt, und jetzt starben sie unter einem Schauer aus Stahl.

»Eadgar«, rief ich über das Getöse der Schlacht hinweg, als wir ihm und seinen Männern näher kamen. »Eadgar!«

Meine Kehle war wund, meine Stimme heiser, aber sie mussten mich gehört haben, denn einige scharten sich zusammen und drehten sich, um uns entgegenzutreten. Wir waren jetzt auf dem Kai, wo der Weg schmal war, und genau wie auf der Brücke wären nur wenige Männer nötig, um uns aufzuhalten. Ich fragte mich, wo fitz Osbern und Malet waren, warum sie nicht hinzukamen, um den Rebellen den Weg auf der anderen Seite abzuschneiden und ihre Flucht zu verhindern. Der Ætheling war nicht weit von seinen Schiffen entfernt, und ich wusste, dass wir ihn nicht mehr zu fassen bekämen, sobald er auf dem Fluss war.

Noch mehr Pfeile regneten herab, dichter als zuvor, und dieses Mal landeten sie nur ein kurzes Stück vor uns. Unsere Bogenschützen standen über die Länge der Brücke verteilt. Sie hoben zur gleichen Zeit ihre Bögen, zogen die Sehnen zurück und ließen die Pfeile fliegen, bevor sie einen neuen Schaft einlegten, so schnell sie ihn aus ihrem Köcher ziehen konnten.

Wir waren jetzt mitten unter den Feinden, und was eine

Schlacht gewesen war, wurde zum Gemetzel. Ich hob mein Schwert und bot alle Kraft auf, die ich noch hatte, hackte damit auf sie los und machte mir das Gewicht des Stahls zunutze, und diesmal war es Oswynns Name, den ich rief. Jeden Mann, den ich erschlug, widmete ich ihr, und doch gab es einen, den ich mehr töten wollte als alle anderen zusammen.

Er war schon dabei, sein Langschiff zu besteigen, und einige seiner Männer hackten auf die Taue ein, mit denen es am Kai festgemacht war, während andere an Bord sprangen, um die Riemen zu ergreifen. Aber es waren so viele Männer vor mir, dass ich mir keinen Weg durch sie hindurchbahnen, sondern nur zusehen konnte, wie das Schiff des Ætheling ablegte, mit das Wasser peitschenden Riemen vorwärtsschoss, wobei sein hoher Bug wie eine Messerklinge durch das Wasser schnitt.

»Eadgar!«, brüllte ich, als ich schließlich einen Platz für mich fand. Hölzerne Anlegestellen ragten in den Fluss hinaus, und ich ritt auf eine von ihnen. Auf beiden Seiten trieben Leichen im Wasser, das von ihrem Blut rot gefärbt war. Gefiederte Schäfte ragten ihnen aus Brust und Rücken.

Ich löste meinen Kinnriemen und ließ den Helm klappernd auf die Pier unter mir fallen. Ich wollte, dass der Ætheling mich deutlich sah, damit er sich an das Gesicht des Mannes erinnerte, der ihn verwundet hatte. Der Mann, der ihn eines Tages töten würde.

»Eadgar!«

Einige seiner Männer hatten mich erblickt, denn sie zeigten auf mich, lenkten die Aufmerksamkeit ihres Herrn auf mich. Und dann drehte er sich endlich um und starrte mich mit dunklen Augen unter seinem goldenen Helmrand an.

»Ich werde dich töten, Eadgar«, rief ich in der Hoffnung, dass er mich hören konnte. »Ich schwöre, ich werde dich töten!«

Er erwiderte meinen Blick eine Weile, aber er sagte nichts zur Antwort, und dann wandte er mir den Rücken zu und ging zum Bug. Und mir blieb nichts anderes übrig, als zuzuschauen, wie das Schiff mit jedem Schlag der Riemen kleiner wurde. Hinter mir stiegen Siegesschreie empor; Männer schlugen mit ihren Waffen gegen die Schilde oder hämmerten mit ihren Speerschäften auf den Boden, gaben den fliehenden Engländern ihren Schlachtendonner zurück. Eoferwic gehörte endlich wieder uns.

Ich schirmte meine Augen mit der Hand ab, während ich in Richtung der aufgehenden Sonne starrte und das Schiff des Ætheling beobachtete, wie es zu einem schwarzen Punkt in der Entfernung schrumpfte. Der Wind schlug mir gegen die Wange wie eiskalte Zähne, die in mein Fleisch bissen. Innerlich fühlte ich mich leer, als hätte mich all meine Kraft verlassen. Mein Herz schlug langsamer, als das Wüten der Schlacht abklang.

Und immer noch schaute ich dem Schiff hinterher, bis es schließlich in den Flussnebel jenseits der Stadt eintauchte und ich es nicht mehr sehen konnte.

Sechsunddreißig

ch fand Eudo, und wir ritten zusammen zurück zur Brücke und zum Rest des Heeres. Die Sonne war über die Häuser, über den Nebel gestiegen, aber von ihrer Wärme konnte ich nichts spüren.

In den Straßen schlugen sich Männer gegenseitig auf den Rücken, jubelten, feierten die Niederlage, die wir den Rebellen beigebracht hatten, und die Eroberung der Stadt. Einige waren erschöpft vom Kampf zwischen den Verwundeten und Erschlagenen auf dem Boden zusammengebrochen. Andere trauerten und sprachen Gebete für ihre gefallenen Kameraden. Viele Männer hatten sich um das Löwenbanner versammelt, und ich richtete mich im Sattel auf und reckte den Hals, um über ihre Köpfe zu sehen, während wir näher kamen.

»Normandie«, skandierten sie. »König Guillaume!«

Im Zentrum stand der König selber unter dem goldenen Löwen, und vor ihm kniete sein Namensvetter fitz Osbern. Es waren auch einige andere Lords mit ihren Bannern da, aber ich konnte weder Robert noch einen von seinen Männern entdecken, und ich hoffte nur, dass er nicht so töricht gewesen war, sich wieder in den Kampf zu stürzen.

»Hier entlang«, sagte ich zu Eudo und ritt um die Menge herum und den Weg zurück, auf dem wir gekommen waren, die Hauptstraße hoch. Meine Schulter pochte vor Schmerzen, blutete allerdings nicht mehr. Ich hatte Glück gehabt, weil Eadgars Schwert nicht so weit eingedrungen war. Hätte er mich nur ein bisschen tiefer getroffen, hätte seine Klinge vielleicht mein Herz gefunden. Ich erschauerte bei dem Gedanken.

Die meisten der Rebellen, die noch in der Stadt waren, flohen durch die Seitenstraßen. Ein paar kämpften noch, aber es war umsonst, und es dauerte nicht lange, bis sie niedergeschlagen oder durchbohrt wurden. Einer, der auf dem Rücken lag, lebte noch, spuckte Blut und rief in seiner Sprache vergeblich um Hilfe, bis ihm jemand die Kehle durchschnitt.

Und dann erblickte ich Wace. Er kniete auf dem Boden, und sein Schild mit dem vertrauten schwarzen Falken darauf lehnte am Stamm einer hohen Ulme. Er sah uns und winkte uns herbei. Sein Gesicht wirkte besorgt. Neben ihm war Godefroi, aber ich erkannte ihn eher an seiner Statur, weil sein Gesicht von uns abgewandt war: Er schaute zu Boden auf einen Mann, der dort lag.

Zunächst dachte ich, es wäre Robert, und bei dem Gedanken war mir unwohl, weil ich mich an den Eid erinnerte, den ich vor Beatrice abgelegt hatte. Aber es war keiner seiner Ritter zu sehen, und als wir näher kamen, erkannte ich, dass es Radulf war.

Er lag bewegungslos auf dem Rücken, und sein Kopf ruhte auf den Wurzeln des Baums, zum Himmel gewandt. Sein Gesicht war mit Schlamm beschmiert, und er hatte eine klaffende Schnittwunde an einem Wangenknochen, aber ich konnte sehen, dass sich seine Brust langsam hob und senkte. Er war am Leben.

Ich stieg hastig ab und kniete neben ihm nieder. Godefroi murmelte ein Gebet. Radulfs Hand war gegen die untere Partie seiner Brust gedrückt. Blut bedeckte seine Finger, färbte seine Tunika rot, und es floss tatsächlich noch. In all den Jahren meiner verschiedenen Feldzüge hatte ich viele Verletzungen gesehen, manche schwerer als andere, und ich wusste sofort, dass diese hier schwer war. Was ihn auch getroffen haben mochte, war tief in sein Fleisch eingedrungen und hatte vielleicht seinen

Bauch durchbohrt: wahrscheinlich ein Speer, weil die Wunde so rund und tief war, aber das hatte jetzt keine Bedeutung.

»Radulf«, sagte ich und schluckte. Ich wusste nicht, was ich sagen sollte. »Es tut mir leid.«

Er wandte den Kopf zur Seite, weil er mich nicht ansehen wollte. »Was kümmert es dich?« Seine Stimme war schwach, kaum mehr als ein Flüstern, aber es lag Bitterkeit darin. »Du hast mich immer gehasst.«

Ich wollte schon sagen, dass das nicht stimmte, aber ich wusste, dass er mir nicht glauben würde. Es war ohnehin nicht die richtige Zeit für eine Auseinandersetzung. »Du hast gut gekämpft«, sagte ich stattdessen.

»Woher willst du das wissen? Du warst nicht mal da.« Er begann zu lachen, ein heiseres Krächzen, das so schmerzlich zu hören war, wie es ihm zweifellos wehtat. Es verwandelte sich in ein Husten, und dann schüttelte es ihn am ganzen Körper, und er begann zu würgen, Blut trat ihm aus dem Mund und floss auf den Boden.

»Komm, setz dich hin«, sagte Godefroi. »Tancred, hilf mir.«

Er ergriff einen von Radulfs Armen und ich den anderen, und dann zogen wir ihn gemeinsam näher zu dem Baum, sodass er mit dem Rücken am Stamm lehnte. Er machte die Augen zu und hätte es fast geschafft, einen Schrei zu unterdrücken, aber es gelang ihm nicht ganz. Ich bekam ein schlechtes Gewissen, aber zur gleichen Zeit wusste ich, dass nichts, was wir jetzt für ihn tun konnten, ihn von diesem Schmerz befreien würde.

Godefroi holte einen Weinschlauch hervor und nahm den Stopfen heraus. Er setzte ihn Radulf an die Lippen, und der trank daraus, prustete und stöhnte bei jedem Schluck. Das Aufblitzen eines Kettenpanzers fiel mir ins Auge, und als ich mich umdrehte, sah ich eine Gruppe von Reitern vorbeitraben. Sie lachten, stießen sich gegenseitig in die Schultern und hoben die Lanzenfähnchen in den Himmel.

»Normandie!«, riefen sie alle zusammen. Sie klangen betrunken, und vielleicht waren sie es auch, falls nicht von Ale und Wein, dann sicherlich vom Rausch der Schlacht, vom englischen Blut.

»Kannst du das hören?«, fragte ich. »Das ist der Klang des Sieges. Der Feind ist geflohen. Die Stadt gehört uns.«

»Ist das so?«, sagte Radulf. Er hatte aufgehört zu trinken, und seine Augen waren wieder geschlossen, seine Atmung war plötzlich flacher geworden. Er würde nicht mehr lange leben.

»Es ist wahr«, schaltete sich Godefroi ein. »Wir haben ihnen eine Schlacht geliefert, wie sie noch keine erlebt haben.«

Radulf nickte, und einen Moment lang lag die Spur eines Lächelns auf seinen Lippen, so leicht, dass man es kaum sehen konnte, aber es verschwand schnell wieder, als er das Gesicht vor Schmerz verzerrte.

»Wo ist Lord Guillaume?«, krächzte er.

Ich hatte den Vicomte noch nicht gesehen. Tatsächlich hatte ich im Getümmel der Schlacht und allem andern fast vergessen, dass er der Grund für unser Hiersein war. Ich schaute Godefroi an, der ausdruckslos zurückstarrte, dann Wace und Eudo, die nur mit den Achseln zuckten.

»Er wird gleich kommen«, sagte ich. »Du hast ihm gute Dienste geleistet.«

Radulf nickte wieder, energischer diesmal, und nun endlich begannen die Tränen zu fließen, strömten seine Wangen hinunter, während seine Atemzüge nur noch stockend kamen. Er hob seine blutbefleckte Hand ans Gesicht, als wolle er versuchen, sein Schluchzen vor uns zu verbergen: Die Handfläche bedeckte seinen Mund, die Finger spreizten sich vor seinen Augen.

»Er wird stolz auf dich sein«, fuhr ich fort. »Auf alles, was du für ihn getan hast.«

Er biss die Zähne zusammen, und seine Hand fiel wieder hinab zu seiner Wunde und hinterließ in seinem Gesicht rote

Streifen. Das Blut floss jetzt ungehindert, es war zu viel, um gestillt zu werden. Wenn der Stoß vielleicht weniger tief gewesen wäre oder wenn er seine Seite statt seiner Brust getroffen hätte … Ich wusste, es war sinnlos, so zu denken, denn nichts konnte etwas daran ändern, was bereits geschehen war. Aber ich konnte nicht anders. Mir hätte das Gleiche zustoßen können, und doch hatte ich überlebt. Warum war ich verschont worden, Radulf aber nicht?

Ich spürte, wie sich unwillkürlich Feuchtigkeit in meinen Augenwinkeln bildete, und wollte es nicht wahrhaben. Seit unserer ersten Begegnung hatte ich ihn für hitzköpfig und bestenfalls arrogant gehalten, für jemanden, der schnell beleidigt war. Doch anstatt ihn zu reizen, hätte ich mich stärker bemühen können, sein Vertrauen zu verdienen, seinen Respekt zu gewinnen. Und daher war ich zumindest teilweise für ihn verantwortlich und für das, was geschehen war.

»Du hast dich gut geschlagen«, sagte ich. »Und es tut mir leid. Alles.«

Seine Augen öffneten sich nur einen kleinen Spalt, gerade so weit, dass er mich ansehen konnte, und ich hoffte, er hatte mich gehört. Die Farbe hatte sein Gesicht fast völlig verlassen, und seine Brust bewegte sich kaum noch. Seine Atmung wurde immer schwächer, bildete keinen Nebel mehr in der Morgenluft.

»Geh mit Gott, Radulf«, sagte ich zu ihm.

Er öffnete den Mund, als wolle er sprechen, und ich beugte mich näher zu ihm und strengte mich an, ihn bei all dem Siegesgeschrei um uns herum zu hören. Aber er hatte keine Chance zu sagen, was er hatte sagen wollen, weil sein letzter Atemzug seinen Mund in einem langen Seufzer verließ. Er schloss die Augen wieder und sank langsam nach hinten gegen den Baumstamm, sein Kopf rollte auf eine Seite, und seine Wange fiel auf seine Schulter.

»Geh mit Gott«, murmelte ich wieder. Aber ich wusste, dass

seine Seele schon von dieser Welt geflohen war und er mich nicht mehr hören konnte.

Philippe fand uns nicht lange danach, und wir ließen ihn zusammen mit Godefroi zurück, damit sie neben Radulf Wache standen. Ich wusste nicht, wie lange oder wie gut sie ihn gekannt hatten, aber beide schienen seinen Tod schwer zu nehmen, und ich hielt es für besser, sie für sich trauern zu lassen, während wir den Vicomte ausfindig machten. Und irgendjemand musste bei ihm bleiben, weil jetzt, wo die Schlacht vorüber war, die Zeit des Plünderns gekommen war, und die Leiche eines Ritters hatte mit seiner Rüstung, seinem Helm und seinem Schwert einiges an sich, was das Plündern lohnte.

Ich ritt mit Wace und Eudo zum Münster und ließ den König und seine versammelten Lords hinter uns. Es war immer noch nichts von Malet oder seinem Sohn zu sehen, und ich begann mir allmählich Sorgen zu machen, als wir zum Marktplatz hin abbogen und das schwarz-goldene Banner vor uns fliegen sahen. Der Vicomte war da in seinem Kettenpanzer, hatte den Helm allerdings abgenommen. Gilbert de Gand stand mit dem roten Fuchs auf seiner Fahne neben ihm, und beide wurden von etwa vierzig ihrer Ritter begleitet. Ihre Speerspitzen glänzten hell in der Sonne, und ihre Fähnchen waren schlaffe Lappen, befleckt mit dem Blut des Feindes.

Wir ließen unsere Pferde stehen und bahnten uns einen Weg durch die Menge. Ich wollte gerade seinen Namen rufen, als ich sah, wie Malet einen Mann von ungefähr der gleichen Größe umarmte: einen ganz in Schwarz gekleideten Mann mit einer vergoldeten Scheide an seiner Schwertkoppel. Robert. Soweit der Vicomte wissen konnte, hätte sein Sohn natürlich die ganze Zeit in der Normandie sein können. Wie lange es wohl her sein mochte, seit sie sich zuletzt gesehen hatten?

Ich wartete, weil ich nicht stören wollte, aber schließlich traten sie auseinander, und Robert erblickte uns. Ein Grinsen trat auf sein Gesicht, als er uns zu sich winkte.

»Das hier ist der Mann, der mir das Leben gerettet hat«, sagte er zu seinem Vater. Wie ich bemerkte, schonte er seinen Unterarm, wo er verletzt worden war; das Tuch war noch fest um die Wunde gebunden. »Einer deiner Ritter, glaube ich. Tancred a Dinant. Ein guter Krieger.«

Malet lächelte. Er sah irgendwie älter aus, als ich ihn in Erinnerung hatte, sein graues Haar war weiß gefleckt, sein Gesicht schmaler, und ich fragte mich, welchen Tribut die Belagerung ihm abverlangt hatte.

»Das ist er tatsächlich«, sagte er und streckte mir eine Hand entgegen. »Es ist einige Zeit her, Tancred.«

Ich gab ihm die Hand und erwiderte sein Lächeln. Zumindest sein Griff war so fest wie zuvor. »Es ist gut, Euch wiederzusehen, Mylord.«

»Und Wace und Eudo ebenfalls, sehe ich. Wo sind die anderen?«

»Radulf ist tot, Mylord«, sagte ich und senkte den Kopf. »Er wurde in der Schlacht verletzt und starb an seinen Wunden. Philippe und Godefroi sind jetzt bei ihm.«

»Er hat tapfer gekämpft?«

»Das hat er«, sagte Wace. »Ich war bei ihm. Er hat viele Rebellen in den Tod geschickt.«

Malet nickte mit ernstem Gesicht. »Er war ein guter Mann, treu und beherzt. Sein Tod ist bedauerlich, aber wir werden ihn nicht vergessen.«

»Nein, Mylord.«

»Kommt«, sagte Robert. »Wir werden beizeiten um ihn trauern, genauso wie um alle anderen, die gefallen sind. Aber dies ist eine Stunde zum Frohlocken. Eoferwic ist unser. Die Rebellen sind besiegt …«

»Nicht besiegt«, unterbrach ich ihn. Trotz all der vielen

Engländer, die wir erschlagen hatten, erinnerte ich mich an die Hunderte an Deck ihrer Schiffe, die es geschafft hatten zu entkommen Ich wandte mich an Malet. »Eadgar hat fliehen können, Mylord. Es war mein Fehler. Ich hatte die Chance, ihn zu töten, und habe versagt.«

»Du hast ihn verwundet«, sagte Eudo. »Du hast mehr getan als jeder andere.«

Ich schüttelte den Kopf. Wenn ihn mein Schlag voll ins Gesicht getroffen hätte anstatt auf den Wangenschutz, hätte ihn das vielleicht so sehr betäubt, dass ich ihn hätte niederschlagen können. Aber das war mir nicht gelungen und er deshalb noch am Leben.

»Das macht nichts«, sagte Malet. »Was geschehen ist, ist geschehen und kann nicht mehr geändert werden. Und Robert hat recht. Egal was für Schlachten noch vor uns liegen mögen, diesen Sieg müssen wir feiern.«

»Mylord«, rief jemand, und als ich mich umdrehte, sah ich Ansculf auf uns zureiten, der das schwarz-goldene Banner in den drei Fingern seiner Schildhand hochhielt und über das ganze Gesicht grinste. Hinter ihm ritt der Rest von Roberts Männern, deren Kettenpanzer und Schilde blutrot bespritzt waren.

»Meine Männer warten auf mich«, sagte Robert und drehte sein Pferd um. »Wir werden uns bestimmt später noch sehen.«

Ich schaute zu, als er in den Sattel stieg und zu ihnen ritt, von Ansculf das Banner in Empfang nahm und es in den Himmel hob, während sein Pferd sich aufbäumte. Dann galoppierten er und sein Conroi die Straße hinunter.

»Ich höre, meine Frau und meine Tochter sind sicher in Lundene«, sagte Malet, sobald er verschwunden war.

»Das sind sie«, sagte ich.

»Wie schön. Und meine Botschaft wurde entsprechend meinen Weisungen nach Wiltune überbracht?«

Ich warf Eudo und Wace einen Blick zu, weil ich mir nicht sicher war, was ich sagen sollte. Er hatte zwangsläufig irgendwann danach fragen müssen, auch wenn ich gehofft hatte, er würde es nicht tun. Aber ich konnte diesen Mann nicht belügen, dem ich meinen Eid geschworen hatte.

»Mylord«, sagte ich mit gesenkter Stimme, während ich näher zu ihm ging. Wir waren von Männern umgeben, die uns hätten hören können, und ich war überzeugt, dass nicht in Malets Interesse lag. »Wir haben Euren Brief gesehen. Wir wissen von Eadgyth, von Eurer Freundschaft mit Harold und der Sache mit seiner Leiche.«

Ich hatte erwartet, Malet würde von Wut gepackt, aber stattdessen schien sein Gesicht blass zu werden. Vielleicht war er nach der Belagerung und der Schlacht einfach genauso erschöpft wie wir. Das Feuer hatte ihn verlassen, und er hatte nicht den Willen, wütend zu werden.

»Ihr wisst Bescheid?«, fragte er. Er schaute uns der Reihe nach an. »Ich nehme an, es war immer möglich, dass Ihr es herausfinden könntet. Ælfwold hat es Euch gesagt, vermute ich.«

»Nicht freiwillig, Mylord, aber ja«, sagte ich.

Malet warf einen Blick in die Runde. »Wir können hier nicht darüber reden, von so vielen Leuten umgeben. Kommt mit mir zurück in die Burg.«

Wir ritten durch den Burghof an den Zelten und den ausgebrannten Lagerfeuern vorbei. An den Toren standen Wachposten, aber falls sie es seltsam fanden, dass ihr Herr so früh zurückkam, ließen sie es sich nicht anmerken.

Malet führte uns in dasselbe Gemach im Turm, wo er vor all diesen Wochen zum ersten Mal mit mir von seiner Aufgabe gesprochen hatte. Es war noch ganz so, wie ich mich daran erinnerte: Da war derselbe Schreibtisch, derselbe durch den Raum gespannte Vorhang, derselbe Teppich auf dem Boden.

494

»Ich würde Euch auch bitten, Platz zu nehmen, aber das hier ist der einzige Schemel, den ich habe«, sagte Malet, als er sich setzte. »Ich bin sicher, dafür habt Ihr Verständnis.«

Keiner von uns sprach, weil wir darauf warteten, dass er anfing, obwohl er keine Eile damit zu haben schien. Ein eiserner Schürhaken hing neben dem offenen Kamin, und er nahm ihn in die Hand und stocherte an den erloschenen Scheiten herum. Es gab noch ein wenig Glut in der Asche, und ein schwacher Rauchfaden kringelte sich nach oben, als er sie aufstörte, aber es war trotzdem kalt im Zimmer.

Schließlich wandte er sich wieder uns zu. »Nun gut«, sagte er. »Ihr habt meinen Brief an Eadgyth gelesen.«

Ich antwortete nicht. Er wusste schon, dass wir ihn gelesen hatten. Es gab nichts mehr hinzuzufügen.

»Ihr dürft niemanden etwas davon wissen lassen«, sagte er, und ein besorgter Ausdruck trat auf sein Gesicht. »Wenn der König herausfinden sollte, dass ich ihr gesagt habe, wo …«

Er beendete den Satz nicht, aber er senkte den Kopf und bewegte still die Lippen. Ich fragte mich, ob er vielleicht ein Gebet flüsterte. Die Morgensonne schien durch das Fenster herein und brachte den Schweiß auf seiner Stirn zum Glänzen.

»Ihr müsst verstehen, warum ich das getan habe«, sagte er. »Als ich den Brief schrieb – als Ihr geschworen habt, diesen Auftrag für mich zu übernehmen –, habe ich nicht geglaubt, dass Eoferwic die Belagerung übersteht. Und falls der Feind die Burg eingenommen hätte, wusste ich nicht, ob ich am Leben bleiben würde.«

An jenem Abend, als ich ihm meinen Schwur leistete, hatte er etwas Ähnliches gesagt. Ich erinnerte mich tatsächlich daran, wie ergriffen ich von seiner Ehrlichkeit gewesen war und wie er sich fast mit der Tatsache abgefunden zu haben schien, dass sein Schicksal mit dem der Stadt verknüpft war: Falls Eoferwic den Engländern in die Hände fallen sollte, würde er das auch tun. Aber ich sah nicht ein, was das mit der Sache zu tun hatte, wegen der wir hier waren.

Und damit war ich nicht allein, wie es schien. »Was meint Ihr damit, Mylord?«, fragte Wace.

»Ich war der Einzige, der die Wahrheit kannte«, sagte Malet. »Nach meinem Tod hätte niemand mehr gewusst, wo sich Harolds letzte Ruhestätte befindet.« Er stieß einen tiefen Seufzer aus, und in seinen Ton schlich sich eine gewisse Traurigkeit. »Ich habe nur getan, was meiner Ansicht nach richtig war. Eadgyth ist davon überzeugt, ich hätte ihren Mann und unsere Freundschaft verraten. Ich dachte, wenn ich das tue, sieht sie das vielleicht als Wiedergutmachung an – für all die Schmerzen, die ich ihr bereitet habe.«

»Das verstehe ich nicht«, sagte ich. Nicht zum ersten Mal, dachte ich.

»Sie wollte nur richtig um ihren Mann trauern können«, fuhr er fort. »Ich weiß gar nicht mehr, wie oft sie mir geschrieben hat, weil sie wissen wollte, wo er begraben war, und wie oft ich ihr zurückgeschrieben habe, dass ich es nicht wüsste. Aber als ich hörte, dass das englische Heer auf Eoferwic marschiert, wurde mir klar, dass ich vielleicht keine andere Gelegenheit mehr hätte. Das Gefühl der Schuld wäre nicht mehr zu ertragen gewesen.« Er schaute vom Boden hoch und uns an. »Und deshalb musste ich es ihr sagen.«

»Ihr was sagen?«, fragte ich. Das ergab keinen Sinn.

Malet starrte mich an, als wäre ich schwachsinnig. »Wo Harolds Leiche liegt natürlich.«

Ich starrte Eudo und Wace an, und sie starrten mich an, und ich sah, dass sie dasselbe dachten. Denn irgendetwas stimmte nicht. Ich erinnerte mich an Malets Botschaft für Eadgyth: diese beiden einfachen Wörter. *Tutus est.* Ich hatte das Pergamentblatt in der Hand gehalten, hatte die tintenschwarzen Formen der Buchstaben mit meinem Finger nachgezogen. Es hatte keinen Hinweis auf Harolds Ruhestätte gegeben, es sei denn, diese Wörter hätten noch eine andere, versteckte Bedeutung – eine, die wir noch nicht herausgefunden hatten.

»Aber Ihr habt geschrieben, dass sie sicher sei, nicht mehr«, sagte Eudo.

Malets Augen wurden schmal. »Wovon redet Ihr?«

»Ich habe den Brief gesehen, Mylord«, sagte ich. »*Tutus est.* Auf dieser Schriftrolle stand nichts sonst.«

»Aber das habe ich nicht geschrieben.« Der Vicomte stand auf und schaute uns an, und seine Wangen hatten wieder Farbe angenommen, und er machte einen verwunderten Eindruck.

»Ich habe den Brief gesehen.« Mein Blut war immer noch heiß von der Schlacht, aber ich versuchte meine Verdrossenheit nicht zu zeigen. »Euer Siegel war darauf, Mylord.«

»Ich habe diese Wörter nicht geschrieben«, beharrte Malet. »Das war nicht die Botschaft, die ich geschickt habe.«

»Aber wenn Ihr sie nicht geschrieben habt, wer dann?«, fragte Wace.

Soweit ich sehen konnte, gab es nur einen Menschen, der außer mir und Eadgyth diese Schriftrolle gesehen haben konnte. Und ich erinnerte mich an seinen Zorn, als ich durchblicken ließ, dass ich sie gelesen hatte. Er hätte nicht so reagiert, wenn er es nicht auch gewusst hätte. Es sei denn, er hätte diese Botschaft selber geschrieben. Ein Schauer überkam mich.

»Es war Ælfwold«, sagte ich.

»Der Priester?«, fragte Eudo.

»Er muss den Brief geändert haben.« Das war nicht schwierig: man musste nur die ursprüngliche Tinte mit einem Messer abkratzen, und wenn man das gut machte, konnte man das Pergament wieder benutzen. Als ich im Kloster aufwuchs, hatte ich manchmal Bruder Raimond dabei beobachtet, wie er das im Scriptorium machte. Schwieriger musste es gewesen sein, Malets Handschrift so gut zu fälschen, dass Eadgyth es nicht bemerkte, und doch bezweifelte ich nicht, dass der Kaplan das hätte bewerkstelligen können, denn wer sonst wäre mit der Handschrift des Vicomtes vertrauter gewesen?

»Nein«, sagte Malet kopfschüttelnd. »Das ist unmöglich. Ich kenne Ælfwold. Er hat mir und meiner Familie lange Jahre treue Dienste geleistet. So etwas würde er nie tun.«

»Niemand sonst kann es gewesen sein, Mylord«, sagte ich. Er tat mir fast leid: entdecken zu müssen, dass jemand, dem er so lange und so blind vertraut hatte, ihn auf diese Weise hatte täuschen können.

Malet wandte sich von uns ab dem Kamin zu, und er hatte die Fäuste so fest geballt, dass ich sehen konnte, wie seine Knöchel weiß wurden. Ich hatte noch nie gesehen, wie er die Beherrschung verlor, aber er tat es jetzt und fluchte wieder und wieder, bevor er das Gesicht in die Hände vergrub.

»Begreift Ihr, was das bedeutet?«, sagte er. »Es bedeutet, dass er es weiß. Ælfwold weiß, wo Harolds Leiche liegt.«

»Aber was hat er davon?«, fragte Wace.

»Das hängt davon ab, was er vorhat«, erwiderte Malet. »Ohne eine bestimmte Absicht hätte er nichts dergleichen getan, dessen bin ich sicher.«

Eine Weile herrschte Schweigen im Raum. Ich dachte zurück an die Nacht, als wir in Ælfwolds Zimmer eingedrungen waren, und versuchte mich zu erinnern, was er uns gesagt hatte. Es gab nur einen Grund, den ich mir vorstellen konnte, weshalb der Priester so etwas tun würde.

»Er hat vor, sich selber der Überreste Harolds zu bemächtigen«, sagte ich. »Sie irgendwo anders zu bestatten und einen Heiligen aus ihm zu machen, einen Märtyrer für die Engländer.«

»Seine eigene Rebellion zu beginnen«, sagte Malet so leise, dass es fast ein Flüstern war. Er starrte mich an, als könne er fast nicht glauben, dass es wahr sei. Aber ich sah nicht, was es sonst für eine Erklärung geben konnte.

»Wie lange ist es her, dass Ihr Lundene verlassen habt?«, fragte Malet.

Ich zählte im Geiste zurück. Wir hatten vier Tage gebraucht, um das Heer des Königs einzuholen, und weitere sechs auf dem Marsch vor dem Angriff auf Eoferwic. »Zehn Tage«, sagte ich.

»Dann sind es zehn Tage, in denen er seinen Plan schon hätte ausführen können.« Er sprach leise, und sein Gesicht rötete sich. »Falls Ihr recht habt und Ælfwold Erfolg hat, ist das mein Verderben. Er muss aufgehalten werden.«

Nicht nur das Verderben Malets, dachte ich, sondern das von allem, für das wir seit unserer Ankunft hier vor mehr als zwei Jahren gekämpft hatten. Denn es gab viele Engländer, die nichts für Eadgar Ætheling übrighatten, aber in Harolds Namen marschieren würden: Männer, die nicht zögern würden, unter seinem alten Banner zu kämpfen, wenn man sie riefe. Wenn wir Ælfwold davonkommen ließen, würde es nicht lange dauern, bis sich das ganze Königreich von Wessex bis Northumbria erhob, bis in jedem Dorf Männer ihre Hacken niederlegen, ihre Pflüge und ihre Ochsen stehen lassen würden, um gegen uns zu marschieren; bis Häuser und Burgen und Städte in Brand gesteckt würden, wie es in Dunholm geschehen war; bis Normannen zu Hunderten im ganzen Land niedergemetzelt würden.

»Wie sollen wir ihn aufhalten?«, fragte ich den Vicomte. In zehn Tagen konnte der Priester schon weit gereist sein. So weit, dass wir ihn nie finden würden, wurde mir mit schwerem Herzen klar.

Der Vicomte begann auf und ab zu gehen. »Habt Ihr von einem Ort namens Waltham gehört?«

»Waltham?«, wiederholte ich. Der Name war mir nicht vertraut. »Nein, Mylord.«

»Er liegt einen halben Tag nördlich von Lundene, nicht weit von der Römerstraße«, sagte Malet. »Dort steht eine Münsterkirche – Harold hat sie selber gestiftet. Dort habe ich ihn begraben lassen, dort wird Ælfwold hingegangen sein. Ich möchte, dass Ihr drei so schnell wie möglich dorthin reitet. Falls er noch dort ist, müsst Ihr ihn ergreifen und zu mir bringen. Ich werde Euch die schnellsten Pferde aus meinen Stallungen geben. Reitet sie bis zur Erschöpfung, wenn es sein muss; wechselt sie gegen frische Tiere, wenn Ihr könnt, andernfalls kauft Ihr neue. Die Kosten sind unwichtig. Habt Ihr noch das Silber, das ich Euch gegeben habe?«

»Ein wenig, ja.« Die Geldbörse lag zusammen mit unseren Bündeln und Zelten und dem ganzen Rest unserer Habseligkeiten noch im Lager.

»Ich werde Euch mehr geben«, sagte Malet. »Versteht Ihr, worum ich Euch bitte?«

»Ja, Mylord«, erwiderte ich.

»Dann sollten wir keine Zeit mehr verlieren«, sagte Malet. »Ich verlasse mich auf Euch, auf Euch alle.«

Siebenunddreißig

-◄o►-

Wir ritten hart, waren bis weit in die Nacht unterwegs, standen vor Tagesanbruch auf und legten nur dann eine Pause ein, wenn wir die Augen nicht mehr offen halten konnten. Denn ich wusste, dass Ælfwold sich mit jeder Stunde, die verstrich, weiter von uns entfernte, und deshalb ließen wir nicht nach und forderten unseren Pferden das Letzte ab.

Ihre Hufe schlugen einen beständigen Rhythmus, während Hügel und Wälder, Marschen und Ebenen vorbeiflogen. Am Himmel hingen schwere Wolken und drohten Regen an, der nicht fallen wollte, während uns der eiskalte Wind in den Rücken blies. Meine Augen brannten, und jeder Teil meines Körpers verlangte nach Rast, aber die Entschlossenheit hielt mich wach, trieb mich weiter, bis wir um die Mittagszeit des vierten Tages in Waltham ankamen.

Es war ein kleines Dorf auf einem Hügel über einem braunen, gewundenen Fluss. Auf der Ostseite stand das Münster aus getünchtem Stein und schaute auf das Tal hinunter: nicht ganz so groß oder prachtvoll wie die Kirche in Wiltune, aber wir waren ja auch nicht gekommen, um seinen Glanz zu bewundern. Um diese Zeit des Tages stand das Tor zum geweihten Bezirk des Münsters offen, und wir ritten hindurch und auf einen grauhaarigen, buckligen Mann zu, dem Torwächter, der sich schwer auf einen Eichenstab stützte.

»Bleibt stehen«, rief er in unserer Sprache, weil er uns offensichtlich als Franzosen erkannte. Er humpelte auf uns zu und trat uns in den Weg. »Was ist Euer Anliegen?«

»Wir sind im Auftrag von Guillaume Malet, Vicomte der Grafschaft Eoferwic, hier«, sagte ich. »Wir suchen nach einem Verräter. Wir glauben, dass er hier sein könnte.«

»Noch mehr von Malets Männern?«, fragte er mit gerunzelter Stirn und starrte uns misstrauisch an. »Ihr seid nicht die, die letzte Nacht hier waren.«

Ich spürte, wie sich mein Schwertarm verkrampfte. »Was meint Ihr? Wer war letzte Nacht hier?«

»Sie waren zu dritt: einer war Priester, die anderen Männer des Schwerts wie Ihr. Sie sind heute Morgen aufgebrochen, kurz vor Tagesanbruch.«

Dann waren wir trotz allem zu spät. Wir hatten Ælfwold um weniger als einen Tag verpasst. »Wo wollten sie hin?«, fragte ich.

»Das weiß ich nicht«, sagte er. »Da müsstet Ihr Dekan Wulfwin fragen. Es gab einige Aufregung, das kann ich Euch sagen.« Er schüttelte traurig den Kopf. »Männer eilen mitten in der Nacht umher, in der Kirche geht es drunter und drüber, als ob die letzten Tage dieser Welt angebrochen wären –«

»Wo ist dieser Wulfwin?«, fiel Wace ihm ins Wort. »Wir müssen ihn jetzt sprechen.«

»Er ist im Augenblick in seinem Haus mit den anderen Stiftsherren, aber wenn Ihr freundlicherweise ein wenig wartet, wird er Euch sicherlich bald empfangen.«

»Diese Angelegenheit kann nicht warten«, sagte ich. »Tretet beiseite.«

»Mylords«, sagte er und richtete sich so hoch auf, wie er nur konnte, was angesichts seines krummen Rückens nicht so viel war. »Dies ist ein Bezirk Gottes. Ihr könnt nicht einfach herkommen und verlangen, eingelassen zu werden.«

»Falls Ihr uns nicht vorbeilasst«, sagte Eudo, »werdet Ihr unsere Schwerter zu spüren bekommen.«

»Mylord!«, protestierte der Mann, dessen Gesicht blass wurde. Ich richtete meinen Blick fest auf ihn und ließ mein Pferd langsam vorwärtsgehen. Er machte einen Schritt zurück, packte seinen Stab fester und beobachtete mich, während das Tier Nebelwolken in sein Gesicht schnaubte.

»Lasst uns vorbei«, sagte ich.

Ich sah den Kloß in seinem Hals, als er schluckte, und dann schlurfte er endlich zu einer Seite. Ich wartete keinen Moment länger und spornte mein Pferd an, vorbei an dem Buckligen in den Kirchenbezirk. Wir hatten keine Zeit zu verlieren; solange auch nur die kleinste Chance bestand, Ælfwold zu erwischen, mussten wir alles tun, was in unserer Macht stand.

»Kommt mit«, rief ich über die Schulter, und Wace und Eudo folgten mir und ließen den Torwächter stehen, der in unserem Rücken immer noch protestierte. Ich wusste, dass es eine schwere Sünde war, einen solchen Bezirk bewaffnet zu betreten, aber wir hatten ein höheres Anliegen, und ich vertraute darauf, dass Gott uns am Tag der Abrechnung vergeben würde.

Eine Gruppe von rund einem Dutzend Häuser stand im Süden der Kirche, und von ihren Dächern stieg Rauch auf. Sie waren von Feldern umgeben, auf denen Männer und Jungen Saatgut ausstreuten oder sich um Schafe und Rindvieh kümmerten. Alle unterbrachen, was sie gerade taten, und starrten uns an, als wir vorbeiritten: Ritter waren ohne Zweifel ein seltener Anblick auf dem Gelände des Münsters.

Ein Haus stand abseits von den anderen. Es befand sich auf der Nordseite des Bezirks und war mit der Kirche durch einen Kreuzgang verbunden, und ich vermutete, dass der Dekan in diesem Haus wohnte. Die Regenfälle der letzten Wochen hatten den Boden durchweicht, und der Fischteich neben dem Haus war über die Ufer getreten. Wir ließen die Pferde an seinem Rand stehen und betraten den Kreuzgang durch einen schmalen Torbogen. Eine Reihe von Steinsäulen, die weiß, rot und gelb bemalt waren, lief um ihn herum, während in der Mitte eine Eibe ihre Äste ausbreitete.

Während wir uns der Tür zum Haus des Dekans näherten, begann ich eine Stimme zu hören, die einige Worte auf Lateinisch intonierte. Es klang wie etwas aus der Heiligen Schrift, auch wenn ich die genaue Stelle nicht erkannte.

»Das hier muss es sein«, sagte ich zu Wace und Eudo, als wir vor der Flügeltür ankamen. Sie war weder verriegelt noch verschlossen, und ich riss die Türflügel auf. Beide schlugen zur gleichen Zeit gegen die Steinwände, und der Lärm hallte durch den im Kerzenschein liegenden Raum.

Am gegenüberliegenden Ende stand ein kahlköpfiger Mann mit rundem Gesicht hinter einem Pult, auf dem eine aufgeschlagene Bibel mit dickem Einband lag. Seine Wangen waren rötlich, und seine Ohren standen seitlich von seinem Kopf ab, und aus irgendeinem Grund kam er mir bekannt vor, obwohl ich nicht wusste, woher.

Er hatte aufgehört zu lesen, und sein Mund stand offen. Weitere zwölf Stiftsherren, die alle schwarz gekleidet waren, saßen auf Holzbänken am Rand des Raums. Alle schauten hoch; zwei von ihnen standen auf und setzten sich rasch wieder, als sie unsere Kettenpanzer und die Schwertscheiden an unseren Gürteln sahen.

»Dekan Wulfwin?«, fragte ich.

»Ich bin Wulfwin«, sagte der Mann mit zitternder Stimme, als er von der Bibel zurücktrat. »Wer seid Ihr? Was ist geschehen?«

Und plötzlich erinnerte ich mich daran, woher ich ihn kannte. Er war der Priester, den ich in der Nacht in Lundene gesehen hatte, in der ich überfallen worden war – vor so langer Zeit, wie es schien, dass ich es bis zu diesem Moment fast vollkommen vergessen hatte. Der kahle Kopf, die roten Wangen, die abstehenden Ohren: Es fiel mir jetzt alles wieder ein, und so deutlich, als stünde ich immer noch da.

Was bedeutete, dass derjenige, mit dem er gesprochen hatte,

Ælfwold gewesen sein musste. Alles andere ergab keinen Sinn; es wäre sonst ein zu großer Zufall gewesen. Jetzt erkannte ich, wie dumm ich gewesen war. Wenn ich nur meinen eigenen Augen getraut hätte, anstatt mich von ihm hinters Licht führen zu lassen, hätten wir uns vielleicht diesen ganzen Ärger sparen können. Aber ich hatte natürlich damals nicht all das über Eadgyth und Harold gewusst, was wir jetzt wussten. Ich hoffte nur, dass es nicht zu spät war, die Scharte auszuwetzen.

Ich starrte den Dekan an. »Ihr«, sagte ich. »Ihr wart vor vier Wochen in Lundene.«

Vielleicht hatte er zu viel Angst oder hatte einfach keine Antwort darauf, denn er sagte nichts.

Ich ging über den Fliesenboden auf ihn zu. »Wollt Ihr das abstreiten?«

»W-w-woher …«, begann Wulfwin und geriet ins Stocken. »Woher wisst Ihr das?«

»Ich habe Euch neben St. Eadmund gesehen. Ihr habt mit dem Priester Ælfwold gesprochen und mit ihm gegen Guillaume Malet, den Vicomte von Eoferwic, und gegen den König konspiriert.«

Unter den versammelten Stiftsherren, die bisher still gewesen waren, erhob sich ein Murmeln, und aus dem Augenwinkel sah ich, wie sie Blicke miteinander wechselten. Sie kümmerten mich nicht. Ich war nur daran interessiert, die Wahrheit herauszufinden.

»Nein«, sagte der Dekan, der zur Wand zurückwich. »Das ist nicht wahr. Ich würde n-nie etwas gegen den König unternehmen, das schwöre ich!«

»Der Dekan ist ein treuer Untertan von König Guillaume«, sagte einer der Stiftsherren. »Ihr habt kein Recht, hier hereinzukommen und auf diese Weise mit ihm zu reden, ihn solcher Dinge zu beschuldigen.«

Ich drehte mich zu dem Mann um, der gesprochen hatte:

505

ein sehniger Bursche, der nicht viel älter war als ich. Er schrak unter meinem Blick zurück. »Wir werden erst gehen, wenn wir die Antworten haben, die wir suchen«, sagte ich. Dann wandte ich mich an alle. »Geht. Wir werden mit dem Dekan allein sprechen.«

Er schaute mich an, dann Eudo und Wace, die ihre Hand zur Warnung auf ihre Schwerter gelegt hatten.

»Geht, Æthelric«, sagte Wulfwin. »Der Herr wird mich schützen.«

Der Æthelric genannte Mann zögerte, aber schließlich gewann seine bessere Einsicht die Oberhand, und er gab den anderen Stiftsherren ein Zeichen. Ich schaute zu, wie sie hintereinander den Raum verließen. Als der Letzte draußen war, schloss Wace die Tür und legte den Balken vor. Ich hielt es für unwahrscheinlich, dass einer von ihnen versuchen würde, uns zu stören, zumal da sie wussten, dass wir alle Schwerter trugen, aber ich hatte keine Lust, zu solchen Drohungen zu greifen, wenn es sich vermeiden ließ.

Während des Auszugs der anderen hatte sich der Dekan nicht gerührt, als ob seine Füße irgendwie Wurzeln geschlagen hätten. Er schaute mich mit großen Augen an, als ich auf ihn zuging.

»Dann sagt mir doch«, forderte ich ihn auf, »was Ihr getan habt, wenn es keine Verschwörung war?«

»Ich h-habe nur die Anweisungen befolgt, die Malet mir durch seinen Kaplan Ælfwold geschickt hat. Er wollte die sterblichen Überreste Harolds an einen anderen Ort bringen lassen.«

»Er wollte sie verlagern?«, fragte Eudo, aber ich gab ihm ein Zeichen, er solle still sein. Ich würde mich darum kümmern.

»B-bitte«, sagte der Dekan. »Ich habe nur getan, was der Vicomte von mir wollte. Ich schwöre, ich habe nichts Unrechtes getan.«

»Wo ist die Leiche des Usurpators jetzt?«, fragte ich. »Ist sie noch hier?«

Wulfwin schüttelte den Kopf. »Die Männer haben sie mitgenommen. Der Kaplan und zwei von Malets Rittern kamen gestern Abend, um sie abzuholen. Ich musste veranlassen, dass der Hochaltar versetzt und der Kirchenboden aufgerissen wurde. Der Sarg war darunter begraben …«

»Wartet«, sagte ich, als mir eine lange begrabene Erinnerung plötzlich bewusst wurde. »Diese beiden Ritter. Beschreibt sie mir.«

Ein verwunderter Ausdruck trat auf sein Gesicht. »Beschreiben soll ich sie?«

»Dafür ist jetzt keine Zeit, Tancred«, sagte Wace. »Was hat es schon für eine Bedeutung, wie sie aussahen?«

Der Dekan warf einen Blick auf ihn, dann wieder auf mich, unsicher, was er tun sollte. Ich schaute Wace böse an. Wir waren seit vier Tagen unterwegs. Ich hatte am Tag vor der Schlacht zum letzten Mal richtig geschlafen, und ich war nicht bereit, mich hier herumzustreiten, während Ælfwold sich immer weiter von uns entfernte.

»Denkt nach«, sagte ich zu Wulfwin. »Wie sahen sie aus?«

Der Dekan schluckte. »Einer war groß, ungefähr so groß wie er …«, er zeigte auf Eudo, »… während der andere klein war. Ich erinnere mich an die Augen des Großen, durchdringende Augen, die einem bis ins Herz schauen können, mit einer hässlichen Narbe über dem einen …«

»Er hatte eine Narbe?«, unterbrach ich ihn. Darauf hatte ich gewartet. »Welches Auge war das?«

»Welches Auge?« Ein Anflug von Verzweiflung schlich sich in die Stimme des Dekans. Er zögerte einen Moment, bevor er sagte: »Das rechte, wenn man ihn ansieht.«

»Für ihn wäre es also das linke«, murmelte ich.

»Warum ist das wichtig?«, fragte Eudo.

»Es ist wichtig, weil der Mann, der mich in dieser Nacht angegriffen hat, als wir in Lundene eintrafen, eine Narbe über dem Auge hatte. Über dem linken Auge.«

»Es kann Hunderte von Männern mit einer solchen Narbe geben«, sagte Wace. »Wie kannst du sicher sein, dass es derselbe ist?«

»Dieser Mann«, sagte ich zu dem Dekan. »Er war unrasiert und hatte ein breites Kinn?«

Er schaute mich überrascht an. »Das stimmt«, erwiderte er.

»Er war es«, sagte ich an Eudo und Wace gewandt. »Was bedeutet, dass diese Männer Ælfwold schon die ganze Zeit dienten.«

Wenn er sie angeworben hatte, musste er dies schon seit einiger Zeit geplant haben, wurde mir klar. Zumindest bevor wir in Eoferwic aufgebrochen waren, vielleicht sogar noch früher: bevor wir ihm überhaupt begegnet waren. Das bedeutete, dass er uns die ganze Zeit getäuscht hatte. Endlich begann ich zu verstehen, wie alles zusammenpasste. Meine Finger legten sich fester um meinen Schwertgriff. Der Priester hatte mich nicht nur belogen, sondern die Männer, die er angeworben hatte, hatten mich außerdem zu töten versucht.

Ich fluchte laut, und der Raum wurde zu eng für meinen Zorn. Der Dekan wich zurück, bis er mit dem Rücken an der Wand stand. Sein Gesicht war noch blasser als zuvor. Er zitterte, und ich fragte mich, ob er glaubte, dass wir vorhatten, ihn jetzt zu töten, wo wir unsere Antworten hatten.

»B-bitte«, sagte er. »Ich habe Euch a-alles g-gesagt, was ich weiß. Bei Gott und all seinen Heiligen, das schwöre ich.«

»Ist schon gut«, sagte Wace. »Wir streiten uns nicht mit Euch.«

Ich wusste durchaus, dass den Dekan, auch wenn er sich drehte und wand, keine Schuld traf. Er hatte einfach Pech gehabt, in diese Angelegenheit verwickelt zu werden.

»Ihr seid getäuscht worden«, sagte Eudo. »Das waren nicht Malets Ritter, sondern gedungene Schwerter. Und die Anweisungen, die Ihr erhalten habt, kamen nicht von dem Vicomte, sondern von Ælfwold selber. Er ist ein Verräter, und wir versuchen ihn aufzuhalten.«

»Ein Verräter?« Ein wenig Farbe kehrte allmählich in die Wangen des Dekans zurück, aber er wahrte trotzdem noch Distanz. »Und wer seid dann Ihr?«

»Malet hat uns aus Eoferwic geschickt«, sagte ich, obwohl ich wusste, wie dürftig das klang. »Wir sind Ritter aus seinem Gefolge.«

Wulfwin schaute uns der Reihe nach an. »Woher soll ich wissen, ob Ihr die Wahrheit sagt?«

»Das könnt Ihr nicht wissen«, sagte ich. Ich wurde langsam ungeduldig. Je länger wir uns hier aufhielten, desto geringer wurde die Chance, dass wir Ælfwold noch erwischten. »Jetzt sagt uns, wo sie von hier aus hinwollten.«

»Das weiß ich nicht«, jammerte der Dekan. »Ich schwöre, ich hab Euch alles gesagt.«

»Haben sie die Straße genommen?«, fragte Wace.

Wulfwin schüttelte den Kopf. »D-den Fluss. Wir haben den Sarg zum Dorf hinuntertragen lassen, wo er auf einen Lastkahn geladen wurde, den sie für diesen Zweck gemietet hatten. Sie sind stromabwärts gefahren, aber sie haben nicht gesagt, wohin sie wollten.«

»Wohin führt der Fluss?«, fragte ich.

»Er fließt ein kurzes Stück im Osten von Lundene in die Temes.«

»Und sie sind heute Morgen abgefahren?«

Der Dekan nickte zögernd, als habe er Angst, er könne die

falsche Antwort geben. »Es war noch dunkel, eine Stunde oder so vor Tagesanbruch.«

»Das heißt, sie haben nur einen halben Tag Vorsprung vor uns«, murmelte Eudo. »Wenn wir uns beeilen, holen wir sie vielleicht ein, bevor sie die Temes erreichen.«

»Wenn das ihr Ziel ist«, sagte Wace mit grimmigem Gesicht.

»Ich glaube nicht, dass wir eine andere Wahl haben«, sagte ich. Wir hatten nur noch ein paar Stunden bis Einbruch der Dunkelheit, und dann wäre es so gut wie unmöglich, ihre Spur zu verfolgen. Ich wandte mich an den Dekan, der sich immer noch an die Wand drückte. »Wir brauchen Eure schnellsten Pferde.«

»N-natürlich«, sagte Wulfwin. »Ihr bekommt alles, was Ihr braucht.«

Ich schaute zuerst Wace, dann Eudo an und sah die Entschlossenheit in ihren Augen. Beide wussten genau wie ich, dass dies unsere letzte Chance war. Dies hier war wichtiger als die Schlacht um Eoferwic, wichtiger als alles, was wir seit Hæstinges unternommen hatten. Denn falls wir Ælfwold nicht einholten, falls wir Harolds Leichnam nicht sicherstellten …

Ich verbannte solche Zweifel aus meinem Kopf. Jetzt war keine Zeit für sie. »Machen wir uns auf den Weg«, sagte ich.

Achtunddreißig

Der Fluss wand sich nach Süden durch die Berge, ein braunes Band, das uns den Weg wies. Wir hielten nicht an, wir aßen nicht, sprachen nicht, sondern trieben unsere Pferde nur noch härter an, pressten die Fersen in ihre Weichen, ließen sie so schnell laufen, wie ihre Beine konnten, und noch ein wenig schneller.

Wir galoppierten über die Hügel, über vor Kurzem erst gepflügte Felder, vermieden Wälder und Dörfer und behielten die ganze Zeit den Fluss im Auge und hielten nach dem Lastkahn Ausschau, der Harolds Leichnam transportieren mochte. Aber wir sahen nur kleine Fähren und Fischerboote, und als die Sonne sich nach Westen senkte und die Schatten länger wurden und immer noch nichts von ihm zu sehen war, machte sich ein ungutes Gefühl in meinem Magen breit. Ich einem Dorf versuchten wir einige der Bauern, die dort lebten, zu fragen, ob sie etwas gesehen hätten, aber ihre Sprache gehörte nicht zu denen, die Eudo verstehen konnte, und deshalb blieb uns nichts anderes übrig als weiterzureiten.

Langsam verbreitete sich der Fluss, der auf beiden Seiten von weiten Flächen mit Schlamm und Schilf begrenzt wurde, in dem Wasservögel nisteten. Die Sonne sank unter den Horizont, und das letzte Licht des Tages fiel auf uns, als ich nur ein paar Meilen im Süden den Flussnebel erblickte, der sich auf den breiten schwarzen Wassern der Temes niederließ.

Ich warf Eudo und Wace einen Blick zu, und sie schauten mich an. Keiner von ihnen sagte etwas, aber die Niedergeschlagenheit in ihren Augen sprach für sich. Wir hatten versagt.

Wir ritten trotzdem weiter bis zum nächsten Höhenzug, dem letzten, bevor das Land zum Wasser hin abfiel. Von hier konnten wir hinunter auf den Fluss sehen, wie er sich durch den Schlamm seinen Weg in die Temes bahnte. Die Flut war auf ihrem Weg landeinwärts, füllte allmählich die Marschen und die vielen Meeresarme entlang der Küste. Der Wind in unserem Rücken wurde stärker, heulte durch die Wälder und in das Tal hinab. Wolkenstreifen, so schwarz wie Holzkohle, zogen sich über den Himmel. Das Licht war fast völlig verschwunden, und mit ihm unsere Hoffnungen.

Ich konnte nur noch daran denken, wie wir Malet erzählen sollten, was geschehen war, und wie seine Antwort lauten würde. Wir hatten unser Äußerstes getan, und dennoch war selbst das nicht genug gewesen, um Ælfwold Einhalt zu gebieten.

»Was nun«, fragte Wace nach einer Ewigkeit, wie es schien.

»Ich weiß es nicht«, sagte ich. Der Wind wurde böig, stieß mir in die Wange. »Ich weiß es nicht.«

Ich schaute auf die Temes hinaus. Zum ersten Mal bemerkte ich, dass dort ein Schiff war, draußen in der Strommitte. Es war noch eine ganze Strecke entfernt – vielleicht rund eine Meile, kaum sichtbar durch den Flussnebel – und fuhr stromaufwärts, aber auch so konnte ich sehen, dass es zu groß für den Lastkahn war, von dem Wulfwin geredet hatte. Ein Handelsschiff vermutlich, aus der Normandie oder aus Dänemark, obwohl es spät dafür war, immer noch draußen auf dem Fluss zu sein, besonders wenn man bedachte, dass es weiter stromabwärts Häfen gab, wo sie für die Nacht problemlos hätten anlegen können. Ich wusste nicht, wie weit genau Lundene von hier entfernt war, aber die Nacht brach so schnell herein, dass es mir so vorkam, als hätten sie keine große Chance, die Stadt noch vor der Dunkelheit zu erreichen.

Ich beobachtete es noch ein paar Augenblicke. Es schien eindeutig keine Eile zu haben, an diesem Abend einen Hafen anzulaufen, denn ich sah, dass das Segel des Schiffs eingerollt war. Stattdessen schien es auf der Dünung der hereinkommenden Flut zu treiben. Die Riemen bewegten sich kaum, fast so, als wartete die Besatzung auf irgendetwas ...

»Schau«, sagte Eudo und zeigte nach Süden. »Dort drüben.«

Ich folgte der Richtung seines Fingers zu einer geschützten Bucht, die vielleicht eine Viertelmeile entfernt lag, in der Nähe des Watts, wo unser Fluss in die Temes mündete. Dort war fast versteckt hinter einer Baumreihe ein orangefarbenes Licht zu sehen, wie es von einem Lagerfeuer herrühren konnte, um das sich mehrere Gestalten versammelt hatten. Ich konnte nicht sagen, wie viele – und wir waren zu weit entfernt, um mehr ausmachen zu können –, aber ich hatte keinen Zweifel daran, dass einer von ihnen Ælfwold war.

»Das ist er«, sagte ich. »So muss es sein.«

Gerade noch hatte ich gedacht, dass alles verloren sei, und jetzt fielen alle Zweifel von mir ab. Mein Herz pochte, und ich zog an den Zügeln und spornte mein Pferd zu einem letzten Galopp an.

»Los, kommt«, rief ich. Ich biss die Zähne zusammen und packte die Schlaufen meines Schilds so fest, dass sich meine Fingernägel in die Handfläche bohrten. Eine Reihe verkrüppelter, windzerzauster Bäume flog an mir vorbei, während das Land unter uns abfiel. Durch die Lücken zwischen ihren Zweigen konnte ich hinunter in die Bucht sehen, wo ein niedriger Kahn hoch auf die Steine gezogen worden war. Daneben brannte hell jenes Lagerfeuer, und mir fiel das Glitzern eines Kettenpanzers ins Auge, aber wegen der Bäume war bald nichts mehr zu sehen.

Ich schaute auf die Temes hinaus, wo das Schiff näher war als zuvor, und hatte den Eindruck, als sei es nicht zufällig da, sondern irgendwie mit Ælfwold verbunden. Falls ich recht hatte, mussten wir schneller bei ihm sein als sie. Mein Blut pulsierte heiß in meinen Adern, aber mir war trotzdem klar, dass wir drei nicht allein gegen eine ganze Schiffsbesatzung antreten konnten.

Ich trieb mein Pferd noch mehr an und fluchte unterdrückt. Endlich war die Baumreihe zu Ende, und wir preschten den Abhang hinab auf die Bucht zu, vorbei an Büschen und Felsbrocken. Ein Bach lag vor uns, und ich platschte hindurch. Wasser spritzte hoch und mir ins Gesicht, aber das kümmerte mich nicht. Ich hörte das Knirschen von Steinen unter den Hufen meines Reittiers, die auf den Boden eintrommelten; Gras machte Kies Platz, als wir das Ufer erreichten. Ich schaute hoch, und dort, unmittelbar vor mir, lag das Feuer.

Männer rannten in alle Richtungen, krabbelten über den Boden, um an ihre Speere und Messer zu gelangen. Ich schrie und überließ mich dem Rausch der Schlacht. Mein Schwert glitt sauber aus der Scheide, und ich schwang es hoch über dem Kopf und brüllte dabei zum Himmel.

»Für Malet«, rief ich, und ich hörte, wie Eudo und Wace es mir gleichtaten, während sie sich neben mich setzten. »Für Malet!«

Vor dem Feuer standen die beiden Ritter, der eine klein und der andere groß, genau wie der Dekan in Waltham gesagt hatte. Sie hatten die Schwerter gezogen und hielten die Schilde fest vor sich.

Und dann erblickte ich hinter ihnen, neben dem Lastkahn, den Kaplan, Ælfwold. Er bewegte sich nicht. Seine Augen waren auf uns gerichtet, seine Füße am Boden erstarrt, als wäre er zu Tode erschrocken. Wozu er alles Recht hatte, denn er konnte nicht angenommen haben, dass er uns je wiedersehen würde, und trotzdem waren wir hier.

»Kein Erbarmen!«, schrie ich, als ich mein Schwert auf den

Schild des großen Ritters niedersausen ließ. Es traf den Buckel und glitt harmlos von der Vorderseite ab, und ich ritt weiter und drehte um, als ein Engländer von dem Kahn herbeieilte und in seiner Sprache schrie. Er hob seine Axt über den Kopf, aber ich hatte ihn kommen sehen, und meine Klinge war schneller und glitt durch seine Hand, bevor er den Streich vollenden konnte, nahm ihm drei seiner Finger und fand dann seine Kehle. Blut quoll hervor, während er zuerst auf die Knie fiel und sich an den Hals griff, bevor er mit dem Gesicht nach vorn auf dem Boden zusammenbrach.

Aber ich konnte keinen Herzschlag lang innehalten, weil der große Ritter auf mich losging und Schläge auf meinen Schild regnen ließ. Unter dem Rand seines Helms sah ich über dem Auge die Narbe, von der Wulfwin gesprochen hatte und an die ich mich aus der Nacht vor all diesen Wochen erinnerte.

Sein Blick begegnete meinem, und ein Flackern des Wiedererkennens huschte über sein Gesicht. »Ihr seid derjenige, der dort in Lundene war«, sagte er zwischen zwei Atemzügen. »Fulcher fitz Jean.«

»Mein Name ist Tancred«, fauchte ich zurück. »Tancred a Dinant.« Und ich hieb mit dem Schwert nach unten auf seinen Helm, bevor er seinen Schild heben konnte, und der Stahl erscholl, als er seinen Nasenschutz traf. Sein Kopf wurde von der Wucht des Schlags nach hinten gerissen, und er stolperte zurück.

»Bastard«, keuchte er, während ein blutroter Strom aus seinen Nasenlöchern floss und auf sein Kettenhemd tropfte. »Bastard, Bastard.«

Um uns herum schrien die Bootsknechte. Die meisten hatten wenigstens ein Messer in der Hand, aber nur ein paar wagten uns anzugreifen. Die anderen hatten die Wut gesehen, mit der wir unsere Klingen führten, und rannten das Ufer hoch dem Schutz der Bäume entgegen. Ich hielt nach Ælfwold Ausschau, aber inmitten des Durcheinanders konnte ich ihn nicht sehen.

Der Ritter mit der Narbe brüllte, als er wieder losstürmte, und der Feuerschein spiegelte sich in seinen Augen wider, aber er hatte sich von seiner Wut übermannen lassen, und es lag kein Geschick in seinem Angriff. Seine Schläge waren wild, es fehlte ihnen an Beherrschung und Eleganz, und ich wehrte sie mit Leichtigkeit ab.

Das Feuer war an meiner Seite: orangefarbene und gelbe Flammenzungen, die sich zum Himmel hochwanden. Sie tanzten auf meiner Klinge, wurden im Stahl reflektiert, und ich konzentrierte all meine Kraft in meinem Schwertarm und brachte das volle Gewicht der Waffe zum Einsatz, als ich auf seinen Hals einhieb.

Sein Schild war in der falschen Position, bereit für den tiefen Schlag auf den Oberschenkel, mit dem er ohne Zweifel gerechnet hatte, und stattdessen hob er sein Schwert, um meinen Schlag zu parieren. Für einen winzigen Moment prallten unsere Klingen zusammen, aber er konnte der Gewalt meines Schlags nichts entgegensetzen, und plötzlich zerbrach sein Schwert mit einem schrillen Ton in zwei Stücke und riss sauber oberhalb der Parierstange ab, sodass er nur noch den Griff in der Hand hielt.

Auf seinem Gesicht kämpften Überraschung und Angst um die Oberhand, und jetzt versuchte er endlich seinen Schild zu heben, aber es war zu spät. Ich setzte den Schlag bereits fort, schnitt durch die Glieder seines Kettenhemds in das Fleisch darunter, trieb die Spitze durch seine Rippen tief in seine Brust. Ich drehte die Klinge, stieß tiefer zu, und er röchelte, seine Augen wurden glasig, und als ich die Waffe herausriss, gaben seine Beine nach, und er fiel rücklings ins Feuer. Eine Wolke von Funken stieg empor, und die Flammen begannen seine Leiche zu verschlingen.

Ich wirbelte herum und suchte nach meinem nächsten Opfer,

aber es waren nur noch wenige Feinde übrig. Diese wandten sich entweder zur Flucht oder fielen Wace' und Eudos Schwertern zum Opfer. Der zweite Ritter lag bereits tot auf den Steinen. Ich schaute noch einmal auf die Temes hinaus, ob das Schiff sich schon irgendwo zeigte. Vom Ufer aus war es nicht zu sehen, weil die Bucht von zwei Höhenrücken geschützt war, die mein Blickfeld einschränkten. Aber sobald das Schiff den ersten Vorsprung umrundete, würden die an Bord den Schein des Lagerfeuers sehen, und wenn sie das täten, wäre alles verloren.

»Das Feuer«, rief ich Wace und Eudo zu. »Macht es aus! Macht es aus!«

Meine Aufmerksamkeit galt Ælfwold, den ich auf dem Lastkahn entdeckt hatte. Er starrte mich mit weit aufgerissenen Augen an, sein Gesicht war blass im Schein des Feuers, seine Miene die eines Verzweifelten. Dies war nicht mehr der großzügige, freundliche Mann, den ich in Eoferwic kennengelernt hatte. Hinter diesen Augen lag ein Verstand, der Täuschung und Verrat in großem Maßstab begehen konnte. Er war ein Feind meines Herrn.

Ich ließ mein Pferd stehen, rannte auf ihn zu und sprang über die Seite des Kahns auf sein Deck. Der Engländer stand auf der anderen Seite einer großen, mit Eisenbändern verschlossenen Kiste, die mehr als sechs Fuß lang und sowohl zwei Fuß breit als auch tief war.

Ein Sarg, wurde mir klar, und nicht nur irgendein Sarg, sondern der des Usurpatoren. Der Sarg Harold Godwinesons, Eidbrecher und Feind Gottes. Ich konnte keine Inschrift entdecken, aber das war nicht anders zu erwarten, wenn er heimlich begraben worden war und nur wenige Männer davon wussten.

»Es ist aus, Ælfwold«, sagte ich. »Wir wissen alles über Euren Plan.«

Er sagte nichts und sah mich weiterhin unverwandt an. Er zog einen Sachs aus einer Scheide unter seinem Umhang, fast ohne ein Geräusch zu machen, und hielt ihn in beiden Händen vor sich, als wolle er mich warnen, keinen Schritt näher zu kommen.

»Ihr würdet mit mir kämpfen?«, fragte ich eher überrascht als höhnisch. Ich hatte den Engländer noch nie mit einer Waffe umgehen, geschweige denn eine im Zorn führen sehen, und dennoch stand er hier und trat mir furchtlos entgegen.

Die polierte Schneide seines Sachs glänzte im verbleibenden Feuerschein. Im Augenwinkel konnte ich sehen, wie Eudo und Wace die Flammen niedertraten, die schnell in sich zusammensanken.

»Ihr werdet ihn nicht bekommen«, sagte Ælfwold hasserfüllt. »Er ist mein König!«

»Harold war kein König«, sagte ich, während ich Schritt für Schritt auf ihn zuging. »Er war ein Usurpator und Eidbrecher.«

»Euer falscher Herzog Guillaume ist der Usurpator«, erwiderte er scharf. Er machte einen Schritt zurück, wahrte seine Distanz, ging um den Sarg herum. »Er hat dieses Reich durch Feuer und Schwert, durch Mord und Raub und Plünderung gestohlen.«

»Das ist eine Lüge …«, begann ich.

»Er trägt die Krone und sitzt auf dem Königsthron«, unterbrach Ælfwold mich, »aber solange die Engländer sich weigern, sich ihm zu unterwerfen – solange wir weiterkämpfen –, wird er niemals König sein.«

»Lügner!«, rief ich, während ich auf den Sarg sprang und nach ihm schlug.

Ælfwold schwang seinen Sachs, aber man merkte an seiner Schwerfälligkeit, dass er den Umgang mit Waffen nicht gewohnt war, und er traf nur meinen Umhang. Ich rammte ihm den Schild in die Brust, und die Waffe fiel ihm aus der Hand, als er auf den Rücken fiel.

Er versuchte sofort wieder aufzustehen und griff nach seinem Sachs, der direkt neben seiner Hand lag, aber ich war schneller und trat ihn beiseite, bevor er ihn zu packen bekam. Ich legte ihm das Schwert an die Kehle.

Er schaute zu mir hoch und schluckte, seine Augen schnellten zwischen mir und der Spitze meines Schwerts unmittelbar unter seinem Kinn hin und her. »Ihr würdet nicht wagen, mich zu töten.«

»Nennt mir einen Grund, warum ich es nicht tun sollte.«

»Ich bin Priester«, sagte er. »Ein Mann Gottes.«

Es war noch nicht so lange her, da hatte ich ähnliche Worte zu seiner Verteidigung gesagt. Doch nun hielt er sie mir entgegen und verspottete mich damit. Meine Hand schloss sich fester um den Schwertgriff, aber ich schaffte es irgendwie, mich zu bezähmen.

»Ihr seid kein Mann Gottes«, sagte ich. »Ihr seid ein Verräter Eures Herrn, Eures Königs.«

»Mein König ist Harold …«

Ich trat ihn fest in die Seite, und er brach ab. Das musste ich mir nicht anhören. Es schien mir, als unterscheide er sich alles in allem nicht sonderlich von den anderen Engländern, gegen die wir seit unserer Ankunft an diesen Gestaden gekämpft hatten.

»Malet vertraute Euch«, sagte ich. »Ihr habt ihn verraten.«

»Nein«, erwiderte er giftig. »Mehr als zwei Jahre habe ich dabeigestanden und nichts getan, während meine Landsleute unter Euch litten, von Euren Schwertern abgeschlachtet wurden. Das war mein einziger Verrat. Ich wollte nur Wiedergutmachung.«

»Ihr habt den Eid gebrochen, den Ihr ihm geleistet habt.«

»Glaubt Ihr, das ist mir leichtgefallen?«, konterte er. »Glaubt Ihr, das ist so einfach? Ja, ich habe ihm einen Eid geschworen, und ich habe ihm und seiner Familie treue Dienste geleistet, solange ich konnte. Er ist ein guter Herr, ein guter Mann. Aber ich habe eine Pflicht, die heiliger ist als jeder Eid, und die habe ich meinem Volk gegenüber.«

Er versuchte mich mit seinen Worten zu verwirren, aber ich ließ mich nicht umstimmen. »Ihr seid ein Verräter«, wiederholte ich und hielt meine Klinge näher an seinen Hals, sodass sie fast die Haut berührte.

Ælfwold starrte mich an und ich ihn. »Dann tötet mich, wenn es das ist, weshalb Ihr hier seid«, sagte er.

»Führt mich nicht in Versuchung.« Mein Schädel brummte und übertönte fast meine Gedanken. Malet wollte ihn natürlich lebend nach Eoferwic gebracht haben, aber mir wurde gerade klar, wie leicht mir das Schwert ausrutschen, wie leicht ich die Kehle des Engländers durchbohren und ihn hier zum Sterben liegen lassen könnte. Ich könnte dem Vicomte sagen, dass er bis zum Schluss gekämpft hätte, dass wir keine andere Wahl gehabt hätten, als ihn zu töten, und er würde unser Wort akzeptieren müssen und die Wahrheit nie erfahren.

Um uns herum lag alles im Dunkeln. Der Himmel war schwarz, Licht spendeten nur ein paar Sterne, der Mond war hinter einer Wolke verborgen. Das Feuer war aus; über der Asche lagen zwei tropfnasse Umhänge, und Wace und Eudo stampften darauf herum, um die letzten Rauchfahnen zu ersticken. Und gerade rechtzeitig, denn als ich auf den schwarzen Lauf der Temes blickte, kam dort am ersten der beiden Höhenzüge vorbei, ein Schatten zwischen Schatten, der hohe Bug, der aufgerichtete Mast, der lange Rumpf des Schiffs gekrochen.

Die Spitze meiner Klinge zitterte, als ich sie vor Ælfwolds Hals hielt – und somit sein Schicksal in meiner Schwerthand lag.

»Dieses Schiff«, sagte ich. »Ihr wolltet Euch mit ihm treffen, damit es Harolds Leiche übernimmt, nicht wahr?«

Er antwortete nicht, aber ich erkannte an seinem Schweigen, dass ich recht hatte. Er zitterte, ob wegen der Kälte oder aus Furcht, konnte ich allerdings nicht sagen. Seine Augen waren groß, und ich glaubte zu sehen, dass sich in ihren Winkeln Tränen bildeten.

Und auf einmal begriff ich, dass ich es nicht tun konnte. Trotz seiner Lügen, trotz seines Verrats brachte ich es nicht über mich, eine solche Jammergestalt von einem Mann zu töten. Ich merkte, dass ich die Luft anhielt, und atmete aus, während ich gleichzeitig mein blutiges Schwert zurück in die Scheide steckte.

»Tancred«, sagte Eudo. Er zeigte hinaus auf den Fluss auf das Schiff. Ein orangefarbener Lichtpunkt leuchtete über das Wasser wie die Flamme einer Laterne. Es dauerte nur ein paar Herzschläge, und dann war er wieder verschwunden. Ein Signal, dachte ich.

Ich wandte mich wieder Ælfwold zu und wollte gerade etwas sagen, aber in dem Moment sprang er mit rotem, wütendem Gesicht auf mich los. Er prallte mitten in mich hinein, mit seinem ganzen Gewicht dahinter, und bevor ich wusste, wie mir geschah, rutschten meine Füße auf dem feuchten Deck unter mir weg, und ich fiel nach hinten. Mein Rücken krachte gegen die Holzplanken, und ich bekam keine Luft mehr.

Aber Ælfwold hatte nicht vor, mich zu töten, denn er sprang schon von dem Kahn herunter und rannte über die Steine das Ufer hoch. Ich rappelte mich unter dem Gewicht meines Panzers mühsam auf, machte den Arm von den Riemen des Schilds los und ließ diesen aufs Deck fallen, bevor ich heruntersprang und die Verfolgung aufnahm. Kies knirschte unter meinen Schuhen und grub sich durch das Leder in meine Fußsohlen. Ich hörte Wace und Eudo rufen, wusste aber nicht, ob sie hinter mir waren. Ich war nur daran interessiert, den Engländer zu fangen.

Er hatte bereits einen Vorsprung von rund dreißig Schritten, als er den mit Gras bewachsenen Abhang hochkletterte, durch Büsche hindurch und über Felsnasen hinweg. Zweige schlugen gegen meinen Helm, als ich ihm nachsetzte; Dornen zerkratzten mir Gesicht und Hände. Einen Moment lang verlor ich ihn mitten in einer Baumgruppe aus den Augen, aber ich lief weiter, und als ich auf der anderen Seite herauskam, sah ich seinen Umhang im Wind wehen.

Er rannte oben auf dem Höhenkamm in Richtung der Temes, winkte mit den Armen und schrie gleichzeitig auf Englisch – versuchte die Aufmerksamkeit der Schiffsbesatzung zu erregen, wie mir klar wurde. Wieder erschien das orangefarbene Licht und funkelte auf dem Wasser, und wieder verschwand es, ohne Antwort.

»*Onbidath*«, schrie Ælfwold. »*Onbidath!*« Aber der Wind blies jetzt stärker, und was er auch sagen mochte, es war mit Sicherheit verloren.

Ich kam ihm jetzt mit jedem Schritt näher, trotz meiner Panzerung und der Scheide an meiner Schwertkoppel. Nicht viel weiter vor uns war der Höhenzug plötzlich zu Ende; statt eines gleichmäßigen Abhangs hinunter zum Fluss fiel er steil auf die Felsen ab, wo das Land weggebrochen war. Der Priester saß in der Falle.

»Es ist vorbei«, sagte ich, wobei ich schreien musste, damit er mich bei dem Wind hören konnte. »Es hat keinen Sinn weiterzukämpfen.«

Denn das Schiff drehte sich gegen die Flut, wie ich sah, seine Riemen hoben sich, als es begann, sich stromabwärts in Bewegung zu setzen. Ein drittes Mal schien das orangefarbene Licht auf, aber es war schwächer als zuvor.

»Ihr kommt hier nicht weg«, sagte ich, und jetzt endlich drehte er sich zu mir um. Seine Augen waren wild, sein Gesicht zu einer Maske des Hasses und der Verzweiflung verzerrt, als hätte er den Teufel im Leib. Ich legte eine Hand auf den Schwertgriff.

»England wird Euch niemals gehören«, sagte er scharf und

zeigte mit dem Finger auf mich. »Dies ist unser Land, unsere Heimat – nicht Eure!«

Er tobte jetzt, in den Wahnsinn getrieben, weil ihm seine Niederlage klar geworden war. Ich ging langsam auf ihn zu und ließ ihn nicht aus den Augen.

»Ihr werdet mich nicht gefangen nehmen«, sagte er und schüttelte den Kopf, während er einen Schritt zurück machte. »Tötet mich, wenn Ihr müsst, aber Ihr werdet mich nicht gefangen nehmen.« Er war weniger als fünf Schritte vom Abgrund entfernt, und ich fragte mich, ob er das wusste.

Ich hob die Hände weg von meinem Körper, weg von meinem Schwert. »Ich werde Euch nicht töten.«

Der Wind blies wieder in Böen, drückte gegen meinen Rücken, als legten sich eiskalte Finger auf meine Haut und grüben sich in mein Fleisch. Der Priester machte noch einen Schritt zurück, aber der Boden war rutschig, und er verlor seinen Halt und fiel auf Hände und Knie. Hinter ihm war nichts als Luft.

»Ælfwold!«, schrie ich. Ich eilte nach vorn und hielt ihm die Hand hin.

Er umklammerte sie. Seine Hand war kalt, aber sein Griff war kräftig. Zu kräftig, merkte ich, als er mich zu Boden riss. Ich kam hart auf, und der Rand des Abgrunds war nicht mehr als eine Armeslänge entfernt. Mein Herz hämmerte, als ich mich auf den Rücken rollte und nach dem Schwert griff, aber ich war nicht schnell genug. Der Priester warf sich auf mich, seine geröteten Wangen waren mit Tränen überströmt.

Er landete auf mir, seine Hände flogen mir an die Kehle, und ich konnte ihn nur noch mit der Faust seitlich gegen den Kopf schlagen. Der Schlag traf, und er fuhr zurück, und in diesem Moment sah ich meine Chance und warf ihn ab. Ich rappelte mich auf, und er kam ebenfalls auf die Beine und wischte sich Blut von der Wange.

Nur dass ich jetzt der mit dem Abgrund im Rücken war.

Ich zog mein Schwert aus der Scheide und hielt es warnend vor mich.

»Bleibt stehen«, sagte ich.

Aber er hörte nicht zu. Kreischend wie ein Untier aus den Tiefen der Hölle stürmte er auf mich los.

Ob er hoffte, mich zu überrumpeln, oder ob er vorhatte, uns beide in den Abgrund zu reißen, weiß ich nicht und werde es auch nie erfahren. Ich kam gerade rechtzeitig wieder zur Besinnung und wartete, bis er fast an mir dran war, bevor ich zu einer Seite auswich, das Schwert hob, mich drehte und zustieß. Einen Moment früher, und er hätte gemerkt, was ich tat; einen Moment später, und ich wäre mit ihm zusammen unten auf die Felsen gestürzt.

Mein Schwert glänzte silbern in der Nacht und traf nur Luft, aber Ælfwold war so schnell, dass es nicht von Bedeutung war. Er sauste an mir, an der Spitze meines Schwerts vorbei, und in einem einzigen Augenblick verwandelte sich sein Gesichtsausdruck von Wut in Angst, als er den Klippenrand vor sich erblickte und feststellte, dass er nicht anhalten konnte.

Sein Umhang blähte sich um ihn herum auf, als er schreiend stürzte. Ich ließ das Schwert fallen, lief zum Rand und schaute hinunter auf die Felsen. Der Priester lag bewegungslos auf dem Rücken, Arme und Beine von sich gestreckt.

»Ælfwold!«, rief ich, aber er antwortete nicht.

Seine Augen waren offen, das Weiße darin glänzte in dem bisschen Licht, das noch da war, aber er sah mich nicht. Sein Mund stand offen, seine Brust war reglos, und er atmete nicht mehr. Seine Stirn war blutbespritzt und sein Haar lag verklebt über der Stelle, an der sein Schädel eingedrückt war.

Der Kaplan war tot.

Epilog

—◀o▶—

Die Sonne schien hell auf Eoferwic hinab. Es war immer noch früh, aber der Morgen war warm, als Malet und ich durch eine Stadt ritten, die vor Farbenpracht erstrahlte.

Seit der Schlacht waren kaum drei Wochen vergangen, aber die Händler kehrten bereits zurück und die Bauern trieben ihr Vieh wieder zum Markt. Die Stände von Fleischern und Fischhändlern säumten die Straßen, auf denen sich Engländer und Franzosen gleichermaßen drängten. Überall trugen die Bäume Blätter, während auf den Feldern die ersten grünen Triebe durch den Boden brachen. Der Geruch feuchter Erde wurde von der Brise herangetragen. Nach dem langen Winter, den wir hinter uns gebracht hatten, schien es, als habe der Frühling endlich Einzug gehalten.

»Es war an einem Morgen wie diesem vor rund fünfzehn Jahren, als ich diese Stadt zum ersten Mal sah«, sagte Malet. »Ich finde es bemerkenswert, wie wenig sie sich trotz all der Schwierigkeiten der jüngsten Zeit verändert hat.«

Wir waren allein. Ich hatte Eudo und Wace in dem Gasthaus zurückgelassen, in dem wir Unterkunft gefunden hatten. Sie waren beide noch nicht aufgestanden, als mir die Nachricht überbracht worden war, der Vicomte wünsche mich zu sehen. Warum genau er mich zu sich bestellt hatte, war bis jetzt nicht zur Sprache gekommen.

»Meine Mutter war nicht lange zuvor gestorben«, fuhr er fort. »Ich war nach England gekommen, um ihren hiesigen Grundbesitz zu übernehmen. Nur ein paar Monate später nahm ich einen jungen Priester als Kaplan in meinen Haushalt auf.«

»Ælfwold«, sagte ich.

Malets Gesicht war grimmig. »Ich finde es immer noch schwer zu glauben, dass er einen solchen Betrug begehen konnte.«

Dem konnte ich nur beipflichten. Wir hatten Malet alles erzählt, als wir am Abend zuvor zu seinem Haus zurückgekehrt waren: alles von unserer Ankunft in Waltham und unserem Treffen mit Dekan Wulfwin bis zu dem Kampf am Ufer, dem auf der Temes wartenden Schiff, meinem Zweikampf mit Ælfwold am Klippenrand und seinem Tod. Während alledem hatte Malet kaum gesprochen, sondern nachdenklich dagesessen.

Wir hatten Harolds Sarg mitgebracht, was sich als keine leichte Aufgabe erwies. Zunächst mussten wir einen Karren finden, auf dem er transportiert werden konnte, und natürlich bereitete es Schwierigkeiten, wie man ihn von dem Kahn heben sollte, aber das Problem schafften wir mit der Hilfe einiger Einheimischer und großzügiger Silbergaben aus der Welt. Danach dauerte unsere Rückkehr nach Eoferwic weitaus länger als unter normalen Umständen. Aber wir wollten nicht zu viel Aufmerksamkeit auf uns lenken und hielten uns deshalb so weit wie möglich von der alten Römerstraße fern und benutzten ländliche Wege.

»Wo wollt Ihr Harold jetzt begraben?«, fragte ich Malet schließlich. »Werdet Ihr seinen Leichnam nach Waltham zurückbringen?«

Vor uns trieb ein Mann eine Schar Gänse durch den Schlamm. Wir trotteten hinter ihm her, bis er zu einem Pferch am Straßenrand kam und sie mithilfe einiger anderer Bürger darin unterbrachte.

»Nicht nach Waltham, nein«, sagte Malet. »Ich weiß, nach

diesem Vorfall kann ich mich nicht mehr darauf verlassen, dass Wulfwin ein solches Geheimnis bewahrt.«

»Wo dann?«

Er schaute mich zornig an, als wolle er mich warnen, aber ich hielt seinem Blick stand, und bald wandte er sich wieder ab. »Ich werde einen passenden Ort finden«, antwortete er ruhig. »Vielleicht am Meer, sodass er im Tod immer noch über die Küste wachen kann, die er im Leben zu schützen versuchte.«

Ich fragte mich, was er damit meinte, ob er einen Scherz machen wollte. Aber er lächelte nicht, und auch in seinen Augen war keine Belustigung zu sehen. Er hatte mir so viel gesagt, wie er zu sagen bereit war, und es war klar, dass ich nicht mehr von ihm dazu hören würde.

Eine Weile ritten wir schweigend weiter. Straßenhändler kamen auf uns zu und versuchten uns Tuchrollen, Holztöpfe und alles mögliche Zeug zu verkaufen, aber als sie sahen, dass wir sie nicht beachteten, gingen sie schnell weiter.

»Was ist mit Eadgyth?«, fragte ich, weil ich mich an den Brief erinnerte, den Wigod für mich übersetzt hatte. »Werdet Ihr ihr jetzt eine Nachricht zukommen lassen?«

Malet nickte. »Ich breche morgen nach Wiltune auf, um mich mit ihr persönlich zu treffen. Sie hat zumindest eine Erklärung für alles verdient, was geschehen ist.«

»Wollt Ihr ihr die Wahrheit sagen?«, fragte ich überrascht.

»Sonst denke ich mir eine andere Geschichte aus, um sie zu besänftigen«, sagte er. »Dass die Leiche verloren gegangen ist oder etwas in der Art. Vielleicht wäre das ohnehin besser.«

Ich warf ihm einen Blick zu, sagte aber nichts. Eine Gruppe von Kindern flitzte um die Beine unserer Pferde herum; sie jagten einander in einem Spiel, dessen Regeln ich nicht verstand. Ich hielt die Zügel fest in der Hand und brachte mein Pferd langsam zum Stehen, bis sie vorüber waren.

»Ich nehme an, ich sollte mich bei Euch und Euren Gefährten für alles bedanken, was Ihr in meinen Diensten getan habt«, fuhr Malet fort. »Wenn Ihr nicht gewesen wärt, hätte ich von Ælfwolds Verrat nichts erfahren.«

Er schaute mich nicht an, während er sprach. Ich hatte den Eindruck, dass er mich auf die Probe stellte, und das nicht zum ersten Mal, dachte ich. Inzwischen musste er natürlich begriffen haben, dass es nur unser eigener Verrat war, der uns diese Einsicht ermöglicht hatte. Denn wenn ich nicht versucht hätte, seinen Brief zu lesen, hätten wir nie von dem Plan des Priesters erfahren.

»Wir haben nur getan, was wir für richtig hielten, Mylord«, sagte ich, meine Worte mit Bedacht wählend.

Er blieb schweigsam und konzentrierte sich auf die Straße vor uns. Ich fragte mich, was ihm durch den Kopf ging, ob er ärgerlich war. Aber wieso sollte er das sein? Er stand in unserer Schuld, ob er das nun wahrhaben wollte oder nicht.

Nicht weit weg erblickte ich die hagere Gestalt von Gilbert de Gand, der sich mit einem halben Dutzend seiner Ritter amüsierte. Der König hatte ihn mit der Stellung des Burgvogts betraut, wie ich gehört hatte, während Malet wieder seine Pflichten als Vicomte wahrnahm. Gilbert sah uns und winkte uns zur Begrüßung zu. Er schien die neue Ehre, die ihm zuteilgeworden war, offensichtlich zu genießen, denn ich hatte ihn selten in einer besseren Laune gesehen.

Malet war jedoch eindeutig nicht in der Stimmung, mit ihm zu sprechen, denn er zog scharf an den Zügeln und bog mit missmutiger Miene von der Hauptstraße ab.

Wir kamen an den geschwärzten Resten von Holzbalken vorbei, die auf einem Aschefeld verstreut waren, wo einmal Häuser gestanden hatten. Im Anschluss an die Schlacht war es zu zahlreichen Plünderungen gekommen, und viele Teile der Stadt waren in Brand gesteckt worden, darunter mehrere Kirchen. Dies war sicherlich eine davon, denn mitten in den

Überresten entdeckte ich eine Gestalt in braunem Gewand, die mit geschlossenen Augen und zum Gebet gefalteten Händen auf dem Boden kniete: ein Messe-Priester. Ich erschauerte und rutschte unbehaglich im Sattel hin und her, weil ich mich an Ælfwold erinnert fühlte, aber wir hatten den Priester bald aus den Augen verloren.

Die ausladenden Äste der großen Ulme, unter der Radulf gestorben war, hingen über der Straße; sie waren jetzt mit purpurgrauen Knospen übersät, aus denen bald neue Blätter hervorsprießen würden. Radulf war während unserer Abwesenheit neben der Kapelle begraben worden, die zu Malets Palast gehörte, wie es sich für einen Ritter seines Gefolges geziemte. Andere waren weniger glücklich gewesen: Ihre Leichen verwesten in großen Gräben, die vor den Mauern ausgehoben worden waren, wo sich Hunde und Krähen an ihnen zu schaffen machten; wir hatten sie gerochen, als wir uns der Stadt näherten.

»Ich entbinde Euch von Eurem Eid, Tancred«, sagte Malet, als wir die Menge hinter uns gelassen hatten. »Ihr müsst Euch nicht mehr als an mich gebunden betrachten. Fortan könnt Ihr Euer Schwert anbieten, wem Ihr wollt.«

Er hatte nicht gefragt, ob ich meine eidliche Bindung an ihn verlängern möchte, und ich hatte auch nicht damit gerechnet. Stattdessen machte er deutlich, dass es für mich keinen weiteren Platz in seinem Haushalt gab. So sehr ich ihm auch geholfen hatte, er konnte es sich nicht leisten, Männer in seinem Gefolge zu haben, denen er nicht blind vertrauen konnte. Die Geschichte mit Ælfwold dürfte ihn wenigstens das gelehrt haben.

Um die Wahrheit zu sagen, war ich nach all dem, was in den letzten Monaten geschehen war, erleichtert, von ihm entlassen zu werden. Dieses ganze Gerede von Intrigen und Verrat hatte mich erschöpft. Ich war ein Ritter, ein Mann des Schwerts, und ich wäre froh, einfach wieder zu diesem Leben zurückzukehren.

529

»Wie ich höre, hat mein Sohn jedem von Euch für Euren Anteil an der Schlacht Land angeboten«, sagte Malet.

»Ja, Mylord.«

»Natürlich ist es nicht an mir zu sagen, welche Männer Robert sich für sein Gefolge auswählen sollte.« Sein kalter Blick richtete sich auf mich. »Aber er setzt offenbar Vertrauen in Eure Fähigkeit. Ich hoffe nur, dass Ihr ihm gute Dienste leistet, solltet Ihr Euch dazu entschließen, ihm zu folgen.«

Besser als wir Malet selbst gedient hatten, wollte er mit dieser Bemerkung wohl verlauten lassen. Sein bissiger Spott war kaum zu überhören.

»Das werden wir, Mylord«, sagte ich. Um ehrlich zu sein, hatte ich nicht viel darüber nachgedacht, was vor uns lag oder wohin wir gehen sollten: ob wir in England bleiben oder stattdessen nach Frankreich oder Italien zurückkehren sollten, wo es viele Lords gab, denen wir unsere Schwerter angeloben konnten. Auch wenn ich vermutete, dass wenige von ihnen so viel anzubieten hatten wie Robert.

Denn es waren nicht nur Silber oder Land, woran ich dachte; da war auch noch Beatrice. Der Kuss, den wir uns gegeben hatten, war frisch in meinem Gedächtnis, obwohl seitdem viele Wochen verstrichen waren. Ich konnte ihre sanfte Berührung immer noch spüren, das Gefühl ihrer Lippen auf meinen. Wenn ich ihrem Bruder nicht meinen Eid leistete, was für eine Chance hätte ich dann, sie jemals wiederzusehen?

Wir hielten neben der Brücke an. Auf dem Fluss blähten sich Segel aller Farben in der Brise. Trommeln schlugen einen gleichmäßigen Rhythmus, während Schiffmeister sich auf ihre Ruderpinne lehnten und ihren Ruderern Befehle zubrüllten.

Auf der anderen Seite des Flusses wurde gegenüber von der ersten eine zweite Burg gebaut. Die Befestigungsmauern und die Palisade waren bereits errichtet worden, und an einem Burgwall wurde gebaut, auf dem allerdings noch kein Turm stand.

Selbst aus dieser Entfernung konnte ich Männer bei der Arbeit sehen, die Bauholz zusägten und Schubkarren voller Erde vor sich herschoben. In der Mitte von allem wehte das Wolfsbanner von Guillaume fitz Osbern, den der König mit der Leitung der Bauarbeiten beauftragt hatte. Malet schaute lange hinüber, und ich fragte mich, was er wohl dachte. Dass man ihn für das Kommando nicht einer, sondern zweier Burgen nicht berücksichtigt hatte, war ein deutliches Zeichen dafür, dass er beim König in Ungnade gefallen war. Das überraschte mich nicht. Er war schließlich der Mann, der überhaupt erst zugelassen hatte, dass Eoferwic in die Hand der Rebellen geraten war, eine Schmach, die wohl noch einige Zeit mit seinem Namen verbunden bleiben würde.

Was den König selber anging, so schien er einige Tage, bevor wir wieder eingetroffen waren, abgerückt zu sein. In seiner Abwesenheit hatte er fitz Osbern mit mehr als eintausend Mann zurückgelassen, um die Stadt zu halten, falls der Feind einen weiteren Angriff versuchen sollte. Nicht dass viele glaubten, dazu könnte es kommen, zumindest nicht in der nächsten Zeit. Die Rebellen waren gespalten, berichteten unsere Kundschafter, denn während sich der Ætheling selber nach Dunholm zurückgezogen hatte, hatten viele seiner Anhänger ihn verlassen, um zu ihren Häusern zurückzukehren. Seine dänischen Söldner waren zurück nach Orkaneya oder sonstwohin gesegelt, und es gab Gerüchte, unter den alten northumbrischen Familien mache sich Unzufriedenheit breit.

Trotzdem wusste ich, dass das Jahr lang war; die Saison der Feldzüge hatte kaum begonnen. Und solange Eadgar lebte, hatten die Engländer einen Führer, um den sie sich scharen konnten. Der Schmerz dieser Schlappe würde eine ganze Weile fühlbar bleiben, aber mit der Zeit könnte er leicht eine andere Streitmacht auf die Beine stellen. Ich hatte den Eindruck, dass die Schlacht um das Königreich noch lange nicht vorüber war.

»Sie werden wiederkommen«, sagte Malet, als hätte er meine Gedanken gelesen. »Egal wie viele Burgen wir bauen, wie viele Niederlagen sie erleiden, sie werden nicht aufhören, bis sie uns England wieder abgenommen haben.«

Ich zuckte mit den Achseln. »Dann müssen wir bereit für sie sein, wenn sie kommen.«

Ein Schwarm Möwen kreiste über uns und kreischte im Chor. Am Kai war ein Sack von einem Karren gefallen und an seiner Naht aufgeplatzt, und aus dem Riss ergossen sich Körner auf den Boden. Die Vögel stießen in Scharen darauf herab, pickten und flatterten, kabbelten sich um das letzte Körnchen, während Deckshelfer sie vergeblich zu verjagen versuchten.

»Allerdings«, sagte Malet. »Wir müssen bereit sein.«

Mein Pferd schnaubte ungeduldig, und ich tätschelte ihm den Hals. Wir würden nicht lange hierbleiben; bald würden wir zu neuen Orten aufbrechen. So war es nun mal, wenn man vom Schwert lebte, wie ich es tat. Und ich wusste außerdem, dass irgendwo dort draußen Eadgar war, der Mann, der Lord Robert ermordet hatte, der Oswynn ermordet hatte, und ich war fest entschlossen, ihn zu finden und Rache an ihm zu nehmen.

Ich schaute noch einen Moment länger über den Fluss, hörte die Glocken des Münsters hinter mir läuten, spürte die Wärme der Sonne auf meinem Gesicht, bis eine Wolke vorbeizog und ein Schatten auf uns fiel. Malet schien es nicht zu bemerken, als ich an den Zügeln zog und ihn allein zurückließ, damit er sich die halb errichtete Burg weiter ansehen konnte.

Und ich schaute auch nicht zurück, als ich unter einem dunkler werdenden Himmel zu meinen Freunden ritt.

Historische Anmerkung

Die normannische Eroberung ist einer der entscheidenden Wendepunkte in der englischen Geschichte, das Datum 1066 ist dem allgemeinen Bewusstsein eingeprägt. Aber während die Ereignisse dieses schicksalhaften Jahres viele Male erzählt worden sind, ist die Geschichte dessen, was danach geschah, weniger gut bekannt.

Die Eroberung hat sich nicht mit einem Schlag auf dem Schlachtfeld von Hastings zugetragen, sondern es dauerte tatsächlich mehrere Jahre, bis sie vollzogen war. Die Jahre nach 1066 waren turbulent, weil die eroberten Engländer sich erst langsam mit ihren neuen, fremdländischen Lehnsherren arrangierten. Zu Beginn des Jahres 1069 war England immer noch ein geteiltes Königreich. Der Süden und Mittelengland hatten sich relativ schnell gefügt – innerhalb von Wochen nach König Harolds Niederlage bei Hastings. Vermutlich akzeptierte man dort ab diesem Zeitpunkt die Anwesenheit der Eindringlinge als Tatsache des Alltagslebens, auch wenn die Normannen selber nicht akzeptiert wurden. Im Sommer 1068 waren die Truppen König Guillaumes in nördlicher Richtung bis nach York vorgerückt, wo er eine Burg bauen ließ und seinen Namensvetter Guillaume Malet als *Vicomte* einsetzte.

Dies war jedoch die Grenze seiner Herrschaft, weil die Northumbrier sich immer noch weigerten, ihm den Treueid zu leisten. In den Jahren 1067 und 1068 waren verschiedene Versuche unternommen worden, in diesem Gebiet einen englischen Earl einzusetzen, der sowohl König Guillaume gegenüber loyal

533

war, als auch von den Northumbriern anerkannt wurde. Keiner dieser Versuche war allerdings von Erfolg gekrönt. Schließlich bestimmte der König – wahrscheinlich um Weihnachten 1068 – Robert de Commines als Earl und schickte ihn nach Norden, um die Provinz mit Gewalt zu nehmen. Diese Episode und ihr Nachspiel bilden den Schwerpunkt von *Der Pakt der Schwerter*.

Bei der Niederschrift des Romans habe ich mich weitestgehend an die historischen Ereignisse gehalten. Der northumbrische Aufstand – mit der Schlacht von Durham, dem Tod von Earl Robert de Commines, der Belagerung von York und seiner Entsetzung durch König Guillaume – fand tatsächlich in den ersten Monaten des Jahres 1069 und in dem dargestellten Zeitrahmen statt. Gleichermaßen beruhen viele der anderen Figuren, abgesehen von Tancred und seinen Gefährten, auf wirklichen historischen Personen, darunter Malet, seine Frau Elise (die in manchen Quellen Hesilia genannt wird) und ihre Kinder, Guillaume fitz Osbern, Gilbert de Gand, der northumbrische Anführer Eadgar Ætheling, Harolds Frau Eadgyth (gemeinhin unter dem intimeren Namen Edith Swan-neck bekannt) und Dekan Wulfwin. Der ursprüngliche Burgvogt in York, Lord Richard, beruht ebenfalls auf einer historischen Person, deren richtiger Name Robert fitz Richard war. Weil der Roman jedoch zwei weitere Roberts enthält – de Commines und Malet –, beschloss ich, seinen Namen zu ändern, um die Leser nicht zu verwirren.

Ich habe mich stets bemüht, mich nicht zu weit von den geschichtlich allgemein anerkannten Fakten zu entfernen. Bei manchen Gelegenheiten bin ich allerdings von der historischen Überlieferung abgewichen, um den Anforderungen des Romans nachzukommen. Beispielsweise ist überliefert, dass der Bischof von Durham, Æthelwine, in den Stunden vor der Schlacht Earl Robert vor einem kurz bevorstehenden Angriff warnte, dass dieser ihm aber keinen Glauben schenkte. Warum der Bischof seine Landsleute in dieser Weise verriet und warum der Earl seine Warnung nicht beachtete, sind Fragen, die ich nicht befriedigend beantworten zu können glaubte und die auch die Handlung in keiner Weise vorantrieben. Die wahren Umstände von Earl Roberts Tod – den Flammen anheimgefallen im Haus des Bischofs von York – machten die Angelegenheit nur noch komplizierter. Da ich keine weitere Verwendung für Æthelwine im Roman hatte, beschloss ich, in den Anfangskapiteln auf diese Episode ganz zu verzichten und Earl Roberts Tod in die Met-Halle in der Festung zu verlegen.

Außerdem gibt es viele Stellen, wo die wahren Details umstritten oder unmöglich nachzuprüfen sind, und in diesen Fällen habe ich mir gewisse Freiheiten genommen. Obwohl die Normannen bekannt dafür waren, ihre Schilde und Fahnen mit ihren Sinnbildern und Farben zu schmücken, sind etwa Earl Roberts Falke und Malets Schwarz und Gold – so wie die der anderen Lehnsherren – weitgehend meine Erfindung. Die beiden Ausnahmen sind der goldene Löwe auf rotem Feld, der das Symbol der Normandie war, und das Purpur-Gelb – das traditionelle Banner von Northumbria.

Die exakten Bewegungen einzelner Menschen im Mittelalter sind oft schwierig zu verfolgen, und in dieser Hinsicht habe ich mir auch Mutmaßungen erlaubt. Ob Robert de Commines wirklich in den Schlachten von Varaville (1057) und Mayenne (1063) kämpfte oder an dem Feldzug in Italien teilnahm – wie ich angedeutet habe –, ist nicht bekannt, obwohl es keinesfalls unmöglich ist. Das Gleiche gilt für Robert Malets Reise aus der Normandie und seine Teilnahme an der Entsetzung von York, für die es keine Anhaltspunkte gibt. Ob Eadgyth zur Zeit der Eroberung überhaupt noch am Leben war – und falls ja, was ihr widerfuhr –, kann nicht mit Sicherheit gesagt werden. Es ist aber bekannt, dass ihre zweite Tochter mit Harold, Gunnhild, im Kloster von Wilton erzogen wurde (viel später, um das Jahr 1093 herum, wurde sie durch den Earl of Richmond, Alan den Roten, entführt). Daher ist die Vermutung nicht widersinnig, dass Eadgyth, falls sie noch lebte, zusammen mit ihr im Anschluss an den normannischen Sieg und den Tod ihres Mannes in Hastings dort Zuflucht suchte. Falls das der Fall war, hat sie vermutlich ein behagliches Leben geführt. Ian W. Walker liefert in seinem Buch *Harold: The Last Anglo-Saxon King* (Sutton 1997) starke Argumente dafür, dass sie mit der Edith »the Fair« und der Edith »the Beautiful« identisch war, die im Domesday Book erwähnt werden. Falls er recht hat, dann war sie zur Zeit der Eroberung eine wohlhabende Frau mit Landbesitz im Wert von mehr als 520 Pfund, was seinerzeit eine beträchtliche Summe war.

Guillaume Malet ist eine weitere geheimnisvolle Figur. Zunächst einmal gibt es keine konkreten Beweise dafür, dass er vor der Eroberung in England war, auch wenn ich der Zwecke dieses Buchs wegen der traditionellen Ansicht gefolgt bin, dass es sich so verhielt. Es gab während der ersten Jahre von König Eadwards Herrschaft (1042-1066) mit Sicherheit einen erheblichen Zustrom von Normannen. Eadward war im Exil in der Normandie aufgewachsen, und als er nach England zurückkehrte, um den Thron zu besteigen, wurden daher einige wichtige Positionen mit seinen normannischen Anhängern besetzt. Falls Malet vor 1066 in England war, könnte er zu diesem Zeitpunkt herübergekommen sein oder später Land von seiner englischen Mutter geerbt haben. Es ist wahr, dass er 1069 ein Landgut in Alkborough besaß, aber dessen Zerstörung durch northumbrische Rebellen auf dem Weg nach York ist wiederum meine Erfindung.

Was den Rest von Malets Familie betrifft, wissen wir überraschend wenig. Es herrscht keine Übereinstimmung darüber, wie viele Kinder Malet mit Elise hatte, wie alt sie jeweils waren oder auch nur (bemerkenswert!) wie sie hießen. Was diesen Roman betrifft, bin ich dem Stammbaum gefolgt, den Cyril Hart in seinem Artikel »William Malet and his Family« (*Anglo-Norman Studies*, Bd. 19, 1996) skizziert hat. Robert Malet hat eindeutig gelebt, und Beatrice ebenfalls, obwohl ich einige Details ihres Lebens verändert habe.

Wie das Verhältnis zwischen Malet und Harold Godwineson im Einzelnen aussah, wird ebenfalls debattiert. In einer Quelle wird er als Harolds *compater* bezeichnet, worunter Historiker normalerweise verstanden, dass die beiden Paten bei einer Taufe waren, aber wessen Taufe und wann ist unmöglich zu bestimmen. Ob aus dieser Bekanntschaft je eine richtige Freundschaft wurde, ist eine andere Frage. Zumindest wissen wir, dass Malet, als die Dinge sich 1066 zuspitzten, auf der normannischen Seite kämpfte, und daher die Freundschaft zwischen ihm und Harold, wenn sie je bestanden hat, nicht von langer Dauer gewesen sein konnte.

Die Geschichte von Malets Beziehung zu Eadgyth und seine Rolle bei Harolds Begräbnis beruht auf der Verbindung zweier historischer Überlieferungen. Die erste stammt aus unserer frühesten Darstellung der Eroberung, dem *Carmen de Hastingae Proelio (Lied von der Schlacht von Hastings)*, in dem ein Mann erwähnt wird, der halb Engländer und halb Normanne ist und vom normannischen Herzog für das Begräbnis verantwortlich gemacht wurde. Die gleiche Geschichte wird von dem Chronisten Wilhelm von Poitiers erzählt, der diesen Mann als Guillaume Malet identifiziert.

Viele andere, sich oft widersprechende Geschichten über Harolds Tod und Begräbnis entstanden in den auf die Eroberung folgenden Generationen. Als Ergebnis ist Harolds letzte Ruhestätte auch heute noch unbekannt. Eine Anwärterin ist Waltham Abbey, die Harold selber 1060 wieder errichten ließ und die sowohl der Historiker Wilhelm von Malmesbury als auch die *Waltham Chronicle* des Kanonikats anführen. Aber das *Carmen* erzählt eine völlig andere Geschichte, in der Harold, anstatt ein christliches Begräbnis zu erhalten, auf heidnische Weise unter einem steinernen Grabhügel beigesetzt wird, der aufs Meer hinausschaut. Dieser Version der Ereignisse zufolge wurde ein Stein neben seinem Grab errichtet, auf dem die Botschaft eingemeißelt war: »Du ruhst hier, Harold, auf Geheiß des Herzogs, damit Du weiterhin der Wächter des Meers und der Küste sein mögest.« Der Autor des *Carmen* versäumt es allerdings, den tatsächlichen Ort dieses Grabhügels zu enthüllen – falls es tatsächlich je einen gab.

In jüngerer Zeit hat John Pollock in seiner Broschüre *Harold: Rex* (Penny Royal, 1996) das Dorf Bosham in Sussex, den Heimatort der Familie Godwine, als Harolds Ruhestätte ins Spiel gebracht, nachdem 1954 bei Reparaturarbeiten unter dem Chorgewölbe der Holy Trinity Church ein Steinsarg entdeckt worden war. In diesem Sarg befanden sich Skelettreste eines Mannes, deren Beschaffenheit nach Pollocks Behauptung den Verletzungen Harolds in Hastings entspricht, wie sie in dem *Carmen* beschrieben und auf dem Teppich von Bayeux teilweise abgebildet sind. Der Umstand, dass Bosham in keinem zeitgenössischen Bericht erwähnt wird, ist zwar ein Problem, gleichzeitig aber durchaus logisch, wenn man bedenkt, dass König Guillaume den Ort von Harolds Grab geheim halten wollte, damit es nicht zu einem Zentrum der Rebellion wurde. Leider ist auch dies schwierig zu beweisen, obwohl Pollock stichhaltige Argumente beibringt. Das wahre Schicksal von Harolds Leichnam bleibt heute wie im Jahr 1069 ein Geheimnis.

Abschließend sei vermerkt, dass die von Ælfwold im Kapitel zweiundzwanzig rezitierten und von Eudo übersetzten Zeilen einem wirklichen angelsächsischen Text entnommen sind, der Literaturwissenschaftlern als »The Wanderer« bekannt ist. Das Gedicht erzählt die vielleicht angemessene Geschichte eines

Kriegers, dessen Herr und Gefährten in der Schlacht getötet wurden, und befasst sich mit seiner Trauer und seinem Kampf um Erlösung.

Der Pakt der Schwerter erreicht seinen Höhepunkt mit König Guillaumes erfolgreicher Entsetzung Yorks im März 1069. Aber wie sich bald zeigen wird, ist dies nur der Beginn der Unruhen, denen sich die Normannen gegenübersehen, und deshalb wird Tancreds Kampf weitergehen.

Danksagung

Das Schreiben eines Romans hat möglicherweise manchmal den Anschein eines Alleingangs, aber in Wirklichkeit wäre ich ohne die Hilfe vieler Menschen nicht zurechtgekommen.

Von der Epoche der normannischen Eroberung bin ich seit meinen ersten Studienjahren in Cambridge fasziniert, und mein besonderer Dank geht an Dr. Elisabeth van Houts vom Emmanuel College, weil sie dazu beigetragen hat, dieses Interesse zu fördern, bis zum heutigen Tag.

Für seine Hilfe bei den verschiedenen altenglischen Passagen im Roman bin ich Dr. Richard Dance vom St. Catherine's College, Cambridge, sowie Olivia Mills und Cherry Muckle dankbar.

Ich möchte mich auch bei Tricia Wastvedt und Dr. Colin Edwards, meinen Tutoren im MA-Programm der Bath Spa University, bedanken. Beverly Stark, Gordon Egginton, Liz Pile, Jules Stanbridge, Michelle Burton und Manda Rigby haben den Roman in den frühen Stadien seiner Entwicklung gelesen und mir detaillierte Hinweise gegeben, die sich bei der Überarbeitung des Manuskripts als äußerst wertvoll erwiesen.

Außerdem möchte ich bei dieser Gelegenheit meiner Lektorin Rosie de Courcy gemeinsam mit Nicola Taplin und allen anderen bei Preface sowie meiner Korrektorin Richenda Todd danken, die alle zur Veröffentlichung dieses Romans beigetragen haben.

Und zum Schluss möchte ich mich ganz besonders bei meiner Familie und bei Laura bedanken, ohne deren Unterstützung und Vertrauen dieser Roman nicht möglich gewesen wäre.

Um die ganze Welt des
GOLDMANN Verlages
kennenzulernen, besuchen Sie uns doch
im Internet unter:

www.goldmann-verlag.de

Dort können Sie
nach weiteren interessanten Büchern *stöbern*,
Näheres über unsere *Autoren* erfahren,
in *Leseproben* blättern, alle *Termine* zu Lesungen und
Events finden und den *Newsletter* mit interessanten
Neuigkeiten, Gewinnspielen etc. abonnieren.

Ein *Gesamtverzeichnis* aller Goldmann Bücher finden
Sie dort ebenfalls.

Sehen Sie sich auch unsere *Videos* auf YouTube an und
werden Sie ein *Facebook*-Fan des Goldmann Verlags!

www.goldmann-verlag.de
www.facebook.com/goldmannverlag